Matthew Reilly
Die Macht der sechs Steine

MATTHEW REILLY

DIE MACHT DER SECHS
STEINE

Thriller

Aus dem Englischen
von Rainer Gruene

List

Die Originalausgabe erschien 2007
unter dem Titel *The Six Sacred Stones*
bei Macmillan, London

List ist ein Verlag der
Ullstein Buchverlage GmbH

ISBN 978-3-471-30010-7

© 2007 by Matthew Reilly
© der deutschsprachigen Ausgabe
Ullstein Buchverlage GmbH, Berlin 2008
Alle Rechte vorbehalten
Gesetzt aus der Sabon
Satz: LVD GmbH, Berlin
Druck und Bindearbeiten: Bercker, Kevelaer
Printed in Germany

Für John Schrooten
Ein großer und wahrer Freund

Das Rätsel der Kreise

EINE TÖDLICHE SCHLACHT ZWISCHEN VATER UND SOHN, EINER KÄMPFT FÜR ALLES UND DER ANDERE FÜR EINS.

ANONYM (AUS EINER INSCHRIFT AUF EINEM 2000 JAHRE ALTEN CHINESISCHEN SCHREIN, GEFUNDEN IN DER WU-SCHLUCHT, ZENTRALCHINA)

JEDE AUSREICHEND ENTWICKELTE TECHNOLOGIE IST VON MAGIE NICHT ZU UNTERSCHEIDEN.

ARTHUR C. CLARKE

ES IST ABER NAHE GEKOMMEN DAS ENDE ALLER DINGE.

1. PETRUS, 4, 7

EINLEITUNG

**DIE DUNKLE ZEREMONIE
MITTERNACHT
20. AUGUST 2007
ORT: UNBEKANNT**

In einer dunklen Kammer unter einer großen Insel in der entlegensten Ecke der Welt fand eine uralte Zeremonie statt.

Ein goldener Stein von unschätzbarem Wert, in Form einer Pyramide und gekrönt von einem Kristall, wurde an seinen Platz gesetzt.

Dann wurde eine archaische Zauberformel rezitiert, die seit Tausenden von Jahren nicht mehr erklungen war.

Kaum waren die Worte gesprochen, als aus dem sternenübersäten Himmel ein gewaltiger purpurner Lichtstrahl herabschoss und den pyramidenförmigen Schlussstein erleuchtete.

Die einzigen Zeugen dieser Zeremonie waren fünf zornige Männer.

Als es vorbei war, sprach der Anführer der Gruppe in ein Satellitenfunkgerät. »Das Ritual ist vollzogen. Im Prinzip ist die Macht des Tartarus damit gebrochen. Wir müssen Gewissheit haben. Tötet morgen einen von ihnen im Irak.«

Am nächsten Tag wurde am anderen Ende der Welt, im vom Krieg zerrissenen Irak, ein Soldat namens Stephen Oakes von Aufständischen erschossen. An einem Kontrollpunkt wurde er von sechs maskierten Männern aus dem Hinterhalt angegriffen und von einem überwältigenden Kugelhagel zerrissen. Sein Körper wurde von über zweihundert Kugeln durchsiebt. Die Angreifer wurden nie gefunden.

Dass ein Kämpfer der Alliierten während der Besetzung des Iraks starb, war nichts Neues. Schon über 3200 amerikanische Soldaten waren hier umgekommen. Ungewöhnlich an diesem Tod war allerdings, dass ein *Australier* getötet worden war. Denn seltsamerweise hatte es seit März 2006 bei sämtlichen Konflikten rund um den Globus keinen einzigen australischen Toten gegeben. Aber mit dem Tod des Militärspezialisten Stephen Oakes am 21. August 2007 kam das unheimliche Glück der australischen Truppen zu einem blutigen und definitiven Ende.

Tags darauf wurde einem der mächtigsten Männer der Welt eine chiffrierte Nachricht übergeben. Darin stand:

VERSCHLÜSSELTE Abschrift 061—7332/1A
Geheimhaltungsstufe: Alpha-Super
Nur bestimmt für A-1
22. AUG 07
ANFANG VERSCHLÜSSELTE NACHRICHT

Australischer Spezialist Oakes im Irak gefallen.
Die Macht des Tartarus ist gebrochen. Jemand hat den anderen Schlussstein.
Das Spiel beginnt von Neuem.
Nun müssen wir die Steine finden.

ENDE VERSCHLÜSSELTE NACHRICHT

DIE MACHT DER SECHS STEINE

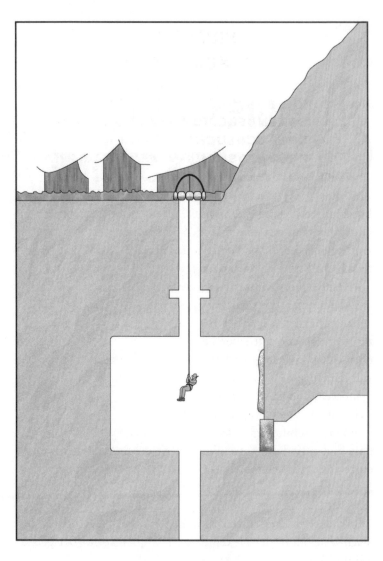

DIE ZUGANGSKAMMER

PROLOG
HEXENBERG

**HEXENBERG VOR DER WU-SCHLUCHT,
DREI-SCHLUCHTEN-REGION
PROVINZ SICHUAN, ZENTRALCHINA
1. DEZEMBER 2007**

In beinahe völliger Finsternis hing Professor Max Epper in einem Gurt, den man mit einem langen Seil herabgelassen hatte. Er knickte einen Leuchtstab und betrachtete in dessen Schein die unterirdische Kammer, die ihn umgab.

»Meine Güte«, flüsterte er, »meine Güte!«

Die Kammer war schlichtweg atemberaubend.

Ein perfekter Kubus, der aus dem gewachsenen Fels geschnitten worden war, mit einer Länge von etwa sechzehn Metern ebenso hoch wie lang und breit. Und jeder Quadratzentimeter war mit eingemeißelten Inschriften bedeckt: mit Schriftzeichen, Symbolen, Bildern und Figuren.

Er musste vorsichtig zu Werke gehen.

Im bernsteinfarbenen Licht seines Leuchtstabs erkannte er, dass in den Boden unmittelbar unter ihm ein Brunnenschacht eingelassen war, ein perfektes Gegenstück zu der Öffnung in der Decke. Er klaffte weit auf, ein dunkles Loch von unbestimmbarer Tiefe.

In manchen Kreisen war Max Epper unter dem Codenamen *Wizard* bekannt, der Hexenmeister, ein Spitzname, der genau auf ihn zutraf.

Mit seinem weißen Rauschebart und den wasserblauen Augen, aus denen Wärme und Intelligenz strahlten, sah der 67-Jährige aus wie ein moderner Merlin. Er war Professor am Trinity College in Dublin, und neben anderen Meisterleistungen war er auch dafür bekannt, dass er zu dem Team gehört hatte, das seinerzeit den goldenen Schlussstein der Cheops-Pyramide in Giseh entdeckt und wieder an seinen angestammten Platz gesetzt hatte.

Wizard ließ sich hin- und herschwingend zum Boden der Kammer ab, schnallte sich los und bestaunte ehrfürchtig die Felsinschriften.

Einige der Symbole erkannte er, es waren chinesische Schriftzeichen und sogar einige ägyptische Hieroglyphen. Das war nicht weiter überraschend, denn Besitzer und Architekt dieses Tunnelsystems war vor langer Zeit der große chinesische Philosoph Laotse gewesen. Laotse war nicht nur ein verehrter Denker, sondern auch ein großer Reisender, von dem man wusste, dass er sich im 4. Jahrhundert vor Christus bis nach Ägypten gewagt hatte.

An einem Ehrenplatz genau in der Mitte der behauenen Wand befand sich ein erhabenes Relief, das Wizard schon einmal gesehen hatte:

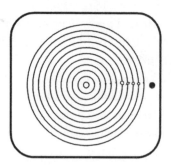

Es war als das *Rätsel der Kreise* bekannt und bislang noch nie entschlüsselt worden. Zeitgenössische Betrachter hielten es für eine Darstellung unseres Sonnensystems, aber bei dieser Deutung ergab sich ein Problem: Es waren zu viele Sterne, die die Sonne umkreisten.

Etwa ein Dutzend Mal hatte Wizard das Kreisrätsel schon rund um den Globus gesehen, in Mexiko und Ägypten, sogar in Wales und Irland, und zwar in den verschiedensten Formen, plump in den Fels gemeißelt oder als kunstfertige Schnitzerei in uralten Türstößen. Aber keine Ausführung war auch nur annähernd so beeindruckend und aufwendig gestaltet gewesen wie diese.

Ein atemberaubendes Exemplar. Jeder der konzentrischen Kreise war goldgerändert und mit Intarsien aus Rubin, Saphiren und Jade geschmückt. Sie funkelten im gleißenden Licht von Wizards starker Taschenlampe.

Direkt unter dem Kreisrätsel befand sich eine Art schmaler Durchgang, etwa sechzig Zentimeter breit und zwei Meter hoch, aber nicht tief; er führte nur etwa einen halben Meter in die Felswand hinein. Wizard fühlte sich an einen hochkant in die Wand eingelassenen Sarg erinnert.

Darüber befand sich ein kleines Symbol, bei dessen Anblick Wizard entzückt die Augen aufriss.

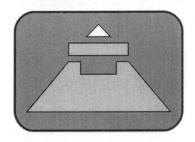

»Das Symbol des Laotse-Steins«, flüsterte er. »Der Stein des Philosophen. Mein Gott! Wir haben ihn gefunden.«

Inmitten dieser Fundgrube uralten Wissens und unschätzbarer Kostbarkeiten zog Wizard ein High-Tech-Funkgerät von Motorola hervor und sprach hinein: »Tank? Das glaubst du nicht! Ich habe die Vorkammer gefunden, und die ist schlichtweg überwältigend. Außerdem besitzt sie einen verschlossenen Durchgang, von dem es vermutlich ins Fallensystem geht. Wir sind nah dran. Sehr nah. Du musst hier runterkommen und ...«

»*Wizard*«, kam die Antwort. »*Wir haben gerade einen Anruf von unserem Wachposten unten bei den Docks am Jangtse*

bekommen. *Die chinesische Armee schnüffelt hier herum. Eine Kanonenboot-Patrouille, neun Boote, die unterwegs in unsere Schlucht sind. Sie kommen hier zu uns rauf.«*
»Das ist Mao. Wie kann er uns nur gefunden haben?«
»*Vielleicht ist er es gar nicht. Ist vielleicht nur eine reguläre Patrouille«,* war von Yobu »Tank« Tanaka zu hören.
»Was möglicherweise noch schlimmer wäre.« In dieser Gegend waren die chinesischen Militärpatrouillen berüchtigt dafür, dass sie auf der Suche nach ein bisschen Bestechungsgeld archäologische Expeditionen aufmischten.
»Wie lange bleibt uns noch, bis sie da sind?«, fragte Wizard.
»*Eine Stunde, vielleicht auch weniger. Ich glaube, es wäre schlau, wir verschwinden, bevor sie hier sind.«*
»Da gebe ich dir recht, Kumpel«, sagte Wizard. »Besser, wir beeilen uns. Komm hier runter und bring noch ein paar Lampen mit. Sag Chow, er soll seinen Computer anschmeißen. Ich fange gleich an, Fotos zu machen und sie ihm hochzuschicken.«

Die unterirdische Kammer, in der Wizard sich wiedergefunden hatte, lag in Chinas Drei-Schluchten-Region, einer Gegend, die wie keine andere zu ihm passte. Denn das chinesische Schriftzeichen *wu* bedeutete ja, je nach Kontext, Hexe oder Hexenmeister und kam hier in den Ortsbezeichnungen oft vor. Da war die Wu-Schlucht, die zweite der drei berühmten Schluchten. Dann Wushan, die alte, von Mauern umgebene Festungsstadt, die einst am Ufer des Jangtse gelegen hatte. Und natürlich der Wushan selbst, ein riesenhafter, dreitausend Meter hoher Berg, dessen Gipfel über Wizards Kammer emporragte. Übersetzt hieß er der Hexenberg.

Die Wu-Schlucht und ihre Umgebung waren berühmt für ihre Geschichte, für ihre Schreine, Tempel, Schnitzereien wie die Kong-Ming-Tafel und aus dem Fels gehauene Höhlen wie die Green-Stone-Höhle, die nun fast allesamt von den Wassern überschwemmt wurden, die sich in einem etwa sechshundert Kilometer langen See hinter den gewaltigen Mauern des Drei-Schluchten-Damms aufgestaut hatten.

Die Gegend war allerdings ebenso bekannt für *ungewöhnliche* Vorkommnisse. Es war das Roswell von China, seit Jahrhunderten schon Schauplatz von Sichtungen der anderen Art: unerklärliche Himmelserscheinungen, Schwärme von Sternschnuppen und aurora-ähnliche Erscheinungen. Man behauptete sogar, dass es eines schauerlichen Tages im 17. Jahrhundert aus den Wolken über Wushan Blut geregnet hatte.

Die Wu-Schlucht war tatsächlich eine geschichtsträchtige Gegend.

Aber jetzt, im 21. Jahrhundert, ist diese Geschichte im Namen des Fortschritts ertränkt worden, verschlungen vom Wasser des Jangtse, denn der große Fluss staute sich nun hinter dem größten

Bauwerk, das die Menschheit je errichtet hatte. Die alte Stadt Wushan lag bereits hundert Meter unter den Fluten.

Auch einst schnell fließende Nebenflüsse, die sich aus spektakulären Seitenschluchten in den Jangtse ergossen hatten, waren durch den sich ausdehnenden Staudamm gezähmt worden. So manche ehemals an die hundertfünfzig Meter dramatisch aufragende Wildwasserklamm hatte sich nun in eine ganz normale, dreißig Meter tiefe Schlucht mit einem friedlichen Bächlein am Grunde verwandelt. Und kleine Dörfer aus Steinhäusern, die einst an den Ufern dieser kleineren Flüsse gelegen hatten, damals schon praktisch von der Außenwelt abgeschnitten, waren nun vollständig aus der Wahrnehmung getilgt.

Aber nicht aus Wizards Wahrnehmung.

In einer teilweise überfluteten Schlucht, die nördlich des Jangtse weit in die Berge hineinreichte, hatte er ein abgelegenes, auf höherem Grund errichtetes Bergnest entdeckt, und darin den Eingang zu diesem Höhlensystem. Der Flecken war uralt und primitiv, nur ein paar aus unbehauenen Steinen und schiefen Strohdächern errichtete Hütten. Er war schon seit dreihundert Jahren verlassen, und die Einheimischen hielten ihn für verflucht.

Und dank eines ultramodernen Damms in siebzig Kilometer Entfernung war das Dorf mittlerweile knietief von Wasser umspült.

Der Eingang zum Höhlensystem war weder durch Fallen geschützt oder von aufwendigen Gittern gesichert. Im Gegenteil, es war gerade seine schiere Gewöhnlichkeit, die ihn über zwei Jahrhunderte lang geheim gehalten hatte.

Wizard hatte den Einlass in einer kleinen Steinhütte gefunden, die sich an den Fuß des Berges schmiegte. Die unscheinbare Hütte, in der einst der große chinesische Philosoph Laotse gewohnt hatte, Erfinder des Daoismus und Lehrer des Konfuzius, verfügte in ihrem Inneren über einen Steinbrunnen mit einem erhöhten Rand aus Ziegeln.

Und am Grund dieses Brunnens, verborgen unter einer Pfütze brackigen, dunklen Wassers, befand sich ein doppelter Boden.

Unterhalb dessen war diese prächtige Kammer zum Vorschein gekommen.

Wizard machte sich an die Arbeit.

Aus seinem Rucksack zog er einen leistungsstarken Asus-Laptop und schloss ihn an eine hochauflösende digitale Kamera an. Dann knipste er drauflos, schoss Fotos von den Wänden der Kammer.

Während die Kamera die Bilder einfing, fanden auf Wizards Bildschirm in atemberaubender Geschwindigkeit Computerberechnungen statt.

Ein Übersetzungsprogramm arbeitete, eine umfassende Datenbank, die Wizard in jahrelanger Arbeit zusammengetragen hatte. Sie enthielt Tausende uralter Symbole aus vielen verschiedenen Ländern und Kulturen sowie ihre anerkannten Übersetzungen. Ebenso konnte sie *Fuzzy*-Logic-Übersetzungen erstellen, Näherungsvarianten, wenn die Bedeutung eines Symbols mehrdeutig war.

Sobald die Digitalkamera ein Symbol einfing, wurde es vom Computer gescannt und die Übersetzung gesucht. Zum Beispiel:

ÜBERSETZUNG ZEICHEN: *Chi tau* (Stein) *si* (Tempel)
ÜBERSETZUNG BEGRIFF: »Steintempel«
FUZZY-VARIANTEN: »steinerner Schrein«, »Steintempel der Dunklen Sonne«, »Stonehenge« (Katalog-Ref. ER: 46–2B)

Neben anderen Glyphen und Reliefs an den Wänden fand der Computer auch Laotses berühmteste philosophische Erfindung, das Taijitu:

Der Computer übersetzte: »Taijitu; Ref. *Tao Te King*. In westl. Umgangssprache: ›Yin-Yang‹. Verbreitetes Symbol für die Dualität aller Dinge; die Gegensätze beinhalten Grundzüge des jeweils anderen, z. B. liegt im Guten auch Schlechtes und im Schlechten auch Gutes.«

Bei anderen Gelegenheiten fand der Computer keinen früheren Eintrag des Symbols:

KEIN ÜBEREINSTIMMENDES BILD GESPEICHERT

ÜBERSETZUNG UNBEKANNT

NEUE DATEI ANGELEGT

In solchen Fällen legte das Programm eine neue Datei an und fügte sie der Datenbank hinzu, um eine Aufzeichnung zu haben, falls es je noch einmal gesichtet wurde.

Nachdem er so einige Minuten gescannt hatte, erregte eine ganz bestimmte Übersetzung Wizards Aufmerksamkeit. Da stand:

DIE 1. SÄULE* MUSS GENAU 100 TAGE
VOR DER WIEDERKEHR EINGESETZT WERDEN.

DER LOHN WIRD WISSEN** SEIN

MEHRDEUTIGE BEGRIFFE:

*   »Stab«, »großer Diamant«
** »Weisheit«

»Die erste Säule«, flüsterte Wizard. »Du meine Güte!«

* * *

Nachdem Wizard zehn Minuten lang seinen Computer mit weiteren Bildern gefüttert hatte, ließ sich eine zweite Gestalt in die Kammer ab.

Es war Tank Tanaka, ein untersetzter japanischer Professor der Universität Tokio, Wizards langjähriger Freund und Forschungspartner bei diesem Projekt. Mit seinen sanften braunen Augen, dem freundlich runden Gesicht und den angegrauten Schläfen war er die Sorte Professor, die jeder Student der Geschichte gern haben wollte.

Die beiden alten Gelehrten starrten auf den Bildschirm. Da stand:

DIE ANKUNFT VON RAS ZERSTÖRER

DIE ANKUNFT VON RAS ZERSTÖRER
BEDEUTET DAS INGANGSETZEN* DER GROSSEN
MASCHINE**
UND DAMIT DEN AUFSTIEG DES SA-BENBEN.

EHRE DEN SA-BENBEN
HALTE IHN BEI DIR UND NAHE,
DENN ER ALLEIN BEHERRSCHT DIE SECHS,
UND NUR WENN DEN SECHS MACHT VERLIEHEN WIRD,
KÖNNEN SIE DIE SÄULEN RÜSTEN
UND DICH ZU DEN SCHREINEN FÜHREN
UND SO DIE MASCHINE FERTIGSTELLEN
VOR DER WIEDERKEHR.***

DAS ENDE ALLER DINGE IST NAHE.

MEHRDEUTIGE BEGRIFFE:

* »Anfang« oder »entfachen«, »starten«
** »Mechanismus« oder »Welt«
*** »die Rückkehr«

Katalog-Ref.:
Ref. XR: 5–12 Teilinschrift gefunden im
Kloster Zhou-Zu, Tibet (2001)

»Der *Sa-Benben*?«, fragte Tanaka.
Vor Erregung weiteten sich Wizards Augen. »Das ist ein wenig gebräuchlicher Name für das oberste und kleinste Stück des goldenen Schlusssteins der Cheops-Pyramide. Der gesamte Schlussstein wird *Benben* genannt. Aber das oberste Stück ist etwas Besonderes, weil es anders ist als die übrigen Teile, die alle trapezförmig sind, die Form einer Miniaturpyramide hat und

damit praktisch selbst ein Benben ist. Daher der Name Sa-Benben. Der fernöstliche Name dafür ist ein bisschen dramatischer: hier heißt er der *Feuerstein*.«

Wizard musterte das Symbol über der Übersetzung. »Die Maschine ...«, murmelte er. Er überflog die Übersetzung, bis er zur Katalog-Referenz am Ende des Eintrags kam. »Ja genau. Das habe ich schon mal gesehen. Es war auf einer zerbrochenen Steintafel, die man in Nordtibet ausgebuddelt hat. Aber weil sie beschädigt war, konnte man nur noch die erste und dritte Zeile lesen. ›Die Ankunft von Ras Zerstörer‹ und ›damit den Aufstieg des Sa-Benben‹. Aber das hier ist der vollständige Text. Überaus bedeutsam!«

Wizard murmelte vor sich hin: »Ras Zerstörer ist Tartarus, der Sonnenfleck des Tartarus ... aber Tartarus wurde abgewendet ... bloß ... bloß was ist, wenn der Tartarus-Vorfall etwas anderes in Gang gesetzt hat, etwas, was wir nicht vorausgesehen haben ... Und wenn der Feuerstein die sechs Heiligen Steine beherrscht, ihnen Macht verleiht, dann ist er entscheidend für alles ... für die Säulen, für die Maschine und für die Wiederkehr der Dunklen Sonne ... o Gott!«

Er fuhr hoch, die Augen weit aufgerissen.

»Tank! Der Tartarus-Vorfall hatte irgendwas mit der Maschine zu tun. Mir ist nie der Verdacht gekommen ... Ich meine, er hätte mir kommen müssen ... ich hätte die ganze Zeit drauf kommen müssen, aber ich ...« Entsetzen spiegelte sich in seinem Gesicht. »Für wann haben wir die Rückkehr errechnet?«

Tank zuckte die Achseln. »Nicht vor der Tagundnachtgleiche im nächsten Frühling. Am 20. März 2008.«

»Und wie steht es mit dem Einsetzen der Säulen? Hier stand doch was über die erste Säule. Da: ›Die 1. Säule muss genau hundert Tage vor der Wiederkehr eingesetzt werden. Der Lohn wird Wissen sein.‹«

»Hundert Tage«, wiederholte Tank und rechnete nach. »Das ist ... verdammt ... das ist *dieses* Jahr am 10. Dezember.«

»Also neun Tage von heute an gerechnet«, fügte Wizard

hinzu. »Du lieber Himmel. Wir wussten ja, dass der Zeitpunkt näher rückt, aber das ist …«

»Max, willst du damit sagen, dass wir nur noch neun Tage haben, um die erste Säule einzusetzen?«, fragte Tank. »Wir haben die erste Säule ja noch nicht mal *gefunden*.«

Aber Wizard hörte schon nicht mehr zu. Sein Blick war glasig, er starrte ins Unendliche.

Abrupt wandte er sich um. »Tank, wer weiß sonst noch davon?«

Tank zuckte wieder die Achseln. »Nur wir. Und vermutlich jeder, der diese Inschrift gesehen hat. Wir wissen von der Tafel aus Tibet, aber du sagst ja, die war nur unvollständig. Wo ist die abgeblieben?«

»Die chinesische Denkmalschutzbehörde hat ihre Besitzansprüche angemeldet und sie nach Peking mitgenommen. Seitdem ward sie nicht mehr gesehen.«

Tank beobachtete, wie Wizard die Stirn runzelte. »Du glaubst, die chinesischen Behörden haben die anderen Teile der Tafel gefunden und sie wieder zusammengesetzt? Du glaubst, die wissen hierüber schon Bescheid?«

Plötzlich sprang Wizard auf.

»Wie viele Kanonenboote, sagtest du, kommen den Fluss hoch in die Schlucht?«

»Neun.«

»Neun! Man schickt keine neun Kanonenboote auf irgendeine Routinepatrouille oder eine Razzia. Die Chinesen wissen Bescheid, und sie sind hinter uns her. Und wenn sie das hier wissen, dann wissen sie auch von dem Schlussstein. Verdammt! Wir müssen Jack und Lily warnen.«

Hastig kramte er ein Buch aus seinem Rucksack. Überraschenderweise war es nicht etwa irgendein Nachschlagewerk, sondern ein recht bekannter Taschenbuchroman. Er blätterte die Seiten durch und schrieb Zahlen in sein Notebook.

Als er fertig war, schnappte er sich das Funkgerät und rief das Boot oben an.

»Chow! Nimm ganz schnell diese Nachricht auf und schick sie sofort an das Messageboard!«

Dann gab Wizard eine lange Zahlenreihe an Chow durch.

»Okay, das war's. Jetzt los! Lad sie hoch. Schnell, schnell, schnell!«

Dreißig Meter über Wizard schaukelte eine abgewrackte alte Flussbarke zwischen den halb unter Wasser liegenden Hütten des uralten Bergdorfes. Sie lag neben der Hütte vor Anker, in der sich der Einlass zur unterirdischen Kammer befand.

In der größten Kabine tippte ein beflissener junger Student namens Chow Ling hastig Wizards Code ein und schickte ihn – ausgerechnet – auf eine Fanseite für den Filmzyklus *Der Herr der Ringe*.

Als er fertig war, rief er Wizard auf dem Funkgerät an. »Der Code ist raus, Professor.«

In seinem Kopfhörer meldete sich Wizards Stimme: »*Danke, Chow, gut gemacht. Und jetzt will ich, dass du jedes Bild, das ich dir hochgeschickt habe, per E-Mail an Jack West weiterleitest. Danach löschst du sie von deiner Festplatte.*«

»Ich soll sie *löschen*?«, fragte Chow ungläubig.

»*Ja, alle. Bis auf das letzte Bild. So viele du nur kannst, bevor unsere chinesischen Freunde auftauchen.*«

Chow arbeitete schnell, tippte fieberhaft auf die Tasten, leitete Wizards sensationelle Bilder weiter und löschte sie anschließend.

Weil er so intensiv mit seinem Computer beschäftigt war, bekam er nicht mit, wie das erste Kanonenboot der Volksbefreiungsarmee hinter ihm vorbeiglitt und die überschwemmte Dorfstraße hinabfuhr.

Eine barsche Stimme aus einem Megafon ließ ihn auffahren. »*Eh! Zou chu lai dao jia ban shang! Wo yao kan de dao ni. Ba shou ju zhe gao gao de!*«

Übersetzt hieß das: »He! Kommen Sie raus an Deck! Bleiben Sie in Sichtweite. Nehmen Sie die Hände hoch!«

Chow löschte das letzte Bild und tat, wie ihm geheißen. Er sprang von seinem Schreibtisch auf und trat auf das offene Vorderdeck der Barke hinaus.

Das kommandoführende Kanonenboot ragte über ihm auf. Es war modern und schnell, mit getarnten Schiffswänden und einem riesigen Buggeschütz.

Chinesische Soldaten mit *Colt-Commando*-Sturmgewehren aus amerikanischer Produktion standen an Deck aufgereiht und richteten die kurzläufigen Waffen auf Chow.

Dass sie moderne amerikanische Gewehre trugen, war ein schlechtes Zeichen. Es hieß nichts anderes, als dass es sich um Elite-Soldaten handelte, eine Spezialeinheit. Normale chinesische Infanteristen trugen unhandliche alte Sturmgewehre vom Typ 56, das chinesische Imitat des AK-47.

Diese Kerle waren alles andere als normal.

Kaum eine Sekunde nachdem Chow die Hände gehoben hatte, feuerte jemand. Chows gesamter Vorderkörper wurde von Kugeln durchsiebt, und er wurde mit brutaler Wucht zurückgeschleudert.

Wizard drückte auf sein Funkgerät.
»Chow? Chow, bist du da?«
Keine Antwort.

Dann schnellte der Gurt, der eben noch im Brunnenloch gehangen hatte, wie eine wild gewordene Schlange plötzlich zurück nach oben. Jemand zog ihn hoch.

»Chow!«, brüllte Wizard in sein Funkgerät. »Wo steckst du?«

Einen Augenblick später kam der Gurt wieder zum Vorschein ... und Chow hing darin.

Wizards Blut gerann zu Eis.

»O Gott, nein!« Er sprang vor.

Chows Leiche, beinahe unkenntlich durch die vielen Einschüsse, sank auf Wizards Höhe hinab.

Wie auf ein Stichwort erwachte das Funkgerät plötzlich zum Leben.

»*Professor Epper*«, meldete sich eine Stimme auf Englisch. »*Hier ist Oberst Mao Gongli. Wir wissen, dass Sie da drin sind. Wir kommen jetzt rein. Machen Sie keine Dummheiten, sonst ergeht es Ihnen so wie Ihrem Assistenten.*«

Schnell und mit kalter Präzision ließen sich die chinesischen Soldaten an Tauen in die Kammer ab.

Nach nur zwei Minuten waren Wizard und Tank von einem Dutzend Männern mit Gewehren umzingelt.

Oberst Mao Gongli kam als Letzter. Mit seinen 55 Jahren war er ein stattlicher Mann und hielt sich tadellos und kerzengerade. Wie viele Männer seiner Generation hatte man ihn patriotisch nach dem Vorsitzenden Mao benannt. Militärische Kampfnamen besaß er nicht, außer dem einen, den ihm seine Feinde 1989 aufgrund seiner Taten als Oberst am Tiananmen-Platz gegeben hatten: der Schlächter vom Tiananmen.

Es war mucksmäuschenstill.

Mao starrte Wizard aus leblosen Augen an. Schließlich sprach er ihn in klarem und knappem Englisch an.

»Professor Max T. Epper, Codename Merlin, einigen aber auch als Wizard bekannt. In Kanada geboren, ordentlicher Professor für Archäologie am Trinity College in Dublin. Hatte zu tun mit dem recht ungewöhnlichen Vorfall, der sich am 20. März 2006 an der Cheops-Pyramide in Giseh zutrug.

Und Professor Yobu Tanaka von der Universität Tokio. War nicht an der Sache in Giseh beteiligt, ist aber Experte für alte Zivilisationen. Meine Herren, ihr Assistent war ein talentierter, intelligenter junger Mann. Sie können also sehen, wie sehr mich solche Menschen interessieren.«

»Was wollen Sie?«, fragte Wizard.

Mao grinste, ein schmallippiges, freudloses Grinsen.

»Aber Professor Epper, ich will *Sie*!«

Wizard runzelte die Stirn. Mit dieser Antwort hatte er nicht gerechnet.

Mao machte einen Schritt vor und musterte die große Kammer, die sie umgab. »Es liegen große Zeiten vor uns, Professor. In den kommenden Monaten werden Imperien aufsteigen und Nationen zugrunde gehen. In solchen Zeiten braucht die Volksrepublik China kluge Männer. Männer wie Sie. Und deshalb werden Sie von nun ab für mich arbeiten, Professor. Ich bin sicher, mit ein bisschen Überredungskunst – in einer meiner Folterkammern – werden Sie mir helfen, die sechs Ramsessteine zu finden.«

ERSTE PRÜFUNG

DIE JAGD AUF DEN FEUERSTEIN

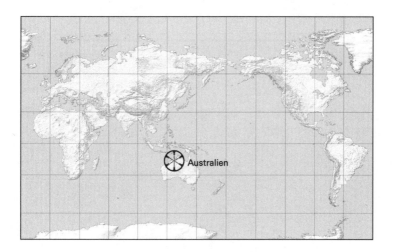

AUSTRALIEN

1. DEZEMBER 2007
NEUN TAGE VOR DEM
ERSTEN STICHTAG

GREAT SANDY DESERT
NORDWESTAUSTRALIEN
1. DEZEMBER 2007, 07:15 UHR

Am Tag, als seine Farm von einer überwältigenden Übermacht angegriffen wurde, hatte Jack West jr. bis sieben Uhr morgens geschlafen.

Normalerweise stand er schon um sechs auf, um den Sonnenaufgang zu erleben, aber im Moment verlief sein Leben in ruhigen Bahnen. Schon seit fast achtzehn Monaten war seine Welt friedlich, also hatte er beschlossen, den dämlichen Sonnenaufgang sausen zu lassen und sich noch eine Stunde Schlaf zu gönnen.

Die Kinder waren natürlich schon auf den Beinen. Lily hatte einen Freund zu Besuch, einen kleinen Jungen aus ihrer Schule, der Alby Calvin hieß.

Die letzten drei Tage hatten sie ohne Unterlass gespielt, wie üblich lärmend und aufgedreht und immer mit Dummheiten im Kopf. Tagsüber hatten sie auch noch den letzten Winkel der riesigen Farm erforscht und abends mit Albys Teleskop in die Sterne gestiert.

Dass Alby halb taub war, machten weder Lily noch Jack etwas aus. An ihrer Hochbegabtenschule in Perth galt Lily als das sprachliche und Alby als das mathematische Genie. Das war alles, was zählte.

Lily beherrschte mit ihren elf Jahren schon sechs Sprachen, darunter zwei antike und die Taubstummensprache. Sich Letztere anzueignen war ihr leichtgefallen, zumal sie sie mit Alby gemeinsam gelernt hatte. Heute waren die Spitzen ihres wunderbar langen, schwarzen Haars zur Abwechslung in grellem Pink gefärbt.

Alby war ein zwölfjähriger Farbiger, der eine riesige Brille mit dicken Gläsern trug. Er hatte einen künstlich implantierten Hörnerv, eine wunderbare technologische Errungenschaft, durch die Taube hören und mit leicht nuschelndem Tonfall auch sprechen konnten. In Momenten allerdings, wenn man ihm eine besondere Gefühlsregung oder irgendwelche Dringlichkeiten klarmachen musste, war die Zeichensprache immer noch unerlässlich. Aber ob nun taub oder nicht, Alby Calvin konnte es mit jedem aufnehmen.

West stand mit bloßem Oberkörper auf seiner Veranda und schlürfte einen Kaffee. Sein linker Arm glitzerte in der Morgensonne – vom Bizeps abwärts bestand er komplett aus Metall.

Er spähte hinaus in die endlose Weite der Wüste, die verschwommen im Morgenlicht dalag. Er war mittelgroß und sah mit seinen blauen Augen und dem zerzausten dunklen Haar auf eine raubeinige Art gut aus. Früher einmal hatte er als weltweit viertbester Elitesoldat gegolten, der einzige Australier unter lauter Amerikanern.

Aber jetzt war er kein Soldat mehr. Zehn Jahre lang hatte er eine tollkühne Mission angeführt, die den sagenumwobenen goldenen Schlussstein der Cheops-Pyramide aus den Ruinen eines der sieben antiken Weltwunder bergen wollte. Er war nun eher Schatzjäger als Krieger, geübter darin, die versteckten Fallen in irgendwelchen Höhlensystemen zu entschärfen und antike Rätsel zu entschlüsseln, als Leute umzubringen.

Durch das Abenteuer um den Schlussstein, das auf der Spitze der Cheops-Pyramide sein Ende gefunden hatte, waren West und Lily zusammengeschweißt worden. Seit Lilys Eltern tot waren, hatte Jack sie großgezogen, unterstützt von einem internationalen Team wahrhaft einzigartiger Soldaten. Kurz nach der Mission um den Schlussstein hatte er sie dann adoptiert.

Und seit diesem Tag vor fast zwei Jahren hatte er hier draußen in vollkommener Abgeschiedenheit gelebt, fern von jedem Einsatz, fern von der Welt. Selbst nach Perth war er nur gefahren, wenn es um Lilys Ausbildung ging.

Und was den goldenen Schlussstein betraf, der lag in seiner ganzen Pracht in einer verlassenen Nickelmine hinter seinem Farmgebäude.

Vor einigen Monaten allerdings war West durch einen Zeitungsartikel in Unruhe versetzt worden.

Ein australischer Soldat namens Oakes, der im Irak in einer Sondereinheit diente, war in einen Hinterhalt geraten und erschossen worden. In allen militärischen Konflikten war dies seit fast zwei Jahren der erste australische Gefallene überhaupt.

Dieser Umstand beunruhigte West, denn er war einer der wenigen Menschen in der Welt, die sehr genau wussten, warum in diesen vergangenen achtzehn Monaten kein Australier mehr gefallen war. Es hatte mit der Tartarus-Rotation von 2006 und eben mit diesem Schlussstein zu tun. Mit einem uralten Ritual, das West seinerzeit zelebriert hatte, hatte er die Unverwundbarkeit Australiens sichergestellt. Eigentlich für sehr lange Zeit.

Aber nachdem nun dieser Soldat im Irak gefallen war, schien die Periode der Unverwundbarkeit offenbar vorbei zu sein.

West fiel das Datum auf, an dem der Mann umgekommen war: der 21. August. Es lag verdächtig nahe am herbstlichen Äquinoktium, der Tagundnachtgleiche auf der Nordhalbkugel.

West selbst hatte das Tartarus-Ritual auf der Spitze der Cheops-Pyramide am 20. März 2006 zelebriert, dem Tag des Äquinoktiums im Frühling, an dem die Sonne exakt über der Erde gestanden und Tag und Nacht gleich lang gewesen waren.

Die Tagundnachtgleichen im Frühling und im Herbst waren verwandte Himmelsphänomene, die an entgegengesetzten Zeitpunkten des Jahres auftraten.

Gegensätzlich, aber doch gleich, dachte West. Yin und Yang.

Irgendwo musste jemand um die Zeit der herbstlichen Tagundnachtgleiche etwas unternommen haben, was Tartarus neutralisiert hatte.

Von einer kleinen braunen Gestalt, die von Osten her in sein Blickfeld kam, wurde West aus seinen Gedanken gerissen.

Es war ein Vogel, ein Falke, der sich mit anmutig gespreizten Schwingen in den staubigen Himmel erhob. Es war Horus, sein

Wanderfalke und treuer Gefährte. Er landete neben West auf dem Geländer und stieß einen krächzenden Schrei zum östlichen Himmel hin aus.

West sah gerade noch rechtzeitig in diese Richtung, um mehrere schwarze Punkte zu erkennen, die dort am Himmel auftauchten. Sie flogen in Formation.

Etwa fünfhundert Kilometer entfernt war nahe der Küstenstadt Wyndham eine Militärübung im Gange, ein groß angelegtes, alle zwei Jahre von Australiern und Amerikanern abgehaltenes Manöver namens *Talisman Sabre*. Es umfasste alle Waffengattungen beider Länder: die Navy, die Army und die Air Force.

In diesem Jahr allerdings gab es eine Besonderheit. Zum ersten Mal überhaupt nahm an *Talisman Sabre* auch China teil. Niemand machte sich irgendwelche Illusionen. Unter der Aufsicht des neutralen Australien (das enge Wirtschaftsbeziehungen zu China ebenso unterhielt wie etablierte militärische Beziehungen zu den USA) würden sie ein Kräftemessen veranstalten. Anfangs hatten die USA eine Beteiligung Chinas abgelehnt, doch die Chinesen hatten gehörigen wirtschaftlichen Druck auf Australien ausgeübt, um eingeladen zu werden. Schließlich hatten die Australier die USA angefleht, ihre Zustimmung zu geben.

Gott sei Dank musste er sich mit solchen Sachen nicht mehr befassen, dachte West.

Er wandte sich um und sah Lily und Alby zu, die um die Scheune herumflitzten und zwei identische Staubwolken hinterließen. Da meldete sich aus der Küche sein Computer.

Ping, ping, ping, ping.

E-Mails.

Und zwar haufenweise.

Immer noch den Kaffeebecher in der Hand, ging Jack hinein und sah auf den Bildschirm.

Gerade waren über zwei *Dutzend* E-Mails von Max Epper eingegangen. Jack klickte eine an und starrte im nächsten Moment auf das Digitalfoto eines antiken, in Stein gehauenen Symbols. Auf den ersten Blick sah es chinesisch aus.

»Ach, Wizard«, seufzte er. »Was ist jetzt wieder los? Hast du wieder mal vergessen, dein externes Laufwerk mitzunehmen?« Wizard waren solche Sachen schon öfter passiert. Er musste eine Sicherheitskopie erstellen, hatte aber vergessen, ein zweites Laufwerk mitzunehmen und deshalb seine Fotos an Jack gemailt, damit der sie für ihn speicherte.

Seufzend klickte Jack sich ins Internet, ging auf die Seite eines Chatrooms für den *Herrn der Ringe* und gab sein Benutzer-Kennwort ein: STRIDER101.

Ein kaum besuchtes Messageboard erschien auf dem Bildschirm. Auf diese Weise kommunizierten er und Lily mit Wizard, durch die Anonymität des Internets. Wenn Wizard ihm eine solche Ladung an E-Mails schickte, dann hatte er möglicherweise auch über den Chatroom eine Nachricht gesandt, in der er alles erklärte.

Und prompt stammte die letzte Nachricht, die jemand auf dem Messageboard hinterlassen hatte, von GANDALF101. Das war Wizard.

West scrollte nach unten, um die Nachricht zu lesen. Er erwartete die übliche verschämte Entschuldigung von Wizard ...

... aber was er dann sah, überraschte ihn.

Zahlen!

Zahlen über Zahlen, getrennt durch Klammern und Querstriche:

(3/289/-5/5) (3/290/-2/6) (3/289/-8/4) (3/290/-8/4) (3/290/-1/12)
(3/291/-3/3) (1/187/15/6) (1/168/-9/11)
(3/47/-3/4) (3/47/-4/12) (3/45/-163) (3/47/-1/5)
(3/305/-3/1) (3/304/-8/10)
(3/43/-1/12) (3/30/-3/6)
(3/15/7/4) (3/15/7/3)
(3/63/-20/7) (3/65/5/1–2)
(3/291/-14/2) (3/308/-8/11) (3/232/5/7)
(3/69/-13/5) (3/302/1/8)
(3/55/-4/11-13) (3/55/-3/1)

Jack runzelte besorgt die Stirn.

Es war eine verschlüsselte Nachricht von Wizard, ein Spezialcode, der nur den Mitgliedern ihres vertrauten engsten Kreises bekannt war.

Das hier war etwas Ernstes.

Schnell griff Jack sich aus dem nahe stehenden Bücherregal einen Taschenbuchroman – denselben, den Wizard benutzt hatte, um die Nachricht in China abzufassen. Indem er vor- und zurückblätterte, entschlüsselte er die codierte Nachricht.

(3/289/-5/5) (3/290/-2/6) (3/289/-8/4) (3/290/-8/4) (3/290/-1/12)
KOMM HER KOMM HER SCHNELL!

(3/291/-3/3) (1/187/15/6) (1/168/-9/11)
BRING FEUER STEIN

(3/47/-3/4) (3/47/-4/12) (3/45/-163) (3/47/-1/5)
UND MEIN SCHWARZES BUCH

(3/305/-3/1) (3/304/-8/10)
UND LAUF

(3/43/1/12) (3/30/-3/6)
NEUER ERNSTFALL

(3/15/7/4) (3/15/7/3)
SEHR GEFÄHRLICH

(3/63/-20/7) (3/65/5/1–2)
FEINDE KOMMEN

(3/291/-14/2) (3/308/-8/11) (3/232/5/7)
TREFFE DICH IM

(3/69/-13/5) (3/302/1/8)
GROSSEN TURM

(3/55/-4/11-13) (3/55/-3/1)
DAS SCHLIMMSTE KOMMT

»Verdammte Scheiße!«, keuchte Jack.

Er warf einen hastigen Blick aus dem Küchenfenster und sah, dass Lily und Alby immer noch bei der Scheune spielten. Dann blickte er hinauf in den orangefarbenen Himmel über ihnen, der in der Morgensonne so prächtig aussah ...

... und sich plötzlich mit hinabstürzenden Gestalten füllte, Dutzenden und Aberdutzenden. Sie öffneten Fallschirme, die über ihnen aufblühten und ihren Sturz abbremsten.

Fallschirmspringer! Hunderte von Fallschirmspringern!

Und sie näherten sich seiner Farm.

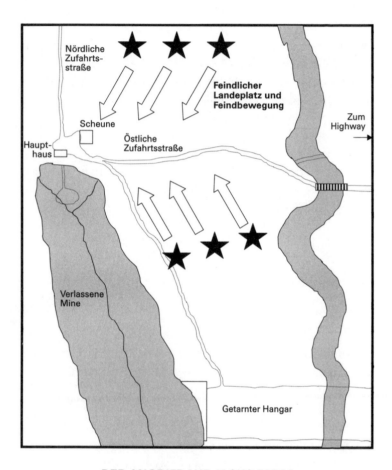

DER ANGRIFF AUF JACKS FARM

West stürzte aus dem Haus und brüllte:»Kinder! Kommt her! Sofort!«

Verdutzt drehte Lily sich um. Alby ebenfalls.

Während er rief, machte West gleichzeitig Zeichen in Taubstummensprache:»Lily, pack einen Koffer! Alby, hol alle deine Sachen! Wir hauen in zwei Minuten ab!«

»Abhauen? Warum denn?«, fragte Alby.

Lily dagegen kannte diesen Ausdruck in Wests Gesicht.

»Weil wir müssen«, erklärte sie und signalisierte Alby:»Beeilung!«

West rannte zurück ins Haus und schlug gegen die Türen der beiden Gästezimmer der Farm.»Zoe! Sky Monster! Aufwachen! Wir haben wieder Ärger am Hals!«

Aus dem ersten Gästezimmer kam Sky Monster, ein behaarter Neuseeländer, der seit langem Wests Freund und außerdem der Pilot war.

Mit seinem langen, schwarzen Bart, seinem Kugelbauch und seinen buschigen Augenbrauen war Sky Monster am frühen Morgen nicht gerade der berauschendste Anblick. Er hatte auch einen echten Namen, aber den schien außer seiner Mutter niemand zu kennen.

»Nicht so laut, Huntsman«, knurrte er.»Was ist denn los?«

»Wir werden angegriffen.« West deutete aus dem Fenster.

Triefäugig blickte Sky Monster hinaus und sah den Schwarm der aus dem Morgenhimmel schwebenden Fallschirme. Er riss die Augen auf.»*Australien* wird angegriffen?«

»Nein, nur wir. Nur diese Farm. Zieh dir was an, und dann los zur *Halicarnassus*. Bereite sie für einen sofortigen Start vor.«

»Alles klar.« Sky Monster verschwand genau in dem Moment, als sich die Tür zum zweiten Gästezimmer öffnete und einen erheblich erfreulicheren Anblick preisgab.

In einem von Wests Pyjamas trat Zoe Kissane aus dem Zimmer. Mit ihren himmelblauen Augen, dem kurzen Haar und ihrem sommersprossigen Gesicht war sie eine echte irische Schönheit. Gegenwärtig hatte sie Urlaub von der Sciathan Fhianoglach an Airm, der berühmten Eliteeinheit der irischen Armee. Weil auch sie bei der Schlussstein-Geschichte dabei gewesen war, standen sie und West sich nahe – sogar ziemlich nahe, wie manche behaupteten. Auch Zoes Haarspitzen waren in grellem Pink gefärbt, letztes Zeugnis ihrer Frisierstunde mit Lily am Tag zuvor.

Zoe wollte etwas sagen, aber West deutete nur aus dem Fenster.

»Tja, so was sieht man nicht alle Tage«, kommentierte sie.

»Wo ist Lily?«

Gebückt suchte Jack in seinem eigenen Zimmer alle möglichen Sachen zusammen. Eine Bergmannsjacke aus grobem Leinen, einen Feuerwehrhelm und ein Halfter für zwei Pistolen, das er sich um die Taille schnallte. »Die holt ihre Sachen. Alby ist bei ihr.«

»Alby? Mein Gott, was sollen wir ...«

»Wir nehmen ihn mit.«

»Eigentlich wollte ich fragen, was wir seiner Mutter sagen sollen. ›Hallo Lois, aber klar, die Kinder hatten einen tollen Sommer, sie sind sogar einer Fallschirmstaffel entwischt?‹«

»So was in der Art«, erwiderte Jack, eilte in sein Büro und kam einen Moment später mit einer in Leder gebundenen Mappe zurück.

Dann rannte er an Zoe vorbei den Flur hinunter bis zur Hintertür des Hauses. »Hol deine Sachen und halt die Kinder im Zaum. In zwei Minuten hauen wir ab. Ich muss das Kopfstück des Schlusssteins holen.«

»Das was?«, fragte Zoe, aber da war West schon hinaus ins Sonnenlicht gerannt, hinter ihm knallte die Fliegengittertür zu.

»Und nimm auch die Codebücher und alle Laufwerke mit«, hörte sie ihn aus einiger Entfernung rufen.

Im nächsten Moment kam Sky Monster aus seinem Besucherzimmer gepresht und schnallte sich dabei seinen Gürtel zu. Er hatte einen Pilotenhelm dabei. Mit einem ruppigen »Moin, Prinzessin« eilte auch er an Zoe vorbei und war schon aus der Hintertür gerannt.

Erst da wurde Zoe plötzlich klar, in was für einer Situation sie steckten.

»Gottverdammte Scheiße«, rief sie aus und sprang zurück in ihr Zimmer.

Jack West fegte durch den Garten hinter seinem Haus und rannte in den Eingang einer alten, verlassenen Mine, die sich in einen flachen Hügel bohrte.

Nur mit einem Grubenlicht an seinem Helm als Orientierung hastete er einen dunklen Tunnel entlang, bis der sich nach etwa hundert Metern zu einer größeren Kammer erweiterte. Und darin befand sich ...

... der goldene Schlussstein.

Er war einen knappen Meter hoch und glänzte golden. Die stattliche Minipyramide, die sich einst auf der Spitze der großen Pyramide von Giseh befunden hatte, strahlte eine solch eindrucksvolle Autorität aus, dass ihr schierer Anblick ihm jedes Mal, wenn er sie erblickte, Ehrfurcht einflößte.

Um den Schlussstein herum waren verschiedene andere Artefakte aufgestellt, die von Jacks früheren Abenteuern stammten und in gewisser Weise allesamt etwas mit den sieben antiken Weltwundern zu tun hatten: der Spiegel aus dem Leuchtturm von Alexandria, der Kopf des Kolosses von Rhodos.

Gelegentlich kam West her, saß einfach nur da und bestaunte die unschätzbare Sammlung von Artefakten in der Höhle.

Aber heute nicht.

Heute schnappte er sich eine alte Stufenleiter, kletterte neben dem Schlussstein hinauf und nahm vorsichtig das oberste Stück ab, das einzige, das selbst wie eine Pyramide aussah. Den Feuerstein.

Der Feuerstein war klein, die Unterkante etwa so breit wie

ein normales Buch. In die Spitze war ein kleiner, durchsichtiger Kristall eingelassen, kaum vier Zentimeter breit. Auch die restlichen Stücke des Schlusssteins besaßen in ihrer Mitte jeweils einen solchen Kristall, und wenn man den Schlussstein zusammensetzte, standen sie alle in einer Reihe übereinander.

Sorgsam verstaute West den Feuerstein in seinem Rucksack und eilte durch den Tunnel hinaus.

Unterwegs löste er an mehreren schwarzen Kästen, die den gesamten Tunnel entlang an Stützbalken befestigt waren, den Zündmechanismus aus. Rote Lichter fingen an zu blinken. Am letzten Stützbalken aktivierte er den Schlusskasten und griff nach einer Fernbedienung, die genau für diesen Zweck dort lag.

Im nächsten Moment war er draußen und stand vor dem Eingang der alten Mine im Sonnenlicht.

»Ich hatte gehofft, das nie tun zu müssen«, murmelte er traurig.

Er betätigte den Detonationsknopf der Fernbedienung. Eine Reihe gedämpfter Donnerschläge dröhnte aus dem Tunnel, während eine Ladung nach der anderen explodierte, die innersten zuerst.

Dann schoss mit Getöse eine Staubwolke aus dem Eingang der Mine und blähte sich rasch davor auf. Mit der Explosion der letzten Ladung wurde ein kleiner Erdrutsch ausgelöst, der vom Hügel über dem Eingang der Mine herabrieselte, ein lockerer Haufen Geröll, Sand und Fels.

Hätte West Zeit gehabt, sich noch einmal umzudrehen, hätte er gesehen, wie die Staubwolke sich legte. Als sie gänzlich verschwunden war, war da nur noch eine kleine Erhebung, ein ganz gewöhnlicher Hügel aus Fels und Sand, der sich in nichts von den anderen in der Umgebung unterschied.

Jack kehrte gerade noch rechtzeitig zum Farmgebäude zurück, um zu sehen, wie Sky Monster in einem Transporter in Richtung Süden zum Hangar davonbrauste.

Es fielen immer noch Fallschirme vom Himmel, viele hatten

jetzt schon fast den Boden erreicht. Es waren buchstäblich Hunderte. An vielen hingen offensichtlich bewaffnete Männer, während die größeren Fallschirme überdimensionierte Gegenstände zu Boden ließen: Jeeps und Trucks.

»Heilige Mutter Gottes«, flüsterte Jack.

Zoe hatte eine Festplatte unter den Arm geklemmt und zog Lily und Alby aus der Hintertür des Hauses heraus.

»Hast du die Codebücher mitgenommen?«, rief West ihr zu.

»Lily hat sie.«

»Hier entlang, zur Scheune!« West machte ihnen Zeichen zu folgen.

Gemeinsam rannten die vier – zwei Erwachsene und zwei Kinder – los und mühten sich dabei mit ihren Rucksäcken und dem Gepäck ab, das sonst noch mitgenommen werden musste. Über ihnen flog Horus.

Beim Laufen entdeckte Alby Wests Waffen.

West bemerkte den entsetzten Blick auf dem Gesicht des Jungen. »Keine Sorge, Junge, so was passiert uns alle naselang.«

Er erreichte das riesige Scheunentor und führte die anderen hinein, bevor er hinter Sky Masters Transporter herspähte, der an einem Felsensporn entlang nach Süden raste und eine dicke Staubwolke hinter sich herzog.

Dann aber nahm ihm ein Fallschirmspringer die Sicht auf den Wagen, ein bis an die Zähne bewaffneter chinesischer Gardist, der in der staubigen Erde landete. Geschickt rollte er sich ab, holte seinen Schirm ein und brachte sofort sein Automatikgewehr in Anschlag.

Dann stürmte er direkt auf das Farmhaus zu.

Ein zweiter landete hinter ihm. Dann noch einer, und noch einer.

West schluckte. Er und die anderen waren von Sky Monster abgeschnitten. »Verdammt noch mal«, fluchte er leise.

Im nächsten Moment duckte er sich in die Scheune weg, denn um seine Farm herum landeten über hundert weitere Fallschirmspringer.

Östliche Zufahrtsstraße

Wenige Augenblicke später krachte das Scheunentor auf und zwei kompakte Allradfahrzeuge donnerten heraus. Sie sahen aus, als stammten sie direkt aus einem *Mad-Max*-Streifen. Es waren modifizierte Longline *Light-Strike-Vehicles* oder kurz LSVs, ultraleichte, zweisitzige Strandbuggys mit klotzigen Universalreifen, einer robusten Gabelbein-Federung und schnittigem Chassis, das aus nichts als Überrollbügeln und Querstreben bestand.

Jack und Alby saßen im ersten Wagen, Zoe und Lily im zweiten. »Sky Monster!«, schrie Jack in das Funkgerät, das er sich aufgesetzt hatte, »wir sind von dir abgeschnitten! Können dich erst am Highway treffen! Wir fahren nach Osten und überqueren den Fluss da!«

»*Wiederhole*«, meldete sich Sky Master, »*Treffpunkt ist der Highway.*«

»*Jack!*« Das war Zoes Stimme. »*Was sind das für Typen und wie zum Teufel haben sie uns gefunden?*«

»Keine Ahnung«, antwortete Jack. »Keinen blassen Dunst. Aber Wizard hat gewusst, dass sie kommen würden. Er hat uns eine Warnung geschickt.«

In diesem Moment fraß sich eine Garbe direkt vor Jacks Fahrzeug quer über die Piste. Hart riss Jack das Steuer herum und jagte durch die Staubwolke.

Die Schüsse stammten von einem großen Geländewagen, der aus der Wüstenebene nach Norden donnerte.

Unverkennbar ein Dreiachser, ein gepanzerter Mannschaftswagen vom Typ WZ-551, den die Chinese North Industries

Corporation für die Volksbefreiungsarmee entwickelt hatte. Er besaß eine kastenförmige Karosserie und eine flache, bugförmige Schnauze, die unten schräg nach hinten abfiel. Außerdem war er schwer bewaffnet und mit einem französischen Dragar-Turm ausgerüstet, auf dem ein hundsgemeines 25-mm-Geschütz und ein 7.62 mm koaxiales Maschinengewehr prangten.

Er war der erste von zahllosen APCs, die aus nördlicher Richtung herandonnerten. Jack zählte hinter ihm noch sieben ... neun ... elf Fahrzeuge, dazu noch kleinere, Jeeps und Trucks, alle randvoll mit schwer bewaffneten Soldaten.

Im Süden sah es nicht besser aus. Auch da waren Truppen und Fahrzeuge abgesetzt worden, hatten sich ihrer Fallschirme entledigt und näherten sich nun in nördlicher Richtung der östlichen Zufahrtsstraße.

Eine Armada von Fahrzeugen, die von Norden und von Süden aus genau auf sie zuhielten.

Zoes Stimme: »*Jack! Die APCs da sehen chinesisch aus!*«

»Ich weiß.«

Er drehte an seinem Funkgerät und stellte es auf die Frequenz ein, die für das *Talisman-Sabre*-Manöver benutzt wurde. Eine Stimme schrie: »*Red Force Three! Kommt zurück! Ihr seid kilometerweit vom Zielgebiet entfernt abgesprungen. Was zum Teufel macht ihr Kerle denn?*«

Clever, dachte West. Seine Angreifer hatten es so aussehen lassen, als hätten sie sich bei einem Übungssprung verirrt.

Er wog seine Möglichkeiten ab.

Die östliche Zufahrt führte zum Fitzroy, einem in nordsüdlicher Richtung fließenden Fluss, der jetzt, in der Regenzeit, viel Wasser führte. Nur eine einzige Brücke spannte sich darüber. Jenseits des Flusses gab es einen alten Highway, der auf einem geraden Abschnitt West gleichzeitig auch als private Rollbahn diente.

Wenn ihre Wagen es über den Fluss schafften, bevor die auf sie zurollenden Truppen ihnen den Weg abschnitten, dann konnten sie es bis zum Highway schaffen und sich dort mit Sky Monster treffen.

Aber ein flüchtiger Blick auf die beiden Kolonnen, die von Norden und Süden auf ihn zustrebten, machte die Sache zu einer einfachen mathematischen Rechenaufgabe: Es würde knapp werden.

Wests LSV röhrte die staubige Piste hinab nach Osten.

Im Beifahrersitz hielt sich Alby am Überrollbügel fest, die Augen riesig vor Todesangst.

West warf einen Seitenblick auf den Kleinen.

»Ich wette, so was hast du den ganzen Sommer lang sonst bei keinem deiner Freunde erlebt, was?«

»Nö«, schrie Alby gegen den schneidenden Fahrtwind an.

»Bist du bei den Pfadfindern, Alby?«

»Jawoll!«

»Und was ist deren Motto?«

»Allzeit bereit!«

»Haargenau. Und jetzt, mein Junge, wirst du gleich rausfinden, warum ihr nicht an der Brücke oder an der Furt spielen sollt.«

Die beiden LSVs peitschten die staubige Piste entlang, während beiderseits ihre Verfolger immer näher kamen und sich v-förmig auf einen Punkt vor ihnen zubewegten. Hinter den beiden näher kommenden Verbänden türmten sich riesige Staubwolken auf.

»Zoe, überhol mich!«, schrie West.

Zoe gehorchte und scherte vor West ein. Im nächsten Moment donnerten die beiden Fahrzeuge schon über einen Spaltboden.

Während jedoch sein LSV über den eisernen Rost schoss, scherte West nach links aus und krachte geradewegs in ein niedriges Schild, auf dem VIEHTRIEB stand.

Dem zufälligen Blick blieb verborgen, dass das Schild mit einem gespannten Draht verbunden war, der, als das LSV darüber hinwegraste, einen getarnten Mechanismus auslöste. Hundert sechszackige Sperrnägel wurden hinter dem fliehenden Wagen auf die Piste geschleudert.

Alby drehte sich um und sah, wie die sternförmigen Eisen in einem breiten Streifen auf der Piste aufschlugen. Da fuhr auch schon der erste Jeep, dessen Männer verbissen feuerten, mitten in den Nagelteppich. Es knallte explosionsartig, als alle vier Reifen platzten. Der Wagen kam ins Schlittern und überschlug sich. Die Männer wurden in alle Richtungen hinausgeschleudert.

Dasselbe Schicksal ereilte einen zweiten Jeep, aber die anderen umfuhren den Nagelteppich und holperten um den gefährlichen Pistenabschnitt herum.

Alby sah, wie sie ineinanderkrachten, und wandte sich zu West um, der gegen den Wind anschrie: »Allzeit bereit!«

Alby drehte sich wieder um und bemerkte die APCs, die sie in langsamerem Tempo verfolgten. Sie erreichten den Nagelteppich und fuhren mit ihren Vollgummireifen einfach darüber hinweg, ohne Schaden zu nehmen.

Sie verfolgten sie, hetzten sie, jagten sie.

Zoe betätigte beim Fahren weiter den Frequenzscanner ihres Funkgeräts. Kurz nachdem die beiden Jeeps kollidiert waren, hörte sie über eine gesicherte Militärfrequenz Stimmen. Sie sprachen Mandarin.

»*Jack*«, schrie sie in ihr Mikro, »*ich habe die bösen Buben auf UHF 610.15!*«

Jack stellte das Funkgerät seines Fahrzeugs auf diese Frequenz ein und hörte auf Mandarin die Stimmen seiner Feinde.

»*Fahren in zwei Wagen Richtung Osten.*«

»*Siebte Luftlandekompanie hat Verfolgung aufgenommen.*«

»*Siebte Luftlandekompanie auf dem Weg zur Brücke.*«

»*Kommandostelle. Hier Zweite Luftlandekompanie. Wir sind direkt hinter ihnen. Anweisungen für Ergreifung wiederholen.*«

Eine neue Stimme schaltete sich ein, abgeklärter und mit offensichtlicher Autorität.

»*Zweite Kompanie, hier Black Dragon. Anweisungen für Er-*

greifung sind wie folgt: Oberste Priorität hat der Feuerstein. Zweite Priorität das Mädchen und West, beide müssen möglichst lebend gefasst werden. Alle anderen Gefangenen sind zu exekutieren. Es darf für unsere Operation keine Zeugen geben.«

Als West das hörte, warf er einen raschen Blick auf Alby, dann nach vorn auf Zoe im vorderen Wagen.

Es war eine Sache zu wissen, dass einem selbst nichts passierte, falls es schief lief. Etwas anderes war es zu wissen, dass den eigenen Freunden sehr wohl etwas passierte.

»*Hast du das gehört?*«, fragte Zoe über Funk.

»Ja«, antwortete West und seine Gesichtsmuskeln spannten sich an.

»*Bitte schaff uns hier raus, Jack.*«

Während Jack und Zoe in ihren Wagen weiter ostwärts rasten, kam ein chinesischer Kommando-APC an Jacks Farmgebäude an, flankiert von mehreren Jeeps.

Noch während er rutschend zum Stehen kam, sprangen zwei Männer heraus, ein Chinese und ein Amerikaner. Der Chinese war deutlich älter, dennoch wiesen ihre Kragenspiegel beide als Majors aus.

Der chinesische Major war *Black Dragon*, zu dem die Stimme gehörte, die West über Funk gehört hatte. Black Dragon war ehrgeizig und verbissen und für seine kalte, methodische Effektivität bekannt. Ein Mann, der erledigte, was man ihm auftrug.

Der jüngere Amerikaner bei ihm war groß, breitschultrig und muskulös und trug eine für ihn maßgeschneiderte Uniform der US Army Special Forces. Sein Bürstenhaarschnitt war akkurat ausrasiert und sein starrer Blick der eines Psychopathen. Sein Codename lautete *Rapier*.

»Das Farmgebäude sichern«, befahl Black Dragon der nächstbesten Einheit von Fallschirmjägern. »Aber gebt acht auf improvisierte Fallen. West gehört auf jeden Fall zu der Sorte, die auf so einen Fall vorbereitet ist.«

Rapier sagte nichts. Er starrte nur aufmerksam das verlassene Farmhaus an, so als wolle er sich jedes noch so kleine Detail einprägen.

Die Brücke

Die Brücke lag jetzt vor ihnen, vielleicht noch zwei Kilometer entfernt. Ein alter, hölzerner, einspuriger Überweg.

Kaum hatte West sie im Blickfeld, da kamen auch schon drei

APCs und fünf chinesische Jeeps rutschend vor ihr zum Stehen und blockierten die Durchfahrt. Eine Straßensperre!

Sie waren vor ihnen angekommen.

Verdammt!

Der erste APC senkte bedrohlich das auf seinem Turm montierte Geschützrohr. Genau im selben Moment schlossen von hinten vier chinesische Jeeps mit Wests Fahrzeugen auf, zwei auf jeder Seite.

Die Soldaten in den Jeeps sahen stinkwütend aus. Während sie von dem unebenen Gelände durchgeschüttelt wurden, versuchten sie mit ihren Gewehren auf Wests Reifen zu zielen.

»*Jack!*«, schrie Zoe über Funk. »*Jack ...!*«

»Bleib auf der Straße! Egal, was du sonst machst, bleib auf jeden Fall auf der Straße, bis du die Windmühlen erreicht hast!«

Zwei schmale Windmühlen flankierten vor ihnen die Piste, auf halbem Weg zwischen ihren Fahrzeugen und der Brücke.

Hinter Jacks LSV, kaum einem Meter weit weg, explodierte etwas und riss einen Krater in die Piste. Ein Schuss aus dem Geschütz des APC.

»Hui!«, machte Jack und wandte sich Alby zu. »Tu mir einen Gefallen, Junge. Versuch deiner Mutter gegenüber diesen Teil deines Aufenthalts zu verschweigen.«

Zoes Wagen erreichte die Windmühlen, die zu beiden Seiten der Fahrbahn standen, und jagte zwischen ihnen hindurch, dicht gefolgt von Jacks und Albys LSV, das immer noch von vier chinesischen Jeeps bedrängt wurde.

Jack raste an den Windmühlen vorbei, doch die Jeeps wählten eine andere Route. Einer schwenkte auf die eigentliche Piste ein und schoss zwischen den Mühlen hindurch, während die drei anderen sich entfernten, die Windmühlen von außen umfuhren und ...

... plötzlich war der erste Jeep weg. Dann auch der zweite direkt dahinter *und* derjenige, der die Windmühle auf der anderen Seite umkurvt hatte.

Die drei Jeeps verschwanden aus dem Blickfeld, als hätte die Erde sie verschluckt.

Und genau das war auch passiert. Sie waren in indische Tigerfallen gestürzt, riesige getarnte Löcher in der Erde gleich neben den Windmühlen. Jack hatte sie speziell für eine Flucht wie diese gebaut.

»Zoe! Schnell, lass mich vorbei, und dann fahr mir genau hinterher!«

Jack zoomte an Zoes Fahrzeug vorbei und bog dann abrupt nach links ab, verließ die Piste und fuhr durch das ruppige Buschgelände. Zoe folgte ihm und lenkte ihr LSV nach links. Sie wurde von dem letzten chinesischen Jeep verfolgt.

Sie ruckelten durch das Buschwerk, der Fluss lag vor ihnen, die Fahrbahn zu ihrer Rechten.

»Genau mir hinterher!«, wiederholte West in sein Mikro.

Er fegte einen Damm hinunter auf den Fitzroy zu – ein selbstmörderischer Kurs. Es war schlichtweg unmöglich, dass er in seinem tiefliegenden LSV das schnell fließende Wasser des Flusses würde durchqueren können.

Trotzdem fuhr er mitten in den Fluss. Und zwar mit Höchstgeschwindigkeit.

Das LSV klatschte in den Fluss, links und rechts spritzten spektakuläre Gischtfontänen hoch, während er durchs Wasser pflügte, seltsam flaches Wasser an einer ungewöhnlich ruhigen Stelle im Flussbett: Es war eine verborgene Furt.

Während Jacks LSV an der anderen Flussseite aus dem Wasser hüpfte und in einem meterweiten Satz das andere Ufer heraufdonnerte, erreichte Zoes Wagen das diesseitige Ende des Gewässers, und im selben Moment schloss der chinesische Jeep neben ihr auf.

Zoe traf auf die Furt und folgte exakt Jacks Route, der sie verfolgende Jeep allerdings nicht. Die Furt war bewusst nur sehr schmal, eine überspülte Bahn aus Beton, nicht breiter als ein Fahrzeug. Der chinesische Jeep schlug mit der Schnauze auf das hochspritzende Wasser und blieb aufjaulend stehen, während Zoes LSV ungehindert weiterfuhr und am anderen Ende sicher aus dem Fluss hoppelte.

Als die Chinesen, die die Brücke blockierten, sahen, dass die beiden LSVs weiter nördlich erfolgreich den Fluss durchquert hatten, sprangen sie in ihre Jeeps und APCs und rasten über die Brücke, um die Verfolgung aufzunehmen.

Im nächsten Moment allerdings brach die Brücke vor dem ersten Jeep komplett in sich zusammen.

In einem Wirrwarr angesägter Balken und Stützstreben stürzte der Jeep in den Fluss. Die übrigen Fahrzeuge standen hintereinander vor einem gähnenden Loch. Eine Brücke, die man hätte überqueren können, gab es nicht mehr.

Die Chinesen rasten auf die Furt zu, aber bis sie sie gefunden und die Wagen über die schmale Bahn manövriert hatten, preschten Jacks zwei Fluchtfahrzeuge schon über den Highway.

Der Fluchtplan

Während Jack und Zoe in Richtung Osten flüchteten, Nagelfallen auslösten und über versteckte Flussqueren rasten, war auch Sky Monster nicht untätig.

In seinem Transporter war er bis an den äußersten Süden der Farm gedonnert und dort in einem Blockhaus verschwunden, das an einem Hang lag – einem Hang allerdings, der sich bei näherer Betrachtung als ein getarntes Gebäude entpuppte.
Ein Hangar.
Und darin befand sich eine riesige 747.

Wenn man sich den Bauch des Flugzeugs genau ansah, konnte man immer noch einen blassen arabischen Schriftzug ausmachen: PRESIDENT ONE – AIR FORCE OF IRAQ: HALICARNASSUS.

Einst hatte das Flugzeug seine Tage in einem geheimen Hangar vor Basra gefristet, eine von mehreren 747, die an den verschiedensten Plätzen im Irak versteckt gestanden hatten, stets bereit, Saddam im Falle einer Invasion in einen sicheren Hafen in Ostafrika auszufliegen. Wie es sich dann ergeben hatte, war Saddam nie in die Verlegenheit gekommen, ebendieses Flugzeug zu benutzen. Jack West jr. allerdings sehr wohl, als ihn im Jahr 1991 feindliche Truppen eingekesselt und seine eigenen Leute ihn zurückgelassen hatten.
Nun war die *Halicarnassus* sein Flugzeug.

Die *Halicarnassus* rollte holpernd aus ihrem Hangar und ein breites Rollfeld hinab, das durch eine zweite Unterwasserfahrbahn wenige Kilometer südlich der manipulierten Furt ebenfalls den Fitzroy kreuzte.

Kaum war er durch den Fluss, lenkte Sky Monster die 747 nach links, sodass sie in nördlicher Richtung auf dem Highway unterwegs war.

Das monströse Flugzeug donnerte die Wüstenautobahn entlang, ein großes schwarzes Ungeheuer, das über die gleißend schwarze Fahrbahndecke schoss, bis Sky Monster sah, dass einige hundert Meter vor ihm die beiden LSVs von Jack und Zoe auf den Asphalt einschwenkten.

Eine Rampe am hinteren Ende der *Halicarnassus* senkte sich Funken schlagend bis zur Straße ab, und während das große Flugzeug immer noch mit großer Geschwindigkeit unterwegs war, machten die beiden LSVs hinter ihm kehrt und rasten über die Rampe in seinen Bauch, dicht gefolgt vom kleinen Horus.

Kaum war der zweite Wagen im Innern verschwunden und mit einer Seilwinde fest verzurrt, wurde die Rampe wieder hochgefahren. Das Flugzeug beschleunigte bis zur Take-off-Geschwindigkeit und hob langsam und anmutig von dem verlassenen Wüstenhighway ab. Zurück blieb die Farm, die mittlerweile übersät war von chinesischen Fahrzeugen und Soldaten.

West marschierte breitbeinig ins Cockpit der *Halicarnassus*.

»Wir sind noch nicht aus dem Gröbsten raus«, bemerkte Sky Monster. »Auf dem Radar nähern sich ein paar Mühlen. Vier, um genau zu sein. Sehen aus wie J-9 Interceptors, die chinesische Variante der Mig.«

West stürmte zurück in die Kabine, wo Zoe gerade die Kinder anschnallte.

»Zoe«, befahl er, »an die Kanonen!«

Wenige Minuten später saßen er und Zoe festgezurrt an den Flügelgeschützen der *Halicarnassus*. Außerdem verfügte das Flugzeug noch über Drehlafetten auf dem Dach und an der Unterseite, die Sky Monster vom Cockpit aus steuern konnte.

»Die können uns doch nicht einfach vom Himmel ballern, oder?«, fragte Sky Monster über die Sprechanlage. *»Damit würden sie den Feuerstein zerstören.«*

»Der besteht aus fast purem Gold«, gab West zurück. »Er würde praktisch alles überstehen, außer wenn das Kerosin hochgeht. Wenn ich in deren Lage wäre, würde ich uns abschießen und davon ausgehen, dass ich ihn in den Trümmern finde.«

»*Na super. Da kommen sie auch schon …*«

Vier chinesische J-9 Interceptors stoben durch den Himmel, der *Halicarnassus* hinterher. Aufheulend jagten sie im Tiefflug über die Wüste und schossen ihre Raketen ab.

Vier kleine Himmelspfeile zoomten unter ihren Tragflächen hervor und hinterließen spiralförmige Rauchschwaden.

»Gegenmaßnahmen einleiten«, schrie West.

»*Gegenmaßnahmen werden eingeleitet*«, rapportierte Sky Monster.

Er drückte auf ein paar Knöpfe, und sofort sprangen mehrere Täuschbomben aus dem Bauch der *Hali*.

Drei der Raketen schluckten den Köder und detonierten auf ihren falschen Zielen, ohne Schaden anzurichten.

Die vierte nahm West selbst mit seinem Geschütz ins Visier und schoss sie in Stücke.

»Sky Monster! Jetzt aufs Ganze! Rawson's Canyon! Werfen wir mal die Angelleine aus und hoffen, dass unsere Super Betty noch funktioniert. Los, los, los!«

Die *Halicarnassus* flog eine scharfe Kurve und tauchte ab, schoss auf den flachen Wüstenboden zu. Zwei der Interceptors nahmen die Verfolgung auf, die anderen beiden blieben oben.

Die *Halicarnassus* erreichte felsiges Canyon-Gelände, eine ausladende, trockene Ebene, die flankiert war von niedrigen Mesas und Hügeln. Sie schoss in Rawson's Canyon hinein, an dessen Ende sich zwischen zwei Mesas eine schmale Schlucht befand. Offiziell gehörte dieses Land der Armee, aber außer Jack West jr. hatte schon seit Jahren niemand mehr diese Gegend betreten.

Die *Halicarnassus* flog in niedriger Höhe durch den Canyon, kaum mehr als hundert Fuß über dem Boden, gejagt von den zwei chinesischen Interceptors.

Die Kampfflugzeuge feuerten aus allen Rohren.

Jack und Zoe ballerten aus ihren Lafetten zurück.

Leuchtspurgeschosse zischten zwischen Jägern und Gejagtem hin und her, durch die Geschwindigkeit raste die Landschaft nur noch verschwommen vorbei.

Dann nahm Zoe die Interceptor zu ihrer Linken ins Visier und jagte ihr eine Salve Leuchtspurgeschosse direkt in die Luftkühlung. Sofort fing die J-9 an zu erzittern, stieß schwarzen Rauch aus, flatterte dann in der Luft und neigte sich gefährlich nach links. Der Schleudersitz wurde ausgelöst, und die Maschine krachte mit 800 Stundenkilometern in die Wand des Canyons.

Der verbliebene Jagdbomber feuerte weiter, aber Sky Monster ging in dem engen Tal des Canyons noch tiefer. Geschosse zischten an dem schwarzen Flugzeug vorbei, manche streiften die Spitzen der Tragflächen, trafen aber nichts Wesentliches.

Dann erreichte die *Halicarnassus* das Talende und schoss durch die schmale Schlucht. In diesem Moment schrie Jack: »Sky Monster! Super Betty auslösen! Jetzt!«

Sky Monster schlug auf einen Knopf auf seinem Armaturenbrett, auf dem stand: LAUNCH SUP BET.

Dreißig Meter unter und hinter ihnen wurde der Solenoid an einer Masse von Sprengstoff, die monatelang ungestört im Wüstenboden geschlummert hatte, betätigt.

Es handelte sich um RDX, und das Explosionsprinzip folgte dem der Landmine Bouncing Betty. War sie erst einmal ausgelöst, gab es zunächst eine vorläufige Explosion, die die eigentliche Bombe etwa dreißig Meter hoch in die Luft schleuderte.

Drei Sekunden später ging dann die Hauptladung hoch, genau wie bei einer Bouncing Betty, nur viel größer. So groß wie ein Flugzeug. Und randvoll mit Schrapnells.

Die Super Betty.

Hinter der fliehenden *Halicarnassus* entlud sich eine riesige, sternförmige Explosion, exakt in der schnellen Flugbahn der zweiten Interceptor.

Die Schrapnellsplitter erwischten den Kampfjet frontal, durchschlugen das Cockpitdach, gruben sich in das Panzerglas und ließen es in Hunderte kleiner Spinnweben reißen. Andere Splitter schlugen in die Luftansaugung der J-9 ein und zerrissen das Innere des Flugzeugs.

Kaum war der Pilot herausgeschleudert worden, explodierte der Kampfjet in einem einzigen Feuerball. Die Interceptor war ausgeschaltet.

»Ich hatte Super-Betty seit Monaten nicht mehr überprüft«, kommentierte West. »Bin froh, dass sie noch funktioniert hat.«

Die *Hali* stieg steil in den Himmel auf.

Dort warteten schon die letzten beiden Interceptor-Maschinen.

Sky Monster war mittlerweile in nordwestliche Richtung eingeschwenkt, mit Kurs auf die Küste. Während die *Halicarnassus* nun also das australische Festland verließ und über den Indischen Ozean fegte, griffen die beiden Interceptors an.

West und Zoe erwiderten das Feuer mit gleicher Härte, bis schließlich West eine der Interceptors mit seinem Geschütz vom Himmel holte und ...

... plötzlich keine Munition mehr hatte.

»Rechtes Seitengeschütz ausgefallen«, schrie er in die Sprechanlage. »Wie sieht's bei dir aus, Zoe?«

»*Ich hab noch ein bisschen was übrig*«, antwortete sie und feuerte auf die letzte J-9. »*Nicht mehr viele, aber ... Mist, bei mir ist auch Ebbe.*«

Sie hatten keine Munition mehr, und immer noch war einer von den Bösen übrig.

»*Äh, Huntsman ...?*«, meldete Sky Monster sich in gespielter Erwartung. »*Und was sollen wir jetzt machen? Mit Steinen schmeißen?*«

Jack fixierte ihren letzten Verfolger. Die Interceptor schwebte hinter ihnen im Himmel, abwartend ließ sie sich ein Stück zurückfallen, als ob der Pilot spüren würde, dass etwas nicht stimmte.

»Verdammte Scheiße«, fluchte West.

Er schnallte sich vom Sitz seiner Lafette los und hastete zurück in die Kabine. Seine Gedanken überschlugen sich.

Dann hatte er eine Eingebung.

Er suchte die richtige Frequenz auf seinem Headset-Funkgerät. »Sky Monster! Senkrecht nach oben. So steil, wie du nur kannst!«

»*Wie bitte? Was hast du denn vor?*«

»Ich bin im Heckfrachtraum.«

Sky Monster zog den Steuerhebel zurück und die *Halicarnassus* stieg mit der Nase voraus senkrecht in den Himmel.

Sie stieg und stieg und stieg.

Die Interceptor machte sich an die Verfolgung und zoomte hinter ihr her nach oben.

Mit der Neigung kämpfend, taumelte Jack in den Heckfrachtraum, hakte ein Halteseil an seinen Gürtel und öffnete die hintere Laderampe.

Luft strömte in den Frachtraum, und hinter der Eingangsluke sah Jack die Interceptor direkt hinter ihnen, unter ihnen, eingerahmt vom tiefblauen Ozean.

Sie feuerte.

Brennend heiße Leuchtspurgeschosse kamen durch die Luke und klatschten überall um Jack herum in die Träger – *pling, pling, pling*. In dem Moment trat er gegen den Auslösehebel für die Verzurrung des LSV.

Sofort rollte sich der von einer Feder gespannte Gurt ein und schlug dabei aus wie eine Peitsche. Das LSV rollte aus dem Bauch des Flugzeugs und fiel vom Himmel.

Von außen betrachtet war es vermutlich ein ziemlich seltsamer Anblick.

Die nach oben schießende *Halicarnassus*, dahinter und darunter die J-9, und plötzlich fällt aus der *Hali* ein LSV, ein komplettes Fahrzeug. Und ...

... segelt an der J-9 vorbei.

Im letzten Moment hatte der chinesische Fighter beigedreht und war gerade noch so eben vorbeigekommen.

Der Pilot grinste, stolz auf seine Reflexe.

Diese Reflexe allerdings waren nicht mehr schnell genug, um auch dem zweiten LSV auszuweichen oder zu entgehen, das nur Sekunden später aus der Luke der *Halicarnassus* fiel.

Das zweite herauspurzelnde Fahrzeug schlug frontal auf der Nase des Fighters auf, und die ganze Interceptor fiel einfach vom Himmel. Wie Blei stürzte sie auf das Meer zu, und nur Sekunden bevor sie und das LSV mit zwei gigantischen Wasserfontänen auf dem Ozean aufschlugen, wurde der Pilot herausgeschleudert.

Hoch oben ging die *Halicarnassus* wieder in die Horizontale, zog die Heckrampe ein und flog sicher in nordwestlicher Richtung davon.

»*Huntsman*«, meldete sich Sky Monster über die Sprechanlage. »*Wohin jetzt?*«

Jack stand im Frachtraum und rief sich Wizards Nachricht in Erinnerung. »TREFFE DICH IM GROSSEN TURM.«

Er drückte auf den Sprechknopf: »Nach Dubai, Sky Master. Nimm Kurs auf Dubai.«

Auf Wests Farm standen mittlerweile vor jedem Tor Wachen.

Die beiden Majors Black Dragon und Rapier warteten förmlich auf der Veranda, während auf dem Wendeplatz vor ihnen ein Helikopter landete.

Zwei Gestalten tauchten aus dem Chopper auf, ein älterer Amerikaner und sein dicht hinter ihm folgender Bodyguard, ein Mann mit asiatisch-amerikanischen Wurzeln.

Lässig und ohne von den Wachen überprüft zu werden, kam der Ältere auf die Veranda.

Keiner wagte ihn aufzuhalten. Jeder wusste, wer er war und welch große Macht er ausübte.

Er war ein einflussreicher Pentagon-Akteur, ein amerikanischer Colonel Ende fünfzig. Und er war fit, sogar außergewöhnlich fit, mit einem mächtigen Brustkorb und kalten blauen Augen. Sein blondes Haar begann zu ergrauen, und die Gesichtszüge waren wettergegerbt und zerknittert. Seiner Haltung und seinem Gebaren nach hätte man ihn für einen zwanzig Jahre älteren Jack West halten können.

Sein stets wachsamer Bodyguard, ein Marineinfanterist, trug den Codenamen *Switchblade*. Er sah aus wie ein Kampfhund in Menschengestalt.

Black Dragon begrüßte den Ranghöheren mit einer Verbeugung.

»Sir«, hob der chinesische Major an, »sie sind entkommen. Wir haben eine gewaltige Streitmacht eingesetzt und unsere Landung perfekt durchgeführt. Aber sie … na ja, sie waren …«

»Sie waren darauf vorbereitet«, ergänzte der hochrangige Offizier. »Sie waren auf eine solche Möglichkeit vorbereitet.«

Er schlenderte an den beiden Majors vorbei und betrat das Haus.

Gemächlich wanderte er durch Wests verlassenes Heim und sammelte Eindrücke. Immer wieder blieb er stehen und nahm irgendeinen Gegenstand in Augenschein: ein gerahmtes Foto an der Wand, das West mit Lily und Zoe in einem Park am Wasser zeigte, oder einen Pokal im Regal, den Lily beim Ballett errungen hatte. Am längsten verweilte er bei einem Foto der Cheops-Pyramide in Giseh.

Black Dragon, Rapier und der Bodyguard Switchblade folgten ihm in gemessenem Abstand und warteten geduldig auf etwaige Anweisungen von ihm.

Ihr Vorgesetzter nahm sich das Foto mit West, Lily und Zoe im Park. Die drei machten einen glücklichen Eindruck, sie lächelten in die Kamera und grinsten im Sonnenschein.

»Nicht schlecht, Jack ...«, murmelte der Amerikaner und starrte das Foto an. »Diesmal bist du mir entwischt. Du bist der Außenwelt gegenüber immer noch vorsichtig genug, um einen Fluchtplan in der Tasche zu haben. Aber du lässt nach. Du hast uns zu spät entdeckt, und das weißt du auch.«

Der Amerikaner musterte die lächelnden Gesichter auf dem Foto, und sein Mund verzog sich zu einem bösartigen Grinsen. »Ach Jack, sie haben dich gezähmt. Siehst regelrecht glücklich aus. Und *das* ist deine Schwäche. Das wird dein Untergang sein.«

Er ließ das Foto fallen, sodass es auf dem Boden zersprang, und wandte sich den beiden Majors zu. »Black Dragon, rufen Sie Oberst Mao an. Sagen Sie ihm, dass wir den Feuerstein noch nicht an uns gebracht haben. Aber das soll ihn nicht davon abhalten, selbst weiter vorzugehen. Sagen Sie ihm, dass er mit dem Verhör von Professor Epper beginnen soll, und zwar mit aller Vorsicht.«

»Wie Sie befehlen.« Black Dragon verbeugte sich und entfernte sich ein paar Meter, um in sein Satellitentelefon zu sprechen.

Der Ranghöhere beobachtete ihn dabei. Nach etwa einer Minute beendete Black Dragon das Gespräch und kam zurück. »Oberst Mao lässt Sie grüßen und ausrichten, dass er tun wird, was Sie befohlen haben.«

»Danke«, antwortete sein Vorgesetzter. »Und jetzt möchte ich, dass Sie sich freundlicherweise in den Kopf schießen.«

»Wie bitte?«

»Sie sollen sich in den Kopf schießen. Durch Ihren verkorksten Angriff ist Jack West entkommen. Er hat Sie kommen sehen und ist abgehauen. Ich kann auf dieser Mission kein Versagen dulden. Sie waren verantwortlich, also bekommen Sie die Höchststrafe.«

Black Dragon stammelte: »Ich ... nein, das kann ich nicht ...«

»Rapier«, befahl der Ältere.

Blitzschnell zog Rapier seine Pistole und feuerte dem chinesischen Major in die Stirn. Blut spritzte. Black Dragon brach auf Wests Wohnzimmerboden zusammen, er war tot.

Der Amerikaner blinzelte nicht einmal.

Beiläufig wandte er sich um. »Danke, Rapier. Und jetzt rufen Sie Ihre Leute in Diego Garcia an. Sagen Sie ihnen, sie sollen eine flächendeckende Satellitenüberwachung der gesamten nördlichen Hemisphäre einleiten. Ziel ist ein Flugobjekt, eine Boeing 747, schwarz und mit *Stealth*-Profil. Gehen Sie allen Lufterkennungen nach, um sie zu lokalisieren: Transponder, Kondensstreifen, Infrarot, alles. Finden Sie dieses Flugzeug. Und wenn Sie es haben, lassen Sie es mich wissen. Ich kann es kaum erwarten, Captain West wieder mit seinem jamaikanischen Freund zu vereinen.«

»Jawohl, Sir.« Rapier eilte hinaus.

»Switchblade«, wendete sich der Colonel an seinen Leibwächter, »lassen Sie mich einen Moment allein.«

Mit einem ehrerbietigen Nicken verließ der asiatisch-amerikanische Marine den Raum.

Als er allein im Wohnzimmer von Wests Farmhaus war, zog der Colonel sein eigenes Satelliten-Telefon hervor und wählte eine Nummer. »Sir, hier ist Wolf. Sie haben den Feuerstein und sind auf der Flucht.«

Während all das in Australien geschah, trugen sich rund um die Welt noch andere merkwürdige Dinge zu.

In Dubai wurde ein amerikanischer Frachtpilot mittleren Alters, der in der Stadt am Golf übernachtete, in seinem Hotelzimmer auf brutale Weise erdrosselt.

Röchelnd und um sich tretend, kämpfte er gegen seine drei Angreifer an, doch es nutzte nichts.

Als er tot war, wählte einer der Angreifer eine Nummer auf seinem Handy: »Der Pilot ist erledigt.«

Eine Stimme antwortete: »*West ist unterwegs. Wir behalten ihn im Auge und sagen euch, wann ihr weitermachen sollt.*«

Der Name des toten Piloten war Earl McShane, er stammte aus Fort Worth in Texas, wo er Frachtpilot für die Firma Transatlantic Air Freight gewesen war. Er war keine besonders beachtenswerte Figur. Vielleicht war das Bemerkenswerteste, das er in seinem Leben geleistet hatte, dass er nach 9/11 an seine Lokalzeitung geschrieben, »die dreckigen Moslems, die das gemacht haben«, denunziert und Rache gefordert hatte.

Zur selben Zeit schlich sich in Irland irgendwo auf dem Land, genauer gesagt in der Grafschaft Kerry, ein zwölfköpfiges, schwarz gekleidetes Überfallkommando an ein abgelegenes Farmhaus heran.

In nur sieben Minuten war alles vorbei.

Sie hatten ihr Ziel erreicht.

Alle sechs Wachen auf der Farm waren liquidiert worden, und als die Angreifer den Hof wieder verließen, befand sich in ihrer Mitte ein elfjähriger Junge namens Alexander.

Die *Halicarnassus* schoss währenddessen über den Indischen Ozean hinweg; ihr Ziel war der Persische Golf.

Den flog sie aber nicht direkt an, sondern nahm einen weiten Umweg, der auch eine Übernachtung auf einem verlassenen Rollfeld in Sri Lanka beinhaltete, nur für den Fall, dass die Chinesen ihre Fluchtroute vorausgesehen hatten.

Es bedeutete, dass sie sich Dubai in der Dunkelheit näherten, am späten Abend des 2. Dezember.

Im Innern der *Halicarnassus* herrschte vollkommene Stille. Nur ein paar Lichter glommen. Die Kinder lagen in der Mannschaftskabine des Flugzeugs und schliefen, Zoe war auf einer Couch in der Hauptkabine eingenickt. Sky Monster allerdings war noch wach und starrte aus dem Cockpit in die Sterne. Sein Gesicht wurde von den Kontrolllämpchen angestrahlt.

In einer Arbeitskabine am Ende des Flugzeugs brannte jedoch noch Licht. Es war das Licht in Jack Wests Büro.

Seit sie in Sri Lanka gestartet waren und Jack sich zum ersten Mal wirklich außer Reichweite vorgekommen war, hatte er unablässig und konzentriert in dem schwarzen Notizbuch gelesen, das er noch schnell mitgenommen hatte, bevor sie die Farm verließen. Es war eine alte, in Leder gebundene Mappe, die überquoll von Notizen, Ausschnitten, Diagrammen und Fotokopien.

Dies war Wizards »Schwarzbuch«, und auf Wizards Geheiß hatte Jack es auch mitgenommen.

Als er jetzt darin las, riss Jack plötzlich aufgeschreckt die Augen weit auf. »Mensch, Wizard. Warum hast du mir das denn nicht gesagt? O mein Gott!«

EINE INTERNATIONALE ZUSAMMENKUNFT

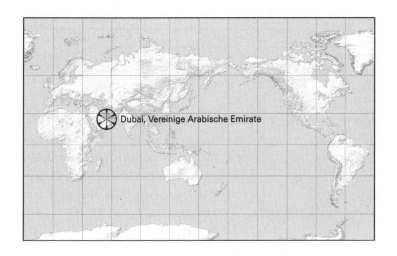

DUBAI, VEREINIGTE ARABISCHE EMIRATE

2. DEZEMBER 2007

ACHT TAGE VOR DEM
ERSTEN STICHTAG

**BURJ AL ARAB TOWER
DUBAI, VEREINIGTE ARABISCHE
EMIRATE
2. DEZEMBER 2007, 23:30 UHR**

Das Burj al Arab war eines der spektakulärsten Gebäude der Welt. Mit seiner an einen Spinnaker erinnernden Form war es eines der atemberaubendsten Hochhäuser auf dem Planeten. Es besaß 81 Stockwerke und beherbergte das einzige 7-Sterne-Hotel der Welt. Auf der 80. Etage ragte unterhalb eines sich drehenden Restaurants ein riesiger Helikopter-Landeplatz hervor, der sich auch gut für Fototermine nutzen ließ. Tiger Woods hatte einmal von hier oben Golfbälle geschlagen und Andre Agassi mit Roger Federer ein Tennismatch ausgetragen.

Es war das bekannteste Gebäude der modernsten arabischen Nation der Erde, der Vereinigten Arabischen Emirate.

Ein großer Turm, hatten schon manche gesagt.

Der große Turm, hatte Wizard gesagt.

Bald nach ihrer Ankunft in Dubai, wo die *Hali* auf einem Militärflughafen gelandet war, wurden West und seine Leute in einem Helikopter zum Burj al Arab geflogen. Dort bewohnten sie nun nichts Geringeres als die Präsidentensuite, eine riesige Wohnfläche mit Schlafzimmern, Wohnzimmern und Lounges, die die gesamte 79. Etage in Anspruch nahm.

Diese fürstliche Behandlung hatte durchaus ihren Grund. Denn bei Wests erstem Abenteuer mit dem goldenen Schlussstein waren die Emirate mit von der Partie gewesen, in einer Koalition kleinerer Staaten, die die Macht der Vereinigten Staaten und Europas herausgefordert – und obsiegt hatte.

Auf dieser Mission war eines der heldenhaften Mitglieder von Wests Team der zweitälteste Sohn des höchsten Scheichs der Emirate gewesen, Scheich Anzar al Abbas.

West, Zoe, Sky Monster und vor allem Lily waren in Dubai stets willkommen.

Dass Alby beeindruckt war, überraschte keinen. »Wahnsinn!«, sagte er und glotzte durch die Fenster auf die spektakuläre Aussicht.

Lily zuckte nur die Achseln. Sie kannte das schon. »Das Doppelbett gehört mir«, kreischte sie und rannte in eins der Schlafzimmer.

Obwohl es schon fast Mitternacht war, klingelte es an der Tür.

West öffnete die Tür, und dort standen ...

... Scheich Anzar al Abbas und seine Entourage.

Mit seinem mächtigen Bart, dem Kugelbauch, der gegerbten olivfarbenen Haut, seiner traditionellen Wüstentracht und dem Turban wirkte der erhabene Scheich, als sei er original aus dem Film *Lawrence von Arabien*.

»Es ist nachtschlafende Zeit, und Captain Jack West jr. trifft in großer Eile ein«, sprach Abbas mit tiefer Stimme. »Ich spüre, dass etwas nicht in Ordnung ist.«

West nickte grimmig. »Nochmals herzlichen Dank für Eure Gastfreundschaft, Scheich. Bitte tretet ein.«

Mit wehendem Gewand betrat Abbas die Suite, gefolgt von sechs Dienern. »Mein Sohn Zahir lässt Sie grüßen. Er arbeitet gegenwärtig als Chefausbilder in unserem Trainingscamp für die Elitetruppen in der Wüste und unterweist unsere besten Kämpfer in vielen der Techniken, die er von Ihnen gelernt hat. Er bat mich dringend darum, Sie wissen zu lassen, dass er bereits unterwegs ist, mit größtmöglicher Eile.«

West führte den Scheich herein. »Ich fürchte, die Umstände sind ernst, ernster als je zuvor. Einst haben wir uns zusammengeschart, um die Begierden selbstsüchtiger Menschen zu bekämpfen. Aber wenn Wizards Forschungsergebnisse zutreffen, dann haben wir es jetzt mit einer weitaus unheilvolleren Bedrohung zu tun. Wizard ist noch nicht eingetroffen, aber ich nehme an, er wird uns weiter aufklären, sobald er da ist.«

Abbas' Augen flackerten unruhig. »Sie wissen es also noch nicht?«

»Was weiß ich nicht?«

»Was Max Epper, dem Wizard, zugestoßen ist?«

Jack erstarrte. »Was ist passiert?«

»Wir haben es gestern Abend durch das Satellitengeplapper der Chinesen erfahren. Wizard wurde vor vierundzwanzig Stunden in der Nähe des Drei-Schluchten-Damms von chinesischen Soldaten verhaftet. Ich fürchte, so bald wird er nicht auftauchen.«

Jack starrte ihn entgeistert an.

»Wizard hat diese Mappe bei mir zu Hause deponiert«, erklärte Jack, nachdem er und der Scheich sich in einer der Sitzgruppen der Suite niedergelassen hatten. Auch Zoe und Sky Monster waren da, ebenso Lily und der einigermaßen verwirrte Alby.

Scheich Abbas' Entourage hingegen hatte man bezeichnenderweise in einem Vorraum zurückgelassen.

»Die Unterlagen beinhalten seine Forschungsergebnisse über einen Satz von sechs Steinen, die man die Ramsessteine nennt, sowie die Beziehung, in der sie zu sechs länglichen Blöcken stehen, die man die Säulen der Welt oder manchmal auch die Säulen des Vishnu nennt.«

»Vishnu?«, fragte Abbas, dem das Wort bekannt vorkam. »So wie in …«

»Ja«, bestätigte West. »So wie in dem Satz: ›Ich bin Vishnu, der Zerstörer der Welt.‹ Die Erforschung der Ramsessteine war Wizards Lebenswerk. Unsere zehnjährige Mission auf der Suche nach den antiken sieben Weltwundern und dem goldenen Schlussstein war für ihn lediglich ein Nebenkriegsschauplatz. Die Erforschung der sechs Steine ist es, was ihn sein ganzes Leben lang umgetrieben hat.

Und jetzt hat man ihn in China verhaftet. Gleichzeitig greift eine chinesische Truppe meine vermeintlich geheime Farm in Australien an. Die Chinesen wissen Bescheid. Nicht nur über seine Arbeit, sondern sie wissen auch, dass wir den Feuerstein haben, das Hauptstück des Schlusssteins.«

Abbas legte die Stirn in Falten. »Hat der Schlussstein denn noch eine größere Bedeutung? Über die Tartarus-Sache hinaus?«

»Nach dem zu urteilen, was ich letzte Nacht gelesen habe, hat er eine größere Bedeutung, als wir überhaupt ermessen können«, antwortete West. »Dass er während der Tartarus-Rotation von den Strahlen der Sonne getroffen wurde, war erst der Anfang.«

An dieser Stelle hielt er inne und schien über etwas nachzudenken. Dann fuhr er fort. »Ich brauche mehr Zeit, um Wizards Arbeit zu verstehen und ein paar Anrufe zu machen. Danach müssen wir eine Zusammenkunft einberufen. Eine neue Konferenz von besorgten Staaten. Gebt mir einen Tag, um alles zu studieren. Danach sollten wir uns wieder hier versammeln. Es könnte die wichtigste Zusammenkunft in der Geschichte der Menschheit werden.«

Den gesamten nächsten Tag verbrachte West damit, zu lesen und Wizards umfangreiches Material zu studieren.

In Wizards Notizen fanden sich immer wieder Namen, von denen ihm einige vertraut waren, andere allerdings nicht.

Tank Tanaka zum Beispiel, dachte er. Tank war Wizards japanischer Kollege, die beiden kannten sich seit Ewigkeiten. Auch West war ihm schon bei vielen Gelegenheiten begegnet.

Andere kannte er nur flüchtig. Da waren zum Beispiel die »Terrible Twins« Lachlan und Julius Adamson, ein Zwillingspaar schottischer Mathematikgenies, die in Dublin unter Wizard studiert hatten. Ausgelassene Schnellredner, die Wizard besonders mochte und deren Hirne – mit Ausnahme von Computern – unzweifelhaft die brillanteste mathematische Kapazität darstellten, die es auf der Welt gab. In ihrer Freizeit räumten sie mit Vergnügen in den Casinos von Las Vegas an den Black-Jack-Tischen ab, indem sie einfach nur »eins und eins zusammenzählten«.

Ein Ergebnisprotokoll, das Wizard erstellt hatte, erregte Wests besondere Aufmerksamkeit. Es war beinahe ein Spiegelbild von Wizards Gedankenwelt, eine Mischung aus Diagrammen, Listen und handgeschriebenen Notizen des alten Professors.

BELOHNUNGEN
(nach Ramses II. in Abydos)

1. WEISHEIT
2. HITZE
3. SEHEN
4. LEBEN
5. TOD
6. MACHT

DIE GROSSE MASCHINE

Säulen?
Aber was bedeuten dann die DREIECKE?

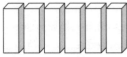

DIE SECHS SÄULEN

- längliche Rohdiamanten
- müssen durch den Stein des Pharao <u>gereinigt</u> werden, bevor sie in die Maschine eingesetzt werden können
- Wo stecken sie? Die Großen Häuser Europas. Vielleicht die »Fünf Krieger«?

BRAUCHEN SOWOHL DEN SA-BENBEN ALS AUCH DEN STEIN DES PHILOSOPHEN! ENTSCHEIDEND FÜR ALLES!!!

▲
Der Sa-Benben (alias Feuerstein)

Interagiert jeweils auf eigene Weise mit jedem der sechs Ramsessteine

1. <u>St. des Philosophen</u>: reinigt Säulen
2. <u>Stonehenge</u>: verrät die Eckpunkte der Großen Maschine
3. <u>Delphi</u>: macht die Dunkle Sonne sichtbar
4. <u>Tafeln</u>: enthalten die letzte Beschwörungsformel
5. <u>Opfer</u>: enthält Daten, wann die Säulen eingefügt werden müssen
6. <u>Schale</u>: unbekannt

Grad der Annäherung muss berechnet werden.
Zwillinge anrufen!

16467 x 365,25
Mittl. Geschw. = 125445 km/s
Max. Output 1962 war 10,57
Aber 1991 10,72. Ansteigend.

TITANIC SINKING AND RISING (DEZ 2007)
VERBINDUNG?
GELEGENHEIT FÜR MÖGL. SICHTUNG?

FALSCH!

Fabergé-Ei – Newtons
Alchemistische Forschungen
Die Quelle des Ness
Äquinoktium Ostern 2008

Einige der Fachbegriffe auf dem Blatt sagten West etwas, zum Beispiel der Sa-Benben, der Feuerstein und Abydos.

Abydos war eine wenig bekannte, aber immens wichtige archäologische Fundstätte in Ägypten. Den Ägyptern der Antike war der Ort von Anbeginn bis zum Ende ihrer Zivilisation heilig gewesen, über eine Zeitspanne von dreitausend Jahren hinweg. Hier standen Tempel, die Seti I. und seinem Sohn Ramses II. geweiht waren und einige der ältesten Schreine in Ägypten enthielten.

Auch Jack hatte das Rätsel der Kreise schon zuvor gesehen, aber keine Ahnung, was es bedeuten sollte.

Andere Dinge hingegen waren ihm vollkommen neu.

Die Große Maschine.

Die sechs Säulen. Dass es sich dabei um längliche Rohdiamanten handeln sollte, war auf jeden Fall erstaunlich.

Und dann die rätselhaften Bezüge zu den Fabergé-Eiern, und Ostern und der Untergang der Titanic ganz unten auf der Seite – damit konnte er nun überhaupt nichts anfangen.

Ganz zu schweigen von den überall eingestreuten, ungewöhnlichen Diagrammen.

West benutzte die Seite als eine Art Inhaltsangabe und las weiter.

An einer anderen Stelle in Wizards Notizen fand er Digitalfotos von Felsreliefs, die er seit der Mission über die Sieben Weltwunder nicht mehr zu Gesicht bekommen hatte.

Es war eine antike Inschrift, die unter dem Namen »Das Wort des Thoth« bekannt war, so bezeichnet nach dem ägyptischen Gott der Weisheit.

Sie war in einer geheimnisvollen, unerklärlichen Keilschrift abgefasst, die selbst durch moderne Supercomputer nicht hatte übersetzt werden können. Man vermutete, dass ihre Runen ein geheimes mystisches Wissen verbargen.

Im Lauf der Geschichte hatte es immer nur einen Menschen auf der Welt gegeben, der sie lesen konnte: das Orakel der Siwa-Oase in Ägypten. Wie durch einen Zauber, so schien es, wurde dieser Mensch immer mit der Fähigkeit geboren, das Wort des Thoth zu entziffern. Bis in die Gegenwart hinein gab es eine lange Tradition solcher Orakeldeuter, und obwohl weder ihre Lehrer noch ihre Schulfreunde davon wussten, gehörte auch Lily zu diesen Menschen.

Sie war die Tochter des letzten Orakels von Siwa, eines hinterhältigen und verdorbenen Mannes, der kurz nach ihrer Geburt gestorben war.

Äußerst ungewöhnlich für ein Orakel war indessen, dass Lily ein Zwillingskind war. Wie Jack im Verlauf der Schlussstein-Mission festgestellt hatte, besaß sie einen Zwillingsbruder namens Alexander, garstig und verdorben wie sein Vater, der ebenfalls das Wort des Thoth lesen konnte. Das Schicksal hatte Alexander ein ruhiges Leben auf dem Lande beschert, in der irischen Grafschaft Kerry.

Jack brachte Lily dazu, zahlreiche der Thoth-Inschriften in Wizards Notizen zu übersetzen. Viele kamen ihm unsinnig vor, manche sogar geradezu unheimlich. Auf einem der Thoth-Reliefs wurde zum Beispiel behauptet, dass die uralte mesopotamische Stadt Ur, die berühmt war für ihre Zikkurat, eine detailgenaue Replik des »zweiten großen Tempelschreins« sei – was auch immer das sein mochte.

Jack zeigte Lily auch eine als besonders wichtig hervorgehobene Thoth-Inschrift:

Lily besah sich den komplizierten Wirrwarr von Zeichen, zuckte die Achseln und übersetzte in Sekundenschnelle.

»Da steht:

> *Mit meiner geliebten Nefertari*
> *halte ich, Ramses, Sohn des Ra,*
> *Wache über den heiligsten der Schreine.*
> *Wir werden ihn in Ewigkeit beschützen.*
> *Große Wächter,*
> *die alles seh'n mit unserm dritten Auge.«*

»Mit unserem dritten Auge?« Jack runzelte die Stirn.

»So steht es da.«

»Nefertari war die Lieblingsfrau von Ramses II.«, sinnierte Jack. »Und zusammen halten sie Wache vor dem heiligsten Schrein, was auch immer das ist. Danke, Püppchen.«

Lily grinste. Sie mochte es, wenn er sie so nannte.

Später am Abend ging die Eingangstür zur Präsidentensuite auf, und Sekunden später sprang Lily in die Arme des Mannes, der im Türrahmen stand. »Pooh Bear! Ach Pooh Bear, da bist du ja!«

Der Mann war eine kürzer geratene und jüngere Version von Scheich Abbas. Sein Codename lautete eigentlich *Saladin*, aber Lily hatte ihn in *Pooh Bear* umgetauft. Er war klein und rundlich und hatte einen buschigen Bart und eine Stimme, deren Volumen dem seines Herzens nicht nachstand. Und sein Herz war nun wirklich groß.

In seiner Begleitung befand sich ein größerer und schmalerer Mann, der aussah wie ein wandelndes Skelett: ein hervorragender Scharfschütze, den man deswegen früher *Archer* genannt hatte, jetzt aber nur noch *Stretch*. Auch er hatte den neuen Namen Lily zu verdanken.

Stretch war eigentlich geborener Israeli und früher einmal beim Mossad gewesen, aber nach einem gewissen ... nun ja ... Zwischenfall auf der Jagd nach dem Schlussstein galt er in Israel mittlerweile als *persona non grata*. Wie man wusste, hatte der Mossad wegen der damaligen Vorkommnisse sogar ein Kopfgeld auf ihn ausgesetzt.

Die beiden begrüßten Zoe, Sky Monster und, als dieser sich endlich aus seinem Büro bequemte, schließlich auch West.

Lily wandte sich an Pooh Bear: »Und das ist mein Freund Alby. Er ist ein Genie in Mathe und Computern.«

»Es ist mir eine Ehre, deine Bekanntschaft zu machen«, dröhnte Pooh Bear. »Ich hoffe, du hast bei Lily ernste Absichten. Nein, ich drücke mich mal anders aus: Wenn du ihr das Herz brichst, mein Junge, dann erwische ich dich, und wenn es am Ende der Welt wäre.«

Alby schluckte. »Wir sind bloß befreundet.«

Pooh Bear lächelte und zwinkerte Lily zu. »Na schön, Alby. Und jetzt willst du also bei unserem großen Einsatz mitmachen?«

Lily klärte ihn auf: »Albys Eltern sind im Moment in Südamerika und telefonisch nicht zu erreichen. Alby sollte bei uns auf der Farm bleiben. Und jetzt sieht es wohl so aus, dass er mit uns mitkommt.«

»Also, Huntsman«, donnerte Pooh Bear, »wo drückt diesmal der Schuh?«

»Diesmal könnte es übel ausgehen, Pooh. Richtig übel. Tartarus wurde neutralisiert, und ein paar Typen sind ganz scharf auf den Feuerstein. Wir sind nur mit Ach und Krach entkommen.«

»Sie haben euch in Australien aufgespürt?«

»Ja. Ich habe unter den Mitgliedern des ursprünglichen Teams eine Zusammenkunft einberufen. Fuzzy ist der Letzte. Er ist von Jamaika aus hierher unterwegs.«

»Und Wizard?«

»Den können wir fürs Erste abschreiben. Aber er hat mir genügend Informationen zukommen lassen, damit wir anfangen können. Mit Lilys Hilfe ist es mir gelungen, einige seiner neuesten Entdeckungen zu entziffern.«

Pooh sah Lily an. »Tatsächlich? Wie viele sind es denn mittlerweile, Fräulein?«

»Fünf, und dazu noch Taubstummensprache.«

»Prima«, lobte er. »Hör nie auf zu lernen. Hör nie auf, dein Talent weiterzuentwickeln.«

Damit wandte er sich wieder West zu, und sein Gesicht wurde ernst. »Mein Vater lässt dir eine Botschaft überbringen. Bei dem Treffen morgen werden noch einige weitere Länder vertreten sein. Ein paar andere als die ursprünglichen sieben. Sieht ganz so aus, als hätte die Sache sich rumgesprochen.«

West runzelte die Stirn. Das ging ihm alles zu schnell. Er wollte die Fäden in der Hand behalten und war im Moment selbst noch dabei, sich auf den Stand der Dinge zu bringen.

Er holte mehrere Kopien eines fünfseitigen Berichts hervor, den er unter Wizards Notizen gefunden hatte, und reichte sie den anderen.

»Das ist eine Zusammenfassung von Wizards Forschungsarbeit, die ich allen Teilnehmern morgen geben werde. Lest sie schon mal durch, dann seid ihr morgen nicht mehr so überrascht.«

Danach blickte er einen nach dem anderen an, seine alten Freunde – Freunde, die im Verlauf einer langen, schwierigen und manchmal aussichtslos erscheinenden Mission zusammengeschweißt worden waren. Er lächelte.

»Ich bin froh, dass ihr alle mit von der Partie seid.«

DIE ZUSAMMENKUNFT
BURJ AL ARAB TOWER
4. DEZEMBER 2007

Nachdem am nächsten Tag sämtliche Abordnungen in der Präsidentensuite eingetroffen waren, bekamen alle das fünfseitige Briefing ausgehändigt.

Es war eine merkwürdige Mischung der Repräsentanten verschiedenster Nationen.

Von den ursprünglichen sieben Ländern, die Wests Suche nach dem goldenen Schlussstein seinerzeit unterstützt hatten, waren jetzt nur noch vier vertreten: Australien (West), Irland (Zoe), die Vereinigten Arabischen Emirate (Pooh Bear) und Neuseeland (Sky Monster).

Kanadas Vertreter Wizard war in China vermisst.

Spanien, das bei der ersten Mission einen **Mann** verloren hatte, lehnte zu dieser zweiten die Entsendung eines Vertreters ab. Und Jamaikas Mann Fuzzy war ungewöhnlich spät dran.

»Wir erwarten noch Fuzzy und ein paar andere«, begann West. »Während wir warten, könnt ihr euch ja schon einmal mit den Unterlagen vertraut machen.«

Das taten sie.

Das Briefing trug die Überschrift: »Die sechs Ramsessteine und die Säulen der Welt.«

DIE SECHS RAMSESSTEINE
UND
DIE SÄULEN DER WELT

von Prof. Dr. Max T. Epper
Trinity College, Universität Dublin

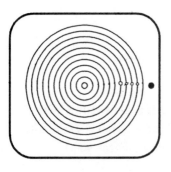

Das Rätsel der Kreise

Das Ende der Welt beschäftigt die Menschheit schon, solange sie existiert.
Die Hindus glauben, dass Vishnu die Erde zerstören wird. Die Christen fürchten die Apokalypse, wie sie im letzten Buch der Bibel prophezeit wird. Und kein Geringerer als Petrus schreibt ja: ›Es ist aber nahe gekommen das Ende aller Dinge.‹
Ich fürchte, es könnte näher gekommen sein, als wir glauben.

Die Vermählung von Licht und Dunkel

Unser kleiner Planet existiert nicht einfach im luftleeren Raum.
Er existiert im Zusammenspiel mit der Sonne und den anderen Planeten unseres Sonnensystems.
Manche antiken Zivilisationen kannten sich mit diesen Wechselbeziehungen aus: die Mayas, die Azteken, die Ägypter und sogar die britannischen Völker der Jungsteinzeit. Sie alle entdeckten am nächtlichen Himmel eindeutige Muster.
Und wie ich selbst 2006 während des Tartarus-Ereignisses festgestellt habe, steht unsere Erde in direkter Verbindung mit der Sonne.
Unsere Sonne erzeugt alles Leben. Sie liefert das Licht, das die Photosynthese in Gang setzt, und die moderaten Temperaturen, die es unseren empfindlichen menschlichen Körpern erst er-

möglichen zu existieren, ohne dass uns buchstäblich das Blut in den Adern gefriert oder kocht.

Es ist jedoch ein viel empfindlicheres Gleichgewicht, als viele ahnen.

Der chinesische Philosoph Laotse hat, vereinfacht ausgedrückt, gesagt: Nichts existiert für sich allein. Damit das Leben existieren kann, ist ein Gleichgewicht notwendig. Dieses Gleichgewicht impliziert die harmonische Koexistenz *zweier* Dinge, das, was Philosophen die »Dualität« nennen.

Aber es muss nicht nur von allem zwei geben – Mann und Frau, Hitze und Kälte, Licht und Dunkelheit, Gut und Böse –, sondern im Guten selbst muss auch ein Teil Schlechtes und im Schlechten ein Teil Gutes stecken. Dieses Prinzip ist nirgendwo besser versinnbildlicht worden als in dem berühmten Taijitu, dem Yin-Yang.

Was nun bedeutet diese Dualität im Kontext unseres Sonnensystems? Sie bedeutet Folgendes:

Unsere Sonne existiert nicht für sich allein.

Sie hat einen Zwilling, einen unsichtbaren Körper schwarzer Materie, auch bekannt als »Nullpunkt-Feld«. Dieses Sphärenfeld streift durch die äußeren Regionen unseres Sonnensystems wie ein sich bewegendes schwarzes Loch. Es besitzt nicht etwa negative Energie, sondern *überhaupt keine* Energie. Es absorbiert Licht. Es ist unbeschreiblich kalt. Es zerstört die Molekülstruktur von Sauerstoff. Anders ausgedrückt, es stellt eine Form von Energie dar, die das Anathema zu allen uns bekannten Formen von Leben ist.

Und wenn dieses Nullpunkt-Feld, sozusagen diese Dunkle Sonne, in unser Solarsystem eindringt, wird es alles Leben auf der Erde zerstören.

Man beachte die Zeichnung am Anfang dieses Artikels. Es ist eine Inschrift, die man rund um die Welt gefunden hat, im ägyptischen Abu Simbel ebenso wie im irischen Newgrange oder in Peru in Südamerika.

Man nennt es »Das Rätsel der Kreise«.

Auf den ersten Blick lässt es den Betrachter glauben, es stelle unser Sonnensystem dar, mit der Sonne im Zentrum und den um sie kreisenden neun Planeten.

Irrtum!

Wenn man genau hinsieht, stellt man fest, dass das Kreisrätsel *zehn* Planeten zeigt, die die im Mittelpunkt stehende Sonne umkreisen. Außerdem zeigt es – unerklärlicherweise – einen seltsamen schwarzen Himmelskörper, der außerhalb der Umlaufbahnen der zehn Planeten liegt und die gleiche Größe hat wie die Sonne.

Meiner Überzeugung nach ist das Rätsel der Kreise tatsächlich eine Darstellung unseres Sonnensystems, aber nicht so, wie wir es heute kennen. Es ist ein Bild unseres Sonnensystems, wie es vor langer Zeit einmal existierte.

Vergessen wir für einen Moment die Planeten und konzentrieren uns auf den schwarzen Himmelskörper, der sich da außerhalb der Kreise befindet.

Er muss im Mittelpunkt unserer Untersuchungen stehen.

Denn er repräsentiert den dunklen Zwilling unserer Sonne.

Und jetzt kommt er auf uns zu und bringt uns den Untergang.

Die Maschine

Es existiert allerdings ein Mechanismus, der es uns ermöglicht, unsere Zerstörung abzuwenden.

Das Wissen jedoch, das für unsere Rettung unabdingbar wäre, wie nämlich diese »Maschine« bedient wird – dieses Wissen, das unsere Urväter noch besaßen, ist uns durch Kriege, das finstere Mittelalter, Hexenjagden und Völkermorde seit langem verlorengegangen.

Allerdings haben im Verlauf der Geschichte immer wieder große Männer und Frauen über Teile dieses Wissens verfügt: Laotse und sein berühmter Schüler Konfuzius; der mächtige Pharao Ramses II. und sein Priester und Baumeister Imhotep II.; die dem Verderben geweihte ägyptische Königin Kleopatra VII.; der große Maya-Herrscher König Pakal; sowie in neuerer Zeit Isaac Newton mit seiner besessenen Suche nach den Geheimnissen der Alchemie.

In den Schriften all dieser Menschen findet sich eine Gemeinsamkeit. Die Maschine wird immer durch dieses Symbol dargestellt:

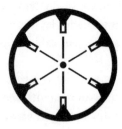

Was dieses Symbol allerdings bedeuten soll, bleibt im Dunkeln.

Die sechs Steine des Ramses

Unter all den beeindruckenden Menschen, die von dieser Maschine wussten, ist auch Ramses II., der bedeutendste aller Pharaonen, bedeutender noch als Khufu, der Erbauer der Cheops-Pyramide. Ramses hat uns die meisten Informationen über sie hinterlassen und sogar den Schlüssel zur Lösung des Rätsels gefunden:

Die sechs Heiligen Steine
Sechs Steine, die wir ihm zu Ehren heute die Steine des Ramses nennen. Es sind:

1. Der Stein des Philosophen
2. Der Altarstein des Tempels des dunklen Zwillings von Ra (Stonehenge)
2. Die Zwillingstafeln von Thutmosis
3. Der Opferstein der Maya

4. Der Seher-Stein des Südlichen Stammes (Delphi)
5. Die Schale von Ramses II.

In Abydos, einem entlegenen Ort in Südägypten, hat Ramses nicht weit von der Stelle, wo er seine Liste der 76 Pharaonen in eine Felswand meißeln ließ, eine Tafel hinterlassen. Auf ihr werden die »Sechs Leitsteine des dunklen Zwillings von Ra« erwähnt.

Es ist zwar nicht unmöglich, dass Ramses all diese Steine gesehen haben könnte, wahrscheinlich ist es jedoch nicht. Man vermutet allerdings, dass alle sechs Steine sich irgendwann einmal in Ägypten befunden haben, selbst der aus Stonehenge und der Maya-Stein. Aber ob das nun zutrifft oder nicht, auf jeden Fall scheint Ramses einiges über sie gewusst zu haben, und von allen Pharaonen war er der Einzige, der seine Informationen auch schriftlich niedergelegt hat.

Wie Ramses schilderte, würden diese Leitsteine, sobald sie vom Sa-Benben »befruchtet« seien, das notwendige Wissen darüber bereitstellen, wann »der dunkle Zwilling von Ra zurückkehren und Zerstörung über die Welt bringen« würde.

Wie man sich vorstellen kann, haben die Ägyptologen viele Jahre lang darüber gerätselt. Ra war die Sonne. Aber wer war dann der dunkle Zwilling von Ra? Noch eine Sonne?

Erst der technologischen Zauberei unserer modernen Astronomie gelang es, Ras dunklen Bruder zu finden. Es ist die Dunkle Sonne, die jetzt auf unser Sonnensystem zurast.

Was also bewirken die sechs Ramsessteine? Warum hat Ramses sie *Leitsteine* genannt?

Ganz einfach: Sie leiten uns zu der Maschine.

Und die Maschine rettet unseren Planeten.

Als wir den Schlussstein auf die Cheops-Pyramide setzten, dachten wir, damit seien all unsere Probleme gelöst. Aber nein, wir haben nur eine notwendige Vorbedingung für das erfüllt, was jetzt geschieht. Für das Eigentliche. Wir haben den Sa-Benben »scharf« gemacht.

Nun ist der Sa-Benben also durch die Sonne aktiviert worden. Dadurch ist er in der Lage, mit den sechs Steinen zu interagieren. Meiner Überzeugung nach wird, sobald der Sa-Benben in Kontakt mit einem der Heiligen Steine kommt, jeder dieser Steine seinen Teil des Wissens über die Ankunft der Dunklen Sonne und die weltrettende Funktion der Maschine preisgeben.

Es ist aber nahe gekommen das Ende aller Dinge …

… doch die Sache ist noch nicht vorbei.

Irgendwo schlug eine Tür zu. Die versammelten Delegierten sahen von ihrer Lektüre auf.

»Aha! Mein Sohn!« Scheich Abbas sprang von seinem Sessel auf und umarmte den gut aussehenden jungen Mann, der den Raum betreten hatte.

Es war Captain Rashid Abbas, Kommandeur des *First Commando Regiment*, der Elitetruppe der Emirate. Der Erstgeborene des Scheichs war ein auffallend schöner Mann: das Kinn wie gemeißelt, ein dunkler arabischer Teint und tiefblaue Augen. Sein Codename war nicht weniger eindrucksvoll: *Scimitar of Allah* oder einfach nur kurz *Scimitar*. Der Krummsäbel Gottes.

»Vater«, begann er und umarmte Abbas herzlich. »Verzeih mein spätes Kommen, aber ich habe auf meinen Freund hier gewartet.«

Scimitar deutet auf seinen Begleiter, der den Raum beinahe unbemerkt betreten hatte, so sehr wurde er von Scimitars eindrucksvoller Erscheinung in den Schatten gestellt. Er war ein feingliedriger, übervorsichtig wirkender Bursche mit kahlem Schädel und einer Rattennase. Seine unruhigen Augen wanderten durch den Raum und registrierten jede Kleinigkeit. Er machte einen angespannten und nervösen, ja geradezu misstrauischen Eindruck.

Scimitar ergriff das Wort: »Vater, darf ich dir Abdul Rahman al Saud aus dem Königreich Saudi-Arabien vorstellen. Er gehört dem hochgeschätzten Königlichen Geheimdienst an. Sein Codename lautet *Vulture*.«

Langsam und tief verbeugte sich Vulture vor Scheich Abbas.

Schon auf den ersten Blick mochte Lily Vulture nicht. Seine Verbeugung war zu tief, zu unterwürfig und gewollt.

Scimitar hatte sie vorher schon ein- oder zweimal getroffen, und damals wie heute war ihr aufgefallen, wie Pooh Bear sich beim Eintreten seines gut aussehenden älteren Bruders in eine Zimmerecke verdrückte. Es schien ihr, als laste die Anwesenheit seines schneidigen Bruders schwer auf dem jüngeren und beleibteren Pooh Bear.

Deshalb mochte sie Scimitar auch nicht.

Auch Jack war irritiert, allerdings aus anderen Gründen. Scimitar hatte er zwar erwartet, allerdings nicht damit gerechnet, dass er einen saudischen Spion mitbringen würde, den ersten ungebetenen Gast von Scheich Abbas.

»Vulture?«, fragte er. »Doch nicht etwa *Blood Vulture*, der Blutgeier aus dem Gefängnis von Abu Ghraib?«

Vultures Züge versteinerten sichtbar. Scimitars ebenso.

Die offizielle Untersuchung über die Gräueltaten in dem berüchtigten irakischen Gefängnis hatte ergeben, dass Foltermethoden, die den amerikanischen Soldaten nicht erlaubt gewesen waren, stattdessen von saudi-arabischen Geheimagenten praktiziert worden waren. Insbesondere ein Saudi hatte derart schockierende, brutale Folterungen durchgeführt, dass es ihm den Spitznamen Blood Vulture eingebracht hatte.

»Ich bin zwar verschiedene Male in diesem Gefängnis gewesen, Captain West«, erwiderte Vulture mit leiser Stimme, Jack dabei fest im Blick, »aber niemals zu Zeiten, als diese Abscheulichkeiten stattfanden.«

»Ich bürge persönlich für diesen Mann«, sprang ihm Scimitar erregt zur Seite. »Wir haben allerhand miteinander durchgestanden, zwei Golfkriege und eine Menge dazwischen. Die Gerüchte über Abu Ghraib sind haltlose Lügen. Vulture ist für mich wie ein Bruder.«

Lily sah, wie Pooh Bear bei diesen Worten den Blick senkte.

Vulture fuhr fort: »Ich habe Informationen, die Ihnen und Ihrer Sache mit Sicherheit dienlich sein werden. Zum Beispiel kenne ich die Pläne der Chinesen.«

Das weckte Wests Neugier. »Tatsächlich?«

Das Telefon klingelte. Zoe ging dran und wandte sich dann an

West.«»Jack, es ist der Hotelchef. Er sagt, unten warten zwei Männer, die dich gern sehen würden. Er sagt, es sind Amerikaner.«

Kurze Zeit später öffnete sich die Eingangstür zur Suite. Draußen standen zwei Männer. Der erste war ein groß gewachsener, grauhaariger Gentleman im Anzug, der zweite ein jüngerer Mann in Straßenkleidung, die seinen militärisch gestählten Körperbau nicht verbergen konnte. Ein Soldat.

Aus seinem Sessel heraus erkannte Scheich Abbas den Älteren. »Na so was! Attaché Robertson! Wie geht es Ihnen?«

Jack blieb zwischen den beiden Amerikanern und den anderen stehen und versperrte ihnen den Weg: »Die Namen! Sofort!«

Der ältere, elegante Mann zuckte mit keiner Wimper: »Captain West, mein Name ist Paul Robertson, Sondergesandter des US-Botschafters hier in den Vereinigten Arabischen Emiraten. Dies ist Lieutenant Sean Miller vom United States Marine Corps, Codename *Astro*. Wir sind gekommen, um die ... Besorgnis ... unseres Landes hinsichtlich der jüngsten chinesischen Aktivitäten zum Ausdruck zu bringen, der militärischen ebenso wie der archäologischen. Und hoffentlich können wir Ihnen in irgendeiner Weise zu Diensten sein.«

Sondergesandter, dachte West. Mit anderen Worten, CIA-Agent.

»Und in welcher Form können Sie uns helfen?«

Jacks Beziehung zu den Vereinigten Staaten von Amerika war ein wenig angespannt. Mit seiner Mission auf der Suche nach den sieben Weltwundern war er in unmittelbaren Konflikt mit einer Clique einflussreicher Amerikaner geraten, die unter dem Namen Caldwell-Gruppe bekannt war und seinerzeit Gehör beim Präsidenten gefunden hatte. Einige Todesfälle waren die Folge gewesen, darunter Menschen, die Jack nahegestanden hatten.

Robertson zeigte keine Regung. Ein abgebrühter Typ. »Wir wissen zum Beispiel, wo die Chinesen Ihren Freund Professor Epper festhalten.«

Postwendend trat West zur Seite. »Kommen Sie herein. Nehmen Sie Platz.«

In genau demselben Augenblick hob vom Dubai International Airport eine fensterlose Frachtmaschine vom Typ Boeing 767 ab.
An ihren Bordflanken prangten die Worte: TRANSATLANTIC AIR FREIGHT.
Als Pilot eingetragen war Captain Earl McShane.

Nunmehr saßen also die Vertreter von sechs Staaten in der Präsidentensuite des Burj al Arab: Australien, Irland, Neuseeland, die Emirate, Saudi-Arabien und die USA.
»Sie haben alle die Unterlagen gelesen«, sagte West. »Hier ist eine Übersetzung der Inschrift, die ich von Wizard aus China zugeschickt bekam, kurz bevor er vom chinesischen Militär festgesetzt wurde.«
West verteilte ein dreiseitiges Dokument. Auf dem ersten Blatt befand sich Wizards Übersetzung aus China.

DIE ANKUNFT VON RAS ZERSTÖRER

DIE ANKUNFT VON RAS ZERSTÖRER
BEDEUTET DAS INGANGSETZEN* DER GROSSEN
MASCHINE**
UND DAMIT DEN AUFSTIEG DES SA-BENBEN.

EHRE DEN SA-BENBEN
HALTE IHN BEI DIR UND NAHE,
DENN ER ALLEIN BEHERRSCHT DIE SECHS,
UND NUR WENN DEN SECHS MACHT VERLIEHEN WIRD,
KÖNNEN SIE DIE SÄULEN RÜSTEN
UND DICH ZU DEN SCHREINEN FÜHREN
UND SO DIE MASCHINE FERTIGSTELLEN
VOR DER WIEDERKEHR.***

DAS ENDE ALLER DINGE IST NAHE.

MEHRDEUTIGE BEGRIFFE:
* »Anfang« oder »entfachen«, »starten«
** »Mechanismus« oder »Welt«
*** »die Rückkehr«

KATALOG-REF.:
Ref. XR:5–12 Teilinschrift gefunden im Kloster Zhou-Zu,
Tibet (2001)

West erläutete: »Wie Sie sehen, bezieht sich der entschlüsselte Text auf eine große Maschine und die Bedeutung des Sa-Benben. Die ›Wiederkehr‹, die hier erwähnt wird, ist die Ankunft der Dunklen Sonne.«

»Diese Dunkle Sonne, dieser Stern, der die Apokalypse bringt – warum haben Astronomen ihn denn bislang nie gesehen?«, fragte Scheich Abbas.

»Wizard glaubt«, erläuterte West, »dass die Dunkle Sonne auf einem Lichtspektrum existiert, das die Menschheit nicht wahrnehmen kann. Deshalb können wir sie mit keinem unserer Teleskope auf irgendeinem Spektrum sehen, auch nicht auf Infrarot oder Ultraviolett oder UVB. Ihre Existenz ist nur belegt durch Dinge, die sich unserem Blickfeld komplett entziehen.

Nach allem, was ich gelesen habe, scheint sie die Außenbereiche unseres Sonnensystems zu durchstreifen, und zwar in einer extrem elliptischen Umlaufbahn. Wann immer sie sich uns nähert – und das kommt nicht sehr oft vor, nur einmal alle sechs Millionen Jahre –, schirmt die Bahn des Jupiter uns von ihr und ihrer tödlichen Strahlung ab. Aber selbst wenn das nicht geschehen würde, könnten wir sie mit bloßem Auge nicht erkennen.

Wie auch immer, jetzt ist sie uns nahe, und es scheint, dass sie diesmal hinter Jupiter hervortreten wird. Und dann wird es wirklich unangenehm. Dann wird nämlich die Nullpunkt-Energie wie eine Art Strahlung unseren Planeten überfluten und jedes Lebewesen darauf töten – es sei denn, wir können diese Maschine wieder in Gang setzen. Offenbar geht von dieser Maschine eine Gegenkraft aus, die dem Energiestrom der Dunklen Sonne entgegenwirkt und die Erde rettet. Es geht immer wieder um Ausgleich, um Harmonie.«

»Ich bitte dich, Jack«, unterbrach ihn Zoe. »Hör dich mal an. Willst du im Ernst behaupten, dass es da draußen einen bösen Himmelskörper gibt, der darauf scharf ist, die Erde zu zerstören?«

»Er ist nicht böse, Zoe. Er ist einfach nur da. Nenn ihn von mir aus Antimaterie, nenn ihn einzigartig, nenn ihn ein sich bewegendes Schwarzes Loch. Er ist nicht böse, und er hasst uns auch nicht. Wir sind einfach nur im Weg.«

Stretch merkte an: »Und dennoch hat irgend*wo* und irgend*wann* hier auf der Erde jemand einmal eine Maschine gebaut, die irgend*wie* mit dieser Dunklen Sonne in Verbindung steht. Sprichst du etwa von Hochtechnologie, Jack? Außerirdischer Hochtechnologie?«

Jack ließ den Kopf sinken. »Ich weiß es nicht. Wizard erwähnt nichts darüber.«

Vulture warf versonnen ein: »›Jede ausreichend hochentwickelte Technologie ist von Magie nicht zu unterscheiden.‹ Arthur C. Clarke.«

»Und wie sollen wir die Maschine wieder in Gang bringen?«, fragte Scheich Abbas. »Und warum ist China so überaus interessiert daran, das selbst zu machen? Sogar die Chinesen müssten doch wohl einsehen, dass eine weltweite Koalition am besten dafür geeignet wäre.«

»Wie immer, Scheich, kommt Ihr sofort auf den Punkt«, erwiderte West. »Bitte blättern Sie alle zur zweiten Seite Ihrer Unterlagen vor.«

Die anderen gehorchten. Dort fand sich eine Fotokopie von Wizards Zusammenfassung:

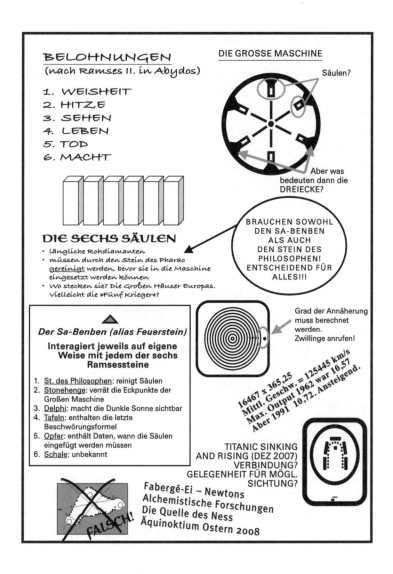

West lenkte ihre Aufmerksamkeit auf die Seitenmitte. »Was nun Eure erste Frage betrifft, Scheich: Wie sollen wir die Maschine wieder instand setzen? Schauen Sie sich einmal die sechs Säulen an, die Wizard da gezeichnet und als ›längliche Rohdiamanten‹ beschrieben hat. An anderer Stelle in seinen Aufzeichnungen schreibt er, dass jede dieser Säulen etwa so groß ist wie ein Ziegelstein. Auch erwähnt er ...«

»Ein Diamant so groß wie ein Ziegel?«, rief Scimitar ungläubig aus. »Schon einer davon wäre größer als der Cullinan. Das ist der größte Diamant, der je gefunden wurde, und von unschätzbarem Wert. Und Sie wollen uns erzählen, davon gibt es sechs?«

»Ja, sechs. Wizard erwähnt auch, dass jede der Säulen durch den Stein des Philosophen ›gereinigt‹ werden muss, bevor man sie in die Maschine einsetzen kann. Dies erinnert uns noch einmal daran, dass wir unbedingt sowohl den Sa-Benben als auch den Stein des Philosophen brauchen. Von diesen beiden hängt alles ab.

Ich sehe die Sache wie folgt: Um die Maschine in Gang zu setzen, müssen wir die sechs Säulen, nachdem der Stein des Philosophen sie gereinigt hat, in diese geheimnisvolle, allgewaltige Maschine einsetzen.

Das bringt mich zu Eurer zweiten Frage, Abbas: Warum will China die Sache allein erledigen? Sie wollen es allein machen, weil offenbar derjenige, der eine der Säulen in die Maschine einsetzt, eine Belohnung erhält.

Sie sehen ja, welche Belohnungen Wizard aufgelistet hat: Weisheit, Hitze, Sehen, Leben, Tod, Macht. Was sich hinter diesen Belohnungen wirklich verbirgt, weiß ich nicht. Ich nehme an, Wizard weiß es, aber in seinen Notizen findet sich nichts darüber, was tatsächlich gemeint ist. Aber wenn man bedenkt, was die Chinesen bereits alles unternommen haben, indem sie Wizard entführten und versuchten, den Sa-Benben zu stehlen, kann ich mir vorstellen, dass die Belohnungen wirklich verdammt lohnend sind.«

West warf den beiden Amerikanern Robertson und Astro einen scharfen Blick zu.

Robertson räusperte sich. »Ich bin nicht darin eingeweiht, was die Recherchen meines Landes in dieser Angelegenheit betrifft, also fragen Sie mich bitte erst gar nicht danach. Aber es stimmt, dass die Vereinigten Staaten nicht gewillt sind, den Chinesen diese Privilegien, oder wie immer Sie es nennen wollen, allein zu überlassen.«

»Mit irgendeinem werden wir über die Erkenntnisse Ihres Landes aber sehr bald sprechen wollen«, gab West unverblümt zurück.

»Halt, stopp«, warf Zoe ein. »Noch mal einen Schritt zurück. Die sechs Ramsessteine plus der Sa-Benben liefern uns also Informationen über die Maschine. Sobald der Sa-Benben den Stein des Philosophen geladen hat, reinigt dieser die sechs Säulen, die anschließend in die Maschine eingesetzt werden müssen. Was für eine Maschine ist das denn nun? Und wie groß soll sie denn sein?«

West tippte auf die Abbildung, die die Maschine darstellen sollte.

Nachdem er die letzten beiden Tage über Wizards Aufzeichnungen gelesen hatte, hatte er viel über die Maschine nachgedacht: über diese Abbildung und das, was Wizard an den Rand gekritzelt hatte.

Schließlich antwortete er: »Wizard schreibt nichts darüber, was oder wie groß diese Maschine ist. Aber ich habe eine Theorie.«

»Und welche?«

West wandte sich Zoe zu. »Ich glaube, dass ›die Maschine‹ ein anderer Name für unseren Planeten ist.« Er deutete auf die Abbildung. »Der Kreis ist die Erde. Und diese dunklen Dreiecke sind Stätten, die sich rund um die Erde befinden. Sechs Stätten, an denen die sechs vorschriftsmäßig ›gereinigten‹, also aktivierten Säulen eingesetzt werden müssen. Dadurch wird die Maschine wieder in ihren Funktionsstatus gebracht, bevor die Dunkle Sonne ihre tödliche Strahlung aussendet.«

»Gütiger Himmel«, stieß jemand hervor.

»In der Tat. Und wenn wir diese Maschine bis zum vorbestimmten Zeitpunkt nicht wieder in Gang bringen, wird unser Planet zerstört. Leute, jetzt ist das Ende der Welt wirklich nahe gekommen.«

»Das Ende der Welt ...«, flüsterte Scheich Abbas.

Er sah sich im Raum um und stellte zu seiner Überraschung fest, dass Robertson, der Amerikaner, Jacks Schlussfolgerung ungerührt aufgenommen hatte. Ebenso Scimitar und sein saudischer Gefährte Vulture.

Jack fuhr fort: »Sie werden sich noch erinnern, dass Wizard in seinem Artikel den schwarzen Himmelskörper erwähnt hat, der im Rätsel der Kreise dargestellt ist. Seiner Meinung nach war es ein Dunkler Stern, ein Zwilling unserer eigenen Sonne, ihr Widerpart. Auch hat Wizard erwähnt, dass das Kreisrätsel unser Sonnensystem mit zehn anstatt mit nur neun Planeten darstellt.«

»Stimmt.«

»Unser heutiges Sonnensystem besteht aus neun Planeten und einem Asteroidengürtel zwischen Mars und Jupiter. Aber das muss ja vielleicht nicht immer so gewesen sein. Weiter unten in seinem Artikel stellt Wizard die Theorie auf, dass der Asteroidengürtel zwischen Mars und Jupiter früher einmal ein sehr kleiner Planet war, unserem eigenen nicht unähnlich. Das heißt: Wenn ein solcher Planet irgendwie zerstört wurde, würden sich seine Teile in einem dahintreibenden Asteroidengürtel ähnlich wie dem versammeln, der zwischen Mars und Jupiter entdeckt worden ist.«

Es herrschte Totenstille.

»Genau«, sagte Jack, der ihre Gedanken erriet. »Das hat sich schon einmal ereignet.«

»Meine Damen und Herren«, fuhr Jack fort, »wir müssen unsere Kräfte bündeln, um diese Bedrohung zu bekämpfen. Wir müssen diese Maschine wieder in Gang setzen, bevor der Dunkle Stern uns erreicht hat.

Aber für den Augenblick fehlen uns noch zu viele Teile des

Puzzles, zum Beispiel, wann der Dunkle Stern auf uns trifft, bis wann die Maschine also wieder in Gang gesetzt sein muss. Wizard kennt auf viele dieser Fragen die Antwort, aber ich nehme an, dass auch unsere eigenen Wissenschaftler einige davon beantworten können. Und dabei haben wir noch gar nicht die Belohnungen berücksichtigt, geschweige denn das Interesse der Chinesen und was *sie* womöglich wissen.«

Jack nahm die Gruppe ins Visier, die sich vor ihm versammelt hatte. »Ich muss von jedem von Ihnen erfahren, was er weiß.«

Jemand hustete und räusperte sich.

Es war Vulture, der saudische Spion.

»Meine Familie, das Hohe Haus Saud, ist im Besitz einer der Säulen, die Sie beschreiben«, sagte er. »Es ist tatsächlich ein großer Rohdiamant, länglich und durchsichtig. Sein Anblick ist atemberaubend.

Seit Generationen verwahren wir ihn stets an einem sicheren Ort. Zwei weitere, identische dieser diamantenen Säulen befinden sich im Besitz der beiden europäischen Adelsgeschlechter Sachsen-Coburg und Gotha sowie Oldenburg. Wo die restlichen drei sich befinden, darüber weiß ich allerdings nichts.«

»Danke«, sagte Jack und nickte.

Der amerikanische Attaché Robertson räusperte sich. »Ich bin autorisiert preiszugeben, dass einer der Ramsessteine, von denen Sie sprechen, Eigentum der Vereinigten Staaten von Amerika ist: Es ist der Opferstein der Maya. Ebenso bin ich autorisiert, diesen Stein einer multinationalen Initiative zur Abwendung des Dunklen Sterns verfügbar zu machen.«

Andere Informationen von geringerer Bedeutung wurden geliefert, aber letztendlich wurde doch klar, dass die einzige zentrale Wissensquelle über alles, was mit der Maschine, den Steinen und den Säulen zusammenhing, tatsächlich Professor Max T. Epper war.

»Wir müssen Wizard aus der Hand der Chinesen befreien«, erklärte Jack. »Mr. Robertson, es wird Zeit, dass Sie hier Ihren Mitgliederbeitrag entrichten.«

Robertson antwortete: »Professor Epper wird im Xintan-Gefängnis festgehalten, einer entlegenen Anstalt in den Bergen der Provinz Sichuan in Zentralchina. Eingestuft ist er als Klasse-D-Gefangener: besonders wertvoll, aber intensiven Verhören zu unterziehen.«

»Sie meinen Folter«, kommentierte Pooh Bear.

Scimitar fügte an: »Xintan ist eine Festung. Kein Mensch, der sie je gegen seinen Willen betrat, hat sie lebend wieder verlassen.«

»Das wird sich ändern«, meinte West.

Vulture gab Scimitar Rückendeckung. »Man kann nicht einfach so in die Folterkammern des Xintan-Gefängnisses reinspazieren und wieder herausschlendern. Es ist mehr als eine Festung. Es ist unüberwindbar.«

Robertson ergänzte förmlich: »Die Vereinigten Staaten hätten ernste Vorbehalte gegen die Teilnahme an jedwedem feindlichen Akt gegenüber China, besonders einem derart aggressiven. Wenn Lieutenant Miller hier bei einem solchen Überfall auf chinesischem Gebiet gefangen genommen würde, wäre es auf der Titelseite jeder Zeitung rund um die ...«

»Dann kommen Sie eben nicht mit«, meldete sich Stretch aus einer Ecke des Raums. Er war Veteran der ersten Mission und hegte diesen vermeintlich wohlmeinenden Eindringlingen gegenüber immer noch großes Misstrauen.

Jack unterbrach: »Diese logistischen Fragen klären wir, wenn sie anstehen. Gibt es sonst noch etwas? Hat jemand noch etwas vorzubringen?«

Schweigen.

Die Besprechung war vorbei.

Aber dann erhob sich eine Hand, zaghaft und vorsichtig. Eine kleine Hand im hinteren Teil des Raumes.

Alby.

Paul Robertson wandte sich um und sagte: »Also, wenn wir jetzt schon Kinderfragen beantworten, bin ich hier fertig. Ich habe noch andere Sachen zu tun.«

Jack war nicht so abweisend. Eigentlich fand er es sogar erstaunlich mutig von Alby, sich zu melden, wenn man bedachte, in wessen Gegenwart er sich befand.

»Schieß los, Alby.«

»Ich glaube, ich kann Ihnen bei etwas in Wizards Notizen helfen«, sagte der Knirps und benutzte gleichzeitig die Gehörlosensprache.

»Und wobei genau?« Jack war überrascht, dass Alby die Zeichensprache benutzte. Hier war das doch eigentlich gar nicht notwendig.

Alby antwortete: »Da, wo es heißt: ›Untergang der Titanic und Hebung Dezember 2007‹. Da geht es gar nicht um das Schiff Titanic. Es bedeutet den Untergang und Aufgang des Saturnmondes Titan hinter dem Planeten Jupiter. ›Titanic sinking‹ und ›titanic rising‹, so heißt das im Fachjargon der Astronomen. Es kommt ziemlich selten vor, aber wenn Jupiter und Saturn in einer Linie stehen – und das tun sie bis März nächsten Jahres –, dann passiert es zweimal die Woche.«

»Und wann genau werden Jupiter, Saturn und die *Erde* wieder in einer Linie stehen?«, wollte Zoe wissen.

Alby zuckte die Achseln. »Vielleicht in drei- oder vierhundert Jahren.«

Abbas hustete. »Das ist bedeutsam.«

»Darauf können Sie wetten.« Jack warf Alby einen Seitenblick zu und registrierte, dass der Junge ihm einen durchdringenden Blick zuwarf. Er machte ihm Zeichen: *Da gibt es noch etwas.*

Jack hatte verstanden, er nickte. Aber erst, nachdem er sich an die Gruppe gewandt und gesagt hatte: »Danke, Alby, das war ein toller Beitrag. Ich bin sicher, Wizard wird das aufklären können.«

Lily, die neben Alby saß, knuffte Alby stolz.

In diesem Moment passierten zwei Dinge gleichzeitig: Es läutete an der Tür und Scheich Abbas' Telefon klingelte. Der alte Scheich meldete sich leise, während Jack zur Tür ging.

Draußen stand ein Hotelangestellter mit einem Paket für

Jack: ausgerechnet eine ausgefallene Hutschachtel. Darauf befand sich eine Karte: »Für Jack West. Aus Jamaika.«

Stirnrunzelnd öffnete Jack die Schachtel. Als er den Inhalt sah, erstarrte er schockiert und wurde bleich. »O nein, Fuzzy ...«

In der Schachtel lag ein abgetrennter menschlicher Kopf.

Es war der Kopf seines jamaikanischen Freundes, der schon bei der Schlussstein-Mission dabei gewesen war. V. J. Weatherly, genannt *Fuzzy*.

Im selben Moment runzelte Abbas am Telefon die Stirn. »Allah sei mit uns! Ruft im Hotel an! Sie sollen evakuieren! Sofort!«

Alle im Raum rissen die Köpfe hoch. Der Scheich beendete das Gespräch und sah auf.

»Wir müssen das Gebäude sofort verlassen. Gleich wird ein Flugzeug hier einschlagen.«

Jack blinzelte und legte den Deckel wieder auf die Hutschachtel, bevor sonst noch jemand sah, was sich darin befand. »Ein was ...?«

Dann ertönte eine Sirene.

Die Alarmanlage des Hotels.

Rote Signallichter erwachten zum Leben, und über die Sprechanlage meldete sich eine Stimme zunächst auf Arabisch, dann auf Englisch: »*Alle Gäste werden gebeten, das Hotel zu verlassen. Dies ist ein Ernstfall. Alle Gäste werden gebeten, das Hotel zu verlassen und sich draußen auf dem Parkplatz zu versammeln.*«

Jack und die anderen warfen einander besorgte Blicke zu, während die Ansage in anderen Sprachen weiterplärrte.

Dann läuteten weitere Telefone.

Zuerst das von Robertson, dann das von Vulture.

»Was ist los?«, fragte Jack Abbas.

Das Gesicht des Scheichs war leichenblass. »Es heißt, ein Flugzeug, das eben erst am Dubai International Airport abgeflogen ist, hat entgegen dem Flugplan seine ursprüngliche Route verlassen. Es befindet sich im Anflug hierher, auf das Hotel zu.«

Jack erstarrte. »Das kann kein Zufall sein. Alle raus hier! Sofort! Wir treffen uns an der *Halicarnassus*. Los!«

Alle stürzten aus dem Raum. Abbas wurde eilends von seinen Dienern herausgeführt, Robertson marschierte allein los. Der Marineinfanterist Astro blieb bei Jack und fragte: »Was kann ich tun?«

Jack war schon voll im Einsatz: »Zoe! Pooh Bear! Schafft die Kinder hier raus! Ich muss Wizards Sachen holen. Stretch, du hilfst mir! Lieutenant«, wandte er sich an Astro, »dabei können Sie sich auch nützlich machen. Ich könnte noch ein Paar Hände gebrauchen.«

In diesem Moment blickte West durch die breiten Panoramafenster der Präsidentensuite nach draußen.

Ihm fiel die Kinnlade herunter.

Er sah eine Boeing 767-Transportmaschine durch den Himmel jagen und dann in eine Linie einschwenken, die pfeilgerade im Burj al Arab Tower endete.

»Scheiße«, fluchte er leise.

Wenn jemand nahe genug herangekommen wäre, hätte er an der Flanke des dahinjagenden Transporterflugzeugs die Worte TRANSATLANTIC AIR FREIGHT ausmachen können. Zwar war im Flugplan Earl McShane als Pilot eingetragen, doch es war nicht Earl McShane, der im Cockpit saß. Es war ein einsamer Mann, der sich auf seinen Tod vorbereitete – einen Ehrentod.

Die 767 kam dem Turm immer näher.

Im Hotel rannten Menschen hin und her.

Alle Aufzüge waren zum Bersten voll, die Feuertreppen quollen über vor Fliehenden, manche im Smoking, andere im Pyjama.

Oben auf dem Helipad, weit über der Erde, hob ein Hubschrauber ab und entfernte sich vom Gebäude.

Die Sprechanlage plärrte: »*Dies ist ein Ernstfall. Alle Gäste bitte das Hotel verlassen ...*«

Zoe und Pooh Bear rannten aus dem Treppenhaus in die riesige Hotellobby und zerrten dabei Lily und Alby mit sich.

»Das ist Wahnsinn«, flüsterte Zoe, »schierer Wahnsinn.«

Sie stürzten hinaus in die Morgensonne, mitten hinein in die zusammengedrängte Menschenmenge.

Oben in der Präsidentensuite waren nur noch Jack, Stretch und Astro übrig.

Hastig rafften sie sämtliche von Wizards Notizen und Büchern zusammen und warfen sie in ein paar Sporttaschen.

Als sie schließlich alles beisammen hatten, rannten sie aus der Suite, West als Letzter. Rasch warf er noch einen Blick zurück und sah, wie das Transportflugzeug drohend vor dem Fenster auftauchte.

Dann verschwand der Jet unter der Fensterlinie, und im nächsten Moment spürte Jack, wie das Gebäude unter ihm erzitterte. Ein Gefühl, das er in seinem Leben nie wieder erfahren wollte.

Von außen aus gesehen schlug die heranschießende 767 im obersten Drittel des Burj al Arab Towers ein, etwa auf Höhe des 50. Stocks. Das gesamte Flugzeug verwandelte sich in einen Feuerball, einen flammenden Meteor, der auf der anderen Seite des am Meer gelegenen Towers wieder herausschoss. Das Gebäude bebte heftig und schwankte, eine riesige Rauchwolke stieg auf, die auf grausige Art an den 11. September erinnerte, an die Türme des World Trade Centers in jener schrecklichen Stunde, bevor sie in sich zusammenfielen.

»Wir sind abgeschnitten«, rief Stretch vom Eingang der Feuertreppe her. »Wir kommen nicht runter!«

West wirbelte herum. Um ihn brach die Welt buchstäblich zusammen. Der Turm schwankte. Schwarzer Rauch stieg an den Fenstern hoch und verdunkelte die Sonne.

»Nach oben«, schrie er. »Wir gehen nach oben.«

Minuten später preschten die drei auf den Helipad des brennenden Burj al Arab Towers hinaus.

Vor ihnen erstreckte sich die Küstenlinie von Dubai – eine leblose, flache Wüste, die auf das hellblaue Wasser des Persischen Golfs traf. Die blutrote Sonne wurde von einem Rauchschleier verdeckt.

»Das schreit zum Himmel«, brüllte Astro.

»Willkommen in meiner Welt«, rief West zurück, während er die Tür zu einem Wartungsschuppen am Rand des Helipads aufstieß.

Plötzlich wurde das gesamte Gebäude erschüttert. Die Träger kreischten schrill.

»Huntsman! Wir haben nicht mehr viel Zeit!«, brüllte Stretch.
»Das Gebäude kann jede Sekunde in sich zusammenfallen!«
»Weiß ich ja!« West durchstöberte den Schuppen. »Hier!« Durch die Tür warf er etwas hinaus und Stretch in die Arme: eine Art Ballen.

Ein Fallschirm!

»Die üblichen Sicherheitsvorkehrungen bei einem Hubschrauberlandeplatz, der so weit oben liegt«, erklärte West, als er mit zwei weiteren Fallschirmen herauskam. Einen warf er Astro zu.

»Nochmals willkommen in meiner Welt.«

Sie schnallten sich die Fallschirme um und hetzten zur Kante des Helipads, ohne Geländer und schwindelerregend hoch, achtzig Stockwerke über der Erde. Das Stahlskelett des Hochhauses kreischte wieder. Die sie umgebende Luft begann in der Hitze zu flimmern. Gleich würde der Tower einstürzen ...

»Springt!«, schrie West.

Sie gehorchten. Gemeinsam sprangen die drei von dem brennenden Gebäude und stürzten hinab durch die flimmernde Luft.

Im nächsten Augenblick brach das gesamte obere Drittel des Burj al Arab Towers vom Rest des Hochhauses und knickte weg.

Die große Turmspitze mit dem Helipad und den obersten dreißig Stockwerken neigte sich und kippte an der Stelle, wo das Flugzeug eingeschlagen war, wie ein langsam fallender Baum zur Seite. Dann riss sie vom Rest des Gebäudes ab und fiel hinunter, den drei winzigen Gestalten hinterher, die nur Sekunden zuvor vom Helipad abgesprungen waren.

Doch dann öffneten sich plötzlich über den drei Gestalten drei Fallschirme und trugen sie von der Spitze des Turms weg. Während sie noch landeinwärts flogen, landete die Spitze des Gebäudes mit einem ohrenbetäubend lauten Krachen kopfüber im Meer.

Am nächsten Tag erschien der unfassbare Anblick in allen Zeitungen der Welt – die Bilder des halbierten Hochhauses.

Verantwortlich dafür war ein zorniger amerikanischer Einzelgänger namens Earl McShane, der für 9/11 hatte Rache üben wollen. Schon nach dem 11. September hatte er ja an seine örtliche Zeitung geschrieben und Vergeltung gefordert.

Nun also hatte er beschlossen, die Rache an einem islamischen Land in die eigenen Hände zu nehmen, und zwar genauso, wie die islamischen Terroristen Amerika angegriffen hatten: indem er ein Flugzeug in ihr größtes und bekanntestes Hochhaus gesteuert hatte.

Glücklicherweise, berichteten alle Zeitungen, war bei dem teuflischen Angriff kein einziger Mensch umgekommen. Dies war dem umsichtigen Hotelpersonal, seinen perfekten Evakuierungsmaßnahmen und seiner blitzschnellen Reaktion auf ein einfliegendes Transportflugzeug zu verdanken gewesen – beinahe so, als hätte man sie vorgewarnt.

So war letztlich das einzige Leben, das McShane zerstört hatte, sein eigenes.

Natürlich wurde in den Stunden nach dem Vorfall sämtlicher Flugverkehr in der Region bis auf weiteres eingestellt.

Der Himmel über den Emiraten blieb den gesamten folgenden Tag über gespenstisch leer, denn alle Flüge waren gestrichen worden.

Nur einer Maschine wurde auf einem vollkommen abgeriegelten Militärflughafen am Rande Dubais eine Starterlaubnis erteilt.

Es war eine schwarze 747 mit dem Ziel China.

Das erste Flugzeug, das am darauffolgenden Tag startete, war ein privater Learjet, der Scheich Anzar al Abbas gehörte und drei Passagiere an Bord hatte: Zoe, Lily und Alby.

Nach einem kurzen Informationsaustausch zwischen West und Alby am Tag zuvor hatte man beschlossen, das Team hier aufzuteilen. Zoe und die beiden Kinder würden sich in die entgegengesetzte Richtung aufmachen: nach England.

ZWEITE PRÜFUNG

AUSBRUCH IN CHINA

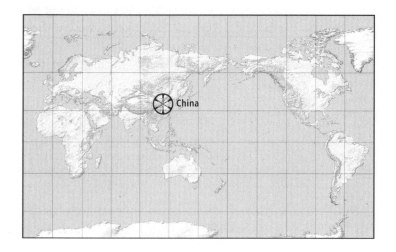

CHINA
5. DEZEMBER 2007
FÜNF TAGE VOR DEM
ERSTEN STICHTAG

 **LUFTRAUM ÜBER SÜDWESTCHINA**
5. DEZEMBER 2007

Die *Halicarnassus* überquerte den Himalaja und drang in chinesischen Luftraum ein.

Ihre schwarze, Radarstrahlen absorbierende Lackierung und ihre unregelmäßig verwinkelten Flanken sorgten dafür, dass sie auf keinem Radar in der Gegend auftauchte. Gegen Ortungen durch modernere, satellitengestützte Systeme war ihre Ausrüstung allerdings machtlos.

Bald nachdem sie in Dubai abgeflogen waren, hatte sich West an die beiden neuesten Mitglieder seines Teams gewandt, den Amerikaner Astro und den saudischen Spion Vulture: »Also, Gentlemen, es ist an der Zeit, dass Sie mir sagen, was Sie wissen. Über das Xintan-Gefängnis.«

Der junge amerikanische Lieutenant antwortete mit einer Gegenfrage: »Sind Sie sicher, dass dieses Vorgehen hier das richtige ist? Sie scheinen doch ganz prima ohne diesen Wizard klarzukommen. Warum konzentrieren wir uns nicht direkt auf die Steine und die Säulen? Wenn wir nach diesem Wizard suchen, wird das doch bestenfalls die Chinesen gegen uns aufbringen.«

Jack antwortete: »Ich weiß lediglich das, was Wizard mir gesagt oder aufgeschrieben hat. Aber nur mit dem unendlichen Wissen, das in seinem Gehirn gespeichert ist, können wir diese Sache überstehen. Das allein ist es schon wert, die Chinesen gegen uns aufzubringen. Und dann gibt es noch einen Grund.«

»Und der wäre?«

»Wizard ist mein Freund«, entgegnete West unmissverständlich. Genau wie Fuzzy mein Freund war, dachte er, und was ist ihm nur passiert! Mein Gott!

»Sie würden also unser aller Leben und die Sicherheit unserer Länder aufs Spiel setzen, nur um Ihrem Freund zu helfen?«

»Ja«, antwortete Jack, ohne zu zögern. In seinem Kopf tauchte plötzlich das Bild von Fuzzys Kopf auf – eines Freundes, den er nicht hatte retten können.

»Na, das nenne ich mal wahre Freundschaft«, stichelte Astro. »Werden Sie diese Risiken auch für mich eingehen, falls ich in Schwierigkeiten komme?«

»So gut kenne ich Sie noch nicht«, gab West zurück. »Ich sag's Ihnen später, wenn Sie durchgekommen sind. Was ist nun mit dem Gefängnis?«

Vulture breitete einige Karten und Satellitenfotos aus, die er vom saudi-arabischen Geheimdienst mitgebracht hatte. »Xintan, wo die Chinesen Professor Epper und Tanaka festhalten, ist ein Arbeitslager, ein Internierungslager der Kategorie Vier im äußersten Westen der Provinz Sichuan.

Es ist eine Anstalt speziell für politische Gefangene und andere Häftlinge mit höchster Sicherheitsstufe. Die Gefangenen werden beim Graben von Tunneln und Pässen für die chinesischen Gebirgseisenbahnstrecken eingesetzt, zum Beispiel für die Quinghai-Tibet-Linie, die sogenannte »Dach der Welt«-Bahn. Die Chinesen sind Weltmeister im Eisenbahnbau. Sie haben Gleise über, unter und durch die bergigsten Regionen der Erde gebaut, und viele davon verbinden das Kernland mit Tibet.«

An dieser Stelle meldete sich Pooh Bears Bruder Scimitar: »Sie benutzen die neuen Eisenbahnstrecken, um Tibet mit chinesischen Arbeitern zu überschwemmen. Sie wollen die ursprünglichen Einwohner durch schlichte Überbevölkerung auslöschen. Es ist eine neue Form des Genozids. Ein Genozid durch erdrückende Einwanderung.«

Jack schätzte Scimitar ab. Seinem Bruder hätte er nicht unähnlicher sein können. Pooh Bear war rundlich, vollbärtig und bodenständig, Scimitar dagegen schlank, rasiert und kultiviert. Er besaß hellblaue Augen, eine olivfarbene Haut und einen Oxford-Akzent. Jack fiel auf, dass er den chinesischen Eisenbahnbau in einen politischen Kontext gestellt hatte.

»Auf jeden Fall«, fuhr Vulture fort, »ist der Bau dieser Eisenbahnen eine ziemlich gefährliche Angelegenheit. Viele Arbeiter sterben dabei und werden einfach im Zementbett begraben. Epper wurde wegen der dortigen Verhörmethoden und Auswertung von Erkenntnissen nach Xintan gebracht.«

»Folterkammern?«, fragte West.

»Folterkammern«, bestätigte Vulture.

»Xintan ist geradezu berüchtigt für seine Foltermethoden«, ergänzte Astro. »Ob nun Anhänger von Falun Gong, protestierende Studenten, tibetische Mönche – sie alle sind in Xintan ›umerzogen‹ worden, wie die Chinesen es nennen. Seine geographische Lage macht Xintan schlichtweg zu einem perfekten Ort für Verhöre. Xintan ist nämlich nicht nur auf einem, sondern gleich auf zwei Berggipfeln erbaut, die die Teufelshörner genannt werden.

Xintan Eins, das Hauptgebäude, liegt auf dem höchsten Gipfel und ist angebunden durch eine Gebirgseisenbahn, die durch ein riesiges Eisentor direkt hineinfährt.«

»Hört sich an wie Auschwitz«, bemerkte Stretch.

»Ähnlich, aber nicht dasselbe«, antwortete Astro. »Nachdem der Zug die neuen Gefangenen im Hauptgefängnis abgeladen hat, fährt er mitten durch Xintan Eins weiter bis zu einem zweiten Tor am anderen Ende. Dort überqueren die Gleise eine lange Brücke und erreichen Xintan Zwei, ein kleineres Areal, das auf einem eigenen Gipfel liegt. Dort sind die Folterkammern. Der Zug fährt durch ein drittes wuchtiges Tor und endet in Xintan Zwei. Außer diesem Tor gibt es von dort keinen Ausgang.«

»Wie in Auschwitz«, wiederholte Stretch.

»Jetzt hast du recht, Jude«, gab Vulture zurück.

Pooh Bear, der daneben saß, sah abrupt auf. »Vulture! Ich achte dich als Freund meines Bruders. Deshalb darf ich wohl darum bitten, dass du auch meinen Freund achtest. Bekannt ist er unter den Namen Cohen, Archer oder Stretch. Jude wirst du ihn nicht noch einmal nennen.«

Um Vergebung heischend verbeugte sich Vulture – wieder eine dieser langsamen, kalkulierten Gesten, die sowohl bedauernd als auch beleidigend gemeint sein konnte: »Ich bitte untertänigst um Vergebung.«

Astro durchbrach das peinliche Schweigen mit weiteren Informationen: »Unserem Geheimdienst zufolge haben die Chinesen in Xintan außerdem einen Kampfhubschrauber stationiert, für den Fall, dass jemand ausbricht.«

»Was für ein Kampfhubschrauber?«, fragte Jack und legte den Kopf schief.

»Ein gottverdammter, waffenstarrender Hind«, gab Astro zurück. »Einen Heli wie den sollte man tunlichst ernst nehmen. Captain West, es heißt, dass die Gefangenen in Xintan Eins über das Tal hinweg die Schreie der Folteropfer von Xintan Zwei hören können. Wenn es in China irgendeinen Ort gibt, wo man nicht sein möchte, dann Xintan Zwei. Niemand ist je lebend da herausgekommen.«

»Niemand?«

»Niemand«, bestätigte Astro.

Das war vor einigen Stunden gewesen.

Als sie jetzt in den chinesischen Luftraum eindrangen, stürmte plötzlich Scimitar in Wests Büro und meldete: »Huntsman! Wir kriegen gerade was von den Amerikanern rein. Abgehört von der National Security Agency. Die Chinesen wollen Wizard noch heute verlegen. In einer Stunde.«

West sprang aus seinem Stuhl hoch.

Das waren schlechte Nachrichten. Sehr schlechte.

Wizard und Tanaka wurden von Xintan Zwei nach Xintan Eins verlegt. Von dort wollte man sie mit einer bewaffneten Eskorte nach Wushan bringen. Niemand anderer als Oberst Mao hatte dies befohlen.

»Wann?«, fragte West, während er die Hauptkabine betrat.

»Der Zug verlässt Xintan um zwölf Uhr«, rief Astro von einem seitlichen Sitz aus.
»Könnten sie wissen, dass wir kommen?«, fragte Scimitar.
Dasselbe fragte auch West sich gerade.
»Nicht undenkbar«, gab Vulture zurück. »Nach Captain Wests ja nicht gerade geräuschloser Flucht aus Australien vor drei Tagen und dem Flugzeugunglück von gestern könnten sie durchaus zu der Erkenntnis kommen, dass wir etwas vorhaben.«
Scimitar wandte ein: »Aber die Chinesen können doch unmöglich glauben, dass jemand ernstlich in Erwägung ziehen würde, Xintan zu stürmen.«
»Sky Monster«, rief West zur Decke, »voraussichtliche Ankunft Xintan?«
Über die Sprechanlage meldete sich Sky Monsters Stimme: »Wird knapp, aber ich glaube, bis mittags kriege ich euch hin.«
»Gib Gas«, rief West.
Die Dinge entwickelten sich schneller, als er erwartet hatte. Er war davon ausgegangen, dass er Zeit hätte, sich einen Plan zurechtzulegen.
Er trat an den Mitteltisch und studierte Astros Karten vom bergigen Gelände des Xintan-Gefängnisses. »Die Verlegung ist ihr schwacher Punkt. Die Brücke zwischen Xintan Eins und Zwei. Da können wir zuschlagen.«
»Die Brücke?«, fragte Astro und trat heran. »Haben Sie nicht richtig zugehört, Captain? Diese Brücke befindet sich mitten im Gefängniskomplex. Wäre es nicht besser, sich Epper und Tanaka später zu schnappen, wenn sie außerhalb des Gefängnisareals im Zug sitzen?«
West starrte auf die Karten und legte sich einen Plan zurecht. »Nein. Für die Außenstrecke werden sie zusätzliche Wachen bereitstellen, vermutlich vom Militär. Aber bei der internen Verlegung sind nur Gefängniswärter dabei, ganz einfaches Wachpersonal.«
Jack biss sich auf die Lippe. »Es wird kein Sonntagsausflug. Es wird sogar ziemlich scheußlich, wenn es überhaupt klappt. Aber das ist unsere Chance, da können wir sie uns schnappen.«

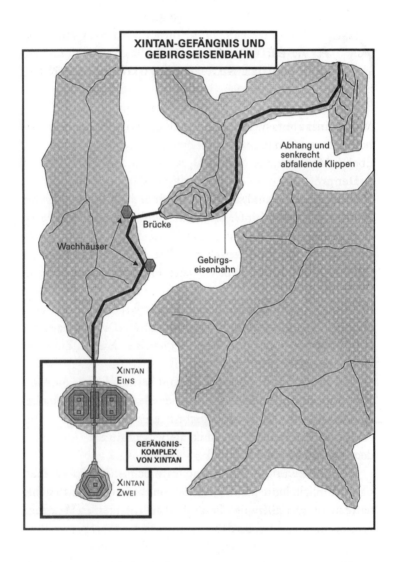

 **ARBEITSLAGER XINTAN
PROVINZ SICHUAN, SÜDWESTCHINA
11:59 UHR**

Wie in einer Fantasy-Welt lagen hoch über den Wolken die zwei betongrauen Gebäude auf zwei benachbarten Berggipfeln weit über der Bergwildnis.

Der größere Komplex, Xintan Eins, wirkte mit seinen fünf Stockwerken groß und klotzig. Träge über den Abgrund ragend, ruhte er auf seinem Gipfel, so als hätte ein Gott aus großer Höhe einen Klumpen Knetgummi fallen lassen. Er bestand fast ausschließlich aus Beton, dem Beitrag des Kommunismus zur Architektur, und besaß vier hoch in den Himmel aufragende Türme.

Der kleinere Komplex, Xintan Zwei, lag südlich von seinem größeren Bruder. Er war nur drei Stockwerke hoch und hatte nur einen Turm. Aber durch seine kompakten Ausmaße wirkte er nur umso brutaler und erdrückender. Er brauchte gar nicht größer zu sein, um furchteinflößend zu wirken.

Verbunden wurden die beiden Trakte durch eine lange, geschwungene Brücke, die sich etwa einen Kilometer weit über eine zerklüftete, mehrere Hundert Meter tiefe Schlucht spannte. An diesem Tag wurde das Tal von einer tief liegenden Wolkendecke verborgen, die sich in der Schlucht wand wie ein Fluss.

Eigentlich war dieser hohe, abgeschiedene Ort ein wunderbarer Anblick, hätte nicht der Wind um die Berge gepfiffen und hätte nicht über allem der Gestank nach Tod und Verzweiflung gehangen.

Um genau zwölf Uhr mittags öffneten sich polternd die Eisengatter von Xintan Zwei und entließen den Gefängniszug.

Der Zug mit seinen fünf Waggons und der schwarzen Seitenfassade sah aus wie ein wildes, gepanzertes Tier. Alle Fenster außer denen der Zugmaschinen am Anfang und Ende waren vergittert. Während er am Gatter wartete, schnaubte er wie ein Stier und stieß Rauch aus, der vordere Triebwagen fauchte.

Die beiden Gefangenen wurden im mittleren Teil des Zugs untergebracht. Sie trugen nur Lumpen und Augenbinden und schlurften eher, als sie gingen, Arme und Beine in Ketten. Es gab nur diese zwei, Wizard und Tank.

Sie waren umgeben von Gefängniswärtern mit versteinerten Mienen, insgesamt zwölf, die übliche Anzahl bei einer internen Verlegung. Alle Wachen waren sich bewusst, dass zwei Züge chinesischer Soldaten vor Xintan Eins darauf warteten, die Gefangenen auf ihrer weiteren Reise zu begleiten.

Wizard und Tank wurden im dritten Waggon untergebracht und die Beinfesseln an im Boden eingelassenen Eisenringen angekettet.

Klappernd schloss sich die Schiebetür des Waggons, eine Pfeife ertönte und der gepanzerte Zug rollte nach draußen. Während er durch das Tor fuhr, spie er weiter Dampf aus. Er sah aus wie ein bösartiges Geschöpf, das aus den Tiefen der Hölle selbst hervorgekrochen war.

Der Zug begann seine kurze Reise über die lange, gewölbte Brücke, ein winziges Ding vor der Silhouette der zerklüften chinesischen Berglandschaft. In diesem Moment tauchten über ihm zwei vogelartige Objekte auf, die schnell hinabtauchten. Als sie näher kamen, sahen sie nicht mehr aus wie Vögel, sondern nahmen Menschengestalt an – zwei schwarz gekleidete Männer mit Flügeln am Rücken.

Wie ein Pfeil schoss Jack West jr. durch die Luft. Eine Höhenmaske bedeckte sein Gesicht, und an seinem Rücken befand sich ein Paar *Gullwings*, Ultra-Hightech-Flügel aus Kohlefaser.

Die Gullwings waren ein *FID* oder *Fast-Insertion Device*. Wizard hatte sie vor vielen Jahren für die US Air Force entwickelt, sie waren schnell, lautlos und unauffällig. Eigentlich waren es Ein-Mann-Segler, die aber außerdem noch mit Druckluft-Steuerraketen ausgerüstet waren, mit denen man sehr lange gleiten konnte. Letztlich hatte die US Air Force sich gegen ihren Einsatz entschieden, aber Wizard hatte mehrere Prototypen behalten, die West für Situationen wie diese in der *Hali* verstaut hatte.

Neben West fegte Stretch aus dem Himmel, auch er trug eine ähnliche Ausrüstung.

Beide Männer waren bis an die Zähne bewaffnet, hatten sich zahlreiche Halfter mit Pistolen, Maschinenpistolen und Handgranaten umgegürtet. Stretch hatte außerdem noch eine handliche Panzerfaust vom Typ Predator dabei.

Der Gefängniszug donnerte über die lange, hohe Brücke.

In einem Kilometer Entfernung ragte der riesige Moloch von Xintan Eins auf. Die Gleise endeten an einer massiven, etwa dreißig Meter hohen Betonmauer, deren einzige Öffnung ein eindrucksvolles Eisentor war.

Aber während der Zug über die lange Brücke polterte und sich langsam Xintan Eins näherte, stießen die beiden geflügelten Gestalten im Sturzflug auf ihn hinab und glitten dann horizontal über die fünf Waggons hinweg, bis sie nur noch kaum mehr als einen Meter über dem ersten Zugteil waren, der vorderen Lok.

Keiner hatte ihre Ankunft bemerkt. Über die Strecke innerhalb des Geländes machten sich die Wachen in Xintan Eins schon lange keine Gedanken mehr. Schließlich hatte es in der Geschichte des Gefängnisses noch nie einen Ausbruch gegeben. So kam es, dass tatsächlich niemand dafür abgestellt war, den Zug zu überwachen, während er die Brücke überquerte.

Die beiden fliegenden Gestalten hatten den Triebwagen erreicht und glitten in niedriger Höhe über ihn hinweg. Im nächsten Moment klappten West und Stretch ihre Flügel ein und landeten auf dem Dach der Lok, perfekt auf beiden Beinen.

Sie mussten schnell handeln. Der Zug hatte mittlerweile schon zwei Drittel seiner kurzen Fahrt zurückgelegt, vor ihnen türmten sich schon die Tore zum Hauptgebäude auf.

West zog seine zwei Desert-Eagle-Pistolen, sprang hinunter auf den Bug der Lok und zerschoss die Fenster der beiden Lokführer.

Das Glas zersplitterte, und West schwang sich durch eines der Fenster in die Führerkabine.

Beide Lokführer waren chinesische Soldaten, die jetzt schreiend nach ihren Waffen griffen. Erreichen sollten sie sie nicht mehr.

Auch Stretch schwang sich nun in die Fahrerkabine. Die beiden Lokführer waren tot, und West hatte schon die Bedienung des Triebwagens übernommen.

»Predator«, schrie West gegen den Wind, der nun durch die zertrümmerten Fenster pfiff.

Stretch entsicherte seine Panzerfaust, schulterte sie und zielte durch die zerschmetterten Fenster.

»Fertig!«, schrie er.

Wie auf Kommando öffneten sich die Tore von Xintan Eins, um den Pendelzug einzulassen.

In diesem Moment drückte West den Geschwindigkeitsregler durch.

Als die Tore sich rumpelnd öffneten, wandten die zwei Züge chinesischer Soldaten, die auf dem Ankunftsbahnsteig warteten, sich um, weil sie erwarteten, dass der gepanzerte Zug die Bremsen betätigen, Dampf ablassen und auf jeden Fall langsamer werden würde.

Was sie sahen, war das genaue Gegenteil.

Der gepanzerte Zug raste mit voller Geschwindigkeit durch die riesige Einfahrt, beschleunigte im engen Torbogen sogar noch und donnerte am Abstellgleis vorbei.

Dann schoss eine Rauchsäule aus der zertrümmerten Windschutzscheibe des Triebwagens – der Pulverdampf einer Predator-Panzerfaust, eines Geschosses, das in Luftlinie auf das zweite Tor von Xintan Eins zujagte.

Auf das Ausgangstor.

Die Predator krachte in das Eisentor und explodierte. Eine Wolke aus Rauch und Staub breitete sich in alle Richtungen aus, hüllte den Bahnsteig ein und verhinderte jegliche Sicht.

Das riesige Ausgangstor beulte sich ächzend, der gesamte Mittelteil war verbogen und locker. Mehr brauchte West nicht, und schon im nächsten Moment donnerte sein Zug mit atemberaubender Geschwindigkeit hinein und krachte mitten hindurch. Die beiden Tore flogen auf und wurden aus ihren massiven Scharnieren gerissen, während der Zug selbst mit allem, was er hergab, ins graue Tageslicht hinausraste, weg von dem Berggefängnis.

Im ersten Moment waren die Chinesen wie betäubt, umso heftiger war allerdings die Reaktion, als sie dann einsetzte.

Innerhalb von nur vier Minuten stiegen zwei kleine russische Jagdhubschrauber vom Typ Kamov Ka-50, auch Werwolf genannt, von Xintan Eins auf. Sie machten sich an die Verfolgung des fliehenden Zuges.

Eine weitere Minute später stieg von Xintan Zwei ein erheblich größerer Helikopter auf. Auch er war russischer Bauart, aber von erheblich besserer Qualität. Es war ein Mi-24 Hind-Kampfhubschrauber, eine der gefürchtetsten Maschinen der Welt, starrend vor Geschützen, MGs, Werfern für chemische Waffen und Raketen. Charakteristisch war sein Cockpit mit zwei Kuppeln. Darüber hinaus besaß er eine Mannschaftskabine, in der jetzt ein Sturmtrupp aus zehn voll bewaffneten chinesischen Soldaten saß.

Sobald er die Gefängnismauern hinter sich gelassen hatte, senkte der Hind seine Nase und donnerte Wests fliehendem Zug hinterher.

Und dann hatten die Chinesen noch eine elektronische Antwort parat.

Zum Komplex von Xintan gehörten zwei Wachhäuser, die einige Kilometer nördlich vom Gefängnis an der Gebirgsbahn lagen. An diesen Wachhäusern musste der Zug vorbei.

Hektisch wurden die Posten in den beiden Wachhäusern antelefoniert, aber seltsamerweise wurde niemand erreicht.

An beiden Außenposten bot sich das gleiche Bild: Die Wachen waren kaltgestellt, lagen auf dem Boden, die Hände mit Klebeband gefesselt.

Wests Leute waren schon da gewesen.

Mit halsbrecherischer Geschwindigkeit jagte der gepanzerte Zug durch die Berge. Schnee trieb durch die zertrümmerten Windschutzscheiben herein.

Er raste an dem ersten Wachhaus vorbei und krachte durch die Schranke, als bestünde sie aus Zahnstochern.

Stretch fuhr und behielt dabei das Gelände um sie herum im Auge, links schneebedeckte Berge und rechts ein über dreihundert Meter tiefer Abhang.

Der Zug fuhr um einen linker Hand liegenden Felsvorsprung, und plötzlich kamen das zweite Wachhaus und dahinter eine eiserne Hängebrücke ins Blickfeld.

»Huntsman! Habe Sichtkontakt mit der äußeren Brücke!«, schrie Stretch.

West hatte sich aus der zertrümmerten Windschutzscheibe gelehnt, eine Art Mörser installiert und dabei den Gefängniskomplex hinter ihnen im Auge behalten. Jetzt kletterte er wieder hinein.

»Wir haben Helikopter hinter uns. Zwei Jagdhubschrauber und einen dicken, fetten Hind.«

»*Drei?*« Stretch drehte sich um. »Ich dachte, Astro hat gesagt, dass sie in Xintan nur einen Hubschrauber haben, den Hind?«

»Offenbar war sein Geheimdienst zwei Hubschrauber im Rückstand«, kommentierte West trocken. »Ich hoffe nur, das ist das Einzige, was nicht stimmt. Zu spät, sich jetzt darüber zu ärgern. Das Rotornetz ist montiert und in unserer Hand. Schaff du uns nur bis zur Brücke, bevor jemand in dem Hind rauskriegt, wer wir sind, und beschließt, dass es sich lohnt, die Brücke in die Luft zu jagen, nur um uns zu stoppen. Halt mich auf dem Laufenden. Ich muss was erledigen.«

West schnappte sich ein Mikrophon vom Armaturenbrett,

schaltete die Zugsprechanlage an und sagte auf Mandarin: »An alle Wachen in diesem Zug! Herhören! Wir haben die Kontrolle über dieses Fahrzeug übernommen. Alles, was wir wollen, sind die Gefangenen.«

Alle Soldaten in den fünf Waggons des Zuges sahen auf, als sie die Stimme aus dem Lautsprecher hörten.

Und zwischen ihnen saß noch einer, der den Kopf hochriss und den Atem anhielt. Der einzige, der die Stimme erkannt hatte.

Wizard. Er war blutig, voller Schrammen und Beulen. Aber als er die Stimme seines Freundes hörte, glänzten seine Augen.

»Jack ...«, flüsterte er.

»Wir wollen euch nichts antun. Uns ist klar, dass viele von euch einfach nur ihre Pflicht tun, dass ihr Familien und Kinder habt. Aber wenn ihr uns in die Quere kommt, sollt ihr wissen, dass ihr sterben werdet. Wir kommen jetzt durch den Zug, ihr habt also die Wahl: Legt eure Waffen nieder, dann geschieht euch nichts. Wenn ihr aber die Waffe gegen uns erhebt, werdet ihr sterben.«

Die Sprechanlage wurde ausgeschaltet.

Vorn im Führerhaus drückte West die Tür zwischen dem Triebwagen und dem ersten Waggon auf.

Dann betrat er den Gefängniszug, in einer Hand eine MP-7 und in der anderen eine Desert Eagle.

Die drei Wachen im ersten Waggon hatten seine Warnung beherzigt.

Mit erhobenen Händen standen sie an der Wand, die Modell-56-Gewehre zu ihren Füßen. Vorsichtig ging er an ihnen vorbei, als plötzlich blitzschnell einer der Wachsoldaten eine Pistole zog und ...

Peng!

Der Soldat wurde an die Wand zurückgeschleudert. Wests mächtige Desert Eagle hatte ihn erwischt.

»Ich habe euch doch gesagt, ihr sollt die Waffen hinlegen«, ermahnte er die anderen leise. Dann nickte er in Richtung einer Zelle. »Da rein! Sofort!«

Die vier Wachen im zweiten Waggon waren schlauer. Sie hatten eine Falle gestellt. Zuerst hatten sie das Licht ausgeschaltet, sodass der Waggon jetzt im Dunkeln lag. Außerdem hatte sich einer ihrer Männer an der Decke über der Zwischentür versteckt, während die anderen so taten, als ergäben sie sich West.

West betrat den Waggon, sein Körper bewegte sich im Rhythmus des Zuges. Er sah drei Mann, die die Hände erhoben hatten und riefen: »Gnade! Gnade! Erschießen Sie uns nicht!« Damit lenkten sie seine Aufmerksamkeit von dem Mann ab, der sich im Dunkel über der Tür verborgen hatte.

Ohne dass West ihn wahrgenommen hätte, streckte der Versteckte seinen Arm aus und zielte von oben mit seiner Waffe direkt auf Wests Kopf.

Plötzlich blickte West hoch. Zu spät.

Im selben Moment erzitterte der ganze Zug, weil er von draußen durch heftige Granateinschläge erschüttert wurde.

Die Jagdhubschrauber hatten die dahinrasende Bahn erreicht und unter Beschuss genommen.

Der Wachmann über West wurde aus seinem Versteck über der Tür geschleudert und fiel nur Zentimeter neben West dumpf auf den Boden.

Die anderen drei Soldaten zogen ihre Pistolen, und Sekunden später wurde der dunkle Waggon von ziellosem Mündungsfeuer erhellt. Jack West jr., der mittendrin steckte, feuerte aus seinen beiden Waffen in alle Richtungen, wich aus, schoss nach links, nach rechts, nach unten – bis wieder alles dunkel war. Und als der Rauch sich schließlich verzogen hatte, war er der Einzige, der noch stand.

Verbissen marschierte er weiter zum nächsten Waggon.

In dem waren die Gefangenen.

Gleichzeitig hatten draußen zwei Jagdhubschrauber aus Xintan den flüchtigen Zug eingeholt und griffen ihn mit ihren eingebauten 30mm-MGs an.

Stretch schaffte es mit dem Zug bis zum zweiten Wachhaus und krachte durch die Schranke, dann raste er auf die lange Brücke, die zum anderen Ende der Gebirgsstrecke führte.

Dort waren sie vollkommen ungeschützt.

Einer der Jagdhubschrauber senkte sich im Sturzflug dicht über den Triebwagen hinab. Im selben Moment feuerte Stretch den Mörser auf der Haube ab.

Mit einem trockenen Knall ging das Geschoss los und schleuderte etwas über dem dahinrasenden Zug in die Luft.

Es war ein großes Nylonnetz mit schweren Gewichten an allen vier Enden. Wie ein riesiges Spinnennetz breitete es sich über der Lok aus – ein Spinnennetz, mit dem man Hubschrauber fing.

Das Netz geriet in die Rotorblätter des ersten Helikopters und verfing sich augenblicklich darin.

Die Rotorblätter verstrickten sich und blieben ruckartig stehen. Von einem Moment zum anderen war aus dem dahinschießenden Helikopter ein Gleitflugzeug mit der Aerodynamik eines Ziegelsteins geworden.

Er trudelte in eine Schlucht unterhalb der Brücke, fiel tiefer und tiefer, bis er schließlich am Boden in einem Inferno explodierte.

Stretch wandte sich für einen Moment vom Armaturenbrett der Lok ab, schnappte sich seine Predator-Panzerfaust und jagte eine tödliche Rakete hinterher.

Dann wandte er sich wieder dem Switchboard zu und fand sich unvermittelt Auge in Auge mit einer riesigen chinesischen Kampfmaschine, dem Hind, der seitlich zur Hängebrücke und parallel zum Triebwagen flog.

»Scheiße«, fluchte Stretch.

Der Hind feuerte aus seinen seitlich montierten Rohren eine einzelne Rakete ab, die aber nicht auf den Zug gerichtet war, sondern auf die Brücke. Eine Rakete, die West daran hindern sollte, Wizard und Tank zu befreien. Dass ein paar Wachsoldaten dabei ebenso draufgehen würden, schien den chinesischen Generälen, die den Raketenabschuss befohlen hatten, offenbar nichts auszumachen.

»Verdammter Mist!« Stretch schaltete sein Funkgerät ein: »Huntsman! Sie wollen die Brücke platt machen!«

»Dann fahr schneller«, kam die Antwort.

»In Ordnung.« Stretch drückte den Gashebel bis zum Anschlag durch.

Die Rakete aus dem Hind schlug mitten in der Brücke ein, in dem Gitterwerk aus Streben an ihrem Scheitelpunkt. Nur Sekunden zuvor war der Zug dort vorbeigeschossen.

Die Explosion ließ Massen von eisernen Streben und Trägern die Schlucht hinabregnen.

Aber die Brücke hielt – wenigstens im Moment noch.

Der Zug schoss darüber hinweg, nur noch dreißig Meter bis zur anderen Seite und zu einem Tunnel, der ihnen Schutz bieten würde.

Ein unvorstellbares Ächzen war zu hören. Das konnte nur von den nachgebenden Streben kommen.

Und dann fing die Brücke in geradezu erhabener Weise an zu schwanken und zu erzittern, und im nächsten Moment begann sie von der Mitte aus in die Schlucht zu stürzen.

Es war ein unglaublicher Anblick.

Da war die in sich zusammenfallende Brücke, die von der Mitte her hinabfiel, während gleichzeitig noch der gepanzerte Zug auf ihr fuhr und Richtung Osten jagte. Die auseinanderreißende Brücke schien ihm nachzujagen.

Der Zug war um Winzigkeiten schneller.

Nur Sekunden bevor die Gleise hinter seinem letzten Waggon in die Klamm stürzten und auf ewig verschwanden, schoss er über das Ende der Brücke und verschwand in dem ihn erwartenden Tunnel.

Im Zug kam Jack gerade an den dritten Waggon, in dem die Gefangenen saßen, als plötzlich alle Lichter ausgingen.

Die Wachen hatten nicht vor, sich kampflos zu ergeben, und im düsteren Tunnel lag das Innere des Gefängniszugs nun in völliger Finsternis.

Jack klappte das Nachtsichtgerät an seinem Helm herunter und betrat den Gefangenenwagen. Er nahm alles um sich herum in einem phosphoreszierenden Grün wahr und sah ...

... zwei stämmige chinesische Wachen, die Wizard und Tank vor ihren Körpern festhielten. Den beiden Professoren hatte man die Augen verbunden, und auf ihre Köpfe waren Pistolen gerichtet. Keine der Wachen trug ein Nachtsichtgerät, und so starrten sie grimmig in die Dunkelheit. Um ihre Geiseln zu töten, brauchten sie kein Nachtsichtgerät.

Als sie hörten, wie die schwere Zwischentür sich öffnete, schrie einer von ihnen: »Die Waffe fallen lassen, sonst blasen wir ihnen ...« *Peng! Peng!* Zwei Schüsse.

Beide Wachen gingen zu Boden. Beide hatten identische Löcher im Kopf.

Jack marschierte einfach weiter.

Die anderen beiden Wachen im Waggon waren weniger wagemutig, und Jack scheuchte sie schnell in eine freie Zelle und versperrte dann die hintere Tür des Wagens mit einer Axt. Er konnte nicht noch mehr Gegner brauchen, die ihm auf die Nerven gingen.

Dann hockte er sich neben Wizard, riss ihm die Augenbinde vom Kopf und musterte entsetzt seinen übel zugerichteten Freund. »Wizard. Ich bin's. Mein Gott, was haben sie bloß mit dir gemacht …!«

Das Gesicht des alten Mannes bestand nur noch aus Schnittwunden und aufgerissener Haut. Auf seinen Armen und dem Brustkorb zeigten sich die charakteristischen Wunden einer Elektroschockbehandlung. Sein langer weißer Bart war blutverkrustet.

»Jack«, schluchzte er. »O Jack, es tut mir leid. Es tut mir so leid, dass ich dich da mit hineingezogen habe. Nie hätte ich vermutet, dass du kommen würdest, um mich zu holen.«

»Du würdest für mich doch dasselbe tun«, antwortete Jack und blickte verstohlen auf die dicken Eisenringe, mit denen Wizards und Tanks Fußfesseln am Boden befestigt waren. »Freu dich nicht zu früh. Wie sind noch nicht hier raus.«

Dann zauberte Jack aus seinem Instrumentengürtel einen kleinen Schneidbrenner hervor und machte sich an die Arbeit.

Der Zug raste durch den Tunnel.

Der noch verbliebene Helikopter flog währenddessen mit Höchstgeschwindigkeit voraus zum Ausgang auf der anderen Seite des Berges.

Er kam vor dem Zug an und schwebte nun drohend genau vor dem Eingang des Tunnels. Seine Geschütze waren scharf und auf den sich nähernden Zug gerichtet.

Aber es war nicht der Zug, der als Erster aus dem Tunnel kam. Es war etwas anderes.

Eine Predator-Rakete.

Einen pfeilgeraden Rauchschweif hinter sich herziehend, schoss sie aus der Mündung des Tunnels hervor. Als sie in den Heli einschlug, sprengte sie ihn in Millionen Einzelteile, bombte ihn einfach aus dem Himmel.

Dann donnerte der Zug aus dem Tunnel und ging auf der Gebirgsstrecke in eine scharfe Linkskurve.

Der heimtückischste Verfolger aber war immer noch da.

Der Hind-Kampfhubschrauber.

Er jagte Stretch um jede Biegung herum, flog stets parallel zum flüchtenden Zug und deckte ihn mit einem höllischen MG-Feuer ein.

Plötzlich hörte das Feuern auf.

Verwirrt runzelte Stretch die Stirn.

»Was zum Teuf ...«

Dumpfe Schritte auf dem Dach.

Und bevor er noch wusste, wie ihm geschah, schwang sich eine finstere Gestalt durch eine der zerschossenen Windschutzscheiben ins Führerhaus.

Ein Paar Stiefel prallten gegen seine Brust, und er ging zu Boden.

Verdammt noch mal! Wie blöd bin ich eigentlich?, dachte er schon beim Fallen. Die Wachen ... aus den hinteren Waggons ... die müssen über das Dach nach vorne gekrochen sein ...

Der erste Soldat im Führerhaus zog seine Pistole, aber schon versetzte Stretch ihm einen heftigen Tritt mitten auf die Kniescheibe, die nach innen brach. Vor Schmerzen heulte der Mann auf und gab Stretch die Sekunde, die er brauchte, um seine Waffe zu ziehen und einmal, zweimal, dreimal in die Brust des Mannes zu feuern.

Noch mehr Schritte auf dem Dach.

Stretch rappelte sich hoch, gerade noch rechtzeitig, um mitzubekommen, dass drei weitere Stiefelpaare auf dem Kessel der Lok landeten und ihm die Sicht auf die Gleise versperrten. Es war eine lange, schnurgerade Strecke, die in eine scharfe Linkskurve mündete. Hinter dieser Kurve befand sich ein steiler Abhang mit einer dichten Schneedecke.

»Huntsman!«, schrie Stretch in sein Funkgerät. »Wie läuft es da hinten?«

»*Ich habe Wizard und Tank gefunden. Muss sie nur noch befreien.*«

»Ich habe hier vorne unheimlich viel Gesellschaft. Die sind dabei, meinen Posten zu stürmen. Sind über das Dach gekommen, aus den hinteren Waggons. Ich muss uns jetzt abschießen.«

»*Los geht's.*« Wests Stimme klang ruhig. »*Und dann komm nach hinten.*«

»In Ordnung.«

Stretch wusste, was er zu tun hatte.

Er stellte den Geschwindigkeitsregler auf Vollgas ein, und der Zug wurde merklich schneller. Dann verkeilte er eine Handgranate zwischen dem Geschwindigkeitsregler und der Bremse und zog den Sicherheitsbolzen heraus.

Das hier war eine Reise ohne Rückfahrkarte.

Stretch rannte zurück in den Zug und schlug die Zwischentür hinter sich zu.

Kurz darauf explodierte die Handgranate und riss das Armaturenbrett in Stücke. Im nächsten Moment wurde das gesamte Führerhaus von Kugeln durchsiebt, und drei weitere Wachsoldaten schwangen sich durch die Windschutzscheibe. Sie drangen mit gezogenen Waffen ein. Ihrem Anführer, einem älteren Mann, der erfahrener und kampferprobter war als die anderen, sah man an, wie wütend er über diesen unverschämten Angriff auf seinen Zug war. Es war der Hauptmann der Wache.

Der Zug jagte mittlerweile über die Hochgebirgsstrecke, praktisch außer Kontrolle. Er raste auf die scharfe Linkskurve zu, die er bei dieser Geschwindigkeit nie und nimmer schaffen würde.

Stretch preschte in den dritten Waggon, in dem sich die Gefangenen befanden, und sah West mit loderndem Schneidbrenner neben Wizard und Tank knien.

Tank war schon befreit, aber West war noch dabei, die Eisen zu durchtrennen, die Wizard an den Boden fesselten.

Zornig stürmte der Hauptmann der Wache in den ersten Waggon, ohne sich um den führerlosen Zug zu scheren. Den konnte er sowieso nicht stoppen, also jagte er die Eindringlinge.

Er fand zwei seiner Männer, die in einer Zelle kauerten, und hörte sich ihre erbärmlichen Entschuldigungen an. Danach jagte er jedem von ihnen für ihre Feigheit eine Kugel durch den Kopf.

Dann stürzte er weiter. Er war auf der Jagd.

Lodernd durchschnitt Wests Schneidbrenner Wizards Ketten.

»Wie lange noch?«, fragte Stretch nervös.

»Bin fast fertig«, antwortete West, dessen Gesicht vom gleißend hellen Schneidbrenner angestrahlt wurde.

Das Schaukeln des Zugs wurde immer unkontrollierter.

»Wir haben nicht mehr viel Zeit, Jack!«

»Ein ... Momentchen ... noch ...«

Die Waggontür wurde aufgestoßen. Der Wachhauptmann war da.

Stretch wirbelte herum.

West wirbelte herum. Grinsend stand der Hauptmann im Türrahmen. Er umklammerte seine Waffe fester.

Doch dafür bestand eigentlich gar kein Anlass, denn es war bereits zu spät.

Denn genau in diesem Augenblick erreichte der Zug die Biegung.

Mit weit überhöhter Geschwindigkeit fuhr der dahinrasende Zug in die Bergkurve.

Und entgleiste.

Der vordere Triebwagen sprang aus den Schienen und rumpelte darüber hinweg, dann rutschte er auf das Schneefeld hinter der Biegung.

Der Rest des großen schwarzen Zuges folgte der Lok, sprang ebenfalls aus den Schienen und rutschte ins Schneefeld.

Der Triebwagen glitt den Abhang hinunter, der Gleisräumer grub sich in den Schnee, und der übrige Zug schlängelte sich hinterher wie ein verdrehtes Akkordeon. Dann drehte sich das ganze furchtbare Durcheinander um die eigene Achse, bis schließlich der gesamte Zug rückwärts den Abhang hinunterrutschte, unaufhaltsam dem Ende zu, wo es nichts mehr gab außer einem Felsvorsprung und einem gähnenden Loch von 350 Meter Tiefe.

Und über allem kreiste noch immer der Hind-Kampfhubschrauber.

Im Zug herrschte vollständiges Chaos.

Durch den heftigen Ruck der Entgleisung war der chinesische Hauptmann zur Seite geschleudert worden und gegen die rechte Außenwand gekracht. Dort hatte die Fliehkraft des sich um die eigene Achse drehenden, erst vorwärts, dann rückwärts rutschenden Zuges ihn festgehalten und gegen die Wand gedrückt.

West und Stretch hatten besser aufgepasst. Sie hatten sich beim ersten Ruck an den Gitterstäben der nächstbesten Zelle festgehalten und während der heftigen Erschütterungen alles darangesetzt, auf den Beinen zu bleiben. Dabei hatte Stretch noch Tank festgehalten und West Wizard.

Und obwohl es wie das perfekte Chaos anmutete, war auch

dies noch Teil von Wests Plan gewesen. Er hatte den Unfall an dieser Stelle von Anfang an geplant. Geplant, dass der Zug sich hier in den tiefen Schnee graben würde.

Denn ihm fehlte noch etwas.

Ihm fehlte, dass die Chinesen ...

Aber dann geschah mit schockierender Unmittelbarkeit etwas, was West *nicht* geplant hatte.

Der Zug rutschte über das Ende des schneebedeckten Abhangs hinaus.

Unglücklicherweise war der Schnee doch nicht tief genug gewesen, und das glatte Eis darunter sorgte dafür, dass der Zug den ganzen Abhang hinunter bis zur Kuppe rutschte.

Da er sich in rückwärtiger Lage befand, war der hintere Triebwagen der erste, der über den Felsvorsprung kippte. Sein Gewicht zog erst einen, dann zwei und schließlich drei Waggons mit hinab.

In der Sekunde, bevor es geschah, wusste West, was passieren würde.

Er spürte das unverwechselbare Ziehen, als die letzten drei Wagen des Zuges, die Lok und zwei Waggons, über die Felsnase glitten, bevor sein eigener Waggon entsetzlich zu taumeln begann und ...

»Haltet euch an irgendwas fest!«, schrie er den anderen zu, auch Wizard, der immer noch in seinen Ketten hing.

Der Waggon kippte über den Felsvorsprung.

Die Welt verlagerte sich in die Senkrechte.

Alles, was nicht festgenagelt war, plumpste durch den gesamten Waggon hinunter, einschließlich eines Wachsoldaten.

Mit einem Schrei stürzte der unglückselige Kerl durch den gesamten Wagen und schlug am Ende mit einem unguten knackenden Geräusch auf der schweren Eisentür am Boden auf.

Der Hauptmann selbst und sein anderer Kamerad hatten schneller reagiert. Als der Waggon abgekippt war, hatten sie, um die Hände frei zu haben, ihre Waffen fallen lassen und sich in eine nahe Zelle am oberen Ende des jetzt senkrecht hängenden Waggons abgerollt.

West und Stretch umklammerten die Gitterstäbe der nächstbesten Zelle und hielten gleichzeitig Wizard und Tank fest, als plötzlich – *klonk* – ihr Waggon abgebremst wurde. Irgendwie war der Absturz des ganzen Zugs über die Klippe knirschend und kreischend zum Stehen gekommen.

Sie konnten es zwar nicht sehen, aber die vordere Lok des Zuges war am Ende des Abhangs gegen einen Felsbrocken geprallt und hatte sich dort verkeilt. Da klemmte sie nun fest und hielt den ganzen Zug, der unter ihr 350 Meter über der Erde baumelte.

Schnell schätzte West die neue, missliche Lage ab. Er selbst, Stretch, Wizard und Tank befanden sich etwa in der Mitte des senkrecht hängenden Waggons. Der chinesische Hauptmann und sein Kamerad waren irgendwo am oberen Ende, lagen auf der jetzt waagerechten Wand ihrer Zelle, nicht weit weg von der Zwischentür, von wo es hinauf in Sicherheit ging.

Ein knirschendes, ächzendes Geräusch.

Mit einem Ruck senkte sich der gesamte Zug um einen Meter. Schneebatzen fielen an den vergitterten Fenstern vorbei. Die Lok da oben rutschte ab, Meter um Meter.

West und Stretch warfen sich einen Blick zu.

Wieder ein Ächzen, aber diesmal hörte es sich anders an: das Geräusch einer eisernen Kupplung, die unter dem Gewicht eines baumelnden Zuges knarzte.

»Wir stürzen ab«, schrie West Stretch zu. »Hoch! Sofort!«

»Und was wird mit euch?« Stretch deutete auf Wizards Eisenring. Die Beinfesseln des alten Mannes waren immer noch daran befestigt.

»Hau einfach ab«, knurrte West. »Ich lasse ihn nicht zurück. Hau ab. Irgendwer muss doch hier lebend rauskommen.«

Stretch ließ sich das nicht zweimal sagen. Er schnappte sich Tank und begann ihn den Waggon hinaufzuschleppen, wobei er die Gitterstäbe der Zellen als Klettersprossen benutzte.

Sie kletterten an der linken Seite des Mittelgangs hoch und kamen an dem Hauptmann vorbei, als der gerade benommen und unbewaffnet aus seiner Zelle kroch.

Mit seinem Schneidbrenner machte sich West wieder an Wizards Fesseln zu schaffen. Er musste sich beeilen.

Wieder ein Ächzen. Noch mehr Schnee rieselte an den Fenstern vorbei.

Der Zug gab wieder einen Meter nach.

Der Schneidbrenner brutzelte weiter durch die Ketten, und dann – *klack* – hatte die Flamme das letzte Stück durchtrennt und Wizard war frei.

»Komm schon, alter Junge«, sagte West. »Wir müssen los.«

Als sie aufblickten, sahen sie, wie Stretch und Tank gerade durch die Tür oben im Waggon verschwanden. Aber sie sahen auch, dass der Hauptmann ihnen plötzlich die Sicht und den Weg versperrte. Er warf West einen vernichtenden Blick zu.

»Hier lang«, kommandierte West und führte Wizard durch den Waggon hinab.

»Nach unten?«

»Vertrau mir.«

Gerade als sie die untere Tür des dritten Waggons erreichten, ertönte ein weiterer ächzender Laut, und – *krach* – war die Kupplung zwischen ihrem Waggon und dem darunter zerborsten. Die untersten zwei Waggons des Zuges und die hintere Lok fielen einfach ins Nichts.

Es schien eine Ewigkeit zu dauern, die sie geräuschlos dahinflogen, bis sie schließlich auf den zerklüfteten Felsen im Tal der Schlucht zerschmetterten und die Lok in einer Wolke aus Flammen und Rauch explodierte.

»Wir haben keine Zeit zu verlieren«, trieb West Wizard an. »Hier lang.«

Sie hangelten sich an der Unterseite des Waggons entlang, während ihre Füße 350 Meter über der Erde baumelten. Schließlich wandten sie sich nach oben und kletterten außen am dritten, senkrecht hängenden Gefängniswaggon hoch und nutzten dabei jeden sich bietenden Vorsprung, Fensterleisten ebenso wie Scharniere und Griffe – einfach alles.

So schnell sie konnten, erklommen sie die Außenwand des

Waggons. Jack half Wizard, und sie erreichten die Lücke zwischen ihrem Waggon und dem darüber. Aber das taten auch der Hauptmann und sein Kamerad, die sich im Innern des Zuges noch oben bewegten. Also kletterten Jack und Wizard weiter und erklommen, so schnell sie konnten, auch die Außenwand des zweiten Waggons. Oben angekommen zogen sie sich auf dessen waagerechte Fläche ...

... nur um dort festzustellen, dass der Hauptmann bereits in den rettenden dritten und letzten Waggon über ihnen kraxelte, während sein jüngerer Kamerad schon darauf wartete, ihm zu folgen.

Genau in diesem Moment erblickte der Hauptmann West, und etwas Teuflisches leuchtete in seinen Augen auf.

Obwohl sich sein eigener Mann noch in dem Waggon unter ihm befand, reckte er sich nach der Kupplung. »Nein!«, brüllte der Jüngere, als er sah, was gleich geschehen würde. West dagegen reagierte und machte einen Satz auf den Gleisräumer des über ihm hängenden Waggons zu. Wizard schrie er zu: »Max, halt dich an meinen Beinen fest!«

Sofort sprang Wizard hoch und umklammerte Jacks Taille.

Im selben Moment löste der Hauptmann die Kupplung.

Sofort fiel der zweite Waggon nach unten.

Er riss den jungen Soldaten mit sich, der mit weit aufgerissenen Augen und einem nicht enden wollenden stummen Schrei auf den Lippen in den Abgrund stürzte.

West und Wizard dagegen waren immer noch im Spiel. Obwohl West jetzt vom unteren Ende des ersten Waggons baumelte und Wizard an seinem Gürtel hing.

»Schnell, Max, kletter an mir hoch!«, schrie Jack, und Wizard hangelte sich ebenso schnell wie umständlich an Wests Körper hoch, wobei er zeitweilig sogar dessen zusammengefalteten Kohlefaserflügel als Griff benutzte.

Das Gesicht des Hauptmanns sprach Bände. Er war außer sich. Das würde ihm nicht noch einmal passieren.

Er duckte sich wieder zurück in den Waggon und fing an zu klettern. Schnell.

Jack wusste sofort, was passieren würde.

Das hier war ein Wettrennen um die nächste Kupplung.

»Los, Jack, los«, schrie Wizard. »Ich komme schon nach.«

In Windeseile krabbelte Jack an der Außenwand des letzten Waggons hoch, während der Hauptmann sich drinnen den Mittelgang nach oben kämpfte.

Beide bewältigten den senkrecht herabhängenden Wagen sehr schnell.

»Stretch!«, schrie West in sein Funkgerät, während er weiterkletterte. »Wo seid ihr?«

»*Wir sind oben auf dem Abhang, aber wir haben ein Prob ...*«

West wusste, was für ein Problem sie hatten. Er konnte es sehen.

Der Hind schwebte direkt über ihm, wenige Meter jenseits des Felsvorsprungs, nicht weit entfernt von der dramatisch geneigten Lok, die darüber hinausragte. Er wartete auf sie – für den Fall, dass sie es bis oben schafften.

Bleib am Leben, dachte West. Solange du lebst, hast du noch eine Chance.

Und so kletterte er weiter außen am Waggon hoch, wie ein Affe.

Dann schob er sich über die Kante und richtete sich auf ... gerade als der Hauptmann durch die Tür kam.

Jack hatte das Rennen gewonnen, gerade einmal zwei Sekunden früher war er oben gewesen. Gerade als er dem anderen einen wütenden Tritt verpassen wollte ...

... da tauchte in der Hand des Hauptmanns plötzlich eine Waffe auf.

Jack erstarrte, und auf einmal wurde ihm alles klar. Darum also war er schneller gewesen als der Hauptmann. Der Hauptmann hatte sich auf dem Weg nach oben die Zeit genommen, eine herumliegende Waffe an sich zu nehmen.

Was für eine Scheiße, dachte Jack. Was für eine gottverdammte Scheiße! Da stand er nun, zur Salzsäule erstarrt auf dem waagerechten Ende des umgekippten Waggons, und der schneidende Wind der Hubschrauberrotoren zerrte an seinen Kleidern. Ohne nachzudenken, hob er die Hände.

»Sie haben verloren«, höhnte der Hauptmann auf Englisch und grinste. In dem Moment tauchte über der Kante hinter Jacks Stiefeln Wizards Kopf auf. Sofort begriff Wizard die Situation.

Der Hauptmann spannte den Abzugshahn seiner Waffe.

»Wizard«, raunte West, »es ist Zeit zu fliegen.«

Und genau in dem Moment, als der Hauptmann den Abzug seiner Pistole betätigte, griff Jack blitzschnell nach dem Sicherungsbolzen der Kupplung über seinem Kopf und zog ihn heraus...

... worauf ihr eigener Waggon sich von der Lok löste, mit ihnen beiden und dem Hauptmann an Bord.

Der Hauptmann riss die Augen auf. Jack hatte sie gerade allesamt in den Tod geschickt.

Der Waggon fiel schnell, schoss an der wuchtigen Klippe hinab.

Verschwommen rauschte die graue Felswand vorbei, während der Gefängniswaggon in die Tiefe sauste.

Aber während der Waggon fiel, war Jack nicht untätig. Er zog Wizard heran und umklammerte ihn an der Hüfte. »Halt dich an mir fest«, brüllte er und drückte dabei auf etwas auf seinem Brustpanzer. Urplötzlich entfalteten sich die Gullwings auf seinem Rücken, und im nächsten Moment segelten die beiden von dem hinabstürzenden Waggon weg, zuerst im Sturzflug, bis sie sich dann anmutig hochschwangen. Den Rest des Absturzes überließen sie dem Hauptmann, der den ganzen Weg bis zu seinem Tod schrie.

Während Wizard sich weiter an seinem Oberkörper festhielt, fand West eine Aufwärtsströmung und entfernte sich segelnd von der Gebirgseisenbahn und den beiden Berggipfeln, die das Xintan-Gefängnis beherbergten.

»Astro?«, meldete er sich über Funk. »Jemand muss uns weiter unten an der Eisenbahnlinie abholen. Wie wäre es bei dem Bauernhaus, das wir vorher gesehen haben?«

»*In Ordnung, Huntsman*«, war die Antwort. »*Aber erst muss ich Stretch einsammeln. Danach holen wir euch.*«

Stretch stand auf festem Boden, knietief im Schnee, neben ihm der erschöpfte Tank. Sie befanden sich neben der Lok des Gefängniszugs, die über dem Felsvorsprung umgekippt war. Der einzigen Lok, die es noch gab.

Unglücklicherweise schwebte vor ihnen der Hind-Kampfhubschrauber, ein Ungetüm.

Über den Außenlautsprecher befahl eine Stimme auf Englisch: »*Ihr zwei da! Ihr bleibt, wo ihr seid!*«

»Wie Sie wünschen«, knurrte Stretch.

Der Hind landete auf dem Schneefeld. Zehn chinesische Soldaten sprangen aus der Kabine und eilten durch den tiefen Schnee. Sie umzingelten Stretch und Tank.

Im Cockpit des Hubschraubers saßen zwei chinesische Piloten, die noch sahen, wie Stretch die Hände hob, bevor der aufwirbelnde Schnee die gesamte Szenerie in Weiß tauchte.

Deshalb sahen sie auch nicht, wie das Schneefeld um ihren Helikopter herum zum Leben erwachte. Geisterhaft erhoben sich aus ihm drei Gestalten, getarnt mit weißen Anzügen und bewaffnet mit MP-7-Maschinenpistolen: Astro, Scimitar und Vulture.

Ohne Probleme brachten die drei weißgekleideten Männer den unbewachten Helikopter in ihre Gewalt. Sobald dies erledigt war, zielte Vulture mit dem riesigen sechsläufigen Geschütz auf die zehn Mann am Boden und forderte sie über den Außenlautsprecher auf, die Waffen fallen zu lassen. Selbstredend entsprachen sie diesem Wunsch.

Minuten später standen die Besatzung und die Soldaten des Hind schlotternd auf dem Schneefeld, bekleidet nur noch mit ihrer Unterwäsche. Ihr Hubschrauber hob ohne sie ab, am Steuer Astro und Scimitar, während Vulture das Hauptgeschütz bemannte und Stretch sowie Tank geborgen waren.

Es war das letzte Kapitel in Jacks Plan: Sie hatten den Hind gebraucht, um hier zu landen – und für den zweiten Teil ihrer Mission in China.

EIN URZEITLICHES RÄTSEL

DIE STEINE VON SALISBURY

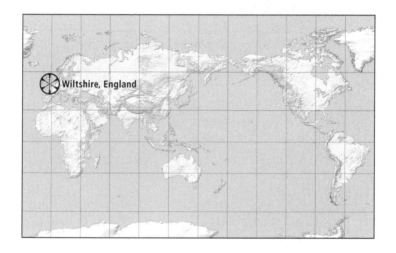

DIE EBENE VON SALISBURY

5. DEZEMBER 2007
FÜNF TAGE VOR DEM
ERSTEN STICHTAG

 **DIE EBENE VON SALISBURY, ENGLAND**
5. DEZEMBER 2007, 3:05 UHR

Der gemietete Honda Odyssey raste einsam über die A 303 durch die Nacht.

Im Schein des Vollmonds erstreckten sich auf beiden Seiten der Autobahn bis zum Horizont die endlosen Äcker von Wiltshire. Sie waren in ein gespenstisch blaues Licht getaucht.

Zoe saß am Steuer, Lily und Alby neben ihr.

Im Fond des Minitransporters saßen zwei junge Männer, die Zoe und die beiden Kinder am Flughafen Heathrow empfangen hatten: die beiden schlichtweg einzigartigen Brüder Lachlan und Julius Adamson.

Sie waren eineiige Zwillinge, gleichermaßen groß gewachsen und schlank, mit freundlichen sommersprossigen Gesichtern, karottenfarbenem Haar und einem starken schottischen Akzent.

Beide trugen einfache T-Shirts, der eine ein weißes, der andere ein schwarzes. Auf Lachlans schwarzem T-Shirt stand: I HAVE SEEN THE COW LEVEL! Das weiße von Julius verkündete: THERE IS NO COW LEVEL!

Außerdem hatten sie die Angewohnheit, die Sätze des jeweils anderen zu vollenden.

»Zoe!«, hatte Lachlan gebrüllt, als er sie entdeckt hatte.

»Wie schön, dich wiederzusehen!«, hatte Julius ergänzt.

»Mann, das hört sich nach einer geheimen Mission an.«

»Ist es etwa eine geheime Mission?«, hatte Lachlan gefragt.

Julius: »Wenn ja, sollten Lachy und ich dann vielleicht Codenamen tragen? Du weißt schon, so was wie *Maverick* oder *Goose*?«

»Ich würde gern *Blade* heißen«, verkündete Lachlan.

»Und ich *Bullfighter*«, trug Julius bei.

»Blade? Bullfighter?«

Julius erklärte: »Ganz schön wüst und heldenhaft, was? Haben wir uns ausgedacht, während wir auf euch gewartet haben.«

»Verstehe«, sagte Zoe. »Und wie wäre es mit Tweedledum und Tweedledee? Oder Romulus und Remus?«

»Ach nö! Bitte keine Zwillings-Codenamen«, maulte Lachlan. »Alles, nur keine Zwillingsnamen.«

»Tut mit leid, Jungs, aber bei Codenamen gibt es nur eine einzige Regel.«

»Und die wäre?«

»Man sucht ihn sich nie selbst aus«, erklärte Zoe grinsend. »Und manchmal können sich die Spitznamen auch ändern. Schaut zum Beispiel mich an. Früher lief ich unter *Bloody Mary*, bis ich diese Kleine hier getroffen habe.« Zoe nickte in Richtung Lily. »Und jetzt nennen mich alle Prinzessin. Nur Geduld, ihr kriegt schon eure Codenamen, wenn es sich ergibt. Und jawohl, die Mission ist so geheim, wie man es sich nur vorstellen kann.«

Jetzt rasten sie also über die A 303, auf dem Weg zu einem Ort, an den ausgerechnet Alby sie geführt hatte.

Zwei Tage zuvor auf der Militärbasis am Rande von Dubai, kurz nachdem Earl McShanes Transportflugzeug in den Burj al Arab Tower gerast war.

Jack West hockte sich neben Alby und Lily auf den Asphalt, während bewaffnete Männer und CIA-Agenten, die sich selbst als *Attachés* bezeichneten, in ihre Handys sprachen und in der Ferne über dem Burj al Arab Rauch aufstieg.

»Erzähl es mir, Alby«, sagte Jack.

Während der Sitzung hatte Alby eine von Wizards undurchsichtigeren Notizen entschlüsselt, den Hinweis auf Aufgang und Untergang des Saturnmondes Titan. Aber er hatte Jack gegenüber angedeutet, dass es noch mehr gab.

Jetzt sagte Alby: »Außerdem weiß ich, was eines der Symbole in Wizards Aufsatz bedeutet.«
Jack zog den Aufsatz hervor.

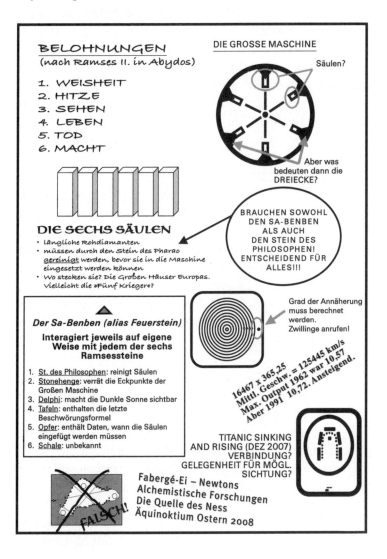

»Das Symbol unten links«, erklärte Alby, »neben dem Untergang des Titan.«

»Ja …«, sagte West. »Das ist gar kein Symbol. Es ist ein Diagramm.«

»Und von was?«

Ernst blickte Alby zu West hoch. »Es ist ein Diagramm des Bauplans von Stonehenge.«

STONEHENGE

Der Honda erklomm eine Anhöhe, und im nächsten Moment kam ohne Vorwarnung die Ansammlung der großen Steine ins Blickfeld.

Zoe schnappte nach Luft.

Natürlich war sie schon hier gewesen, sogar mehrere Male, wie jedermann in Großbritannien. Aber die schieren Ausmaße der Anlage, ihre Erhabenheit überraschten sie doch immer wieder. Stonehenge.

Stonehenge war schlichtweg überwältigend.

Schon lange war Zoe davon fasziniert, und sie kannte auch alle Mythen, die den Ort umgaben. Dass sein Kreis hoch aufragender Steine ein vorzeitlicher Kalender war. Oder ein vorzeitliches Observatorium. Dass die Blausteine, die kleineren, zwei Meter hohen Doleriten innerhalb der weit berühmteren Trilithen eine Hufeisenform beschrieben und um das Jahr 2700 v. Chr. von einem unbekannten Stamm aus den über 240 Kilometer entfernten Preseli-Bergen im entlegenen Wales herbeigeschafft worden waren. Dass bis heute viele darauf beharrten, dass die Blausteine sich selbst an bitterkalten Wintertagen warm anfühlten, wenn man sie berührte.

Aber noch weitere 150 Jahre hatte es gedauert, bis um das Jahr 2570 v. Chr. um das kleine Henge der Blausteine herum die eindrucksvollen Trilithen errichtet worden waren. Das Datum allerdings war bedeutsam. Im Jahre 2570 v. Chr. beendete der ägyptische Pharao Khufu gerade sein berühmtes Monument in der Ebene von Giseh, die Große Pyramide.

Wie Zoe wusste, hatten im Laufe der Jahre Kosmologen und Astrologen immer wieder versucht, Stonehenge mit der Großen Pyramide in Verbindung zu bringen, jedoch ohne Erfolg. Die einzige anerkannte Beziehung waren die eng beieinanderliegenden Baudaten.

Auch andere Absonderlichkeiten von Stonehenge faszinierten Zoe. Zum Beispiel die seltenen grünen Cynobakterien, die auf den großen Trilithen wuchsen. Es war eine Flechtenart, ein wahrhaft eigentümlicher Zwitter aus Alge und Pilz, der eigentlich nur an entlegenen Küsten gedieh. Und Stonehenge lag achtzig Kilometer vom nächsten Meer entfernt, dem Bristolkanal. Die moosartige Substanz verlieh den Steinen eine gefleckte, unebene Oberfläche.

Und dann waren da natürlich die ungelösten Theorien über die Lage von Stonehenge. Die Einzigartigkeit, wie die Sonne und der Mond über dem 51. Breitengrad aufstiegen, und die ungewöhnlich hohe Anzahl neolithischer Stätten, die auf den gesamten britischen Inseln auf demselben Längengrad lagen wie Stonehenge.

Letztendlich aber konnte man nur eines mit einiger Sicherheit über Stonehenge sagen: Seit 4500 Jahren widerstand es Wind und Wetter und dem Zahn der Zeit. Es warf viele Fragen auf und gab nur wenige Antworten.

»Okay«, sagte Zoe, während sie weiterfuhren. »Wie gehen wir die Sache an? Irgendwelche Ideen?«

»Ideen?«, fragte Lachlan. »Wie wäre es hiermit? Für das, was wir vorhaben, gibt es keinen Präzedenzfall. Seit Ewigkeiten bringen Wissenschaftler und Spinner Stonehenge mit der Sonne und dem Mond in Verbindung, mit Jungfrauen und Druiden, Sonnenwenden und Sonnenfinsternissen. Aber noch nie ist einer auf Jupiter gekommen. Wenn Wizards Hypothese richtig ist und es in Wahrheit um diesen Feuerstein geht, dann werden wir etwas zu Gesicht bekommen, was seit 4500 Jahren keiner mehr gesehen hat.«

Julius sagte: »Darf ich noch hinzufügen, dass die netten Leute von der britischen Denkmalschutzpflege Leuten, die über das

Absperrseil steigen und zwischen den Steinen herumlaufen, nicht gerade freundlich begegnen, und erst recht nicht Verrückten wie uns, die ein altes okkultes Ritual zelebrieren wollen. Die haben Sicherheitskräfte.«

»Überlass die Wachen mir«, sagte Zoe. »Kümmert ihr euch nur um euer okkultes Ritual.«

Die Zwillinge zogen Wizards Notizen hervor und studierten noch einmal das Diagramm von Stonehenge.

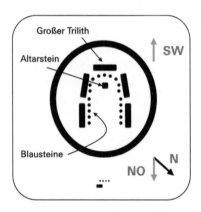

»In seinen Notizen hat Wizard erwähnt, dass der Ramsesstein in Stonehenge der Altarstein ist«, sagte Julius. »Aber was ist mit dem Großen Trilithen? Der ist doch das eigentliche Wahrzeichen von Stonehenge.«

»Nein, ich würde mich auch für den Altarstein entscheiden«, widersprach Lachlan. »Er ist der zentrale Punkt der Anlage. Er ist auch aus Blaustein und wurde zur gleichen Zeit angelegt wie der ursprüngliche Ring aus Blausteinen, also ist er älter als die Trilithen. Und zum Glück für uns ist er noch da.«

Viereinhalb Jahrtausende lang hatten die Ansässigen Stonehenge geplündert, weil sie die Steine für Mauern oder als Mühlsteine verwenden wollten. Fast alle Blausteine des Henges waren weg. Die größeren Trilithen hatten standgehalten. Sie waren alle über sechs Meter hoch, der Große Trilith sogar sieben. Die Bauern der Gegend hatten sie nicht fortbewegen können.

Lachlan wandte sich an Alby. »Und was glaubst du, Kleiner?«

Alby sah auf, überrascht, dass man ihn nach seiner Meinung fragte. Er hatte gedacht, dass Lily und er, die Kinder, nur auf einen Ausflug mitgenommen worden waren, weil Zoe ja für ihre Sicherheit zuständig war.

»Also?«, fragte Lachlan erwartungsvoll. »Jack West denkt, du bist ein cleveres Bürschchen, und der ist nun wirklich ein harter Richter. Und unsere Zoe gibt sich auch nicht mit Versagern ab. Dafür sind wir ja das beste Beispiel.«

Lily hob bei diesen Worten eine Augenbraue.

Julius fügte hinzu: »Und warst du nicht derjenige, der den Zusammenhang zwischen dem Titanaufgang und Stonehenge herausbekommen hat?«

Alby schluckte. Lily lächelte ihn ermutigend an. Sie hatte sich schon lange an diesen Umgangston gewöhnt.

»Ich ... also ...«, stammelte Alby. »Der Stein, nach dem wir suchen, muss irgendwie zum Feuerstein passen. Ich kann mir nicht vorstellen, wie der Feuerstein in den Großen Trilithen passen soll. Aber wenn man den Altarstein wieder aufrichten würde, dann stünde er mitten im Herzen der Anlage. Außerdem muss man bedenken, dass der Aufgang des Titan im Nordosten ...«

»Ah ja, genau. Sehr richtig«, sagte Julius.

Sie hatten schon früher über die Sache gesprochen.

Wie Alby während des Treffens in Dubai kurz erläutert hatte, kam es nur zu einem Aufgang und Untergang des Titan, wenn die Erde, der Jupiter und der Saturn in einer Linie zueinander standen, etwas, was ungefähr alle vierhundert Jahre vorkam und was auch genau jetzt passierte. Das konnte kein Zufall sein.

Tatsächlich ging der »Aufgang« des größten Saturnmondes Titan einher mit dem Übergang des Saturn selbst, der hinter der riesigen, schwerfälligen Masse des Jupiter hervortrat. Schon bald nach seinem Aufgang würde der Saturn wieder hinter Jupiter verschwinden. Weil beide Planeten in einer angewinkelten, elliptischen Bahn um die Sonne kreisten, trat diese ekliptische

Aufwärts-abwärts-Bewegung in dem Monat, in dem die Planeten in einer Linie blieben, achtmal auf.

Von Stonehenge aus betrachtet würde zunächst der Jupiter am nordöstlichen Horizont auftauchen, dann der Titan und schließlich der Saturn.

»Und warum ist der Aufgang des Titan so wichtig?«, fragte Zoe. »Was haben denn der Titan oder der Jupiter oder der Saturn mit dem Sa-Benben und dem Dunklen Stern zu tun?«

»Die Verbindung zum Sa-Benben ist eine ganz direkte«, erklärte Julius. »Es ist genau die Verbindung zwischen Stonehenge und der Großen Pyramide, nach der die Menschheit seit Jahrhunderten sucht. Unsere Theorie ist einfach: Die Pyramide ist ein Tempel für unsere Sonne, und Stonehenge ist ein Tempel für die Dunkle Sonne.«

»Und natürlich gibt es auch eine geographische Verbindung zwischen den beiden Orten«, fügte Lachlan hinzu. »Weißt du, wie die Blausteine aus den Preseli-Bergen in Wales hier in die Ebene von Salisbury geschafft wurden?«

»Ja, Lachlan«, antwortete Zoe geduldig. »Zufällig habe ich zwei akademische Grade in Archäologie. Bloß habe ich keine Kurse in Britischer Neolithischer Kosmologie für Bekloppte belegt, was wohl offenbar dein Hauptfach war.«

»Dann weißt du auch über das Rechteck Bescheid, das von den vier ursprünglichen ›Station Stones‹ gebildet wurde, die einst Stonehenge umgaben.«

»Ja.«

»Ich nicht«, meldete sich Lily.

Um es zu verdeutlichen, öffnete Lachlan ein Buch und zeigte Lily ein Bild vom Lageplan von Stonehenge. Um den kreisförmigen Henge herum gab es vier Steine, die »Station Stones« genannt wurden und ein perfektes Rechteck im Verhältnis 5:12 bildeten.

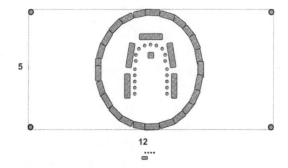

Lachlan erklärte: »Also, wenn ich jetzt eine Diagonale durch dieses Rechteck zeichne, dann wissen wir durch den Satz des Pythagoras, dass das daraus entstehende rechtwinklige Dreieck das Schenkelverhältnis 5:12:13 hat.«
Mit Bleistift zeichnete er ein Dreieck in die Abbildung.

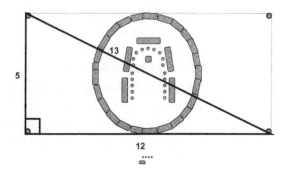

»Kannst du mir folgen?«, fragte er.
»Bis jetzt ja«, sagte Lily.
»Ein hübsches Dreieck, findest du nicht?«
»Tja, schon.«
Dann holte Lachlan eine Karte von Großbritannien heraus. Im unteren Teil der Karte zeichnete er Stonehenge ein, dann zeichnete er das gleiche Dreieck mit dem Schenkelverhältnis 5:12:13 auf die Karte. Stonehenge befand sich an einer Spitze des Dreiecks, und die Grundlinie legte er parallel zum Äquator.

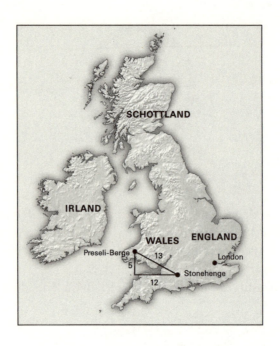

»Das Dreieck deutet auf die Stelle, wo die Blausteine ursprünglich hergekommen waren: die Preseli-Berge in Wales«, erklärte Lachlan. »Das ist für einen primitiven Stamm ein ziemlich außergewöhnliches geographisches Geschick. Es ist sogar dermaßen außergewöhnlich, dass manche glauben, dass die Leute damals Hilfe von woanders hatten.«

»Ich dachte, du wolltest beweisen, dass es eine Verbindung zwischen Stonehenge und den Großen Pyramiden gibt«, sagte Zoe.

Lächelnd zwinkerte Lachlan Lily zu. »Weißt du noch, wie ich eben sagte, es ist ein hübsches Dreieck?«

»Klar.«

»Also, wenn du von diesem wunderbaren Dreieck die Hypothenuse so verlängerst ...«

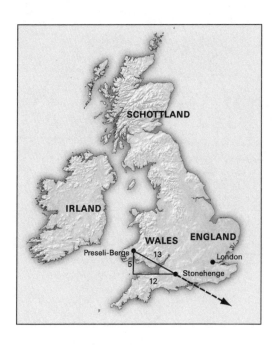

»… wo geht sie dann durch?«

Lachlan blätterte um zu einer Weltkarte und verlängerte die Hypothenuse.

»Nie im Leben«, meinte Lily, als sie das Resultat sah.

Der Pfeil ging mitten durch Ägypten, bis hinein ins Nildelta – nach Giseh.

»Stonehenge und die Große Pyramide von Giseh«, sagte Lachlan stolz. »Endlich wieder vereint.«

»Und das bringt uns zur zweiten Verbindung«, ergänzte Julius. »Was hat all das mit Titan, Saturn und Jupiter zu tun? Aber es kommt gar nicht so sehr auf Titan, Saturn und Jupiter an. Worauf es ankommt, ist das, was dahinterliegt.«

»Dahinter?«, fragte Lily.

Lachlan grinste. »Ja. Wir haben die Daten überprüft, die ihr uns aus Dubai geschickt habt. Die Daten aus Wizards Notizen über den Dunklen Stern und die Geschwindigkeit, mit der er sich nähert. Es scheint, dass er hinter dem Jupiter hervorkommt. Deshalb ist auch dieses Himmelsphänomen des hinter Jupiter aufsteigenden Saturns so wichtig. Es ist sogar von geradezu unschätzbarem Wert, weil es uns zum ersten Mal ermöglicht, diesen furchterregenden Dunklen Stern zu sehen.«

»Wie denn?«, fragte Zoe und wandte sich auf dem Beifahrersitz um. »Ich dachte, wir könnten ihn in unserem Lichtspektrum nicht sehen.«

»Na ja, wir sehen nicht ihn, aber wir sehen den dunklen Raum, den er beansprucht«, erklärte Julius. »Hast du schon mal etwas vom Konzept der Raumzeit gehört?«

»Oder noch spezifischer, von der Raumzeit-Krümmung?«, ergänzte Lachlan.

»Ja, eine gute Präzisierung, Bruderherz«, sagte Julius.

»Schönen Dank.«

»Mehr oder weniger«, gab Zoe zurück. »Die Schwerkraft eines Planeten krümmt den Raum um ihn herum. Ich habe mal gehört, wie jemand es mit einer ausgebreiteten Gummimatratze verglichen hat, auf der Murmeln liegen.«

»Genau«, fuhr Lachlan fort, »und jede Murmel drückt die Gummimatte ein wenig ein. Das ist die Raumzeit-Krümmung. Wenn wir also in einem Raumschiff an diesen Planeten vorbeifahren würden, würde sich unsere Flugbahn tatsächlich bei jedem Planeten, an dem wir vorbeikommen, krümmen, außer natürlich, man würde mehr Energie einsetzen.«

»Aha.«

»Mit dem Licht ist es dasselbe«, sagte Julius, »auch Licht wird gekrümmt, wenn es durch das Schwerkraftfeld von Planeten und anderen Sternen dringt.«

»Und ein großer Planet wie Jupiter krümmt das Licht mehr als ein kleiner wie Merkur«, ergänzte Lachlan.

»Genau«, übernahm wieder Julius. »Wenn wir also heute Nacht von Stonehenge aus den Jupiter beobachten und den Saturn dahinter aufsteigen sehen, werden wir dank der eigentümlichen Lichtkrümmung um die beiden Planeten herum einen flüchtigen Blick auf das Raumsegment erhaschen, das sich hinter Jupiter befindet, wenn auch nur für einen kurzen Moment.«

Zoe legte die Stirn in Falten. »Und wenn der Sa-Benben in diesem Moment Zeit an seinem Platz ist, auf dem Ramsesstein von Stonehenge, was geschieht dann?«

Julius sah Lachlan an.
Lachlan sah Julius an.
Dann wandten sich beide Zoe zu und zuckten gemeinsam die Achseln.
»Das werden wir ja sehen«, antwortete Julius.
Der Wagen preschte in die Nacht hinaus.

 **STONEHENGE**
5. DEZEMBER 2007, 3:22 UHR

Sie stellten den Wagen etwa hundert Meter vor dem Henge am Straßenrand ab.

Der Mond beschien die weite Ebene wie ein riesiger Scheinwerfer und leuchtete das tellerflache Gelände bis zum Horizont aus.

Stonehenge befand sich an der Kreuzung der A 303 und einer kleineren Nebenstraße.

Zwei Wachleute standen neben den großen, schattenhaften Steinen, Silhouetten im Mondlicht. Sie sahen den Honda zwar anhalten, gingen der Sache aber nicht nach. Es kam oft vor, dass Reisende aus London stehen blieben und den Anblick bestaunten, während sie sich die Beine vertraten.

Zoe trat näher heran, bis sie etwa fünfzig Meter von den beiden Wachen entfernt war. Dann hob sie urplötzlich eine Art kastenförmiger Geschosswaffe, die einen Handgriff und einen Auslöser besaß. Sie zielte auf die beiden Wachen und rief: »He da!«

Die Wachen sahen herüber.

Zoe betätigte den Auslöser. Im selben Moment schoss ein Blitz aus dem Gerät, begleitet von einem dumpfen *Wumm*. Sofort gingen die beiden Wachen zu Boden, wie zwei Marionetten, denen man die Fäden abgeschnitten hatte. Sie rührten sich nicht mehr.

»Was *zum Teufel* war das denn?«, fragte Julius und trat neben Zoe.

»Und wo kann ich so was kriegen?«, fügte Lachlan hinzu.

»Das ist eine LaSon-V-Stun-Gun«, erklärte Zoe, »eine Waffe, die den Gegner nicht tötet, aber unschädlich macht. Ein Laser in

Kombination mit einer Schallwelle. Wurde ursprünglich für Sky Marshals auf Flugzeugen entwickelt, um Entführer zu überwältigen, ohne zu riskieren, dass man durchs Fenster schießt und der Kabinendruck abfällt. Eigentlich würde schon die Schallwelle allein reichen, um einen aggressiven Angreifer auszuschalten, aber der Laserstrahl blendet ihn auch noch. Keine Nachwirkungen außer höllischen Kopfschmerzen. Manche Leute glauben, dass mit so einem Ding Prinzessin Dianas Fahrer kurz vor dem tödlichen Unfall ausgeschaltet wurde.«

»Na fein«, sagte Julius. »Und mit diesem heiteren Gedanken können wir ja jetzt an die Arbeit gehen.«

Sie schnitten ein Loch in den Maschendrahtzaun, der den Henge umgab. Zoe und die Zwillinge schoben schnell einen Handwagen hindurch, auf dem sich ihre Ausrüstung befand, dann kamen die Kinder.

Als sie an den Steinen ankamen, hielten sie einen Moment ehrfurchtsvoll inne.

Im Mondlicht ragten vor ihnen die mächtigen Felssäulen in den Himmel auf – gewaltig, uralt und geheimnisvoll. Der größte Stein, die freistehende Säule des Großen Trilithen, ragte imposante 7,9 Meter hoch auf, und eine konisch geformte »Zunge« an seiner Spitze ließ vermuten, dass dort einmal ein Sturz gelegen hatte.

»Um wie viel Uhr beginnt der Aufgang des Titan?«, fragte Zoe.

»Der Jupiter müsste eigentlich schon am Horizont sein«, gab Alby zurück, der gerade im Gras zwischen den Steinen ein ziemlich professionell aussehendes Teleskop montierte. »Der Titan wird um 3:49 Uhr über ihm aufgehen, der Saturn zwei Minuten später, und während der dann steigt, wird zwischen Saturn und Jupiter eine Lücke auftauchen.«

»Und dann bekommen wir also unseren Dunklen Stern zu sehen.«

»Genau.«

Zoe sah auf ihre Uhr. Es war 3:25. »Los geht's. Wir haben noch 24 Minuten.«

Im Schein einer kleinen Taschenlampe studierte Julius einen Stonehenge-Lageplan jüngeren Datums, auf dem man nur die Steine sah, die noch standen.

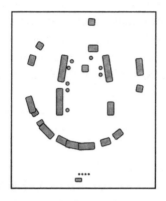

»Drei der fünf Trilithen sind noch intakt«, erklärte er. »Einer der Pfeiler des Großen Trilithen steht noch und ein anderer Pfeiler hier vorne rechts. Das könnte wichtig sein.«
»Was ist mit dem Altarstein?«, fragte Lachlan.
»Der ist umgefallen.«
»Welcher ist es?«, fragte Zoe.
»Der hier.« Lachlan sprang zwischen den aufragenden Felsen umher und kam zu einem Stein, der umgestürzt war: eine große, waagerechte Platte, die im mittleren Steinkreis lag und halb von Gras überwuchert war. Sie war etwa zwei Meter lang und schmal. Im Boden daneben befand sich ein kleines rechteckiges Loch.

Lachlan untersuchte eines der beiden Enden und rief aus: »Hier ist ein Loch, ungefähr zwanzig Zentimeter im Quadrat.«
»Das würde zur Größe des Sa-Benben passen«, meinte Zoe.
Sie starrte auf die Platte hinab und hörte sich zu ihrem eigenen Erstaunen sagen: »Stellen wir sie wieder auf!«

Sie arbeiteten schnell, aber behutsam, weil sie die 4500 Jahre alten Steine nicht beschädigen wollten.

Um den Altarstein legten sie Tragriemen und hoben ihn dann mit einem kleinen Kran an, der mit einer dieselbetriebenen Kabelwinde ausgestattet war.

Währenddessen räumte Lily das Loch in der Erde frei, das sich neben dem Sockel des Altarsteins befand.

»Ich kann den Jupiter sehen«, rief er aus.

Durch sein Teleskop sah er einen kleinen, orangefarbenen Punkt am Himmel schweben, der sich genau in einer Linie mit dem äußeren Säulenring von Stonehenge und dem berühmten Heel-Stein befand.

»Beeilung«, rief Zoe den Zwillingen zu.

»Bei so einem nationalen Heiligtum lasse ich mich nicht hetzen«, rief Julius empört zurück.

Ganz langsam und vorsichtig hob der Kabelroller die große Steinplatte hoch, bis sie schließlich in der Senkrechten stand und – *wump* – plötzlich nach unten rutschte, sodass Julius einen Satz machte. Sie senkte sich genau in das Loch, in dem sie vor über viertausend Jahren auch schon gestanden hatte. Zoe sah auf ihre Uhr.

3:48.

Noch eine Minute.

Jetzt holte sie etwas aus ihrem Rucksack.

Es war das Kopfstück des goldenen Schlusssteins.

Der Sa-Benben.

Der Feuerstein.

Sein Anblick war atemberaubend. Der Stein schimmerte in der Nacht, die goldenen Seiten glänzten und die Kristallspitze funkelte.

Zoe stieg eine Klappleiter hoch und stand am oberen Ende des wieder aufgerichteten Altarsteins.

Sie sah die Einbuchtung in der glatten Oberfläche und stellte fest, dass der Feuerstein tatsächlich perfekt hineinpasste.

»Also dann ...«, sprach sie leise zu sich selbst. »Die Große Pyramide und Stonehenge. Dann zeigt mal, was ihr draufhabt.«

Ehrfurchtsvoll setzte sie den viereckigen Feuerstein in die passende Ausbuchtung des Altarsteins ein. Plötzlich sah der Altarstein vollkommen anders aus, er wirkte jetzt wie ein kleiner Obelisk, umgeben von den Trilithen des Henge, den Wächtern der Nacht.

Auf Zoes Uhr war es genau 3:49.

»Ich sehe den Titan«, sagte Alby.

Durch sein hochauflösendes Teleskop schien der größte Mond des Saturn nur ein winzig kleiner Fleck hinter einer großen orangefarbenen Kugel zu sein, dem Jupiter. Er stieg hinter ihm auf wie ein sehr blasser Stern.

Eine Minute verging. Die Zwillinge drückten die Aufnahmetasten einiger Videokameras, die sie an mehreren Stellen in Stonehenge aufgestellt hatten. Auch die Handkameras hatten sie gezückt.

Noch eine Minute verstrich.

»Und jetzt sehe ich den Saturn ... *wow*!«

Ein größerer Punkt stieg hinter Jupiter auf, ganz langsam, seine Ringe waren kaum zu sehen. Dann löste er sich vom Umriss des Jupiter und zwischen den beiden Planeten erschien eine Lücke.

In diesem Moment erwachte Stonehenge, das über 45 Jahrhunderte lang in geheimnisvoller Stille dagelegen hatte, plötzlich zum Leben.

Eine unsichtbare Lichtkraft schoss von der Dunklen Sonne über den Horizont, jagte in einer schnurgeraden Linie über den Heel-Stein hinweg und durch den äußeren Säulenring. Dann schlug er oben auf der Altarplatte in den Feuerstein ein.

Funkelnd erwachte der Feuerstein zum Leben.

Ein blendendes, purpurrotes Licht umloderte ihn und ließ den Trilithenring überirdisch leuchten.

Dann schossen plötzlich sechs gleißend helle Strahlen aus dem purpurnen Licht des Feuersteins und trafen auf einige der Stützpfeiler der Trilithen.

Zoe und die anderen konnten einfach nur in fassungslosem Staunen zusehen. Eine Lightshow, die seit 4500 Jahren keiner mehr gesehen hatte.

Dann geschah noch etwas.

Die Flechten, die die Trilithen überall bedeckten, diese seltsame Kreuzung aus Alge und Pilz, die doch so weit im Landesinneren eigentlich gar nichts zu suchen hatte, begannen plötzlich blassgrün zu leuchten.

Und dann entstanden in der Kombination aus den schwach leuchtenden Flechten und den Rissen und Kerben der Säulen plötzlich Bilder auf den Trilithen. Bilder, die vorher nicht wahrnehmbar gewesen waren.

Staunend sah Zoe zu.

Die Bilder auf den Trilithen kamen ihr irgendwie vertraut vor, beinahe als seien es Erdteile, aber irgendwie sahen sie doch anders aus, denn die Küstenlinien waren verschoben. Auf zwei der Trilithen zeigte sich etwas, das wie die Umrisse von Kontinenten aussah.

Vor **Während**

»Es ist die Erde«, flüsterte Lachlan. »Alle zusammen zeigen sie eine Karte der Welt, wie sie vor Millionen von Jahren aussah.«
»Was?«, flüsterte Zoe, ohne wahrzunehmen, dass sie flüsterte.
Lachlan nickte in Richtung der leuchtenden Bilder auf den Steinen. »Das sind die Kontinente unseres Planeten. Sie sind schon an ihrem jetzigen Ort, aber noch bevor die steigenden Ozeane ihnen ihre heutigen Küstenlinien verliehen. Wer auch immer das gebaut hat, hat es vor sehr langer Zeit getan.«
Zoe wandte sich wieder den leuchtenden Bildern auf den Steinen zu und starrte sie an. Sie sah, dass er recht hatte.
Da war Afrika ...
... und das da sah ein wenig aus wie Asien.
Der Stein, auf dem Afrika zu sehen war, wurde von zwei laserartigen hellroten Lichtkegeln durchdrungen, einem aus südlicher Richtung und einem aus dem Norden.
»Kriegt ihr alles drauf?«
Tatsächlich drückten die zwei wie wild auf ihre Digitalkameras und machten Fotos von den erleuchteten Steinen und den Laserstrahlen.

Gleichzeitig zeichneten ihre Videokameras alles auf.

»Was ist mit den beiden da?«, fragte Zoe und zeigte auf zwei Stelen, die die Ränder von Kontinenten darzustellen schienen.

»Ozeane, schätze ich«, sagte Julius, aber durch die veränderten Küstenlinien ist es schwer zu sagen, welche. Die Erde hat drei große Meere, den Pazifik, den Indischen Ozean und den Atlantik. Vielleicht war auf einer der umgestürzten Stelen ein dritter Ozean zu sehen. Würde Sinn ergeben. Noch nie hat jemand rausgefunden, warum Stonehenge zehn Säulen hat. Das würde es erklären: sieben Kontinente und drei Ozeane.«

Zoe kniff die Augen zusammen.

Verdammter Mist!

Dann rief Alby: »Er geht unter! Der Saturn geht unter!«

Im nächsten Moment war alles dunkel.

Das purpurne Licht des Feuersteins erlosch, und der riesige Steinkreis lag wieder in Finsternis.

Zoe starrte die Zwillinge und die Kinder an. »Ich wette, so was habt ihr noch nie zu Gesicht bekommen. Und jetzt los.« Eilig stellte sie ihre Stehleiter wieder auf und holte den Feuerstein. »Wir sind fertig, Lachlan. Julius, lass den Altarstein wieder runter, leg ihn genau da hin, wo du ihn gefunden hast. Danach hauen wir ab. Wizard und West werden uns nicht glauben, was hier passiert ist.«

Als die zwei Wachen zwei Stunden später wieder wach wurden, angeschlagen und wackelig auf den Beinen, stellten sie fest, dass Stonehenge unbeschädigt war, man hatte offenbar nichts angerührt.

Zwischen den mittleren Steinen verliefen mehrere Fußspuren, was auf ungewöhnlichen Betrieb hindeutete, aber es fehlte nichts. Nur das Loch, in dem der Altarstein einst gestanden hatte, war freigelegt worden. Aber sonst war glücklicherweise alles, wo es sein sollte.

Am nächsten Tag gab es Berichte von Einheimischen über ein purpurrotes Licht, das sie in dieser Gegend gesehen haben wollten, doch wurden sie schnell beiseite geschoben. Jedes Jahr gab es über der Salisbury-Ebene mindestens ein Dutzend Ufo-Sichtungen und massenhaft andere verrückte Behauptungen.

So stand also bei Tagesanbruch Stonehenge wieder aufrecht und einsam da und wachte wie schon seit Jahrtausenden über die archaische Landschaft.

DRITTE PRÜFUNG
JACK WEST JR. UND DER STEIN DES PHILOSOPHEN

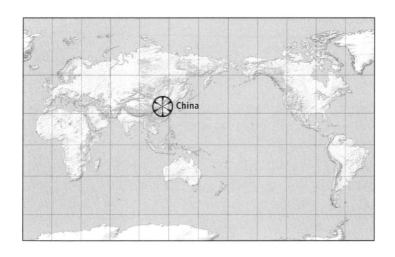

CHINA
5. DEZEMBER 2007
FÜNF TAGE VOR DEM
ERSTEN STICHTAG

 **SICHUAN-GEBIRGE, CHINA**
5. DEZEMBER 2007, 17:35 UHR

Etwa um dieselbe Zeit, als Zoe und die Zwillinge das wundersame Lichtspektakel von Stonehenge beobachteten, rasten Jack und Wizard im Frachtraum des gestohlenen Hind-Helikopters über die wilden, zerklüfteten Berge Zentralchinas hinweg. Ihnen war klar, dass ein nicht unbeträchtlicher Teil der chinesischen Volksbefreiungsarmee, die immerhin 1,2 Millionen Leute umfasste, gerade in diesem Moment mobil machte, um sie aufzuspüren.

In ihrer Begleitung befanden sich Stretch, Astro, Scimitar, Vulture und der verletzte Tank Tanaka.

Sky Monster dagegen war mit der *Halicarnassus* nach Süden geflogen, über die Grenze zu Burma. Dort würde er geduldig warten, bis man ihn rief, damit er sie herausholte.

»Es ist absolut erforderlich, dass wir den Stein des Philosophen in unsere Gewalt bringen«, sagte Wizard zu Jack, als sie allein in einer Ecke des Frachtraums saßen. Hungrig kaute er auf etwas Essbarem herum, während er sich saubere Sachen anzog.

»Das war mir schon klar, als ich deine Notizen gelesen habe«, sagte Jack. »Wir sind ja auch schon auf dem Weg. Deshalb brauchten wir ja unbedingt diesen Helikopter.«

Jack berichtete Wizard über das Treffen in Dubai, über die neue internationale Koalition, die ihnen auf dieser Mission helfen würde, einschließlich Amerikas und Saudi-Arabiens. Vor allem aber erzählte er, was sie bislang aus Wizards Notizen abgeleitet hatten.

»Aber ich muss noch mehr wissen, Max«, schloss er. »Deine Notizen waren hilfreich, aber wir konnten uns nur einen Teil zusammenreimen.«

»Ist ja gut!«

»Zum Beispiel die Stelle, wo du geschrieben hast, der Sa-Benben und der Stein des Philosophen seien entscheidend für alles. Warum?«

Ruckartig hob Wizard den Kopf. »Du lieber Himmel, Jack, du hast doch nicht etwa den Feuerstein bei dir, oder? Wir können nicht zulassen, dass unsere Feinde den *und* den Stein des Philosophen in die Finger kriegen.«

»Keine Sorge«, beruhigte ihn Jack, »Zoe hat ihn. In England. Sie ist mit dem Feuerstein, den Zwillingen und den Kindern nach Stonehenge gefahren.«

»Oh, prima, ihr habt euch also mit den Zwillingen in Verbindung gesetzt!«, antwortete Wizard und stieß einen Seufzer der Erleichterung aus. »Und Stonehenge. Stonehenge und der Sa-Benben. Aber warte mal, es muss während des Aufgangs des Titan ...«

»Da haben wir dran gedacht.«

Lächelnd starrte Wizard in die Ferne. »Ich wünschte, ich hätte dabei sein können. Bin froh, dass du das rausgekriegt hast.«

»War ich gar nicht. Es war Lilys Freund Alby.«

»Ah, Alby! Schlaues Bürschchen. Und so ein guter Freund für Lily. Je komplizierter die Sache wird, umso dringender braucht sie Freunde wie ihn.« Wizard unterbrach sich, und seine Augen wurden vor tiefer Rührung feucht.

Während Wizard weitersprach, warf Jack einen verstohlenen Blick auf die Foltermale im Gesicht des alten Mannes, die Blutergüsse und Wunden, das getrocknete Blut in seinem Bart. Sie hatten ihn in diesem Gefängnis ganz schön durch die Mangel gedreht.

»Ach, Jack«, fuhr Wizard fort, »die Situation ist ernst. Überaus ernst. Es ist mit nichts zu vergleichen, das uns je untergekommen ist.«

»Klär mich auf.«

»Die Erde ist in ein kritisches Stadium ihrer Existenz getreten. Ein Wendepunkt ist gekommen, eine Prüfung. An diesem Punkt kann die Erde sich entweder selbst erneuern oder sie wird zerstört. Die Tartarus-Rotation war nur der Anfang, nur der erste Akt in einem viel größeren Drama.«

»Meinst du das Auftauchen der Dunklen Sonne?«, fragte West.

»Das Erscheinen der Dunklen Sonne ist nur ein Teil davon. Es gibt in unserer Welt viele ungeklärte Dinge, Jack, und durch die Ankunft dieses Nullpunkt-Feldes, dieser Dunklen Sonne, werden wir von vielen ihre wahre Bestimmung erfahren. Die Große Pyramide mit ihrem Schlussstein ist da nur der Anfang. Stonehenge, Nazca, die Osterinseln. Das ergibt jetzt, durch die Ankunft der Dunklen Sonne, alles ein zusammenhängendes Bild. Eine Vereinigung antiker Phänomene. Und wie immer ist das, was man am meisten fürchten muss, der Mensch selbst.«

»Warum?«

»Gehen wir noch mal einen Schritt zurück«, sagte Wizard.

Er kramte ein Blatt aus seinen Notizen hervor und deutete auf eine Zeichnung. Jack erinnerte sich, sie schon gesehen zu haben.

»Das ist das allgemeingebräuchliche Zeichen für die Maschine«, erklärte Wizard. »Wie du nun richtigerweise aus meinen Unterlagen geschlossen hast, ist die Maschine nichts anderes als unser Planet. Die Abbildung verrät uns, dass sich an sechs Orten irgendwo auf der Welt sechs unterirdische Schreine befinden. Alle besitzen eine auf dem Kopf stehende Pyramidenform und sind riesengroß, und alle weisen nach innen, auf den Erdmittelpunkt.

Siehst du die umgekehrten Pyramiden in der Zeichnung und die rechteckigen Säulen, die aus ihnen herausragen? Auf dieser

Abbildung ist die Maschine nur zweidimensional dargestellt, aber eigentlich müssen wir sie uns dreidimensional vorstellen, mit sechs Eckpunkten, die um den Erdball verteilt dicht unter der Erdoberfläche liegen. Ungefähr so.«
Wizard machte eine grobe Skizze.

»An jedem dieser Orte muss nun eine – gereinigte – Säule eingesetzt werden, das sind längliche Rohdiamanten, deren Aufenthaltsorte noch im Verborgenen liegen.«
»Nicht vollkommen im Verborgenen«, wandte Jack ein.
»Wir arbeiten schon dran.«
»Umso besser. Also, lass mich jetzt was über die Ramsessteine sagen und über die besondere Rolle, die sie bei dieser Aufgabe spielen. Wir nennen sie ›Ramsessteine‹, aber eigentlich heißen sie ›Wegweisersteine‹. Die sechs Wegweisersteine von Ras Dunkler Sonne. Denn sobald einer von ihnen mit dem von der Sonne aufgeladenen Sa-Benben in Kontakt kommt, verraten sie uns etwas über diese Maschine.
Nimm zum Beispiel Stonehenge. Wenn der Sa-Benben dort während des Aufgangs von Saturn und Jupiter auf den Wegweiserstein gesetzt wird, wird der *Ort* der sechs inneren Eckpunke verraten. Was dabei tatsächlich in Stonehenge vor sich geht, weiß ich nicht. Zoe hat das hoffentlich mittlerweile herausgefunden.«
»Und der Stein des Philosophen?«, fragte Jack.
Wieder wühlte Wizard in seinen Unterlagen herum und förderte eine andere Abbildung zutage.

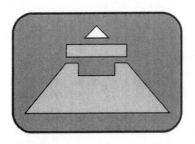

»Das hier ist ein Steinrelief im sogenannten Laotse-Stein«, erklärte er, »auch als ›Stein des Philosophen‹ bekannt. Siehst du den pyramidenförmigen Schlussstein, der darüber thront, und die rechteckige Aussparung darin? Für die Reinigung einer Säule sind drei Dinge erforderlich: der Sa-Benben, der Stein des Philosophen und die Säule selbst. Man schiebt sie in die Aussparung im Stein des Philosophen, schließt die Abdeckung und legt darauf den Sa-Benben. Auf diese Weise wird die Säule gereinigt und kann an einem der sechs Eckpunkte eingesetzt werden.«

»Deshalb sind auch der Sa-Benben und der Stein des Philosophen entscheidend für das Ganze«, ergänzte Jack. Er fing an zu begreifen.

»Genau. Der zweitwichtigste Ramsesstein ist der Opferstein der Maya. Wenn er mit dem Sa-Benben vereint wird, verrät er die astronomischen Daten, zu denen die Säulen an den Eckpunkten eingesetzt werden müssen. Ich habe schon herausgefunden, dass die ersten beiden Säulen im Verlauf der nächsten Woche eingesetzt werden müssen. Die letzten vier erst später, in etwa drei Monaten, kurz vor der Tagundnachtgleiche am 20. März 2008, wenn die lange erwartete Dunkle Sonne wiederkehrt.«

In Jacks Kopf ging alles durcheinander. All das hörte sich ziemlich kompliziert an: Sterne, Steine, Säulen, Eckpunkte, astronomische Daten. Aus irgendeiner Ecke seines Hirns kramte er die Erinnerung hervor, dass die Amerikaner behauptet hatten, den Opferstein der Maya zu besitzen.

Er schob den Gedanken beiseite und konzentrierte sich wieder auf Wizard: »Und warum muss man bei dieser Sache den Menschen am meisten fürchten?«

Wizard seufzte.

»Wegen der Belohnungen«, antwortete er resigniert. »Die Belohnungen: ›Auf jenen aber, der die Säulen einsetzt, wartet großer Lohn.‹ So steht es an der Wand von Abydos. Dort habe ich die Liste der sechs Belohnungen gefunden, unter einem Steinrelief von Ramses II. und Seti I. Wissenschaftler hatten es immer als einfache Schmuckleiste abgetan. Die sechs angeführten Belohnungen waren: Weisheit, Hitze, Sehen, Leben, Tod und Macht.«

Wizards Blick verdüsterte sich. »Jack, was genau hinter diesen Belohnungen steckt, weiß keiner, aber eins ist sicher: Sie sind von unschätzbarem Wert. Ich glaube zum Beispiel, dass ›Hitze‹ eine unglaubliche Energiequelle ist, eine schier unerschöpfliche Energiequelle. Und mit ›Weisheit‹ ist irgendein grundsätzliches Wissen gemeint, das wir erst noch entdecken müssen.«

West hörte Wizard aufmerksam zu. Energiequellen, unendliches Wissen. Plötzlich wurde ihm klar, warum die Amerikaner und die Saudis ein solch großes Interesse am Erfolg seiner Mission hatten. Ganz zu schweigen davon, warum die Chinesen versucht hatten, auf seiner Farm den Feuerstein in ihre Gewalt zu bringen.

»Wenn man bedenkt, was auf dem Spiel steht«, sagte er, »die Ankunft der Dunklen Sonne und das mögliche Ende unserer Welt, dann kann ich mir schon vorstellen, dass manches Land große Risiken auf sich nimmt, um an diese Säulen heranzukommen und sie einzusetzen. Wir lernen ja nichts aus der Geschichte, aber eines lernt man doch: Wenn es um Dinge von großem Wert geht, dann werden Menschen alles daransetzen, sie zu besitzen.«

Im selben Moment wurde der Frachtraum in rotes Signallicht getaucht, und mehrmals ertönte ein Summer. In der Sprechanlage über Wests Kopf knackte es.

»*Huntsman, wir erreichen gleich das Höhlensystem des Wu*«,

meldete sich Astro. »*Voraussichtliche Landung in neun Minuten. Wir werden auf deren Radar aufleuchten wie ein gottverdammter Christbaum. Ich hoffe, dass es eine kluge Idee von Ihnen war, hier aufzutauchen.*«

»Komm«, sagte West und stand auf. »Wir machen uns besser fertig. Das Ziel ist bewacht, und wir sind ganz oben auf deren Liste der meistgesuchten Verbrecher. Also müssen wir da auf die harte Tour rein und uns beeilen. Bleib immer dicht bei mir. Wird Zeit, dass wir das zu Ende bringen, was du angefangen hast. Wird Zeit, dass wir uns den Stein des Philosophen holen.«

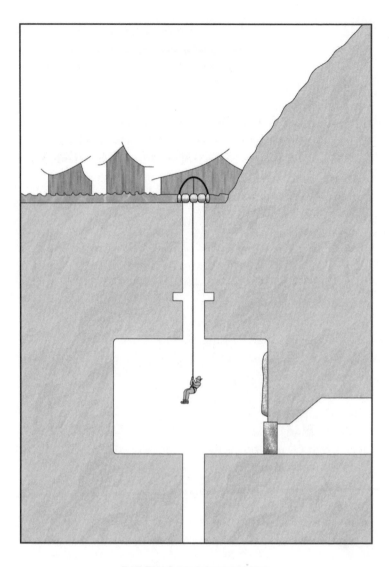

DIE EINGANGSKAMMER

**LAOTSES FALLENSYSTEM
IM INNEREN DES HEXENBERGS
PROVINZ SICHUAN, ZENTRALCHINA
5. DEZEMBER 2007**

Oberst Mao Gongli fluchte laut.

In den vier Tagen, seit sie Max Epper gefangen genommen und zum Verhör nach Xintan gebracht hatten, war sein Trupp chinesischer Soldaten in dem unterirdischen Tunnelsystem, das Laotses legendären Stein barg, nicht nennenswert vorangekommen. Hauptsächlich wurde ihr Fortkommen erschwert durch zahlreiche Vorrichtungen, die Eindringlinge abwehren sollten: Fallen! Mao verfluchte sich. Er hätte es doch wissen müssen.

Seit über dreitausend Jahren waren chinesische Grabmale schon berühmt für ihre genialen Fallensysteme. Der Grabkomplex des Kaisers Qin in Xian zum Beispiel, wo man die berühmte chinesische Terrakotta-Armee gefunden hatte, war gespickt mit automatischen Armbrüsten und »Mordlöchern«, aus denen sich Öl und flüssiger Teer auf die nichtsahnenden Archäologen ergossen hatten.

Aber die Fallen dieses Systems gehörten in eine noch höhere Kategorie, besser als alles, was Mao je gesehen hatte, ebenso schlau wie heimtückisch.

Er hatte bereits neun Männer verloren, allesamt auf entsetzliche Weise.

Die ersten drei, die sterben mussten, hatten noch nicht einmal die erste Schwelle des Fallensystems überwunden: einen kreisrunden Durchgang in der Mauer. Plötzlich hatte dieser Durchgang sich gedreht und jeden der drei Männer eingeschlossen. Dann war aus dem Hohlraum darüber eine ekelhaft riechende, gelbliche Flüssigkeit auf den Eingeschlossenen getropft, die ihm die Haut verätzte. Mao wusste nun, dass es sich dabei um eine einfache Art von Schwefelsäure handelte.

Die Männer hatten die Tür schließlich mit C-2-Plastiksprengstoff zertrümmert und waren in eine Innenkammer vorgedrungen, deren einziger weiterer Ausgang eine Art Tunnelrohr am anderen Ende war.

Der nächste Todgeweihte hatte sich auf den Bauch gelegt und war durch das Rohr gekrochen, bis plötzlich ein eiserner Spieß mitten durch sein Herz fuhr, hervorgekommen aus einem harmlosen Loch im Boden. Quälend langsam hatte er sich in den Mann gebohrt und war hinten am Rücken wieder ausgetreten.

Zwei weitere Männer ereilte ein ähnliches Geschick; es erwischte sie aus anderen Löchern im Boden des Tunnels. Dann hatte Maos erster Offizier die Idee, schnell härtenden Beton in die tödlichen Löcher zu schütten und sie so zu versiegeln.

Also wurde nach Zement geschickt, der schließlich vom hundert Meilen entfernt liegenden Drei-Schluchten-Damm ankam. Nach zweitägigem Warten konnten sie den Tunnel endlich passieren.

Doch weitere Männer verloren sie in der nächsten Kammer, einer langen und prächtigen Vorhalle, die leicht abschüssig war und zu deren beiden Seiten stumme Terrakotta-Statuen aufgereiht standen.

Einer der Soldaten war gestorben, als ein Terrakotta-Krieger dem unglückseligen Kerl plötzlich aus seinem weit aufgerissenen Mund flüssiges Quecksilber ins Gesicht gespien hatte. Der Gardist hatte entsetzlich aufgeschrien, als das Quecksilber in seine Augen kam. Die dicke Flüssigkeit hatte jede Pore in seinem Gesicht verklebt und vergiftete langsam sein Blut. Stunden später starb er unter Höllenqualen.

Weiterer schnell härtender Zement wurde hergebracht. Man schüttete ihn in den Mund des Terrakotta-Angreifers, stopfte ihn damit zu. In der Absicht, bei allen anderen Statuen in der Halle dasselbe zu tun, machten Maos Männer sich ans Werk.

Doch schon im nächsten Moment starb ein anderer Gardist einen plötzlichen Tod, als der zweite Terrakotta-Krieger ihm aus der Augenhöhle einen Pfeil mitten ins Auge schoss. Einem dritten Gardisten, der gerade Zement in die benachbarte Statue schüttete, gelang es, sich vor deren tödlichen Abwehrmechanismus wegzuducken, einer primitiven Splitterbombe, die in den Augen der Statue saß und mit einer kleinen Ladung Schießpulver hochgejagt wurde. Ein Hagel winziger Bleikügelchen war aus den Augenhöhlen der Statue geschossen und hatte den chinesischen Soldaten zwar verfehlt, aber dafür gesorgt, dass er zurücktaumelte ...

... und dabei auf dem glitschigen Boden des abschüssigen Ganges ausrutschte und, ohne sich irgendwo festhalten zu können, am Ende des Ganges irgendwohin abstürzte, in die Dunkelheit fiel und für seine Kameraden nicht mehr zu sehen war.

Schnell entdeckten sie, dass er in eine tiefe, dunkle Kluft gefallen war, die sich am Ende des Ganges auftat. Keiner wusste, wie tief sie sein mochte.

Und deshalb hatte man früh am Morgen eine Nachricht nach Xintan geschickt und verlangt, dass Wizard und Tank hierher zurückgebracht wurden. Vielleicht konnten sie ja die Geheimnisse um Laotses Fallensystem lüften.

Das Dorf unter Wasser

Die vier chinesischen Wachposten, die man an der Oberfläche des Fallensystems zurückgelassen hatte, blickten beim Geräusch eines näher kommenden Hubschraubers sofort hoch, doch ihre Alarmbereitschaft ließ auch sofort wieder nach, als sie sahen, dass es einer der ihren war: ein Hind mit dem Wappen der Volksbefreiungsarmee.

Der große Heli landete auf einem schwimmenden Landeplatz, der zwischen den vom Wasser umspülten Steinhäusern trieb. Schmutz und Gischt wirbelten durch die Gassen des alten Dorfes.

Mit lässig über den Schultern hängenden Gewehren schlenderten die Wachen zu dem Helikopter hinüber. Sie sahen, wie die Seitentür der Kampfmaschine geöffnet wurde, und starrten im nächsten Moment in die Mündungen mehrerer Sturmgewehre vom Typ 56 und MP-7-Maschinenpistolen.

Jack West und sein Team waren da; sie trugen die chinesischen Armeeuniformen der Hubschrauber-Crew.

Die Eingangshalle

In der Eingangshalle befanden sich zwei weitere Wachsoldaten, derselben Eingangshalle, die Wizard noch vor vier Tagen bewundert hatte, bevor er von Mao gefangen genommen worden war. Bevor Mao seinen netten Assistenten Chow umgebracht hatte.

Plötzlich flog vom Brunnenschacht eine seltsam aussehende silberne Granate in die Eingangshalle.

Sie verfehlte das Loch in der Mitte der Halle und plumpste auf den Boden. Die beiden Wachsoldaten wandten sich um.

Dann ging sie hoch.

Ein sonnenheller, gleißender Blitz erfüllte den alten Raum. Beide Wachen fielen auf die Knie, schrien und hielten die Hände vor die Augen. Sie waren geblendet. Die Blindheit würde nicht für immer andauern, aber zumindest für zwei Tage.

Dann schwang Jack sich aus dem Eingangsschacht und ließ sich in die Halle hinab. Hart klackten seine Stiefel auf den Steinboden, das Gewehr hielt er im Anschlag.

Er sprach in sein Funkgerät. »Die Wachen sind erledigt. Kammer gesichtet. Kommt runter.«

Erst da bemerkte er die Leichensäcke.

Es waren neun. In ihnen lagen die Soldaten, die die Chinesen an das Fallensystem verloren hatten.

Als Wizard und die anderen bei ihm in der Kammer ankamen, fesselte und knebelte Stretch die zwei wimmernden Wachen. Der Gestank aus den Leichensäcken verschlug Wizard fast den Atem. Jack untersuchte die Wandverzierungen der Kammer.

Er entdeckte das eindrucksvolle, mit Edelsteinen besetzte Relief des Kreisrätsels, das unvorstellbare dreieinhalb Meter maß.

Direkt darunter sah er einen schmalen Einlass mit abgerundeten Ecken. Darüber befand sich eine kleine Inschrift über den Stein des Philosophen, genau wie die, die er schon mit dem darüber schwebenden Sa-Benben gesehen hatte.

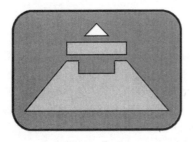

Der abgerundete, zylindrische Einlass hatte in etwa die Größe eines Sarges. Auf einer Seite befanden sich drei gusseiserne Hebel und daneben das chinesische Zeichen für »Wohnstätte«.

Die Decke dieses kleinen Raumes war grob mit Beton verkleistert. Vermutlich hatte man ein Rohr gestopft, aus dem irgendeine schreckliche Flüssigkeit gekommen war.

»Nicht gerade elegant«, bemerkte Jack, »aber effektiv.«

Wizard schüttelte den Kopf. »Dieses System wurde vom großen chinesischen Architekten Sun Mai entworfen, einem Zeitgenossen von Konfuzius und wie er Schüler von Laotse. Sun Mai war ein brillanter Techniker, ein Mann von seltener Begabung. Er hat auch Burgen, Wehranlagen und Ähnliches gebaut, deshalb war ihm diese Aufgabe hier wie auf den Leib geschnitten. Und wie wehrt sich Mao gegen ihn? Mit Beton! *Beton!* Ach, wie hat sich China nur in den letzten Jahrhunderten verändert.«

»Das Fallensystem«, fragte Jack ernst und starrte in die Dunkelheit jenseits des offenen Einlasses. »Gibt es darüber Studien? Zum Beispiel über die Anordnung der Fallen?«

»Man kann die Fallen dieses Systems nicht im Voraus kennen«, erklärte Wizard. »Es besitzt eine Vielzahl an Hindernissen, die man überwindet, indem man jedes Rätsel vor Ort löst.«

»Rätsel vor Ort? Meine Lieblingsbe …«

»Aber die Rätsel beziehen sich auf die Werke von Laotse.«

»Wird ja immer besser!«

Wizard untersuchte den betonversiegelten Durchgang und die Kammer dahinter, dann deutete er mit dem Kopf auf die Leichensäcke. »Sieht so aus, als wären unsere chinesischen Gegner auf ernste Schwierigkeiten gestoßen. Wenn sie mir beim Verhör die richtigen Fragen gestellt hätten, wäre ich vielleicht entgegenkommender gewesen.«

»Also, was ist der Trick?«, fragte West.

Wizard lächelte. »Welches war Laotses wichtigster Beitrag zur Philosophie?«

»Das Yin-Yang.«

»Stimmt. Das Prinzip der *Dualität*. Die Idee, dass es von allem zwei Seiten gibt, Grundsatzpaare. Gut und Böse, Licht und Schatten und so weiter. Aber das ist nicht alles. Jedes Gegensatzpaar steht miteinander in Verbindung. Im Guten liegt immer auch etwas Böses und im Bösen etwas Gutes.«

»Und das heißt …?«, fragte Jack.

Wizard gab keine Antwort. Er würde es schon selbst herausfinden.

»… wenn es von allem zwei gibt, dann gibt es auch zwei Eingänge zu diesem System«, konstatierte Jack.

»Und?«, entgegnete Wizard.

Jack runzelte die Stirn. »Der zweite Eingang ist mit diesem hier verbunden?«

»Gut gemacht, mein Lieber. Volle Punktzahl.«

Wizard marschierte zu dem breiten Brunnenschacht im Boden, der sich genau unter dem Eingangsschacht in der Decke befand. Aufmerksam spähte er hinein.

»Es gibt tatsächlich einen zweiten Eingang in dieses System. Hier unten!«

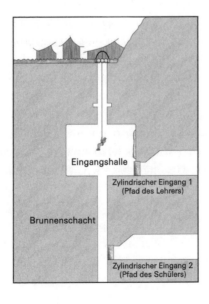

Wizard erklärte: »Das Tunnelsystem, das von dieser Kammer abzweigt, heißt ›Pfad des Lehrers‹. Ein zweites Tunnelsystem darunter heißt ›Pfad des Schülers‹.«

»Wie sind sie miteinander verbunden?«

»Ganz einfach. Man muss sie gleichzeitig in Angriff nehmen. Zwei Leute, jeder in einem Tunnel, arbeiten sich abwechselnd durch ihre jeweiligen Hindernisse vor und entschärfen die Fallen des anderen.«

»Du machst wohl Witze!« Jack hatte im Laufe der Jahre schon viele Fallensysteme überlebt, aber so etwas war ihm noch nicht untergekommen.

»Es ist die ultimative Probe des Vertrauens«, erklärte Wizard. »Wenn ich im oberen Tunnel losgehe, löse ich eine Falle aus. Diese Falle wird nicht von mir aufgehoben, sondern von dir im Tunnel darunter. Mein Leben liegt in deiner Hand. Dann geht es umgekehrt. Du löst eine Falle aus, und ich muss dich retten. Deshalb stoßen unsere chinesischen Freunde hier drin auf so große Schwierigkeiten. Sie wissen nichts von der unteren Route. Deshalb benutzen sie Beton und brutale Gewalt, und auf ihre typische chinesische Art« – er nickte in Richtung der Leichensäcke – »nehmen sie einfach Verluste in Kauf und kommen nur sehr schlecht voran. Am Ende kommen sie durch, aber es wird sie viele Tote und viel Zeit kosten.«

Nachdenklich biss Jack sich auf die Lippe. »Na gut. Stretch. Du nimmst Scimitar mit. Ihr sucht den unteren Eingang. Ich gehe hier oben mit Astro und Wizard rein. Tank, du bleibst bei Pooh Bear. Haltet mit Vulture im Heli Funkkontakt, ich gehe davon aus, dass wir blitzschnell hier abhauen müssen. Also dann, alle herhören: Schnallt die Ausrüstung um. Wir gehen rein.«

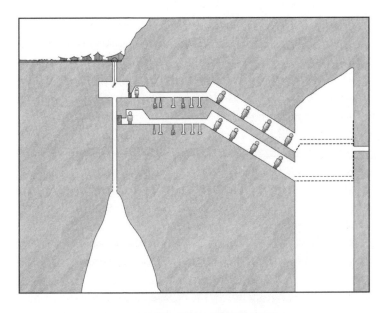

**LAOTSES FALLENSYSTEM
EINGANGSTUNNEL**

Kreisrundes Eingangsloch *(unten)*

Nur Minuten später meldete sich Stretch auf Wests Ohrhörer: »*Wir haben den zweiten Eingang gefunden. Etwa zwanzig Meter unter euch. Ein schmaler Einlass, in die Wand des Brunnenschachts gestemmt. Sieht genau aus wie eurer. Aber unberührt. Kein Beton.*«
»Geht rein«, befahl West.

Stretch und Scimitar hingen unten im Brunnenschacht je an einem Seil vor einem schmalen Einlass, der in den senkrechten Schacht gehauen war.

Der Schacht selber lag unter ihnen in unendlicher Finsternis, keiner wusste, wie tief er war. Im Licht seiner Helmlampe kletterte Stretch vom Seil in den Eingang.

Im nächsten Moment merkte er, wie der gesamte runde Eingang sich plötzlich um neunzig Grad um die eigene Achse drehte, bis der Durchgang versperrt war. Er fand sich in der Ausbuchtung gefangen wie in einem verschlossenen Sarg und konnte nirgendwo hinaus.

Klaustrophobie überfiel ihn. Sein eigener keuchender Atem klang ihm in den Ohren. Das Licht seiner Lampe fiel zu dicht auf die engen Wände.

Dann gurgelte es in dem Hohlraum über ihm, und es lief ihm eiskalt über den Rücken.

»Ähm, Jack ...?«

Oben im Eingang zum Pfad des Lehrers untersuchte Jack die drei gusseisernen Hebel, die neben dem chinesischen Zeichen für »Wohnstatt« übereinander aus der Wand ragten. Keiner der Hebel wies irgendwelche Markierungen auf; sie waren vollkommen glatt.

»Äh, Jack ...«, hörte er Stretchs Stimme. »*Was immer du da oben tun musst, mach es bitte schnell!*«

»Leg den unteren Hebel um«, befahl Wizard. »Sofort.«

Jack legte den Hebel um ...

Im selben Moment glitt auf Stretchs Route eine Steinplatte über die Decke, und der Zylinder drehte sich um weitere neunzig Grad. Plötzlich sah Stretch auf der anderen Seite eine neue Kammer, eine würfelförmige Steinzelle.

Schnell trat er aus dem tödlichen kreisrunden Eingang und rief: »Ich bin durch. Danke, Jungs. Scimitar, du bist dran.«

Im oberen Tunnel wandte sich Jack Wizard zu. »Woher hast du das gewusst?«

Wizard antwortete: »Ein berühmter Satz von Laotse: ›Im Denken halte dich an das Einfache. Im Kampf sei ehrenhaft und großmütig. Wähle deine Wohnstatt nahe am Boden.‹ Da unser Hinweis ›Wohnstatt‹ war, habe ich den Hebel ausgesucht, der am weitesten unten war.«

»Wie nett.«

Nachdem sie Scimitar auf gleiche Weise durchgeschleust hatten, traten Jack, Wizard und Astro einfach durch ihren offenen Eingang, deren Falle Maos Soldaten schon unschädlich gemacht hatten.

Der Kriechgang

Jetzt trafen beide Gruppen auf identische würfelförmige Räume.

Vier lebensgroße Terrakotta-Krieger standen in den Ecken, alle waren prächtig ausgearbeitet. In Wests Raum hatte man ihre Münder mit Zement versiegelt, während sie unten bei Stretch weit offen waren. Im Innern sah man nur Dunkelheit.

»Geht nicht zu dicht an die Statuen«, warnte Wizard.

Auf der gegenüberliegenden Seite der beiden Räume befand sich jeweils in Bodennähe ein schmaler, rohrähnlicher Tunnel, kaum mehr als einen halben Meter im Durchmesser.

»Pfeillöcher«, sagte Wizard. »Stretch?«

»*Wir haben hier unten einen Tunnel, dicht am Boden. Sieht lang aus, und offenbar kommen wir da nur durch, wenn wir auf dem Bauch kriechen. Im Boden sind viele Löcher.*«

Jack gab durch: »Passt bei den Löchern auf! Da sind Eisenpfeile drin.«

Wizard fand über dem Tunnel eine Inschrift, diesmal neben einem einzigen Hebel, den man nach unten oder oben drücken konnte. Die Inschrift lautete:

»Meister«, entzifferte Wizard. »Das chinesische Zeichen für ›Meister‹.«

An jedem Ende des Hebels befand sich ein Relief. Oben war es die Abbildung eines wunderschönen Baumes, unten ein einfaches Samenkorn.

»Aha«, sagte Wizard und nickte. »›Wer schon im Samen das Fertige sieht, der ist ein Meister.‹ Noch ein Lehrsatz von Laotse. Drück den Hebel nach unten, Jack.«

West gehorchte.

»Okay, Stretch, jetzt dürfte euch eigentlich nichts mehr passieren«, gab Wizard über Funk durch.

»Eigentlich?«, knurrte Scimitar und warf Stretch einen Blick zu. »Das macht mir alles ganz schön Angst.«

»Es ist eine Vertrauensprobe. Es macht dir nur Angst, wenn du deinen Freunden nicht vertraust.«

Scimitar warf Stretch einen langen Blick zu. »Ich habe Informationen, dass es der Alte Meister selbst war, der diesen hohen Preis auf deinen Kopf ausgesetzt hat.«

Als er den Namen hörte, zuckte Stretch zusammen. »Alter Meister« war der Spitzname von General Mordechai Muniz, einer Mossad-Legende. Er war der ehemalige Chef des Geheimdienstes, und viele behaupteten, dass er selbst aus dem Ruhestand heraus immer noch die einflussreichste Figur in der Organisation war und hinter den Kulissen derer, die angeblich das Sagen hatten, die Strippen zog.

»Sechzehn Millionen Dollar«, sinnierte Scimitar. »Keine üble Summe. Eine der höchsten, die je ausgesetzt wurden. Der Alte Meister will an dir ein Exempel statuieren.«

»Ich habe der Loyalität deinem Bruder gegenüber den Vorzug gegeben vor der Loyalität dem Mossad gegenüber«, sagte Stretch.

»Und vielleicht seid ihr ja auch deshalb so dicke Freunde. Mein Bruder denkt zu oft mit dem Herzen statt mit dem Kopf. So zu denken, ist dumm und falsch. Sieh doch, wohin es dich gebracht hat.«

Stretch dachte an Pooh Bear da oben in der Eingangskammer.

»Ich würde für deinen Bruder mein Leben geben, weil ich an ihn glaube. Du aber nicht. Was ich gern wissen würde, Erstgeborener des Scheichs: Woran glaubst du überhaupt?«

Scimitar gab keine Antwort.

Stretch schüttelte den Kopf, bückte sich und robbte in den flachen Tunnel. Es war eine extrem enge Angelegenheit, und er kam kaum voran. Die nassen Wände streiften seine Schultern.

Dann glitt er über das erste Loch im Boden und hielt den Atem an, in Erwartung ...

... aber nichts schoss heraus.

Scimitar folgte ihm dichtauf. Beide krabbelten durch den Tunnel. Als sie sich am anderen Ende wieder aufrichten konnten, fanden sie sich am höher gelegenen Ende einer steil abfallenden Halle wieder.

An der Wand hinter ihnen befand sich über dem Ausgang ein Hebel ähnlich dem, den West heruntergedrückt hatte, und daneben das chinesische Zeichen für »Weisheit«.

Über dem Hebel war das Abbild eines Ohrs, darunter das eines Auges.

Stretch gab die Information an Wizard und West durch.

»*Die richtige Antwort ist das Ohr*«, antwortete Wizard. »*Da ihr euch auf dem Pfad des Schülers befindet, stammen eure Rätsel von Konfuzius, Laotses gelehrigstem und vertrautestem Schüler. Konfuzius hat gesagt: ›Ich höre und weiß, ich sehe und erinnere mich.‹ Weisheit ist also Hören. Wir hingegen benötigen dank Maos Betonarbeiten eure Hilfe diesmal noch nicht.*«

Die große Halle der Krieger

Sie brauchten eine Weile, aber bald hatte auch Wests Team den engen Tunnel durchquert. Wie Stretch und Scimitar standen auch sie jetzt am oberen Ende einer großartigen abschüssigen Halle.

Sie war einfach atemberaubend. Die auf schwebenden Kragsteinen ruhende Decke war mindestens sechs Meter hoch – und verbarg mit Sicherheit irgendeine Waffe.

Die Halle schien sich über hundert Meter weit zu erstrecken und fiel am Ende steil ab. Ohne eine Treppe, auf der man festen Tritt hätte finden können, verschwand sie in den Eingeweiden der Erde. Der Boden war nass und glitschig. Batteriebetriebene Lampen, die Maos Leute zurückgelassen hatten, bildeten an den Wänden ein Spalier wie Pistenfeuer.

Vom Ende dieses endlos langen Tunnels hörte West ein fernes Geräusch.

Stimmen.

Dann bemerkte er ein Hin und Her von Lampen und Leuchtstäben.

Es waren Oberst Mao und seine Männer, die da unten am Grund des Tunnels von einer Falle aufgehalten wurden.

Sie hatten sie eingeholt.

Astro trat neben West. Angestrengt schauten die beiden in die Dunkelheit hinab, aus der die Stimmen kamen.

Ohne ein Wort hob Astro eine Granate, die mit einem gelben Streifen markiert war.

West drehte sich um und bemerkte es. »Ich will gar nicht erst wissen, was da drin ist.«

»CS-II. Eine Mischung aus Tränen- und Nervengas, kombiniert mit einer Rauchbombe«, erklärte Astro. »Sie ist ein bisschen stärker als das übliche Tränengas, das man zur Geiselbefreiung benutzt. Extra entwickelt für Situationen wie die hier, wo man an einer gegnerischen Truppe vorbeimuss, ohne sie deswegen gleich zu töten. Obwohl, wenn Ihnen *das* vorschwebt ...«

»Tränen und Bewusstlosigkeit reichen mir völlig, Lieutenant«, antwortete West. »Ich bringe nicht gern Leute um, wenn ich nicht unbedingt muss. Max: Atemschutzgerät!«

Jack holte einen echten Feuerwehrhelm heraus und legte das dazugehörige Atemschutzgerät an. Die anderen folgten seinem Beispiel.

Nur Sekunden später kullerten drei von Astros gelbgestreiften Granaten durch die Halle und genau zwischen Maos chinesischen Trupp, der sich am anderen Ende befand, kurz vor der Kante, unter der ein dunkler Abgrund lag.

Ein Blitz, ein Knall!

Zischendes Gas und dichter Rauch hüllten das Dutzend chinesischer Soldaten ein. Sofort fingen sie an zu husten und zu röcheln, Tränen schossen ihnen in die Augen, ohne dass sie etwas dagegen tun konnten.

Wie Geister bewegten sich drei Gestalten durch diesen Nebel aus Gas.

Ausgerüstet mit ihren Atemschutzmasken, liefen Jack, Astro und Wizard schnell durch die Reihen der schreienden Chinesen, die zusammenbrachen und ohnmächtig wurden. Im Vorbeigehen konnte Jack der Versuchung nicht widerstehen, Oberst Mao mit dem Kolben seiner Desert Eagle einen heftigen Schlag zu versetzen, der ihm die Nase brach und ihn zu Boden schickte.

Dann erreichte er die Stelle, wo der Boden der Halle einfach im Nichts verschwand.

»Gütige Mutter Gottes«, keuchte er.

Mao und seine Leute hatten einen Dieselgenerator und einige Bogenlampen aufgestellt, um den Bereich auszuleuchten. Im Gasnebel nahm die endlose Tiefe, die sich jetzt vor Jack auftat, eine geradezu mystische, unwirkliche Erscheinung an.

Eine tiefe Kluft fiel vor ihm ab, mit einem Durchmesser von etwa dreißig Metern und unbekannter Tiefe. Auf der anderen Seite war nichts als glatter Fels, der geradezu übersät war mit Hunderten runder Löcher, ein regelrechtes Gitter, jedes Loch etwa faustgroß.

Und genau in der Mitte der Wand befand sich ein schmaler, rechteckiger Tunnel, der tiefer in den Berg hineinführte.

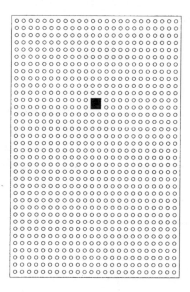

Jack stand am Rand der Kluft und kickte ein chinesisches Gewehr hinunter.

Es segelte in die Finsternis.

Ohne einen Laut.

Lange.

Dann schließlich ein fernes Klackern.

»Oha«, flüsterte West.

»*Jack*«, hörte er eine Stimme in seinem Ohrhörer und nicht weit weg im Original. »*Hier unten!*«

West blickte hinab und entdeckte Stretch und Scimitar, die von einem identischen Sims zwanzig Meter unter ihm die Köpfe vorstreckten.

Die einzige Verbindung von ihren jeweiligen Standorten hinüber zur majestätisch punktierten Wand waren zwei schmale Simse, einer von jedem Tunnel aus. Der obere vor West verlief entlang der linken Seitenwand, der untere vor Stretch auf der rechten Seite.

Jeder dieser schmalen Vorsprünge war mit weiteren faustgroßen Löchern gesäumt. Haltegriffe, vermutete West, allerdings tödliche. Er sah, dass über jedem einzelnen Loch ein kleines chinesisches Symbol eingemeißelt war.

»Die klassische chinesische Gräberfalle«, erklärte Wizard. »Die einfachste Methode, im alten China einen Grabräuber ausfindig zu machen, war, nach denen Ausschau zu halten, denen eine Hand fehlte. In diesen Löchern bekommt man die Hand abgehackt. Ein paar haben innen Griffe, die einem beim Klettern helfen. Alle anderen enthalten federgelagerte Scheren. Wenn man weiß, welche davon sicher sind, kommt man rüber. Wenn nicht, verliert man eine Hand und stürzt mit ziemlicher Sicherheit zu Tode.«

»Und wo ist der Hinweis?«, fragte West.

»Hier.« Wizard trat zu einer Tafel an der Wand und übersetzte laut: »›Hier, wo die beiden Pfade sich vereinen, wird der Lehrer zum Schüler und der Schüler zum Lehrer.‹ Eine kleine, aber sicher tödliche Veränderung. Jetzt ist es ein Rätsel des Laotse.«

Unter der Tafel befand sich eine weitere kryptische Felszeichnung.

»Der größte Schatz«, übersetzte Wizard. »Was war nach Laotse der größte Schatz?«, fragte er laut. »Ah ja...«

Im Kopf wiederholte er den Grundsatz des alten Philosophen.

Gesundheit ist das größte Gut
Genügsamkeit der größte Schatz,
Zuversicht der größte Freund,
Nichtsein die größte Freude.

»Es ist die Genügsamkeit«, erklärte er Jack.

Und tatsächlich stand über dem ersten Haltegriff auf der linken Leiste das Zeichen für Genügsamkeit – ▦▦▦▦. Und auch über dem dritten, fünften und mehreren anderen.

»Los!«, kommandierte Wizard. »Los, los, los!«

West, der seinem Freund vertraute, verlor keine Zeit. Er steckte seine Hand in das erste Loch ...

... und fand einen Haltegriff.

Dann hangelte er weiter den Sims entlang, über der bodenlosen Finsternis der unterirdischen Kluft.

Stretch meldete sich: »*Wir haben hier auch eine Inschrift: ›Der edelste Pfad zur Weisheit.‹*«

Wizard, der schon dicht hinter West war, gab zurück: »Das ist einfach. Sucht nach dem chinesischen Zeichen für ›Besinnung‹. Ein konfuzianisches Sprichwort sagt: ›Es gibt drei Pfade zur Weisheit. Erstens durch Besinnung, dies ist der edelste. Drittens durch Erfahrung, dies ist der schmerzlichste.‹«

Wizard beschrieb das Zeichen, und Stretch vermeldete daraufhin: »*Gefunden! Es steht über jedem zweiten oder dritten Loch.*«

»Nimm nur diese Löcher, Stretch«, mahnte Jack. »Wenn du irgendein anderes nimmst, bist du eine Hand los. Wir treffen uns auf der anderen Seite.«

Schließlich erreichte Jack die pockennarbige Wand und sah, dass sich wiederum über jedem Loch ein eingemeißeltes Symbol befand. Es war ein vollkommen verwirrender Anblick, und kein Uneingeweihter hätte es je verstanden.

Aber indem Jack den Löchern folgte, über denen sich das Zeichen für »Genügsamkeit« befand, entdeckte er eine zusammenhängende Route, die zu dem quadratischen Loch in der Mitte der glatten Wand führte.

Nur mit den Händen kletterte er an der nackten, rutschigen Wand entlang. Unter sich den tiefen, schwarzen Abgrund, folgte er von der linken Seite her einem sich windenden Parcours, während sich Stretch und Scimitar von unten herauf auf der rechten Seite einen ähnlichen Weg suchten.

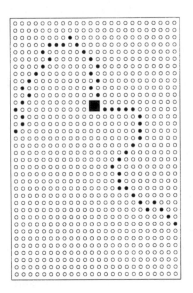

Mao und seine Mannschaft lagen währenddessen in der Halle auf dem Boden, einige erwachten langsam wieder und stöhnten leise.

Jack, Wizard und Astro erreichten das rechteckige Loch, und bald darauf trafen auch Stretch und Scimitar ein.

»Scheint, dass wir von jetzt an gemeinsam unterwegs sind«, sagte Jack.

Er knickte einen Leuchtstab und warf ihn in das schwarze Loch. Ein weiterer endlos langer, diesmal rechteckiger Tunnel kam zum Vorschein. Er war gerade groß genug, dass man hindurchkriechen konnte, und verlor sich in der endlosen Finsternis.

»Was bleibt uns schon anderes übrig?«, fragte er in die Runde.

Dann zog er sich hoch und kletterte in das rechteckige Loch. Mit seiner Helmlampe und einem zweiten Leuchtstab als Orientierungshilfe verschwand er in dem Durchgang.

DIE TURMHÖHLE

Die Turmhöhle

Nachdem er etwa zweihundert Meter weit gekrochen war, erreichte Jack eine Art dunkler Kammer, in der er bequem stehen konnte. Er nahm die Atemschutzmaske ab.

Aus irgendeinem Grund jedoch konnte seine Lampe die ihn umgebende Finsternis nicht durchdringen. Zwar erkannte er direkt vor sich eine Art See, aber keine Wände. Nur tiefste, endlose Schwärze. Es musste ein riesiger Raum sein.

Er knickte einen Leuchtstab, aber damit sah er auch nicht mehr.

Also feuerte er seine Leuchtpistole ab ...

... und konnte endlich den Raum sehen, in dem er stand.

»Meine Güte«, flüsterte er.

Jack hatte schon einige große unterirdische Höhlen gesehen, unter anderem eine in den Bergen im Südosten des Irak, in denen sich die sagenumwobenen Hängenden Gärten von Babylon befunden hatten.

Aber selbst diese Höhle war nichts gewesen im Vergleich zu dem, was sich ihm hier bot.

Er musste sieben weitere Leuchtpatronen abfeuern, um sie vollends auszuleuchten.

Die Höhle, die sich vor West ausbreitete, war *riesig* – unglaublich riesig. Sie war fast kreisrund und hatte einen Durchmesser von mindestens fünfhundert Metern.

Und sie war eine architektonische Meisterleistung. Zwar war es eine natürliche Aushöhlung, die aber von Menschenhand ausgestaltet worden war, um sie noch eindrucksvoller zu machen, als die Natur sie ohnehin schon geschaffen hatte. Zehntausende Menschen mussten daran gearbeitet haben, schätzte West.

Neun hoch aufragende Steinsäulen trugen die ansonsten frei schwebende Decke. Ganz offenkundig waren es ursprünglich einmal Kalkstein-Stalaktiten gewesen, die über Jahrtausende hinweg mit den Stalagmiten unter ihnen zu dicken, die Decke tragenden Pfeilern zusammengewachsen waren. Aber irgendwann im Verlauf der Geschichte hatte ein Heer chinesischer Arbeiter sie in wunderbar ausgeschmückte Säulen verwandelt und sogar nachgebildete Altane eingehauen.

Dennoch war es die Säule genau in der Mitte der Höhle, die alles andere in den Schatten stellte.

Sie war dicker als die anderen, ganz von Menschenhand erbaut und sah aus wie ein prächtiger Turm. Ein riesiger, zwanzig Stockwerke hoher Wehrturm, der bis an die schwindelerregend hohe Decke hinaufreichte und dort mit ihr abschloss.

Ganz zweifellos war es die am prunkvollsten ausgeschmückte Säule, versehen mit zahlreichen Balkonen, Öffnungen, Schießscharten und am Boden vier steinernen Treppen, die zu vier verschiedenen steinernen Toren führten.

Der Turm und die anderen Säulen lagen in einem großen, vollkommen ruhig daliegenden See aus einer dunklen, öligen Flüssigkeit, die ganz bestimmt kein Wasser war. Im Licht von Wests Leuchtraketen schimmerte sie matt. Von der Stelle aus, wo West stand, führte wie eine Art Brücke eine lange Reihe über zwei Meter hoher Trittsteine über ihn hinweg. Zweifellos wartete auch der See mit einigen hässlichen Überraschungen auf.

»Flüssiges Quecksilber«, analysierte Astro, der kurz seine Gasmaske angehoben hatte, um die Dämpfe des Sees zu erschnuppern. »Man erkennt es am Geruch. Hochgiftig. Verklebt einem die Poren und vergiftet einen praktisch durch die Haut. Fallen Sie bloß nicht rein.«

Wizard erreichte die anderen beiden. Er rezitierte:

In der höchsten Kammer des höchsten Turms
am tiefsten Punkt der tiefsten Höhle
Dort wirst du mich finden.

»Das ist von Konfuzius«, erklärte er. »Aus dem Dritten Buch der Ewigen Grundsätze. Bis heute hatte ich das nie verstanden.«

Neben der Stelle, an der sie standen, spannte sich ein schwarzroter, eiserner Torbogen über den ersten Trittstein. Eingraviert war eine Botschaft in altchinesischer Schrift:

Eine Reise vieler Meilen
Beginnt mit einem einz'gen Schritt
Und so auch diese letzte Prüfung
Beginnt und schließt mit einem Schritt.

Wizard nickte. »Das passt. Dass jede Reise mit nur einem Schritt beginnt, ist ein Zitat, das sowohl Laotse als auch Konfuzius zugeschrieben wird. Die Historiker sind sich unsicher, von wem der beiden es wirklich stammt. Also haben wir hier, wo die beiden Pfade sich endgültig vereinigen, nur ein Zitat.«

»Und wo ist nun der Haken?«, fragte Scimitar.

West ließ seinen Blick über die Trittsteine, den Turm und die große Höhle wandern, und ihm dämmerte die Absicht hinter alldem.

»Es ist eine Zeit- und Geschwindigkeitsfalle«, murmelte er.

»Meine Güte, du hast recht«, rief Wizard aus.

Astro runzelte die Stirn. »Eine was? Was ist eine Zeit- und Geschwindigkeitsfalle?«

»Eine üble«, sagte Wizard.

»Sie beginnt typischerweise mit dem ersten Schritt«, ergänzte West. »Dein erster Schritt löst die Falle aus. Und dann musst du hinein und wieder hinaus, bevor die Falle komplett durchlaufen ist. Man muss ebenso aufmerksam wie schnell sein, um durchzukommen. Ich nehme an, sobald einer von uns einen Fuß auf den ersten Trittstein setzt, läuft die Falle.« Er wandte sich Wizard zu. »Max?«

Wizard dachte einen Moment nach. »›In der höchsten Kammer des höchsten Turms, am tiefsten Punkt der tiefsten Höhle.‹ Vermutlich ist es da oben, in der höchsten Kammer dieses Turms da. Ich glaube, von hier an sind wir auf dein Geschick und deine Schnelligkeit angewiesen, Jack.«

»Hatte ich mir schon gedacht«, versetzte der trocken.

Er zog seine schweren Sachen aus, bis er nur noch T-Shirt, Cargo-Hosen, Stiefel und das Mundstück seiner Gasmaske trug. Die Augen waren unbedeckt. Sein metallener linker Arm schimmerte im Dämmerlicht. Er setzte wieder den Feuerwehrhelm auf und griff sich ein Kletterseil. Außerdem behielt er seinen Patronengurt mit den zwei Halftern um.

»Geht er allein?«, fragte Scimitar überrascht und vielleicht eine Spur zu argwöhnisch.

»Bei dieser Prüfung ist Geschwindigkeit das Entscheidende«, dozierte Wizard, »und an einem Ort wie diesem ist kein Mensch auf der Welt schneller als Jack. Von hier an muss er allein gehen. Er ist der Einzige, der das schafft.«

»Na klar«, knurrte Jack. »Stretch, wenn es aussieht, als würde ich in der Klemme stecken, hätte ich gern Unterstützung.«

»Kriegst du, Huntsman.«

Jack wandte sich zu der langen Reihe Trittsteine um, die sich bis zu dem kolossalen Turm erstreckte.

Er holte tief Luft.

Dann rannte er – auf den ersten Trittstein.

Der Lauf

Kaum hatte sein Fuß den ersten Trittstein berührt, da kam alles in der Höhle in Bewegung.

Als Erstes krachte nacheinander eine Reihe Stalaktiten, jede mannshoch, von der Decke der Höhle auf die Trittsteine, nur Zentimeter hinter dem vorpreschenden Jack West.

Mit wirbelnden Armen und Beinen rannte Jack weiter, hetzte über die zwei Meter über dem Quecksilbersee liegenden Steine. *Bumm, bumm!* Die spitzen Geschosse regneten über ihm herab, einige trafen die hochragenden Steine, andere klatschten um West herum in den See. Doch Jack war schneller als die niederfallenden Steine.

Als Nebeneffekt lenkte einen das Prasseln der herabregnenden Steine hochgradig ab, denn es sollte den Eindringling zu einem Fehler verführen. Jack jedoch konzentrierte sich und behielt während des zweihundert Meter langen Laufs die Nerven.

Sprintend erreichte er die Treppe am Fuße des Turmes, erklomm sie, zwei Stufen auf einmal nehmend, und erreichte einen hohen Torbogen ... als plötzlich wie ein kleiner Wasserfall eine bernsteinfarbene Säure auf seine Schwelle platschte.

Sich abrollend tauchte Jack darunter hinweg und schaffte es gerade noch, bevor die ätzende Säure ihn erwischte.

Er wandte sich kurz um und sah, wie die lange Reihe von Trittsteinen sich samt und sonders *in den See hinabzusenken begann!*

»Was für eine heimtückische ...«

Das Tempo, mit dem sie sich absenkten, gab ihm seiner Einschätzung nach noch etwa vier Minuten, bevor sie vollständig von dem Quecksilbersee überflutet sein und sein einziger Fluchtweg abgeschnitten wäre.

»*Jack*«, rief Wizard energisch.

»Ich habe es gesehen.«

Er blickte nach oben und erkannte im Licht seiner Helmlampe, dass der Turm vollkommen hohl war: ein hoch aufragender, runder Brunnenschacht, der sich über ihm in die gespenstische Dunkelheit erhob. An einer Seite waren wie eine Art Leiter Tritte in den Stein gehauen.

Nach Luft ringend kletterte er hinauf, wobei ihm unterwegs kaum mannshohe Nischen auffielen. Seltsamerweise war über jeder das chinesische Zeichen für »Heiligtum« eingemeißelt.

Ein ächzendes Geräusch lenkte seinen Blick nach oben.

Das charakteristische Knirschen eines rollenden Felsbrockens, dann ein schwaches *Pfeifen* ...

Gerade noch rechtzeitig schwang Jack sich in die nächstbeste Nische, als auch schon – *wusch!* – ein zwei Tonnen schwerer Brocken, der den Schacht vollkommen ausfüllte, an Jacks Nische vorbeischoss und seine Nase nur um Millimeter verfehlte.

Kaum war er vorbei, fing Jack wieder an zu klettern, und noch zweimal musste er in andere »Heiligtümer« hechten, kurz bevor weitere Felsbrocken an ihm vorbeistürzten, die sich nur durch ihr Knirschen ankündigten.

»Warum sind diese Typen bloß so versessen darauf, ihre Schätze zu beschützen«, knurrte er.

Dennoch erreichte er nach nur einer Minute Klettern die Spitze des Turms, wo dieser an das Dach der riesigen Höhle stieß. Direkt über der Höhlendecke sah er einen Hohlraum.

Er kletterte in eine atemberaubend schöne, rechteckige Kammer, die der Eingangshalle des Tunnelsystems knapp unter der Erde nicht unähnlich war.

Die Wände waren übersät mit kunstvoll gestalteten Reliefs, die das Kreisrätsel und das Symbol für die Maschine darstellten. Und an einer Wand, über einem dunklen Alkoven in Bodennähe, entdeckte West ein Abbild vom Stein des Philosophen.

Es gab noch andere Wandbilder, darunter eines mit vier Königen, die Schulter an Schulter auf ihren Thronen saßen und von fünf aufrecht stehenden Kriegern flankiert wurden. West ignorierte sie.

Als er sich dem Alkoven näherte, sah er einen kleinen steinernen Altar, auf dem eines der prächtigsten Artefakte stand, die er in seinem ganzen Leben gesehen hatte.

Der Stein des Philosophen.

Er war nicht sehr groß, aber die schiere Reinheit seiner Gestalt nötigte dem Betrachter tiefe Ehrfurcht ab.

Die Seiten waren makellos in altchinesischer Manier lackiert und schimmerten in tiefem Schwarz, das rot eingefasst war. Der rote Rand war mit Gold gesprenkelt.

Der Stein bestand aus zwei Teilen. Der größere besaß eine Trapezform, in der sich oben eine rechteckige Aussparung befand. Der zweite Teil, der Deckel, war ein kleinerer, vollkommen glatter rechteckiger Block. Jack fiel auf, dass sich in dessen oberer Hälfte auch eine Aussparung befand, die genauso groß war wie die Grundmaße des Feuersteins.

Jack spähte in den Alkoven und sah, dass er oben ein Loch hatte, beinahe wie ein Kamin. Blitzschnell griff er hinein, schnappte sich den Laotse-Stein und hechtete hinaus.

Keine Sekunde später wurde der gesamte Alkoven – bis auf den Altar für den Stein – von einer Kaskade schwefliger Säure überspült, die durch einen Rost im Boden ablief.

Jack sprang von dem Alkoven weg, verstaute den ehrwürdigen Stein in seinem Rucksack und begann seinen halsbrecherischen Abstieg.

Während er den hohlen Innenraum des Turmes hinabkletterte, musste er sich immer wieder in Nischen drücken, als weitere Felsbrocken herabregneten, noch mehr als beim Aufstieg. Es war beinahe so, als wisse das Fallensystem, dass der Stein entwendet worden war, und versuche nun alles in seiner Macht Stehende, um den Dieb bei seiner Flucht aufzuhalten.

Jack hangelte sich an den eingehauenen Tritten die Wand hinunter und erreichte den Boden, kurz bevor ein weiteres Steingeschoss durch den Tunnel sauste.

Er sprang gerade in den Torbogen, dessen Säureregen mittlerweile aufgehört hatte, und warf einen flüchtigen Blick auf die sich weiter senkenden Trittsteine, als der Fels vorbeischoss und ihn noch an der Schulter erwischte. Jack verlor das Gleichgewicht und zu seinem Entsetzen stürzte er, versuchte verzweifelt, sich noch irgendwo festzuhalten, aber da war nichts, und Jack fiel in die Dunkelheit des Brunnenlochs am Fuße des Turms.

Im letzten Moment griff eine Hand nach seinem Handgelenk und umklammerte es mit aller Kraft.

West baumelte an der Hand, und als er hochschaute, blickte er in Stretchs schweißüberströmtes Gesicht.

»Die Verstärkung ist da, Captain West«, verkündete er grimmig. »Los jetzt, einen Sprint haben wir noch vor uns.«

Als sie aus dem Turm kamen, sahen sie, dass die Trittsteine mittlerweile nur noch dreißig Zentimeter aus dem Quecksilbersee aufragten und sich schnell weiter senkten.

»Renn los«, brüllte Stretch.

Sie hasteten über den Quecksilbersee hinweg, einen Satz und noch einen, beinahe noch rechtzeitig sprangen sie von Tritt zu Tritt, doch die Steine senkten sich weiter.

Als sie nur noch zehn Meter vor sich hatten, erreichten die Steine die Oberfläche und Stretch rief: »Lauf weiter! Halt durch! Halt durch!«

Jack war stehend k. o., am Ende seiner Kräfte, fühlte im Kopf das Pumpen seines Herzens, die Galle stieg ihm hoch und durch seine Gasmaske konnte er nur noch japsen.

Dann klatschten seine Stiefel ins Quecksilber, und mit einem fürchterlichen Gefühl der Hilflosigkeit fing er an zu stolpern und wusste, dass er nichts dagegen machen konnte. Kopfüber würde er in den Quecksilbersee stürzen, nur drei Schritte vom rettenden Ufer entfernt.

Außer Atem torkelte er weiter. Plötzlich merkte er, dass Stretch zu ihm hingesprungen war und ihn unterfasste. Dann zerrte er ihn über die letzten drei Steine, bis sie beide auf festem Grund der Länge nach hinfielen und bäuchlings bis zu Wizards Füßen rutschten.

»Du lieber Himmel«, platzte es aus Wizard heraus und er half Jack auf die Füße. Schweißüberströmt und keuchend rang Jack nach Luft, während Wizard und Stretch ihn stützten.

Als er endlich wieder sprechen konnte, brachte er nur die zwei glorreichen Worte heraus: »Hab ihn!«

Noch am selben Tag waren Jack und sein Team wieder aus China heraus. Um Maos Männer zu umgehen, hatten sie das Fallensystem über die untere Route verlassen und sich an der Grenze nach Burma bei der *Halicarnassus* eingefunden.

Als sie wieder sicher an Bord der *Hali* waren, wurden Wizard und Tank sofort ins Krankenlager geschickt, wo Stretch sich um sie kümmerte.

Sky Monster informierte Jack: »Huntsman, ich habe gerade einen Anruf von Zoe gekriegt. Sie gab durch, dass die Mission in Stonehenge ein voller Erfolg war. Wie sie sagt, hat sie haufenweise Daten, die Wizard unbedingt sehen muss.«

»Klasse«, gab West zurück, immer noch in seinen vor Blut, Schmutz und Quecksilberspritzern starrenden Klamotten. »Nimm Kurs auf England und ruf Zoe zurück. Sag ihr, sie soll uns alle Bilder schicken, die wir vielleicht schon vorher sehen sollten.«

»Treffpunkt?«

»Sag ihr, wir sind auf dem Weg, genauer Treffpunkt wird noch durchgegeben. Wir müssen ein paar Umwege machen.«

»Roger.«

»Astro, rufen Sie Ihre amerikanischen Brötchengeber an und sorgen Sie dafür, dass die den Opferstein der Maya nach England schicken. Und wenn sie den Standort von einer der Säulen wissen, wovon ich mit ziemlicher Sicherheit ausgehe, sollen sie uns den auch liefern.«

»Alles klar.«

»Ach ja, und richten Sie Ihrem CIA-Freund Robertson aus, dass er für uns ein paar Strippen bei Amerikas alten Freunden ziehen muss, dem Hause Sachsen-Coburg und Gotha. Sie müssen sie dazu bringen, ihre Säule rauszurücken.«

»Das Haus von was?« Astro kapierte nicht.

»Er wird es schon verstehen.«

»In Ordnung«, antwortete Astro und ging zum Funkgerät.

Jack wandte sich an Vulture, der in der Nähe saß. »Außerdem brauche ich den Stein des Hauses von Saud, Vulture.«

Vulture stand auf. »Dass Sie etwas kühn sind, habe ich ja schon gehört, Captain, aber das grenzt nun geradezu an Impertinenz. Sie sind ja ein ganz dreister.«

»Ja, echt dreist.« West ging nach hinten zu seiner Kabine. »Und jetzt hat hoffentlich keiner was dagegen, wenn ich ganz dreist eine Dusche nehme und mich dann ganz dreist aufs Ohr haue. Weckt mich, wenn wir über Osteuropa sind.«

Ein paar Minuten später war Jack wieder sauber, lag in seiner Koje und starrte in die Dunkelheit. Da kam ihm ein Gedanke.

Er schaltete die Gegensprechanlage über seiner Koje ein.

»*Was gibt's, Huntsman?*«, meldete sich Sky Monster aus dem Cockpit.

»Hast du schon mit Zoe gesprochen?«

»*Hab gerade vor einer Sekunde aufgelegt.*«

»Kannst du sie noch mal für mich anrufen und sie bitten, folgende Nachricht an Lily durchzugeben: ›Daddy lässt ausrichten, dass er dich lieb hat und vermisst. Gute Nacht.‹«

»*Klar, Kumpel.*«

Jack schaltete die Gegensprechanlage aus, und Sekunden später war er in tiefen Schlaf gefallen.

Er träumte alles Mögliche – hauptsächlich waren es Erinnerungen, glückliche ebenso wie schreckliche, aber vor allem träumte er von Lily, von ihrem strahlenden Lächeln und dem Nest, das sie sich im fernen Nordwesten Australiens gebaut hatten.

EIN MÄDCHEN NAMENS LILY

TEIL III

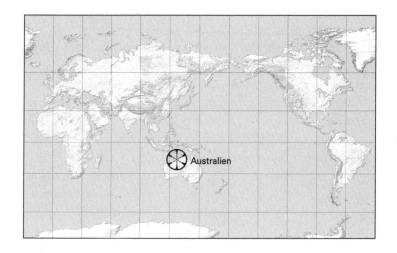

AUSTRALIEN

MÄRZ 2006 – DEZEMBER 2007
DIE MONATE NACH TARTARUS

 **GREAT SANDY DESERT
NORDWESTAUSTRALIEN
MÄRZ 2006 – DEZEMBER 2007**

In den Monaten nach der Tartarus-Rotation im März 2006 waren die Leute aus Jack Wests Team in ihre Heimatländer zurückgekehrt – mit Ausnahme von Stretch, dessen Staat Israel ihn nach dem, was er im Verlauf dieser Mission getan hatte, zur *persona non grata* erklärt hatte. Er wohnte abwechselnd bei Jack, Wizard und Pooh Bear.

Berichte mussten abgefasst werden und die Laufbahn harrte der Wiederaufnahme. Schließlich war es nicht gerade normal, dass ein Berufssoldat sich auf einen zehn Jahre währenden Einsatz verabschiedete. Solch eine lange Abwesenheit verlangte nach Erklärungen bei den verschiedensten Behörden. So waren sie zum Beispiel allesamt nachträglich befördert worden.

Natürlich ging die Auflösung des Teams an Lily nicht spurlos vorüber, denn diese Gruppe Soldaten war für sie quasi zur engsten Familie geworden.

Jetzt kam sie sich vor wie Frodo aus ihrem Lieblingsbuch *Der Herr der Ringe*. Nach dem Abschluss einer Mission, die die Welt verändert hatte, waren sie alle in ihr normales Leben zurückgekehrt. Aber wie sollte sich jemand mit einem normalen Leben zufriedengeben, der bei so einem Abenteuer dabei gewesen war? Schlimmer noch: Wie sollte man mit den ganz normalen Leuten umgehen, die nichts davon wussten und wissen konnten, welch große Taten man in ihrem Interesse vollbracht hatte?

Zum Glück kam das Team Lily und Jack oft auf der Farm besuchen, und nachdem sie erst einmal ein eigenes Mobiltelefon bekommen hatte – welch ein Tag! –, hielt Lily zu allen über SMS

Verbindung. Und natürlich fuhr sie die anderen besuchen, wann immer es sich einrichten ließ: Pooh Bear in Dubai, Fuzzy in Jamaika, Wizard, wo immer er sich gerade herumtrieb, und Zoe in Irland.

Zoe.

Am glücklichsten war Lily natürlich, wenn Zoe auf Besuch nach Australien kam. Das war aber anfangs gar nicht so leicht gewesen, denn ungeachtet ihrer heldenhaften Rolle bei der Mission um die Sieben Weltwunder hatte ein instinktloser Oberstleutnant der irischen Armee darauf bestanden, dass sie umgeschult und anschließend in die Sciathan Fhianoglach an Airm versetzt wurde.

Normale Leute. Lily seufzte. *Würg!*

Natürlich blieb Jack das nicht verborgen. Manchmal ging es ihm ja selbst nicht anders.

Es gab eine einfache Lösung.

Sie mussten sich neue Herausforderungen suchen, von denen sie in Anspruch genommen wurden.

Ihm machte das nichts aus, dachte Lily. Denn oft richtete Wizard über E-Mail Anfragen an sie oder beschäftigte sie mit Nachforschungen. Sachen wie: »Jack, kannst du mal was für mich über den Neetha-Stamm am Kongo herausfinden?« Oder: »Kannst du mir die maßgebende Übersetzung der Rätsel des Aristoteles besorgen?« Oder: »Kannst du mir die Namen aller Vogelmenschen der Osterinseln heraussuchen?«

Und genau in dem Moment, als ihr die interessanten Herausforderungen ausgegangen waren, hatte Jack ihr eine erschreckende neue geboten, auf die sie nicht gefasst gewesen war.

Die Schule.

Da in der Wüste Nordaustraliens Schulen Mangelware waren, wurde Lily an eine renommierte Schule für Hochbegabte in Perth geschickt.

Aber egal, wie renommiert sie war, Kinder waren nun einmal

Kinder. Und für ein kleines Mädchen, das als Einzelkind unter lauter Elitesoldaten auf einer einsamen Farm in Kenia aufgewachsen war, war die Schule eine verwirrende und harte Erfahrung.

Natürlich hatte Jack das kommen sehen. Aber er hatte auch gewusst, dass es unumgänglich war.

Wie hart es aber tatsächlich war, war ihm erst beim ersten Elternabend klar geworden.

In Jeans sowie einer Jacke und derben Handschuhen, die seinen muskulösen Oberkörper ebenso wie seine Prothese an der linken Hand verbergen sollten, saß Jack West jr. – Elitesoldat, Abenteurer und im Besitz zweier akademischer Grade in Frühgeschichte – auf einem niedrigen Plastikstuhl an einem winzigen Plastikschreibtisch vor Lilys Beratungslehrerin: einer bebrillten Frau namens Brooke. Eine Beratungslehrerin, erfuhr Jack, war nichts anderes als eine Lehrperson, die Lilys allgemeinen schulischen Fortschritt überwachen sollte.

Hinter einer aufgesetzten Maske der Besorgnis musste Jack über Brookes lange Liste an Anmerkungen heimlich grinsen.

»Lily hat ihren Lateinlehrer schon mehrfach vor der gesamten Klasse blamiert. Sie hat ihn vor versammelter Mannschaft korrigiert.

Sie schneidet in allen Fächern hervorragend ab, ist unter den besten zehn Prozent. Trotzdem habe ich das Gefühl, sie könnte noch besser sein. Sie scheint nur gerade so viel zu tun, dass sie ein Häkchen kriegt, aber sie leistet nicht, was sie leisten könnte. Unser Lehrplan ist der anspruchsvollste im ganzen Land, und trotzdem macht sie einen – wie soll ich sagen? – gelangweilten Eindruck.

Bei Freundschaften ist sie ziemlich wählerisch. Sie verbringt viel Zeit mit Alby Calvin, was sehr gut ist, aber Freund*innen* scheint sie überhaupt keine zu haben.

Ach ja, und dann hat sie noch den kleinen Tyson Bradley zum Heulen gebracht, als sie ihm mit so einem seltsamen Griff den

Arm auf den Rücken gedreht hat. Die Schulschwester hat gesagt, sie hätte ihm fast den Arm gebrochen.«

Die Geschichte kannte Jack schon.

Der kleine Tyson Bradley war nichts anderes als ein kleiner Satansbraten, der andere drangsalierte und eines Tages versucht hatte, Alby dazu zu nötigen, dass er ihm sein Geld fürs Mittagessen herausrückte.

Da war Lily eingeschritten, und als Tyson ihr an die Gurgel gegangen war, hatte sie ihn am Handgelenk gepackt und ihm den Arm verdreht – genau wie West es ihr beigebracht hatte.

Seitdem ließ der kleine Tyson Alby und Lily in Ruhe.

An diesem Elternabend hatte West auch Albys Mutter Lois Calvin kennengelernt.

Sie war eine reizende, schüchterne Amerikanerin, die mit ihrem Ehemann, dem leitenden Angestellten einer Minengesellschaft, in Perth wohnte. Ängstlich und nervös, wie sie war, machte sie sich ständig Sorgen um ihren begabten Sohn.

»Dieser entsetzliche Sportlehrer tyrannisiert ihn regelrecht«, klagte sie Jack bei einer Tasse Kaffee. »Ich verstehe wirklich nicht, warum ein sanftmütiger Junge wie Alby einen Mannschaftssport betreiben sollte. Was, wenn er eins auf den Kopf bekommt? Mein Sohn leistet Unglaubliches in Mathematik – Sachen, von denen seine Lehrer nur träumen können. Und das soll dann alles nur wegen einer Kopfverletzung beim Fußball dahin sein? Trotzdem besteht dieser schreckliche Sportlehrer darauf, dass Sport Pflicht ist. Ich kann ihn einfach nicht dazu bewegen, Alby davon zu befreien.«

Lois war eine entzückende Frau, und ganz offensichtlich vergötterte sie Alby. Trotzdem fand Jack, dass sie ein bisschen übertrieb – bis er später am Abend dann selbst Bekanntschaft mit dem Sportlehrer machte, einem Mr. Naismith.

Todd Naismith war ein ungeschlachter Hüne in zu engen Tennis-Shorts und einem Polohemd, das seinen üppigen Bizeps zur Geltung brachte. Einem Kind musste er erscheinen wie ein

Riese. Jack hingegen kam er nur vor wie eine größere Ausgabe von Tyson Bradley – ein ausgewachsener Schlägertyp.

Während er sich hinsetzte, schien der massige Sportlehrer Wests Größe und Statur abzuschätzen. Er zog Lilys Akte hervor und spielte dabei abwesend mit einem Softball.

»Lily West«, murmelte er und sah die Akte durch. »Ah ja, wie hätte ich das vergessen können. Hat sich einmal geweigert, beim Völkerball mitzuspielen. Sie fand, es sei ein doofes Spiel und nannte mich einen ›dumpfbackigen muskelbepackten Schwachkopf, der überhaupt nicht weiß, was in der Welt los ist‹, wenn ich mich recht erinnere.«

»Au weia«, sagte Jack, »das tut mir aber ...«

»Eine Athletin ist an Ihrer Kleinen nicht gerade verlorengegangen«, fuhr Naismith unbeirrt fort. »Aber von den anderen Lehrern höre ich, dass sie was im Köpfchen hat. Doch ein Schlauberger sein ist das eine, wobei klar ist, diese Schule hier legt den Schwerpunkt auf die Wissenschaft. Aber unter uns, ich stehe nun mal auf Sport. Sie wissen schon, warum.«

»Keinen blassen Schimmer.«

»Weil Sport ein Team mental zusammenschweißt. Ein *Team*, verstehen Sie. Eine Vorstellung von Selbstlosigkeit. Wenn die anderen im Eimer wären und mit dem Rücken zur Wand stünden, würde Lily dann aufstehen und sich für ihre Freunde zum Kampf stellen? Ich würde es, das weiß ich genau, und das habe ich beim Sport gelernt.«

Jack merkte, dass er sich beherrschen musste. Er wusste nur zu gut, was Lily für Vollidioten wie diesen Typen da geleistet hatte.

»Ach ja?«, fragte er gedehnt.

»Aber hallo!« Naismith spielte immer noch mit dem Softball herum.

Blitzschnell schnappte ihm West den Ball mitten in der Luft weg und hielt ihn zwischen ihren Köpfen in seiner behandschuhten Hand. Seine eiskalten blauen Augen starrten in die des Sportlehrers.

»Mr. Naismith. Todd. Meine Tochter ist ein gutes Mädchen. Und ich habe, was ihren Teamgeist und ihre Loyalität betrifft, keinerlei Probleme mit ihr. Ich entschuldige mich dafür, falls sie Sie beleidigt haben sollte. Den Dickschädel hat sie von mir. Andererseits ...«

West drückte den Softball mit seiner mechanischen linken Hand zusammen, bis er mit einem leisen Knirschen zerbröselte. Die zähen Brocken rieselten ihm durch die Finger auf den Boden, und die Lederhaut fiel schlaff hinterher.

Mr. Naismith riss die Augen auf. Von einem Moment zum anderen war sein Selbstbewusstsein wie weggeblasen.

»... andererseits sollten Sie es vielleicht einmal damit versuchen, sie auf einem gedanklich etwas höheren Niveau anzusprechen. Die Ergebnisse sind dann möglicherweise erfreulicher. Ach ja, und noch etwas, Mr. Naismith ... ich meine, Todd. Wenn ihr kleiner Freund Alby Calvin keine Lust auf Fußball hat, dann sollten Sie ihn nicht dazu zwingen. Damit machen Sie nur seine Mutter nervös. Das wäre dann alles.«

Mit diesen Worten verließ Jack Todd Naismith, der mit offenem Mund zurückblieb.

So lebte Lily also für die Ferien und Wochenenden, wo sie auf die Farm zurückkehren und sich mit ihren alten Freunden treffen konnte.

Wizards Besuche waren immer ein Highlight, obwohl sie im Laufe der Monate seltener wurden. Wie er sagte, arbeitete er gerade an einem sehr wichtigen Projekt, mit dem er sich schon sein ganzes Leben lang beschäftigte.

Lily war begeistert, wenn sie in seinen Aufzeichnungen las, die immer voller alter Rätsel und Symbole steckten. Gelegentlich half sie Wizard sogar, einige alte Inschriften zu übersetzen, die im Wort des Thoth geschrieben waren, einer uralten Sprache, die außer ihr nur noch ein einziger Mensch in der Welt lesen konnte.

Zweimal brachte Wizard seinen Partner Tank Tanaka mit auf die Farm.

Lily mochte Tank, er war schlau, knuddelig und lustig. Bei seinem zweiten Besuch brachte er Lily ein Spielzeug aus seiner Heimat Japan mit, einen kleinen Roboterhund, der Aibo hieß und den die Sony Corporation entwickelt hatte. Bald hatte Lily ihn in Sir Barksalot umbenannt, und ebenso schnell hatte sie angefangen, Horus damit zu terrorisieren. Nachdem Wizard ein bisschen gebastelt hatte, waren Sir Barksalots Infrarot-Sensoren noch empfindlicher, und nun bellte er sogar im Dunkeln, wenn sein Bewegungsmelder etwas aufschnappte. Das lud förmlich ein zu tollen Versteckspielen mit Alby, wobei die Aufgabe darin bestand, auf dem Bauch an dem hyperaufmerksamen Hunderoboter vorbeizukriechen.

Außerdem hatte Tank an seinem rechten Unterarm eine Tätowierung, die Lily faszinierte: ein japanisches Schriftzeichen auf einer japanischen Fahne. Lily, die sich immer schon für neue

Sprachen interessiert hatte, versuchte das Zeichen eines Tages im Internet zu finden, konnte es aber nirgends entdecken.

Und es gab noch etwas, das Lily an Tank überraschte: Schon bei ihrer ersten Begegnung war ihr die ungeheure Trauer aufgefallen, die ihn umgab, die Leere in seinen Augen.

Als sie ihn irgendwann fragte, was los sei, erzählte er ihr aus seiner Kindheit.

»Ich war noch ein kleiner Junge, ungefähr so alt wie du, da zog mein Land in den Krieg gegen Amerika. Ich wohnte damals in Nagasaki, einer wunderschönen Stadt. Aber als sich das Kriegsglück gegen unser Land wandte und die amerikanische Air Force unsere Städte nach Belieben bombardierte, schickten meine Eltern mich weg aufs Land, wo ich bei meinen Großeltern bleiben sollte.

Meine Eltern waren an dem Tag in Nagasaki, als die Amerikaner ihre schreckliche Bombe auf die Stadt abwarfen. Meine Eltern wurden nie gefunden. Sie waren einfach ausgelöscht worden, nur noch Staub.«

Lily wusste genau, was es bedeutete, wann man seine Eltern verlor. Sie hatte ihre eigenen nie kennengelernt, und so entwickelte sich eine besondere Verbundenheit zwischen ihr und Tank.

»Ich bin noch nicht sehr groß«, sagte sie feierlich, »aber eines der wichtigsten Dinge, die ich im Leben gelernt habe, ist, dass man zwar nie eine echte Familie ersetzen kann, aber dass einem die Freunde zu einer neuen werden können.«

Gerührt sah Tank sie an, und Tränen traten ihm in die Augen. »Du bist aber schon sehr weise für so ein junges Mädchen, Lily. Ich wünschte, ich könnte die Welt so sehen wie du.«

Diese letzte Bemerkung verstand Lily nicht so recht, aber sie lächelte trotzdem. Es schien ihm zu gefallen.

Nach jedem Besuch von Wizard quoll die Tafel in Wests Büro förmlich vor Notizen über.

Nach einem seiner Besuche hatte sie dies gefunden:

THUTMOSIS V.

Abtrünniger Priester der Herrschaft von Echnaton; Monotheist

Rivale von Ramses II., durch ihn verbannt und mit Exekution bedroht.

Ägyptisches Namenselement »mosis« beachten, bedeutet »Sohn von« oder »geboren von«; auf dieses Element folgt üblicherweise ein heiliges Element.

Also: »mosis« oder »moses« oder »meses« = »Sohn von«
Ramses = Ra-moses = Sohn von Ra
Thutmosis = Thoth-moses = Sohn des *Thoth!*

VERBLEIB DER ZWILLINGSTAFELN DES THUTMOSIS

Wer weiß!!
Salomon-Tempel →
arca foedoris →
Menelik → **Äthiopien**

Templerreise
nach Äthiopien
A. D. 1280 →
Kirchen von Lalibela?
überall Templersymbole
Sind die Tafeln in Ägypten?

STAMM DER NEETHA

- *Entlegener Stamm in der Region der Demokratischen Republik Kongo (Zaire). Kriegerisch und von anderen Stämmen sehr gefürchtet; Kannibalen.*
- *Alle Angehörigen weisen angeborene Deformationen auf, eine Abart des Proteus-Syndroms (Knochenverwachsungen am Schädel, ähnlich wie beim Elefantenmenschen).*
- *1876 durch Zufall von HENRY MORTON STANLEY entdeckt.*

Neetha-Krieger töteten 17 seiner Männer, er selbst entkam nur knapp. Jahre später versuchte er sie wiederzufinden, konnte sie aber nicht entdecken.
- *Möglicherweise begegnete 205 v. Chr. derselbe Stamm dem griechischen Entdecker HIERONYMUS auf seiner Expedition nach Zentralafrika. (Hieronymus erwähnt einen Stamm mit entsetzlich entstellten Gesichtern im Dschungel südlich von Nubien. Von den Neetha hat er auch die durchsichtige Kugel gestohlen, die später vom Orakel von Delphi verwendet wurde.)*
- *BEKANNTESTE EXPERTIN: DR. DIANE CASSIDY. Anthropologin an der USC. 2002 verschwand jedoch ihre gesamte 20-köpfige Expedition auf der Suche nach den Neetha im Kongo.*

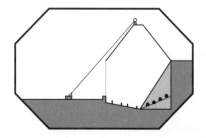

- *Scheint einen ausgehöhlten Vulkan mit der Kugel von Delphi auf der Spitze darzustellen, Bedeutung ist aber unbekannt.*

Und dann schließlich der Eintrag, der Lily am meisten faszinierte:

OSTERINSELN	**DIE RÄTSEL DES ARISTOTELES**
(auch bekannt als ›Rapa Nui‹ ›Nabel der Welt‹) Koordinaten: 27°09'S, 109°27'W	Sammlung seltsamer Axiome, die von Aristoteles als »Anleitung zum Leben« für seine Schüler hinterlassen wurden.
Vogelmenschenkult (›Tangata Manu‹) • Jährlicher Wettbewerb, abgehalten bei Rano Kau, dem südlichsten Vulkan der Insel Is, wobei ein junger Recke stellvertretend für seinen Häuptling antrat. • Jeder Recke musste zur kleinen Insel Motu Nui schwimmen, das erste Seeschwalbenei der Saison einsammeln und dann durch das haiverseuchte Meer zurückschwimmen. Der Förderer des Siegers wurde im darauffolgenden Jahr Vogelmensch, der Häuptling aller Häuptlinge.	Aristoteles' Autorenschaft ist umstritten, da sich in seinem restlichen Werk keinerlei Entsprechungen finden. Sie beginnen mit: *Welche ist die beste Anzahl von Lügen?* (Eine, denn wer nur eine Lüge gutheißt, wird auch weiter lügen.) *Welche ist die beste Anzahl an Augen?* (Wiederum eins, nach dem Allsehenden Auge Ägyptens) *Welches ist das beste Leben?* (Das Leben nach dem Tode – Schlüsselquelle der christlichen Theologie) *Wohin geht der Tod?* (nach Westen – ägyptischen Ursprungs)

Besonders gern schmökerte Lily in Wests Büchern über die Osterinseln. Stundenlang konnte sie die großen Statuen betrachten, die berühmten *Moai,* die auf die karge Landschaft dieser entlegenen Insel hinausblickten, der entlegensten der Welt.

Nicht selten fand West sie schlafend in einer Ecke seines Büros, ein aufgeschlagenes Buch auf dem Schoß. Dann hob er sie jedes Mal sanft hoch, trug sie in ihr Zimmer und legte sie ins Bett.

Dass Alby in ihr Leben trat, bedeutete für Lily nicht nur jede Menge Spaß, sondern auch neue Lektüre.

Lily war zwar schon lange ein Fan von *Der Herr der Ringe,* aber nun stellte Alby ihr einen jungen Zauberer namens Harry Potter vor.

Lily verschlang sämtliche Bücher von Harry Potter und las sie immer wieder. Selbst wenn sie unterwegs war, ob nun auf dem Weg zur Schule und zurück oder ins Ausland, um ihre Schlussstein-Kameraden zu treffen – immer war die komplette Sammlung der Harry-Potter-Bücher dabei. Immer!

Doch trotz alledem blieb das größte Geheimnis für Lily, selbst jetzt noch, wo er sie adoptiert hatte, Jack West jr.

Während ihres Abenteuers auf der Suche nach den Sieben Weltwundern hatte Lily eine Menge über Jack erfahren – außer über seine Familie.

Sie erinnerte sich noch daran, dass sie einmal mitangehört hatte, wie Zoe und Wizard über seinen Vater gesprochen hatten. Jack West sen. war offenbar Amerikaner, und Jack verstand sich nicht mit ihm. Sein Vater hatte gewollt, dass Jack in die US-Streitkräfte eintrat, und nur um ihn wütend zu machen, war Jack in die Armee Australiens eingetreten, des Heimatlands seiner Mutter.

Eines Tages beim Frühstück fragte Lily ihn rundheraus: »Daddy, hast du eigentlich eine Familie?«

Jack lächelte und antwortete: »Ja, habe ich.«

»Brüder oder Schwestern?«

»Eine Schwester.«

»Älter oder jünger?«

»Älter. Zwei Jahre. Allerdings ...«

»Allerdings was?«

»Allerdings ist sie nicht mehr älter als ich. Sie hieß Lauren, und sie ist deshalb nicht mehr älter als ich, weil sie mit dreißig gestorben ist.«

»Ach je«, sagte Lily. »Wie ist sie gestorben?«

»Bei einem Flugzeugunglück.« Jacks Blick schweifte ab. »Eine Passagiermaschine ist abgestürzt.«

»Habt ihr euch gut vertragen?«

»Aber klar«, antwortete Jack, der wieder aus seinen Erinnerungen auftauchte und munterer wurde. »Sie hat sogar meinen besten Freund J. J. Wickham geheiratet, einen Burschen aus der Navy.«

»Und deine Eltern?«

»Haben sich scheiden lassen, als Lauren und ich noch Teenager waren. Meine Mutter war Oberschullehrerin für Geschichte. Eine intelligente, ruhige Frau. Und mein Dad – na ja ...«

Gespannt wartete Lily.

West schaute für einen Moment in die Ferne. »Er war bei der US Army und hat meine Mutter während eines Manövers hier kennengelernt. Er kletterte auf der Karriereleiter ziemlich schnell nach oben und wollte immer weiter hinaus. Ehrgeiziger Kerl. Und er war intelligent, sehr intelligent sogar, aber auch sehr eingebildet. Hat auf jeden herabgeschaut, der nicht so viel wusste wie er, und sie herablassend behandelt. Auch meine Mutter. Deshalb haben sie sich am Ende getrennt. Sie will ihn nicht mehr wiedersehen.«

»Habt ihr zwei noch Kontakt?« Lily hatte Jacks Mutter noch nie gesehen.

Jack lachte. »Aber natürlich. Es ist nur so ... sie möchte nicht, dass mein Vater weiß, wo sie steckt, deshalb sehe ich sie nur selten. Übrigens wollte ich dich tatsächlich fragen, ob du nicht das nächste Mal mitkommen willst, wenn ich sie besuche. Sie will dich unbedingt kennenlernen.«

»Echt? Das fände ich toll!«, rief Lily aus, aber im nächsten Moment zog sie die Stirn in Falten. »Und was ist mit deinem Dad? Triffst du den auch noch?«

»Nein«, erklärte Jack kategorisch. »Wir haben uns nie gut verstanden. Und ich kann mit gutem Gewissen sagen, dass ich ihn nie mehr wiedersehen will.«

Obwohl Jack nicht mehr im aktiven Dienst war, ließ ihn das Militär doch nicht ganz in Ruhe.

So hatte zum Beispiel Ende 2006 ein australischer General Jack auf seiner Farm besucht und ihm einen Haufen Fragen über die Schlussstein-Mission gestellt.

Und außerdem hatte der General Jack gefragt, ob er den Aufenthaltsort von jemandem kenne, der unter dem Namen Sea Ranger lief.

Lily reimte sich zusammen, dass dieser Sea Ranger offenbar

eine Art moderner Pirat war, der auf irgendeinem Schiff vor den Küsten Afrikas kreuzte.

Jack sagte dem General, dass er den Sea Ranger schon seit Jahren nicht mehr getroffen hatte.

Was Lily allerdings am meisten über Jack interessierte, das war seine Beziehung zu Zoe.

Sie war begeistert, als Zoe endlich öfter nach Australien kommen konnte – vor allem, als sie sah, wie sich allmählich zwischen Zoe und Jack etwas entwickelte.

Sie lächelten sich immer so an, wenn sie auf dem Balkon saßen oder bei Sonnenuntergang gemeinsam einen Spaziergang machten.

Außerdem machte es Lily Spaß, mit Zoe Mädchenkram zu machen: sich die Zehennägel zu lackieren, einander zu frisieren, sich die Haarspitzen in grellem Pink zu färben. Am besten fand sie aber, dass Zoe Jack glücklich machte.

Einmal fragte sie Zoe, ob sie in Jack verliebt sei. Zoe lächelte nur. »Ich liebe ihn, seit ich ihm das erste Mal begegnet bin. Aber, na ja …«

»Aber was?«, fragte Lily behutsam, doch Zoe antwortete nicht, sondern schaute nur mit feuchten Augen in die Ferne.

Lily ließ das Thema fallen, obwohl sie sich schon mehr als einmal vorgestellt hatte, wie es wäre, wenn Jack und Zoe heirateten. Der Gedanke hatte sie glücklich gemacht, denn dann würde Zoe ganz offiziell ihre Mum sein.

Weihnachten 2006 war ein Ereignis gewesen, an das Lily sich noch lange erinnern würde.

Sie hatten das Fest im Burj al Arab Tower in Dubai verbracht, und das ganze Team, das die sieben Weltwunder und den Schlussstein gefunden hatte, war gekommen.

Pooh Bear und Stretch waren ebenso da wie Fuzzy, der den ganzen weiten Weg aus Jamaika gekommen war. Außerdem Zoe, Sky Monster, Wizard und Tank.

Die ganze Familie wieder vereint. Lily war begeistert.

Im Verlauf der nächsten Woche verbrachte sie viel Zeit mit Pooh Bear und Stretch, und gemeinsam besuchten sie den Palast von Pooh Bears Vater.

Da hatte sie auch Poohs älteren Bruder Scimitar getroffen, doch der hatte mit ihr gesprochen wie mit einem Kind und besonders gemocht hatte sie ihn nicht.

Viel Spaß machte dagegen Poohs Sprenghaus hinter den Stallungen des Anwesens. Pooh war Sprengstoffexperte und hatte hier alle möglichen Explosivstoffe gelagert. Er zeigte Lily sogar ein schaumförmiges Epoxid, das Wizard ihm gegeben hatte. Es nannte sich *Blast Foam* und stammte aus den berühmten Sandia-Labors in den Vereinigten Staaten. Aus einem kleinen Behälter sprühte man diesen Schaum auf eine scharfe Handgranate, und der Schaum konnte die Explosion der Granate absorbieren.

Außerdem zeigte er Lily, wie man C-2-Plastiksprengstoff benutzte, einen präzisen, hochwirksamen Sprengstoff, der von Archäologen an heiklen Ausgrabungsstätten benutzt wurde. Er konnte kleine Felsbrocken absprengen, ohne die Funde daneben zu beschädigen.

»Damit kann man auch Schlösser aufsprengen«, flüsterte Pooh Bear Lily zu. »Deshalb hat Huntsman auch immer etwas davon in einem Fach seines künstlichen Arms dabei, und ich habe es hier drin.« Er zeigte auf den verzierten Bronzering, der seinen wilden Bart zähmte.

Lily grinste. Pooh Bear war echt cool.

Eine Woche später feierte das Team auf dem Dachlandeplatz des Burj al Arab Towers Silvester. Zusammen mit vielen mächtigen Freunden und Geschäftspartnern von Scheich Abbas schauten sie sich im arabischen Himmel das Feuerwerk an.

Lily hätte zwar im Bett sein sollen, aber sie hatte sich in Nachthemd und Pantoffeln hinausgeschlichen und beobachtete die Menschenansammlung aus dem Geräteschuppen des Helipads.

Die Frauen trugen glänzende Kleider, sogar Zoe, und Lily fand, dass sie einfach toll aussah. Und alle Männer hatten schicke Dinner-Sakkos oder arabische Roben an. Selbst Jack trug einen Smoking, was Lily ziemlich lustig fand. Er stand ihm überhaupt nicht, und er schien sich darin überaus unwohl zu fühlen, aber trotzdem sah er sehr gut darin aus.

Kurz vor Mitternacht kam dann Jacks Schwiegerbruder auf der Silvesterfeier an, J. J. Wickham.

Wickham war ein paar Jahre älter als Jack und ein auffallend gut aussehender Mann, mit seinen kurzen braunen Haaren und seinem unrasierten Gesicht wirkte er geradezu sexy. Alle Frauen auf dem Helipad warfen ihm verstohlene Blicke zu, wenn er vorbeikam.

In Wickhams Gesellschaft befand sich ein außergewöhnlich groß gewachsener und schlanker Schwarzer mir Namen Solomon Kol. Er hatte pechschwarze Haut und freundliche Augen. Er ging mit raumgreifenden Schritten und machte beim Stehen einen Buckel, so als wolle er sich klein machen.

Stirnrunzelnd starrte Lily die beiden Männer an, irgendwie kamen sie ihr bekannt vor. Sie wurde den Eindruck nicht los, den zweien schon einmal begegnet zu sein, konnte sich aber nicht mehr erinnern, wo.

»Wenn das mal nicht der Sea Ranger ist«, rief Pooh Bear aus und schlug herzlich in Wickhams Hand ein.

»Hallo Zahir«, antwortete Wickham ruhig. »Verzeihung, jetzt heißt du ja Pooh Bear, stimmt's?«

»Stimmt haargenau, und ich trage den Namen voller Stolz. Es ist mir eine große Ehre, dass die kleine Lily mich umgetauft hat. Ich hoffe, dir widerfährt diese Anerkennung eines Tages auch.«

Lily lächelte in sich hinein. Pooh Bear war echt klasse.

»Wick«, sagte Jack und kam herüber. »Schön, dass du es einrichten konntest. Und Solomon, mein alter Freund, wie geht es dir?«

Der afrikanische Riese grinste breit. »Wir vermissen dich in Kenia, Huntsman. Du musst uns bald mal wieder besuchen kommen. Magdala vermisst die kleine Lily schrecklich. Sie kann es kaum erwarten zu sehen, wie sehr sie gewachsen ist.«

»Oh, sie ist ein ordentliches Stück gewachsen«, antwortete Jack. »Und gerade im Moment versteckt sie sich da drüben in dem Schuppen. Lily! Du kannst jetzt rauskommen.«

Mit gesenktem Kopf trat Lily in Nachthemd und Pantoffeln hervor.

Jack legte ihr eine Hand auf die Schulter. »Lily, ich weiß nicht, ob du dich noch an Solomon erinnern kannst. Er hat früher neben unserer Farm in Kenia gewohnt und ist oft rübergekommen. Jetzt kümmert er sich für uns darum, nur für den Fall, dass wir doch mal dahin zurückkehren.«

»Liebe Güte, du bist aber groß geworden, Kleine«, begrüßte Solomon sie. »Bald bist du so groß wie ich.«

Auch Wickham blickte zu Lily hinab, aber schweigsam und traurig.

Dann wandte er sich Jack zu. »Ich kann nicht lange bleiben. Der Alte ist wieder hinter mir her. Aber ich dachte, ich schau mal kurz vorbei und sage hallo.«

»Sie sind letzten Monat vorbeigekommen und haben nach dir gefragt«, antwortete Jack. »Waffenschmuggel. Haben behauptet, du hättest aus Versehen eine amerikanische Waffenlieferung aufgebracht.«

»Oh, das war kein Versehen. Ich wusste genau, was ich tat«, erwiderte Wickham. »Und ich wusste auch genau, wo diese Waffen hin sollten.«

»Sei vorsichtig, Wick«, warnte ihn Jack. »Für die einen bist du ein Kreuzritter, aber für die anderen ein Pirat.«

»Nennen sie mich jetzt einen Piraten?«

»Wenn du weiter Waffenlieferungen der CIA an afrikanische Warlords abgreifst, dann wird bald die gesamte Siebte Flotte den Indischen Ozean nach deinem Arsch durchkämmen.«

»Nur her damit«, konterte Wickham. »Mit dem amerikanischen Militär kann man fertig werden. Schau dir doch nur mal an, was allein du schon zustande gebracht hast, und du bist ein Holzkopf.«

Jack grinste. »Pass nur auf dich auf, mehr will ich ja gar nicht.«

»Mach ich. Ruf mich an, wenn es dich mal nach Sansibar verschlägt. Dann lade ich dich auf ein Bier ein.«

Dann ging das Neujahrsfeuerwerk los. Von hier oben auf dem Helipad des Burj al Arab sah es einfach grandios aus. Die versammelte Menge machte »ohhh« und »ahhh«, als der Himmel über der Wüste in einer Million Farben erstrahlte.

Aber als Lily sich von dem blendenden Spektakel wieder umwandte, war J. J. Wickham verschwunden.

Ein paar Tage später, als sie wieder allein waren, fragte Lily Jack über Wickham aus.

»Er ist ein guter Mann«, sagte Jack. »Ein anständiger Mann, der von der US Navy vor ein Kriegsgericht gestellt wurde, weil er sich richtig verhalten hatte.«

»Was hat er denn gemacht?«

»Es ging eher darum, was er nicht gemacht hatte. Wick war Zweiter Offizier auf einem U-Boot der US-Marine, ein kleines Boot der Sturgeon-Klasse, das von Diego Garcia aus operierte, der US-Basis im Indischen Ozean. Sie haben vor Ostafrika patrouilliert.

Jedenfalls, ein paar Jahre nach dem Zwischenfall *Black Hawk Down* in Somalia, stoppte sein Boot ein nicht registriertes U-Boot der Kilo-Klasse, das auf dem Weg zum Privatdock eines somalischen Warlords war. Russische Piraten in einem alten russischen U-Boot, die Waffen schmuggelten. Wicks Kapitän gab ihm den Befehl, mit ein paar Mann an Bord zu gehen und das Boot zurück nach Diego Garcia zu bringen.

Als er allerdings an Bord der Kilo kam, fand Wick nicht nur ein Dutzend Kisten mit amerikanischen Stinger-Raketen vor, sondern auch einen stinksauren CIA-Agenten. Es stellte sich heraus, dass die CIA dabei war, Ostafrika durch Waffenhilfen an die Warlords zu destabilisieren.«

»Und was hat er dann gemacht?«, fragte Lily.

»Wick führte seinen Befehl aus. Mit einer kleinen Mannschaft setzte er die russischen Soldaten fest, übernahm das Kommando über das russische Boot und machte sich auf den Weg nach Diego Garcia.

Aber auf der Mitte der Strecke erhielt er einen Dringlichkeitsfunkspruch vom Navy-Hauptquartier, in dem stand, er solle das U-Boot wieder an den CIA-Mann übergeben und vergessen, dass er es je gesehen hatte.

Wick war perplex. Die hohen Tiere zu Hause unterstützten also offensichtlich diese Operation. Da traf er eine Entscheidung. Es reichte, fand er, und da er keine Familie mehr hatte, um die er sich Sorgen machen musste, würde er etwas unternehmen. Er hielt das U-Boot also mitten im Indischen Ozean an, verfrachtete die ganze Mannschaft einschließlich des entrüsteten CIA-Mannes in ein Rettungsboot und ließ sie lostreiben.

Da er wusste, dass die logische Konsequenz ein Kriegsgericht sein würde, bot er allen seinen Männer an Bord an, das Boot zu verlassen, er riet sogar, an ihre Karriere zu denken und es zu tun. Die meisten wollten es auch, also setzte er sie ebenfalls in Rettungsboote mit Funksignalen, die sie nach Hause bringen würden.

Mit einer Rumpfmannschaft behielt Wick das russische Boot und hat es immer noch. Seitdem unternimmt er seine eigenen Patrouillenfahrten an der afrikanischen Küste, mit mehreren alten U-Boot-Tankdocks als Heimathäfen. Wegen Desertion und Befehlsverweigerung wurde er vor einem Kriegsgericht in Abwesenheit zu 25 Jahren Haft in einem Militärgefängnis verurteilt. Es gibt immer noch einen Haftbefehl gegen ihn.«

»Dann ist er also ein Pirat?«

»Für die Leute in Afrika ist er ein Held, der Einzige, der etwas gegen die Warlords unternimmt, indem er ihre Waffenlieferungen abfängt. Außerdem versorgt er die Menschen mit Lebensmitteln, ohne Geld oder Gegenleistungen zu fordern. Sie nennen ihn den Sea Ranger. Dummerweise stiehlt er viele dieser Lebensmittel von westlichen Frachtschiffen, deshalb nennen die Amerikaner und Briten ihn einen Piraten.«

Lily runzelte die Stirn. »Als ich ihn an Silvester gesehen habe, kam er mir irgendwie bekannt vor. Als ob ich ihm schon einmal begegnet wäre.«

»Weil du ihm schon einmal begegnet bist.«

»Wirklich? Wann?«

»Als du noch ganz klein warst und wir in Kenia lebten. Du warst noch ein Krabbelkind, und Wick hatte gerade mit seinen eigenen U-Boot-Fahrten angefangen. Weil er auf der Flucht war, habe ich erlaubt, dass er sich eine Weile bei uns versteckt. Er hat mit dir Verstecken, Guckguck und solche Sachen gespielt. Du konntest nicht genug davon bekommen. Und seit ich jetzt offiziell dein Vater bin, ist er auch offiziell dein Onkel. Die meiste Zeit lebt er auf der Insel Sansibar vor der kenianisch-tansanischen Küste. Aber wo immer er auch ist und wo immer wir sind, er gehört zur Familie.«

Und so ging Lilys Leben seinen Gang, auf der Farm mit Jack und in der Schule mit Alby, und wenn sie zu Besuch kamen, mit Zoe und Wizard. Bis sich eines Tages der Himmel über der Farm mit Fallschirmen füllte.

DAS ZWEITE TREFFEN

AUF DER SUCHE NACH DEN TEMPELSCHREINEN

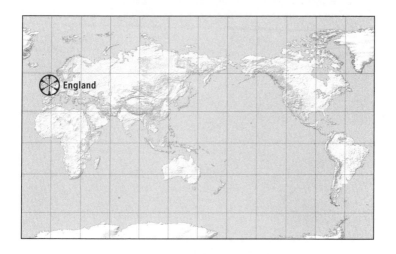

ENGLAND
9. DEZEMBER 2007
1 TAG VOR DEM
ERSTEN STICHTAG

U-BOOT-BASIS K-10
MORTIMER ISLAND
BRISTOLKANAL, ENGLAND
9. DEZEMBER 2007, 21:45 UHR

»Daddy!«

Als Jack ins Zentrallabor der U-Boot-Basis K-10 marschierte, sprang Lily ihm in die Arme. Drei volle Tage hatten sie gebraucht, um nach England zu kommen.

Die K-10 lag auf einer windzerzausten Insel in der Mündung des Bristolkanals. Im Zweiten Weltkrieg war sie ein Tank- und Wartungsdock für die US-Flotte gewesen. Als Geste des Dankes hatten die Briten den Amerikanern nach dem Krieg erlaubt, die Insel weiter zu benutzen. Noch immer war sie eine US-Basis auf britischem Boden.

Im amerikanischen Klassifizierungssystem war es eine *Level-A*-Basis und unterlag somit der höchsten Sicherheitsstufe. Außerdem war sie neben Diego Garcia im Indischen Ozean die einzige außerhalb Amerikas, die mit *SLBM*-Geschützen ausgerüstet war, ballistischen nuklearen U-Boot-Raketen.

Etwa ein Dutzend Menschen verteilten sich in dem High-Tech-Laboratorium. Da waren Zoe und die Kinder, die Zwillinge mit ihren »Cow Level«-T-Shirts. Dann zwei saudi-arabische Elitesoldaten, die eine kleine, samtbezogene Kiste bewachten und auf die Vulture sofort zuging. Und der amerikanische Diplomat oder Spion Paul Robertson, den sie in Dubai getroffen hatten und der mit einem größeren Samsonite-Koffer angekommen war.

Als Lily Wizard sah, dessen Beulen und Schrammen immer noch rot waren, riss sie sich von Jack los und schlang die Arme um den alten Mann.

Jack trat sofort zu Zoe: »Hi. Alles klar?«

»Wir waren ganz schön beschäftigt, während wir auf euch gewartet haben. Die Daten aus Stonehenge sind einfach unglaublich.«

Jack warf einen flüchtigen Blick auf Robertson. »Hat er den Opferstein der Maya dabei?«

»Er ist vor etwa einer Stunde ganz allein hier eingetroffen. Mit dem Maya-Stein in seinem großen Koffer.«

»Hat er nicht auch eine Säule mitgebracht?«

»Nein. Er behauptet, Amerika besitze keine.«

»Hmmm. Was hat er über die Säule von Sachsen-Coburg gesagt?«

»Offenbar ist niemand Geringerer als ein Mitglied der Königlichen Familie des Vereinigten Königreichs auf dem Weg und bringt sie mit. Mr. Robertson hat ganz offensichtlich Einfluss.«

»Jede Wette. Und was ist mit diesen saudischen Schwachköpfen da drüben?«, fragte Jack.

»Die haben die Säule aus dem Hause Saud mitgebracht, gleich mit zwei bewaffneten Wachleuten.« Vorsichtig blickte Zoe sich um. »Jack, können wir diesen Typen wirklich trauen?«

»Nein«, antwortete Jack. »Überhaupt nicht. Aber zunächst sind sie erst einmal ungewöhnlich hilfsbereit, und auf diese Hilfe sind wir angewiesen. Die große Frage kommt später: Wie vertrauenswürdig sind sie dann? Bis dahin halt immer die Waffe griffbereit.«

In diesem Moment öffneten sich die Außentüren des Zentrallabors und eine höchst attraktive junge Frau trat ein, begleitet von zwei vierschrötigen Bodyguards, die Jack auf einen Blick als britische SAS-Leute identifizierte.

»Ah! Iolanthe!«, rief Paul Robertson aus. »Ich hatte mich schon gefragt, ob man wohl Sie schicken würde ...«

Er deutete zwei Wangenküsse an. Jack bemerkte, dass die Frau ein mit grünem Kordsamt bezogenes Kästchen in der Hand hielt, etwa so groß wie ein Schmuckkästchen – oder eine Säule.

In sprachloser Ehrfurcht starrte Lily die Frau an. Wie wunderschön die war! Sie war etwa 35 Jahre alt und trug schulterlanges, tadellos frisiertes schwarzes Haar. Ihr Make-up war makellos, die Augenbrauen perfekt gezupft, und dem durchdringenden Blick ihrer auffälligen grünen Augen schien nichts zu entgehen.

Vor allem aber verströmte diese junge Frau ein ungeheures Selbstbewusstsein, die ebenso ungezwungene wie unbeirrbare Zuversicht, dass sie hier hingehörte. Augenblicklich beherrschte sie den gesamten Raum. So etwas hatte Lily noch nie gesehen.

Paul Robertson übernahm die Vorstellung. »Ms. Iolanthe Compton-Jones, darf ich Ihnen Captain Jack West vorstellen?«

Jack fiel sehr wohl auf, dass hier er *ihr* vorgestellt wurde, eine Formalität der diplomatischen Etikette, die andeuten sollte, dass die Frau gesellschaftlich höher stand als er selbst.

Mit festem Händedruck schüttelte Iolanthe Compton-Jones seine Hand. Dabei taxierte sie ihn und lächelte, offenbar schien ihr zu gefallen, was sie sah.

»Der Huntsman«, sagte sie und ließ das Wort auf der Zunge zergehen. »Ihr Ruf eilt Ihnen voraus.«

»Ms. Compton-Jones.«

»Nennen Sie mich Iolanthe. Ich bin die Lordsiegelbewahrerin des Königlichen Privatarchivs des Hauses Windsor, eine Position mit fast siebenhundertjähriger Geschichte, die nur von einem oder einer Verwandten der Monarchin ausgeübt werden darf.«

»Und überdies sollte er oder sie talentiert sein«, ergänzte Robertson. »Eine Person, die das vollste Vertrauen der Königin genießt.«

Iolanthe ignorierte die Bemerkung und reichte West ihr samtenes Kästchen. »Mir wurde aufgetragen, Ihnen dies persönlich zu übergeben.«

Jack öffnete das Kästchen, und zum Vorschein kam die Säule.

Jack unterdrückte ein Keuchen.

Es war das erste Mal, dass er eine dieser sagenumwobenen Säulen sah, und ihre Pracht verschlug ihm den Atem.

In einer mit Samt ausgeschlagenen Vertiefung lag ein Rohdiamant, der etwa die Form und Größe eines Ziegelsteins hatte. Doch er glänzte nicht wie andere Diamanten, die West schon gesehen hatte. Stattdessen sah er mit seiner trüben Durchsichtigkeit eher aus wie ein Eisbrocken als wie ein Diamant. Dennoch war sein Anblick atemberaubend.

Robertson meldete sich zu Wort: »Prinzessin Iolanthe ist in dieser Angelegenheit die Emissärin des Hauses Windsor.«

»*Prinzessin* Iolanthe?«, platzte es aus Lily heraus. »Sind Sie etwa eine richtige Prinzessin?«

Iolanthe wandte sich um und bemerkte zum ersten Mal Lily. Freundlich lächelte sie sie an und beugte sich in der vollendetsten damenhaften Manier, die Lily je gesehen hatte, zu ihr hinab.

»Hallo, wen haben wir denn da? Du musst Lily sein. Ich habe schon eine Menge über dich gehört. Du bist eigentlich auch eine Adelige und von einem viel älteren Geschlecht als ich. Es freut mich sehr, deine Bekanntschaft zu machen.«

Sie schüttelten einander die Hände. Lily wurde rot und spielte nervös mit ihrem pink gefärbten Haarspitzen.

»Es stimmt übrigens«, ergänzte Iolanthe, »streng genommen bin ich eine Prinzessin. Ich bin ein entferntes Mitglied der Königlichen Familie, die Prinzen William und Harry sind Vettern zweiten Grades von mir.«

»Sagenhaft!«

Zoe verdrehte neben Lily die Augen, und in diesem Moment bemerkte Iolanthe sie.

»Und darf ich fragen, wer Sie sind?«, erkundigte sie sich höflich.

»Zoe Kissane, irische Elitesoldatin. Kein königliches Blut, fürchte ich.«

Sofort sprang ihr Lily zur Seite: »Zoe ist auch eine Prinzessin, wissen Sie! Na ja, jedenfalls ist ihr Spitzname *Prinzessin*.«

»Tatsächlich?«, fragte Iolanthe und streifte mit einem flüchtigen Blick Zoes pinkfarbene Haarspitzen. Dann setzte sie trocken hinzu: »Das ist ja wirklich kurios.«

Jack bemerkte Zoes blitzende Augen und mischte sich schnell ein.

»Wie Sie selbst sicher am besten wissen, Iolanthe, sind Namen etwas Wichtiges«, sagte er. »Man kann damit vieles tun, unter anderem auch seine Vergangenheit verschleiern. Heute haben Sie uns die Säule Ihrer Familie gebracht, einen Gegenstand, den sie schon viel länger besitzt als ihren gegenwärtigen Namen.«

Jetzt waren es Iolanthes Augen, die aufblitzten, als sie bemerkte, worauf er hinauswollte.

Jack wandte sich Lily zu: »Weißt du, das Haus Windsor – der Name, unter dem die ganze Welt die Königliche Familie des Vereinigten Königreiches kennt – gibt es eigentlich erst seit 1914. Der Name ist also noch jung, aber das Haus ist schon alt, sehr alt sogar. Einst war es als Haus Tudor bekannt, dann als Stuart, schließlich als Haus von Sachsen-Coburg und Gotha. Das war ein sehr germanischer Name, der nicht nur die engen Verbindungen der britischen Königsfamilie zu den europäischen Königshäusern verriet, sondern während des Ersten Weltkriegs auch überaus peinlich war. Um das Gesicht zu wahren, änderte das britische Königshaus seinen Namen und benannte sich fortan nach ihrem bevorzugten Herrenhaus, dem Haus Windsor.«

»Sie heißen so wie ein Haus?«, fragte Lily ungläubig.

Mit versteinerter Miene antwortete Iolanthe: »Der hübsche Captain hat tatsächlich recht.« Leiser fuhr sie fort: »Und wieder einmal eilt Ihnen Ihr Ruf voraus, Captain.«

Jack nickte. Das unausgesprochene Scharmützel um die Oberhand über diesen Raum war vorbei.

Jack wandte sich daher an den Rest der versammelten Mannschaft: »Okay, Leute. Packen wir's an. Jetzt machen wir alle mal unsere Schatztruhen auf.«

Die Basis besaß mehrere Untersuchungslabors, von denen zwei – Labor I und Labor II – sterile Räume mit verspiegelten Überwachungsfenstern waren.

In Labor I hatte Wizard den Stein des Philosophen auf eine Werkbank gesetzt.

In Labor II, dem zweiten sterilen Raum, wurde der Opferstein der Maya aufgestellt Es war ein klotziger Brocken mit einer dreieckigen Aussparung an der Oberseite, einer Kerbe, in die einst genau ein Scharfrichterschwert mit dreieckiger Klinge hineingepasst hatte. Mit seiner Vielzahl von einschüchternden Maya-Schriftzeichen, die von Menschenopfern kündeten, wirkte er geradezu bedrohlich.

Im Labor III schließlich hatten die Zwillinge mehrere Datenprojektoren aufgebaut und warteten darauf, ihr atemberaubendes Material von Stonehenge zeigen zu können.

West nahm von Zoe den Feuerstein in Empfang und sagte: »Bevor wir eine der Säulen reinigen, müssen wir wissen, wann sie wo eingesetzt werden müssen. Wir fangen im Labor III an. Lachlan, Julius, ihr seid dran.«

In Labor III gingen die Lichter aus, und während ihr Publikum in ehrfürchtigem Schweigen zuschaute, spielten Julius und Lachlan das Videomaterial über ihr spektakuläres Ritual in Stonehenge ab.

Jacks Gesicht wurde in blaurotes Licht getaucht, während er zusah, wie der Feuerstein mitten in dem dunklen Kreis der uralten Steine blitzartig zum Leben erwachte.

Julius erklärte: »Achtet auf die Umrisse auf den Steinen, die durch die Einkerbungen, die Flechten und das Licht des Feuersteins entstehen. Diese Formen sehen wir uns gleich einmal genauer an. Aber zunächst ...«

In diesem Moment schoss der Feuerstein seine sechs Lichtfontänen ab, die wie Laserstrahlen auf die Stelen des Henge fielen, eine nach der anderen.

Und dann war es plötzlich vorbei. Stonehenge versank wieder in Finsternis. Julius hielt die Aufzeichnung an und projizierte stattdessen einige digitale Fotos auf die Leinwand.

»Schön«, hob er an, »dann wollen wir das Ganze mal ein bisschen methodischer angehen. So sah einer der Trilithen vor der Lightshow aus ...«

»Als aber während des Rituals die Lichtstrahlen des Feuersteins dort auftrafen und die Flechten zum Leben erwachten, sah es plötzlich so aus:«

»Achtet auf die Stelle oben rechts«, übernahm Lachlan. »Wie ihr seht, kann man ganz genau die Umrisse des afrikanischen Kontinents erkennen. Man sieht sogar darüber das Mittelmeer. Das Rote Meer, das erst in jüngerer geologischer Geschichte geflutet wurde, gibt es hier noch nicht.«

Rasch skizzierte Lachlan die Theorie der Zwillinge, dass die Formen auf den Steinen die Kontinente und Weltmeere darstellten, wie sie vor Millionen Jahren existiert hatten, bevor das Abschmelzen der Eiskappen und der weltweite Anstieg des Meeresspiegels die heutigen Küstenlinien hervorgebracht hatte.

»Und was ist mit dem Umriss oben links?«, fragte Robertson aus der Dunkelheit hinaus.

»Das ist schwieriger«, antwortete Julius. »Wie wir sehen können, zeigt er nur rechts und oben einen schmalen Landstreifen. Wir vermuten daher, dass er einen Teil des Meeres darstellt, aber wir haben noch nicht herausbekommen, welches.«

Lachlan übernahm: »Auf der rechten Stützsäule erkennen wir außerdem drei kleine, leuchtende, sternförmige Flecke. Das sind die Punkte, wo das Licht auf die Säule getroffen ist. Wir haben sie mit 1, 2 und 4 nummeriert. Nummer 6 dagegen befindet sich, wie man gleich sehen wird, auf der linken Säule. Das ist die Reihenfolge, in der die Lichtstrahlen auf die Steine auftrafen.«

»Also die Reihenfolge, in der die Säulen eingesetzt werden müssen«, ergänzte Wizard.

»Ja genau«, bestätigte Julius. »Das glauben wir jedenfalls.«

»Ich bin entzückt, dass mein jahrelanges Studium dieses Phänomens auf deine Zustimmung trifft«, kommentierte Wizard mit einem leichten Grinsen.

»Oh natürlich, tut mir leid«, sagte Julius. »Hier ist noch ein Trilith, der von den Strahlen 3 und 5 getroffen wurde:

Auch hier arbeiten wir noch an der genauen Lokalisierung dieser Punkte. Wie man sehen kann, sind die Küstenlinien außergewöhnlich alt. Sie zeigen die Erde, wie sie vor Jahrmillionen war, deshalb stimmen die Küstenlinien nicht mit den heutigen überein. Wie schon beim letzten Beispiel haben wir auch hier noch nicht den genauen Standort lokalisiert.«

Lachlan übernahm: »Die Forschungsergebnisse von Professor Epper legen jedenfalls nahe, dass jeder dieser leuchtenden Flecken den Eckpunkt einer riesigen, sechseckigen Maschine darstellt.«

Julius fügte hinzu: »Stellt euch zwei Pyramiden vor, die an der Grundseite aufeinanderliegen und so innerhalb der Erdkugel die Form eines Diamanten beschreiben.«

Wizard unterbrach: »Um die Sache einmal auf den Punkt zu bringen, Jungs, sie stellen nichts anderes dar als die genauen Standorte der sechs Tempelschreine – unterirdische Anlagen von solcher Pracht, dass unsere Vorstellungskraft dafür nicht ausreicht. An jedem dieser Tempelschreine muss eine der gereinigten Säulen eingesetzt werden.«

Julius nickte: »Ja, tut mir leid, das trifft den Nagel auf den Kopf.«

»Und wo genau liegen die?«, fragte Robertson ungehalten.

»Der erste sieht aus, als wäre er irgendwo in Ägypten ...«

»Keine schlechte Schätzung«, antwortete Lachlan. »Die in Afrika kriegt man am leichtesten raus, weil dieser Kontinent sich im Laufe der Jahrtausende kaum verändert hat. Die GPS-Bilder und Satellitenfotos waren uns dabei wirklich eine große Hilfe.«

»Ganz zu schweigen von Google Earth«, fügte Lachlan hinzu.

»Ach ja, und natürlich Google Earth«, bestätigte Lachlan. »All diese Daten haben ergeben, dass der erste Standort in Südägypten liegt, nicht weit von der Grenze zum Sudan. Aber ...«

»Aber was?«, fragte Scimitar argwöhnisch.

Julius zuckte zusammen. »Aber es gibt bei unserer Analyse ein Problem. Wir haben die Daten immer wieder durch den Computer gejagt, aber das Ergebnis bleibt immer das Gleiche: Der erste Standort liegt unter einem See.«

»Einem See?«, fragte Vulture.

»Ja, dem Nassersee im äußersten Süden von Ägypten«, antwortete Lachlan. »Einem der größten Seen der Erde.«

Julius fügte hinzu: »Und leider können wir anhand der vorliegenden Daten keine präziseren Angaben machen. Wir wissen einfach nicht, wie wir den genauen Standort des Tempelschreins finden sollen, wenn er unter Wasser liegt, ganz zu schweigen von seinem Eingang.«

Allgemeines enttäuschtes Gemurmel war zu hören, und Lily fiel auf, dass es den Zwillingen peinlich zu sein schien, nicht besser abgeschnitten zu haben. Sie taten ihr leid.

Aber dann meldete sich aus der Dunkelheit eine Stimme.

Es war Jack West jr., der sprach.

»An welchem Ende des Sees lag der Standort?«

»Am südlichen«, antwortete Lachlan.

Jack nickte. »Vielen Dank, meine Herren. Gut gemacht! Ich glaube, ich weiß, wo sich der erste Tempelschrein befindet.«

»Wo?«, fragte Vulture hastig.

»Genau. Wo?«, meldete sich Iolanthe blaffend aus ihrem Stuhl.

»Der Nassersee ist kein natürlicher See«, erklärte West und konzentrierte sich auf das Bild auf dem ersten Trilithen. »Eigentlich ist er ein Teil des Nils. Es ist ein künstlicher See, der sich 1971 hinter dem Assuan-Staudamm gebildet hat und sich über zweihundert Kilometer weit nach Süden erstreckt. Es ist leicht vorstellbar, dass er den Eingang zu einer alten unterirdischen Anlage überschwemmt hat.

Außerdem wurde der Damm von den Sowjets gebaut, nachdem sich die USA im letzten Moment von dem Projekt zurückzogen.« Ein Seitenblick in Richtung Paul Robertson. »Sein Bau war im Kalten Krieg gleichzeitig ein Schlachtfeld um die Gefolgschaft Ägyptens. Nach viel anfänglicher Begeisterung und vielen Versprechungen der Amerikaner, in deren Verlauf sie die Gegend genau erkundeten und vermaßen, verkündete die US-Regierung plötzlich ihren Entschluss, das Projekt nicht weiter zu verfolgen. Vielleicht hatten die Experten über Bodenschatzvorkommen nicht das gefunden, wonach sie gesucht hatten.«

Paul Robertsons Gesicht zeigte keine Regung.

Jack sah ihn direkt an. »Ihr Amis verfolgt dieses Projekt über die Dunkle Sonne doch schon seit langem.«

Robertson zuckte nur mit den Achseln. »Jeder hat so seine Geheimnisse.«

Jack taxierte ihn ein paar lange Sekunden, dann fuhr er fort. Aus Wizards schwarzer Kladde nahm er ein Blatt und legte es auf den Projektor.

»Das ist ein Scan aus Wizards Aufzeichnungen. Es handelt sich um eine Inschrift auf dem Sarkophag von Ramses II., geschrieben im Wort des Thoth. Nach der Übersetzung meiner gelehrten Kollegin – er nickte in Richtung Lily – heißt es:

Mit meiner geliebten Nefertari
halte ich, Ramses, Sohn des Ra,
Wache über den heiligsten der Schreine.
Wir werden ihn in Ewigkeit beschützen.
Große Wächter,
die alles seh'n mit unsrem dritten Auge.

›Die alles seh'n mit unsrem dritten Auge‹. Bis eben hat diese Zeile für mich keinen Sinn ergeben.«

»Was wollen Sie damit sagen?«, fragte Astro.

»Am äußersten Ende des Nassersees steht eins der großartigsten Monumente Ägyptens, die vier Kolossalstatuen von Ramses II. in Abu Simbel. Jede ist über zwanzig Meter hoch. Riesig!

Zu Ramses' Zeiten standen sie an der Grenze zwischen Ägypten und Nubien am Ufer des Nils, als Warnung an alle Möchtegern-Eindringlinge. ›Seht, wie mächtig der Herrscher von Ägypten ist. Überlegt es euch zweimal, bevor ihr in unser Land eindringt.‹

Außerdem ist Abu Simbel, wie es genannt wird, das entlegenste Monument Ägyptens. Seine Entfernung von den beiden wichtigsten ägyptischen Zentren Theben und Kairo ist erstaunlich und hat viel Anlass zu Spekulationen gegeben. Warum sollte jemand ein solch glanzvolles Monument so weit weg von den Zentren unserer Zivilisation bauen?

Und interessanterweise«, fuhr Jack fort, »gibt es in Abu Simbel eine *zweite* Gruppe von Statuen, die sich etwa hundert Meter von den vier bekannten Statuen des Ramses entfernt befinden. Es ist ein kleinerer Tempel, der aus dem Fels gehauen wurde und seiner Lieblingsfrau Nefertari geweiht war. Dieser zweite Tempel enthält einige riesige Nefertari-Statuen, die ebenfalls auf den See hinausblicken.

Diese beiden gewaltigen Gruppen von Statuen existieren auch heute noch am Ufer des Nils, der dort jetzt den Nassersee bildet. Aber sie bewachen nicht nur die Grenze. Wie es in dieser Inschrift von einem der Sarkophage des Ramses selbst heißt, bewachen sie den allerheiligsten Schrein. Den Tempelschrein.«

Stille senkte sich über den Raum, während alle die Bedeutsamkeit dessen, was er gesagt hatte, verarbeiteten.

»Und wie verraten diese Statuen den Standort des Tempels?«, fragte Vulture.

»Mit ihrem dritten Auge«, antwortete Jack lächelnd.

»Oh Jack, du bist ein Genie«, rief Wizard aus.

»Wie? Was meinen Sie?«, fragte Scimitar.

Jacks Augen glühten förmlich, während er weitersprach: »Ich vermute, wenn wir nach Abu Simbel fahren und sorgfältig die Blickwinkel der dritten Augen beider Gruppen von Statuen ausmessen, denen von Ramses und von Nefertari, dann wird der Schnittpunkt dieser Blickwinkel uns den Standort des ersten Tempelschreins verraten.«

Der Opferstein der Maya

Die Gruppe zog weiter in Labor II, wo der Opferstein der Maya auf einer Werkbank eingespannt war. Alle versammelten sich im Überwachungsraum, von dem aus man ins Labor blicken konnte.

Wizard, der vorausging, erklärte: »Außer den Standorten der Tempelschreine brauchen wir auch noch die Daten, wann die Säulen dort eingesetzt werden müssen.

In der Laotse-Kammer in China haben Tank und ich diesen Hinweis für das Einsetzen der ersten Säule gefunden:

DIE 1. SÄULE MUSS GENAU 100 TAGE
VOR DER WIEDERKEHR EINGESETZT WERDEN.

DER LOHN WIRD WISSEN SEIN.

»Schon zuvor hatten wir für die Wiederkehr der Dunklen Sonne, wenn ihre Umlaufbahn sie in die äußeren Gefilde unseres Sonnensystems trägt, den Tag der Tagundnachtgleiche im nächsten Jahr errechnet. Das ist der 20. März 2008. Von diesem Datum aus haben wir zurückgerechnet und geschlossen, dass die erste –

vorschriftsmäßig gereinigte – Säule am 10. Dezember dieses Jahres im Licht der Dunklen Sonne eingesetzt werden muss, also während des Aufgangs des Titan.«

»Am 10. Dezember«, bemerkte Stretch trocken. »Das ist morgen.«

»Genau.«

»Wird ganz schön knapp, oder?«

Wizard zuckte die Achseln und ging zur Tür. »Manchmal wird eine alte Weisheit, wenn sie erst einmal verlorengegangen ist, nie mehr wiederentdeckt. Bis jetzt haben wir Glück gehabt. Tank und ich waren uns über den Stichtag 2008 im Klaren, aber wir dachten, dass wir mehr Zeit haben würden. Wir waren überrascht, dass man die ersten beiden Säulen so bald einsetzen muss, so viel früher als die restlichen vier. Jack? Hast du den Feuerstein?«

Jack kramte den Feuerstein aus seinem Rucksack und gab ihn Wizard.

Damit verließ der alte Professor den Überwachungsraum und betrat eine Art Luftschleuse. Dann tauchte er allein mit dem Opferstein in Labor II auf.

Durch die Spiegelscheiben sahen alle gebannt zu, wie er die kleine goldene Pyramide über den Opferstein hielt. Zwei HDV-Videokameras surrten in die Stille hinein und nahmen das Geschehen durch das Fenster auf. Vier weitere befanden sich im Labor selbst, mit denen Wizard den Opferstein aus allen Blickwinkeln filmte.

Die beiden Steine hätten kaum verschiedener sein können. Der Feuerstein war vollkommen glatt und glitzerte goldfarben. Der Opferstein war rau, zerschrammt und übersät mit weinroten Flecken.

Und doch schienen sie irgendwie zusammenzugehören, vom selben Schöpfer gestaltet.

In einer der beiden ebenen Partien auf der Oberseite des Opfersteins befand sich eine flache, rechteckige Aussparung, die genau mit den Grundmaßen des Feuersteins übereinstimmte.

»*Okay*«, meldete sich Wizard aus den Lautsprechern im Überwachungsraum, »*ich werde jetzt den Feuerstein auf den Opferstein legen …*«

Langsam und mit großer Ehrfurcht hielt er den Feuerstein über die Aussparung im Opferstein …

… und ließ den pyramidenförmigen Gegenstand dann hineingleiten.

Jack starrte durch das Spiegelglas und merkte, dass er die Luft anhielt.

Der Feuerstein rutschte genau in die Aussparung und bildete nun mit dem Opferstein eine Einheit.

Wizard trat zurück.

Nichts geschah.

Doch dann fing der Kristall des Feuersteins an zu schimmern.

Ein geheimnisvolles Summen ging von den vereinten Steinen aus.

Wizards Augen weiteten sich.

Dann hörte das Summen plötzlich wieder auf.

Stille.

Keiner rührte sich.

Jetzt aber begannen einige Symbole auf dem Opferstein, nur ein paar von den Dutzenden, die dort eingemeißelt waren, in einem blendenden Weiß aufzuleuchten. Eines nach dem anderen.

In völliger Stille glühte ein Symbol hell auf, verblasste wieder und ein anderes erwachte zum Leben, dann noch eins und noch eins.

Es war eine Art Reihenfolge.

Während sie ablief, notierten sich die Zwillinge jedes Symbol, das aufleuchtete.

»*Zahlen und Maya-Epochen*«, sagte Wizard über die Gegensprechanlage. »*Nur die numerischen Symbole für Zeitangaben leuchten auf. Entscheidende Daten.*«

Die Sequenz dauerte etwa vierzig Sekunden, dann hörte das Schimmern auf und die beiden alten Steine nahmen wieder ihr normales Erscheinungsbild an.

Eine halbe Stunde später, nachdem Wizard, Tank und die Zwillinge die Videoaufzeichnung des Ereignisses immer wieder von Neuem angeschaut und die Zahlen identifiziert hatten, erklärte Wizard: »Das Datum aus der Laotse-Kammer stimmt. Die erste Säule muss morgen während des Titan-Aufgangs eingesetzt werden, am 10. Dezember kurz vor Sonnenaufgang. Die zweite Säule muss heute in einer Woche eingesetzt werden, ebenfalls während des Titan-Aufgangs.«

»Sind Sie sich mit Ihren Berechnungen absolut sicher?«, fragte Robertson.

Tank antwortete: »Ja. Der Maya-Kalender ist schon seit langer Zeit mit unserem in Einklang gebracht worden. Von den primitiven Kalendern lässt er sich mit am einfachsten berechnen.«

»Und was ist mit den anderen vier Daten?«, fragte Robertson weiter.

»Die sind noch ein bisschen hin«, antwortete Wizard, »erst in drei Monaten. Sie liegen alle in den letzten zehn Tagen unmittelbar vor der eigentlichen Rückkehr Ende März 2008. Offenbar stehen uns zwei Phasen mit heftiger Aktivität bevor, eine jetzt, die andere später. Wenn wir das Einsetzen der ersten beiden Steine im Verlauf der kommenden Woche überleben, haben wir erst einmal Ruhe, eine Pause. In drei Monaten kommt dann eine weitere hektische Phase auf uns zu, wenn wir vier Säulen in nur zehn Tagen einsetzen müssen.«

Jack fragte: »Wenn wir es diese Woche also vergeigen, sind wir nächstes Jahr gar nicht mehr im Spiel?«

»Haargenau«, bestätigte Wizard.

Es herrschte Schweigen, während alle diese Botschaft verarbeiteten.

»Na dann ...«, meinte Jack schließlich. »Unser nächster Schritt ist, dass wir die Säulen reinigen, die wir haben. Also, auf zum nächsten Labor.«

Der Stein des Philosophen

Zu guter Letzt zog die Gruppe weiter zum Labor I, wo in all seiner Pracht der Stein des Philosophen auf der Werkbank lag.

Wieder blieb der Rest der Gruppe im Überwachungsraum, während Wizard, Vulture und Stretch sich ins eigentliche Labor begaben. Wizard trug den Feuerstein, Vulture den samtenen Kasten mit der saudischen Säule und Stretch Iolanthes kordsamtbezogenes Kästchen mit der britischen Säule.

Auch diesmal zeichneten Kameras alles auf.

Und obwohl niemand es bemerkte, nahm gleichzeitig eine Sicherheitskamera im Überwachungsraum *sie* auf.

In einem abgedunkelten Raum irgendwo auf der Inselbasis schauten andere zu.

Im Labor öffnete Vulture seinen samtenen Kasten und setzte die Säule seiner Familie auf die Werkbank. Stretch folgte seinem Beispiel mit Iolanthes Säule, so dass die beiden jetzt nebeneinander lagen.

Sie waren fast identisch: zwei ziegelförmige Rohdiamanten, außergewöhnlich groß und von milchiger Durchsichtigkeit.

Jack wusste, dass alle Diamanten so aussahen, bevor sie von

einem Experten geschnitten wurden und ihren funkelnden Glanz erhielten.

Ebenso wusste er, dass diese beiden Rohdiamanten bei weitem größer waren als alle Diamanten, die man je auf der Erde gefunden hatte.

Der größte Diamant, den man je entdeckt hatte, war der Cullinan, ein riesiger Edelstein, der 1905 in Südafrika gefunden worden war. Man hatte ihn in neun kleinere Steine geschnitten, die Cullinan I bis IX hießen. Der größte war so groß wie ein Baseball und gehörte nun zu den britischen Kronjuwelen.

Erst jetzt fiel Jack etwas an diesen Säulen auf. Seltsamerweise hatten beide in der Mitte einen ovalen Hohlraum, eine kleine runde Blase, die irgendeine Flüssigkeit zu enthalten schien.

Eine klare, farblose Flüssigkeit.

»Aber wie kann das sein?«, murmelte er.

»Man kann es nicht erklären«, bemerkte Iolanthe neben ihm, »es widersetzt sich jeder Logik.«

»Was kann man nicht erklären?«, fragte Lily.

Jack erklärte: »Diamanten bestehen aus Kohlenstoff, der unter enormem Druck und großer Hitze zusammengepresst worden ist. Deshalb gehören Diamanten zu den härtesten und dichtesten Substanzen, die die Menschheit kennt.«

Zoe ergänzte: »Das Wort ›Diamant‹ leitet sich von dem griechischen ›adamas‹ und seiner lateinischen Entsprechung ›diamas‹ ab und bedeutet ...«

»... unbezwingbar«, vollendete Lily.

Jack fügte an: »Und das bedeutet, dass ein echter Diamant, der unter einem solch gewaltigen Druck geformt wurde, eigentlich keinen Hohlraum haben dürfte, und erst recht keinen, der eine Flüssigkeit enthält.« Er schaltete die Wechselsprechanlage ein. »Vulture, haben Sie irgendeine Ahnung, was das für eine Flüssigkeit in dem Diamanten ist?«

Aus dem Labor antwortete Vulture: »*Eine Analyse unserer Wissenschaftler kommt zu dem Schluss, dass es eine Form flüssigen Heliums ist, die Helium-3 oder H-3 genannt wird.*«

Lachlan Adamson merkte leise an: »Ein Stoff, den es auf der Erde nicht gibt. In fester Form ist er allerdings auf dem Mond gefunden worden. Apollo 15 hat etwas davon mitgebracht.«
»Sehr seltsam«, sagte Jack.
Und noch etwas anderes fiel ihm an den Säulen auf. Nahe der Oberkante besaßen beide eine Markierung.
Vultures Säule besaß eine einzelne waagerechte Linie.
Iolanthes Säule dagegen vier.
Zählen konnte sogar Jack in Thoth: Das waren die erste und die vierte Säule.

Im Labor selbst näherte sich Wizard mit dem Feuerstein in der Hand dem Stein des Philosophen. Dann schob er den Feuerstein ehrfürchtig in die flache, rechteckige Aussparung auf dessen Kopfteil.
Mit einem Klick rutschte er hinein.
»Okay«, nickte er Vulture zu. »Setzen Sie Ihre Säule in den Stein des Philosophen ein.«
Vulture trat vor und hielt seinen länglichen Diamanten über den rechteckigen Schlitz im Stein des Philosophen. Die Maße der Aussparung stimmten exakt mit der Säule überein.
Mit beiden Händen senkte Vulture die Säule waagerecht hinein, bis sie auf der Seite ruhte und ihre lange, flache Oberseite genau mit der Kante der Aussparung abschloss.
Dann trat er zurück und hob gemeinsam mit Wizard vorsichtig den Deckel an, in dem jetzt schon der Feuerstein saß. Langsam setzten sie den Deckel wieder auf und bedeckten die Säule.
Gespannt sah Jack zu.
Robertson und Iolanthe neben ihm ebenfalls.

Nun waren die zwei Teile des Philosophensteins eins, gekrönt vom aufgeladenen Feuerstein und bestückt mit der saudischen Säule.
Alle warteten schweigend.
Niemand wusste, was genau bei dieser sogenannten Reinigung geschehen würde …
Ein gleißender Lichtstrahl ließ sie hochschrecken.

Er schoss lediglich aus dem schmalen Schlitz zwischen dem Deckel des Philosophensteins und seinem trapezförmigen Sockel hervor, und doch erhellte er problemlos das gesamte Labor.

Die Beobachter machten allesamt einen Schritt zurück und schirmten ihre Augen ab.

Während weiter weißes Licht aus dem Philosophenstein gleißte, ging in seinem Inneren eine unglaubliche Verwandlung vor.

Der Kristall an der Spitze des Feuersteins loderte auf wie ein blaurotes Signalfeuer.

Neben West bemerkte Tank sachlich: »Über Jahrhunderte hinweg war der Stein des Philosophen immer wieder ein Sinnbild der Verwandlung. Manche behaupten, dass er zur Alchemie fähig ist, oder wie Wissenschaftler heute sagen würden, zur Elementartransmutation. Isaac Newton war von diesem Thema regelrecht besessen. Andere haben behauptet, der Stein könne Wasser in ein Elixier verwandeln, das ein langes Leben bewirkt. Immer war das Schlüsselwort Verwandlung. Unglaubliche, erstaunliche Verwandlung.«

Dann – ebenso plötzlich, wie es erschienen war – ging das gleißende Licht aus dem Stein des Philosophen aus, genau wie das blaurote Licht an der Spitze des Feuersteins.

Nichts rührte sich mehr, und die Lichtverhältnisse waren wieder normal. Alle blinzelten.

Der Stein des Philosophen lag reglos und still im Labor, und doch ging von ihm jetzt eine Energie aus, irgendeine Kraft.

Mit Zangen hoben Wizard und Vulture vorsichtig den Deckel an, und die in den Stein eingebettete Säule kam zum Vorschein.

Wizard hob die Säule aus der Aussparung und schnappte nach Luft.

War der längliche Diamant zuvor noch von milchiger Durchsichtigkeit gewesen, so war er jetzt vollkommen klar, sah aus wie poliertes Glas oder ein Kristall. Und die Flüssigkeit im Innern, die zuvor farblos gewesen war, glänzte jetzt in klarem Silber.

Die erste Säule war verwandelt.

Sie war gereinigt.

»Wir haben keine Zeit zu verlieren«, sagte Jack und marschierte durch die Flure des Stützpunkts. »Bis zum Morgengrauen müssen wir diese gereinigte Säule in Abu Simbel haben.«

Iolanthe, die sich bemühte, Schritt zu halten, rief: »Captain! Bitte, Captain! Es gibt noch andere Dinge über die Säulen, die ich mit Ihnen besprechen muss.«

»Darüber können wir auf dem Weg nach Ägypten reden«, gab Jack zurück und strebte dem Ausgang zu.

»Ich komme mit?«

»Sie kommt mit?«, fragte Zoe.

»Jetzt ja.«

Die Ereignisse nahmen Fahrt auf.

In einem Hangar nicht weit von der Rollbahn der Basis stand in all ihrer Pracht die riesige schwarze *Halicarnassus* im Licht von Bogenlampen.

Die Tore des Hangars schoben sich auseinander und ein eiskalter atlantischer Sturm fegte hinein. Regen und Wind peitschten gegen die Nase des Flugzeugs.

Im Eiltempo durchquerte Jacks Team den Hangar bis zur Einstiegstreppe der 747.

Seine vertraute Stammcrew: Wizard, Zoe, Pooh Bear und Stretch.

Dann die Neuen: Vulture, Scimitar, Astro und jetzt Iolanthe.

Schließlich die Kinder: Lily und Alby. Jack hatte beschlossen, dass sie diesmal mitkommen würden. In Ägypten, der Heimat des Wortes von Thoth, war er möglicherweise auf Lilys Sprachtalent angewiesen.

Die Einzigen, die zurückblieben, waren Tank sowie die Zwillinge Lachlan und Julius Adamson. Sie würden hier auf Mortimer Island bleiben und ihre Suche nach den Standorten der anderen Tempelschreine fortsetzen.

In einem anderen Büro auf dem Stützpunkt saß der amerikanische Colonel, den sie Wolf nannten, und beobachtete auf einem an eine Überwachungskamera angeschlossenen Bildschirm, wie die elf Mitglieder von Wests Abu-Simbel-Team die *Halicarnassus* erreichten.

Wie immer wurde er flankiert von seinen beiden Untergebenen Rapier und Switchblade.

Hinter ihnen ging die Tür auf und Paul Robertson trat ein.

»Was denken Sie, Colonel?«, fragte er.

Wolf ließ sich mit der Antwort Zeit und beobachtete stattdessen weiter Jack auf dem Monitor.

»Judah hatte recht«, sagte er schließlich. »West ist gut. Er setzt ziemlich schnell die Puzzleteile zusammen. Das mit Abu Simbel war schlau. Außerdem ist er aalglatt. Judah ist er in Giseh entwischt, und dem Angriff von Black Dragon in Australien ist er auch entkommen.«

»Was ist mit Iolanthe?«, fragte Robertson.

»Auf die muss man wie ein Schießhund aufpassen«, antwortete Wolf. »Im Moment kehren die europäischen Königshäuser vielleicht ihre Hilfsbereitschaft heraus, aber letztendlich verfolgen sie immer nur ihre privaten Interessen. Die haben hier ihre eigenen Absichten. Täuschen Sie sich nicht, die Royals lassen uns fallen, sobald es ihnen in den Kram passt.«

»Wollen Sie, dass ich Astro oder Vulture noch irgendwelche besonderen Anweisungen gebe?«, fragte Robertson.

»Was Astro betrifft, auf keinen Fall. Zum gegenwärtigen Zeitpunkt darf nichts, was er tut, mit uns in Verbindung gebracht werden. Astro darf nicht das Geringste über seine Rolle erfahren, sonst wird West ihm mit Sicherheit auf die Schliche kommen. Was den Saudi anbelangt, der weiß, dass wir alles beobachten.«

»Was ist mit dieser Mission nach Abu Simbel, wo die erste

Säule eingesetzt werden soll?«, fragte Robertson weiter. »Sollten wir da einschreiten?«

Wolf dachte einen Moment darüber nach.

»Nein, noch nicht. Es ist nicht die erste Belohnung, die uns interessiert. Wir wollen die zweite. Es liegt deshalb in unserem Interesse, dass Captain West die erste Säule erfolgreich einsetzt. Außerdem können wir aus seinen Erfahrungen lernen.«

Wolf wandte sich Robertson zu, seine blauen Augen funkelten. »Soll der junge West ruhig diese Säule einsetzen. Und wenn er fertig ist, schnappt ihr euch den kleinen Scheißer und seine Leute und bringt sie zu mir.«

Im peitschenden Regen hob die *Halicarnassus* von Mortimer Island im Bristolkanal ab.

Während sie sich in die Kurve legte und in ihre Flugrichtung einschwenkte, die sie nach Ägypten bringen würde, ging eine weitere verschlüsselte Botschaft von dem Inselstützpunkt ab, aber keine, die mit Jack, Wolf oder Iolanthe zu tun hatte. Denjenigen, die sie entschlüsseln konnten, sagte sie:

ERSTE SÄULE ERFOLGREICH GEREINIGT.
WEST AUF DEM WEG NACH ABU SIMBEL IN SÜDÄGYPTEN,
UM SIE EINZUSETZEN.
TUT, WAS GETAN WERDEN MUSS.

DIE VIERTE PRÜFUNG

DER ERSTE ECKPUNKT

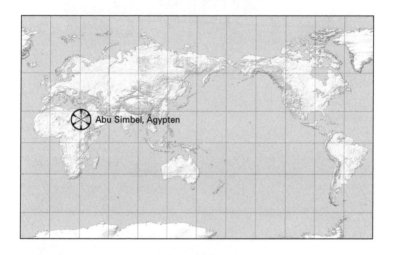

ABU SIMBEL, ÄGYPTEN

10. DEZEMBER 2007

AM ERSTEN STICHTAG

TEMPEL VON RAMSES II. IN ABU SIMBEL

TEMPEL VON NEFERTARI IN ABU SIMBEL

LUFTRAUM ÜBER DER SAHARA
10. DEZEMBER 2007, 01:35 UHR

Hoch über dem südlichen Ägypten düste die *Halicarnassus* im Wettlauf mit dem Sonnenaufgang über den nächtlichen Himmel.

Trotz der späten Stunde herrschte überall im Flugzeug geschäftiges Treiben. Jack und Iolanthe machten sich mit dem Lageplan von Abu Simbel und seiner Umgebung vertraut. Wizard, Zoe und Alby nahmen mathematische und astronomische Berechnungen vor. Lily, Stretch und Pooh Bear studierten derweil den Nassersee.

Wizard tippte mit seinem Füllfederhalter auf einige astronomische Tabellen: »Auch diesmal hängt wieder alles von Jupiter ab. Nach diesen Tabellen zu schließen wird der Titan um 6:12 Uhr Ortszeit aufgehen, also etwa zur Zeit des Sonnenaufgangs.

Wegen der Strahlen der aufgehenden Sonne wird es schwierig werden, den Jupiter zu sehen, wir müssen also ein Infrarot-Teleskop benutzen. Außerdem wird diesmal der Aufgang kürzer sein als der, den Zoe in Stonehenge gesehen hat, weil wir uns auf einem anderen Breitengrad befinden. Auf dem hohen Breitengrad von Stonehenge erhielt der Feuerstein den Impuls der Dunklen Sonne aus einem flachen, beinahe tangentialen Winkel. Aber in Abu Simbel sind wir viel näher am Äquator und die Sonne steht in einem senkrechteren Winkel zu uns. Deshalb geht alles viel schneller; es wird nur etwa eine Minute dauern.«

Jack nickte: »Also um 6:12 Uhr.«

Wizard fragte: »Wie kommst du mit der Standortbestimmung des Tempelschreins voran?«

»Ich glaube, wir haben einen Kandidaten.«

Jack drehte ein Buch um, damit Wizard und die anderen es

sehen konnten. Es zeigte zwei klotzige Tempel in Abu Simbel, die Ramses II. und Nefertari gewidmet waren.

Der größere Tempel zeigte vier zwanzig Meter hohe Statuen von Ramses auf einem Thron sitzend, während die Fassade des zweiten Tempels, der etwa hundert Meter vom ersten entfernt lag, sechs zehn Meter hohe Statuen aufwies, vier von Ramses und zwei von seiner Lieblingsfrau Nefertari. Beide Statuengruppen blickten auf eine seltsame Ansammlung von pyramidenförmigen Inseln hinaus, die aus der Oberfläche des Nassersees ragten.

»Bei Abu Simbel gilt es zu bedenken«, erklärte Jack, »dass es nicht mehr an seinem ursprünglichen Platz steht. Als die Sowjets in den sechziger Jahren den Assuan-Staudamm bauten, wussten sie, dass der dadurch entstehende See die Statuen überspülen würde. Deshalb hat die UNESCO die Statuen von Abu Simbel Stück für Stück, Block für Block an einen höhergelegenen Platz versetzt. An diesem höhergelegenen Ort errichteten sie die Statuen in fast genau der gleichen Ausrichtung, in der sie ursprünglich gestanden hatten.«

»*Fast* genau der gleichen Ausrichtung?«, fragte Astro beunruhigt. »Wollen Sie damit sagen, dass die Statuen nicht mehr so ausgerichtet sind wie früher?«

»Sie sind um ein paar Grad verschoben«, antwortete Jack ruhig. »Doch die Diskrepanz ist bekannt, wir können sie also einrechnen. Man kann den Unterschied hier auf diesem Bild sehen: Es zeigt den ursprünglichen und den heutigen Standort der Statuen.«

»So groß sehen die gar nicht aus«, fand Astro.
»Sie sind groß, verlassen Sie sich darauf.«

Das Flugzeug flog in Richtung Süden.

Irgendwann verschwand Iolanthe in die achtern gelegenen Mannschaftsquartiere, um sich etwas Robusteres anzuziehen.

Kaum war sie weg, wandte sich Vulture blitzartig zu West um: »Huntsman, kann ich Sie kurz sprechen. Kann man dieser britischen Adeligen trauen?«

Jack blickte sich zum Heck des Flugzeugs um.

»Überhaupt nicht«, antwortete er. »Sie ist hier, um die Interessen ihrer Familie wahrzunehmen, der Königsfamilie. Genauso wie Sie hier sind, um die Interessen des Königreichs von Saudi-Arabien wahrzunehmen. Ich denke, ich kann ihr also in etwa so weit trauen wie Ihnen. Im Augenblick sind wir ihr nützlich und sie ist uns nützlich. Aber in der Sekunde, wo wir ihr nicht mehr nützlich sind, wird sie uns abschießen.«

»Oder *er*schießen«, ergänzte Zoe.

Der amerikanische Marineinfanterist Astro runzelte verwirrt die Stirn. »Tut mir leid, aber was redet ihr da? Das sind doch große Häuser. Königshäuser!«

Stretch antwortete: »Als wir losgezogen sind, um die antiken sieben Weltwunder wiederzufinden, da standen wir im Wettstreit mit den Vereinigten Staaten auf der einen und dem Alten Europa auf der anderen Seite. Frankreich, Deutschland, Italien, Österreich. Und die katholische Kirche, die über die Antike eine Menge Wissen angesammelt hat, war bei dieser Koalition des Alten Europa auch mit von der Partie.«

»Sie können sich das ungefähr so vorstellen wie den Unterschied zwischen altem Geld und Neureichen«, fügte Jack hinzu. »Amerika, das sind die Neureichen, die es gerade erst zu etwas gebracht haben. Europa ist das alte Geld, Reichtum, ererbter Reichtum, Grundbesitz, alte Familiennamen. Denken Sie an Jane Austen: Da arbeitet ein Gentleman nicht, er bezieht sein Einkommen aus seinen Ländereien.«

Astro wurde rot. »Ich habe Jane Austen in der Highschool nicht gelesen.«

Stretch fuhr fort: »Wir sehen Europa heute zwar als einen Flickenteppich moderner Demokratien, in denen es gewählte Volksvertreter gibt, aber das ist eine Illusion. Fast 55 Prozent des europäischen Kontinents gehören drei Familien: Der von Sachsen-Coburg in Großbritannien, die sich durch Kriege und Heirat auch die Ländereien der alten österreichisch-deutschen Habsburger einverleibt haben, dann den Romanows in Russland und den Oldenburgern in Dänemark, dem jüngsten und cleversten Königsgeschlecht in der Geschichte. Wegen einer Vielzahl von königlichen Eheschließungen fließt viel dänisches Blut in fast allen europäischen Königshäusern. So kommt es, dass allein die dänische Königsfamilie ein Viertel des europäischen Kontinents kontrolliert.«

»Die Romanows in Russland?«, fragte Astro. »Ich dachte, die russische Zarenfamilie war 1918 von den Sowjets exekutiert und vollkommen ausgelöscht worden.«

»Weit gefehlt«, antwortete Stretch. »Zwei der Zarenkinder überlebten, Alexej und eines der Mädchen. Und Könige lieben es nicht, wenn man einen der ihren entthront. Sie sorgen füreinander. Die überlebenden Romanow-Sprösslinge von Zar Nikolaus II. fanden Zuflucht bei der dänischen Königsfamilie in Kopenhagen und heirateten schließlich in zwei respektable Familien ein. Sie mögen sich vielleicht nicht mehr mit dem königlichen Titel ›Zar‹ anreden lassen, trotzdem existiert die Romanow-Linie noch. Sie steht nur nicht mehr im öffentlichen Blickpunkt.«

Dann wandte sich Stretch Vulture zu, der auffällig still in seiner Ecke saß. »Es gibt natürlich noch ein altes Königshaus, das bis heute weltweit großen Einfluss genießt: Das Haus Saud in Arabien. Bei den großen Häusern Europas genießt es allerdings wenig Ansehen. Seit es im achtzehnten Jahrhundert aus dem schieren Nichts aufgestiegen ist, hält man es in den europäischen Häusern eher für eine kuriose Stammesschar, die so tut, als flösse blaues Blut in ihren Adern. Selbst als im zwanzigsten Jahrhundert in Arabien Öl entdeckt wurde, verlieh das den Saudis zwar enormen Reichtum und große Macht, nicht aber den Respekt, den sie so begehrten.«

»Für altes Geld zählt nur altes Geld«, sagte Jack.

Vulture schwieg, aber seine Miene schien ihnen recht zu geben.

»Und was für eine Verbindung gibt es nun zwischen den Königshäusern und der Maschine?«, wollte Astro wissen.

»Betrachten Sie das Königtum einmal im historischen Kontext«, antwortete Wizard, »bis zurück zur primitiven Stammeskultur. Wie kam es, dass die eine Stammesfamilie plötzlich als ehrenwerter und respektierter angesehen wurde als alle anderen Familien des Stammes?«

»Ihr Stärke. Ihre besondere Eignung, wenn es darum ging, für den Stamm zu kämpfen.«

»Manchmal ja«, stimmte Jack zu. »Aber nicht immer.«

Astro zuckte mit den Achseln. »Was denn sonst?«

Wizard übernahm wieder: »Öfter war es jene Familie, die eine Art geheiligten Talisman besaß, die man an die Spitze des Stammes stellte. Das konnte ein Zepterstab sein ebenso wie eine Krone oder ein heiliger Stein. Die Fähigkeit zu kämpfen ergab sich oft nur aus der Fähigkeit, einen heiligen Gegenstand in seinem Besitz zu halten.«

Jack sagte: »Macbeth erschlägt Duncan und nimmt seinen Königsstab an sich. Also wird Macbeth König, denn er trägt ja den Stab.«

Wizard fügte an: »Und die drei großen europäischen Königshäuser haben zu allen Zeiten etwas besessen, das sie größer machte als andere Adelsgeschlechter.«

»Zum Beispiel Säulen«, sagte Astro, dem ein Licht aufging.

»Genau«, sagte Wizard, »und das Wissen, das damit verbunden war. Vererbtes Wissen über den Zweck und den Gebrauch dieser Säulen, das von Generation zu Generation weitergegeben wurde.«

Jack ergänzte: »Und die Tatsache, dass unsere Prinzessin Io-

Ianthe gegenwärtig die Lordsiegelbewahrerin ist, bedeutet, dass sie mehr als kaum ein anderer darüber weiß.«

»Wenn es also nur drei europäische Königshäuser gibt, heißt das dann, dass sie nur drei Säulen haben?«, fragte Astro.

»Ich nehme es an«, sagte Wizard. »Aber …«

»Aber das heißt nicht, dass wir nicht wüssten, wo die anderen drei sich befinden«, meldete sich Iolanthe aus dem Eingang, der den hinteren Teil des Flugzeugs mit der Hauptkabine verband.

Die anderen rissen die Köpfe herum.

Iolanthe war ein Musterbeispiel an Gelassenheit und, wie es schien, nicht im Mindesten empört darüber, dass man hinter ihrem Rücken über sie gesprochen hatte.

Sie trug jetzt eine cremefarbene Jacke, Oakley-Stiefel und enge Cargo-Hosen. Gemächlich schlenderte sie in die Kabine zurück und glitt auf ein freies Sofa.

»Wenn ich vielleicht etwas zu Ihrer Unterhaltung beitragen darf«, begann sie. »Zu allen Zeiten haben die Normalsterblichen sich bewusst Menschen gesucht, zu denen sie aufschauen konnten. Menschen von höherer Geburt, von adeligem Blut, von höherer Vernunft. Nach Menschen, die gern die Verpflichtung übernahmen, für die Sicherheit sowohl des Volkes als auch bestimmter wichtiger Gegenstände zu sorgen. Und weil man weiß, dass Adelige sich einem höheren Ehrgefühl verpflichtet fühlen, vertraut man ihnen diese Aufgabe an.

Die Gemeinen hingegen wissen in ihrem tiefsten Inneren genau, dass sie selbst viel zu unbeständig und viel zu gierig sind, um einen solchen Ehrbegriff aufrechterhalten zu können. Deshalb suchen sie nach einer angesehenen Familie, die genau dies tut. So kommt es, dass die Starken herrschen und die Schwachen beherrscht werden, kraft ihres eigenen Willens. Es ist die natürliche Ordnung der Dinge. Es war schon so, als die Menschen den aufrechten Gang entdeckten.«

Lily starrte Iolanthe direkt in die Augen.

Die Starken herrschen und die Schwachen werden beherrscht.

Diese Worte hatte sie schon einmal gehört, aus dem Munde eines vatikanischen Priesters namens Francisco del Piero, des Mannes, der ihren Zwillingsbruder Alexander zu einem despotischen und grausamen Herrscher herangezogen hatte.

Auch Wizard hatte diese Worte gehört, und auch er beobachtete Iolanthe aus wachsamen Augen.

Astro fragte: »Wenn die Leute so begeistert von ihren Adeligen sind, warum hat dann die Demokratie so viel Zulauf? Schauen Sie sich Amerika an.«

Iolanthe stieß ein schnaubendes Lachen aus. »›Schauen Sie sich Amerika an?‹ Aber hören Sie, Lieutenant, seit zweihundert Jahren marschiert Ihr Land doch schnurstracks auf eine Monarchie zu.

Das Problem ist, dass Ihre Herrscher keinen Talisman haben und keinen Schatz, den sie im Interesse des Volkes bewahren können. Deshalb bekommen Sie diese dreisten Usurpatoren, die sich ein Königreich erschaffen wollen. Kennedys Vater Joseph, der eine Erbmonarchie von Kennedy-Präsidenten etablieren wollte: erst John, dann Robert, dann Edward. Und neuerdings haben die Bushs, denen das Königshaus Saud dabei kräftig unter die Arme gegriffen hat, eine Erbfolge errungen und ja sogar vor, noch einen dritten Bush zu inthronisieren. Aber auch die Bushs haben keinen Talisman und daher auch kein Königreich. Obwohl, wenn dieses Abenteuer erst vorbei ist, dann haben sie vielleicht einen und werden ihren Platz an der Seite der Großen Häuser Europas einnehmen.«

Jack unterbrach: »Also, wer ist denn nun alles im Rennen? Da haben wir erst einmal die Guten, die von den neureichen Möchtegernen aus Saudi-Arabien und Amerika unterstützt werden. Dann Sie, also die europäischen Königshäuser. Und die Chinesen, die von Gott weiß wem unterstützt werden. Und wie passen die Vereinigten Arabischen Emirate in diese Weltsicht?«

»Noch neureicher, das ist alles«, antwortete Iolanthe. »Ein unbedeutender Wüstenstamm, der erst vor kurzem gemerkt hat, dass er auf einem riesigen Ölvorkommen sitzt.« Sie zuckte in

Richtung Pooh Bear und Scimitar entschuldigend die Achseln. »Sollte keine Beleidigung sein.«

Böse knurrte Pooh Bear: »Madam, um es mit den Worten meiner kleinen Freundin Lily zu sagen: Machen Sie die Biege.«

Scimitar verneigte sich lediglich. »Wir sind mitnichten beleidigt, Madam.«

Jack fragte: »Und was ist mit anderen Ländern? Australien zum Beispiel?«

»Immer noch eine britische Kolonie«, antwortete Iolanthe abschätzig.

»Und China?«

»Eine Nation von korrupten Staatsbeamten und einer Milliarde ignoranter Bauerntrampel. Fett, langsam und aufgeblasen. Bis die das Niveau des Westens erreicht haben, sind wir schon auf dem Mars.«

»Wie steht es mit Afrika?«

»Das Sklavensilo der ganzen Welt. Jetzt ist es wertlos, weil es ja schon von oben bis unten ausgeplündert worden ist. Die afrikanischen Länder von heute sind wie Huren, die sich und ihre Armeen an jeden verkaufen würden, der genügend Kohle hinblättert.«

»Japan?«

»Das ist ein interessanter Fall, denn *sui generis* gehören die Japaner, auf ihre eigene Art, in dieselbe Kategorie wie wir. Selbst noch der geringste Bürgerliche besitzt ein tief verwurzeltes Ehrgefühl. Doch ihre Schwäche ist ihr Stolz. Japan ist das rassistischste Land der ganzen Welt. Die Japaner halten sich allen Ernstes für eine überlegene Rasse, die allen anderen überlegen ist. Das war es, was sie im Zweiten Weltkrieg in Schwierigkeiten gebracht hat.«

»Aber Japan hat eine Königsfamilie«, wandte Zoe ein. »Das älteste ununterbrochene Königsgeschlecht der Welt.«

»Das ist wahr«, antwortete Iolanthe. »Sie ist alt und adelig und nicht annähernd so schwach, wie sie vorgibt. Durch Japans Kapitulation am Ende des Zweiten Weltkriegs wäre beinahe zum ersten Mal in der modernen Welt eine legitime Königsfamilie zerstört worden. Die Amerikaner erniedrigten Hirohito zwar, aber entmachtet haben sie ihn nicht. Weil sie nicht in der Lage waren, seinen Talisman zu finden.«

Jack runzelte die Stirn. Das war ihm neu. Er beugte sich vor. »Und was ist das für ein Talisman?«

»Etwas, was ich fürs Erste noch nicht geneigt bin, Ihnen zu verraten, mein schneidiger Huntsman.« Iolanthe gönnte Jack ein neckisches, aufreizendes Grinsen. »Da müssen Sie schon mit anderen Mitteln aufwarten, um mir dieses kleine Geheimnis zu entreißen. Vielleicht wenn Sie mich lange genug becircen ... und sonst fragen Sie doch einfach Ihren amerikanischen Kumpel da.« Sie nickte in Richtung Astro.

Jack sah Astro an und hob eine Augenbraue: »Ich höre.«

»Durchsuchen Sie mich doch«, gab Astro zurück.

Iolanthe fuhr fort: »Auf jeden Fall, selbst wenn die Japaner etwas anderes glauben machen wollen und so tun, als wären sie heute ganz anders – die Schmach des Zweiten Weltkriegs haben sie trotzdem nicht vergessen. Und ein derart stolzes Volk kann seinen Groll lange hegen. Wer Japan den Rücken zukehrt, der tut es auf eigene Gefahr.«

Einen Moment lang herrschte Schweigen.

»Die Welt ist ziemlich kompliziert«, sagte Iolanthe so leise, als spräche sie zu sich selbst. »Kriege werden gewonnen oder verloren, Imperien steigen auf und gehen unter. Aber die Macht ist im Verlauf der gesamten uns bekannten Menschheitsgeschichte immer im Fluss gewesen und von einem Imperium auf das nächste übergegangen: von den Ägyptern auf die Griechen, dann auf die Römer und in jüngerer Zeit von Frankreich unter Napoleon auf das Britische Empire, bis hin zur gegenwärtigen Vormachtstellung Amerikas. Jetzt aber, wo die Maschine wieder in Gang gesetzt wird, wird alles anders sein. Die Machtverschiebungen werden aufhören. Denn dies ist der eine und einzige Moment in der Geschichte, von dem an die totale und absolute Macht bis in alle Ewigkeit nur noch in den Händen einer einzigen Nation liegen wird.«

Einige Stunden später war die Hauptkabine des Flugzeugs dunkel und still.

Der Einzige, der noch arbeitete, war Jack, der im Licht einer Schreibtischlampe grübelnd über einer Afrika-Karte saß, während Horus auf einer Sessellehne hockte. Alle andern waren nach hinten gegangen, um vor dem morgigen Tag eine Mütze Schlaf zu bekommen – alle außer Lily. Sie lag neben Jack auf der Couch und schlief tief und fest.

Horus krächzte.

Jack blickte auf und sah Iolanthe im Durchgang zur Hauptkabine stehen. Sie trug einen legeren Jogginganzug, das Haar war vom Schlaf zerzaust.

»Führerschaft ist ein einsames Geschäft«, sagte sie.

»Manchmal.«

»Ich habe gehört, dass Sie alle, die sich Ihnen anschließen, zur absoluten Loyalität beflügeln.« Iolanthe setzte sich hin.

»Ich mache nichts weiter, als dafür zu sorgen, dass meine Leute sich ihre eigenen Gedanken machen. Scheint zu klappen.«

Einen Moment lang sah Iolanthe ihn in der Dunkelheit an, als wolle sie ihn studieren und dieses seltsame Wesen namens Jack West jr. ergründen.

»Nur wenige Leute sind in der Lage, sich ihre eigenen Gedanken zu machen.«

»Jeder ist dazu in der Lage«, gab Jack postwendend zurück.

»Nein, das stimmt nicht. Nicht jeder«, fügte sie leise hinzu und wandte den Blick ab.

Jack sagte: »Sie haben eben angedeutet, dass Sie möglicherweise wissen könnten, wo sich die anderen Säulen befinden ...«

Iolanthe wurde aus ihrer Träumerei aufgeschreckt. Sie lächelte ihn an und hob eine Augenbraue. »Vielleicht.«

»Es ist eben so, dass wir nur diese saudische Säule haben, die eine einzige Kerbe hat, und Ihre mit den vier Kerben. Vermutlich haben wir also die erste und die vierte Säule. Ziemlich bald werden wir aber die zweite brauchen, in nur einer Woche.«

»Wenn wir den heutigen Tag überleben.«

»Seien wir mal optimistisch und nehmen wir an, dass es so sein wird«, sagte West. »Wo ist sie?«

Iolanthe stand auf und strich sich mit der Zunge über die Oberlippe. »Meinen Quellen zufolge befindet sich die zweite Säule in Zentralafrika, eifersüchtig bewacht von demselben Stamm, der sie schon seit über dreitausend Jahren besitzt, den Neetha.«

»Ich habe mich schon mit den Neetha beschäftigt. Kannibalen. Ziemlich üble Burschen.«

»Captain, die Neetha als ›ziemlich üble Burschen‹ zu beschreiben, ist eine ganz höllische Untertreibung. Ebenso wie ›Kannibalen‹. ›Blutrünstige Menschenfresser‹ käme der Sache schon näher. Normale Kannibalen bringen dich wenigstens um, bevor sie dich aufessen. Diese Würde lassen die Neetha einem nicht.

Man vermutet, dass um die tausend ruandische Flüchtlinge, die 1998 dem Genozid entfliehen wollten, sich damals im Dschungel auf das Gebiet der Neetha verirrt haben. Nicht ein Einziger ist wieder aufgetaucht. Wer das Gebiet der Neetha betritt, befindet sich in einem Spinnennetz.«

»Noch eine Frage«, sagte Jack. »Was wissen Sie über den letzten Ramsesstein, die Schale von Ramses II.? Wizard weiß nicht, wo er sich befindet.«

»Keiner weiß, wo er sich befindet«, antwortete Iolanthe geradeheraus. »Die Schale ist schon vor langer Zeit wie vom Erdboden verschwunden.«

»Wissen Sie, welche Kräfte sie hat?«

»Nein. Keinen Schimmer.« Iolanthe wandte sich zum Gehen.

»Sie wissen hoffentlich, dass ich Ihnen nicht traue«, rief Jack ihr hinterher.

»Das sollten Sie auch nicht«, gab sie zurück und wandte sich noch einmal um. »Das sollten Sie auch nicht.«

Sie verließ das Büro, und Jack las weiter.

Weder er noch Iolanthe hatten bemerkt, dass Lily während ihrer Unterredung aufgewacht war.

Sie hatte jedes Wort gehört.

Eine Stunde später ging im gesamten Flugzeug das Kabinenlicht an, und über die Sprechanlage kam ein Piepen, bevor Sky Monster gut gelaunt verkündete: »*Erhebt euch, Leute! Jack, ich habe ungefähr vierzig Kilometer westlich von Abu Simbel ein Stück Highway entdeckt. Da ist rundherum nichts als Wüste. Auf dem Highway nach Norden kann ich nicht landen, da kommen uns gerade mehrere Konvois mit Touristenbussen entgegen. Die fahren neuerdings jeden Morgen ganz früh in Assuan los, damit sie kurz nach dem Morgengrauen schon in Abu Simbel sind. Der Highway nach Westen müsste eigentlich als Landebahn lang genug sein, und außerdem weit genug weg, damit nicht jeder unser Kommen und Gehen mitkriegt.*«

»Danke, Monster«, sagte West und stand auf. »Bring uns hin.«

**ABU SIMBEL
SÜDÄGYPTEN
10. DEZEMBER 2007, 04:00 UHR**

Im fahlen Licht kurz vor Sonnenaufgang ragten die gewaltigen Statuen von Ramses dem Großen auf wie in Stein gegossene Riesen. Sie erhoben sich hoch über Wests Leute und ihre Fahrzeuge und ließen sie wie Zwerge aussehen.

Während Zoe in Stonehenge die Wachen leise und ohne den Einsatz tödlicher Waffen aus dem Verkehr gezogen hatte, war Jack diesmal nicht so zimperlich gewesen. Die beiden Wachposten der ägyptischen Denkmalschutzbehörde, die an der viel besuchten Sehenswürdigkeit patrouillierten, hatten sich schnell ergeben, als sie sich unversehens den Läufen von vier Maschinenpistolen gegenübergesehen hatten. Jetzt lagen sie geknebelt und gefesselt in ihrem Wachhäuschen.

Jack stand vor den vier Statuen von Ramses, während Wizard sich hundert Meter weiter vor dem kleineren Nefertari-Tempel befand. Praktisch das ganze Team war da, nur Sky Monster und Stretch waren an Bord der *Halicarnassus* geblieben und kreisten jetzt hoch über ihnen, observierten das Gelände und warteten auf den Rückholruf.

»Entfernungsmesser«, befahl Jack, und für jede Statuengruppe wurde je ein lasergestütztes Entfernungsmessgerät ausgeladen.

»Gibt es deswegen ein Problem?«, fragte Zoe und nickte in Richtung der zweiten von den vier Ramsesstatuen, der irgendwann in grauer Vorzeit der Kopf abgefallen war.

»Nein«, antwortete West. »Im alten Ägypten wurde von rechts nach links gezählt. Das sogenannte ›Dritte Auge‹ ist bestimmt an dieser da.« Er deutete auf die zweite Säule von rechts.

Mit Pooh Bears Hilfe seilte sich Astro von einem Felsvorsprung über der betreffenden Säule ab. In seiner freien Hand hielt er einen Entfernungsmesser.

Drüben am Tempel der Nefertari machte Scimitar es ihm mit Vultures Unterstützung nach. Auch dort befand sich das ›Dritte Auge‹ an der zweiten Statue von rechts, einer Nefertari-Plastik.

Während sie sich noch bis auf die richtige Höhe abseilten, wandte Jack sich um und starrte hinaus auf den Nassersee.

Das große Gewässer erstreckte sich bis zum Horizont, dunkel und still und so ruhig, wie es nur ein künstliches Gewässer vermochte. Über dem See lag eine dünne Nebeldecke.

Das gegenüberliegende Ufer beschrieb eine lang gezogene Kurve, und kurz vor dem Uferstreifen konnte Jack gerade noch eine Reihe pyramidenförmiger Inselchen ausmachen.

Jack wusste, dass sich am Sockel vieler dieser Inseln und entlang des gesamten ehemaligen Ufers Hieroglyphen befanden, die die UNESCO nicht hatte vor dem steigenden Wasser retten können. Genauso wie beim Drei-Schluchten-Damm in China.

Astro und Scimitar waren in Position.

Der große steinerne Kopf vor Astro war einfach riesig, noch größer als er selbst.

»Setzt die Entfernungsmesser in die Augenhöhlen ein«, wies Jack Astro und Scimitar an. »Achten Sie darauf, dass sie exakt in derselben Sichtlinie wie die der Statuen ausgerichtet sind.«

Die beiden gehorchten und befestigten die Entfernungsmesser mit Klammern in den Augenhöhlen der Statuen.

Als sie fertig waren, ließ West sie die Geräte noch ein wenig nachjustieren, zwei Grad in südlicher Richtung, um die leichte Ungenauigkeit durch die Umsetzung von Abu Simbel durch die UNESCO auszugleichen.

»Okay, jetzt einschalten.«

Die Entfernungsmesser wurden eingeschaltet.

Plötzlich schossen zwei schnurgerade Laserstrahlen aus den Höhlen der Dritten Augen, durchschnitten auf ihrer Bahn über den See den Nebel und verloren sich in einiger Entfernung.

Sie trafen sich an einem etwa zwei Kilometer entfernt liegenden Punkt auf einer der pyramidenförmigen Felseninselchen, die nicht weit vom gegenüberliegenden Ufer aus den Fluten des Nassersees hervorlugten.

»Wahnsinn«, flüsterte Wizard, »wir haben ihn gefunden.«

Sofort wurden zwei Zodiac-Schnellboote aufgepumpt und zu Wasser gelassen.

Vulture und Scimitar blieben als Nachhut an Land zurück, während Jack und die anderen in den beiden Rennbooten über den See peitschten.

Nach nur zehn Minuten hatten die zwei Zodiacs die in Nebel gehüllte, pyramidenförmige Insel erreicht.

Ganz in der Nähe waren im Wasser Dutzende von Nilkrokodilen zu sehen, die einen weiten Kreis um die beiden Boote bildeten. Sie starrten die Eindringlinge an, und ihre Augen reflektierten das Licht der Scheinwerfer.

Als sie näher kamen, warf Zoe einen prüfenden Blick auf die felsige Insel. An der Wasserlinie ragte sie steil, beinahe senkrecht aus dem Wasser, erst ein Stück weiter oben flachte die Neigung ab.

»Die Oberfläche sieht beinahe so aus, als wäre sie von Hand bearbeitet worden«, sagte sie. »Als ob jemand die Felseninsel in die Form einer Pyramide gemeißelt hätte.«

Wizard warf ein: »Den Archäologen hat die Form dieser Inseln lange zu denken gegeben, schon früher, als sie noch Berge waren, bevor der See dann anstieg. Aber wissenschaftliche Untersuchungen haben ergeben, dass sie nicht behauen wurden. Es ist einfach ihre natürliche Form.«

»Komisch«, sagte Lily.

»He! Ich empfange ein Sonarsignal«, rief Astro aus seinem Zodiac, auf dem sich alle möglichen Bodenradare und Sonargeräte befanden.

»Nein, wartet mal.« Er seufzte. »Es war nichts. Irgendein Lebewesen. Etwas unten am Grund. Vielleicht nur ein Kroko ...

Moment, das hier ist schon besser. Das Bodenradar hat direkt unter uns im Sockel der Insel einen Hohlraum entdeckt. Der Sonarimpuls bestätigt das. Scheint eine Art waagerechter Tunnel zu sein, der sich in die Insel bohrt.«

»Bringt die Boote zusammen«, befahl Jack, »und werft am Sockel der Insel Anker. Dann holt den Luftkanal und die Andockschleuse raus. Pooh Bear! Deine Aufgabe ist es, den Eingang abzudichten.«

Zwanzig Minuten später war eine eigentümliche Vorrichtung zwischen den beiden vor Anker liegenden Zodiacs installiert: ein aufblasbarer, hohler Gummischlauch, der ins Wasser hineinragte wie ein oben offenes, senkrechtes Rohr.

Astro und Pooh Bear, beide in voller Tauchausrüstung und mit Harpunen und Schusswaffen gegen die Krokodile ausgerüstet, klatschten mit einer Rolle rückwärts ins Wasser. Sie hatten ihre Scheinwerfer eingeschaltet.

Dreißig Meter unterhalb der Boote erreichten sie den Seegrund an der Stelle, wo der Sockel der Insel sich erhob.

Sie ließen ihre Scheinwerfer über die Inselpyramide streifen und entdeckten buchstäblich Hunderte von Abbildungen, die in den Fels gemeißelt waren. Bei den meisten handelte es sich um die üblichen ägyptischen Reliefs: Hieroglyphen und Darstellungen von Pharaonen, die den Göttern die Hand schüttelten.

»Jack«, sprach Astro in das in seine Tauchmaske integrierte Mikro, »wir haben hier unten massenweise Reliefbilder.«

Pooh Bear schwenkte ein Bodenradar über die von Abbildungen übersäte Felswand. Es funktionierte beinahe wie ein Röntgenapparat und war in der Lage, hinter der Oberfläche Hohlräume und Nischen zu entdecken. »Hier! Hinter diesem Bild ist ein Hohlraum!«

Astro richtete seinen Scheinwerfer auf die betreffende Stelle und beleuchtete im nächsten Moment ein Abbild, das er schon einmal gesehen hatte.

Das Bild der Maschine.

»Damit hätten wir ja rechnen können«, gab er durch. »Wir haben ihn gefunden.«

Rasch machten sich Astro und Pooh Bear daran, eine seltsame, zeltförmige Apparatur über die Stelle zu stülpen, an der der Grund des Sees mit der Pyramideninsel zusammentraf. Sie überdeckten auch das Bild der Maschine.

Bei dem zeltförmigen, quadratischen Ding handelte es sich um eine mobile Andockschleuse der United States Navy, die an die unterschiedlichsten Öffnungen angepasst werden konnte. Ein Geschenk von Sea Ranger an West.

Normalerweise diente es dazu, mit Tauchbooten an U-Boote anzudocken. Es bestand aus Gummiwänden und funktionierte etwa so wie eine Luftschleuse. Sobald man es an einer bestimmten Stelle angebracht und die Ränder versiegelt hatte, pumpte man Luft hinein, blies es auf wie einen Ballon und drückte so alles Wasser heraus. So entstand zwischen zwei unter Wasser liegenden Punkten eine trockene Verbindung.

An allen sechs Seiten des Kubus befand sich ein Eingangsloch, das man öffnen konnte. Eines, das sich an der oberen Seite der Andockschleuse befand, war gegenwärtig mit der Röhre verbunden, die sich wie eine Schlange hinauf zu den Zodiacs wand.

Als die Schleuse angebracht und ihre Ecken mit Bolzen am Grund des Sees und an der Pyramideninsel befestigt waren, setzte Jack eine Pumpe in Gang, die die Röhre und die Schleuse mit Luft füllte.

Rasch wurde der Schleuseneingang aufgeblasen, und kurze Zeit später konnten sie die Röhre hinabklettern und trockenen Fußes den Fels der alten Pyramideninsel erreichen.

Indem er sich an den eingebauten Sprossen festhielt, kletterte Jack langsam die Gummiröhre hinunter in den Nassersee.

Um den Hals, aber nicht vor dem Gesicht, trug er eine Atemmaske. Es war lediglich eine Vorsichtsmaßnahme für den Fall, dass die Schleuse nicht hielt oder sich aus einem anderen Grund mit Wasser füllte. Außerdem hatte er sich die gereinigte erste Säule vor die Brust geschnallt. Auf seinem Kopf trug er seinen Feuerwehrhelm.

Er erreichte das Ende der Röhre und stand nun dank der mit Druckluft gefüllten Andockschleuse auf dem Grund des Nassersees. Seine Stiefel klatschten in wenige Zentimeter hohes Wasser, das die zeltartige Schleuse mit seinem Druck an den Boden presste.

Vor ihm lag die nackte Wand der Pyramideninsel, felsig und uneben und vor Nässe glänzend.

Sie war übersät mit Symbolen, ein Kaleidoskop von Bildern, in dem sich das Relief der Maschine beinahe verlor.

Was die Wand nicht hatte, das war ein erkennbarer Einlass. Nur ein Relief nach dem anderen.

Jack starrte auf das Symbol der Maschine.

Es war ein ziemlich großes Relief, etwa so groß wie ein Einstiegsloch. Und seine sechs Rechtecke, die die sechs Säulen symbolisierten, schienen diese in Originalgröße abzubilden. Jedes war so groß wie die Säule in Jacks Brustbeutel.

Anders als alle anderen jedoch war das oberste Rechteck ausgehöhlt, eine Aussparung im Relief.

»Ein Schlüsselloch«, sagte Jack laut.

Er nahm die Säule aus seinem Brustbeutel und hielt sie gegen das abgesenkte Dreieck.

Sie passte haargenau.

»Probieren geht über studieren ...«

Also lehnte er sich mit der Säule vor und schob sie in das Rechteck.

Im nächsten Moment drehte sich das gesamte kreisförmige Bild um seine eigene Achse. Es rotierte wie ein Rad in die Wand zurück und brachte hinter sich einen dunklen Tunnel zum Vorschein.

Immer noch die Säule in der Hand, trat Jack überrascht einen Schritt zurück.

»*Jack? Alles klar da unten?*«, hörte er Zoes Stimme in seinem Ohr.

»Klar wie Kloßbrühe«, antwortete er. »Komm runter. Wir sind drin.«

Der Tunnel des Sobek

Der enge Tunnel jenseits des Einstiegslochs war von der Nässe rutschig. Von irgendwo im Innern hörte man es tropfen.

Jack klemmte sich einen Leuchtstab zwischen die Zähne und kroch im Licht der Lampe seines Feuerwehrhelms auf dem Bauch etwa fünf Meter in den klaustrophobisch engen Tunnel hinein. Und schon traf er auf das erste Hindernis: ein riesiges Nilkrokodil, gut und gerne sechs Meter lang. Es versperrte einen Meter vor ihm den Weg und grinste ihn an.

Jack erstarrte.

Das Tier war gewaltig. Ein riesiges, fettes, prähistorisches Biest. Furchterregende Zähne ragten aus seinem Maul heraus. Es schnaubte laut.

Jack leuchtete mit seiner Helmlampe in den Tunnel jenseits des großen Krokodils hinein. Hinter ihm lagen in dem engen, schmalen Tunnel noch ungefähr vier weitere.

Es muss noch einen anderen Eingang geben, dachte Jack, einen Spalt irgendwo über Wasser, durch den die Krokodile geglitten sind.

»He, Jack?«, fragte Zoe, die hinter ihm im Tunnel angekommen war, »wieso geht es nicht weiter?«

»Wegen eines großen Tieres mit einem Haufen Zähnen.«

»Oh.«

Jack spitzte die Lippen und dachte nach.

Zoe kroch näher heran und leuchtete mit ihrem Scheinwerfer an ihm vorbei. »Das ist doch wohl ein Witz!«

Plötzlich sagte Jack: »Es ist zu kalt.«

»Wie bitte?«

»Es ist noch zu früh am Tag für sie. Ihr Blut ist noch zu kalt, als dass sie gefährlich werden könnten.«

»Was meinst du damit?«, fragte Zoe.

»Krokodile sind Kaltblüter. Damit ein Krokodil, besonders ein großes, sich schnell bewegen kann, muss sein Blut aufgeheizt sein, üblicherweise durch die Sonne. Diese Dinger da sehen zwar wirklich schaurig aus, aber es ist für sie noch zu früh am Morgen, zu kalt. Die werden sich noch nicht so schnell bewegen und angreifen können. Wir können an ihnen vorbeikriechen.«

»Jetzt machst du aber wirklich Witze.«

In diesem Moment kamen Pooh Bear und Wizard hinter ihnen an.

»Wo liegt das Problem?«, fragte Pooh Bear.

»Da.« Zoe wies mit dem Kinn auf die Reihe großer Krokodile vor ihnen. »Aber nur keine Bange, unser Captain Courageous hier glaubt, dass wir einfach an ihnen vorbeikriechen können.«

Pooh Bear wurde weiß wie die Wand. »Vo... vorbeikriechen???«

Wizard starrte die Krokodile an und nickte. »Um diese Tageszeit ist ihr Blut noch sehr kalt. Das Einzige, was sie jetzt tun könnten, wäre beißen.«

»Das Beißen ist genau mein Problem«, gab Zoe zurück.

Jack sah auf seine Uhr. Es war 5:47.

»Wir haben keine andere Wahl«, sagte er. »Wir haben nur noch fünfundzwanzig Minuten, um den Eckpunkt zu erreichen, und das bedeutet, wir müssen an diesen Dingern da vorbei. Ich gehe rein.«

»Äh, Huntsman«, meldete sich Pooh Bear. »Verstehst du ... na ja ... du weißt ja, ich würde dir überallhin folgen. Aber ... mit Krokodilen komme ich schon unter normalen Umständen nicht klar, und hier ...«

Jack nickte. »Ist schon in Ordnung, Zahir. Kein Mensch ist vollkommen ohne Angst, noch nicht mal du. Diesmal machst du Pause. Ich sag es auch keinem.«

»Danke, Huntsman.«

»Zoe? Wizard?«

Er sah ihnen an, dass ihnen ähnliche Gedanken durch den Kopf gingen.

Dann starrte Zoe mit entschlossener Miene in den Tunnel.

»Das schaffst du nicht allein. Ich bin direkt hinter dir.«

Und Wizard sagte: »Ich habe mein ganzes Leben dafür gearbeitet, das zu sehen, was hinter diesen Biestern liegt. Wäre ja noch schöner, wenn ich mich von denen jetzt aufhalten ließe.«

»Also dann los«, sagte Jack.

Jack kroch durch die Dunkelheit und erreichte das erste Krokodil.

Neben dem großen Reptil machte er geradezu einen mickrigen Eindruck.

Als Jack auf gleicher Höhe mit dem Krokodil war, öffnete es seinen riesenhaften Rachen und zeigte seine sämtlichen Zähne. Wie eine Warnung ließ es ein heiseres Rülpsen hören.

Jack hielt inne und holte tief Luft. Dann machte er einen Satz, kroch an dem Maul des Tieres vorbei und die Seite des Tieres hinunter, indem er sich an der gekrümmten Tunnelwand entlangschob. Sein Blick traf den des Krokodils und er sah, dass dessen kalte, unbarmherzige Augen ihn Zentimeter um Zentimeter verfolgten.

Aber das Tier griff nicht an. Es rutschte lediglich auf seinen Klauen hin und her.

Jack zwängte sich an ihm vorbei, seine Cargo-Hosen rieben sich an dem wulstigen Bauch des Monsters, und er spürte, wie der schwabbelige Unterleib nachgab. Im nächsten Moment war er neben dem stacheligen Schwanz und vorbei.

Die ganze Zeit hatte er die Luft angehalten, jetzt atmete er tief durch.

»Ich bin am ersten vorbei«, sagte er in seine Freisprechanlage. »Zoe, Wizard, kommt mir nach.«

Die Treppe des Atum

Auf diese Weise schlängelten sich Jack, Zoe und Wizard durch den langen, engen Tunnel und drückten sich an den riesenhaften Nilkrokodilen vorbei.

Am Ende des Tunnels erreichten sie das obere Ende eines rechteckigen Steinbrunnens, in dem sich eine Treppe in die Dunkelheit hinabwand.

In einer Zickzacklinie zogen sich die Stufen den Brunnenschacht hinunter. An jedem Treppenabsatz waren die Wände mit Tausenden von Hieroglyphen übersät, unter ihnen weitere große Bildnisse der radförmigen Maschine.

Jack stieg die erste Treppe hinab und erreichte den ersten Absatz.

Hier zog sich das dort befindliche Symbol der Maschine plötzlich wie von einem unsichtbaren Mechanismus gezogen in die Wand zurück und hinterließ ein weit klaffendes Loch, aus dem jederzeit irgendeine giftige Flüssigkeit schießen konnte.

Doch da leuchtete die Säule in Jacks Hand schwach auf, und im nächsten Moment war das Loch wieder geschlossen.

Jack und Wizard tauschten einen Blick aus.

»Sieht nicht so aus, als würde man an diesen Fallen vorbeikommen, wenn man keine Säule besitzt.«

»Jedenfalls nicht so leicht«, stimmte Wizard zu.

Sie stiegen weiter die Treppen hinab, die sich hin und her wanden.

Auf jedem Absatz öffnete sich das radförmige Symbol der Maschine und schloss sich wieder, wenn es die Säule in Jacks Hand wahrnahm.

Immer weiter ging es hinunter.

Beim Hinabsteigen zählte Wizard die Stufen, bis sie endlich unten ankamen. Hier mündete die Treppe in einen großen, steinernen Torbogen, der imposant aufragte, über sechs Meter hoch. Dahinter nichts als vollkommene Finsternis.

Wizard hörte auf zu zählen: »267.«

Jack trat in den Torbogen und starrte ins Dunkel dahinter. Eine leichte Brise strich ihm übers Gesicht, kühl und frisch.

Er spürte, dass sich da vor ihm ein größerer Raum ausdehnte. Deshalb nahm er seine Leuchtpistole und feuerte in die Finsternis.

Nachdem er fünfzehn Leuchtkugeln abgeschossen hatte, stand er mit offenem Mund im Torbogen staunte nur noch.

»Diesen Anblick werde ich so bald nicht vergessen«, flüsterte er.

Der Maschinensaal

Der immerhin mehr als sechs Meter hohe Torbogen, in dem Jack stand, wirkte geradezu winzig klein im Vergleich zu dem Raum, der sich unter ihm auftat.

Das Tor stand auf dem Gipfel eines riesigen Berges aus lauter steinernen Stufen, es mussten fünfhundert oder mehr sein. Sie führten hinab in einen Saal mit ebenem Boden, der gut und gerne hundertdreißig Meter breit und hundertsiebzig Meter lang war. Die kolossale Treppe erstreckte sich über die gesamte Breite des Saales, von Wand zu Wand. Ein riesiges Gefälle aus exakt behauenen, rechteckigen Stufen.

Die Decke dieser mächtigen unterirdischen Halle wurde von einem schieren Wald herrlicher Säulen getragen, alle in der farbenprächtigen ägyptischen Bauart, die Kapitelle reich mit roten, blauen und grünen Lotosblättern verziert. Es mussten um die vierzig Säulen sein, die alle in geraden Reihen ausgerichtet waren.

»Genau wie der Tempel von Ramses II. in Karnak«, flüsterte Wizard.

»Vielleicht war der Ramsestempel eine Replik, die zu Ehren dieses Bauwerks errichtet wurde«, überlegte Zoe.

Jack stand am Ende der großen Treppe, und es kam ihm vor, als stünde er in der obersten Reihe eines Fußballstadions und blickte auf das Feld unter ihm.

Und da war noch etwas.

Der Saal unter ihnen besaß auf der dem Treppenberg gegenüberliegenden Seite *keine Wand*.

Streng genommen war da drüben – auf der anderen Seite der riesigen Treppe und jenseits des kunstverzierten Säulenwalds – sogar überhaupt nichts. Der glatte Boden des Saales hörte einfach an einer scharfen Kante auf. Das Ganze sah aus wie ein hundertsiebzig Meter breiter Balkon ohne Geländer oder eine Aussichtsplattform, die auf einen noch größeren, noch dunkleren Raum hinausging.

Weil Jack und die anderen beiden von ihrem Aussichtspunkt oben an der Treppe nicht erkennen konnten, was sich in diesem riesigen Raum verbarg, stiegen sie die Stufen hinab. In der gewaltigen Halle wirkten sie wie Ameisen.

Als sie die Hälfte der Stufen bewältigt hatten, sah Jack endlich, was sich in diesem noch größeren Raum befand.

Wie angewurzelt blieb er stehen.

»Wir brauchen mehr Leuchtmunition«, keuchte er.

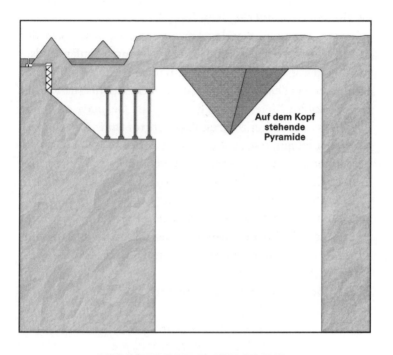

DER ECKPUNKT IN ABU SIMBEL

Der erste Eckpunkt der Maschine

Jack, Wizard und Zoe durchquerten den riesigen Saal, vorbei an dem Wald hoch aufragender Säulen, und erreichten schließlich die Kante, von wo man in eine noch größere unterirdische Höhle blicken konnte.

Ein monumentaler Abgrund tat sich vor ihnen auf, tief und schwarz und mindestens dreihundert Meter breit. Vor Jack lagen der unergründlichste Schlund und die tiefste Finsternis, die er je zu Gesicht bekommen hatte.

Und über dieser Kluft hing von der waagerechten Felsdecke eine kolossale, auf dem Kopf stehende Pyramide hinab! Ihre Form war makellos, und dem Aussehen nach hatte sie exakt dieselben Maße wie die Große Pyramide in Giseh. Sie sah aus, als sei sie noch vor der Antike entstanden, noch vor allem, was die Menschheit je zu bauen hatte hoffen können. Ihre Seiten funkelten in bronzefarbenem Glanz.

Jack fühlte sich an die *Pyramide Inversée* des Pariser Louvre erinnert, die bezaubernde umgedrehte Glaspyramide, die genau über einem kleineren Gegenstück hing. Berühmt geworden war sie durch den Erfolgsroman *Sakrileg*, der ihre Errichtung in einen freimaurerischen und gleichzeitig neuzeitlich-heidnischen Mythos gehüllt hatte.

Auch fielen Jack wieder die Hängenden Gärten von Babylon ein, die man in einer großen Höhle im Südirak in einen riesigen Stalaktiten hineingebaut hatte. Möglicherweise, überlegte er, waren auch die Hängenden Gärten als Hommage an dieses Bauwerk geschaffen worden.

Wie auch immer, jedenfalls erschien Jack der Saal, in dem er sich mit Wizard und Zoe befand und der ihnen eben noch so riesenhaft erschienen war, angesichts der unvorstellbaren Größe der Pyramide plötzlich zwergenhaft klein.

Wizard sagte: »Jack, Zoe, willkommen bei der Maschine.«

Jack sah auf die Uhr.
Es war 6:02. Das Jupiter-Äquinoktium war um 6:12.
Sie lagen gut in der Zeit.
Sein Funkgerät krächzte.
»*Huntsman, lebt ihr noch da unten?*«, fragte Pooh Bear besorgt.
»Wir sind drin. Wir haben die Maschine gefunden.«
»*Sky Monster hat mich gerade angefunkt. Er hat eine große Wagenkolonne gesehen, die von Assuan aus hierher unterwegs ist. Über hundert Landfahrzeuge, sie folgen den Touristenbussen.*«
»Voraussichtliche Ankunft?«, fragte Jack.
»*In einer Stunde, vielleicht auch früher.*«
Jack stellte einige Berechnungen an und meinte dann: »Bis dahin können wir weg sein. Gerade so.«

Während Jack in sein Funkgerät sprach, untersuchten Zoe und Wizard die Wände des Saales.

Sie waren geradezu übersät mit Abbildungen – Abertausenden prächtig und kunstvoll gearbeiteter Reliefs.

Einige wie das Kreisrätsel, das Bild der Maschine, und sogar eine Darstellung von Stonehenge erkannten sie wieder, aber andere waren ihnen vollkommen unbekannt.

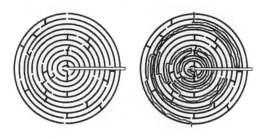

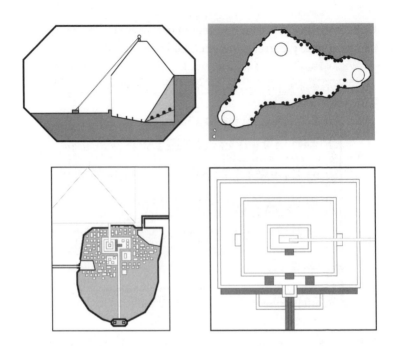

Rasch zog Zoe eine hochauflösende Canon-Digitalkamera hervor, schoss eine Serie von Fotos und versuchte dabei, so viele Bilder wie möglich einzufangen.

»Das ist Ur«, erklärte Wizard und deutete auf das zweitletzte Bild.

»Tatsächlich?«

»Es ist der Stadtplan der antiken Stadt Ur in Mesopotamien. Ur war berühmt für seine zwei befestigten Häfen, einen im Westen und den anderen im Norden. Auf diesem Relief kann man beide ganz genau erkennen. Vor dem Bau der Großen Pyramide war die Zikkurat von Ur das höchste Gebäude der Welt. Und wisst ihr, was das Wort ›Ur‹ bedeutet?«

»Sag's mir.«

»Licht. Die Stadt des Lichts.«

An einem Ehrenplatz in der Mitte bedeckte eine große, polierte Tafel aus Obsidian die Wand. All ihre Gravuren waren mit

Gold eingefasst, und auch ihr verzierter Rahmen schien aus einem einzigen, rechteckigen Stück Gold zu bestehen.

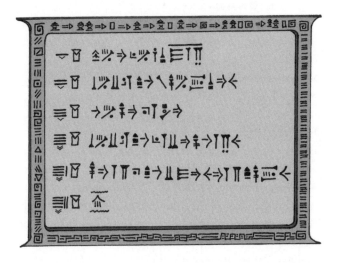

»Mein Gott, das sind die sechs Eckpunkte«, flüsterte Wizard. »Das Zeichen links, das immer wiederholt wird, das umgedrehte Dreieck über dem Rechteck, ist das Thoth-Wort für ›Ecke‹. Diese Inschrift ist eine Beschreibung *aller sechs* Eckpunkte! Lily muss das unbedingt für mich übersetzen.«

Zoe machte mehrere Fotos von der Tafel, dann starrte sie in den unglaublichen Saal, der sie umgab, und die der Schwerkraft trotzenden Pyramide über dem Abgrund.

»Wizard, wer hätte so etwas erbauen können?«, fragte sie. »Bestimmt nicht die Menschen der Antike. Nicht mal heute wäre die Menschheit zu so etwas fähig.«

»Das stimmt«, sagte Wizard. »Also wer? Außerirdische Besucher? Manche glauben das. Siebzig Prozent der Leute sind überzeugt, dass irgendwann einmal Aliens auf die Erde gekommen sind. Und wenn es sie gibt, dann haben sie ja vielleicht wirklich unseren Planeten besucht und diese Bauwerke erschaffen. Aber ich persönlich halte nichts von dieser Ansicht.«

»Was glaubst du denn?«

»Er glaubt, dass Menschen sie gebaut haben«, antwortete Jack, der herangetreten war und nun ebenfalls die Wände betrachtete. »He, das ist ja Ur.«

»Der Mensch?« Zoe zog die Stirn in Falten. »Aber du hast doch gerade selbst gesagt, dass die Menschen weder heute noch in der Antike ...«

»Das habe ich in der Tat. Aber ich habe nicht ausgeschlossen, dass es eine Menschenrasse gegeben hat, die noch weit vor der Antike lebte.«

»Die Theorie von einer früheren Zivilisation«, fügte Jack an.

»Genau«, sagte Wizard. »Die Theorie, dass unsere hoch entwickelte Zivilisation nicht die erste ist, die auf diesem Planeten eine Blütezeit hatte. Im Verlauf von Äonen haben sich zwischen den Einschlägen von Asteroiden und Kometen und tödlichen Dunklen Sonnen immer wieder menschenartige Wesen über die sie umgebende Tierwelt erhoben. Sie haben sich weiterentwickelt und sind dann ausgestorben, nur um Millionen Jahre später wieder aufzuerstehen.«

»Du glaubst, dass eine frühere *menschliche* Zivilisation all das hier erbaut hat?«, fragte Zoe.

»Ja. Eine hoch entwickelte menschliche Zivilisation, viel weiter entwickelt als wir heute. Ist dir nicht aufgefallen, dass alle Türen und Treppenstufen, die wir heute benutzt haben, sämtlich auf unsere Größe und Statur abgestimmt sind? Das ist kein Zufall. Wenn eine außerirdische Kultur auf Menschengröße angepasste Treppen bauen würde, *das* wäre ein Zufall. Nein, dieses Bauwerk, dieses wunderbare Bauwerk wurde vor langer, langer Zeit von Menschenhand erschaffen.«

»Von Menschen, die sich trotz all ihrer Errungenschaften nicht vor der Vernichtung schützen konnten«, hielt Zoe dagegen.

Wizard nickte und entgegnete: »In hundert Millionen Jahren kann eine Menge passieren. Ganze Spezies können in so einer Zeit miteinander verschmelzen, neu entstehen, sich weiterentwickeln und aussterben. Der moderne Homo sapiens dagegen ist erst 100 000 Jahre alt. Und zumindest haben die Menschen, die diese Maschine gebaut haben, ja versucht, sich vor der Rückkehr des Dunklen Sterns zu schützen.«

»Tut mir leid, dass ich unterbreche, Wizard, aber würdest du dir bitte mal das hier ansehen.« Jack war an den Rand des Abgrunds getreten und studierte durch ein Fernglas die riesige umgedrehte Pyramide.

Die Spitze der auf dem Kopf stehenden Pyramide befand sich auf gleicher Höhe mit der Plattform, auf der sie standen, allerdings etwa neunzig Meter weit weg.

»Die Spitze ist gar nicht vollkommen spitz«, sagte Jack und reichte Wizard das Fernglas. »Sie ist am Ende abgeflacht.«

»Wie bei der Großen Pyramide?«, fragte Zoe.

»Ungefähr so, nur kleiner. Viel kleiner«, antwortete Wizard. »Ungefähr so groß wie ...«, er warf einen Blick auf die Säule in Jacks Händen, »... wie das da.«

»Und wie kommen wir da rüber und setzen sie ein?«, wollte Zoe wissen.

»Vermutlich auf dieselbe Art, wie wir auch hier hereingekommen sind«, sagte Jack und deutete auf seine Füße.

Zoe folgte seinem Blick und sah, dass vor Jacks Stiefeln ein Bild der Maschine in den Marmorboden gemeißelt war. Auch hier hatten die abgebildeten Rechtecke Originalgröße.

Jack setzte die gereinigte Säule in die rechteckige Aussparung, die dem Abgrund am nächsten war.

Kaum hatte er sie eingefügt, da hörte man ein tiefes Poltern.

Aufgeschreckt wandte Jack den Kopf nach links und nach rechts, entdeckte aber keine Ursache für das lärmende Geräusch. Auch Wizard und Zoe nicht.

Und dann entdeckte Jack den Grund.

Direkt unter sich sah er eine große, schmale Brücke, die aus der Wand des Abgrunds hervorkam wie eine Zugbrücke, nur dass diese hier nicht nach unten abgelassen, sondern nach oben gezogen wurde. Eine lange Steinbrücke ohne Geländer.

Begleitet von heftigem Poltern, erhob sie sich weiter und weiter, bis sie mit einem lauten *Rumms!* genau vor West zu liegen kam, eine lange, hervorspringende Steinzunge, die sich von seinen Füßen bis halb über den Abgrund und zur Spitze der herabhängenden Pyramide erstreckte.

»Wie praktisch«, meinte Jack.

Jack West jr. hielt die gereinigte Säule umklammert und trat auf die Brücke hinaus, die vor dem Hintergrund der riesigen Halle, des Abgrunds und der kolossalen Pyramide absolut winzig erschien.

Der von nackten Felswänden umsäumte Abgrund unter ihm schien bodenlos zu sein, so als verschwinde er in unendlichem Schwarz.

Jack versuchte, nicht daran zu denken, und hielt, während er sich der riesigen bronzenen Pyramide näherte, die Augen unverwandt geradeaus gerichtet.

Wizard und Zoe verfolgten jeden seiner Schritte.

Endlich erreichte Jack das Ende der Brücke und den Scheitelpunkt der hängenden Pyramide.

In diesem Moment war es 6:11.

Über der Wasseroberfläche des Sees krochen die ersten Strahlen des Sonnenaufgangs über den Horizont.

Alby hatte sein Teleskop auf die Spitze der pyramidenförmigen Insel gerichtet, direkt über die beiden schaukelnden Zodiacs hinweg.

Über sein Fernrohr gebeugt, rief er: »Gerade ist der Saturn hinter Jupiter aufgegangen! Die Lücke kommt ... *jetzt!*«

Jacks Uhr rückte auf 6:12 vor.

Nach der ganzen Herrlichkeit des Saales mit seiner Treppe, der großen Pyramide und dem Abgrund fand er es jetzt geradezu seltsam, dass der Scheitelpunkt des riesigen Bauwerks von nahem betrachtet so klein war.

Plötzlich begann die Pyramide zu summen.

Es war ein dumpfes Brummen, eine tiefe, mächtige Vibration, die in der gesamten Höhle widerhallte.

Jacks Augen weiteten sich.

»*Captain West*«, meldete sich Alby über Funk. »*Gerade hat der Titanaufgang begonnen. Sie haben jetzt noch etwa eine Minute Zeit, die Säule einzulegen.*«

»Danke«, erwiderte Jack. »Irgendwie hatte ich schon das Gefühl, das es gleich losgeht.«

Er stand jetzt am äußersten Ende der ausgeklappten Brücke, hoch über dem unermesslich tiefen Abgrund, und musterte die Spitze der summenden Bronzepyramide.

Wie er schon von der Plattform aus gesehen hatte, war das Ende der Pyramide nicht spitz, sondern abgeflacht. Das kolossale Bauwerk mündete in ein sehr kleines Rechteck, das kaum breiter war als eine Handspanne. Beinahe sah es so aus, als sei irgendwann der Schlussstein abgeschnitten worden.

In diesem rechteckigen Scheitelpunkt befand sich ein ebenfalls rechteckiges Loch, und Jack erkannte sofort, dass es die Größe seine Säule hatte.

»Wizard?«, fragte er in sein Funkgerät, »muss ich noch irgendwas wissen? Irgendein Ritual, das ich vollführen muss?«

»*Nicht dass ich wüsste*«, antwortete Wizard. »*Schieb einfach nur die Säule in die Pyramide.*«

»Na dann ...«

Jack warf einen letzten Blick auf seine Uhr. Es war immer noch 6:12.

Hoch über dem bodenlosen Abgrund stehend und weit unter der Erdoberfläche, nahm er mit beiden Händen die gereinigte Säule und schob sie in die passende Aussparung der Pyramide.

Die Säule glitt in das Loch ...

... und rastete sofort ein. Fest arretiert steckte sie bis zur Hälfte in der Pyramide.

Sofort hörte das rätselhafte Brummen auf.

Stille.

Jack hielt die Luft an.

Bamm! Blitzartig leuchtete der durchsichtige Diamant, der in der Spitze der Pyramide steckte, auf und glühte in einem grellen Weiß.

Jack taumelte zurück und schirmte die Augen ab.

Das blendende weiße Licht erhellte die gesamte Höhle um ihn herum, und zum ersten Mal sah Jack, wie tief der Abgrund unter ihm tatsächlich war. Unvorstellbar tief fielen die nackten Felswände ab und verschluckten weit unten selbst das grelle Licht der Säule.

Plötzlich fuhr mit einem Donnerschlag ein mächtiger Lichtstrahl wie ein Laser aus der Säule in den schachtförmigen Schlund und jagte weiter bis hinunter zum Kern der Erde.

Jack konnte nicht viel erkennen, weil es einfach zu hell war.

Im nächsten Moment fuhr der Laser ebenso plötzlich, wie er herausgeschossen war, wieder zurück in die Säule, und im nächsten Moment war alles vorbei. Die Höhle wurde wieder von der Dunkelheit verschluckt – wenn man einmal von Jacks lächerlichen Leuchtpatronen absah.

Jack nahm die Hand von den Augen und spähte angestrengt hinauf zu der riesigen Pyramide. Ehrfürchtig bestaunte er die uralte Vorrichtung.

Dann erblickte er die Säule.

Ein Licht pulsierte in ihr, ein schwaches Leuchten pochte in ihrem flüssigen Kern.

Und dann erschien ganz langsam eine seltsame Schrift auf

den gläsernen Außenflächen der Säule – weiße Schriftzeichen bedeckten sie über und über.

Jack erkannte die Schrift sofort.

Das Wort des Thoth.

Es war die geheimnisvolle Sprache, die man in Ägypten entdeckt hatte und die nur die Orakel von Siwa entziffern konnten: Lily und ihr Zwillingsbruder Alexander.

Jack fiel wieder ein, was die Belohnung für das Einsetzen der ersten Säule gewesen war.

Wissen.

Diese Schriftzeichen übermittelten irgendeine Weisheit. Eine höhere Weisheit.

Ein Wissen, für das manche Staaten bereit waren zu töten.

Er streckte den Arm aus und griff nach der Säule. Kaum hatte er sie berührt, da war ein leises *klick* zu hören und der Klammermechanismus der Pyramide entließ die Säule mit den leuchtend weißen Schriftzeichen in seine Hände.

Jack nahm sie in Augenschein und bemerkte sofort, dass am oberen Ende der Säule ein kleines, pyramidenförmiges Stück fehlte. Es war abgetrennt.

Voller Erstaunen hob er den Blick und sah, dass die große, auf dem Kopf stehende Pyramide jetzt wieder vollständig war. Irgendwann während des blendenden Lichtspektakels hatte sie sich ein Stück des Diamanten als Schlussstein genommen. Die Dreiecksform war wieder vollkommen.

»Na prima«, sagte Jack und blickte hinab auf das neue, pyramidenförmige Loch in seiner Säule.

»Wizard«, sprach er in sein Funkgerät, »das ist kein Hokuspokus.«

»*Hab ich doch gewusst.*«

Jack stopfte die leuchtende Säule in seinen Rucksack. »Na ja, alles in allem war es doch gar nicht so schwierig.«

»*Stimmt, was für uns ja eher ungewöhnlich ist*«, hob Wizard an, aber da brach die Funkverbindung auch schon ab und stattdessen ertönte ein lang anhaltendes Dröhnen.

Jacks Blut gefror zu Eis. Das hier war keine einfache Unterbrechung des Sprechkontakts, dann hätte er ein statisches Rauschen oder irgendwelches Gebrabbel gehört. Dieses Geräusch bedeutete etwas anderes.

Er wandte sich um und sah Wizard am Ende der Plattform stehen und mit nach oben gekehrten Handflächen die Arme in seine Richtung ausstrecken. Zoe winkte Jack hektisch heran.

Jack preschte zurück über die Brücke und hielt dabei seinen Rucksack wie einen Football unter den Arm geklemmt. Noch beim Laufen sprach er in sein Funkgerät: »Astro! Lily! Alby! Seid ihr noch dran?«

Keine Antwort.

Nichts als das monotone Dröhnen.

Jack erreichte Wizard und Zoe. Wizard starrte auf die Säule in seinem Rucksack, aber Zoe kam sofort auf ihn zu.

»Jack, unser gesamter Funkkontakt ist gerade zusammengebrochen. Hier ist noch jemand.«

Zu beiden Seiten der Zodiacs kamen sie aus dem Wasser. Es waren bewaffnete Männer in schwarzen Taucheranzügen und mit Sauerstoffgeräten. Sie fuchtelten mit ihren MP-5-Maschinenpistolen herum.

Zwölf Froschmänner.

»Scheiße«, fluchte Astro. »Das sich bewegende Sonarsignal von eben war gar kein Krokodil. Das war ein Mann.«

»Maul halten«, befahl der Anführer der Froschmänner in beiläufigem Tonfall und perfektem Eton-Akzent. »Die Waffen runter und die Hände hoch!«

Astro und Pooh Bear gehorchten.

Britische Soldaten, dachte Astro. Vermutlich SAS oder Marine. Er fuhr herum und funkelte Iolanthe an, aber ihr Gesicht war eine Maske.

Die britischen Froschmänner kletterten in die Zodiacs. Wasser troff von ihren Taucheranzügen. Ihre Waffen glitzerten.

Instinktiv schob Pooh Bear Lily und Alby hinter sich.

Der Anführer trat zu Iolanthe und zog sich die Tauchermaske und das Kreislauftauchgerät ab. Er war jung und hatte ein vierschrötiges, pockennarbiges Gesicht. »Lieutenant Colin Ashmont, Madam, von den Royal Marines. Wir haben auf Sie gewartet und wie befohlen Captain Wests Funk abgehört, bis wir gehört haben, dass die Säule eingesetzt wurde.«

»Gute Arbeit, Lieutenant«, antwortete Iolanthe und ging hinüber zu den Froschmännern. »West ist mit zwei anderen unten. Mit dem alten Mann, den wir brauchen, und der Frau, die wir nicht brauchen.«

Während Ashmont den um seine Hüfte geschnallten Störsender ausschaltete, reichte Iolanthe ihm ihr Funkgerät.

Der Mann sprach ins Mikrophon: »Captain Jack West, hier

sind die Royal Marines. Sie können nicht entkommen. Sie wissen es und wir wissen es. Bringen Sie die Säule raus!«

»*Sie können mich mal*«, kam die Antwort aus dem Funkgerät.

Ashmont lächelte. Dann blickte er Lily und Alby an und antwortete: »Bringen Sie uns die Säule, Captain, oder ich fange an, die Kinder umzubringen. Zuerst den Jungen.«

»*In Ordnung. Wir kommen.*«

Minuten später standen Iolanthe, Ashmont und drei seiner Männer in der an der Felseninsel angedockten Schleuse. Sie starrten in den schlauchartigen Tunnel, der voller Nilkrokodile war.

Am anderen Ende des Tunnels standen Jack, Zoe und Wizard.

»Schicken Sie den alten Mann mit der Säule raus«, rief Ashmont.

»Wie heißen Sie, Soldat?«, fragte Jack gleichmütig.

»Ashmont. Lieutenant. Fünftes Marineregiment Ihrer Majestät.«

»Sie haben mein kleines Mädchen und ihren Freund bedroht, Lieutenant Ashmont. Ich werde dafür sorgen, dass Ihr Tod qualvoll wird.«

»Sie machen mir keine Angst, Captain West«, erwiderte Ashmont hochmütig. »Ich habe schon von Ihnen gehört, und ich kenne Ihre Sorte. Ein paar Leute halten Sie vielleicht für gut, aber für mich sind Sie nur zügellos, undiszipliniert und rücksichtslos. Nichts weiter als ein wildes Tier aus den Kolonien, das man an einer kürzeren Leine hätte halten sollen. Und jetzt schicken Sie den alten Mann mit der Säule raus, sonst gebe ich den Befehl.«

Jack reichte Wizard seinen Rucksack, und der zwängte sich nun schon zum zweiten Mal an diesem Morgen durch den krokodilverseuchten Tunnel.

Wieder protestierten die Bestien grunzend, aber sie griffen nicht an.

Während Wizard durch den Tunnel kroch, rief Jack: »Iolanthe, Sie enttäuschen mich.«

»Tut mir leid, Huntsman«, antwortete sie. »Blut ist dicker als Wasser, besonders blaues Blut.«

»Das werde ich mir merken.«

Schließlich tauchte Wizard am Ende des Tunnels auf und trat vor die drei schwer bewaffneten Royal Marines.

Ashmont entriss ihm den Rucksack, sah die leuchtende Säule darin und reichte ihn an Iolanthe weiter.

»Hoch, Alter!« Er wies mit dem Kinn zur Leiter, die nach oben zu den Booten führte.

»Aber ...«, protestierte Wizard.

»Bewegung!«

Zögernd stieg Wizard die Leiter hinauf.

Iolanthe stand am Eingangsloch des Tunnels und spähte hinein. Am anderen Ende sah sie West und Zoe stehen. In ihrer Hand hielt sie die Säule und strich mit den Fingern an der neuen, pyramidenförmigen Kerbe.

»Viel Spaß in Ihrem Grabmal, Captain«, sagte sie.

Dann drückte sie das andere Ende der leuchtenden Säule in das zurückgefahrene Zeichen der Maschine am Eingang. Sofort schob sich das mannshohe Relief zurück an seinen ursprünglichen Platz und versiegelte mit einem dröhnenden *Rumms* den uralten Tunnel. Jack und Zoe waren eingeschlossen.

Iolanthe, Ashmont und die anderen Royal Marines kletterten zurück in die Zodiacs.

Als alle an Bord waren, öffnete Ashmont das Ventil der Andockschleuse, die sofort überflutet wurde und den Eingang des unterirdischen Tunnelsystems wieder mit Wasser füllte.

Dann stieß er Lily und Wizard in den ersten Zodiac und ließ Alby, Pooh Bear und den Amerikaner Astro auf dem zweiten zurück.

Untertänig wandte er sich an Iolanthe: »Was machen wir mit denen?«

»Wir behalten das Mädchen und den Alten. Die anderen brauchen wir nicht.«

»Sehr wohl«, knurrte Ashmont. Sofort fesselte er Pooh Bear, Astro und auch Alby mit Handschellen an ihren Zodiac und schnitt die Taue durch, die es an seinem Boot und der Insel hielten. Dann feuerte er – *Paaf! Paaf! Paaf!* – dreimal in die Luftkammern.

Beim Knall der Schüsse schrie Lily auf.

Sofort begann der zweite Zodiac Luft zu verlieren – und zu sinken. Pooh Bear, Astro und Alby hingen mit Handschellen daran fest.

Die vielen Krokodile, die in weitem Kreis um die beiden Boote gelauert hatten, kamen in Bewegung. Anders als die, die im kühlen Innern der Insel gelegen hatten, waren diese hier schon wach, beweglich und agil.

»Vielleicht habt ihr ja Glück und ersauft, bevor die Krokodile euch erwischen«, bemerkte Ashmont. »Wenn nicht, hoffe ich, dass euer Tod nicht zu schrecklich wird.«

»Ihrer wird es hoffentlich sein, wenn er kommt«, gab Pooh Bear zurück. »Sie Bastard!«

»Alby!«, schrie Lily, und ihre Augen füllten sich mit Tränen.
Alby selbst war wie versteinert. Er wandte sich hierhin und dorthin und beobachtete von seinem sinkenden Boot aus den weiten Ring der Krokodile.

»Auf Nimmerwiedersehen«, sagte Ashmont.

Dann gab er Gas und schoss mit seinem Zodiac über den Nassersee in den Sonnenaufgang hinein, zurück zum Landungssteg von Abu Simbel. Pooh Bear, Astro und Alby überließ er ihrem Schicksal.

Über die Seitenwände des sinkenden Zodiacs begann Wasser zu rinnen.

Alby stand in dem sinkenden Boot, an das er gefesselt war, und kam sich vor wie ein Passagier der Titanic. Er konnte den Untergang des Boots nicht verhindern und war dazu verdammt, sehr bald auf ihm zu sterben.

»Okay«, stieß Pooh Bear hektisch atmend hervor, »was würde Huntsman machen? Der hätte bestimmt einen zusätzlichen Sauerstofftank an seinem Gürtel baumeln, richtig? Oder ein Schweißgerät, mit dem er die Handschellen durchtrennen könnte.«

»Haben wir leider beides nicht«, gab Astro trocken zurück.

Pooh dachte an den kleinen Vorrat C-2-Plastiksprengstoff, den er in seinem Bartring versteckt hatte. Nein, der war zu stark für seine Handschellen. Er würde ihm auch die Hand abreißen.

Ganz in der Nähe peitschte ein Krokodil Wasser spritzend mit seinem Schwanz.

»Wie geht es dir, mein Junge?«, fragte Astro.

»Ich hab eine Heidenangst«, antwortete Alby.

»Mir geht's ähnlich«, gab Astro zurück.

Das Wasser drückte mittlerweile in Strömen über die Ränder des sinkenden Zodiacs. Das Boot sank jetzt schneller.

Das Wasser stand Alby bis zu den Knien und bald bis zu den Hüften.

Jeden Moment konnten sie jetzt untergehen.

Plötzlich hörte Alby hinter sich ein heftiges Platschen und wirbelte herum, gerade noch rechtzeitig, um ein riesiges Krokodil zu sehen, das aus dem Wasser geschossen kam und nach seinem Kopf schnappte. Im selben Moment krachte ein donnernder Schuss, und das Krokodil fiel mitten im Satz zurück und wälzte sich zuckend im Wasser. Astro hatte es genau ins Auge getroffen.

»Verfluchte Scheiße«, keuchte Alby. »O mein Gott, mein Gott ...«

Das Wasser stand ihm mittlerweile bis zur Brust.

Das Boot war fast vollständig untergegangen und neigte sich im Wasser gefährlich zur Seite.

Pooh Bear kämpfte sich an Albys Seite vor. Er riss sich die Taucherbrille herunter und gab sie Alby, obwohl sie an kein Sauerstoffgerät angeschlossen war. »Hier, zieh die an. Vielleicht gewinnst du dadurch ein bisschen Zeit. Tut mir leid, Junge. Tut mir wirklich leid, dass ich nicht mehr für dich tun konnte.«

Dann strömte ein letzter Wasserschwall in das zerstörte Boot, der Zodiac füllte sich endgültig mit Wasser und ging unter.

Pooh Bear, Astro und Alby nahm er mit hinab.

Unter Wasser.

Alby hielt die Luft an. Er spürte, wie der Zodiac ihn am Handgelenk nach unten zog. Während er durch trübe Schwaden nach unten glitt, konnte er noch mit Mühe die Felseninsel ganz in seiner Nähe ausmachen.

Jenseits seines Sichtfeldes lauerten irgendwo die Krokodile und beobachteten den hinabgleitenden Zodiac.

Schließlich traf der Zodiac wie in Zeitlupe auf dem Grund auf und wirbelte Schlick hoch. Eines der Krokodile schwamm heran.

Vorangetrieben von seinem mächtigen Schwanz, glitt es durch das Wasser und hielt auf Alby zu. Mit gähnendem Maul kam es näher. Alby schrie unter Wasser, ein lautloser Schrei, während das Krokodil auf ihn zuschoss und …

… plötzlich innehielt.

Jäh bremste es ab, zehn Zentimeter vor Albys Kopf.

Sein fletschendes Gebiss war unmittelbar vor Albys aufgerissenen Augen, und erst da sah er, dass in seinem Unterkiefer ein riesiges Kampfmesser steckte – Pooh Bears Kampfmesser.

Mit seiner freien Hand hatte Pooh Bear ausgeholt und es dem Biest gerade noch rechtzeitig in den Kiefer gerammt.

Dann aber sah Alby die Augen des großen Mannes. Sie waren weit aufgerissen und blutunterlaufen. Er hatte keine Luft mehr. Dieser Stoß, so schien es, war Pooh Bears letzte Tat auf Erden gewesen. Man konnte zusehen, wie die Kraft ihn verließ.

Von der anderen Seite kam ein zweites Krokodil heran, wieder griff es Alby an, die kleinste Beute. Diesmal wusste Alby, dass es keine Rettung mehr gab. Pooh war erledigt, und Astro war zu weit weg.

Das Krokodil glitt auf ihn zu, öffnete sein Maul und schoss heran.

Alby ging die Luft aus, und Helden waren auch keine mehr da. Er schloss die Augen und wartete auf das Ende.

Aber das Ende kam nicht.

Weder ein plötzlicher Schmerz noch ein Biss.

Alby öffnete die Augen und sah Jack West in einem Taucheranzug, wie er mit dem riesigen Krokodil rang, im Wasser herumwirbelte und kämpfte. Das Krokodil bäumte sich auf und schnappte nach ihm.

Und dann schob ihm plötzlich jemand einen Atemregler in den Mund, und Alby atmete herrliche Luft. Neben ihm schwebte Zoe im Wasser, auch sie hatte eine Tauchausrüstung an.

Schnell schwamm sie zu dem leblosen Pooh Bear und schob ihm den Atemregler in den Mund. Sofort kam er wieder zu sich. Zoe schwamm zu Astro.

Jack kämpfte indessen weiter mit dem Krokodil, in einem Strudel von Luftblasen wirbelte er mit ihm im Wasser herum.

Plötzlich sah Alby, wie das Krokodil fest in Jacks Hand biss – und nur Sekunden später, dass Jack seine Hand einfach wieder aus dem Maul des riesigen Ungeheuers hervorzog.

Und gerade als Alby wieder eingefallen war, dass Jacks linke Hand ja aus Metall war, da sah er, wie der Kopf des Krokodils unter Wasser explodierte und sich in einen roten Schleier verwandelte. Als es zubiss, hatte Jack offenbar eine Handgranate in seinem Maul gelassen.

In diesem Moment durchtrennte Zoe mit einem Schuss Albys Handschelle und danach die von Pooh Bear und Astro. Dann war Jack da und teilte mit ihm seine Atemluft und brachte Alby wieder zur Oberfläche zurück, der irgendwie noch am Leben war.

Gemeinsam durchbrachen sie die Wasseroberfläche und schwammen auf die Felseninsel zu. Jack schob Alby aus dem Wasser und den steilen Fels hoch, bis er sicher auf dem flacheren Ufer liegen konnte.

Als Nächstes wurden Pooh Bear und Astro hochgeschoben, am Ende dann Zoe. Jack behielt dabei die Krokodile im Auge, aber glücklicherweise waren die meisten damit beschäftigt, den Körper ihres nunmehr kopflosen Artgenossen aufzufressen.

Jack lag auf der Insel und schnappte nach Luft.

»Wie sind ... wie sind Sie rausgekommen?«, fragte Alby.

»Im Eingangstunnel lagen Krokodile«, antwortete Jack. »Sie sind durch einen anderen Eingang am anderen Ende hereingekommen, eine schmale Felsspalte, die vermutlich irgendwann einmal durch ein Erdbeben entstanden ist. Da sind wir raus.«

Jack stützte sich auf seinen Ellbogen und starrte zurück auf den See. »Sind sie nach Abu Simbel zurückgefahren?«

»Ja«, sagte Alby.

»Haben sie Lily mitgenommen?«

»Und Wizard. Sind Sie wütend, Mr. West?«

West spannte die Kiefermuskeln an. »Wütend ist nicht annähernd der richtige Ausdruck für das, was gerade in mir vorgeht, Alby.« Er schaltete sein Funkgerät ein. »Vulture? Scimitar? Könnt ihr mich hören?«

Das Funkgerät blieb still. Keine Antwort.

»Ich wiederhole! Vulture, Scimitar! Seid ihr noch am Landungssteg?«

Wieder kam keine Antwort. Stille im Äther.

Jack fluchte. »Wo zum Teufel sind sie denn hin?«

Zur selben Zeit erreichte Lieutenant Colin Ashmont in dem geraubten Zodiac den Landungssteg nicht weit von den großartigen Statuen von Abu Simbel. Er wurde flankiert von zwei kleineren Schnellbooten, die sie mitten auf dem See aufgeblasen hatten und die nun die restlichen elf Mitglieder seiner Marineeinheit an Bord hatten.

Gerade kam auf einem Parkplatz nicht weit vom Landungssteg der erste Konvoi von Touristenbussen an.

Reisende aller möglichen Nationalitäten strömten aus den Bussen – Deutsche, Amerikaner, Chinesen und Japaner – und streckten sich und gähnten.

Ashmont stieß Lily und Wizard aus dem Zodiac und brachte sie zu zwei in der Nähe geparkten weißen *Suburban*-Transportern mit abgetönten Fenstern. Iolanthe ging raschen Schrittes vor, sie war ganz auf die Aufgabe konzentriert und trug Wests Rucksack mit der Säule darin.

Während Lily und Wizard zu den beiden britischen Suburbans geführt wurden, näherten sich aus dem nächststehenden Bus einige Reisende.

Es waren typisch japanische Touristen, vier ältere Männer, denen Nikon-Kameras vom Hals baumelten. Sie trugen immense Kamerawesten und Sandalen mit weißen Socken.

Einer der Japaner rief Ashmont zu: »Halloo Sir! Entschuldigen bitte. Wo Statuen?«

Ashmont, der mittlerweile über seinem Taucheranzug ein T-Shirt trug, ignorierte den Mann und ging einfach an ihm vorbei.

Lily wollte den Japanern etwas zurufen, wollte schreien ...

... aber dann sah sie, dass der erste Japaner Ashmont nicht aus den Augen ließ und offenbar etwas vorhatte. Und sie begriff, dass hier irgendetwas ganz und gar nicht stimmte.

Die vier japanischen Touristen hatten sich jetzt im Halbkreis um Ashmonts Wagen und sein Team gestellt.

Mit wild klopfendem Herzen starrte Lily auf ihre Gesichter. Alles was sie sah, waren stählerne Augen und entschlossene Mienen.

Dann erhaschte sie einen Blick auf den Unterarm eines der japanischen Männer ... und bemerkte eine Tätowierung. Eine Tätowierung, die sie schon einmal gesehen hatte. Es war das Tattoo einer japanischen Fahne über einem japanischen Schriftzeichen.

»Tank ...!«, rief sie aus. »O nein, nein ... Wizard, wirf dich zu Boden!«

Sie sprang auf den verblüfften Professor zu, umklammerte seine Beine und warf ihn um. Im selben Moment öffnete der japanische »Tourist«, der Ashmont am nächsten stand, seine Kameraweste, und zum Vorschein kamen sechs Stangen C-4 an seiner Brust. Dann drückte der freundliche ältere Herr auf einen Knopf in seiner Hand und explodierte.

Vier schockierend heftige Druckwellen fuhren durch die Luft, während alle vier japanischen Selbstmordattentäter sich einfach in eine Gischt aus Rauch, Feuer und Körperteilen verwandelten.

Im Umkreis von zwanzig Metern flogen sämtliche Scheiben aus den Autos und ließen Glasscherben herabregnen.

Ashmont wurde von der Explosion am heftigsten erwischt. Mit enormer Wucht wurde er gegen die Seite seines Suburban geschleudert und fiel zu Boden wie eine Stoffpuppe.

Drei seiner Männer, die den japanischen Selbstmordattentätern am nächsten gestanden hatten, waren sofort tot. Die anderen wurden in sämtliche Richtungen geschleudert.

Iolanthe hatte weiter weg gestanden und war so von der Wucht der Explosion nicht ganz so stark getroffen worden. Sie wurde von der Druckwelle lediglich fünf Meter weit zurückgeschleudert, fiel hart auf die Erde, wobei sie sich den Kopf anschlug und bewusstlos liegen blieb.

Lily, die über Wizard zu Boden gegangen war, spürte, wie eine glühende Hitzewelle ihr über den Rücken strich, so als hätte ihr jemand einen Schlag auf die nackte Haut versetzt. Sie roch etwas Verbranntes, aber die Empfindung hielt nicht lange an, denn im nächsten Moment wurde sie ohnmächtig.

Der Einzige, der den Angriff vollkommen unbeschadet überstanden hatte, war Wizard, weil Lily ihn im letzten Moment umgeworfen und ihn so aus dem Wirkungsfeld der Explosion geschleudert hatte.

Mit klingelnden Ohren hob er den Kopf und sah Lily auf sich liegen. Ihre Bluse hatte Feuer gefangen!

Wizard wand sich unter ihr hervor und erstickte rasch mit seiner Jacke die Flammen. Dann hob er Lilys leblosen Körper hoch und stand fassungslos mitten in einem Gemetzel: Rauch, zertrümmerte Autos und die blutigen Überreste von Ashmonts Royal Marines.

Dann ein kreischender Schrei! Wizard wirbelte herum.

Die echten Touristen bei den echten Touristenbussen hatten die entsetzlichen Explosionen mitangesehen. Voller Angst, dass dies ein terroristischer Anschlag war wie der, der sich im Jahre 1997 am Totentempel der Hatschepsut ereignet hatte, stürzten sie zurück in ihre Busse.

Wizard blickte sich um, und sein Blick blieb an Iolanthe und dem Rucksack hängen, der neben ihr auf dem Boden lag.

Mit Lily im Arm hastete er zu der bewusstlosen Iolanthe und schnappte sich den Rucksack mit der Säule darin. Dann schwang er sich in einen von Ashmonts Suburbans, warf den Motor an und raste davon.

»Sky Monster! Sky Monster!«, brüllte Wizard in sein Funkgerät, während er von Abu Simbel in Richtung Süden jagte. Der Empfang war gut. Offenbar war Ashmonts Störsender durch die Selbstmordattentäter zerstört worden.

»*Wizard! Wo habt ihr denn gesteckt? Seit zwanzig Minuten versuche ich schon, Kontakt zu euch zu bek...*«

»Sky Monster, alles ist schiefgegangen!«, würgte Wizard ihn ab. »Die Briten haben uns überrumpelt, und dann sind sie selbst überrumpelt worden! Jetzt ist Lily bewusstlos, Jack in dem Schrein eingeschlossen und Alby, Pooh Bear und Astro hat man den Krokodilen im See zum Fraß vorgeworfen. Ach, der arme Alby ...«

»*Alby geht es gut*«, meldete sich eine andere Stimme.

Jacks Stimme.

Rasch umrundete Jack die Pyramideninsel bis zur anderen Seite, immer am Uferstreifen entlang. Die anderen folgten ihm.

»Er ist bei mir. Pooh, Astro und Zoe auch. Wir sind alle in Sicherheit. Was ist passiert, Wizard?«

Wizards Stimme meldete sich: »*Vier Männer, Japaner. Sie ha-*

ben sich am Anlegesteg direkt neben Ashmonts Fluchtwagen in die Luft gesprengt. Es war ein Hinterhalt. Sie hatten auf uns gewartet. Beinahe schien es, als wollten sie die Säule zerstören. Ich sitze jetzt in einem der britischen Fluchtwagen und bin unterwegs nach Süden, weg von der Stadt.«

»Was ist mit Iolanthe und der Säule?«

»*Sie ist zu Boden geschleudert worden, also habe ich mir die Säule geschnappt. Keine Ahnung, ob sie tot ist oder nicht.*«

»Okay«, sagte Jack. »Ich will, dass ihr so weit wie möglich von hier wegfahrt, an einen Ort, wo Sky Monster euch aufgabeln kann. Sky Monster, Stretch! Ihr müsst uns ein Boot runterwerfen, damit wir zurück an die Küste kommen und uns mit Wizard treffen können ...«

Sky Monster meldete sich: »*Ähm, Huntsman, ich fürchte, das wird kaum möglich sein.*«

Hoch im Himmel kreiste Sky Monster über Abu Simbel und spähte hinab auf den Nassersee und den Highway, der von Norden aus zur Stadt führte. Stretch saß neben ihm auf dem Kopilotensitz und sondierte ebenfalls die Landschaft unter ihm.

»Das will ich dir ja schon die ganze Zeit sagen«, fuhr Sky Monster fort. »Deshalb habe ich ja auch versucht, Kontakt zu euch zu kriegen. Die zweite Fahrzeugkolonne, die wir eben gesehen haben, ist jetzt nur noch drei Kilometer von der Stadt weg. Nähert sich schnell von Norden und besteht *nicht* aus Touristenbussen. Die Busse sind nur Tarnung. Es ist ein Militärkonvoi: Geschützfahrzeuge, gepanzerte Jeeps, *Humvee*-Geländefahrzeuge und Truppentransporter. Schätze, es ist die ägyptische Armee. Jemand hat ihnen einen Tipp gegeben. Treffen in etwa vier Minuten in der Stadt ein.«

Sky Monster und Stretch beobachteten den aus Norden kommenden Highway, ein dünnes schwarzes Band in dem eintönigen Gelb der Wüste.

Dort unten raste der Konvoi heran.

Angeführt wurde er von Touristenbussen, die eine Staubwolke hinter sich herzogen, in der sich Dutzende von Militärfahrzeugen. Lastwagen, Humvees und Jeeps mit Maschinengewehrlafetten verbargen. Alles in allem umfasste der Konvoi etwa fünfzig Fahrzeuge und ungefähr hundert Mann.

»Verdammt beschissene Lage«, keuchte Sky Monster.

»Na schön. Der Plan bleibt der gleiche«, sagte Jack. »Wizard, du gibst Gas. Sieh zu, dass du da wegkommst, nimm den Highway und fahr in Richtung sudanesischer Grenze. Da kann dich Sky Monster irgendwo aufgabeln. Wir schlagen uns durch, so gut es geht, und versuchen zu euch zu stoßen.«

»*Okay*«, gab Wizard zweifelnd zurück.

Sky Monster sagte: »*Achtung, Huntsman! Ich schicke dir zwei Pakete runter. Vorzeitige Weihnachtsgeschenke sozusagen.*«

Jack blickte von seiner Felseninsel auf und sah die dunklen Umrisse der *Halicarnassus* im Morgenhimmel herankommen.

Dann sah er, wie die große 747 kaum dreißig Meter über dem See beidrehte. Als sie über ihn hinwegflog, fiel etwas an einem Fallschirm aus der hinteren Laderampe. Schnell schwebte es nach unten und landete mit einem lauten Klatschen etwa fünfundzwanzig Meter vor Jacks Felseninsel im Wasser.

Sobald es auftraf, warf das Ding seine Außenhaut ab und blies sich rasch auf – und entpuppte sich als ein brandneuer Zodiac mit Außenbordmotor.

»Frohe Weihnachten«, sagte Jack.

Wenige Momente später jagten er und die anderen in Richtung Westufer über den Nassersee.

Wenige Kilometer südlich der kolossalen Säulen von Abu Simbel erreichten sie an einer entlegenen Fischer-Anlegestelle das Ufer.

Kaum war der Zodiac an einen altersschwachen Steg geglitten, da fiel an einem zweiten Fallschirm eine Palette aus der *Halicarnassus* und landete kaum mehr als hundert Meter vor ihnen sanft im Wüstensand.

Auf der Palette stand ein kompakter Landrover vom Typ *Freelander* mit Allradantrieb. Er war von allem überflüssigen Ballast befreit und für militärische Zwecke umgerüstet worden.

Die Briten hatten ihn auf Mortimer Island an die *Halicarnassus* übergeben.

Am Steuer saß Stretch.

»Mitfahrgelegenheit gefällig?«

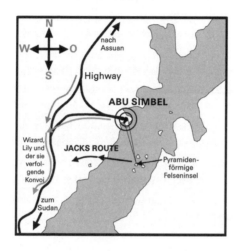

Mit durchdrehenden Reifen fuhr der kleine Allrad-Geländewagen los.

Jack saß neben Stretch auf dem Beifahrersitz. Auf der Rückbank saßen zusammengequetscht Astro, Alby, Pooh Bear und Zoe inmitten eines Stapels an Waffen und Predator-Raketenwerfern, die Stretch mitgebracht hatte.

Jack versuchte es noch einmal auf dem Funkgerät. »Vulture! Scimitar! Bitte melden!« Keine Antwort. Eigentlich hatten die beiden den Anlegesteg bewachen sollen, aber als Wizard über den Selbstmordanschlag berichtet hatte, hatte er sie nicht erwähnt. Es sah so aus, als hätten sich die zwei unerlaubt von der Truppe entfernt.

Der kleine Freelander schoss durch den Wüstensand und wirbelte hinter sich eine Staubwolke auf. Sein Ziel war der asphaltierte Highway, der nach Süden führte.

Als sie ihn erreicht hatten, konnten Jack und die anderen die Jagd mit eigenen Augen beobachten. Weit vorn Wizards einsamer weißer Suburban und dahinter der Konvoi der Armee mit Bussen, Jeeps, Lastwagen und Humvees.

»Egal, was sonst passiert, auf jeden Fall müssen wir die gereinigte Säule sicher hier rausbekommen. Das Wissen, das auf ihr steht, ist unbezahlbar.«

»Wie wäre es damit, *uns* sicher hier rauszubekommen?«, fragte Stretch.

»Die Einzige, die zählt, ist Lily. Wir anderen sind zweitrangig. Auch wenn wir selbst nicht wegkommen, Lily müssen wir rausschaffen. Sie ist wichtiger als all wir anderen.« Er warf Stretch einen bekümmerten Blick zu. »Tut mir leid, Kumpel.«

»Gut zu wissen, welche Rolle ich in dieser Sache spiele.«

Jack deutete mit dem Kinn nach vorn. »Siehst du den letzten Bus da, der hinter den anderen Fahrzeugen zurückhängt?«

»Ja.«

»Den will ich.«

Wizard fuhr wie ein Wahnsinniger.

Er umklammerte das Steuer des gestohlenen Suburban und warf nervöse Blicke abwechselnd in drei Richtungen: auf die Straße vor ihm, den Konvoi und den Beifahrersitz, in dem Lily leblos hing und bei jeder Unebenheit der Straße durchgeschüttelt wurde. Sie hatte die Augen geschlossen, ihr Gesicht war mit blutigen Kratzern bedeckt.

Die Verfolger holten auf, sie füllten schon den gesamten Rückspiegel. Zwei furchterregend aussehende Humvees mit aufmontierten Geschütztürmen waren kurz davor, links und rechts zu dem Suburban aufzuschließen.

»Sky Monster«, brüllte Wizard, »wo bist du?«

»*Hier!*«

Wumm!

Ohne Vorwarnung donnerte die gewaltige schwarze Unterseite der *Halicarnassus* dicht über das Dach von Wizards Wagen hinweg und setzte vor ihm auf dem Highway auf. Dabei klappte die hintere Laderampe herunter, direkt vor Wizards dahinrasendem Wagen.

»*Okay. Ich bremse jetzt ein bisschen! Sieh zu, dass du an Bord kommst!*«, schrie Sky Monster.

Mit 130 Stundenkilometern rollte die große schwarze 747 über den Wüstenasphalt, dem Fahrzeugpulk auf dem Highway voran.

Wizard gab Vollgas.

Der Suburban machte einen Satz und schoss direkt auf die weit offene Laderampe des Jumbos zu.

In diesem Moment eröffneten die beiden Humvees das Feuer.

Funken sprühend schlugen überall im Suburban und im Flugzeug Kugeln ein, selbst im Innern des Frachtraums.

Das Rückfenster und die Seitenfenster des Suburban zersplitterten. Wizard duckte sich und hielt sich eine Hand vors Gesicht.

Doch er hielt weiter Kurs auf die Rampe der *Halicarnassus*.

Der Suburban fing an zu schleudern und auszubrechen, aber Wizard hielt das Steuer fest umklammert. Noch einmal drückte er das Gaspedal voll durch und machte einen Satz auf die Laderampe hinauf. Er traf sie optimal und flog in den hinteren Frachtraum der *Hali*, wo er mit voller Wucht in die Trennwand krachte.

Ruckartig kam der Suburban zum Stehen. Sie waren geborgen.

»Mein Gott, ich hab's geschafft!«, rief Wizard aus.

»*Mensch Wizard, du hast's geschafft!*«, erwiderte Sky Monster. »*Mann, ich dachte schon, du würdest uns um einen Meter verfehlen! War ein gutes Rennen, Fangio ...*«

Wizard wandte sich zu Lily um und sah, dass ihre Augen sich ein wenig öffneten.

»Hallo, meine Kleine. Schön, dass du wieder wach ...«

Ein heftiger Ruck ihres Wagens unterbrach ihn. Einer der

ägyptischen Humvees war hinter ihnen die Rampe hochgeschossen und in sie gekracht!

Wizard wurde nach vorn geschleudert, doch sofort drehte er sich um und sah den Eindringling.

Seine Instinkte waren sofort hellwach.

Er legte den Rückwärtsgang ein und drückte aufs Gas.

Der Suburban machte einen Satz zurück und krachte in den Humvee. Er schickte ihn wieder die Rampe hinunter und aus dem Flugzeug, zurück ins Sonnenlicht, wo der unglückselige Geländewagen mit angezogenen Bremsen auf die Straße traf, umkippte und sich mehrfach überschlug.

»Sky Monster«, funkte Wizard aus dem Frachtraum, »zieh die Rampe hoch, und dann los!«

»*Alles klar, Wiz.*«

Die Triebwerke der *Hali* heulten auf, als Schub für den Start aufgebaut wurde. Gleichzeitig hob sich die Laderampe, und durch die sich langsam schließende Lücke beobachtete Wizard den hinterherjagenden Konvoi, eine Phalanx schwer bewaffneter Fahrzeuge.

Als die Rampe etwa zur Hälfte geschlossen war, sah er, wie sich der Konvoi plötzlich teilte und einem Geländewagen Platz machte, der nach vorn raste: einem Humvee mit einer aufmontierten Geschützlafette.

Der Humvee feuerte, und eine einzelne Rakete schoss aus dem Rohr. Wizard riss die Augen auf bei dem Gedanken, dass die Rakete in den Frachtraum krachen und dort explodieren könnte, aber stattdessen drehte sie zur Seite ab und schoss aus Wizards Blickfeld.

Daneben. Er stieß einen Seufzer der Erleichterung aus.

Doch schon im nächsten schrecklichen Moment wurde ihm klar, dass der Schuss nicht danebengegangen war.

Denn da hörte er, wie eines der beiden Steuerbord-Triebwerke der *Hali* getroffen wurde.

Es war kein schlechter Treffer. Die Rakete krachte in das äußere Steuerbord-Triebwerk der *Halicarnassus* und ließ es in tausend Stücke explodieren. Nun zogen sie eine dicke Rauchfahne hinter sich her.

»Verflucht noch mal!«, schrie Sky Monster, während er alle möglichen Schalter umlegte, um die Treibstoffzufuhr zu unterbrechen. Er kappte alle Leitungen, damit sich das Kerosin nicht an dem explodierten Triebwerk entzündete und bis zu den Tanks in den Tragflächen vordrang.

Aus dem Cockpitfenster warf er einen Blick nach Steuerbord. Vom Triebwerk waren nur noch verbeultes Metall und Rauch zu sehen. Er würde es absprengen müssen. Ein Start war immer noch möglich, aber mit nur drei Triebwerken würde er erheblich schwieriger werden. Sie brauchten eine längere Startbahn.

Der Schaden war angerichtet.

Das Flugzeug wurde langsamer.

Und der Konvoi war ihnen auf den Fersen.

Ein unglaublicher Anblick!

Ein 747-Jumbo, der über einen verlassenen Wüstenhighway raste und von einer Horde Militärfahrzeuge verfolgt wurde, von Humvees, Jeeps, Trucks und Bussen, die alle mit weit über 100 Stundenkilometern dahinrasten. Wie eine Rotte Hyänen, die einen verwundeten Wasserbüffel zur Strecke bringen wollte.

Als er in Schlagdistanz war, griff der Konvoi an.

Natürlich war ihre erste Maßnahme, auf die Reifen der *Hali* zu schießen, doch das große Flugzeug besaß Radkästen aus Kevlar, die sie schützten. Die Kugeln prallten einfach ab.

Deshalb verlegten sich die Jäger auf eine andere, heimtückischere Strategie.

Der erste Truck schoss vor und brachte sich unter die linke Tragfläche der *Hali*. Dort wurde die Plane abgeworfen, und zum Vorschein kam eine Gruppe bis an die Zähne bewaffneter ägyptischer Elitesoldaten.

Ohne Umschweife machten sie sich daran, das Flugzeug nach Standardmethode zu erstürmen. Sie sprangen auf das Dach der Fahrerkabine und hievten sich von dort auf den tiefsten Punkt der Tragfläche, der Stelle, wo sie mit dem Rumpf der *Halicarnassus* verbunden war.

Hilflos verfolgte Sky Monster aus dem Cockpit das Geschehen. »Oh verdammt, verdammt, verdammt!«

Er wechselte zum Fenster auf der anderen Seite und sah, wie ein Bus *randvoll* mit Soldaten unter die Steuerbord-Tragfläche einschwenkte. Auch dort kletterten Männer durch eine Luke auf das Dach und bereiteten sich auf die Erstürmung der Tragfläche vor.

»Scheiße noch mal!«

Wizard hatte mit Lily das Cockpit erreicht. »Was ist los?«

»Wir haben Triebwerk vier verloren, und jetzt kommen sie über die Tragflächen an Bord!«, gab Sky Monster zurück. »Und dagegen können wir gar nichts machen! Sie sind wie Flöhe, die ich nicht abschütteln kann.«

»Du musst was unternehmen …!«

»Wizard! Ich weiß nicht, wie viele Piloten schon mal in so einer Lage gewesen sind. Ich geb mir Mühe, okay?«

»Können wir abheben?«

»Ja, aber dafür brauche ich eine verdammt lange Startbahn.« Wie wild lenkte Sky Monster die *Halicarnassus* abwechselnd nach links und rechts.

Die Soldaten draußen auf der Tragfläche taumelten, versuchten auf den Beinen zu bleiben und Halt zu finden, wo es nur ging. Einer fiel schreiend von der Tragfläche auf die Straße.

Bald jedoch hatten sie ihr Gleichgewicht wiedergefunden, und aus dem Bus unter der Steuerbord-Tragfläche kamen noch mehr Soldaten.

Die *Halicarnassus* schoss über den Wüstenhighway, konnte aber nicht abheben. Und sie wurde belagert.

Im Cockpit entfaltete Wizard umständlich eine Karte. »In vier Kilometern kommt ein gerades Autobahnstück, etwa drei Kilometer lang. Danach geht es bis zur sudanesischen Grenze durch die Berge, und es kommen nur noch Kurven.«

»Dann ist das eben unsere Startbahn«, knurrte Sky Monster. »Unsere *einzige* Startbahn.«

Immer wieder spähte Sky Monster nervös aus dem Steuerbordfenster. »Wizard, traust du dir zu, das Ding ein paar Minuten lang zu steuern?«, fragte er und stand abrupt auf.

»Steuern?« Wizard wurde blass. »Ich kann noch nicht mal besonders gut Auto fahren, Sky Monster.«

»Dann hast du ja jetzt Gelegenheit zu üben. Hier, pass mal auf. Ich zeige dir, wie ...«

Etwa anderthalb Kilometer hinter dem verzweifelten Kampf um die *Hali* zuckelte der letzte Bus der ägyptischen Armee gemütlich an dem ihm zugewiesenen Platz in der Kolonne. Alle an Bord verfolgten gespannt die spektakulären Ereignisse weiter vorn.

Es fiel ihnen überhaupt nicht auf, dass der kleine Freelander-Landrover, mittlerweile mit Pooh Bear am Steuer, hinter ihnen auf den Highway abbog. Auch bemerkten sie nicht, dass er sich bis an ihre hintere Stoßstange heranschlich. Und ebenso wenig, dass drei Gestalten – West, Astro und Stretch – auf die Motorhaube des Freelanders kraxelten und danach die an der Rückseite des Busses befestigte Leiter hinaufkletterten.

Dann tänzelten die drei kleinen Gestalten über das Dach des dahinrasenden Busses. Kurz machten sie Halt, um zwei von Astros Betäubungsgranaten durch eine Luke zu werfen.

Schon im nächsten Moment waren alle Insassen bewusstlos, und der Bus begann über den Asphalt zu schlingern. Auf dem Bauch liegend griff West nach unten und entriegelte die Sicherheitssperre an der Vordertür des Busses. Dann schwang er sich hinein, gefolgt von seinen beiden Waffenbrüdern.

Im Bus zerrte West, der jetzt eine Atemschutzmaske trug, den bewusstlosen Fahrer vom Fahrersitz und übernahm das Steuer.

Er spähte auf die Straße vor ihm. Vor dem Konvoi sah er die beschädigte *Halicarnassus*, aus ihrer rechten Tragfläche waberte Rauch, und nahe am Rumpf lungerten zu beiden Seiten die Feinde.

Astro kontrollierte den Rest des Busses. Überall waren Kämpfer in sich zusammengesackt, alle einfache Soldaten.

»Sie gehören zur ägyptischen Armee«, sagte er und zerrte an der Uniform eines der Männer.

»Wie in vielen afrikanischen Ländern kann man auch die ägyptische Armee manchmal anheuern«, erwiderte Jack. »Wenn man genügend Kohle und die richtigen Kontakte hat, kann man sich für ein oder zwei Tage gleich vor Ort ein paar Schläger mieten. Die Frage ist: Wer bezahlt diesmal für diese Dienstleistung der Ägypter? Und jetzt ist es, glaube ich, an der Zeit, dass wir mal die Straße freiräumen und diese Mistkerle von unserem Flugzeug runterholen. Stretch, die Windschutzscheibe da brauche ich nicht mehr.«

Stretch trat vor und feuerte aus seiner Maschinenpistole eine Garbe in die Windschutzscheibe. Sie zerbarst und war im nächsten Moment verschwunden. Wind schlug ihnen entgegen.

»Gentlemen«, sagte West und zog seine Atemschutzmaske herunter, »auf die Reifen.«

Während der Fahrtwind in den Bus fegte, gab West Vollgas und beschleunigte den Bus auf über 140 Stundenkilometer. Während Stretch und Astro aus der zerschossenen Windschutzscheibe auf die Hinterreifen der anderen Busse feuerten, raste West durch den Konvoi.

Mit lautem Knall platzten die Reifen der anderen Busse. Die Fahrer waren darauf nicht gefasst, und die Busse fingen wie verrückt an zu schlingern, kamen von der Fahrbahn ab und landeten auf dem Sandstreifen. West raste an ihnen vorbei, immer weiter nach vorn.

Nachdem sie vier Busse erledigt hatten, bemerkte man in einem der ägyptischen Humvees, dass sich in dem Bus hinter ihnen Feinde befanden, und das Turmgeschütz wurde in Jacks Richtung gedreht. Gerade noch rechtzeitig erwischte Stretch den Geländewagen mit einer Predator. Der Humvee explodierte und hob komplett von der Straße ab, bevor er sich überschlug und in den Sand rollte.

Ein anderer Jeep bemerkte sie und wendete sein Geschütz, doch West rammte ihn mit dem Bus und schickte ihn schleudernd wie ein Spielzeug von der Fahrbahn.

»Pooh Bear!«, schrie er in sein Funkgerät. »Bleibt hinter uns! Wir schirmen euch ab, bis wir die Laderampe der *Hali* erreicht haben.«

»Roger!«, gab Pooh Bear am Steuer des Freelanders zurück.

Zoe und Alby neben ihm spähten nach vorn auf Jacks erbeuteten Bus und die feindliche Fahrzeugkolonne davor.

Sie waren jetzt nur noch etwa sechzig Meter hinter der *Halicarnassus*, auf der sie etwa ein Dutzend Gestalten ausmachen konnten, sechs auf jeder Seite. Sie hatten sich an den Notausgängen versammelt. Noch vier Busse und ein paar Humvees befanden sich zwischen ihnen und der fliehenden 747. All diese feindlichen Fahrzeuge hatten sich mittlerweile unter den Tragflächen des Flugzeugs versammelt.

Über Funk hörten sie Jack aus dem erbeuteten Bus zu ihnen sprechen: »*Sky Monster, melde dich! Du musst uns die hintere Rampe runterlassen!*«

Doch seltsamerweise gab Sky Monster keine Antwort.

In ebendiesem Moment gelang es den ägyptischen Soldaten auf der linken Tragfläche der *Halicarnassus*, den Notausgang zu öffnen. Sie rissen die Luke auf.

Wumm!

Durch eine volle Schrotladung wurde der erste ägyptische Soldat von den Beinen geholt.

Alle anderen brachten sich in Deckung. Wie ein Berserker stand Sky Monster in der Luke und lud eine zwölfkalibrige Remington durch, bereit für den nächsten Schuss.

»Runter von meinem Flugzeug, ihr Mistkerle!«, brüllte der bärtige Neuseeländer. Ohne dass er es bemerkt hätte, baumelte der Ohrhörer seines Funkgeräts nutzlos an seinem Ohr. Als Sky Monster sich vom Cockpit nach hier vorgekämpft hatte, war er ihm herausgefallen.

Wizard steuerte zur selben Zeit vorn im Cockpit das dahinrasende Flugzeug. Er konnte es nicht wirklich, aber im Moment war irgendeiner am Steuerknüppel immer noch besser als gar keiner.

»Verdammt!«, fluchte Jack. »Ich kriege keine Verbindung zu Sky Monster. Wie soll ich da die Laderampe aufkriegen!«

Aus seinem dahinjagenden Bus heraus starrte er auf die *Halicarnassus* und überlegte, auf welche Weise er sonst an Bord kommen könnte. Da lehnte sich Astro vor und fragte: »Kann ich einen Vorschlag machen?«

Dabei holte er eine ungewöhnliche Waffe aus seinem Halfter und reichte sie Jack.

Sekunden später standen Jack und Astro erneut auf dem Dach ihres dahinrasenden Busses. Diesmal allerdings konzentrierten sie sich auf die mächtige Heckflosse der *Halicarnassus*, die unmittelbar über ihnen schwebte.

Astro hielt seine seltsame Waffe in der Hand.

Es war ein Gerät, das ausschließlich die Elitetruppe des United States Marine Corps benutzte, die *Force Reconnaissance Marines*: ein Armalite MH-12 A Maghook.

Die Maghook sah aus wie eine zweiläufige Maschinenpistole, doch tatsächlich handelte es sich um einen Enterhaken, der zusammen mit einem fünfzig Meter langen Polyäthylenkabel per Druckluft abgefeuert wurde. Durch seinen klauenförmigen Ankerhaken konnte man ihn entweder wie einen klassischen Enterhaken oder als Magnethaken einsetzen. Sein hochleistungsfähiger Magnetkopf hielt an jeder glatten Metalloberfläche. Die A-Variante war eine Neuentwicklung und kleiner als der ursprüngliche Maghook, nicht größer als eine große Pistole.

»Ich habe schon von den Dingern gehört, aber noch nie eins gesehen«, sagte Jack.

»Sollte man immer dabeihaben«, gab Astro zurück und feuerte den Maghook auf die Heckflosse der *Halicarnassus* ab. Mit einem kleinen Knall wie bei einer Reifenpanne schoss der Magnethaken durch die Luft und zog das Kabel hinter sich her.

Der Haken knallte gegen die hohe Heckflosse der *Hali* – und hielt. Sein Magnet saugte sich an die große, stählerne Finne und saß fest.

»Gut festhalten!«, erklärte Astro, reichte West den Maghook und drückte auf einen Knopf, auf dem RETRACT stand.

Sofort wurde Jack vom Dach des dahinrasenden Busses gefegt und von dem kraftvollen Bandspuler nach oben gezogen.

Er erreichte die Höhe der Heckflosse der *Halicarnassus* und schwang sich auf die ebenen Seitenflossen. Als er sicher auf dem Flugzeug war, machte er den Maghook los und wollte ihn wieder Astro zuwerfen, damit der nachkommen konnte.

Doch Astro erhielt keine Chance mehr, Jack zu folgen, denn in diesem Moment wurde sein Bus seitwärts von einem der ägyptischen Reisebusse gerammt. Ein heftiger Schlag, der Astro von den Beinen und beinahe sogar vom Dach holte.

Stretch, der am Steuer saß, lenkte nach rechts und starrte im nächsten Moment in die grimmigen Augen des Fahrers im anderen Bus.

Der Fahrer hob eine Glock-Pistole und zielte auf Stretch.

Als Antwort zog Stretch einen Predator-Raketenwerfer heraus, hielt ihn wie eine Pistole und feuerte.

Die Predator durchschlug das Fenster seiner Automatiktür und bohrte sich in den gegnerischen Bus. Eine Sekunde später leuchtete im neben ihm fahrenden ägyptischen Bus ein gleißender Lichtblitz auf, bevor das Fahrzeug wie ein Knallfrosch in tausend Stücke flog.

In der *Halicarnassus* bewachte Sky Monster die offene Backbordluke. Der Wind zerrte an ihm, doch er hielt seine Schrotflinte ruhig und würde auf jeden schießen, der es wagte, seinen Kopf durch die Luke zu stecken.

Ohne Vorwarnung huschten auf dem Backbordflügel zwei Soldaten an ihm vorbei. Sky Monster feuerte, traf aber nicht, weil sie zu schnell waren. Eine Sekunde lang fragte er sich, was sie vorgehabt hatten, aber die Positionsverlagerung hatte ihnen nichts eingebracht. Dann plötzlich wurde ihm klar, dass es sehr wohl etwas gebracht hatte: Sie hatten seine Aufmerksamkeit auf sich gezogen.

Praktisch im selben Moment wurde die Luke auf der Steuerbordseite aufgestoßen und von ägyptischen Nahkampfspezialisten gestürmt.

Noch mehr heftiger Wind schlug in die Kabine.

Erst einer, dann zwei und dann drei Soldaten drangen mit schussbereiten AK-47-Sturmgewehren ein, bereit, den vollkommen schutzlosen Sky Monster zu durchsieben.

Peng! Peng! Peng!

Eine Salve von Schüssen hallte durch die Kabine.

Sky Monster rechnete damit, im nächsten Moment in dem

Feuerhagel zusammenzubrechen, doch stattdessen waren es die Eindringlinge, die zu Boden gingen, ihre Körper von Kugeln durchsiebt.

Während sie noch fielen, wirbelte Sky Monster herum und sah dann, wer sie erschossen hatte: Jack. Er stand auf der Backbordtragfläche, seine Desert Eagle rauchte. Offenbar hatte er von hinten über Sky Monsters Schulter geschossen.

Sky Monster stieß einen Seufzer der Erleichterung aus, während Jacks Augen vor Entsetzen groß wurden. »Achtung, Monster!«

Verunsichert wirbelte Sky Monster herum und sah, dass einer der drei am Boden liegenden Ägypter zwar getroffen, aber nicht tot war. Jetzt schnellte in seiner blutigen Hand urplötzlich eine Pistole hoch, mit der er ihn aus nächster Nähe aufs Korn nahm. Der Ägypter betätigte den Abzug – doch da sauste wie aus dem Nichts ein brauner Schemen an ihm vorbei und im nächsten Moment war die Waffe des Ägypters weg.

Es war Horus.

Jacks kleiner Falke, der während des Einsatzes in Abu Simbel an Bord der *Hali* geblieben war. Jetzt hatte er dem Angreifer die Waffe aus den blutigen Fingern geschnappt.

Jack marschierte an Sky Monster vorbei und beförderte den geschockten Ägypter mit einem Tritt aus der Steuerbordluke. Plötzlich herrschte Stille in der Kabine, eine kurze Ruhepause.

Horus landete auf Jacks Schulter und hielt ihm die Pistole des Ägypters hin. »Gut gemacht, mein Vögelchen«, sagte Jack, trat zurück zu Sky Monster und steckte ihm den Ohrstöpsel des Funkgerätes zurück ins Ohr. »Wenn du dich hier unten rumtreibst, wer sitzt dann am Steuerknüppel?«

»Wizard.«

»Wizard kann sich kaum auf einem Fahrrad halten«, gab Jack zurück. »Marsch zurück nach oben, du musst uns die hintere Rampe aufmachen. Wir müssen die anderen an Bord holen. Ich bewache hier unten die Eingänge.«

»Warte, Jack, ich muss dir noch was sagen. Wir haben bald

keine freie Strecke mehr. Mit nur drei Treibwerken brauchen wir zum Abheben eine längere Startbahn, und der Abschnitt, der jetzt vor uns liegt, ist unsere letzte Chance.«

»Wie lange noch, bis wir da sind?«

»Höchstens noch ein paar Minuten. Jack, was soll ich machen, wenn ... wenn bis dahin nicht alle an Bord sind?«

»Wenn es dazu kommt, dann schaffst du Wizard, Lily und die Säule hier raus. Das hat oberste Priorität«, entgegnete Jack ernst und schlug Sky Monster auf die Schulter. »Aber vielleicht bleibt dir diese Entscheidung ja erspart.«

»Roger«, sagte Sky Monster und stürzte die Treppe hoch zurück aufs Oberdeck.

Nachdem ihr erster Versuch fehlgeschlagen war, verdoppelten die Ägypter nun ihre Anstrengungen, die 747 zu erstürmen. Zwei weitere Busse schwenkten hintereinander fahrend unter die rauchende rechte Tragfläche der *Halicarnassus* ein und spuckten Männer aus, die über die Dächer der beiden Busse liefen und dann auf die Tragfläche sprangen.

Dort wartete Jack schon auf sie.

Er hockte halb hinter der Lukenklappe verborgen mitten im heftigen Wind und feuerte ohne Unterlass auf die heranstürmenden Soldaten.

Aber kaum hatte er einen Mann niedergestreckt, erschien an seiner Stelle ein anderer.

Lange würde er nicht mehr durchhalten können. Ein schneller Blick über die Schulter, und er sah, dass der Highway ein Stück weiter vorn eine Kurve beschrieb. Dahinter lag ...

... die lange Gerade.

Ihre letzte Fluchtgelegenheit.

Jetzt heißt es schnell handeln, Jack ...

Über ihm schlugen Kugeln in die Luke ein, und er sah die nächste Welle ägyptischer Angreifer auf sich zurollen. Zu seinem Entsetzen stellte er fest, dass die Neuen leichte Schutzschilde trugen, denen ähnlich, die Polizisten bei Ausschreitungen trugen. Sogar Augenschlitze hatten sie.

Was für ein Mist!

Peng!

Jack feuerte und der erste Angreifer, der sich auf der Tragfläche blicken ließ, wurde mitten durch den Schlitz ins Auge getroffen.

Das läuft total aus dem Ruder, dachte Jack.

Er schaute auf die Straße hinter ihnen, und ein verzweifelter Ausdruck machte sich auf seinem Gesicht breit.

Der Feind hatte Verstärkung bekommen ...

... und zwar in Gestalt sechs amerikanischer Apache-Helikopter, die, aus Richtung Abu Simbel kommend, niedrig über den Highway donnerten. Während sie durch die dunstige Hitze dröhnten, kam unter ihnen eine neue Armada von Militärfahrzeugen heran, dieses Mal amerikanische Wagen.

»Schätze, jetzt wissen wir, wer hier die Rechnung zahlt«, keuchte Jack, als der führende Hubschrauber auch schon zwei *Hellfire*-Raketen in seine Richtung abfeuerte. »Sky Monster!«

Sky Monster stürzte ins Cockpit der *Halicarnassus* und rutschte auf den Pilotensitz. Dabei drückte er schon auf den Knopf LOADING RAMP OPEN.

Sofort schwenkte die Laderampe der *Halicarnassus* auf und schlug Funken stiebend auf die Fahrbahn, die unter ihnen dahinraste.

Dann brüllte Jack in sein Ohr: »*Sky Monster! Gegenmaßnahmen einleiten! Schnell, schnell, schnell!*«

Sky Monster hieb auf einen Knopf mit der Aufschrift CHAFF DECOYS, und im selben Moment sprangen aus dem Schwanz der *Hali* so etwas wie Feuerwerkskörper und schossen hoch in die Luft.

Die erste Hellfire-Rakete verfehlte eine der Blendraketen und explodierte weit über der dahinrasenden *Halicarnassus*, ohne Schaden anzurichten.

Die zweite Rakete, die durch die Blendraketen zwar irregeführt, aber nicht endgültig abgelenkt war, schoss direkt an ihnen vorbei und schlug neben der rechten Tragfläche der 747 auf der Straße ein. Das gesamte Flugzeug erzitterte heftig, und zwei Busse der ägyptischen Spezialeinheit, die die Tragfläche belagerten, wurden beinahe getroffen.

Es herrschte das totale Chaos.

Mitten in diesem Hexenkessel nahmen das Flugzeug und seine Verfolger noch einmal eine Kurve und bogen auf den letzten geraden Straßenabschnitt auf ägyptischem Boden ein.

Überall war nun der Teufel los.

Sky Monster brüllte in sein Funkgerät: »Leute, was immer ihr vorhabt, macht es bald, weil uns die Startbahn knapp wird.«

Stretch nahm in seinem Bus hinter der *Halicarnassus* gerade die letzte Kurve, da sah er, wie ein dritter ägyptischer Bus mit Männern auf dem Dach sich unbemerkt unter die rechte Tragfläche des Flugzeugs schob.

»Pooh Bear!«, funkte Stretch an den Freelander hinter sich. »Du musst allein auf die Rampe kommen! Ich muss mich um den Bus da kümmern.«

»Alles klar«, antwortete Pooh Bear.

Stretch scherte nach links aus und gab Gas. Pooh Bears Freelander war jetzt nur noch zehn Meter hinter der mittlerweile offenen Laderampe der *Halicarnassus*.

Mit Vollgas rammte Stretchs Bus seinen Gegner, worauf dieser in wildes Schleudern geriet. Die Reifen des feindlichen Busses rutschten vom Asphalt auf den Sand des Seitenstreifens, wo sie vollends die Bodenhaftung verloren und außer Kontrolle gerieten. Der gesamte Bus kippte spektakulär um und überschlug sich mehrere Male in einer riesigen Rauch- und Staubwolke.

Im Freelander mit Zoe und Alby drückte Pooh Bear das Gaspedal voll durch und beschleunigte, seine Augen waren auf die Laderampe der *Hali* fixiert.

Der kleine Freelander sauste über den Highway und holte zum Flugzeug auf, da rief Alby plötzlich: »Pass auf!« Gerade noch rechtzeitig riss Pooh Bear das Steuer herum und entging so dem kamikazeartigen Angriff eines Humvees von rechts.

Der Humvee verfehlte sie nur um Zentimeter, schoss über den Fahrbahnrand und jagte in den Sand.

»Danke, Kleiner!«, rief Pooh Bear.

In dem Moment klingelte Zoes Mobiltelefon. Da sie dachte, es sei Wizard oder einer der anderen, antwortete sie mit: »Was gibt's?«

»*Oh, hallo*«, meldete sich am anderen Ende eine angenehme weibliche Stimme. »*Sind Sie das, Zoe? Hier ist Lois Calvin, Albys Mutter. Ich wollte nur mal anrufen und hören, wie es so geht auf der Farm.*«

Zoe erbleichte. »Lois! Äh, hallo! Hier ist alles ... prima.«

»*Ist Alby da?*«

»W ... was?«, stammelte Zoe und versuchte immer noch die Absurdität dieses Anrufs zu verarbeiten. Schließlich reichte sie das Telefon einfach an Alby weiter. »Es ist deine Mutter. Sei bitte diskret.«

Eine Rakete sauste über sie hinweg.

»Mom?«, meldete sich Alby.

Die andere Hälfte der Unterhaltung verstand Zoe nicht, sie hörte nur, wie Alby sagte: »Wir sind mit dem Jeep zur Pferdekoppel im Osten unterwegs ... ich hab totalen Spaß ... nein, nein, wir haben nie Langeweile ... Lily geht's gut ... mache ich ... ja, Mom ... ja doch, Mom ... in Ordnung, Mom, tschüs!«

Er beendete das Gespräch und reichte das Telefon zurück.

»Gut gemacht, Kleiner«, meinte Zoe.

»Meine Mutter würde die Motten kriegen, wenn sie wüsste, wo ich gerade bin«, antwortete Alby.

»Meine auch«, knurrte Pooh Bear und brachte den Freelander direkt hinter die *Halicarnassus*. Schon wollte er die Rampe hochschießen, da wurden sie – *Paaf!* – mit voller Wucht von links getroffen. Noch ein Humvee, den keiner von ihnen bemerkt hatte.

Der Freelander wurde heftig nach rechts geschleudert und hielt nun nicht mehr auf die Rampe der *Halicarnassus* zu. Stattdessen drückte der Humvee ihn krachend in die Seite eines der beiden Busse, die die Steuerbord-Tragfläche des Flugzeugs angriffen.

»Mist!«, schrie Pooh Bear.

An der rechten Tragfläche kämpfte Jack immer noch gegen heranstürmende ägyptische Soldaten an. Er feuerte wie wild, während Horus nicht weit weg in der Luft schwebte. Da sah er, wie unter der Tragfläche der dahinrasenden 747 plötzlich der Freelander auftauchte. Der kleine Geländewagen wurde von einem viel größeren Humvee gegen einen der ägyptischen Busse gedrückt.

Seltsamerweise galt Jacks erster Gedanke Lilys Freund Alby. Lilys treuem Freund, der immer noch in dem Freelander saß. Und plötzlich tauchte irgendwo in Jacks Kopf die Gewissheit auf, dass Albys Schicksal mit dem von Lily verknüpft war, dass er sie irgendwie stützte, ihr Kraft gab. In diesem Moment wusste Jack, dass er nicht zulassen durfte, dass dem Jungen etwas zustieß. Zoe und Pooh Bear konnten auf sich selbst aufpassen, aber nicht Alby.

Jack handelte.

»Bis später, Vögelchen«, sagte er zu Horus. »Wenn du mir irgendwie Rückendeckung geben kannst, wäre ich dir sehr verbunden.«

Genau in diesem Moment versuchten zwei weitere ägyptische Elitesoldaten, die Steuerbord-Tragfläche zu erklimmen. Beide trugen sie Schutzschilde. Im selben Moment preschte Jack aus seiner Deckung auf die Tragfläche und erschoss beide durch die Augenschlitze. Im Vorbeilaufen schnappte er sich von einem der Toten seinen Schutzschild, dann sprang er hinunter auf das Dach des ersten ägyptischen Busses, der unter der Tragfläche fuhr.

Dort warteten nicht weniger als sieben ägyptische Elitekämpfer auf ihn.

Für einen Sekundenbruchteil waren sie geschockt, ihn zu sehen – ein Einzelner griff sie allein an?

In diesem Moment schoss Horus auf sie herab, seine Krallen schlugen zu, rissen dem ersten Soldaten drei tiefe Wunden ins Gesicht und brachten den zweiten aus dem Gleichgewicht.

Das gab Jack die Sekunde, die er brauchte, denn er hatte nicht vor, sich lange auf dem Dach aufzuhalten. Mit dem Schutzschild in der Hand drehte er sich schnell um und sprang von der Vorderkante direkt vor die Windschutzscheibe. Noch beim Fallen befestigte er den Magnetkopf von Astros Maghook vorn am Dach.

Vor der Windschutzscheibe des dahinrasenden Busses schwang er sich nach unten und erschreckte den Fahrer zu Tode. Noch weiter hinunter, und kurz bevor er auf der dahinschießenden Fahrbahn aufkam, schob er den Kevlar-Schild unter sich wie ein kleines Surfbrett.

Im nächsten Moment war er unter der Stoßstange des riesigen Busses verschwunden.

Rücklings auf dem Schild liegend, glitt er unter dem Bus von vorn nach hinten, wobei er sich an dem Kabel des Maghook festhielt.

Unterwegs umklammerte er seine Desert Eagle und feuerte in jedes wichtige Fahrzeugteil, das er entdecken konnte: die Achsen, die Elektronik, die Bremsschläuche und die Flüssigkeitsbehälter. Und kaum war er hinter der rückwärtigen Stoßstange zum Vorschein gekommen, fing der Bus wie wild an zu schleudern, geriet vollkommen außer Kontrolle und kam von der Fahrbahn und dem Flugzeug ab.

Jacks Rutschpartie war aber noch nicht vorbei.

Der zweite ägyptische Bus, der Poohs Freelander einklemmte, war direkt hinter dem ersten hergefahren. Jetzt ließ Jack sich auf seinem Schild unter ihn gleiten.

Während er unter den zweiten Bus verschwand, drückte er auf einen Knopf am Maghook, und das Kabel rollte sich schnell auf.

Jetzt glitt Jack frei unter dem zweiten Bus dahin. In kaum einem Meter Entfernung sah er die wirbelnden Reifen des Freelanders und dahinter die größeren Räder des Humvees. Mit einer Hand feuerte er seitlich zwischen den Rädern des Freelanders hindurch auf die Reifen des Humvees – und traf.

Sofort geriet der Humvee außer Kontrolle und schlingerte weg – doch eine Sekunde zuvor waren noch zwei ägyptische Soldaten auf den Freelander gesprungen und attackierten nun Pooh Bear.

Obwohl Pooh Bear gegen die zwei Männer ankämpfte, gelang es ihm, den Freelander von dem Bus wegzuziehen. Noch einmal nahm er die hintere Laderampe der *Halicarnassus* ins Visier. Sie war jetzt unmittelbar vor ihm.

Zoe lehnte sich nach vorn, um Pooh gegen die zwei Angreifer beizustehen, doch in dem Moment geriet der Freelander ins Schleudern. Wenn sie jetzt Vollgas gaben, würden sie gegen eine der Streben der Rampe krachen und elendig zerschellen.

Auch Pooh Bear hatte das offenbar erkannt. Er hielt die beiden Männer umklammert, die ihn angriffen, und für einen kurzen Moment traf sich sein Blick mit dem von Alby und Zoe.

»Seht zu, dass ihr hier wegkommt«, blaffte er.

Und noch bevor sie ihn abhalten konnten, sprang Pooh Bear von dem rasenden Freelander und riss die beiden überrumpelten ägyptischen Soldaten mit.

Sich überschlagend und durcheinander wirbelnd kamen sie zusammen auf der Fahrbahn auf, wobei Pooh dafür gesorgt hatte, dass seine Angreifer die Hauptwucht des Aufpralls abbekamen.

Alby wandte sich ruckartig um und sah, wie sie auf dem Highway zurückblieben, während Zoe auf den Fahrersitz kletterte und das Steuer nahm. Sie hatten jetzt freie Fahrt bis zur Laderampe.

Zoe drückte das Gaspedal durch.

Mit Karacho traf der Freelander auf der Rampe auf, machte einen Satz hinauf in den Laderaum und schlitterte in den weißen Suburban, der dort bereits stand. Aber sie waren drin. Sie waren gerettet.

Jack, der immer noch unter dem zweiten ägyptischen Bus auf seinem Schild dahinglitt, hatte von dort unten gesehen, wie Pooh Bear und seine beiden Angreifer zurück auf die Straße geschleudert wurden. Und er hatte auch gesehen, wie der Freelander in den Frachtraum der *Hali* geschossen war.

Plötzlich nahm ihm etwas die Sicht. Es war die Flanke eines Busses, der direkt neben ihm fuhr. Seine Vordertür stand offen.

Jack riss seine Waffe hoch – da erkannte er Astro in der Tür des Busses. »Jack!« Bäuchlings lag er auf den Stufen. »Jack! Gib mir deine Hand!«

Eine halbe Minute später zerrte Astro Jack unter dem ägyptischen Bus hervor und in das erbeutete Fahrzeug, an dessen Steuer immer noch Stretch saß.

Kaum hatte er Jack hochgehievt, heftete Astro geschickt eine magnetische Sprengkapsel an den ägyptischen Bus und brüllte: »Weg hier!«

Stretch hatte sie gerade in eine sichere Entfernung manövriert, da ging die Ladung auch schon los und die gesamte Seite des ägyptischen Busses wurde einfach weggesprengt.

Plötzlich hörte Jack in seinem Ohrhörer Sky Monsters Stimme: »*Huntsman! Wo zum Teufel steckst du? In etwa zehn Sekunden muss ich beschleunigen, sonst können wir nicht abheben!*«

Jack starrte in Richtung des vorausdüsenden Flugzeugs, und ihm wurde schlagartig klar: Es war zu weit weg. Er, Stretch und Astro würden es nie und nimmer rechtzeitig erreichen.

Im nächsten Moment wurde seine Aufmerksamkeit abgelenkt von einem dumpf widerhallenden *Wumm!* Er wirbelte herum und sah eine weitere Hellfire-Rakete über den Highway heranzischen, dem fliehenden Flugzeug hinterher.

»Monster!«, schrie er. »Wir kriegen euch nicht mehr!«

»*Was?*«

Auch Stretch und Astro hatten mitgehört und warfen einander einen Blick zu.

Dann kam Lilys Stimme über den Äther: »*Nein, Daddy! Wir warten auf euch ...*«

»Nein, mein Schatz. Ihr müsst sehen, dass ihr wegkommt. Wir finden uns schon wieder, Lily, das verspreche ich dir. Aber glaub mir bitte, *ihr müsst jetzt verschwinden*. Wir sind nicht so wichtig wie ihr. Ihr müsst überleben! Du, Zoe, Wizard und Alby. Ihr müsst unsere Mission fortsetzen, die zweite Säule finden und sie in den zweiten Eckpunkt einsetzen. Ruft euch die Zwillinge zu Hilfe. Das ist jetzt eure Mission. Ich liebe dich. Und jetzt los, Sky Monster!«

Er schaltete das Funkgerät aus und wandte sich zu Stretch: »Halt den Bus an.«

Stretch, der jedes von Jacks Worten mitbekommen hatte, warf ihm einen fragenden Seitenblick zu.

»Stell dich quer. Über die ganze Straße. Jetzt!«, kommandierte Jack.

Stretch gehorchte und brachte den Bus schlitternd und quietschend mitten auf dem Highway zum Stehen. Die Fahrbahn war komplett blockiert.

Die *Halicarnassus* donnerte über den Asphalt davon und verschwand, immer schneller werdend, im Dunstschleier.

»Und jetzt, meine Herren«, sagte Jack, »nehmt die Beine in die Hand.«

Jack, Stretch und Astro stürzten aus dem Bus, rannten quer über die Fahrbahn und hechteten in den Sand. Im nächsten Moment wurde der Bus von der heranzischenden Rakete getroffen, die für die *Halicarnassus* bestimmt gewesen war.

Der Bus explodierte in einem einzigen Feuerball, eine Rauchsäule stieg wie ein Pilz in den Himmel, und überall regneten verbeulte Metallteile herab.

Bedeckt von Sand, Blut und Schweiß, blickte Jack hoch und sah, wie die *Halicarnassus* gen Süden strebte und immer kleiner wurde, bis sie sich schließlich langsam und mühselig in den Himmel erhob, angetrieben nur noch von drei Triebwerken.

Innerhalb nur einer Minute kam zeitgleich ein halbes Dutzend amerikanischer Humvees rutschend um ihn herum zum Stehen. Über ihnen patrouillierten die sechs Apache-Helikopter in der Luft und lösten einen kleinen Sandsturm aus.

Jack rappelte sich hoch, ließ die Waffen fallen und legte die

Hände hinter den Kopf. Da marschierte auch schon der erste Kämpfer, ein amerikanischer Elitesoldat, auf ihn zu und schlug ihm wortlos seinen Gewehrkolben ins Gesicht. Im nächsten Moment sah Jack nur noch schwarz.

**K-10-U-BOOT-STÜTZPUNKT
MORTIMER ISLAND
BRISTOLKANAL, ENGLAND
10. DEZEMBER 2007, 22:00 UHR**

Auf dem K-10-Stützpunkt auf Mortimer Island standen sechs SAS-Angehörige vor einem kleinen Gebäude am Rande des Militärgeländes Wache. Sechs grimmige Posten im strömenden Regen.

Im Inneren des Nebengebäudes arbeiteten die Terrible Twins, Lachlan und Julius Adamson an benachbarten Computern.

Während Lachlan seine Tastatur bearbeitete, sagte er: »Erinnerst du dich noch an dieses rechtwinklige Dreieck mit seinem Verhältnis von 5:12:13, das Stonehenge mit der Großen Pyramide von Giseh verbindet? Sein rechtwinkliger Eckpunkt liegt auf einer Insel gar nicht weit von hier entfernt, auf Lundy Island.«

Plötzlich sprang Julius von seinem Computer auf und riss die Faust hoch. »Ich hab's! Ich habe den zweiten Eckpunkt gefunden!«

Er stieß seinen Stuhl zurück, damit sein Bruder und Tank Tanaka auf seinen Monitor blicken konnten. Auf dem Bildschirm sah man die Digitalaufnahme eines der Trilithen von Stonehenge, den sie während des Lichterspektakels aufgenommen hatten.

Umgeben war das Foto von verschiedenen Satellitenbildern von Südafrika sowie Karten vom Kap der Guten Hoffnung. Sogar ein Fenster von Google Earth war geöffnet.

Zufrieden grinsend deutete Julius auf die Nummer »2« am unteren Ende des Trilithen. »Er ist in der Nähe des Tafelberges.«

»In Kapstadt?«, fragte Lachlan.

»Bist du sicher?«, fragte Tank.

»Absolut. Er befindet sich knapp fünf Kilometer südlich des Tafelberges«, erwiderte Julius. »Irgendwo da in den Hügeln. Die ganze Gegend ist dicht bewaldet, unbewohnt und nur sehr schwer zugänglich. Ich bin einfach ein Meister!«

Er grinste triumphierend. Da läutete Tanks Mobiltelefon. Er trat zur Seite, um sich zu melden, und murmelte dann in gedämpftem Ton: »Ah, konichiwa ...«

Lachlan sagte zu Julius: »Das bedeutet aber noch lange nicht, dass du mir in irgendeiner Weise überlegen wärst, das ist dir wohl hoffentlich klar. Nummer zwei war ja einfach. Die Umrisse von Afrika waren leicht zu erkennen. Ich versuche immer noch rauszukriegen, wo die Küstenlinie für Nummer drei liegen könnte. Sie stimmt mit keiner einzigen heutigen Küstenlinie überein.«

Tank, der mit seinem Telefon abseits stand, runzelte gerade die Stirn: »Oh?«

In gespielter Selbstzufriedenheit verschränkte Julius die Arme hinter dem Kopf. »Vielleicht kann ich dir irgendwann mal ein bisschen Nachhilfe in topographischer Analyse geben, liebster Bruder. He, weißt du, was mein Codename sein könnte? *Analyser!*«

»Aber klar doch. Und das kürzen wir dann zu *Anal* ab. Schick mal lieber den Standort an Jack und Wizard, *Anal*. Das wird ihnen gefallen. Ach ja, und wenn du schon dabei bist, richte Lily aus, dass ich im Überwachungsraum ihren Rucksack gefunden habe. Sie muss ihn in der Eile liegen gelassen haben.«

»Mit dem allergrößten Vergnügen.« Julius tippte auf ein paar Tasten und dann gut gelaunt auf ABSCHICKEN.

Tank beendete währenddessen mit einem knappen »Yoroshii, ima hairinasai« sein Gespräch.

Er kam zurück zu den Zwillingen.

»He Tank«, fragte Julius, »was würdest du von dem Codenamen *Analyser* für mich halten?«

Tank schenkte ihm ein trauriges Lächeln. »Das fände ich äußerst passend, mein junger Freund.«

»Also, wer kommt jetzt herein?«, fragte Lachlan Tank.

»Wie bitte?«

»Gerade hast du am Telefon gesagt, ›Yoroshii, ima hairinasai‹. Das heißt so viel wie ›In Ordnung, du kannst jetzt reinkommen‹.«

Tank stutzte. »Sprichst du etwa japanisch, Lachlan?«

»Ein bisschen. Ich hatte mal was mit einer japanischen Naturwissenschaftsstudentin.«

»Du hattest überhaupt nichts mit ihr«, mischte sich Julius gereizt ein. »Du hast ihr bloß in einem Chatroom geschrieben.«

Lachlan wurde rot. »Es gab da eine innere Verbindung, Anal. Und das gilt als ›was miteinander haben‹.«

Aus heiterem Himmel flog die Tür zu ihrem Arbeitsraum auf und einer ihrer SAS-Wachposten wurde von einer schallgedämpften Gewehrsalve hineingeschleudert: *Plop-plop-plop-plop-plop-plop!*

Blut spritzte an die Wände und über Lachlans Brille. Der Körper des SAS-Soldaten schlug dumpf auf dem Boden auf.

Im nächsten Moment stürmten sechs schwarz gekleidete Männer in gebückter Haltung in den Arbeitsraum. Alle trugen sie in Sturmtrupp-Manier mit Schalldämpfern ausgerüstete MP-55N-Maschinenpistolen in der Armbeuge. Mit hinter Schutzbrillen verborgenen Augen zielten sie über die Gewehrläufe hinweg.

Während fünf der Eindringlinge die Zwillinge in Schach hielten, ging der Anführer der Gruppe ohne Umschweife auf Tank zu und zog seine Schutzbrille ab. Ein junges japanisches Gesicht kam zum Vorschein.

»Professor Tanaka, wir haben einen Hubschrauber draußen. Was ist mit den beiden da?«

Auf die Köpfe der Zwillinge waren zwei Waffen gerichtet.

Lachlan und Julius erstarrten und wagten nicht zu atmen.

Eine kleine Ewigkeit betrachtete Tank die beiden brillanten jungen Männer, so als entscheide er gerade über ihr Schicksal: ob sie leben sollten oder sterben.

Schließlich sagte er: »Sie können uns immer noch sehr nützlich sein. Wir nehmen sie mit.«

Mit diesen Worten eilte Tank aus dem Arbeitsraum. Entschlossenen Schrittes marschierte er voran. Hinter ihm wurden die Zwillinge mit vorgehaltener Waffe aus dem Gebäude gestoßen. Als sie in den strömenden Regen hinaustraten, kamen sie an den Leichen ihrer SAS-Wachen vorbei. Man hatte allen in den Kopf geschossen.

 **LUFTRAUM ÜBER AFRIKA**
10. DEZEMBER 2007, 09:30 UHR

Mühsam kämpfte sich die *Halicarnassus* durch den Himmel über Afrika, eine Rauchfahne vom angeschossenen Steuerbord-Triebwerk hinter sich herziehend. Die hügelige Landschaft unter ihr war wie ein wogender Teppich in sattem Grün.

Seit ihrer dramatischen Flucht aus Abu Simbel waren mittlerweile fast zwei Stunden vergangen. Jetzt flogen sie über Uganda in Ostafrika. Ihr aktueller Plan war, ihr früheres Basislager in Kenia anzusteuern und sich dort wieder zu sammeln.

Zoe und Wizard kamen ins Cockpit, in dem ein einsamer Sky Monster die Maschine flog. Lily und Alby waren unten und schliefen nun nach dem aufregenden Morgen.

»Du hast uns gerufen?«, fragte Zoe.

»Ich habe eine gute und eine schlechte Nachricht«, sagte Sky Monster. »Welche wollt ihr zuerst hören?«

»Die gute«, gab Wizard zurück.

»Okay. Gerade kam eine Botschaft aus England von den Zwillingen. Irgendwas über den zweiten Eckpunkt.«

Sofort setzte sich Wizard an den nächstbesten Computer und überflog die Nachricht: »Kapstadt. Tafelberg. Ach, was sind das doch für talentierte Burschen. Gut gemacht, Jungs, wirklich gut gemacht!«

Zoe wandte sich wieder an Sky Monster und fragte: »Und die schlechte Nachricht?«

»Wir haben fast keinen Sprit mehr, und Kenia können wir seit eben vergessen.«

»Was?«

»Wieso denn?«

»Vor ungefähr zehn Minuten habe ich zum ersten Mal Flugsignale aufgefangen. Sie verlaufen in nordsüdlicher Richtung entlang der kenianisch-ugandischen Grenze. Schnurgerade von Norden nach Süden, und das bedeutet, dass es sich um computergesteuerte Flugzeuge handelt, also um unbemannte Drohnen. Predator-Drohnen.«

»Aber nur die USA und die Saudis haben Predator-Drohnen ...«, begann Wizard.

»Die Treibstoff-Situation«, unterbrach ihn Zoe. »Wie lange können wir noch in der Luft bleiben?«

Sky Monster zog eine Grimasse. »Ich habe da unten auf dem Highway eine Menge loswerden müssen, als unser Triebwerk getroffen wurde. Schätze, wir haben noch genug Sprit, um Ruanda zu erreichen. Allerhöchstens eine Stunde. Danach kommt nur noch heiße Luft.«

»Wir müssen also in Ruanda landen?«, fragte Zoe.

»Wir können landen oder wir können abstürzen«, gab Sky Monster zurück. »So oder so werden wir innerhalb der nächsten Stunde irgendwo in Afrika am Boden sein.«

Zoe warf Wizard einen Blick zu.

Wizard sagte: »Wir haben noch sieben Tage, um den zweiten Eckpunkt zu erreichen. Aber zuerst müssen wir die zweite Säule finden. Iolanthe hat gesagt, dass sie sich immer noch beim Stamm der Neetha befindet, das ist in der Demokratischen Republik Kongo. Ab einem bestimmten Punkt werden wir einen Hubschrauber brauchen, aber durch Ruanda bis in den Kongo kommen wir auch über Land.«

»Über Land durch Ruanda?«, fragte Zoe. »Darf ich dich vielleicht daran erinnern, Max, dass Ruanda immer noch als der gefährlichste Ort auf Erden gilt? Und der Kongo folgt dann gleich an zweiter Stelle.«

Wizard griff sich eine Karte von Zentralafrika und rollte sie auf der Konsole des Cockpits aus.

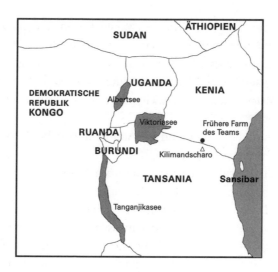

Sky Monster erklärte: »Wir sind jetzt hier, über Uganda, direkt nördlich des Viktoriasees.«

Wizard fuhr mit dem Finger über den ausgedehnten Süden der Demokratischen Republik Kongo, der die gesamte linke Seite der Karte einnahm. »Der Kongo besteht fast ausschließlich aus Dschungel. Dichtem Dschungel! Nur wenige Straßen und auf jeden Fall keine, die sich als Start- und Landbahn für eine 747 eignen würde. Vielleicht können wir in Ruanda einen Hubschrauber klauen, die UN haben da Dutzende von Materiallagern zurückgelassen.«

»Wir werden Hilfe benötigen«, sagte Zoe. »Nachschub, die Sprache, die örtlichen Gebräuche ... Was ist mit Solomon?«

Wizard nickte. »Solomon. Ich kann ihn auf der Farm in Kenia anrufen und hören, ob er mal eben mit Vorräten und was er sonst noch so auftreiben kann, nach Ruanda rüberflitzen kann.«

Sky Monster fügte hinzu: »Wenn er schon dabei ist, soll er auch gleich mal sehen, ob er uns ein bisschen Kerosin besorgen kann. Ich will mein Flugzeug nicht in Ruanda im Stich lassen. Das hat es nicht verdient.«

Zoe bemerkte den Blick in Sky Monsters Gesicht. Dass er

sein getreues Flugzeug in einem der unruhigsten Länder Afrikas zurücklassen sollte, machte ihm schwer zu schaffen.

Aber dann sagte er: »Macht weiter, Leute. Seht zu, dass ihr alles zusammensucht, was ihr mitnehmen wollt. In einer Stunde landen wir.«

FÜNFTE PRÜFUNG

DER SCHWARZE KONTINENT

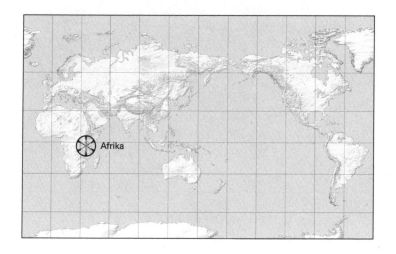

AFRIKA

11. DEZEMBER 2007

6 TAGE BIS ZUM
ZWEITEN STICHTAG

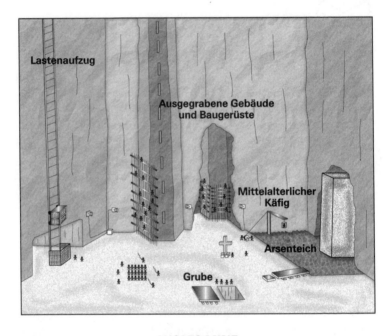

WOLFS MINE

IRGENDWO IN AFRIKA
11. DEZEMBER 2007, 18:00 UHR

Finsternis. Stille. Frieden.

Dann riss ein plötzlicher, fürchterlicher Schmerz in der rechten Hand Jack aus seiner Bewusstlosigkeit.

Er riss die Augen auf ...

... und stellte fest, dass er mit ausgestreckten Armen am Grund einer tiefen, rechteckigen Grube rücklings auf einer großen Steinplatte lag ... und ein Schwarzer dabei war, ihm einen dicken Nagel in die rechte Handfläche zu schlagen!

Gerade schlug der Mann wieder mit seinem Holzhammer zu, und zu Jacks Entsetzen fuhr der Nagel vollständig durch das Fleisch seiner Hand bis in einen kleinen Holzklotz, der darunter in den Stein eingelassen war. Blut spritzte aus der Wunde.

Jacks Atem überschlug sich.

Er warf den Kopf herum und musste feststellen, dass sein linker Arm bereits auf einen zweiten in den Stein eingelassenen Klotz genagelt war. Über seine künstliche linke Hand war immer noch der Lederhandschuh gestülpt. Seine Beine waren gefesselt.

Erst dann wurde ihm mit vollem Entsetzen seine Lage bewusst.

Er wurde gekreuzigt!

Rücklings auf eine Steinplatte gekreuzigt, am Grund einer Grube, die wer weiß wo lag.

Immer noch hektisch atmend, warf er einen raschen Blick nach links und rechts. Die Grube war in den schieren Fels gehauen und mindestens sechseinhalb Meter tief. Die Welt über ihrem Rand war dunkel, erhellt nur durch Feuerschein. Es musste eine Höhle oder Mine oder etwas Ähnliches sein.

Dann rief der muskulöse Schwarze, der seine Hand an den

Stein geschlagen hatte: »Er ist aufgewacht!« Im nächsten Moment erschienen vier Männer am Rand der Grube und spähten hinunter.

Zwei der vier kannte Jack nicht. Es waren zwei amerikanische Soldaten, der erste ein massiger junger Infanterist mit großen, starr blickenden Augen, der zweite ein untersetzter Mann asiatischer Abstammung in der Uniform eines Marineinfanteristen.

Den dritten Mann kannte Jack. Er war Chinese, schon älter, und seine Augen funkelten wütend. Es war Oberst Mao Gongli von der Volksbefreiungsarmee, den Jack zuletzt in Laotses Fallensystem gesehen hatte, als er gerade die Rückstände einer Rauchgranate herauswürgte. Vage erinnerte er sich noch daran, wie er dem pistolenschwingenden Mao im Vorbeilaufen die Nase gebrochen hatte.

Der vierte Mann hingegen war einer, den Jack nur allzu gut kannte, und er nahm (richtigerweise) an, dass die jüngeren Soldaten seine Lakaien waren. Der blonde, blauäugige Mann war ein amerikanischer Colonel, dessen Codename *Wolf* lautete. Jack hatte ihn schon seit Jahren nicht mehr gesehen und war darüber nicht unglücklich gewesen.

Jetzt musterte Wolf Jack, der hilflos auf dem Rücken an die Steinplatte genagelt dalag, mit einem seltsamen Blick.

Dann grinste er breit.

»Hallo, mein Sohn«, rief er.

»Hallo Vater«, gab Jack zurück.

Der Mann, der da oben stand, war Jack West sen.

Vom Rand der Grube starrte Jack West sen. auf seinen Sohn hinab.

Hinter ihm, jenseits von Jacks Blickwinkel, lag die Grube einer riesigen unterirdischen Mine. Hunderte ausgezehrter Äthiopier standen hier auf zehn Stockwerke hohen Gerüsten und quälten sich mit Hacken und Schaufeln an den riesigen Erdwänden ab. Sie entfernten die in Jahrhunderten aufgetürmte, feste Erde von etwas, das aussah wie eine Reihe antiker Steingebäude.

»*Isopeda isopedella*«, sagte Wolf langsam. Seine Stimme hallte in der riesigen Mine wider.

Jack gab keine Antwort.

»Die gemeine Riesenkrabbenspinne, auch *Huntsman* genannt«, fuhr Wolf fort. »Eine Spinne mit großem Rumpf und langen Gliedmaßen, die in Australien beheimatet ist. Sie ist ähnlich groß und schlecht gelitten wie die Vogelspinne und dafür bekannt, dass sie größer als fünfzehn Zentimeter werden kann.«

Jack schwieg weiter.

»Aber trotz ihres furchterregenden Aussehens ist der Huntsman keine tödliche Spinne. Sie ist sogar überhaupt nicht gefährlich. Ein Biss von ihr verursacht höchstens einen vorübergehenden lokalen Schmerz. Eigentlich ist sie nur ein Bluff, ein Tier, das seine weitgehende Harmlosigkeit mit scheinbarer Stärke und Statur zu verbergen versucht. So ähnlich wie du. Ich habe deinen Codenamen nie gemocht, Jack.«

Ein Schweißtropfen rann Jack über die Stirn.

»Wo sind meine Freunde?«, fragte er. Sein Hals war rau und trocken. Er dachte an Stretch, Pooh Bear und Astro, von denen keiner nach der Jagd in Abu Simbel hatte entkommen können.

In diesem Moment schob Wolf Astro neben sich ins Blickfeld. Verschwommen erkannte Jack den jungen amerikanischen Marineinfanteristen. Es schien ihm gut zu gehen, und was noch wichtiger war, er trug keine Handschellen. Er sagte nichts, sondern blickte nur mit ausdruckslosem Blick auf Jack hinunter.

Ist Astro schon die ganze Zeit auf Wolfs Seite, fragte sich Jack. Bestanden hatte diese Möglichkeit schon immer. Nein, er hatte Astro immer für einen guten und verlässlichen Mann gehalten. Er war bestimmt nicht eingeschleust worden.

»Was ist mit den anderen beiden?«

»Mach dir um deren Schicksal keine Gedanken«, sagte Wolf. »Sie werden dich bestimmt überleben, aber nicht lange. Wir sprachen gerade über die Makel des Codenamens, den du dir ausgesucht hast, Junge.«

»Ich habe ihn mir nicht selbst ausgesucht. Einen Codenamen sucht man sich nicht selbst aus.«

Wolf blickte zur Seite.

»Wie geht es deiner Mutter?«, fragte er unvermittelt. »Wie sehr ich es auch versuche, ich kann sie einfach nicht finden. Man könnte meinen, sie will gar nicht, dass ich weiß, wo sie ist.«

»Ich kann mir nicht vorstellen, warum«, sagte Jack.

Wenn man erklären wollte, warum die Ehe seiner Eltern schiefgegangen war, musste man Jacks Vater kennen.

Jack West sen. war zwar ein Mann von beeindruckender Physis und brillanter Intelligenz, der sich auf seine Intelligenz allerdings auch viel einbildete und sich anderen in allem überlegen vorkam. Es gab keinen besseren Strategen in den USA, seine Methoden waren kühn, brutal und vor allem erfolgreich. Und diese Errungenschaften hatten ihn in seinem Gefühl der Allmacht nur noch bestärkt.

Als sich jedoch seine Heimtücke auch in seiner Ehe breitgemacht und gewalttätige Formen angenommen hatte, hatte Jacks Mutter Jack sen. verlassen und sich von einem australischen Gericht scheiden lassen, was ihn – *Von einem australischen Gericht?* – noch wütender gemacht hatte.

Danach war Jacks Mutter verschwunden und lebte jetzt in der entlegenen Stadt Broome im äußersten Westen von Australien, nicht weit weg von Jacks Farm. Die Adresse kannten nur Jack und ein paar andere.

Wolf zuckte die Achseln. »Sie ist im Moment nicht so wichtig. Aber wenn das alles hier vorbei ist, dann werde ich alles daransetzen, sie zu finden.«

»Wenn sie dich jetzt sehen könnte ...«, gab Jack zurück.

»War nicht schlecht, wie du Marshall Judah bei deiner Jagd nach den sieben Weltwundern eine Lektion erteilt hast. Judah war ein gerissenes Kerlchen. Aber musstest du ihn deshalb gleich ins Triebwerk einer Düsenmaschine werfen?«

»Wenigstens habe ich ihn nicht gekreuzigt.«

Wolfs Züge verhärteten sich. »Judah hat für mich gearbeitet. Genauso, wie du irgendwann einmal für mich hättest arbeiten können. Letzten Endes war sein Scheitern zwar bedauerlich, aber nicht endgültig. Tartarus war nur der Anfang. Jetzt geht es um eine weitaus größere Mission: den Dunklen Stern abzuwehren und sich die Belohnungen zu sichern. Und wie wir beide wissen, wurde die Macht des Tartarus kürzlich von unseren gemeinsamen Feinden, der japanischen Bruderschaft des Blutes, gebrochen.«

Das war Jack neu, und man schien es auf seinem Gesicht ablesen zu können.

Wolf grinste. »Hast du das etwa nicht gewusst? Dass sie im Herbst während der Tagundnachtgleiche eine Gegenzeremonie abgehalten haben? In der zweiten Großen Pyramide unterhalb der Osterinseln, dem geographischen Gegenpol zu Giseh? Manche von uns wollen die Welt beherrschen, Jack. Andere wie du wollen sie retten. Und wieder andere, so wie deine ehrbesessenen japanischen Freunde, wollen sie vernichten.

Sie waren es, die dieses Flugzeug in den Burj al Arab Tower in Dubai gesteuert und versucht haben, den Feuerstein zu zerstören. Sie waren es auch, die den britischen Marineinfanteristen an der Anlegestelle bei Abu Simbel mit ihren Selbstmordattentätern aufgelauert haben. Vor dem Tod haben sie keine Angst. Im Gegenteil, wie schon ihren Kamikaze-Vorfahren bedeutet ihnen eine glorreiche Selbsttötung die allerhöchste Ehre.«

Jack verzerrte vor Schmerz das Gesicht. Er nickte in Richtung Mao. »Heißt das, dass Amerika und China diesmal gemeinsame Sache machen? Der chinesische Angriff auf meine Farm? Wizards Folterung in China durch dieses Arschloch da?«

Mao erstarrte sichtlich. Wolf dagegen war die Ruhe selbst.

»Bedauerlicherweise vertrete ich formell nicht mehr die Interessen Amerikas«, sagte er. »Nachdem Judah bei den sieben Weltwundern versagt hatte, wurde die Caldwell-Gruppe von der Regierung fallengelassen. Aber unser Einfluss reicht immer noch weit in die Machtzentren hinein, besonders in die Army und die Air Force. Wir werden diese Regierung mit Sicherheit überdauern.

Unsere kleine Gruppe besorgter Patrioten ist der Meinung, dass mehrere aufeinanderfolgende Regierungen Amerika in seiner Rolle als einzig verbleibende Weltmacht nicht weit genug vorangebracht haben. Amerika muss diesen Planeten mit eiserner Faust regieren, nicht mit Diplomatie oder auf Ausgleich bedacht. Wir machen, was wir wollen. Wir bitten nicht um Erlaubnis.

Was nun China betrifft, so ist es kein Geheimnis, dass die Chinesen weltweit eine größere Rolle spielen und als das Ungetüm, das sie sind, respektiert werden wollen. Die Beziehung der Caldwell-Gruppe zu China ist von beiderseitigem Vorteil. Wir haben einander viel zu bieten. Wir besitzen die Informationen und sie die militärische Stärke.«

Jack rief Mao zu: »He, Mao! Der schneidet Ihnen den Hals durch, sobald er Sie benutzt hat.«

»Das Risiko gehe ich ein, Captain«, erwiderte Mao kühl. »Sie haben Glück, dass er mich nicht an Ort und Stelle den Ihren durchschneiden lässt.«

»Und was sind das für welche?« Jack nickte in Richtung der beiden Männer neben seinem Vater.

Wolf deutete zuerst auf den asiatisch aussehenden Amerikaner. »Das ist Switchblade, United States Marines, aber gegenwärtig an die CIEF ausgeliehen.«

Die CIEF, dachte Jack grimmig. Offiziell war es die *Comman-*

der-in-Chief's In Extremis Force, eine schnelle Eingreiftruppe. Aber in Wahrheit war es die Privatarmee der Caldwell-Gruppe.

Dann legte Wolf einen Arm um den größeren der beiden Männer. »Und dieser junge Mann, Jack, ist dein Halbbruder, mein zweiter Sohn Grant West. Army Special Forces und jetzt ebenfalls bei der CIEF. Codename *Rapier*.«

Jack musterte den großäugigen jungen Mann, der neben seinem Vater stand. Der grobschlächtige Hüne Rapier starrte ihn nur mit einem stechenden, gnadenlosen Blick an. Seinem Alter nach zu schätzen war er geboren worden, als Wolf noch mit seiner Mutter verheiratet war. Ein Grund mehr, seinen Vater zu verabscheuen.

»Er ist dir gar nicht unähnlich, Jack«, sagte Wolf. »Talentiert, engagiert und einfallsreich. Aber in vielerlei Hinsicht ist er dir gegenüber auch ein Fortschritt. Er ist ein besserer Soldat, ein viel disziplinierterer Killer. Und er ist gehorsam, obwohl das möglicherweise mit seiner gründlicheren Erziehung zusammenhängt.«

»Genau das, was du immer wolltest«, erwiderte Jack, der immer noch vor Schmerz das Gesicht verzog. »Dein ganz persönlicher Kampfhund. Und was soll das hier alles?« Jack deutete mit dem Kopf auf sich selbst. »Könntest du mich nicht einfach erschießen?«

Wolf schüttelte den Kopf. »O nein! Nein, nein, nein! Siehst du den Mann da neben dir, Jack? Der dich gerade an den Stein geschlagen hat? Das ist ein äthiopischer Christ, denn mittlerweile befindest du dich in Äthiopien.«

Äthiopien?

»Äthiopien ist ein interessantes Land«, sinnierte Wolf, »und ebenso interessant ist seine Religionsvielfalt. Das Christentum ist hier ungewöhnlich stark vertreten, es wurde im Mittelalter von den Templern eingeführt. Die bekannten Kirchen von Lalibela legen Zeugnis von ihrer Anwesenheit ab. Und hast du gewusst, dass manchen Legenden zufolge Äthiopien die letzte Ruhestätte der Bundeslade ist, die direkt aus Salomons Tempel hierher gezaubert wurde?

In manchen Gegenden wird der Islam praktiziert, aber am interessantesten ist, dass dieses Land eine Unterklasse des Judentums beherbergt. Wie viele jüdische Bevölkerungsgruppen in der Welt werden sie auch hier von den anderen Religionen gnadenlos verfolgt.

In dieser Mine zum Beispiel sind die meisten versklavten Bergleute Juden. Unsere Wachen hingegen sind äthiopische Christen. Und dahinter verbirgt sich auch die Bedeutung hinter der Art deiner Exekution.

Unsere Wachen sind überaus gottesfürchtige Christen, Jack. Sie wählen sogar jedes Jahr zu Ostern einen aus ihrer Mitte aus, um Christus darzustellen. Dann kreuzigen sie ihn so ähnlich, wie du jetzt gekreuzigt wirst. Auf eine solche Weise zu sterben, ist eine Ehre.«

Jack lief es kalt den Rücken hinunter.

»Meine Wachleute fürchten mich«, fuhr Wolf fort, »und so gehört es sich auch. Sie sind aufmerksame Wachen, weil sie die Konsequenzen eines Versagens fürchten. Ebenso wissen alle Wachen in dieser Mine, dass du mein Erstgeborener bist. Dass ich meinen Erstgeborenen auf eine solche Weise töte, erfüllt ihre Herzen mit Ehrfurcht. Ich bin wie Gott selbst. Ich gebe meinen eigenen Sohn hin für die grausamste aller Todesarten. Dein Tod wird mich in ihren Augen zu einem Gott machen.«

»Toll«, krächzte Jack.

Dabei registrierte er, dass der Äthiopier mit dem Hammer behände eine Trittleiter hinaufkletterte, die in eine Wand der Grube gehauen war, und rasch verschwand.

Aber Wolf war noch nicht fertig. »Sieh dir mal die Steinplatte an, auf der du liegst, mein Junge. Es ist eine von Dutzenden, die in den letzten dreihundert Jahren in diese Grube geworfen wurden. Du liegst gegenwärtig auf mehreren Schichten bereits früher gekreuzigter äthiopischer Christen. An der Kreuzigung selbst wirst du nicht sterben. Es ist ja bekannt, wie lange Kreuzigungen dauern, manchmal bis zu drei Tagen. Nein ...«

In diesem Moment hörte Jack ein unheilvolles Knirschen, und

urplötzlich schob eine Gruppe äthiopischer Wachen auf Gleitwalzen eine flache Steinplatte über den Grubenrand. Eine rechteckige Platte, die genau die Maße der rechteckigen Grube hatte.

»Du wirst erschlagen. Und damit wirst du zu dem bemerkenswerten Glauben dieser Menschen eine weitere Schicht beitragen.«

Jacks Augen weiteten sich.

Die Steinplatte ragte schon zur Hälfte über das Grubenloch. Sie würden sie in die Grube fallen lassen.

Und zwar gleich!

Verdammte Scheiße!

Das ging alles viel zu schnell.

Hastig blickte Jack sich um und sah seine blutige Rechte, die auf die Platte unter ihm genagelt war.

Die Platte unter ihm: Bei dem Gedanken wurde ihm übel. Er stellte sich vor, dass all die bisher schon gekreuzigten Äthiopier direkt unter ihm lagen, zerquetscht zwischen Dutzenden übereinandergestapelter Platten.

»Adieu, Huntsman«, sagte Wolf feierlich, während er über der Platte aus Jacks Blickfeld verschwand. »Du warst wirklich ein guter Soldat, ein echtes Talent. Ich meine es ehrlich, wenn ich sage, dass dies hier wirklich eine Schande ist. Wir hätten gemeinsam kämpfen können und wären unbesiegbar gewesen. Aber du hast deine Entscheidungen getroffen und dir unter anderem eine Spinne als Namensvetter gewählt. Deshalb musst du jetzt erschlagen werden. Adieu, mein Sohn.«

Die Platte lag nun genau über der Grube. »Nein!«, schrie Jack. Die äthiopischen Wachen zogen die hölzernen Walzen heraus, die sie über der Grube gehalten hatten, und plötzlich fiel die mächtige Platte hinab, sechs Meter tief in die Grube. Ihre scharfen Kanten kratzten an den Wänden der Grube. So fiel sie Jack West jr. entgegen und krachte im nächsten Moment mit einem entsetzlichen *Rumms*, das in der gesamten Mine widerhallte, auf den Boden.

Wolf blickte hinunter auf die Steinplatte, die soeben seinen Sohn erschlagen hatte. Die Platte war schräg aufgekommen, wie man es erwarten konnte, wenn sie auf einen menschlichen Körper gefallen war. Im Verlauf der nächsten Tage würde sie sich über der Leiche von Jack West jr. weiter senken und sie plattdrücken.

Achselzuckend drehte sich Wolf auf den Hacken um und marschierte auf den Lastenaufzug zu, der aus der Mine herausführte. Mao, Rapier und Switchblade folgten ihm.

Astro jedoch nicht.

Betäubt und benommen wankte er hin und her und wurde von zwei Äthiopiern gestützt, die Jack nicht hatte sehen können.

»Vater«, fragte Rapier und deutete auf Astro, »was machen wir mit dem da?«

Wolf blieb stehen und musterte Astro einen Moment lang. »Eine sinnlose Geste unserer Feinde zu Hause in den Vereinigten Staaten. Das erbärmliche Spiel einer schwachen Regierung, die auf diese erbärmlichen kleinen Länder gesetzt hat. Aber es darf keinen Hinweis darauf geben, dass wir einen amerikanischen Soldaten getötet haben. Wir nehmen ihn mit. Wenn er sich erholt hat, stellen wir ihn vor die Wahl. Entweder ist er auf unserer Seite, oder er stirbt.«

»Und was ist mit den anderen beiden?«, fragte Switchblade leise. »Diesem israelischen Scharfschützen und dem fetten zweiten Sohn von Anzar al Abbas?«

Wolf hielt einen Moment inne.

»Ist der Israeli noch oben?«

»Ja.«

»Auf seinen Kopf ist ein ordentliches Sümmchen ausgesetzt. Sechzehn Millionen Dollar. Die hat der Mossad ausgelobt, nachdem er bei den Hängenden Gärten ihre Befehle verweigert hatte. Sein Schicksal ist besiegelt: Wir händigen ihn an den alten Meister aus und holen uns die Belohnung. Sechzehn Millionen Dollar sind kein Pappenstiel. Und danach können dieser rachsüchtige alte Mistkerl Muniz und der Mossad ihn foltern, solange sie Lust haben.«

»Und Abbas' zweiter Sohn?«

Wolf blickte noch einmal zurück auf den düsteren Minenkomplex.

Auf der anderen Seite der riesigen Höhle hing an der gegenüberliegenden Wand über einem größeren Teich mit einer blubbernden Flüssigkeit ein kleiner, mittelalterlicher Käfig.

Drei Meter über dem dunklen Teich saß Pooh Bear – eingesperrt in den Käfig.

Er war verdreckt, und sein Sturz auf den ägyptischen Highway hatte Wunden und Prellungen hinterlassen, aber er lebte. Seine Arme waren weit ausgestreckt und mit Handschellen an die Gitterstäbe des Käfigs gefesselt.

Die Flüssigkeit unter ihm war eine Mischung aus Wasser und Arsen. Es war zwar eigentlich keine Goldmine, aber gelegentlich fanden die Bergleute dennoch Gold in den Wänden und benutzten die arsengetränkte Flüssigkeit dazu, es von der Erde zu trennen. Daneben wurde es verwendet, um jeden zu bestrafen, den man mit Gold am Leib gefunden hatte. Diebe wurden in dem Käfig hinabgelassen und ertranken in der zähen schwarzen Flüssigkeit.

Zur großen Überraschung der Wärter schienen Wolf und seine Leute an dem gefundenen Gold gar kein Interesse zu haben. Gerne überließen sie den Wachleuten alles, was die Sklaven aus dem Berg holten.

Nein, Wolf und seine Untergebenen waren an etwas anderem interessiert. Etwas, das einer alten Legende zufolge irgendwo in diesen turmartigen Steingebäuden verborgen lag, die die Wände dieses geheimnisvollen unterirdischen Komplexes säumten.

Wolf warf einen Blick auf Pooh Bear, wie er da erbärmlich in seinem Käfig über dem tödlichen Teich baumelte.

»Die Wachen sollen ihn ihrem Gott opfern. Für uns hat er keinen Wert mehr.«

Mit diesen Worten ging Wolf.

Als er den Lastenaufzug erreichte, traf er auf zwei Gestalten, die dort im Schatten standen.

Einer von ihnen trat vor.

Es war Vulture.

»Amerikaner«, sprach er Wolf verschlagen an, »meine Regierung wird ungeduldig. Sie sind zu spät in Abu Simbel eingetroffen, und die Säule ist weg. Sie wissen, was wir ausgemacht hatten: Wir bekommen die erste Säule samt der dazugehörigen Belohnung und Sie die zweite.«

»Ich weiß, was wir ausgemacht haben, Saudi«, antwortete Wolf. »Sie bekommen Ihre erste Säule, aber erst, wenn wir die zweite in den Fingern haben. Ich kenne Sie, Vulture. Ich kenne auch Ihre Methoden. Sie sind dafür bekannt, dass Sie Ihre Verbündeten im Stich lassen, sobald Ihre Ziele erreicht sind und die der anderen nicht. Ich will nur sichergehen, dass ich Ihre Loyalität bis zum Ende dieser Mission habe. Gegenwärtig befindet sich die erste Säule nicht in unserem Besitz. Max Epper hat sie, aber sie lässt sich leicht beschaffen. Die zweite macht mir im Augenblick viel größeres Kopfzerbrechen.«

»Warum?«, fragte Vulture.

»Man hat Captain Wests Flugzeug gesehen, es flog nach Süden Richtung Afrika. Sie sind hinter der zweiten Säule her, die sich beim Stamm der Neetha in Zentralafrika befindet. Aber die Neetha lassen sich nicht so leicht finden.«

»Epper glaubt, dass er sie aufspüren kann«, sagte Vulture.

»Wenn wir also ihn finden, dann finden wir auch die Neetha und die Säule. Das müsste dem Hause Saud doch gefallen, Vulture. Wenn wir nämlich Epper einholen, bekommen wir auch unsere Säule. Und deshalb werden Sie mir jetzt helfen. Rufen Sie Ihre Regierung an. Sie soll ihre Schatzkammern öffnen und jedem afrikanischen Land zwischen dem Sudan und Südafrika zahlen, was immer es kostet, damit diese Länder ihre Armeen zur Verfügung stellen und jede Straße, jeden Fluss und jede Grenze in Südafrika überwachen. Jetzt, wo Huntsman tot und Wizard auf der Flucht ist, dürfte es doch nicht so schwer sein, ihn zu finden. Es wird Zeit, dass wir ihn und seine Leute ausschalten.«

Mit diesen Worten betrat Wolf in Begleitung von Mao, Rapier und Switchblade den Lastenaufzug und fuhr an der Minenwand hoch. Vulture und seinen Begleiter ließ er zurück. An der Oberfläche verließ er die Mine durch ein Loch in der Erde, das siebzig Meter über dem Grund der großen Höhle lag.

Während sie aus der Mine marschierten, flüsterte Switchblade Wolf zu: »Reicht Eppers Wissen aus, um die Neetha zu finden?«

Wolf ging weiter. »Max Epper ist der weltweit führende Experte auf diesem Gebiet, und bislang entsprechen seine Rückschlüsse unseren eigenen. Sollte er sich irren oder sterben, ist es auch nicht schlimm, dann können wir immer noch auf unsere eigenen Erkenntnisse zurückgreifen. Außerdem haben wir in dieser Sache einen eigenen Experten, der uns hilft.«

Wolf trat ins Tageslicht hinaus und kam an einigen weiteren äthiopischen Wachleuten vorbei. Dort erblickte er, lächelnd im Fond seines Wagens sitzend, Miss Iolanthe Compton-Jones, die königliche Lordsiegelbewahrerin des Vereinigten Königreichs, die zuletzt bewusstlos auf dem Anlegesteg von Abu Simbel gesehen worden war.

Vulture und sein Begleiter blieben unten am Lastenaufzug am Grund der Mine zurück. Vulture hatte noch um einen Moment gebeten, bevor sie nach oben fuhren.

Schnellen Schrittes durchquerten die zwei die Mine und blieben vor dem einsamen Käfig stehen, der über dem Arsenteich hing.

In dem winzigen mittelalterlichen Käfig stand mit gefesselten Händen Pooh Bear und sah aus wie ein gefangenes Tier.

Von seinem Käfig aus hatte er nicht sehen können, wie Vulture und sein Begleiter am Aufzug mit Wolf gesprochen hatten, und als er die beiden jetzt näher kommen sah, hielt er ihr Erscheinen fälschlicherweise für seine Rettung.

»Bruder!«, rief er aus.

Vultures Begleiter, der niemand anderes war als Pooh Bears älterer Bruder, blickte ungerührt zu ihm hoch.

Pooh Bear rüttelte an den Gitterstäben. »Schnell, Bruder. Lass mich hier raus, bevor sie wiederkommen ...«

»Sie kommen nicht wieder«, antwortete Scimitar. »Jedenfalls nicht so bald. Erst wenn diese Mine ihr Geheimnis preisgegeben hat.«

Pooh Bear erstarrte, er rüttelte nicht weiter an den Stäben.

»Dann bist du also nicht hier, um mich zu befreien, Bruder?«

»Nein.«

Scimitar schlenderte zu der Grube, in der West umgekommen war, und sah gelangweilt dorthin, wo die große Steinplatte Jack West zermalmt hatte.

Dann ging er hinüber zu dem Arsenteich. »Bruder, du hattest immer schon eine fatale Neigung. Du verbündest dich mit den Schwachen. Selbst als Schuljunge hast du auf dem Hof immer die Schmächtigen und Zerbrechlichen verteidigt. Das mag vielleicht nobel erscheinen, aber eigentlich ist es nur dumm. Dieser Weg führt zu nichts.«

»Und welche Strategie bevorzugst du, mein *Bruder*?«, fragte Pooh Bear, in dessen Stimme jetzt Zorn lag.

»Ich halte mich an die Starken«, gab Scimitar mit gefühllosem Blick zurück. »Ich tue es zum Wohle unserer Familie und unseres Landes. Deine Allianz der kleinen Länder dieser Welt führt zu gar nichts. Das ist doch nur ein kindischer Traum, Märchen und Kindergeschichten. Nur eine Allianz mit den Herrschenden wird den Emiraten irgendwelche Vorteile bringen.«

»Du und dein herumschleichender saudi-arabischer Freund, ihr macht also gemeinsame Sache mit diesen amerikanischen Abtrünnigen?«

»Der amerikanische Colonel und seine chinesischen Alliierten sind uns im Augenblick von Nutzen. Wolf benutzt die Chinesen ebenso wie die Chinesen mit absoluter Sicherheit ihn benutzen. Und wir benutzen alle beide. Dieses Arrangement hat zwar seine Tücken, aber es ist immer noch besser als dein Bündnis kleiner Fische.«

»Ich gehöre lieber zu einem Bündnis kleiner Fische als zu einer Verbrecherbande«, schoss Pooh Bear zurück. »Bedenke, Bruder, unter Dieben gibt es keine Ehre. Sobald etwas schiefläuft, sind sie nicht mehr auf deiner Seite. Sie lassen dich fallen wie eine heiße Kartoffel.«

Scimitar starrte Pooh Bear unverwandt und mit offenkundiger Neugier an. »Dir bedeuten diese Leute also wirklich etwas?« Er nickte in Richtung der Grube. »Der tragische Captain West? Der israelische Jude, der gerade an den Mossad ausgeliefert wird? Die vulgäre Tochter des Orakels von Siwa, ein Mädchen, das ein Recht auf Ausbildung zu haben glaubt und deine Würde beleidigt, indem sie dich mit dem Namen einer dicken Comicfigur belegt?«

»Sie sind mir zu einer Familie geworden. Und gerade wird mir klar, dass sie mir eher eine Familie sind als du.«

»Das ist keine ehrenvolle Lebensführung, Zahir. Es ist ein

Schlag ins Gesicht jedweder Tradition, die wir hochhalten. Muslime befreunden sich nicht mit Juden. Mädchen gehen nicht zur Schule. Und sie geben muslimischen Männern auch keine komischen Spitznamen. Die Welt, die ich erschaffen werde, wird der Tradition wieder Geltung verschaffen. Dem althergebrachten Ehrbegriff. Du hast in einer solchen Welt keinen Platz mehr. Und darum musst du sterben.«

»Wenigstens sterbe ich für meine Freunde. Du, mein Bruder, wirst einsam sterben, so viel ist sicher.«

»Verstehe.« Scimitar sah zu Boden. »So sei es.« Er wandte sich ab. »Aus Respekt vor meinem Vater werde ich ihm sagen, dass du ehrenvoll gestorben bist, Zahir. Dass du meinen Körper vor einer feindlichen Kugel abgeschirmt hast. Ich werde nicht zulassen, dass er sich deines Todes schämt. Jetzt überlasse ich dich diesen Wilden.«

Dann verließen Scimitar und Vulture gemeinsam die Mine, mit dem Lastenaufzug fuhren sie nach oben.

»Mach, was du willst, Bruder«, rief Pooh Bear ihm hinterher. »Mach, was du willst.«

So blieb Pooh Bear also allein in der riesigen unterirdischen Mine zurück, in einem mittelalterlichen Käfig über einer giftigen Brühe und kaum vierzig Meter von einer Grube entfernt, in der sein guter Freund Jack West jr. eines gewaltsamen Todes gestorben war, durch die Hand seines eigenen Vaters.

Eine winzige Gestalt in der riesengroßen Höhle, von seinem eigenen Bruder verraten und jetzt vollkommen allein in der Finsternis. Pooh Bear fing an zu weinen.

PROVINZ KIBUYE, RUANDA
11. DEZEMBER 2007, 23:35 UHR

Im prasselnden Regen, ohne Treibstoff und nur noch mit drei Triebwerken landete die *Halicarnassus* unbemerkt auf einem Highway in der im einsamen Südwesten Ruandas gelegenen Provinz Kibuye.

Sobald die 747 am Boden war, öffnete sich die hintere Laderampe und der Freelander schoss heraus. An Bord waren Zoe, Wizard und die Kinder. Außerdem hatten sie Wizards Laptop, ein Mehrfrequenz-Funkgerät, ein paar zerbeulte Kanister mit Treibstoff und zwei Glock-Pistolen dabei.

Eine halbe Stunde früher hatten sie mit Solomon Kol in Kenia gesprochen. Solomon, der sich wie üblich mit den Gefahren vor Ort und mit sicheren Treffpunkten gut auskannte, hatte sie angewiesen, sich mit ihm an einem verlassenen Instandsetzungslager der Vereinten Nationen zu treffen, der Nummer 409. Es lag am Rand der ruandischen Stadt Kamembe in der südwestlichsten Provinz des Landes, Cyangugu.

Sky Monster allerdings kam nicht mit.

Er blieb allein bei seinem geliebten Flugzeug. Mittlerweile trug er zwei Pistolenhalfter um die Hüfte und auf dem Rücken ein Schrotgewehr. Er würde bei der *Halicarnassus* bleiben und auf einige Gefährten von Solomon warten, die ihm genügend Kerosin bringen wollten, das er über den Viktoriasee bis zur alten Farm in Kenia schaffen würde, sobald die Luftraumüberwachung beendet war. So stand nun also, während der Freelander davonraste, Sky Monster allein in den Bergen Ruandas neben der riesigen *Halicarnassus*.

Irgendwo in der Ferne ertönte ein Heulen.

Wizard, Zoe, Lily und Alby jagten über einen entlegenen ruandischen Highway.

Während Zoe fuhr, suchte Wizard mit dem Scanner nach Funksprüchen.

Bald nachdem sie die *Halicarnassus* verlassen hatten, fand der Scanner einen Militärsender, der alle Regierungsverbände anwies, Ausschau nach einem kleinen Landrover genau wie dem ihren zu halten, in dem Passagiere genau wie sie saßen: eine blonde Frau, ein alter Mann mit einem Bart, möglicherweise ein dritter Erwachsener und zwei Kinder.

Zoe fluchte. Unbemannte Drohnen kontrollierten den Luftraum über Kenia. Ruandisches Militär durchkämmte das Land nach ihnen. Beinahe schien es so, als hätten sie jeden Spitzbuben in ganz Afrika am Hals.

Und ganz so falsch war das nicht einmal.

Sie wusste nicht, dass zwölf Stunden zuvor auf Vultures Betreiben hin vom Königreich Saudi-Arabien aus eine Reihe von Millionen-Dollar-Beträgen auf die Konten eines Dutzends bettelarmer und hoffnungslos korrupter afrikanischer Länder überwiesen worden waren. Jede Überweisung war an eine Botschaft geknüpft:

Finden Sie eine schwarze Boeing 747, die vermutlich irgendwo in Zentralafrika notgelandet ist. An Bord befinden sich mindestens zwei westliche Flüchtlinge: ein alter Mann mit einem langen weißen Bart und eine blonde Frau mit pink gefärbten Haarspitzen; möglicherweise auch ein Dritter, ein Pilot aus Neuseeland. In ihrer Begleitung sind zwei Kinder: ein ägyptisches Mädchen, ebenfalls mit pink gefärbten Haarspitzen, sowie ein kleiner Schwarzer mit einer Brille.

Jedes afrikanische Land, das sich an der Suche beteiligte, würde allein schon für die Bemühungen 50 Millionen Dollar erhalten.

An das Land, das die Flüchtigen tatsächlich fand und den alten Mann sowie das Mädchen lebend fasste, würden weitere 450 Millionen Dollar überwiesen.

Da nun also ein Kopfgeld von einer halben Milliarde Dollar auf sie ausgesetzt war, war jetzt tatsächlich ein Dutzend afrikanischer Länder in der gefährlichsten Region der Welt auf der Jagd nach ihnen.

Afrika.

Im Zeitalter von GPS-Satelliten und schnellem Flugverkehr hätte man meinen können, dass die Welt wirklich klein war, aber an Afrika sah man, dass dies überhaupt nicht zutraf.

Afrika war riesig, und trotz jahrhundertelanger Ausbeutung gab es in Zentralafrika immer noch Dschungelregionen, in die der moderne Mensch noch nie einen Fuß gesetzt hatte. Die an den Rändern liegenden Territorien wie Nigeria mit seinem Öl und Südafrika mit seinen Diamanten waren schon seit langem von den Europäern ausgeplündert, aber das unerbittliche Herz des Kontinents widerstand nun schon seit fünfhundert Jahren dem Eindringen des Westens.

Isolation gebiert Geheimnisse, und an Geheimnissen war Afrika reich.

Da war zum Beispiel das Volk der Dogonen in Mali. Sie waren zwar ein primitiver Stamm, hatten aber schon seit Jahrhunderten gewusst, dass der Sirius in Wahrheit ein trinäres System war. Zu Sirius gehörten noch zwei Nachbarsterne, die sogar mit bloßem Auge sichtbar waren und Sirius B sowie Sirius C genannt wurden. Die westlichen Astronomen mit ihren Teleskopen hatten diesen Umstand erst im ausgehenden zwanzigsten Jahrhundert entdeckt.

Ebenso erzählten die uralten, mündlich überlieferten Legenden der Dogonen, dass Sterne eigentlich Sonnen waren – ein Wissen, das für einen primitiven Stamm eigentlich erstaunlich war.

Wie genau die Dogonen an all diese Erkenntnisse gekommen waren, war eines der großen Rätsel Afrikas. Und sie waren nicht das einzige afrikanische Volk, das im Besitz außergewöhnlicher, uralter Geheimnisse war.

Inmitten dieses riesigen schwarzen Kontinents Afrika lag ein kleines Land mit Namen Ruanda.

Seine hügeligen Dschungel erstreckten sich nicht weiter als zweihundert Kilometer, und damit war es nicht größer als Connecticut, der kleinste amerikanische Bundesstaat.

Natürlich wusste die ganze Welt von den 800 000 Tutsi, die 1994 im Verlauf nur eines Monats vom Stamm der Hutus abgeschlachtet worden waren – ein obszönes Gemetzel, bei dem die Mörder Macheten und nagelgespickte, *Masus* genannte Keulen benutzt hatten. In nur einem Monat war ein Zehntel der 7,5 Millionen Einwohner zählenden Bevölkerung von Ruanda ausgelöscht worden.

Weniger bekannt hingegen war, welche Schrecken die Überlebenden dieses Genozids über sich hatten ergehen lassen müssen. Tutsi, die nicht gleich umgebracht worden sind, waren von Macheten schwingenden Hutus die Arme abgeschlagen worden. Selbst jetzt war es nicht ungewöhnlich, Eingeborene zu sehen, die ohne oder nur mit einem halben Arm ihrer Feldarbeit nachgingen.

Unvorstellbar arm, durch ein nie dagewesenes Blutvergießen dezimiert und ohne irgendwelche Güter, die die Welt wollte, hatte man Ruanda als hässliches Beispiel für die Abgründe der menschlichen Natur abgetan.

Es war das schwarze Loch eines ohnehin schon finsteren Kontinents.

In dieser Nacht parkte der Freelander hinter einer verlassenen Kirche in der südlichen Provinz Kibuye, getarnt mit Zweigen und einer dreckigen Plane.

Die Kirche bot einen furchterregenden Anblick.

Einschusslöcher und getrocknetes Blut bedeckten die Wände. Seit 1994 hatte sich niemand die Mühe gemacht, es abzuwaschen.

Zoe stand mit einer MP-5 bewaffnet an der rückwärtigen Seite des Gebäudes und spähte in die Dunkelheit. Wizard und die Kinder saßen in der Kirche.

»Während des Genozids sind die Tutsi in Kirchen wie diese hier geflüchtet«, erklärte Wizard. »Aber oft steckten die örtlichen Priester mit den Hutus unter einer Decke, und die Kirchen verwandelten sich in Käfige, in die die Dorfbewohner sich freiwillig begaben. Mit falschen Versprechungen, dass sie hier sicher seien, hielten die Priester die Tutsi in den Kirchen und informierten gleichzeitig die gefürchteten Hutu-Patrouillen. Dann kam die Patrouille und brachte alle Tutsi um.«

Die Kinder stierten auf die blutigen Einschusslöcher in den Wänden und malten sich die entsetzlichen Dinge aus, die genau in diesem Raum geschehen waren.

»Mir gefällt es hier nicht«, sagte Lily zitternd.

»Sag mal, Wizard«, sagte Zoe vom Eingang her und wechselte bewusst das Thema, »was bedeutet das nun eigentlich alles? Wenn wir mal alle Säulen und Heiligen Steine und unterirdischen Eckpunkte beiseite lassen, worum geht es dann bei diesem Einsatz?«

»Worum es geht?«, fragte Wizard. »Um die Apokalypse. Den Tag des Jüngsten Gerichts. Das Ende der Welt. Jede Religion kennt einen apokalyptischen Mythos. Ob es nun die vier apokalyptischen Reiter sind oder ein großer Tag, an dem über jedermann gerichtet wird – seit die Menschen über die Erde wandeln, haben sie die Vorstellung, dass alles eines Tages böse enden wird.

Und doch hat man uns diese Prüfung auferlegt, diese größte aller Prüfungen, dieses System von Eckpunkten, das in grauer Vorzeit von einer hoch entwickelten Zivilisation erbaut wurde und uns jetzt erlaubt, das schreckliche Ende abzuwenden, wenn wir die Herausforderung bestehen. Da fällt mir ein, Lily, kannst du dir das hier mal ansehen?«

»Kannst du diese Zeilen übersetzen?«, fragte er Lily.

»Klar«, sagte sie. »Sieht aus wie eine Liste von ... hast du mal was zum Schreiben da?«

Sie überflog die Schriftzeichen auf der Tafel und notierte rasch die Übersetzung. Als sie fertig war, stand da:

1. Eckpunkt   *Die große Totenhalle*
2. Eckpunkt   *Die Stadt der Brücken*
3. Eckpunkt   *Das Feuerlabyrinth*
4. Eckpunkt   *Die Stadt der Wasserfälle*
5. Eckpunkt   *Das Reich der Gebieter des Meeres*
6. Eckpunkt   *Der erhabenste aller Schreine*

»Es ist eine Beschreibung aller sechs Eckpunkte ...«, staunte Zoe.

Wizard fügte hinzu: »Und somit die vielleicht deutlichste Beschreibung der gewaltigen Aufgabe, die uns bevorsteht.«

»Eine Stadt der Brücken? Ein Feuerlabyrinth?«, flüsterte Alby. »Was ist denn ein Feuerlabyrinth? Du liebe Güte ...«

Auch Wizard grübelte. »Lily, kannst du mir bitte mal die Säule geben, die wir in Abu Simbel gereinigt haben?«

Lily holte die Säule aus dem Rucksack.

Nach wie vor sah sie erstaunlich aus – nicht mehr trübe, sondern ganz klar und durchsichtig. Der flüssige Kern leuchtete, und auf den gläsernen Seiten prangte die mysteriöse weiße Schrift.

»Erkennst du diese Schrift?«, fragte Wizard sie.

Lily nahm die Säule näher in Augenschein. Plötzlich wurden ihre Augen groß.

Ruckartig wandte sie sich zu Wizard um.

»Es ist eine Variante des Wortes von Thoth«, rief sie aus. »Eine erheblich weiterentwickelte Variante, aber trotzdem definitiv das Wort von Thoth.« Angestrengt musterte sie die weißen Schriftzeichen.

Einige Augenblicke später sagte sie: »Es scheint eine Mischung aus Anweisungen, Diagrammen und Symbolen zu sein, die in Formeln gegliedert sind.«

»*Wissen*«, sagte Alby.

»Genau«, pflichtete Wizard bei. »Die Belohnung dafür, dass die erste Säule erfolgreich in den ersten Eckpunkt eingesetzt wurde. Die anderen Belohnungen sind *Hitze, Sehen, Leben, Tod* und *Macht*. Diese Formeln, die du da auf der aufgeladenen Säule siehst, stellen eine Art geheimen Wissens dar, das uns von den Erbauern der Maschine übermittelt wurde.«

Lily nahm sich noch einen Bogen Papier und fing an, die Schriftzeichen von der Säule abzuschreiben. Dann begann sie mit Albys Hilfe zu übersetzen.

Zoe stellte sich neben Wizard und nickte in Richtung der beiden Kinder: »Sie halten sich gut.«

»Ja. Wir müssen zusehen, dass sie ihren Mut nicht verlieren, denn das hier wird ziemlich schaurig.«

»Schauriger als die Geschichten über den Genozid in Ruanda, die du ihnen erzählt hast?«

Wizard wurde rot. »Äh … nun ja …«

»Macht nichts. Hör zu, da gibt es noch etwas, was mir Sorgen macht.«

»Was?«

»Du.«

»Ich? Was ist denn mit mir?«, fragte Wizard verwirrt.

Zoe bedachte ihn mit einem eigentümlichen, beinahe belustigten Blick. Dann hielt sie als Antwort einen Kulturbeutel hoch und kramte daraus eine Schere und einen Rasierer hervor.

»O nein, Zoe«, protestierte Wizard schwach. »Nein ...«

Zehn Minuten später saß Wizard wieder bei den Kindern, allerdings war er jetzt glattrasiert. Sein üblicher langer weißer Rauschebart war weg.

Er wirkte vollkommen verändert. Dünner, geradezu schlaksig.

»Du siehst aus wie ein geschorenes Schaf«, kicherte Lily.

»Ich habe an meinem Bart gehangen«, antwortete er traurig.

Wieder kicherte Lily.

»Also dann, Lily«, unterbrach Zoe und hielt die Schere hoch.

»Bitte im Frisierstuhl Platz zu nehmen. Du bist dran.«

»Ich bin dran?« Lily wurde blass.

Fünf Minuten später saß sie mit gesenktem Kopf neben Wizard. Ihre Haare waren ein gutes Stück kürzer und die pinkfarbenen Spitzen verschwunden.

Jetzt kicherte Wizard.

Alby ebenfalls. »Du siehst aus wie ein Junge, Lily.«

»Halt die Klappe, Alby«, knurrte Lily.

»Tut mir leid, dass ich das machen musste, Kleines«, sagte Zoe und griff nach ihren eigenen Haaren. »Willst du mir meine abschneiden?«

Lily gehorchte, schnitt traurig die pinkfarbenen Spitzen von Zoes schulterlangem blondem Haar und machte zunichte, was sie beide in glücklicheren Zeiten zusammen bewerkstelligt hatten. Als sie fertig war, sah Zoe aus wie eine kurzhaarige Punkerin.

»So, und jetzt wird es Zeit für eine Mütze Schlaf«, sagte Zoe. »Wizard, du hast die erste Wache. Ich übernehme die zweite.«

Während Wizard an der Hintertür Wache stand, suchte sich jeder in der abgelegenen ruandischen Kirche, in der der Gestank des Todes hing, ein Plätzchen auf dem Boden und rollte sich zum Schlafen zusammen.

Nach Luft schnappend, wurde Lily aus dem Schlaf gerissen und stellte fest, dass ihr jemand eine Hand auf den Mund gedrückt hatte.

Es war Zoe.

»Bleib still liegen. Wir stecken in Schwierigkeiten.«

Ängstlich blinzelte Lily um sich. Sie waren immer noch in der verlassenen Kirche. Alby kauerte neben ihr und wagte es nicht, auch nur einen Mucks von sich zu geben. Wizard war nirgendwo zu entdecken. Durch ein schmutziges, zersprungenes Fenster sah Lily das blaue Dämmerlicht kurz vor Tagesanbruch.

Jemand ging am Fenster vorbei.

Es war ein Schwarzer in Tarnanzug und Helm, er trug eine Machete.

»Sie sind vor ein paar Minuten angekommen«, flüsterte Zoe.

Wizard kam neben Zoe zum Vorschein, er hielt sich geduckt. »Es sind vier, sie haben neben dem Haus einen *Technical* stehen.«

Ein *Technical* war ein in ganz Afrika gebräuchliches Fahrzeug, ein großer Landrover mit einem auf die Ladefläche montierten Maschinengewehr.

»Ihre Uniformen sind alt«, fuhr Wizard fort. »Vielleicht ehemalige Armeesoldaten, die die Regierung nicht mehr bezahlen kann, und jetzt ziehen sie vergewaltigend herum.«

In der zerrissenen Ödnis, zu der Ruanda geworden war, waren marodierende Banden von Vergewaltigern an der Tagesordnung, menschliche Raubtiere, die in entlegenen Bauernhöfen und Dörfern nach Frauen und Kindern suchten. Sie waren dafür bekannt, dass sie ganze Städte terrorisieren konnten, manchmal über eine ganze Woche hinweg.

Zoe spitzte den Mund, dann sagte sie: »Du nimmst die Kinder und wartest an der Hintertür. Macht euch bereit, zu diesem Technical zu rennen.«

»Zu dem Technical?«

»Ja«, gab Zoe zurück, ohne die Augen abzuwenden. »Wir brauchen sowieso einen neuen Wagen.«

Ein paar Minuten später kam der Anführer der Bande um die Vorderecke der Kirche gebogen.

Er war dünn, aber muskulös, und trug eine zerlumpte Kampfuniform mit offenem Hemd. Sein Helm allerdings war keine gewöhnliche Armeeausrüstung. Es war ein hellblauer Helm, auf dem in großen weißen Lettern »UN« stand, eine grausige Beute, die bei den ruandischen Schlägertrupps in hohem Ansehen stand. Irgendwann hatte dieser Mann einmal einen UN-Friedenssoldaten getötet.

Der Anführer der Vergewaltiger schlich auf die hölzerne Veranda der Kirche, seine Hand hielt eine Machete umklammert.

»Suchen Sie was?«

Er wirbelte herum und sah Zoe im Eingang der baufälligen Kirche stehen.

Im ersten Moment war der Mann von diesem Anblick verwirrt: Eine Frau, noch dazu eine weiße! Dann kniff er heimtückisch die Augen zusammen. Auf Kinyarwanda rief er seinen Spießgesellen etwas zu.

Die anderen drei kamen von ihrem Wagen hergelaufen. Als sie Zoe sahen, bildeten sie einen Halbkreis um sie.

Zoe tappte mit dem Fuß auf den Holzboden. Das war das Signal an Wizard und die Kinder, durch die Hintertür zu verschwinden. Dann trat sie mitten in den Kreis der Vergewaltiger.

Der Anführer der Bande machte einen Satz auf sie zu, und im selben Moment schlug ihm Zoe blitzschnell an die Kehle.

Röchelnd sank der Mann auf die Knie. Jetzt griffen die anderen drei an. Zoe bewegte sich so schnell wie ein Derwisch, trat den ersten gegen den Brustkorb und brach ihm die Rippen, brach die Nase des zweiten mit einem heimtückischen Ellbogencheck und traf den dritten wie eine Baseballspielerin mit der Machete des zweiten mitten in die Weichteile. Er heulte laut auf beim Fallen.

In ein paar Sekunden war alles vorbei. Zoe stand inmitten der vier Männer, die sich unter ihr auf dem Boden krümmten.

»Ihr habt noch mal Glück gehabt«, sagte sie, während der Technical schlitternd neben ihr zum Stehen kam. Wizard war am Steuer, die Kinder saßen im Fond.

Sie nahm die Macheten der Bande und das Uniformhemd des Anführers mit, außerdem den UN-Helm. Dann sprang sie in den Technical, und im nächsten Moment röhrten sie in die Morgendämmerung.

Später am selben Morgen rasten Zoe und die anderen in ihrem erbeuteten Technical in die Provinz Cyangugu.

Zoe saß am Steuer. Sie trug mittlerweile das Uniformhemd, das sie dem Anführer der Bande abgenommen hatte. Wizard, der aufrecht neben ihr saß, hatte den UN-Helm auf und sah aus wie ein Offizier der UN-Truppen, der von seiner Fahrerin herumkutschiert wurde.

Ausgeweidete Militärjeeps lagen am Straßenrand, die Räder längst gestohlen. Eine beschämende Anzahl von einarmigen Frauen hockte kochend vor den Hütten. Kinder plantschten in offenen Abwasserkanälen herum, während die Männer weggetreten auf der Türschwelle lagen, schon am Vormittag betrunken.

Zoe sah, dass einer dieser Kerle ein verdrecktes Mobiltelefon an seinem Gürtel hatte.

Da man dieses Telefon nicht würde zurückverfolgen können, beschaffte Zoe es sich ohne lange Umschweife, und bald schon näherten sie sich der Stadt Kamembe. Lily wählte die Nummer von Jacks Mobiltelefon. Sie hatte auf laut gestellt, damit die anderen mithören konnten.

Das Telefon klingelte einmal ...

Klick!

»Hallo?« Es hörte sich an wie Jacks Stimme.

»Daddy!«, rief Lily aus.

»*Nein, hier ist nicht dein Daddy, Lily. Aber es ist mir eine Freude, dass ich dich endlich einmal kennenlerne. Ich bin dein Großvater Jack West sen., und zu meinem Bedauern muss ich dir mitteilen, dass ich deinen Vater vor zwei Tagen getötet habe. Aber danke, dass du angerufen hast. Jetzt können meine Leute deine Position einkreisen.*«

Lily drückte auf BEENDEN, vor Entsetzen leichenblass.

Zoe warf Wizard einen Blick zu. »Sie haben Jack umgebracht ...«

Sie riss Lily das Telefon aus der Hand und versuchte, Pooh Bear und Stretch zu erreichen, aber beide Anrufe landeten sofort auf der Mailbox. Aus irgendeinem Grund waren ihre Telefone abgeschaltet.

»Jack West sen.«, keuchte Wizard. »Wolf. Gütiger Himmel, der hat das Kommando. Und jetzt weiß er, wo wir sind ... und damit weiß er auch, dass wir die Neetha suchen wollen.«

Zoe sah weg, ihr schwirrte der Kopf.

Jack ist tot, und wir hängen hier mitten in Afrika fest, allein und gejagt ...

Neben ihr starrte Lily mit leerem Blick in die Ferne. Dann fing sie an zu weinen, ein tiefes, herzerweichendes Schluchzen. Alby legte einen Arm um sie.

»Wir können jetzt nicht aufgeben«, sagte Wizard leise, aber entschlossen. »Jack würde nicht wollen, dass wir aufgeben. Wir müssen am Ball bleiben und die Neetha und die zweite Säule finden.«

Eine Weile schwieg Zoe, in ihr überschlugen sich immer noch die Gedanken. Von einem Moment auf den anderen hatte sie erfahren, dass der Mann, den sie liebte, tot war und außerdem auf ihren Schultern jetzt eine große Verantwortung lastete. Sie musste die Neetha und die Säulen finden, Lily und Alby beschützen. Wie sollte sie das alles schaffen? Auch sie hätte jetzt gern geweint, aber sie wusste, dass das vor den anderen nicht ging.

Dann sprach Lily sie an, und Zoe kam blinzelnd wieder in die Wirklichkeit zurück.

»Es tut mit leid«, sagte Lily. »Ich wollte doch nicht, dass er weiß, wo wir sind ...«

»Mach dir deswegen keine Vorwürfe, Kleines«, antwortete Zoe warmherzig. »Wir wollten doch alle mit ihm sprechen.«

Lily sah Zoe an, Tränen liefen ihr über die Wangen. Zoe erwiderte ihren Blick, und dann warf Lily sich ihr in die Arme und fing wieder heftig an zu schluchzen. Fest klammerte sie sich an Zoe.

Während sie Lily umarmte, spähte Zoe schon auf die Straße vor ihnen.

Am westlichen Horizont tauchten mit Dschungel bewachsene Berge auf. Die Landschaft des Kongo war viel wilder als die Ruandas, dichter bewaldet und undurchdringlicher.

Irgendwo dort drinnen wohnte der geheimnisvolle Stamm der Neetha, die für ihre deformierten Köpfe ebenso bekannt waren wie für ihre zügellose Grausamkeit. Die Hüter der zweiten Säule.

Und die musste Zoe jetzt finden, allein und ohne Jack.

Am Nachmittag desselben Tages erreichten sie gegen zwei Uhr die Randbezirke von Kamembe. Schnell fanden sie das verlassene UN-Depot, zu dem sie wollten.

Es sah aus wie eine Müllhalde. Der über fünf Meter hohe Maschendrahtzaun des Depots war an mehreren Stellen durchschnitten und neben einem alten Tor hing ein zerbeultes Schild: UNITED NATIONS – DEPOT 409: AIRCRAFT REFIT AND REFUEL.

Durch den Zaun sah Zoe einige Tanklastwagen, die auf Ziegelsteinen aufgebockt waren und deren Reifen und alles andere Brauchbare schon lange verschwunden waren, sowie zwei rostige alte Huey-Helikopter, die keine Landekufen mehr hatten.

Hinter dem ersten Hubschrauber trat ein Mann hervor, ein baumlanger Schwarzer.

Zoe riss ihre Waffe hoch.

»Zoe? Bist du das?«, fragte er.

Zoe stieß einen Seufzer der Erleichterung aus und konnte zum ersten Mal seit Tagen wieder lächeln.

Wer dort hinter dem rostigen alten Helikopter hervorkam, war Solomon Kol.

Solomon hatte zwei Träger dabei, die auf Stangen über ihren Schultern Treibstoffkanister trugen.

»Das sind Freunde von mir«, erklärte er. »Sie haben Sprit für euer Flugzeug. Wir sind schon seit dem frühen Morgen hier und fingen an, uns Sorgen zu machen, dass ihr vielleicht Banditen in die Hände gefallen sein könntet.«

»Beinahe«, gab Wizard zurück.

»Außerdem haben wir was zu essen dabei«, fügte Solomon lächelnd hinzu.

»Ach Solomon«, seufzte Zoe, »ich bin ja so froh, dich zu sehen.«

Sie saßen im Innern des UN-Depots und aßen.

»Ein Freund von mir hat eine Fokker, mit der er Schädlingsbekämpfung betreibt«, erklärte Solomon. »Er hat uns heute Morgen hergeflogen und uns ein paar Kilometer östlich von hier abgesetzt. In den Dörfern, durch die wir kamen, hörten wir Gerüchte über eine Bekanntmachung im Regierungsfunk. Es war die Rede von einer hohen Belohnung für jeden, der eine Gruppe weißer Flüchtiger findet, die in Ruanda vermutet werden. Eure Feinde haben ein weites Netz nach euch ausgeworfen, und sie fordern die einfache Bevölkerung zur Mithilfe auf.«

»He! Ich glaube, ich hab's«, meldete sich plötzlich Alby.

Er hatte die ganze Zeit ein wenig abseits gesessen und beschäftigte sich immer noch mit der ersten Säule.

Er war geradezu besessen davon herauszufinden, was die leuchtenden Zeichen darauf bedeuten sollten. Durch Wizards und Lilys Hilfe wusste er, was einige davon bedeuteten, aber jetzt zog er eine neue Schlussfolgerung.

»Was ist denn, Alby?«, fragte Wizard.

Alby hielt die längliche Säule mit dem fehlenden pyramidenförmigen Stück in die Höhe und präsentierte nacheinander die vier Seiten. Auf allen prangte die weiße Schrift.

»Seht mal diese Seite hier, die mit diesem spinnwebenförmigen Muster. Das ist in Wahrheit die Abwandlung einer Kohlenstoff-Matrix. Eine hochkomplexe Verbindung von Kohlenstoff-Atomen, viel komplexer als alles, was wir heute kennen.«

»Will heißen?«, fragte Lily.

»Kohlenstoff ist der Grundstoff von Diamanten, der härtesten stofflichen Form auf der Erde. Auch Kohlenstoff-Faserverbindungen sind hart, aber dabei leicht. In Kampfflugzeugen und Rennwagen werden die Cockpits damit stabilisiert. Robust und leicht. Titan und Stahl sind auch robust, aber sie sind schwer. Diese Matrix hier ist allerdings etwas ganz Besonderes: ein auf Kohlenstoff basierender Werkstoff, der unglaublich stark und dabei wahnsinnig leicht ist.«

»Technologisches Wissen«, flüsterte Wizard erregt. »Es geht um technologisches Wissen!«

»Hast du auch noch eine von den anderen Seiten entziffert?«, fragte Zoe.

»Teilweise. Das hier scheint eine Darstellung des Sirius und seiner beiden Nachbarsterne zu sein. Der zweite Nachbarstern ist als Nullpunkt-Feld dargestellt – genau wie unser Dunkler Stern.«

»Schön zu wissen, dass so was vielleicht auch anderswo im Universum passiert«, bemerkte Wizard.

»Die nächste Seite der Säule ist sogar noch unglaublicher«, fuhr Alby fort. »Es scheint sich ... na ja ... um eine Erklärung des Problems der Ausdehnung des Universums zu handeln.«

»Du meine Güte!« Wizards Augen weiteten sich. »Bist du sicher?«

»Was für eine Erklärung?«, fragte Lily.

Wizard erläuterte: »Mittlerweile ist unstrittig, dass unser Universum sich ausdehnt. Dabei sehen sich Astrophysiker und Theoretiker allerdings dem Problem gegenüber, dass es sich eigentlich viel schneller ausdehnen müsste, als es tatsächlich tut. Daraus schließen Wissenschaftler, dass es irgendwo eine negative Energie oder Kraft gibt, die unser Universum zusammenhält, sozusagen fesselt, und dadurch seine Ausdehnung verlangsamt. Wenn du die physikalischen Komponenten dieser negativen Energie entdecken würdest, bekämst du morgen den Nobelpreis.«

Lily lächelte Alby an. »Fang schon mal an, deine Rede zu schreiben.«

»Ich glaube nicht, dass es schon als Entdeckung gilt, wenn man eine antike Säule findet und entziffert«, wehrte Alby ab.

»Der Punkt ist«, unterbrach Wizard, »dass das eine unerhörte Entdeckung ist. Ein unerhörtes *Wissen*. Was Alby hier entdeckt hat, ist nichts anderes als die Erklärung für das Gleichgewicht unseres Universums, die bislang unerklärlich war. Das Gleichgewicht eines Universums, das sich einerseits seit dem Urknall stetig ausdehnt und dennoch von einer Gegenkraft unter Kontrolle gehalten wird. Das ist sensationell! Hochkomplexes Wissen wird von einer überaus großzügigen früheren Zivilisation an uns weiterge ...«

Aus dem Nichts zerriss ein Schrei die Stille und hallte von den Bergen wider.

Schweigend spähten alle in die sie umgebende Landschaft. Albys Entdeckung hatte sie für einen Moment vergessen lassen, wo sie waren.

Als wieder Ruhe eingekehrt war, fuhr Wizard fort: »Ich würde nur zu gern wissen, was auf der letzten Seite der Säule steht. Gute Arbeit, Alby, das hast du wirklich prima gemacht. Jack hat ja immer schon gesagt, dass du etwas ganz Besonderes bist. Lily kann sich glücklich schätzen, einen Freund wie dich zu haben.«

Alby strahlte.

Zoe hatte die Diskussion mit Interesse verfolgt. Wenn sie sich auf diese Probleme und Rätsel konzentrierte, lenkte sie das wenigstens von dem Gedanken ab, dass sie Jack verloren hatten. Sie lehnte sich vor: »Wenn das nun also das Wissen ist, was ist dann mit der nächsten Belohnung, *Hitze*?«

Alle Augen richteten sich auf Wizard.

»Etwas ähnlich Hochentwickeltes, nehme ich an. Aber es wird etwas anderes sein als reines Wissen wie dies hier. Ich kannte einmal einen amerikanischen Wissenschaftler, der sich mit den Ramsessteinen beschäftigte, einen Kollegen vom MIT namens Felix Bonaventura.

Bonaventura interessierte sich vor allem für die zweite Belohnung. Er vermutete, dass mit Hitze irgendeine Art von Energie gemeint war, denn schließlich gehen ja alle uns bekannten Energiequellen mit Wärmeentwicklung einher: Kohle, Dampf,

Verbrennungsmotoren und sogar Atomkraft. Aber wenn man Wärme oder Bewegung ohne irgendwelche Brennstoffe erzeugen könnte, hätte man eine nicht versiegende Energiequelle.«

»Meinst du damit ein Perpetuum mobile?«, fragte Alby ungläubig.

Zoe warf ein: »In China würden sie für so was über Leichen gehen. Die ersticken ja gerade an der Verschmutzung durch ihre Kohlekraftwerke.«

»In Amerika auch«, ergänzte Alby. »Dann bräuchten sie kein Öl mehr aus dem Mittleren Osten.«

»Die ganze Welt würde auf den Kopf gestellt«, sagte Wizard. »Die Saudis und ihre riesigen Ölvorkommen bräuchte keiner mehr. Kohle wäre wertlos. Selbst die Kriegführung wäre anders, als wir sie kennen. Wusstet ihr, dass die Nazis am Ende des Zweiten Weltkriegs auf Pferde und Fuhrwerke zurückgegriffen haben, weil sie kein Benzin mehr hatten? Eine Belohnung wie schiere *Hitze* würde mit Sicherheit die Welt verändern.«

Den ganzen Nachmittag über waren Zoe und Solomon damit beschäftigt, einen der Huey-Hubschrauber wieder flottzumachen. Anders als die Motoren der Lastwagen waren die der Helis noch einigermaßen intakt, und Teile, die bei dem einen fehlten, konnte man meistens aus dem anderen ausbauen.

Am späten Nachmittag kam Solomon vom Hubschrauber herüber und wischte sich die Hände an einem Lappen ab. »Ladies und Gentlemen, Ihr Helikopter ist so weit.«

Wizard stand auf. »Dann suchen wir jetzt mal nach den Neetha.«

 **DEMOKRATISCHE REPUBLIK KONGO**
11. BIS 13. DEZEMBER 2007

Der verrostete alte Huey-Helikopter flog tief über dem hügeligen Dschungel des östlichen Kongo. Er hatte immer noch keine Landekufen.

Während Zoe den Hubschrauber flog, saß Wizard neben ihr in einem einzigen Durcheinander aus Karten, Notizen und seinem Laptop.

»Vor ein paar Jahren haben Jack und ich mal ein paar Nachforschungen über die Neetha angestellt«, sagte er und suchte nach einer bestimmten Seite in seinen Notizen.

STAMM DER NEETHA

- *Entlegener Stamm in der Region der Demokratischen Republik Kongo (Zaire). Kriegerisch und von anderen Stämmen sehr gefürchtet; Kannibalen.*
- *Alle Angehörigen weisen angeborene Deformationen auf, eine Abart des Proteus-Syndroms (Knochenverwachsungen am Schädel, ähnlich wie beim Elefantenmenschen).*
- *1876 durch Zufall von HENRY MORTON STANLEY entdeckt. Neetha-Krieger töteten 17 seiner Männer, er selbst entkam nur knapp. Jahre später versuchte er sie wiederzufinden, konnte sie aber nicht entdecken.*
- *Möglicherweise begegnete 205 v. Chr. derselbe Stamm dem griechischen Entdecker HIERONYMUS auf seiner Expedition nach Zentralafrika. (Hieronymus erwähnt einen Stamm mit entsetzlich entstellten Gesichtern im Dschungel südlich von Nubien.*

Von den Neetha hat er auch die durchsichtige Kugel gestohlen, die später vom Orakel von Delphi verwendet wurde.)
- BEKANNTESTE EXPERTIN: DR. DIANE CASSIDY. *Anthropologin an der USC. 2002 verschwand jedoch ihre gesamte 20-köpfige Expedition auf der Suche nach den Neetha im Kongo.*

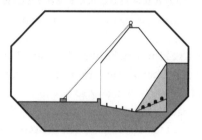

- *Scheint einen ausgehöhlten Vulkan mit der Kugel von Delphi auf der Spitze darzustellen, Bedeutung ist aber unbekannt.*

»He, dieses Bild habe ich schon mal gesehen«, sagte Zoe. Es war ...«

»Es war am ersten Eckpunkt«, vollendete Wizard. »Und das legt nahe, dass es zwischen unserer Suche und den Neetha eine Verbindung gibt. Der Schlüssel allerdings ist Hieronymus.« Er klickte sich durch die Dokumente in seinem Laptop. »Hieronymus ... Hieronymus ... ah, hier ist er ja.«

Wizard hatte den Eintrag gefunden, den er gesucht hatte: den Scan einer antiken, auf Griechisch beschriebenen Schriftrolle.

»Was ist das?«, fragte Lily.

»Es ist eine Schriftrolle, die in der Bibliothek von Alexandria lag. Sie stammt von dem großen griechischen Lehrer und Forschungsreisenden Hieronymus.«

Vor Jahren hatten Wizard und Jack im Atlasgebirge eine riesige Sammlung von Schriftrollen entdeckt. Später hatte sich herausgestellt, dass es die sagenumwobene Schriftensammlung der Bibliothek von Alexandria war, von der man angenommen hatte, sie sei zerstört worden, als die Römer die berühmte Bibliothek niederbrannten. In monatelanger Kleinarbeit hatte Wizard die Schriftrollen eingescannt und die Scans auf seine diversen Computer geladen.

»Hieronymus war ein wahrhaft außergewöhnlicher Mann. Er war nicht nur ein großer Lehrer, sondern auch ein unvergleichlicher Forschungsreisender, der Indiana Jones der Antike. An der Akademie lehrte er neben Plato, und einer seiner Schüler war niemand Geringerer als Aristoteles. Außerdem war er derjenige, der den Neetha die Delphi-Kugel stahl und sie nach Griechenland brachte, wo das Orakel von Delphi sie später für seine Weissagungen verwendete.«

»Die Delphi-Kugel? Du meinst den Sehenden Stein von Delphi? Einen der sechs Heiligen Steine?«

»Genau«, antwortete Wizard. »Hieronymus hat sie den Neetha gestohlen, aber nach allem, was ich über ihn weiß, wollte er sie immer zurückbringen. Deshalb hat er auch diese Schriftrolle verfasst. Sie ist ein Wegweiser, der den Aufenthaltsort der Neetha beschreibt, damit man die Kugel eines Tages würde zurückbringen können.«

»Wurde sie nie zurückgegeben?«, fragte Alby.

»Nachdem die Griechen erkannten, welche Macht sie hatte, wollten sie sie nicht mehr zurückgeben«, erklärte Wizard. »Aber in seinen letzten Lebensjahren kroch Hieronymus in die Tempelhöhle des Orakels, entwendete den Sehenden Stein und floh auf einem Schiff aus Griechenland. In Alexandria machte er Halt und hinterließ in der dortigen Bibliothek diese auf Griechisch und Latein verfassten Schriftrollen, dann reiste er weiter nach Süden in das Herz Afrikas. Er wurde nie wiedergesehen.« Wizard wandte sich an Lily. »Glaubst du, du kannst diese Schriftrolle übersetzen?«

Sie zuckte die Achseln. Sie war in Latein, und Latein war ja einfach. »Klar«, sagte sie. »Hier steht:«

IM TAL DER ARBOREALEN WÄCHTER,
WO DIE DREI BERGSTRÖME ZUSAMMENFLIESSEN,
WÄHLE DEN FINSTEREN.
DORT WIRST DU DAS DUNKLE REICH BETRETEN
DES STAMMES, DEN SELBST DER GROSSE HADES FÜRCHTET.

»Den Stamm, den selbst der große Hades fürchtet?«, fragte Zoe. »Ist ja bezaubernd!«

Solomon sagte: »Den Neetha eilt ein solch fürchterlicher Ruf voraus, dass er zu einem regelrechten Mythos geworden ist. Viele Afrikaner erzählen ihren kleinen Kindern Geschichten vom bösen Neetha-Mann, um ihnen Angst zu machen: dass sie Kannibalen sind, Menschen opfern und ihre eigenen Kinder auffressen.«

»Um mir Angst einzujagen, braucht es schon mehr als ein Schauermärchen«, sagte Lily und klang sehr erwachsen. »Und was ist nun dieses ›Tal der Arborealen Wächter‹? Da scheint es ja loszugehen.«

»›Arboreal‹ bedeutet ›baumartig‹«, erklärte Alby. »Die Baumwächter.«

Wizard klickte weitere Einträge auf seinem Computer durch. »Doch, doch! Ich habe schon mal einen Hinweis auf genau so ein Tal gefunden. Hier ist es ja. Aha!«

Lily lehnte sich vor und sah auf dem Bildschirm den Titel eines Buches. Es war ein Reißer aus dem neunzehnten Jahrhundert: *Durch den dunklen Kontinent* von Henry Morton Stanley.

»Stanley hat viele Bücher über seine Expeditionen nach Afrika geschrieben«, erklärte Wizard. »Das meiste war nur romantischer Blödsinn, aber in dem hier hat er seine wirklich bemerkenswerte Reise quer durch den afrikanischen Kontinent beschrieben, von Sansibar im Osten bis nach Boma im Westen. Von Sansibar brach Stanley mit einer 356 Leute umfassenden Karawane auf. Ein Jahr später kam er an der Mündung des Kongo in den Atlantischen Ozean mit nur 115 wieder zum Vorschein, alle kurz vor dem Verhungern.

Im Verlauf seiner Reise berichtet Stanley von zahlreichen Gefechten mit Eingeborenenstämmen und auch einem besonders grausamen Scharmützel mit einem Stamm, der sich anhört wie die Neetha. Stanley erzählt, dass sie unmittelbar vor der Schlacht durch ein abgelegenes Dschungeltal kamen, dessen Bäume in wundervolle Statuen geschnitzt waren. Riesige Menschenfiguren, manche über zwanzig Meter hoch.

Leider ist ein solches Tal nie entdeckt worden, was unter Historikern zu der generellen Vermutung führte, dass Stanley die meisten seiner Abenteuer erfunden hatte.«

»Und du?«, drängelte Zoe.

»Ich dagegen glaube, dass Stanley die Wahrheit gesagt hat. Er ist nur bei der Beschreibung seiner Route durcheinandergekommen, was ihm übrigens ziemlich häufig passierte. Deshalb hat auch niemand je dieses Tal gefunden. Aber wenn wir Stanleys tatsächliche Route anhand der Orientierungspunkte und Geländebeschaffenheiten rekonstruieren, die er in seinem Buch erwähnt hat, haben wir vielleicht Glück.«

»Ich kann nicht behaupten, dass ich einen besseren Plan hätte«, räumte Zoe ein.

»Ich auch nicht«, sagte Lily. »Also los.«

Der Kongo

Der Kongo war früher unter dem Namen Zaire bekannt, bis das Land 1997 in Demokratische Republik Kongo umbenannt wurde. Es ist das drittgrößte Land Afrikas, beinahe so groß wie Indien. Doch nur drei Prozent dieser riesigen Fläche werden kultiviert. 97 Prozent des Kongo sind demnach nichts als Dschungel, der bis zum heutigen Tag unerforscht ist.

Es ist ein grausames Land, von den Gefahren des mächtigen Flusses Kongo selbst bis zum undurchdringlichen Dschungel, der vor Schlangen und Hyänen nur so wimmelt. Außerdem gibt es im Südosten eine ganze Kette aktiver Vulkane. Der Kongo ist das dunkle Herz des dunklen Kontinents.

Anhand von Wizards Wegbeschreibung brachte Zoe sie nach Süden.

Sie flogen drei Tage lang und landeten hier und da an verlassenen UN-Depots, um Nahrung und Treibstoff für den Helikopter zu stehlen. Schließlich erreichten sie die am dünnsten besiedelte Region des Landes und vielleicht des gesamten Kontinents: das Katanga-Plateau im äußersten Süden.

Es war übersät mit Vulkanen, Bergen und grünen Flusstälern und war ebenso eindrucksvoll wie abgeschieden. Riesige Wasserfälle stürzten aus Felsklüften, und ein dichter Nebel, gespeist von der ständig hohen Luftfeuchtigkeit, lag den ganzen Tag über der Landschaft und verhüllte die Berge.

Unterwegs schaltete Zoe den Funkscanner ein, der beständig sämtliche militärischen und zivilen Frequenzen absuchte und ihr ermöglichte, den Funkverkehr in der Region zu verfolgen: von kongolesischen Armeepatrouillen, UN-Mitarbeitern und vielleicht ...

»Wolf! Hier ist Broadsword. Ich habe gerade ein feindliches Signal südlich von Kalemie aufgeschnappt. Sieht aus wie ein Huey. Das könnten sie sein ...«

»Überprüfen Sie das!«, erwiderte Wolf.

Seine Leute waren ihnen dicht auf den Fersen.

Später am selben Tag, nachdem sie bereits einem Dutzend falscher Spuren gefolgt waren, machte Wizard einen Berg aus, den Stanley in seinem Buch erwähnt hatte: einen Berg mit zwei Wasserfällen.

»Das ist er!«, schrie er aufgeregt, um das Röhren der Rotoren zu übertönen. »Zoe, schwenk in südwestliche Richtung!«

Zoe gehorchte und flog in niedriger Höhe in ein dicht bewaldetes Flusstal hinein, in das drei kleinere Bergflüsse mit schneller Strömung mündeten.

»Setz uns da vorn ab, wo die Flüsse zusammenfließen!« rief Wizard.

Sie landeten auf dem Uferstreifen. Der kufenlose Huey setzte sanft auf dem Bauch auf. Dann verließen sie vorsichtig den Helikopter.

Lily war diejenige, die sie als Erste sah.

»Mensch, ist das cool!«, staunte sie und starrte in den Dschungel.

Alby lief zu ihr hin. »Was ... ohhh!«

Er sperrte Mund und Augen auf.

Vor ihm erstreckte sich bis in den Nebel hinein ein Wald mit riesigen Bäumen.

Ihre Farbe war geisterhaft grau, und sie ragten zu einer Höhe von über sechzig Metern auf. Ihr Blätterdach war so dicht, dass die Sonne nicht hindurchdrang.

Vor allem aber waren es ihre riesigen, dicken Stämme, die die Aufmerksamkeit der Kinder fesselten.

Jeder der riesigen Baumstämme, Dutzende in Reih und Glied und jeder mit mindestens zehn Metern Durchmesser, war in Menschenform zurechtgeschnitzt.

Einige stellten alte Häuptlinge dar, andere Krieger oder Schamanen. Alle trugen einen ernsten Ausdruck, wild und kriegerisch.

Außerdem mussten sie uralt sein. Die gigantischen Bäume waren mit der Zeit ausgebleicht und von unzähligen Lianen überwuchert, die sich um die Figuren zu winden schienen wie riesige, zusammengeringelte Schlangen. Hoch ragten die Figuren in den Nebel auf, eine Armee von Wächtern, die über Zeit und Ewigkeit wachte.

Kein Laut war zu hören, es herrschte die Stille des dichten Dschungels.

Wizard trat zu Lily und legte ihr eine Hand auf die Schulter.

»Das Tal der Arborealen Wächter«, sagte er leise.

»Und wie geht es von hier aus weiter?«, fragte Solomon.

Alby, der Zoes Kamera um den Hals hängen hatte, machte schnell eine Serie von Fotos des unglaublichen, geschnitzten Waldes.

Wizard zitierte aus der Schriftrolle des Hieronymus: »›Im Tal der Arborealen Wächter/wo die drei Bergströme zusammenfließen/wähle den finsteren.‹ Es scheint ziemlich klar zu sein. Wir gehen bis zum Zusammenfluss der drei Flüsse nicht weit von hier und entscheiden uns für den sinistren.«

»Den sinistren?«, fragte Solomon.

Lily grinste: »Ich glaube nicht, dass damit der bedrohlichste gemeint ist, Solomon. Auf Lateinisch heißt *sinister* oder *sinistra* links. Wir nehmen den linken Zulauf.«

Während die anderen noch den riesigen Wald behauener Bäume bestaunten, erkundete Zoe das Ufer weiter flussaufwärts.

Etwa dreißig Meter in dieser Richtung erregte etwas ihre Aufmerksamkeit, und sie wollte sich genauer ansehen, was es war.

Sie kam um eine Flussbiegung ...

... und blieb wie angewurzelt stehen.

»Au weia«, keuchte sie.

Vor ihr lagen nicht weniger als dreißig Flussboote, verrottet und kaputt und halb im Fluss versunken. Verfallene Boote der verschiedensten Epochen. Einige waren neuerer Bauart, andere Patrouillenboote aus dem Zweiten Weltkrieg, wieder andere noch älter. Flussboote aus dem 19. Jahrhundert, wie Henry Morton Stanley sie benutzt haben könnte. Es gab sogar ein paar halb zerstörte Wasserflugzeuge und einen ramponierten Helikopter mit dem Wappen der angolanischen Armee.

Zoe blieb wie angewurzelt stehen.

Es war eine Ansammlung von Fahrzeugen, die bis zu diesem Ort vorgedrungen und nie wieder zurückgekehrt waren.

»Mist. Wir sind mitten in eine Falle getappt.«

Sie wirbelte herum und schrie: »Lily! Wizard! Zurück in den Helik...«

In diesem Moment jedoch explodierte der Hubschrauber.

Die Explosion hallte im ganzen Tal wider.

Wizard, Solomon und die Kinder wirbelten herum und sahen im nächsten Moment, wie der Helikopter sich in einen riesigen Feuerball verwandelte.

Zoe kam über das Ufer zurückgelaufen und starrte das brennende Wrack des Huey an.

Dann knackte am gegenüberliegenden Ufer ein Zweig. Sie riss den Kopf herum und sah gerade noch, wie eine schwarze Gestalt aus dem Wasser glitt und im Blätterwerk verschwand.

Ein Eingeborener.

Dann wurde es Zoe schlagartig klar.

Die Neetha waren im Verlauf der Jahrhunderte sehr wohl entdeckt worden, vielleicht sogar oftmals. Durch Zufall von Forschern und einmal sogar von einer angolanischen Patrouille, wie es schien. Weil aber keiner, der den Stamm fand, wieder hier wegkam und der Außenwelt von ihnen berichten konnte, waren die Neetha bis heute sagenumwoben geblieben.

Und welch bessere Methode konnte es geben, einen gerade angekommenen Besucher abzulenken, als durch diese spektakulären Baumschnitzereien. Während die riesigen Statuen die Aufmerksamkeit der Besucher auf sich zogen, versenkten Saboteure des Stammes ihr Boot oder machten ihren Hubschrauber unbrauchbar.

Und jetzt haben sie uns in die Falle gelockt, dachte Zoe.

»Herrgott«, fluchte sie, »wie konnte ich nur so verdammt … ach, verflucht!«

Am Fuße der riesigen behauenen Bäume traten sie aus dem Blattwerk: dunkelhäutige Stammeskrieger, die Gesichter in furchterregender weißer Kriegsbemalung, die gelben Augen blutunterlaufen. Aus der Stirn und dem Kinn traten hässliche knöcherne Auswüchse hervor und verliehen ihnen einen grausigen, unmenschlichen Anblick.

Das Proteus-Syndrom, dachte Wizard. Ernährungsbedingte Deformationen, die durch jahrzehntelange Inzucht noch verstärkt werden.

Es waren vielleicht sechzehn, alle hielten Bogen und Schusswaffen in den Händen. Langsam schlichen sie sich heran, behutsam, aber stark.

Während sie von allen Seiten näher kamen, nahmen Zoe, Wizard und Solomon instinktiv die Kinder in ihre Mitte.

»Ich glaube, unsere Suche ist damit beendet«, flüsterte Solomon. »Es scheint, dass die Neetha *uns* gefunden haben.«

DIE SECHSTE PRÜFUNG

DIE FURCHT DES HADES-STAMMES

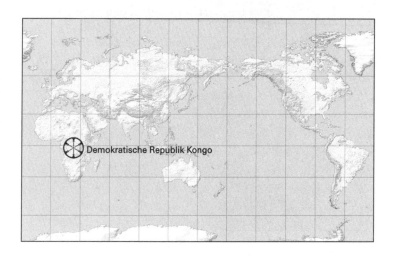

DEMOKRATISCHE REPUBLIK KONGO

14. DEZEMBER 2007
3 TAGE VOR DEM
ZWEITEN STICHTAG

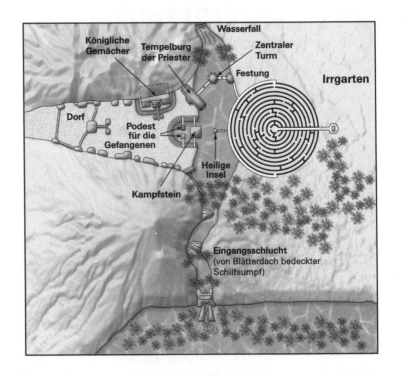

DAS REICH DER NEETHA

 **DAS REICH DER NEETHA
PROVINZ KATANGA, KONGO
14. DEZEMBER 2007, 19:30 UHR**

Von Neetha-Kriegern umzingelt, wurden Zoe und die anderen den linken Zufluss entlanggetrieben. Ihr Marsch wand sich durch dichtes Blattwerk, vorbei an einigen felsigen Stromschnellen. Unterwegs stolperte Wizard einmal über eine Wurzel und fiel hin. Kaum hatte er sich wieder aufgerappelt, spürte er auch schon ein Messer an seiner Kehle. Ein Krieger der Neetha, der dies offenbar für einen Fluchtversuch gehalten hatte, hielt ihn fest.

»Quwanna wango«, zischte der Neetha. Wizard erstarrte, während sein Geiselnehmer ihm langsam die Klinge gegen die Kehle drückte, bis Blut hervorquoll. Zoe und die anderen hielten den Atem an – aber dann ließ der Wächter Wizard plötzlich los und stieß ihn unsanft nach vorn. Danach stolperte niemand mehr.

Als es dunkel wurde, erreichten sie eine Felswand, die hoch aus dem Dschungel ragte.

In dieser ansonsten undurchdringlichen natürlichen Barriere befand sich eine große Kluft, eine dramatisch aufragende Klamm von etwa zwanzig Metern Breite.

Versperrt wurde sie am Fuße durch ein imposantes, von Menschenhand geschaffenes Bauwerk, ein riesiges steinernes Fort, das von Fackeln erleuchtet wurde und aus großen Felsquadern errichtet war. Hunderte spitz gefeilter Elefantenstoßzähne flankierten eine steile steinerne Treppe, die in das Fort hinaufführte. Bedrohlich ragten sie aus den Wänden.

Der einzige Zugang zu diesem Fort war ein großes, fast vier Meter hohes Tor, das die Form eines aufgerissenen Raubtierrachens besaß. Ein Sturzbach kam daraus hervorgeschossen und ergoss sich in einen Kanal in der Mitte der steinernen Treppe, sodass es den Anschein hatte, als käme man zu Fuß gar nicht durch das Tor hindurch.

Die Neetha-Krieger bemannten ein Podest vor dem Tor. Sie führten Hyänen mit sich, die knurrten, die Zähne fletschten und an ihren Leinen rissen.

»Gezähmte Hyänen?«, entsetzte sich Zoe, während sie die Stufen erklommen.

Wizard flüsterte zurück: »Hieronymus behauptete, dass die Neetha Hyänen als Jagdhunde einsetzten, aber seine Behauptung wurde als Märchen abgetan. Er sagte, die Neetha zögen Hyänen vom Welpenalter an auf und richteten sie mit einem schrecklichen System aus Schlägen und Hunger ab.«

Solomon zischte: »Wenn man eine Hyäne tatsächlich zähmen könnte, wäre das ein unglaublicher Vorteil. Kein Tier hat einen höher entwickelten Geruchssinn. Man hätte keine Chance, einer jagenden Hyänenrotte zu entkommen.«

»Eine Falle unten am Fluss. Zerstörte Boote und Flugzeuge. Hyänen als Wachhunde«, stieß Zoe hervor. »In was zum Teufel sind wir da hineingeraten?« Sie umklammerte Lilys Hand ein wenig fester.

Sie erreichten ein großes Tor am Ende der Treppe. Einer der Wachposten blies auf einem Horn, und urplötzlich wurde im Innern des Torbogens eine hölzerne Treppe heruntergelassen. Als sie an ihrem Platz lag, spreizte sie sich über den Sturzbach, der aus dem weit aufgerissenen Rachen hervorschoss.

Vor dem riesigen Torbogen wirkten Zoe und die anderen wie Zwerge. Umzingelt von ihren Wächtern, traten sie auf die Zugbrücke und verschwanden im Toreingang. So betraten sie das Reich der Neetha.

Sie kamen in der Kluft heraus.

Nackter Fels ragte zu beiden Seiten steil bis in den Himmel auf. Am Rand der Klamm, etwa hundertdreißig Meter über ihnen, hatte man die Bäume des Regenwaldes gebogen und nach innen wachsen lassen. So war über der Klamm ein Blätterdach entstanden, das die Sicht nach unten verhinderte. Von oben hätte ein Beobachter die Schlucht, die ohnehin zwischen drei erloschenen Vulkanen verborgen lag, in dem Meer grünen Dschungels nicht ausmachen können.

Zoe vermutete, dass am Tage ein paar Lichtstrahlen durch das Blätterdach drangen, aber jetzt schimmerte nur noch ein wenig Mondlicht hindurch, das die Schlucht in gespenstischem Blau leuchten ließ.

Als sie an den riesigen Felswänden hochblickte, sah Lily, dass da eine seltsame Bewegung war. Ein ständiges Tröpfeln, das über die zerklüfteten Felsen rann und die ineinander verflochtenen Lianen versorgte, die sich dort festklammerten. Zwischen diesen schlangenähnlichen Ranken krochen allerdings auch alle möglichen echten Schlangen herum: gefleckte afrikanische Tigerpythons, Schwarze Mambas und verschiedene andere Arten, die aus jeder verfügbaren Felsöffnung glitten.

»Hast du die gesehen?«, keuchte sie.

Der entsetzte Alby nickte heftig. »J ... j ... ja.«

Die vor ihnen liegende Schlucht wand sich in der nebeligen Finsternis nach links und rechts und wurde immer wieder von steinernen Forts blockiert, die es einem Eindringling unmöglich machten, auf geradem Weg voranzukommen.

Und auch der Fuß der Schlucht war aus verschiedenen Gründen nicht leicht passierbar.

Meistens war es nur Wasser, der reißende Bach, der am Ende aus dem Tor floss. Aber auf der Strecke durchquerte dieser Fluss zwei dichtbewachsene Schilffelder, drei schlammige Teiche und einen faulig stinkenden Sumpf, der von mehreren halb im Wasser verborgenen Nilkrokodilen bewohnt wurde.

Als sie aus dem großen Tor traten, blies der Anführer in ein Horn, und schon wurde an einem weiter oben gelegenen Fort ein riesiges Zahnrad von einer Gruppe Sklaven in Bewegung gesetzt. Ohne Vorwarnung erhob sich plötzlich direkt vor ihnen eine Reihe von steinernen Podesten, die zuvor unter der Wasseroberfläche verborgen gewesen waren. Sie ergaben einen im Zickzack verlaufenden Pfad, auf dem man die Schlucht ungehindert durchqueren konnte.

»Für einen Kannibalenstamm, der noch nie mit der Zivilisation in Berührung gekommen ist, sind diese Leute aber ziemlich geschickt«, bemerkte Solomon.

»Sie sind nur noch nicht mit *unserer* Zivilisation in Berührung gekommen«, verbesserte Wizard.

»Wizard«, fragte Zoe leise, »was passiert denn jetzt mit uns?«

Wizard warf einen verstohlenen Seitenblick auf die Kinder und versicherte sich, dass sie nicht mithören konnten. Dann sagte er: »Wir marschieren in unseren Tod. Die einzige Frage ist, wie lange die Neetha uns noch am Leben lassen, bevor sie uns die Gliedmaßen abhacken und aufessen.«

Dann jedoch wurden sie von einem ihrer Wächter vorangetrieben und marschierten weiter durch die dunkle Klamm. Sie passierten weitere Befestigungsanlagen, bis sie schließlich nach einer letzten Biegung auf freieres Gelände kamen, das von gespenstischen Feuern erleuchtet wurde.

»Gott im Himmel!«, flüsterte Wizard, als er das Reich der Neetha erblickte.

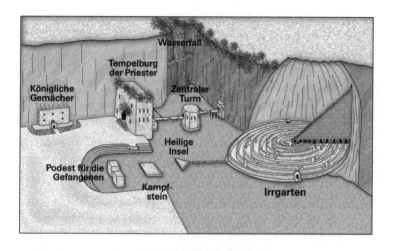

DAS REICH DER NEETHA

Sie hatten eine Stelle erreicht, wo die Klamm auf eine zweite, kleinere traf, eine Gabelung zweier Schluchten, die inmitten drei erloschener Vulkane lag – und plötzlich fanden sie sich auf einem großen offenen Gelände wieder.

Was sie erblickten, konnte man nur als ein prähistorisches Dorf bezeichnen, das in den Fels der beiden aufeinandertreffenden Schluchten hineingebaut war. Und in der Mitte lag ein breiter See.

So etwas hatten sie noch nie gesehen!

Dutzende von Steingebäuden säumten die Felswände, manche in schwindelerregender Höhe. Kleine Hütten waren darunter, aber auch ein großer freistehender Turm, der sich mitten aus dem Wasser des Sees erhob.

Zu den höher gelegenen Hütten führten Leitern, und in der engeren Schlucht zu ihrer Linken war ein Netz von Seilbrücken gespannt, das die einzelnen Gebäude miteinander verband.

Die Fähigkeit des Brückenbaus beeindruckte Zoe an diesen Menschen am meisten. Seilbrücken, die verborgenen Steinbrücken, über die sie vom Haupttor hergekommen waren, und sie sah sogar eine Reihe von Zugbrücken, mit denen man den Turm draußen im See erreichte.

»Wizard«, fragte sie, »haben diese Leute …«

»Nein. Sie haben das hier nicht gebaut. Sie sind nur eingezogen, genauso wie die Azteken in Teotihuacán.«

»Und welche Zivilisation hat das alles dann erschaffen?«

»Ich vermute, dieselbe, die auch die Maschine gebaut hat. Schau dir mal das da an …«

Sie traten auf den Hauptplatz der Ansiedlung, und Wizard warf einen Blick nach rechts, über den See hinaus.

»Was denn?«

Zoe blieb die Sprache weg.

Jenseits des Sees lag ein unglaubliches Bauwerk.

Es war unvorstellbar groß und buchstäblich aus dem Kegel des erloschenen Vulkans herausgehauen, der am jenseitigen Ende der Schlucht lag.

Die Anlage sah aus wie ein modernes Stadion, eine riesengroße, kreisrunde Arena. Drinnen erkannte man eine Reihe von Mauern – es schien eine Art Irrgarten zu sein. Und genau in seiner Mitte ragte wie die Nadel einer Sonnenuhr eine extrem schmale und gleichzeitig extrem hohe Steintreppe hinauf, gut und gerne zehn Stockwerke hoch.

Die Treppe, die aus Hunderten von Stufen bestand, war nur breit genug für eine Person und besaß kein Geländer. Sie führte in schwindelerregende Höhe zu einem gedrungenen, trapezförmigen Einlass hinauf, der am jenseitigen Ufer des Irrgartens in die Felswand gehauen war.

Die Herausforderung war eindeutig: Nur wenn man es bis zur Mitte des Irrgartens schaffte, konnte man diese geheimnisvolle Treppe hinaufsteigen.

Und es gab noch etwas, was Zoe in diesem Dorf ins Auge stach: eine kleine, dreieckige Insel, die genau im Zentrum der ganzen Anlage lag, als bilde sie den Mittelpunkt der beiden aufeinandertreffenden Schluchten.

Auf dieser Insel befand sich eine Art bronzener Dreifuß, der Zoe vorkam wie die antike Urform eines Neigungsmessers.

Und auf einem Sockel neben diesem »Neigungsmesser« befanden sich, für alle Einwohner des Dorfes sichtbar, zwei überaus heilige Artefakte: eine Säule aus mattem Glas und eine wunderbare Kristallkugel.

Auch Wizard hatte sie gesehen und schnappte nach Luft.

»Die zweite Säule und der Sehende Stein.«

Lange allerdings konnten sie diese kleine heilige Insel nicht bestaunen, denn gerade jetzt brachten die Wachen sie zu einer tiefen, halbkreisförmigen Grube am Rand des Hauptplatzes. Darin befanden sich zwei rechteckige Granitpodeste, die sich etwa sechseinhalb Meter über den schlammigen Grund der Grube erhoben.

Da unten im Schlamm lauerten zwei große Krokodile und starrten Lily und Alby mit kaltem Blick an.

Zwei Zugbrücken wurden rasselnd heruntergelassen, dann wurde ihr Grüppchen mit vorgehaltenen Messern auf die Granitpodeste geführt: Zoe und das Mädchen auf das eine, Alby und die beiden Männer auf das andere. Die beiden turmartigen Podeste befanden sich etwas über drei Meter vom Grubenrand entfernt, und zwischen ihnen lagen etwa zweieinhalb Meter. An Flucht war also nicht zu denken. An der Oberfläche beider befanden sich furchterregende Axtkerben und blutige Schrammen.

Die Zugbrücken wurden hochgezogen.

Um die Podeste herum hatte sich eine Menschenmenge versammelt – neugierige Bewohner der Neetha-Siedlung, die allesamt knöcherne Auswüchse im Gesicht hatten und alle die Gefangenen anstarrten und sich dabei lebhaft unterhielten.

Doch dann erstarb das Getuschel und die Menge teilte sich. Eine Reihe lodernder Fackeln durchschnitt die Reihen, und eine offizielle Abordnung erschien.

Es waren zwölf Männer, angeführt von einem fettleibigen Mann, an dessen Kleidung aus Tierhaut alle möglichen Waffen, Schädel und Zierrat baumelten. Sein fleischiges Gesicht war widerlich und mit Beulen übersät. Unter den Waffen an seinem Gürtel erkannte Wizard ein Winchester-Gewehr aus dem 19. Jahrhundert.

Das ist der Häuptling des Stammes, überlegte er. Er trägt die Waffen und Schädel all derer, die seine Familie über die Jahrhunderte besiegt hat. Mein Gott!

Sieben jüngere Männer begleiteten den Häuptling, alle hoch aufgerichtet und stolz.

Wahrscheinlich seine Söhne, dachte Wizard.

Die anderen vier Männer dieser Führungsgruppe waren anders. Drei von ihnen waren eindeutig Krieger, schlank und muskulös, mit grimmigen Gesichtern und in Kriegsbemalung.

Der vierte und letzte allerdings wirkte einfach nur skurril.
Er war alt, verkrüppelt und bucklig, und sein Gesicht war von allen das verunstaltetste. Auch er trug Kriegsbemalung und besaß die furchterregendsten Augen, die Wizard je gesehen hatte: Es waren gelbe erloschene Augen, die wie verrückt auf alles und doch nichts starrten.
Er war der Zauberer der Neetha.

Ihre Habseligkeiten wurden vor dem Zauberer ausgebreitet.
Unter den Augen des Häuptlings durchwühlte er ihre Sachen und reckte plötzlich mit einem Schrei die erste Säule hoch.
»*Neehaka!*«, schrie er.
»Neehaka ... ooh, neehaka«, murmelte die Menge.
»*Neehaka bonwacha Nepthys! Hurrah!*«
Wizard hatte keinen blassen Schimmer, was da geredet wurde.
Dann aber hörte er von dem anderen Podest Lily sagen: »Er spricht die Sprache des Thoth. Er spricht sie! ›Neehaka‹, das ist ›nee‹ für ›erste‹ und ›haka‹ für ›große Säule‹. ›Bonwacha‹ heißt ›angefüllt‹ oder ›befruchtet‹. ›Die erste große Säule ist durch Nepthys befruchtet worden.‹«
»›Nepthys‹ ist ein anderer Name für den Dunklen Stern«, flüsterte Wizard. »Sein griechischer Name.«
Dann holte der Zauberer den Stein des Philosophen und den Feuerstein aus Lilys Rucksack und riss die Augen noch weiter auf.
Er warf Wizard einen grimmigen Blick zu und bellte ihm eine Kaskade von Wörtern zu.
Lily übersetzte zaghaft: »Er will wissen, wie du an die großen Werkzeuge der Reinigung gekommen bist.«
»Sag ihm: ›Durch großes Forschen und viele Jahre der Suche‹«, antwortete Wizard.
Mit angsterfüllter Stimme übersetzte Lily.
Der Zauberer sog schneidend die Luft ein und flüsterte etwas. Er hatte immer noch die Augen weit aufgerissen.
Lily raunte Wizard zu: »Er ist überrascht, dass ich Thoth spre-

chen kann. Er hält es für eine Prophezeiung. Er ist ein Zauberer und glaubt, dass du auch ein ...«

Ein barscher Ruf des Zauberers brachte sie zum Schweigen.

Dann wandte sich der Zauberer plötzlich um und rief nach jemandem. Wieder teilte sich die Menge und jetzt trat eine Frau aus den hinteren Reihen nach vorn.

Als Lily sie sah, schnappte sie nach Luft.

Wizard ebenfalls.

Es war eine Weiße, etwa fünfundfünfzig Jahre alt, mit grau-blondem Haar und einem elfenhaften Gesicht, das misshandelt und verhärmt aussah. Wie die anderen Neetha-Frauen trug sie einen Lederumhang und primitiven Schmuck.

Wizard flüsterte: »Dr. Cassidy? Dr. Diane Cassidy?«

Bei seinen Worten riss die Frau den Kopf hoch, so als ob sie schon seit Ewigkeiten kein englisches Wort mehr gehört hätte.

Der Zauberer fuhr Dr. Cassidy an, und sofort senkte sie wieder den Kopf.

Das also war der guten alten Dr. Diane Cassidy widerfahren, der Neetha-Expertin. Sie hatte den verschwundenen Stamm gefunden und war dafür von ihm versklavt worden.

Brüsk redete der Zauberer Cassidy an.

Lily hörte jedes Wort. »Er nennt sie ›Achte Frau des Großen Häuptlings‹. Wahrscheinlich traut er mir nicht. Er will, dass sie übersetzt.«

Der Zauberer fuhr herum und stierte Wizard wütend an. Er sprach barsch und schnell.

Diane Cassidy übersetzte mit langsamen, leisen Worten ins Englische: »Der große Zauberer Yanis wünscht zu wissen, ob Sie hergekommen sind, um die Säule der Neetha zu stehlen.«

»Aber nein«, antwortete Wizard. »Überhaupt nicht. Wir sind gekommen, um euch zu ersuchen, die Säule benutzen zu dürfen. Sie auszuborgen für unser Bemühen, die Erde vor dem Dunklen Stern zu retten, den euer Zauberer Nepthys nennt.«

Dr. Cassidy übersetzte.

Bei der Antwort fing der Zauberer an zu schwanken, er war

über alle Maßen entsetzt. Als er schließlich sprach, war es ein reines Fauchen.

Cassidy übersetzte: »Yanis sagt, dass Nepthys herrscht, wie es ihm gefällt. Das ist sein göttliches Recht. Wer bist du, dass du dich Nepthys' Willen widersetzt?«

Wizard antwortete: »Ich bin einer von nur wenigen, die die Welt retten möchten.«

Wieder fauchte der Zauberer etwas.

»Yanis sagt, wenn Nepthys die Welt zu zerstören wünscht, dann wird Nepthys das auch tun. Es ist unsere besondere Ehre, am Leben zu sein, wenn er seine göttliche Macht entfesselt. Yanis wird nicht weiter mit dir sprechen.«

Mit diesen Worten machte der Zauberer kehrt und stürmte davon. All ihre Sachen nahm er mit, auch den Feuerstein, den Stein des Philosophen und die erste Säule.

Lily und die anderen ließ man den restlichen Abend auf den nackten Steinpodesten sitzen: hilflos wartend und voller Angst.

Der Zauberer hatte sich nördlich der Podeste in ein festungsähnliches Gebäude zurückgezogen, das an den See angrenzte.

Es war mit Dutzenden von Elefantenstoßzähnen bewehrt und wurde von vier weiß angemalten Priestern mit Speeren bewacht. Einige trugen außerdem eine Schusswaffe an der Hüfte.

Wizard erklärte: »Das sind Mönchskrieger. Die besten Neetha-Kämpfer werden in die heilige Kaste aufgenommen. Dort erhalten sie eine besondere Ausbildung in Kampfkunst und List. Wie schon Hieronymus schrieb, merkt man erst, dass ein Neetha-Priester einen gestellt hat, wenn er einem schon die Kehle durchgeschnitten hat.«

Den ganzen Abend über versammelten sich immer wieder Einwohner, um die geheimnisvollen Gefangenen anzuglotzen. Sie wurden bestaunt wie Tiere im Zoo.

Die Kinder musterten Alby mit besonderer Neugier.

»Was sagen die?«, fragte Alby entnervt.

»Sie wundern sich über deine Brille«, antwortete Lily.

Die Frauen deuteten auf Zoe und flüsterten untereinander. »Wegen deiner Cargo-Hosen und dem kurzen Haar sind sie sich nicht sicher, ob du eine Frau oder ein Mann bist«, erklärte Lily.

Dann jedoch kamen einige Männer, und die Frauen und Kinder liefen auseinander. Die Atmosphäre um die Podeste herum veränderte sich.

Diese Männer genossen im Stamm offensichtlich besonderes Ansehen. Sie versammelten sich vor dem Podest, auf dem Lily und Zoe saßen, zeigten mit den Fingern und gestikulierten wie Pferdehändler. Der Dickste unter ihnen war offenbar der Anführer der Gruppe und die anderen seine Gefolgschaft.

»Was sagen sie?«, fragte Wizard besorgt.

Lily runzelte die Stirn. »Sie sprechen über Zoe und mich. Der Dicke sagt, dass er Zoe nicht will, weil sie schon berührt worden ist, was auch immer das heißen soll ...«

Ohne Vorwarnung rief der dickste Neetha Lily ein paar schnelle Worte zu.

Lily war bestürzt. Sie schüttelte den Kopf und sagte: »Ew, no. Niha.«

Sofort fing das Grüppchen der Neetha-Männer an, heftig miteinander zu flüstern und zu tuscheln.

»Lily«, fragte Wizard, »was hat er dich gerade gefragt?«

»Er hat gefragt, ob ich einen Ehemann habe. Nein, natürlich nicht, habe ich geantwortet.«

»Oh weh«, sagte Wizard. »Ich hätte wissen müssen, dass ...«

Lautes Gelächter des Dicken unterbrach ihn. Der Mann marschierte zum größten Haus im Dorf, sein Gefolge hinterher.

»Was soll das denn nun wieder bedeuten?«, fragte Lily Zoe.

»Das sage ich dir lieber nicht«, antwortete Zoe.

Spät in der Nacht, irgendwann lange nach Mitternacht, als alle Dorfbewohner schon schliefen, wachte Lily auf. Sie sah, wie eine Prozession von Mönchskriegern, angeführt vom Zauberer, den See über die Zugbrücke überquerte und mit hoch erhobenen Fackeln dem runden Irrgarten auf der anderen Seite zustrebte.

Sie sah auch, dass einer von ihnen mit ehrerbietig ausgestreckten Armen den Feuerstein trug. Ein anderer trug mit ebensolcher Ehrfurcht den Stein des Philosophen. Ein dritter Mönchskrieger hinter ihm trug die erste Säule.

Lily bemerkte, dass Zoe schon wach war. Sie hatte Wache gehalten. Die beiden zischten zu Wizard und den anderen auf dem zweiten Podest hinüber, um sie zu wecken.

Gemeinsam beobachteten sie, wie der Zauberer sich von der größeren Gruppe trennte und über eine hölzerne Brücke, die sich aus der plätschernden Wasseroberfläche erhob, auf die dreieckige heilige Insel in der Mitte des Sees trat. Dort ruhten stolz auf ihrem Dreistuhl die Delphi-Kugel und die zweite Säule.

Mit großer Ehrfurcht hob der Zauberer die Delphi-Kugel von ihrem Podest und reichte sie einem der Mönche, der damit zurück zur Prozession eilte.

Der Zauberer blieb auf der Insel, und zu ihm traten die zwei Mönche mit dem Stein des Philosophen und dem Feuerstein.

Lily und die anderen sahen ehrfürchtig zu, wie der Zauberer sehr feierlich die Säule seines Volkes – die zweite Säule – in den Stein des Philosophen schob.

Als er den Feuerstein daraufsetzte, leuchtete wie schon einmal ein weißer Blitz aus dem Inneren des Steins des Philosophen, und als der Zauberer die Säule der Neetha wieder herausnahm, war sie nicht mehr trübe und matt. Ihre rechteckige Form war vollkommen klar.

Gereinigt.

Der Zauberer sah aus wie ein Mann, der seinem Gott begegnet war.

Als die Zeremonie beendet war, setzte er die zweite Säule wieder auf ihr Podest. Den Feuerstein und den Stein des Philosophen hingegen übergab er seinen Mönchen. Während er selbst auf der heiligen Insel blieb, nahmen sie beide Steine sowie die erste Säule mit in den Irrgarten.

Etwa zwanzig Minuten später erschienen die Mönchskrieger mit dem Feuerstein, dem Stein des Philosophen und der ersten Säule auf der schmalen Steintreppe, die sich aus der Mitte des Irrgartens erhob.

»Sie wissen, wie man da durchfindet?«, fragte Lily verwirrt.

»In der Antike gab es viele solcher Irrgärten«, erklärte Wizard. »Das Labyrinth in Ägypten, der Palast von Knossos. Aber diese Irrgärten wurden nicht so gebaut, dass sie vollkommen undurchdringlich waren. Jeder besitzt ein geheimes Lösungsprinzip, und wenn man dieses Prinzip kennt, kann man ziemlich schnell durch so einen Irrgarten kommen.«

Zoe ergänzte: »Meistens kannten nur die Könige oder die königlichen Priester die Lösung. Es ist eine schlaue Methode, um seine Schätze vor dem gemeinen Volk sicher zu verbergen.«

Die Mönche erklommen die große Treppe und verschwanden an ihrem Ende in dem trapezförmigen Einlass in einer Art Allerheiligstem, wo der Feuerstein und der Stein des Philosophen sowie die erste Säule sicher sein würden.

Ein leiser Gesang ertönte. Die Lichter ihrer Fackeln tanzten.

Ein paar Minuten später erschien in einer mit Bedacht herausgeschnittenen Lücke des Blätterdachs über ihnen ein Feuerschein am Himmel. Er schien sich direkt über dem Allerheiligsten zu befinden. Einer der Mönche musste durch einen inneren Schacht hochgeklettert und auf dem Gipfel des Vulkans zweihundert Meter über ihnen wieder herausgekommen sein.

Plötzlich aber war da statt des Feuerscheins ein vollkommen unwirkliches rotes Leuchten.

»Das ist die Kugel«, flüsterte Wizard. »Sie müssen auch den Feuerstein mit hinaufgenommen haben. Sie haben die Kugel auf den Feuerstein gesetzt und seine besondere Macht freigesetzt.«

»Und worin besteht die?«, fragte Solomon.

»In der Fähigkeit, den Dunklen Stern zu sehen«, antwortete Alby feierlich. »Seht mal!«

Er deutete hinüber zu dem Zauberer, der immer noch auf der dreieckigen Insel stand. Jetzt aber war der bucklige alte Mann über den Neigungsmesser gebeugt und spähte durch ein daran befindliches Okular, das genau auf den roten Schimmer der Delphi-Kugel oben am Gipfel des Vulkans gerichtet war.

»Das ist ja ein Teleskop!«, staunte Alby. »Ein Teleskop ohne Fernrohr, so ähnlich wie das Gregory-Teleskop, das Hooke im 17. Jahrhundert gebaut hat. Eigentlich braucht man für ein Teleskop kein Fernrohr, nur zwei Linsen, eine unten und eine oben, die sich im richtigen Brennwinkel befinden. Nur ist dieses Gregory-Teleskop da riesig, so groß wie der Vulkan.«

»Ein Teleskop, das nur für einen einzigen Zweck gebaut

wurde«, sagte Wizard. »Um damit den Dunklen Stern zu betrachten.«

Wie auf ein Stichwort johlte der Zauberer begeistert auf, das Auge fest auf das Okular gepresst.

»Nepthys«, schrie er. »Nepthys! Nepthys!«

Dann intonierte er etwas in seiner eigenen Sprache.

Lily hörte zu und übersetzte: »Großer Nepthys! Deine treuen Diener sind bereit für Deine Ankunft. Komm und ergieße dein tödliches Licht über uns. Errette uns aus diesem irdischen Dasein.«

»Das klingt übel«, sagte Zoe.

»Warum?«

»Weil dieser Zauberer da überhaupt nicht die Absicht hat, die Welt vor dem Dunklen Stern zu retten. Er *will* ja, dass er kommt. Er *will*, dass er sein Nullpunkt-Feld auf der Erde entfesselt. Dieser Mann *will* unbedingt durch die Hand seines Gottes sterben.«

Lily schlief wieder ein, aber kurz vor Sonnenaufgang geschah etwas.

Es war schon mehrere Stunden her, seit der Zauberer und seine Mönche ihr nächtliches Treiben beendet und die heiligen Gegenstände an ihre angestammten Plätze zurückgebracht hatten. Die Delphi-Kugel und die mittlerweile gereinigte zweite Säule ruhten wieder neben dem antiken Neigungsmesser auf dem Dreistuhl auf der dreieckigen Insel. Danach hatten sich die Priester in ihre Tempelburg zurückgezogen, und das Dorf war wieder still. Die Ruhe dauerte an, bis Lily wach wurde, weil irgendwelche kleinen Gegenstände gegen ihren Körper prallten.

»Häh?« Mit schlaftrunkenen Augen schaute sie hoch ...

... und sah einen jungen Neetha, der Kieselsteine nach ihr warf.

Sie setzte sich auf.

Er war etwa zwanzig Jahre alt und klein. Wenn man die Beule auf seiner rechten Schläfe hätte entfernen können, wäre er als kerngesunder Jugendlicher durchgegangen.

»Hallo«, sprach er sie zögerlich an.

»Du sprichst unsere Sprache?«, fragte Lily erstaunt.

Er nickte. »Ein bisschen. Ich Schüler von Häuptlings achte Frau«, antwortete er und artikulierte dabei jedes Wort langsam und bedächtig. »Sie und ich, wir beide sind von Stamm unterdrückt, deshalb wir viel reden. Ich viele zu fragen an dich. Viele zu fragen.«

»Nämlich?«

»Wie aussieht deine Welt?«

Lily legte den Kopf schief und besah sich den Neetha ein bisschen genauer. Sie wurde ein wenig zutraulicher. Mitten in all den heimtückischen Fallen dieses uralten kriegerischen Stammes war hier ein Mensch, so wie man sie überall auf der Welt traf: ein freundlicher und neugieriger junger Mann.

»Wie heißt du?«, fragte sie.

»Ich Ono, siebter Sohn von Verehrtem Häuptling Rano.«

»Ich heiße Lily. Du sprichst meine Sprache sehr gut.«

Ono strahlte stolz. »Ich fleißiger Schüler. Ich lerne gern.«

»Ich auch«, sagte Lily. »Ich bin gut in Sprachen. Deine ist sehr alt, weißt du das?«

»Das ich weiß.«

Wie sich herausstellte, war Ono ein *sehr* neugieriger junger Mann, der viele Fragen über die Welt da draußen hatte.

Dass man zum Beispiel fliegen konnte, faszinierte ihn. Als er noch jünger gewesen war, hatte er mitgeholfen, unten in dem geschnitzten Wald ein Wasserflugzeug zu zerstören. Nachdem man die unglückseligen Menschen aus dem Flugzeug weggebracht und schließlich getötet und aufgegessen hatte, hatte er das Flugzeug stundenlang untersucht. Aber sosehr er sich auch anstrengte, er hatte nicht herausbekommen, wie so ein schwerer Gegenstand fliegen konnte wie ein Vogel.

Außerdem hatte er ein Funkgerät – Zoes Funkgerät, das er sich aus ihren Siebensachen gemopst hatte. Jetzt wollte er von Lily wissen, wie es ging, dass zwei Menschen mit so einem Ding über weite Entfernungen hinweg miteinander sprachen.

Lily tat ihr Bestes, seine Fragen zu beantworten, und je länger sie mit ihm redete, desto mehr fand sie Ono nicht nur neugierig, sondern auch nett und freundlich.

»Kannst du mir etwas über deinen Stamm erzählen?«, fragte sie.

Er seufzte. »Neetha haben lange Geschichte. Macht im Stamm gründet auf – wie sagt man? – Gleichgewicht zwischen Königsfamilie und Priestern von Heiligem Stein.

Mein Vater Häuptling, weil seine Familie viele Jahre war stark. Neetha haben Achtung vor starkem Häuptling. Aber ich denke, mein Vater ist Unmensch. Meine Brüder auch Unmenschen. Körper groß, Geist klein. Aber bei uns Starke bekommen alles, was sie wollen. Gesunde Frauen, bestes Essen. Also Starke weiter herrschen. Sie schlagen Schwache und nehmen ihnen alles weg: Tiere, Früchte, Töchter.

Aber Kriegermönche auch haben Macht, weil sie bewachen Irrgarten. In ihr Festung sie lernen von klein auf, lernen Zauberformeln und auch gut kämpfen. Und wenn sie sind groß, sie töten.«

Lily warf einen verstohlenen Blick auf die Tempelburg. Mit ihren hohen Zinnen, den Stoßzähnen und den Zugbrücken sah sie furchterregend aus.

»Ist die Festung der einzige Weg, um in den Irrgarten und auf die Heilige Insel zu kommen?«, fragte sie.

Ono nickte. »Ja. Seit Hunderte Jahre Herrscherfamilie und Priester finden es ... nützlich ... Macht vom anderen zu anerkennen. Königsfamilie befielt Leuten zu ehren Macht von Priestern. Priester billigen königliche Verheiratungen und unterstützen Königsfamilie, weil sie bestrafen jeden, der König angreift.«

»Was ist die Strafe, wenn man den König angreift?«, fragte Lily.

»Man wird verurteilt in Irrgarten«, antwortete Ono und blickte hinüber zu der riesigen, kreisrunden Anlage jenseits des Sees. »Da lauern Tiere. Manchmal wird Verurteilter da von Priestern gejagt. Manchmal von Hunden. Dann wieder Verurteilter wird allein in Irrgarten zurückgelassen und sucht, bis er stirbt aus Hunger oder umbringt sich selbst. Kein Mensch ist je entkommen aus Irrgarten.«

Traurig schaute Ono in die Ferne.

»Liebe Lily. Ich nicht stark bin. Bin schwach, aber habe schlauen Kopf. Aber schlauer Kopf hier bedeutet nichts. Streit wird ausgetragen auf Kampfstein.« Er deutete mit dem Kinn auf ein großes viereckiges Steinpodest, das zwischen Lilys Steinplatte und der dreieckigen Insel im See lag. »Ich könnte nie besiegen meine Brüder im Kampf, deshalb ich lebe im Schatten. Leben in meinem Stamm nicht schön, Lily, auch wenn man ist siebter Sohn von Häuptling.«

Ono senkte den Kopf und Lily sah ihn freundlich an.

Plötzlich aber klirrte irgendwo etwas und Ono sprang auf.

»Morgendämmerung kommt. Dorf wird wach. Ich muss gehen. Danke für sprechen, liebe Lily. Du mir tust leid für das, was heute bevor dir steht.«

Lily setzte sich auf.

»Was mir bevorsteht? Was soll das heißen?«

Aber Ono war schon davongeflitzt und im Schatten verschwunden.

»Was steht mir denn heute bevor?«, fragte sie noch einmal.

Der Morgen kam.

Die Sonnenstrahlen kämpften sich gerade durch das Blätterdach über den Schluchten der Neetha, da versammelte sich eine große Menschenmenge vor den beiden Podesten der Gefangenen.

Der riesige Krieger, der vorher Lily und Zoe taxiert hatte, stand jetzt vor der versammelten Menge. Neben ihm stand stolz der fette Neetha-Häuptling, der offensichtlich billigte, was jetzt folgen würde.

Mit einer laut dröhnenden Stimme wandte sich der massige Krieger an die Menge. Lily übersetzte leise.

»Untertanen des Ehrwürdigen Häuptlings Rano, unseres großen und ehrenwerten Königs, Meisters des Irrgartens, Bezwingers weißer Männer und Herr einer weißen Frau, hört meine Worte! Als Erstgeborener unseres glorreichen Häuptlings trete ich in die Fußstapfen meines unvergleichlichen Vaters und beanspruche diese weiße Frau!«

Lily schrak zusammen. Was?

Dieser hässliche Neetha beansprucht Zoe!

»Wenn nicht ein anderer von euch es wagt, sie mir streitig zu machen, werde ich sie jetzt und unverzüglich in mein Lager bringen und sie als meine Frau betrachten!«

Die Menge schwieg.

Niemand, so schien es, wagte es, diesen Bär von einem Mann herauszufordern.

Hinten in der Menschentraube entdeckte Lily Ono, er hatte traurig den Kopf gesenkt. Auch Diane Cassidy sah sie, die entsetzt wegschaute und die Hand auf den Mund gepresst hatte.

Dann wandte sich Lily zu Zoe um. Ihr Gesicht war leichenblass.

Verwirrt legte Lily die Stirn in Falten.

Ruckartig drehte sie sich wieder um und sah jetzt, dass alle Neetha-Frauen in der Menge auf sie selbst zeigten, sie von oben bis unten musterten und zustimmend nickten.

Da wurde es ihr auf einen Schlag klar.

Der Mann beanspruchte gar nicht Zoe.

Er beanspruchte sie!

Lilys Blut gefror zu Eis.

Die Menge schwieg immer noch. Der älteste Sohn des Häuptlings beäugte sie lüstern und mit leicht geöffnetem Mund, was eine Reihe verfaulter gelber Zähne zum Vorschein brachte.

Die Frau von dem? Aber ich bin doch erst zwölf!, schrie sie innerlich.

»Ich werde um sie kämpfen«, meldete sich eine ruhige Stimme auf Englisch und drang in Lilys Gedanken.

Sie drehte sich um.

Sie sah Solomon auf der Plattform stehen, groß, dünn und schlaksig, und doch in seiner Haltung ungebeugt und erhaben.

»Ich fechte deinen Anspruch an«, sagte er.

Langsam wandte sich Warano, der erste Sohn des Häuptlings, zu Solomon um. Ganz offensichtlich hatte er mit keinem Herausforderer gerechnet. Er musterte Solomon von Kopf bis Fuß, dann schnaubte er spöttisch und rief laut etwas in die Menge.

Diane Cassidy übersetzte: »So sei es. Auf zum Kampfstein!«

Holzplanken wurden ausgelegt, über die Warano und Solomon auf den Kampfstein traten, die große, rechteckige Plattform am Rande des Sees.

Das Podest war niedriger als die der Gefangenen, kaum dreißig Zentimeter ragte es aus dem Wasser. Mehrere große Krokodile umlagerten es aufmerksam.

Die Neetha-Dorfbewohner schwärmten zu den Stufen, die den Kampfstein säumten, um sich einen guten Platz zu sichern und dem blutigen Spektakel beizuwohnen.

Zwei Schwerter wurden auf den Kampfstein geworfen.

Entsetzt beobachtete Lily, wie Solomon seine Klinge aufhob. Er hielt sie ganz falsch, so als ob er noch nie in seinem Leben ein Schwert im Kampf erhoben hätte. Und soweit Lily wusste, stimmte das auch.

Warano dagegen wirbelte seine Klinge elegant und flüssig mit einer Hand herum. Ein erfahrener Kämpfer.

Ono tauchte neben Lilys Podest auf und rief ihr über die drei Meter Abstand hinweg zu: »Das ist verrückt! Selbst wenn dünner Mann schlägt Warano, er wird verurteilt in Irrgarten, weil er getötet Sohn von König. Dein Freund ist erfahrener Kämpfer?«

Lilys Augen füllten sich mit Tränen. »Nein.«

»Dann warum dünner Mann herausfordert Warano um dich?«

Lily konnte nicht antworten. Sie starrte nur zu Solomon hinüber, der um ihretwillen auf dem Kampfstein stand.

Zoe beantworte Onos Frage: »Wo wir herkommen, da tritt man manchmal für seine Freunde ein, selbst wenn man nicht gewinnen kann.«

Ono runzelte die Stirn. »Ich sehe keinen Sinn darin.«

In diesem Moment wurde eine große Trommel geschlagen,

und der fettleibige Häuptling der Neetha nahm seinen Platz in einer königlichen Loge ein, die auf den Kampfstein blickte. Er rief: »Kämpft!«

Es sollte das schrecklichste Schauspiel werden, das Lily je gesehen hatte.

Mit einer Serie von mächtigen Hieben drang Warano auf Solomon ein, und Solomon – der nette Solomon, der Lily als Baby auf seinen Knien geschaukelt hatte – parierte sie, so gut er konnte, und taumelte dabei immer weiter zum Rand des Kampfsteins.

Aber es war offensichtlich, wie ungleich der Kampf war.

Das Gesicht zu einer hässlichen Fratze verzerrt, entwaffnete Warano Solomon mit fünf mächtigen Schlägen. Und dann stieß er ohne mit der Wimper zu zucken zu, bis die blutige Klinge aus Solomons Rücken ragte.

Lily schnappte nach Luft.

Solomon fiel auf die Knie, das Schwert hatte ihn durchbohrt. Er blickte hinüber zu Lily, und als ihre Blicke sich trafen, stammelte er: »Es tut mir leid. Ich habe es versucht.« Im nächsten Moment trennte Warano ihm den Kopf vom Rumpf.

Solomons kopfloser Körper sackte zu Boden.

Die Menge grölte.

Lily liefen die Tränen über die Wangen. Zoe drückte sie an sich und hielt sie fest umklammert. Wizard und Alby standen einfach nur auf ihrem Podest und sahen in blankem Entsetzen zu.

Triumphierend riss Warano die Fäuste hoch, die Augen stierten wild. Danach wischte er lässig seine Klinge an Solomons Körper ab.

Dann stieß er die Leiche mit dem Fuß vom Kampfstein herunter, wo die Krokodile darum kämpften.

»Gibt es sonst noch Herausforderer?«, dröhnte er. »Wagt es noch jemand, mich herauszufordern?«

Die Menge der Eingeborenen jubelte.

Lily schluchzte.

Aber in diesem Moment drang langsam eine seltsame Stimme aus Onos Funkgerät in ihr Bewusstsein: »*... haben vor einer halben Stunde ein Restwärme-Signal aufgefangen. Sieht aus wie ein abgestürzter Huey. UN-Emblem. In der Nähe eines komisch aussehenden Urwaldes. Schicke Ihnen jetzt die Koordinaten, Sir ...*«

Der Jubel verebbte, und von einem Moment auf den anderen herrschte rund um den Kampfstein Stille.

Eine lange Stille.

Das einzige Geräusch war das schreckliche Knirschen der Krokodilzähne, die Solomons Körper zerrissen.

»Es gibt also niemanden sonst!«, brüllte Warano wieder, rasch übersetzt von Diane Cassidy. »Sehr gut! Dann nehme ich jetzt meine neue Frau und erfreue mich an ihr.«

Aber dann sprach doch jemand.

»Ich fordere dich heraus!«

Diesmal war es Zoe.

Die Reaktion der versammelten Neetha sagte alles. So etwas hatten sie noch nie erlebt.

Eine *Frau* forderte einen Sohn des Königs heraus?

Entgeistertes Getuschel überall.

»Es sei denn, der Sohn des Häuptlings ist zu feige, gegen eine Frau zu kämpfen«, fügte Zoe an.

Diane Cassidy, die die Situation sofort begriff, übersetzte den anderen rasch Zoes Worte. Jetzt war die Menge vollkommen perplex.

Feixend rief Zoe Warano zu: »Wenn dieser Warano mich schlägt, kann er sogar zwei weiße Frauen haben.«

Als Dr. Cassidy diese Worte übersetzte, bekam Warano Glupschaugen. Eine weiße Frau zu besitzen war ja bereits das ultimative Statussymbol, aber gleich *zwei* ...

»Bringt sie mir!«, rief er. »Und wenn ich sie geschlagen habe, werde ich sie behalten, aber so wie ein Herr seinen Hund.«

Zoe wurde von ihrem Podest befreit und schritt über die lange Holzplanke, über die man zum Kampfstein gelangte.

Sobald sie auf dem Stein war, wurde die Planke zurückgezogen, und sie stand dem riesigen Warano gegenüber.

Zoe trug nur ein Unterhemd, Cargohosen und Stiefel, und sie war nicht besonders groß gewachsen. Doch ihre schmalen, aber muskulösen Schultern, die jetzt vor Schweiß glänzten, verrieten Drahtigkeit und Kraft.

Als sie vor dem Erstgeborenen des Neetha-Häuptlings stand, reichte ihr blonder Kopf gerade eben bis zu seinen Schultern. Der riesige schwarze Krieger türmte sich vor ihr auf.

Mit dem Fuß schob er ihr Solomons Schwert zu und verhöhnte sie dabei in seiner eigenen Sprache.

»Tatsächlich?«, antwortete Zoe und hob die Klinge auf. »Aber ich glaube nicht, dass du schon mal einer Frau wie mir begegnet bist, du Arschloch. Auf zum Tanz!«

Mit Gebrüll stürzte Warano sich auf Zoe und ließ sein Schwert heftig auf sie niedersausen. Mit einiger Mühe parierte Zoe den Schlag und machte dann einen Ausfallschritt.

Warano stolperte und drehte sich blitzschnell wieder um, er schnaubte wie ein Bulle.

Erneut griff er Zoe an und ließ eine Serie von Schlägen auf sie hinabsausen, die Zoe allesamt mit verzweifelter Kraft abwehrte. Bei jedem dieser Donnerschläge erzitterte ihr Schwert.

Warano war ganz offensichtlich der Stärkere, und mit jeder Schlagstafette, die er losließ, schien sein Selbstvertrauen weiter zu wachsen. Zoe tat alles, was in ihrer Macht stand, um sich zu verteidigen. Es nahm sie derart in Anspruch, dass sie noch kein einziges Mal selbst hatte angreifen können. Das würde einfach werden, dachten die versammelten Neetha.

Aber im Verlauf des Kampfes parierte Zoe immer wieder Waranos heftige Vorstöße, und bald schon wurde klar, dass dies ganz und gar nicht einfach würde.

Aus fünf Minuten wurden zehn, aus zehn zwanzig.

Nervös verfolgte Lily den Kampf und sah, dass sich Zoe gerade so eben behaupten und die Schläge abwehren konnte. Dann zog sie sich zurück und wartete auf die nächste Attacke.

Und ganz allmählich wurden Waranos Angriffe immer langsamer und mühsamer.

Er troff vor Schweiß und wurde allmählich müder.

Lily fiel ein Film ein, den sie einmal mit Zoe angeschaut hatte. Es war ein Dokumentarfilm über einen Boxkampf zwischen Muhammad Ali und George Foreman in Afrika gewesen. Foreman war größer, stärker und jünger gewesen als Ali. Aber Ali hatte einfach acht Runden lang seine Schläge abgewehrt und Foreman dabei immer mehr ermüdet, und dann hatte Ali zugeschlagen.

Zoe schlug zu.

Als Warano sich erschöpft in einen neuen Angriff stürzte, sprang Zoe blitzschnell zur Seite und stieß ihm ihre kurze Klinge bis zum Heft in die fleischige Kehle, mitten durch den Adamsapfel.

Der riesige Mann blieb wie angewurzelt stehen.

Die gesamte Menge schnappte nach Luft.

Der Häuptling sprang auf.

Der Zauberer wandte sich seinen Priestern zu und nickte. Einige Priester eilten davon.

Unsicher wankte Warano auf dem Kampfstein. Er lebte noch, konnte sich aber weder rühren noch sprechen, da ihm das Schwert in der Kehle steckte. Ungläubig starrten seine herquellenden Augen sie an, diese Frau – diese *Frau!* –, die ihn irgendwie besiegt hatte.

Zoe blieb einfach nur vor dem bewegungsunfähigen Riesen stehen und starrte ihm unverwandt in die Augen.

Schließlich entwand sie seiner unbrauchbaren Rechten das Schwert und hielt es ihm vor die entsetzten Augen.

Sie sprach zur Menge: »Dieses Schwert in seiner Kehle ist für all die kleinen Mädchen, die dieser Mann im Laufe der Jahre schon ›geheiratet‹ hat.«

In ruhigem Ton übersetzte Diane Cassidy.

Die Menge hörte in fassungslosem Schweigen zu.

»Und das hier ist für meinen Freund, den er heute getötet hat«, fuhr Zoe fort. Sie umfasste den Griff des Schwerts, das in Waranos Kehle steckte und trieb ihn damit weiter zurück bis zum Ende des Kampfsteins, an dessen unmittelbarem Rand er hinfiel.

Mit dem Fuß stieß Zoe seine reglosen Beine über den Rand. Warano musste in gelähmtem Entsetzen zusehen, wie das erste Krokodil ihn entdeckte. Mit einem fürchterlichen Satz schnellte es aus dem Schlamm und schnappte nach Waranos Füßen.

Ein zweites Krokodil beteiligte sich, und bevor Warano ins Wasser gezogen wurde, durfte er noch beobachten, wie die beiden Krokodile ihm zwei seiner Gliedmaßen vom Körper rissen und ihn buchstäblich bei lebendigem Leibe auffraßen.

Sein Blut spritzte noch auf den Kampfstein, dann zogen die Krokodile ihn hinab und das schlammige Wasser war wieder ruhig.

»Ach du Scheiße!« keuchte Alby und durchbrach die fassungslose Stille.

Der Häuptling stand in seiner Loge, sprachlos vor Wut. Sein Erstgeborener war tot, umgebracht von dieser Frau.

Der Zauberer neben ihm hatte seine Sinne allerdings noch beisammen. Mit schriller Stimme rief er etwas in seiner Muttersprache.

Diana Cassidy übersetzte: »Ein Mitglied der königlichen Familie ist ermordet worden. Jeder kennt die Strafe für eine solche Freveltat. Die Mörderin muss in den Irrgarten.«

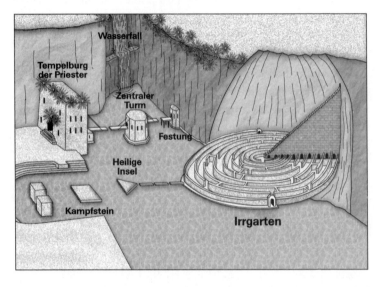

ZOES HERAUSFORDERUNG: DER IRRGARTEN

Holzplanken wurden auf den Kampfstein geworfen, und im Nu war Zoe von Mönchskriegern umringt. Sie ließ ihr Schwert fallen und wurde sofort mit vorgehaltener Lanze vom Stein weg und in Richtung der Tempelburg gestoßen, dem einzigen Zugangsweg zum Irrgarten auf der anderen Seite des Sees.

Der Zauberer stand neben Zoe am Eingang der Tempelburg. »Diese Frau hat königliches Blut vergossen!«, keifte er. »Dies ist ihre Strafe: Sie wird in den Irrgarten verbannt, wo sie von Hunden gejagt werden soll. Sollten ihr die Götter in ihrer ewigen Weisheit gestatten, lebend und unversehrt auf der anderen Seite wieder zum Vorschein zu kommen, so sei es nicht an uns, den Willen der großen Götter zu missachten.«

»Der übliche Lug und Trug!«, fauchte Wizard. »Da sie nicht aus dem Irrgarten entkommen kann, wird man behaupten, die Götter hätten sie zum Tode verurteilt. Es ist so, als würde man eine Frau, die man als Hexe bezichtigt hat, in einem Fluss untertauchen und sagen, wenn sie ertrinkt, dann war sie keine Hexe. Sie kann nur verlieren. Der Priester dagegen, der behauptet, in Verbindung mit dem Göttlichen zu stehen, kann nur gewinnen.«

Von einer standesgemäßen Entfernung aus erklärte Diane Cassidy Zoe in förmlichem Ton: »Der Irrgarten besitzt zwei Eingänge, einen im Norden und einen im Süden. Außerdem hat er viele Sackgassen. Beide Eingänge führen auf verschiedenen Wegen zur Mitte. Dich wird man am nördlichen Ende hineinwerfen. Wenige Minuten später werden sich vier Mönchskrieger mit Hyänen auf deine Fährte heften. Um am Leben zu bleiben, musst du von hier aus den Weg bis zur Mitte des Irrgartens finden und von dort den Weg bis zum südlichen Eingang. Dies ist die einzige Möglichkeit, am Leben zu …«

Der Zauberer blaffte Zoe an. Cassidy übersetzte: »Der Zauberer fragt, ob du noch irgendwelche letzten Wünsche hast.«

Zoe starrte aus dem Tor der Tempelburg. Da drüben auf ihren Podesten sah sie Lily und Wizard stehen, sie hatten entsetzt die Augen aufgerissen. Da stand auch Alby – und plötzlich sah Zoe etwas, das ihm um den Hals hing.

»Ich habe tatsächlich einen Wunsch«, sagte sie.

»Welchen?«

»Ich hätte gern, dass einer meiner Leute mich in den Irrgarten begleitet. Der Junge.«

»Was?«, platzte es aus Lily und Wizard heraus.

Alby deutete mit dem Finger auf seine Brust: »*Ich?*«

Diane Cassidy runzelte überrascht die Stirn, übersetzte Zoes Worte aber dem Zauberer.

Der Zauberer musterte Albys kleine Gestalt, und da er in ihm offenbar keine Gefahr sah, willigte er nickend ein.

Alby wurde von seinem Podest geholt und bis zu den Stufen der Tempelburg geführt, wo er mit Zoe zusammentraf.

»Zoe ...?«

»Vertrau mir, Alby«, raunte sie nur, da wurde auch schon rumpelnd das Tor zur Tempelburg an Ketten hochgezogen.

Kurz bevor die beiden hineingeführt wurden, rief Zoe Lily noch zu: »Lily, hör weiter auf das Funkgerät deines Freundes!«

»Häh?«, meinte Lily.

Aber da hatte sich das große Tor der Tempelburg schon rumpelnd hinter Zoe und Alby geschlossen.

Zwei mächtige Zugbrücken wurden heruntergelassen. Sie überquerten sie, und als sie am Rand des runden Irrgartens angekommen waren, warfen sie noch einen Blick zurück ins Dorf: auf Lily und Wizard auf ihren Podesten, auf die Dorfbewohner, die wie in einem Amphitheater um sie herum auf den Stufen saßen, und auf die heilige Insel mit der Kugel und der zweiten Säule darauf.

Ein Knurren hinter ihnen ließ sie herumfahren.

Aus einem in die Felswand eingelassenen Käfig traten vier Mönchskrieger, sie hielten vier gefleckte Hyänen an Leinen.

Die hundeähnlichen Tiere bäumten sich auf und zerrten an ihren Leinen. Sie sahen aus, als hätte man sie extra für Gelegenheiten wie diese ausgehungert. Sie bellten und schnappten, der Speichel rann ihnen aus den Lefzen.

»Erklär mir noch mal, warum du mich mitgenommen hast«, flüsterte Alby.

»Weil du besser Karten lesen kannst als ich.«

»Weil ich was kann?«

»Und weil du meine Digitalkamera umhängen hast«, ergänzte Zoe und sah ihn vielsagend an. »Und in meiner Kamera steckt die Lösung zu diesem Irrgarten.«

»Wie denn das?«

Bevor Zoe antworten konnte, wurden sie zum nördlichen Ende des Irrgartens geführt, wo sein Eingang lag, ein breiter Torbogen in der äußersten Steinmauer.

Schon allein das Mauerwerk war imposant. Es bestand aus einem marmorähnlichen Stein ohne erkennbare Fugen oder Nähte. Irgendwie hatte man den extrem harten Vulkanstein in diese unglaubliche Form gebracht und poliert. Ein Werk, das für einen primitiven afrikanischen Stamm viel zu kompliziert gewesen wäre.

Der Zauberer wandte sich an die Menge jenseits des Sees. Mit lauter Stimme rief er aus: »O mächtiger Nepthys, dunkler Herr des Himmels, Überbringer von Tod und Zerstörung. Deine demütigen Diener übergeben diese Frau, die königliches Blut vergoss, nebst ihrem Gefährten deinem Irrgarten. Verfahre mit ihnen nach deinem Gutdünken.«

Mit diesen Worten wurden Zoe und Alby durch das Tor in den Irrgarten gestoßen, das uralte Labyrinth, dem noch kein Beschuldigter je lebend entronnen war.

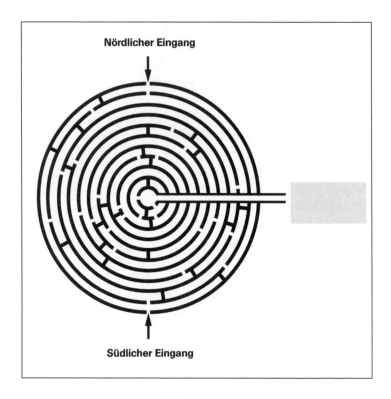

DER IRRGARTEN DER NEETHA

Der Irrgarten der Neetha

Ein schweres Tor fiel krachend hinter ihnen ins Schloss. Zoe und Alby fanden sich in einem ellenlangen, deckenlosen Korridor mit weißen Wänden wieder, der sich zu beiden Seiten wölbte.

Hoch über den mehr als drei Meter hohen Mauern des Irrgartens erhob sich aus seiner Mitte die eindrucksvolle Steintreppe, die hinauf in den Vulkan führte, ins Allerheiligste der Priester. Gegenwärtig standen zehn Mönchskrieger auf dieser Treppe und bewachten das Heiligtum für den unwahrscheinlichen Fall, dass Zoe und Alby es bis zur Mitte schafften.

Sie hatten drei Möglichkeiten.

Nach links, nach rechts oder durch ein gähnendes Loch in der nächsten kreisrunden Mauer, das direkt vor ihnen lag.

Auf dem schlammigen Boden dieses Durchlasses jedoch lag das verwesende und stinkende Skelett eines riesengroßen Krokodils im Weg, das aus irgendeinem Grund nicht mehr aus dem Irrgarten herausgefunden hatte. Es war zwar halb zerfressen, aber immer noch hingen Fetzen verrottenden Fleisches daran.

Wer zum Himmel frisst ein Krokodil auf, fragte sich Alby.

Dann wurde es ihm plötzlich klar.

Andere Krokodile. *Hier sind noch andere Krokodile drin!*

»Schnell, hier lang«, befahl Zoe und zog Alby nach links. »Gib mir die Kamera.«

Alby nahm die Kamera ab und reichte sie ihr. Während sie weiterliefen, klickte Zoe sich durch die gespeicherten Fotos, ein Kaleidoskop ihrer Abenteuer in Afrika. Aufnahmen der geschnitzten Bäume der Neetha in Ruanda, dann der Nassersee und Abu Simbel und dann …

… die Aufnahmen, die Zoe im ersten Eckpunkt gemacht hatte.

Bilder von der riesigen, auf dem Kopf stehenden Bronzepyramide sprangen über den kleinen Bildschirm der Kamera, dann Bilder der Mauer in der mächtigen Säulenhalle und auch das Bild von der goldenen Tafel.

»Das da«, sagte Zoe und zeigte es Alby. »Das ist das richtige.«

Während sie den langen geschwungenen Gang entlangliefen, sah er sich das Foto an.

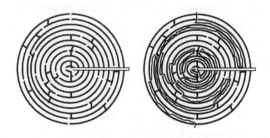

Das Foto zeigte zwei eigentümlich ähnliche, kreisrunde Bilder, die makellos in eine Felswand gehauen waren. Es war ihr Irrgarten. Ein Bild zeigte das leere Labyrinth, das andere zwei Parcours, die hindurchführten, einer von Norden und einer von Süden. Beide trafen sich in der Mitte.

Alby schüttelte den Kopf. Mit seinen zehn konzentrischen Kreisen und der schmalen Treppe, die von der Mitte aus geradewegs nach rechts verlief, sah es immerhin so aus wie ihr Irrgarten …

»Möglicherweise haben der Zauberer und seine Priester genau diese Abbildung auch irgendwo«, sagte Zoe. »Deshalb wissen auch nur sie, wie man durch den Irrgarten findet, ohne sich zu verlaufen.«

»Stopp, Zoe! Warte!«, rief Alby aus und blieb abrupt stehen.

»Was ist los?«

»Nach diesem Plan hier sind wir falsch gelaufen.«

»Jetzt schon?«

Angestrengt starrten sie auf den winzigen Bildschirm der Kamera und studierten die Abbildung, die den Weg durch den Irrgarten zeigte. Sie hatten sich sofort nach links gewandt und waren durch den äußersten Kreis des Labyrinths gerannt ...

»Wir hätten über dieses Krokodilskelett springen und den nächsten Kreis nehmen müssen«, sagte Alby. »Sieh doch! Dieser Weg läuft nur in ein paar Sackgassen. Schnell! Wir müssen zurück, bevor sie die Hyänen loslassen!«

»Bin ich froh, dass ich dich mitgenommen habe!«, sagte Zoe grinsend.

Sie rannten zurück, bis sie das riesige Eingangstor erreicht hatten, und trafen wieder auf den halb aufgefressenen Krokodilkadaver. Sie sprangen darüber hinweg.

»Und *jetzt* gehen wir nach links«, lotste Alby.

Sie wandten sich nach links und rannten mit all ihrer Kraft durch den sich windenden Gang.

Schon sahen sie, wie die hohe Treppe sich vor ihnen auftürmte, sie war bereits ganz nah. An ihrem Fuß erkannten sie ein halbkreisförmiges Tor, durch das sie unter ihr hindurchlaufen konnten, wenn sie sich dafür entschieden.

»Nein!«, rief Alby. »Nach rechts, in den nächsten Kreis!«

Rumms!

Ein Knall hallte durch den Irrgarten.

Auf seinem Fuße folgten das Bellen der Hyänen und das rasche Tapsen von Pfoten im Morast.

»Sie haben gerade die Hyänen hereingelassen«, keuchte Zoe.

Sie rannten weiter durch den Irrgarten.

Während sie durch seine langen, geschwungenen Korridore liefen, hörten sie des Öfteren auf der anderen Seite der Mauer die Hyänen.

Gelegentlich passierten sie eine Grube mit kaltem, stinkendem Wasser, in dem ein oder zwei Krokodile hausten. Oft lagen in der Nähe menschliche Überreste, und auch Skelette von Krokodilen, die nicht rechtzeitig herausgefunden hatten, bevor sie verhungerten.

Um diese Hindernisse liefen sie herum oder sprangen einfach

darüber hinweg, weil sie es nicht wagten, langsamer zu werden. Einmal allerdings riss Zoe aus einem der Skelette einen langen, dicken Knochen.

Sie rannten weiter.

Und die Treppe in der Mitte kam immer näher.

»Zoe«, fragte Alby, »was machen wir, wenn wir hier rauskommen? Dann bringen sie uns doch bestimmt einfach irgendwie anders um, oder?«

»Nicht, wenn das passiert, was ich glaube«, antwortete Zoe. »Ich musste uns ein wenig Zeit erkaufen. Darum habe ich so lange gewartet, bis ich dieses Arschloch von einem Prinzen abgemurkst habe.«

Alby war entsetzt. »Du hast das *bewusst* so lange hinausgezögert? Warum? Was passiert denn?«

»Die bösen Buben sind bald hier.«

»Ich dachte, die bösen Buben haben uns schon in ihrer Gewalt.«

»Dann eben die echt bösen Buben. Diejenigen, die uns aus Ägypten gejagt und Jack umgebracht haben. Sie sind schon fast da. Und wenn sie ankommen und die Neetha angreifen, dann ist das unsere Chance. Bis dahin will ich aus diesem Irrgarten hier raus und fluchtbereit sein.«

Draußen, in der Mitte des Dorfes, saß Lily allein auf ihrem hohen, steinernen Podest. Ono saß ihr gegenüber und war so nahe herangerückt, wie es ging.

Plötzlich fing das Funkgerät um seinen Hals an zu krächzen.

»*Gruppenführer Einsatzteam! Hier ist Wolf. Kommen!*«

»*Hier Gruppenführer Einsatzteam. Was gibt es, Sir?*«

»*Switchblade, höchste Alarmbereitschaft! Während du und Broadsword diese großen behauenen Bäume begafft habt, haben wir einige Wärmesignale aufgefangen, die euch entgegenkommen. Es sind menschliche Signale. Etwa ein Dutzend, die sich von Osten her an die Helikopter heranschleichen.*«

»*Danke für die Warnung, Sir. Wir kümmern uns drum. Switchblade over.*«

Lily wandte sich an Wizard auf dem benachbarten Podest. Auch er hatte mitgehört.

»Wolfs Leute«, sagte er. »Sie sind fast da.«

Zoe und Alby drangen tiefer in den Irrgarten vor. Während sie durch die langen Biegungen rannten, lotste Alby sie weiter und Zoe hielt Ausschau nach drohenden Gefahren. Doch seltsamerweise zog sie beim Laufen auch ihren Krokodilknochen an der Wand entlang und schärfte ihn daran.

Die Treppe in der Mitte kam langsam näher. Und kaum waren sie durch einen der zehn Torbögen gelaufen, die dort hineinführten, fanden sie sich urplötzlich in einer perfekten Rotunde mit zwei Eingängen wieder. Im ersten Moment waren sie beide überrascht, dort tatsächlich den Fuß der schmalen Treppe zu sehen.

Sie waren in der Mitte des Irrgartens.

Alby starrte die unglaublich hohe Treppe hinauf. Ihre Stufen erstreckten sich höher und immer höher hinauf bis in die erhabene Höhe des ausgehöhlten Vulkans. Sie war gerade breit genug, dass eine Person sie erklimmen konnte, und besaß kein Geländer. In regelmäßigen Abständen waren grimmig dreinschauende Mönchskrieger mit Speeren und Schusswaffen postiert.

Am Fuße der Treppe, genau in der Mitte des Irrgartens, stand ein verschnörkeltes marmornes Pult. Darin eingraviert war eine Art Liste, die in der Sprache des Thoth abgefasst war.

Da das Pult diese zentrale Position einnahm, vermutete Alby, dass die Gravuren darauf wichtig waren. Also machte er schnell ein paar Fotos, bevor Zoe ihn wegzog. »Komm schon, wir müssen durch die zweite Hälfte, und wir haben immer noch die Hunde am Ha ...«

Irgendetwas Braunes riss sie von den Füßen und zog sie von Alby weg.

Alby fiel nach hinten und starrte entgeistert auf das riesige Tier, das breitbeinig über Zoe stand.

Eine Hyäne.

Ein Monstrum mit verfilztem, schmutzigbraun getüpfelten Fell und den typischen kurzen Hinterläufen eine Hyäne.

Aber sie war allein. Offenbar hatte sich die Rotte auf der Jagd nach ihnen geteilt.

Zoe wälzte sich unter dem knurrenden Maul der Hyäne. Dann trat sie fest mit dem Stiefel nach ihr, sodass das Tier gegen die marmorartige Wand schlug und aufjaulte. Sofort aber fiel es mit gebleckten Zähnen wieder über sie her – wobei es sich jedoch selbst auf dem mittlerweile spitzen Krokodilknochen aufspießte, den Zoe ausgestreckt vor sich hielt.

Zoe zog ihre Waffe wieder heraus, und die leblose Hyäne sackte zu Boden.

Alby stierte nur noch. »Das ist echt krass.«

»Da kannst du Gift drauf nehmen«, gab Zoe zurück, die schon wieder auf den Füßen war. »Ich wette, deine Mutter wäre nicht begeistert, wenn sie sähe, was wir hier machen. Lass uns abhauen.«

Draußen im Dorf hörte Lily aus Onos Funkgerät eine weitere Nachricht.

»*Rapier, hier ist Switchblade. Haben die Kobolde ausgeschaltet, die sich an unseren Heli herangeschlichen haben. Eingeborene. Hundsgemein. Haben versucht, den Heli lahmzulegen. Wir haben den Eingang zu ihrem Lager gefunden. Von dem geschnitzten Wald aus in Richtung Westen. Eine Art befestigtes Tor, schwer bewacht. Ich brauche noch ein paar Männer.*«

»*Verstanden, Switchblade. Wir sind auf dem Weg. Melden uns, wenn wir da sind.*«

Entsetzt blickte Lily auf.

Während Zoe und Alby in dem Irrgarten steckten und sie selbst und Wizard auf den Podesten festsaßen, waren Wolfs Männer schon am Haupttor angekommen und dabei, das Reich der Neetha zu stürmen.

Verzweifelt rannten Zoe und Alby weiter durch den Irrgarten.

Sie wagten nicht innezuhalten. Mittlerweile kämpften sie sich aus der Mitte des Labyrinths mit seiner Treppe nach Süden vor.

Wiederum kamen sie an verschlammten Krokodilgruben, einigen tiefen Löchern und weiteren menschlichen Überresten vorbei.

Auf der Hälfte der Strecke holte eine zweite Hyäne sie ein, doch Zoe schlug ihr mit einem Krokodilschädel gegen den Kopf. Als die zerklüftete Zahnreihe des Krokodils in den Schädel der knurrenden Hyäne eindrang, jaulte sie auf und gab blutüberströmt Fersengeld.

Unter Albys perfekter Führung rannten sie weiter, bis sie endlich den äußersten Ring des Irrgartens erreichten und seine lange Kurve entlangpreschten. Schließlich kamen sie an ein hohes Tor, genau wie das, durch das sie den Irrgarten betreten hatten.

Der südliche Eingang.

Fünf Meter davor blieb Zoe stehen. »Wir sollten das Labyrinth nicht zu früh verlassen«, sagte sie. »Wir müssen auf den richtigen Zeitpunkt warten.«

»Und wann ist der?«, fragte Alby.

Wie auf ein Stichwort hörten sie von irgendwo im Schluchtensystem der Neetha eine Granatenexplosion.

»Jetzt«, sagte Zoe. »Die echt bösen Buben sind da.«

Angeführt von einem Elite-Marineinfanteristen namens Switchblade sowie einem Delta-Mann namens Broadsword und unterstützt von nicht weniger als hundert, mit AK-47-Sturmgewehren bewaffneten kongolesischen Soldaten stürmte die unbarmherzige CIEF-Einheit das Haupttor der Neetha.

Die kongolesischen Soldaten, die letztlich mit saudi-arabischem Geld gekauft worden und streng genommen nichts als eine Söldnertruppe waren, wurden von Switchblade auch entsprechend eingesetzt: als reines Kanonenfutter in der ersten Reihe.

Er warf sie gegen die Hauptverteidigungslinie der Neetha am Ausgang der Schlucht: eine Reihe von Fallen und Hinterhalten, die den einen oder anderen Mann ausschalteten, aber schnell durch die schiere Zahl der anstürmenden Truppen außer Gefecht gesetzt wurden.

Einige der Neetha-Krieger besaßen Schusswaffen, aber die meisten waren alt und in schlechtem Zustand und konnten den modernen Waffen der Angreifer nichts entgegensetzen.

Und so rückte Wolfs Truppe durch die Schlucht vor und tötete dabei die Krieger der Neetha, die ihnen in den Weg kamen. Die Neetha kämpften fanatisch und verkauften sich teuer, sie wehrten sich bis zum bitteren Ende. Viele kongolesische Soldaten fielen, durch Kugeln ebenso wie durch Pfeile. Aber ihre Zahl war zu groß und ihre Kampftechnik zu gut, und schon bald überschwemmten sie den Dorfplatz.

Als die Invasion der beiden Schluchten begann, brach um die Podeste der Gefangenen herum die Hölle los.

Die Dorfbewohner, die bis dahin gespannt auf den Ausgang der Jagd im Irrgarten gewartet hatten, liefen in alle Richtungen davon. Ebenso die Mitglieder der Königsfamilie, die zu ihren Waffen griffen.

Alle Mönchskrieger, die sich in der Nähe der Gefangenen aufgehalten hatten, traten schnell den Rückzug in die Sicherheit ihrer Tempelburg an, zogen die erste Zugbrücke hoch und verschanzten sich in ihrem Heiligen Turm, einem vierstöckigen Gebäude, das auf halber Höhe zwischen der Tempelburg und dem gegenüberliegenden Ufer mitten im See stand.

Lily und Wizard ließ man einfach auf ihren Podesten zurück.

Sie konnten nur hilflos mitanhören, wie die Explosionen und Schüsse aus der Schlucht immer lauter wurden und näher kamen.

Dann aber sah Lily, wie sich auf der anderen Seite des Sees etwas bewegte. Sie bemerkte, wie der Zauberer und zwei Mönche auf die dreieckige Insel mitten im See eilten und die drei heiligen Gegenstände an sich nahmen, die dort lagen: die Delphi-Kugel, die zweite Säule und das Teleskop.

Dann wandten sie sich um und rannten, so schnell sie konnten, zum gegenüberliegenden Ufer. Sie erreichten eben einen schmalen Pfad neben der Außenmauer des Irrgartens ...

... als Zoe und Alby aus dem Schatten des südlichen Eingangs hervorgepresscht kamen und genau über denselben Pfad rannten!

Beinahe hätte Lily gejubelt. Sie hatten es durch den Irrgarten geschafft.

Ein Kampf entbrannte. Zoe entwaffnete die beiden Mönche und schlug dann dem Zauberer das stumpfe Ende eines Speers ins Gesicht, sodass er bewusstlos zu Boden ging.

Dann sah Lily, wie Zoe und Alby die drei heiligen Gegenstände aufsammelten.

Plong!

Erschreckt wirbelte Lily herum.

Ihrem Podest gegenüber stand Ono und hielt aufrecht eine Planke vor sich, mit der er offenbar den Abgrund bis zu ihrem Podest überbrücken wollte. Bei Wizards Podest wiederum stand Diane Cassidy, ebenfalls mit einer Planke in der Hand.

In der jeweils freien Hand hielten beide ziemlich alt aussehende Pistolen. In dem ganzen Chaos, das sie umgab, den Explosionen, dem heftigen Gewehrfeuer und den zu den Waffen eilenden Neetha, achtete niemand mehr auf die Podeste der Gefangenen.

Hektisch rief Ono: »Kleine Lily! Es gibt Tunnel für Flucht hinter Inselturm von Priestern! Ich zeigen dir ... wenn ihr uns nehmt mit.«

»Gebongt«, erwiderte Lily.

Ono verstand überhaupt nichts.

»Ja doch«, beeilte sich Lily zu sagen, »wir nehmen euch mit!«

Plong! Plong!

Laut schlugen die beiden Planken auf, und Wizard und Lily liefen schnell hinüber. Endlich waren sie frei.

Während sie auf die Tempelburg der Priester zurannten, sah Wizard auf der anderen Seite des Sees Zoe und Alby. Sie liefen in dieselbe Richtung und hatten die Gegenstände von der heiligen Insel dabei.

»Zoe!«, schrie er. »Lauft zu dem Turm da in der Mitte! Dem Turm der Priester! Da ist ein Ausgang!«

»Verstanden!«, schrie Zoe zurück.

Kaum hatte sie das gesagt, als über dem gewaltigen Wasserfall am nördlichen Ende der Neetha-Schlucht eine Explosion losdonnerte.

Das Blätterdach über der Schlucht fing sofort Feuer, brennende Äste und ganze Stämme stürzten über hundert Meter in den darunterliegenden See.

Als Nächstes schossen mit ohrenbetäubendem Getöse zwei CIEF-Hubschrauber vom Typ Black Hawk durch die entstandene Öffnung und schwebten in perfekter Haltung – den Bug höher als das Heck – direkt über dem Inselturm der Priester.

Die Black Hawks hatte man zu *Defender Armed Penetrators* oder kurz *DAPs* aufgerüstet, wobei die einzige Aufrüstung tatsächlich die Bewaffnung betraf, die sie an Bord hatten. Diese

Helikopter starrten vor Waffen, allen möglichen Geschütze und Mehrfach-Raketenwerfern.

Raketen kamen aus den beiden DAPs gezischt und trafen jede strategische Verteidigungslinie der Neetha. Steintürme wurden in Stücke geschossen und Krieger in den See geschleudert. Hindernisse in der Eingangsschlucht wurden einfach aus dem Wasser gebombt, sodass die kongolesischen Infanteristen ungehindert in das Dorf einfallen konnten.

Auch die Tempelburg der Priester wurde von einer Rakete getroffen.

Von einer Sekunde auf die andere schlugen Flammen aus jedem ihrer schmalen Steinfenster, und im nächsten Moment flogen ihre riesigen gepanzerten Türen auf und spuckten brennende Mönchskrieger aus. Sie rannten die Stufen hinunter und warfen ihre brennenden Leiber ins Wasser, das zwar die Flammen löschte, in dem aber auch schon geduldig die Krokodile warteten.

Schreie und wüstes Gespritze im Wasser.

»Das ist unsere Chance«, sagte Wizard. »Da rein! Sofort!«

Mit Lily, Ono und Cassidy auf dem Fuß rannte er in Richtung der Tempelburg und duckte sich vor Pfeilen und Kugeln.

Doch an den Stufen zur Tempelburg versperrten ihm drei unerwartete Gegenspieler den Weg: der fettleibige Neetha-Häuptling und zwei seiner Söhne, die allesamt Pumpguns schwangen und damit direkt auf Wizards fliehendes Grüppchen zielten.

Der Häuptling brüllte Ono und Cassidy einige wütende Worte zu, und sofort senkten sie ihre kleinen Pistolen.

»Was hat er gesagt?«, flüsterte Wizard.

»Er sagt, wir können nicht gehen«, antwortete Cassidy. »Er sagt, ich gehöre ihm, ich bin sein Eigentum. Wenn das alles hier vorbei ist, sagt er, dann wird er mir im Schlafgemach eine Lektion erteilen und aus Ono sein wertloses Leben herausprügeln.«

Cassidy funkelte den Häuptling an.

»Die Lektionen im Schlafgemach sind vorbei«, gab sie mit kaltschnäuzigem Trotz zurück, hob dabei die Pistole und feuerte zwei perfekte Schüsse ab. Die Kugeln trafen die beiden Königssöhne in die Stirn.

Beide Männer sackten zu Boden, ihre Hinterköpfe explodierten in einer wahren Blutorgie. Sie waren schon tot, bevor sie auf der Erde ankamen.

Perplex riss der Häuptling seine Pumpgun hoch und starrte im nächsten Moment in den Lauf von Diane Cassidys Pistole.

»Darauf warte ich schon seit fünf Jahren«, sagte sie.

Paaf!

Die Kugel drang dem Neetha-Häuptling durch die Nase und zertrümmerte sie auf ihrem Weg in sein Gehirn. Sein Gesicht verwandelte sich in einen Geysir aus Blut.

Der fette Herrscher brach auf der Treppe zur Tempelburg zusammen, sein Körper rutschte die Stufen hinab, aus seinem zertrümmerten Schädel quoll Hirnmasse.

Der König der Neetha war tot.

In einer Mischung aus Ekel und blutigem Triumph starrte Diane Cassidy auf seine Leiche hinab.

Wizard schnappte sich das Gewehr des toten Häuptlings und griff nach Cassidys Hand. »Kommen Sie! Wird Zeit, dass wir abhauen!«

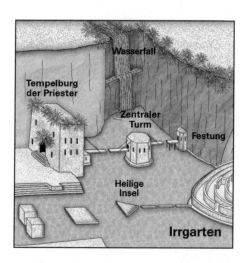

Die Zugbrücken und der Turm

Wizard und die anderen rannten durch die Tempelburg der Neetha-Priester.

Es kam ihnen vor, als liefen sie mitten durch eine Freakshow der Gothic-Szene.

Von Folterinstrumenten hingen blutige Skelette herab, überall blubberten Kessel mit stinkenden Flüssigkeiten, und die Wände waren übersät mit uralten Inschriften.

Sie rannten eine Treppe hinauf und kamen zu einer langen Zugbrücke, die zu dem Turm mitten im See führte. Eine Zwillingsbrücke erstreckte sich vom Turm auf sie zu, die beiden trafen sich in der Mitte.

»Hier entlang!«, rief Ono und rannte auf die Ziehbrücke hinaus.

Alle folgten ihm.

Auf halbem Wege aber blieb Wizard wie angewurzelt stehen.

»*Epper! Professor Max Epper!*«

Wizard drehte sich um. Da unten stand Wolf in der Nähe des Kampfsteins und sah direkt zu ihm herüber.

»Wir haben Sie gefunden, Max! Sie wussten doch, dass das passieren würde. Sie können dieses Spiel nicht gewinnen. Wenn mein Sohn es schon nicht geschafft hat, wie wollen Sie es dann schaffen?«

Wolf hielt etwas hoch, damit Wizard es sehen konnte.

Es war ein zerbeulter und abgenutzter Feuerwehrhelm mit dem Abzeichen: FDNY Precinct 17.

Jacks Helm.

Neben sich hörte Wizard, wie Lily nach Luft schnappte.

»Ich habe ihn sterben sehen, Epper!«, rief Wolf ihm zu. »Meinen eigenen Sohn. Jetzt haben Sie keine Helden mehr. Warum also noch weiter weglaufen?«

Unwillkürlich biss Wizard die Zähne zusammen. »Ganz ohne Helden sind wir noch nicht«, fauchte er leise, nahm Lilys Hand und rannte in den Turm.

Auf der anderen Seite des Sees waren auch Zoe und Alby zum Seeturm in der Enklave der Priester unterwegs.

Sie eilten einen schmalen Pfad am Seeufer entlang, der sich an der Felswand der Schlucht entlangdrückte. Da drang eine neue Welle von Wolfs Männern in die Schlucht vor, diesmal aus dem Norden vom oberen Ende des Wasserfalls aus.

Zwei Dutzend kongolesische und amerikanische Soldaten seilten sich an Tauen über die Klippen ab, einer der Black Hawks gab ihnen Deckung.

Alby starrte zu der neuen Welle von Angreifern hinauf, als plötzlich vor ihm einer der Mönchskrieger der Neetha auf dem Dach der kleinen Festung auftauchte und – ausgerechnet – eine angolanische Panzerfaust auf den Black Hawk abfeuerte!

Die Panzerfaust traf ins Ziel. Donnernd explodierte der über dem See schwebende Black Hawk. In einer Wolke aus Rauch klatschte er nicht weit von dem Turm kopfüber in den See.

»Meine Güte, ich glaube, die Neetha haben tatsächlich jede einzelne Waffe aufgehoben, die sie je erbeutet haben«, staunte Zoe.

Als der Black Hawk abgestürzt war, duckte sich der Mönchskrieger, der die Panzerfaust abgefeuert hatte, weg, vermutlich um nachzuladen.

Sein Verschwinden gab Zoe und Alby die freie Bahn, die sie brauchten, um bis zu der in den Fels gehauenen Festung zu gelangen und die Treppe im Innern zu erklimmen.

Ein Stockwerk höher kamen sie an eine steinerne Ziehbrücke, die von der Festung halb bis hinüber zum Turm reichte. Sie ruhte auf mehreren Steinquadern und traf sich, wenn beide wie jetzt heruntergelassen waren, mit der vom Turm kommenden anderen Hälfte.

Sie spähten auf die Brücke und sahen im Eingang des Turms Wizard stehen. Er winkte sie heran.

»Hier lang! Beeilt euch!«, rief er. In diesem Moment begann sich ohne Vorwarnung die Brücke auf seiner Seite zu heben.

Wizard war konsterniert. Er tat doch gar nichts! Da musste sonst jemand seine Finger im Spiel haben.

»Lauft!«, schrie er.

»Renn los!«, befahl Zoe Alby.

Sie und Alby rannten hinaus ins Freie, überall um sie herum trommelte Gewehrfeuer und dröhnten Explosionen. Eine Panzergranate zischte an ihnen vorbei und zog eine pfeilgerade Rauchsäule hinter sich her, bis sie in die Festung hinter ihnen einschlug und detonierte. Die Festung erzitterte. Felsbrocken und Staub flogen durch die Luft.

Doch der Mönch, der vom Dach aus die Panzerfaust abgefeuert hatte, war schon abgetaucht und kam jetzt hinter Zoe und Alby aus der Festung gerannt. Auch er wollte über die zweigeteilte Brücke und zum Turm.

Die Zugbrücke hob sich. Jetzt war sie schon dreißig Zentimeter über der Kante ihres Gegenstücks. Jetzt einen halben Meter ... einen Meter ...

Der Mönch rannte mit aller Kraft hinter ihnen her.

Zoe und Alby erreichten den hölzernen Brückenabschnitt, als er sich etwa 120 Zentimeter über die Lücke erhoben hatte. Rasch packte Zoe Alby und schleuderte ihn zur Kante der sich weiter hebenden Brücke.

Alby segelte durch die Luft und knallte mit der Brust voraus gegen die Kante der Zugbrücke. Der Aufprall raubte ihm den Atem, aber er fand irgendeinen Halt, klammerte sich fest und hing nun halb über der Kante der aufsteigenden Brücke.

Jetzt, wo Alby sicher auf der Zugbrücke war, sprang auch Zoe mit ausgestreckten Armen von der Kante des steinernen Brückenabschnitts ab. Mit den Fingerspitzen bekam sie die Kante der Zugbrücke zu fassen und stieß einen Seufzer der Erleichterung aus.

Doch schon im nächsten Moment machte auch der Mönch einen Satz auf die Zugbrücke zu, und da er sie nicht mehr erwischte, umklammerte er Zoes Taille.

Das zusätzliche Gewicht zog Zoe nach unten, aber noch hielt sie sich fest. Ihre Fingerknöchel wurden weiß, während sie sich an der Kante der sich immer weiter hebenden Zugbrücke festklammerte.

Immer weiter öffnete sich die Brücke, sie hatte jetzt schon einen Neigungswinkel von 20 Grad, dann 30 Grad, dann 45 ...

Alby hing über der Außenkante der sich hebenden Brücke und hielt mit einer Hand die zweite Säule umklammert. Da merkte er, wie Zoe neben ihm mit dem Mönch kämpfte. Um in eine Lage zu kommen, in der er ihr helfen konnte, verlagerte Alby umständlich sein Gewicht und jonglierte dabei mit der Säule.

Klonk!

Ohne Vorwarnung blieb die ganze riesige Zugbrücke mit einem plötzlichen, heftigen Ruck stehen. Alby, der gerade herumturnte, verlor das Gleichgewicht und purzelte von der Kante die ganze Brücke hinunter bis in den Turm hinein.

Während er die steile Zugbrücke hinunterrollte, versuchte er sein Bestes, die Säule festzuhalten, aber am Ende seines Sturzes knallte er unsanft auf den Steinboden der halb geöffneten Zugbrücke. Die Säule entglitt ihm und kullerte von ihm weg durch den Turm bis auf die gegenüberliegende Zugbrücke, die dem Dorf zugewandt war.

Entsetzt sah Alby, wie die gläserne Säule auf der jenseitigen Brücke zum Liegen kam, genau an der Stelle, wo die Brücke auf ihr Gegenstück traf, das sich jetzt aber von der Tempelburg aus öffnete.

»Alby!«, rief eine Stimme.

Er drehte sich um und sah Wizard am Fuß einer Steintreppe stehen, die zu seiner Rechten im Boden verschwand. Bei ihm war Lily.

Dann aber hörte Alby noch andere Stimmen und blickte sich wieder zur Säule um. Er sah, wie hinter ihr in der Tempelburg einige bis an die Zähne bewaffnete kongolesische Soldaten auftauchten, geführt von einem amerikanischen Marineinfanteristen.

Die Säule lag genau zwischen ihnen und Alby.

Er hörte einen Schmerzensschrei von Zoe und wirbelte herum. Er sah, wie ihre Finger die Kante der halb geöffneten Zugbrücke umklammerten. Sah, wie sie ganz langsam wegrutschten ...

Das geht alles viel zu schnell, schrie er im Geiste. Wie soll man sich denn da entscheiden, bei so vielen Möglichkeiten? Mit Lily abhauen ... die Säule holen ... Zoe helfen ...

Urplötzlich war nur noch Stille um ihn herum, und die Zeit schien für Alby Calvin in Zeitlupe zu laufen.

In der Ruhe seines Kopfes wog Alby seine Möglichkeiten ab.

Von den drei Dingen, die er tun konnte, waren zwei realistisch.

Er konnte es bis zur Säule und anschließend zurück zu Wizard und Lily im Turm schaffen. Aber das machen *und* Zoe helfen – das konnte er nicht! Wenn er sich für Ersteres entschied, würde Zoe in den von Krokodilen wimmelnden See fallen und sterben.

Oder er konnte Zoe helfen und sich mit ihr gemeinsam zu Wizard und Lily zurückkämpfen. Aber das würde bedeuten, dass er die Säule diesen Eindringlingen überließ. Und das wiederum würde globale Konsequenzen haben.

Globale Konsequenzen, dachte er.

Die eine Möglichkeit konnte möglicherweise die Welt retten. Die andere würde ein einziges Leben retten: das Leben einer Frau, die ihm am Herzen lag und auch den Menschen, die ihm nahe waren: Lily, Wizard und Jack West.

Das ist einfach ungerecht, dachte er wütend. Ein Kind sollte nicht so eine Entscheidung treffen müssen! Viel zu viel! Viel zu wichtig!

Und dann traf Alby seine Entscheidung.

Eine Entscheidung mit weitreichenden Konsequenzen.

Die Zeit raste wieder dahin. Alby sprang auf und rannte zurück zu der halb geöffneten Zugbrücke, wo Zoe war.

Er krabbelte mühsam die Schräge der Holzbrücke hoch, indem er sich mit seinen Fingernägeln in das Holz grub. Er erreichte Zoes Finger, die sich über der Kante festklammerten, gerade als sie endgültig abrutschten ...

... doch im letzten Moment erwischte Alby noch eine von Zoes Händen, umklammerte sie mit beiden Fäusten und stemmte sich mit aller Kraft zurück, um sie zu halten.

Zoe unter ihm warf einen hastigen Blick hoch, in ihrem Gesicht lag ein neuer Hoffnungsschimmer. Jetzt, wo sie wusste, dass eine ihrer Hände gehalten wurde, konnte sie mit der anderen den Griff des Mönchs lösen, der an ihrem Gürtel hing. Sie riss ihn von sich los.

Der Mönch schrie auf, als er rückwärts von ihr wegfiel und platschend im Wasser landete. Sofort kreisten mehrere Reptilienschatten ihn ein und zogen ihn in die Tiefe.

Mit Albys Hilfe zog Zoe sich über die Kante der Zugbrücke.
»Danke, mein Junge.«
»Jetzt müssen wir aber hier weg«, sagte er.
Gemeinsam glitten sie auf dem Rücken die steile Zugbrücke hinab und landeten mit den Füßen voraus im Turm. Im letzten Moment sahen sie noch, wie die kongolesischen Soldaten die Säule auf der anderen Brücke liegen sahen und Switchblade darauf aufmerksam machten.
»Verdammt! Die zweite Säule ...«, keuchte Zoe.
Innerlich verfluchte sich Alby, aber er hatte nun einmal seine Entscheidung getroffen.
»Hier lang«, befahl er mit fester Stimme und schob Zoe die Steintreppe hinunter in den Turm hinein, bis zu der Stelle, wo Wizard und Lily mit Ono und Cassidy warteten.
»Schnell!«, rief Lily. »Hier unten ist ein Fluchttunnel. Los, los!«
Alby wollte gerade hinter Zoe die Treppe hinunterstürzen, da geschah etwas, womit keiner gerechnet hatte.
Er wurde von einer Kugel getroffen.

Gerade hatte er hinter Zoe herlaufen wollen, als plötzlich etwas heftig in seine linke Schulter geschlagen war, das ihn herumgewirbelt und drei Schritte nach hinten bis in eine Mauer geschleudert hatte.

Benommen und unter Schock sackte Alby an der Mauer zu Boden. Seine linke Schulter brannte dermaßen, wie er es noch nie erlebt hatte. Er blickte zu ihr hinab und sah, dass die gesamte Schulter blutüberströmt war.

Das war *sein* Blut!

Unten am Fuß der Treppe sah er Zoe, wie sie versuchte, zu ihm zu kommen, aber es war zu spät. Die Kongolesen und der Amerikaner mit den asiatischen Gesichtszügen kamen schon in den Turm, und Wizard musste Zoe die Treppe hinunter und in den Tunnel zurückziehen.

Alby blieb einfach gegen die Wand gelehnt sitzen, fassungslos, entsetzt und voller Blut. Jetzt war er diesem Marineinfanteristen ausgeliefert, der da auf ihn zukam.

Der dunkle, feuchte und enge Fluchttunnel führte nach Norden. Sie hetzten durch die schmalen Gänge. Mit einer lodernden Fackel über dem Kopf lief Ono voraus. Nach ihm Lily und Diane Cassidy, gefolgt von Wizard und Zoe.

»O Gott, der arme Alby!«, schluchzte Zoe, während sie weiterrannte.

»Wir mussten ihn zurücklassen«, sagte Wizard mit überraschender Entschiedenheit.

»Ich glaube, er ist getroffen worden …«

»Selbst Wolf kann nicht so ein Teufel sein, dass er einen kleinen Jungen umbringt! Wir müssen Lily beschützen. Was hast du von der heiligen Insel mitnehmen können?«

»Die Kugel und dieses Teleskop. Aber die zweite Säule haben wir verloren«, antwortete Zoe. »Statt ihrer hat Alby mich gerettet! Wolfs Männer haben erst sie erwischt und dann ihn.«

Wizard rannte mit aller Kraft weiter. »Wenn sie die Neetha erledigt haben, werden Wolf und seine Spießgesellen beide Säulen haben, dazu noch den Feuerstein und den Stein des Philosophen! Alles, was sie brauchen, um die Zeremonie am zweiten Eckpunkt durchzuführen, und auch an allen weiteren Eckpunkten, die noch kommen! Das ist eine Katastrophe!«

Sie rannten eine lange Steintreppe hoch und kamen an einen verborgenen steinernen Torbogen, der in eine kleine Höhle gehauen war. Hier endete der Fluchttunnel.

Als sie aus der Höhle traten, fanden sie sich am Ufer des breiten Dschungelflusses wieder, der den Wasserfall der Neetha speiste.

Schreie und Schüsse ließen sie herumfahren.

Etwa dreißig Meter vor der Höhle war auf dem Ufer eine weitere Schlacht im Gange.

Zwei kongolesische Soldaten verteidigten verzweifelt ein großes Wasserflugzeug, oder richtiger: ein »Flugboot«. Es war ein sehr altes Modell, die sowjetische Kopie der klassischen Boeing 314, auch Clipper genannt.

Das große, klotzige Flugzeug besaß ein oberes Flugdeck und eine untere Passagierkabine, außerdem vier an den Tragflächen montierte Propellermotoren und große, gewölbte Schwimmer, die jetzt tief im See lagen. Solche billigen und alten Clipper-Imitate kamen in diesem Teil Afrikas, wo Flüsse die einzigen Landebahnen waren, häufig vor.

Dieser Clipper da vor ihnen war geradezu übersät mit Neetha-Kriegern. Sie kletterten an den Seiten hoch, sprangen auf die Tragflächen, standen auf der Nase und schlugen mit Keulen die Windschutzscheibe des Cockpits ein.

Zoe trat neben Wizard und beobachtete, was da unten auf dem großen Wasserflugzeug vor sich ging.

Wizard sah, wie sie die Augen zusammenkniff. »Du denkst doch nicht etwa daran ...«

»Da kannst du drauf wetten«, antwortete sie und nahm ihm die Pumpgun des Häuptlings ab.

Während also die beiden kongolesischen Piloten des Flugzeugs wild um sich schossen und ihr Flugzeug gegen die Übermacht der Neetha-Angreifer verteidigten, schwammen fünf Gestalten leise und unbemerkt um die Heckflosse des schwimmenden Flugzeugs bis auf die Seite, wo die Eingangsluke offen stand.

Zoe ging als Erste. Sie kletterte aus dem Wasser und griff nach der Luke.

Doch da sah sie sich auch schon einem Neetha-Mönch gegenüber, der mit seinen gelben Zähnen über ihr stand. Zoe hob die Pumpgun und ballerte ihn weg.

Ohne die Pumpgun loszulassen, beeilte sie sich ein paar Augenblicke später, hinauf ins Cockpit zu kommen. Sie sah gerade noch, wie der kongolesische Kopilot des Flugzeugs schreiend aus der zertrümmerten Windschutzscheibe gezerrt wurde.

Mitten auf der Flugzeugnase hackten zwei Neetha-Mönche auf den armen Kerl ein. Als sie mit ihm fertig waren, bückten sie sich, um ins Cockpit zu klettern. Sie starrten direkt in den Lauf von Zoes Waffe.

Wumm! Wumm!

Die beiden Mönche wurden über den Bug geschleudert und stürzten in den Fluss.

Zoe rutschte auf den Pilotensitz, die anderen drängten sich hinter sie. Wizard hielt mit Ono am Ende der Wendeltreppe, die ins untere Passagierdeck führte, Wache und hatte eine AK-47 im Anschlag, die er unten aufgesammelt hatte.

»Kannst du dieses Ding fliegen?«, fragte Lily Zoe.

»Sky Monster hat mir gezeigt, wie es geht.« Zoe stierte auf die verwirrende Vielfalt von Anzeigen vor ihr. »Das kann ja wohl nicht so viel anders sein als ein Helikopter ... glaube ich.«

Sie drückte auf den Starterknopf.

Die vier Turboprop-Motoren des großen Wasserflugzeugs röhrten los.

Der noch verbliebene Pilot, der vergebens aus der dem Ufer zugewandten Luke schoss, war vollkommen überrascht, dass die Propeller des großen Clippers anfingen zu rotieren und immer schneller wurden.

Seine Überraschung kostete ihn das Leben.

Kaum hatte er sich nach dem Getöse umgedreht, wurde er von sechs Pfeilen seiner Neetha-Gegner getroffen und fiel aus der Luke. Als das Flugzeug sich jetzt vom Ufer wegzubewegen begann, waren noch etwa zehn Neetha-Krieger übrig, die in Windeseile die Gangway hinaufliefen, bevor diese hinter dem startenden Flugzeug ins Wasser fiel.

Als Zoe den Steuerknüppel durchdrückte, schlug ihr durch die zertrümmerte Windschutzscheibe des Cockpits der Fahrtwind entgegen. Sie spürte, wie das Flugzeug unter ihr nach vorn schoss.

Unter den Schwimmern des Wasserflugzeugs fing das Wasser an zu rauschen, immer schneller und schneller wurden sie, bis sie plötzlich abhoben und Zoe sie in der Luft hatte.

Sie lächelte erleichtert. »Gott sein Dank, ich glaube, wir haben ...«

Schüsse in der Kabine. Sie drehte sich um.

Wizard feuerte aus seiner AK-47 auf die Neetha-Mönche, die versuchten, über die Wendeltreppe ins Oberdeck vorzudringen.

Es war ein selbstmörderischer Angriff. Mit gellenden Schreien warfen sie sich über ihre Toten und versuchten dabei noch Pfeile abzuschießen, sobald sie konnten.

Wenn Zoe ihr Flugzeug von außen hätte sehen können, wäre sie geschockt gewesen. Immer noch befanden sich mehrere Neetha auf dem Dach. Auf dem Bauch liegend, krochen sie nach vorn auf das offene Cockpit zu.

Gleichzeitig versuchten zwei andere Krieger auf einer Tragfläche ein dickes Netz über einen der Propeller zu werfen, ein selbstmörderisches Unterfangen. Kaum hatten sie das Netz geworfen, wickelte sich das dicke Seil mit einem Ruck um die Propellerachse, die im nächsten Moment eine Rauchwolke ausstieß und blockierte.

Durch den unerwarteten Schubverlust fing das Flugzeug wie wild zu schaukeln an. Die beiden Neetha wurden von der Tragfläche geschleudert und stürzten zu Tode.

Zoe warf den Kopf herum und sah gerade noch, wie sie von der Tragfläche fegten. Mit Mühe brachte sie das Flugzeug wieder in die Waagerechte.

»Wieso spinnen die eigentlich alle so?«, schrie sie.

Diane Cassidy antwortete: »Sie wachen mit wütendem Fanatismus darüber, dass niemand erfährt, wo ihr Reich liegt. Wenn ein Neetha-Krieger mit seinem Tod verhindern kann, dass ein Eindringling entkommt, ist ihm ein Platz im Himmel sicher.«

»Das heißt also, unsere Fluchtmaschine ist mit selbstmörderischen Fanatikern verseucht?«, gab Zoe zurück. »Kein Wunder ...«

Schüsse unterbrachen sie. Sie klangen seltsam gedämpft.

»Wizard?«, schrie sie.

»Das bin ich nicht!«, schrie Wizard von der Treppe zurück.

»Sie haben es aufgegeben, das Oberdeck zu stürmen. Gerade eben haben sie sich alle nach unten verdrückt.«

Weitere gedämpfte Schüsse waren zu hören.

Und plötzlich sah Zoe, wie ein zweiter ihrer Motoren in einer Rauchwolke explodierte und die Propeller stehen blieben.

Da begriff sie, was hier los war.

»Teufel noch mal! Sie schießen aus den Seitenluken auf die Motoren. Wenn die so weitermachen, müssen wir notlanden.«

»Wenn sie nicht vorher den Treibstoff in den Tragflächen hochjagen«, rief Wizard zurück.

Weitere Schüsse.

»Verdammte Scheiße!«, fluchte Zoe.

Sie umklammerte den Steuerknüppel und merkte, dass das Flugzeug schon träger reagierte.

Hier kommen wir nicht lebend raus, dachte sie. Wenn jemand unbedingt ein Flugzeug auf diese Weise abschießen will, kann man ihn nicht abhalten.

»Wir sind im Arsch!«, rief sie laut.

Wie zur Antwort krächzte plötzlich ihr Funkgerät los.

»*Zoe! Bist du das da in dem Clipper? Hier ist Sky Monster!*«

»Sky Monster!« Zoe griff nach einem Kopfhörer. »Wo steckst du?«

»*Ich bin genau über euch*«, kam die Antwort.

Während der große Clipper über den Dschungel dahinschoss, näherte sich ein noch größeres Flugzeug und ging über ihm auf niedrigere Höhe.

Die *Halicarnassus*.

»Tut mir leid, dass ich so lange gebraucht habe, um herzukommen«, meldete sich Sky Monster. »Ich musste einen Umweg über Kenia nehmen.«

»Wie hast du uns gefunden?«, wollte Lily wissen.

»Darüber reden wir später!«, unterbrach Zoe. »Sky Monster, wir haben ein paar wütende Passagiere unten drin, die versuchen, die Maschine von innen zum Absturz zu bringen! Wir müssen hier raus, und zwar pronto!«

»Roger. Ich sehe, ihr habt keine Windschutzscheibe mehr. Seid ihr alle unverletzt?«

»Ja.«

»Dann machen wir den Hundeschnüffler. Zoe, du beschleunigst auf 400 Knoten und schickst alle rüber.«

»Alles klar!«

»Was ist ein Hundeschnüffler?«, wollte Lily wissen.

»Das wirst du gleich sehen«, gab Zoe zurück und warf ihr einen scharfen Blick zu.

Von unten waren weitere Schüsse zu hören.

Im Formationsflug rasten die beiden Flugzeuge über den kongolesischen Dschungel. Die riesige 747 schwebte über dem kleineren Wasserflugzeug.

Dann setzte sich die *Halicarnassus* vor den Clipper und ging mit offener Heckrampe auf Höhe seiner eingeschlagenen Windschutzscheibe.

Vom Cockpit des Clippers aus sah Zoe, wie sich das riesige Heck der *Hali* vor ihr senkte, bis es ihr gesamtes Blickfeld ausfüllte.

Genau vor ihr, nur wenige Meter vor der Nase ihrer eigenen Maschine, befand sich die weit offene Heckklappe.

»Okay, Sky Monster!«, schrie sie ins Mikrophon. »Bleib so! Ich komme ein Stück vor und schicke alle rüber!«

Zoe beschleunigte und brachte das Wasserflugzeug näher an die Heckrampe der *Halicarnassus* heran. So nahe, bis die Nase des Clippers buchstäblich an der Kante der Rampe kratzte.

Dann schrie sie: »Okay! Wizard, schnapp dir Lily, Ono und Dr. Cassidy, und dann rüber!«

Das musste man Wizard nicht zweimal sagen.

Schnell krabbelte er über das Armaturenbrett im Cockpit und stellte sich zwischen den beiden fliegenden Maschinen im peitschenden Fahrtwind auf die Nase des Clippers.

Hinter sich zog er erst Lily, dann Ono und Cassidy heraus, und nach ein paar raschen Schritten über die Nase des Clippers sprangen sie auf die Heckrampe der *Hali*. Im nächsten Moment befanden sie sich in der relativen Sicherheit des Heckfrachtraums der 747.

Jetzt war nur noch Zoe im Cockpit des Wasserflugzeugs übrig.

Sie schaltete auf Autopilot, zog sich aus dem Fenster und auf die Nase der Maschine. In diesem Moment gelang es den Neetha, einen weiteren Motor zu treffen. Er explodierte und das gesamte Flugzeug torkelte heftig.

Zoe war schon zu weit vorn, um zurückkehren zu können. Sie sprang auf die Heckrampe der *Halicarnassus* zu, und genau in diesem Moment sackte das Wasserflugzeug unter ihr weg und ging in steile Schräglage.

Zoe kam unglücklich auf. Ihre Unterarme schlugen auf die Kante der Rampe, ihre Finger griffen nach einem Hydraulikarm – doch sie schaffte es nicht. Entsetzt merkte sie, wie sie über die Kante der Rampe rutschte und in den weiten, blauen Himmel fiel …

… als plötzlich nicht weniger als sechs Hände ihre ausgestreckten Arme umklammerten.

Wizard, Lily und Ono.

Alle drei hatten gesehen, wie sie von dem absackenden Wasserflugzeug sprang, hatten gesehen, wie sie mit einer Hand nach dem Hydraulikarm fasste, wie ihr Griff sich lockerte.

Da waren alle drei ihr zu Hilfe gesprungen und gleichzeitig nach ihren ausgestreckten Armen gehechtet.

Gemeinsam hielten sie sie fest, während weit unter Zoe der Clipper trudelte und mit seiner Ladung von fanatischen Neetha-Kriegern in den Dschungel krachte, wo er in einem riesigen Feuerball explodierte.

Wizard, Lily und Ono zogen Zoe in den Frachtraum, und Diane Cassidy schloss die Rampe. Die Rampe klappte zu, und dann saßen alle einen Moment lang nur in der wunderbaren Stille des Frachtraums auf dem Boden.

»Da … danke, Leute«, keuchte Zoe.

»Du bedankst dich bei *uns*?«, fragte Wizard ungläubig. »*Du bedankst dich bei uns?* Zoe, ist dir eigentlich klar, was du in den letzten paar Tagen geleistet hast? Du hast auf dem Kampfstein einen Krieger getötet, du hast durch ein undurchdringliches Labyrinth gefunden, gerade hast du ein Flugzeug voller Neetha aus der Hölle geflogen und bist beinahe umgekommen bei dem Versuch, uns alle sicher vom Flugzeug wieder runterzubringen.

Ehrlich, Zoe, so was habe ich noch nie gesehen. Was du getan hast, war *unglaublich*. Jack West jr. ist nicht der einzige waschechte Held, den ich kenne. Kaum war er weg, hast du seinen Platz eingenommen. Du bist unbeschreiblich!«

Zoe senkte den Kopf. Sie hatte überhaupt nicht darüber nachgedacht, was sie da tat. Sie hatte es einfach gemacht.

Lily umarmte sie fest. »Du warst große Klasse, Prinzessin Zoe. Fünf-Sterne-Frauenpower. Grrr!«

Und zum ersten Mal seit Tagen lächelte Zoe.

Im Dorf der Neetha hatten Wolfs Männer mittlerweile durch ihre schiere Waffenüberlegenheit die Kontrolle übernommen.

Dorfbewohner und Mönchskrieger wurden zusammengetrieben, mussten sich hinknien und wurden mit Klebeband gefesselt. Kongolesische Soldaten bewachten sie.

Switchblade ging zu Wolf.

»Sir, wir haben sie«, sagte er stolz und trat zur Seite, um den Blick auf den Delta-Mann Broadsword freizugeben, der die zweite Säule hielt.

Bei ihrem Anblick fingen Wolfs Augen an zu funkeln. Er nahm die gereinigte Säule und hielt sie ehrfürchtig vor sich hin.

»Außerdem haben wir diesen jungen Gentleman hier gefunden.« Switchblade schob Alby vor, der sich die verwundete Schulter hielt. »Er heißt Albert Calvin. Sagt, er ist ein Freund von Jack Wests Tochter.«

Wolf musterte den kleinen Jungen vor sich und lachte prustend. »Kümmert euch um seine Wunde. Wir nehmen ihn mit.«

Switchblade fuhr fort: »Rapier ist oben im Allerheiligsten über dem Irrgarten. Er sagt, er hat den Feuerstein, den Stein des Philosophen und die erste Säule gefunden, die da alle drei auf Altären lagen. Er bringt sie mit hinunter.«

»Fantastisch«, sagte Wolf, »fantastisch! Die Neetha haben sie Max Epper weggenommen. Scheint ein prächtiger Tag zu werden.«

Abrupt wandte er sich zu Switchblade um. »Was ist mit der Kugel? Dem Delphi-Stein?«

»Die ist weg, Sir. Ebenso Professor Epper und seine Leute.«

Wolf schnaubte. »Ob er nun lebt oder nicht, Epper wird nicht gerade happy sein. Er weiß, dass wir jetzt alle Trumpfkarten haben: die ersten beiden Säulen, den Stein des Philosophen *und* den Feuerstein.«

»Da ist noch was«, sagte Switchblade.

»Und zwar?«

Switchblade nickte jemandem zu, und aus der Gruppe wurde ein weiterer Gefangener hergebracht.

Überrascht hob Wolf die Augenbrauen.

Es war der Zauberer der Neetha.

Die Hände des verwachsenen alten Mannes waren gefesselt, aber seine Augen funkelten wütend.

»Und was hast *du* mir anzubieten?«, fragte Wolf, der wusste, dass der alte Schamane ihn unmöglich verstehen konnte.

Zu seiner Überraschung antwortete der Alte ihm. Aber nicht etwa in Thoth, sondern in einer Sprache, die Wolf erkannte: auf Griechisch, genauer gesagt, auf Altgriechisch.

»Der zweite Eckpunkt der Maschine«, sagte der Zauberer langsam in fehlerfreiem Griechisch, »ich habe ihn gesehen. Ich bringe euch hin.«

Überrascht lehnte Wolf sich zurück. Ein verschlagenes Grinsen machte sich auf seinem Gesicht breit.

»Switchblade. Broadsword! Startet die Helikopter und ruft unsere Leute in Kinshasa an. Sagt ihnen, sie sollen ein Flugzeug für Kapstadt fertig machen. Wird Zeit, dass wir unsere verdammte Belohnung einsammeln.«

Während die *Halicarnassus* in völligem Frieden in Richtung Südosten schwebte, trafen sich Zoe und Sky Monster in der Sitzgruppe direkt hinter dem Cockpit.

Ono und Diane Cassidy wurden vorgestellt und Sky Monster erzählte, wie es ihm ergangen war, nachdem sie ihn in Ruanda zurückgelassen hatten.

»Nachdem Solomons Jungs mit einem bisschen Treibstoff gekommen waren, bin ich zur alten Farm in Kenia geflogen. Da habe ich mein Baby von oben bis unten durchgecheckt und aufgetankt und mir sogar ein funkelnagelneues Triebwerk einbauen lassen.«

»Du hast da Ersatztriebwerke gelagert?«, staunte Zoe.

»Sagen wir mal, ich … finde … gelegentlich eins auf meinen Reisen und behalte es für schlechte Zeiten«, antwortete Sky Monster verschämt. »Jedenfalls verfolge ich seit Tagen jeden Flugverkehr in Zentralafrika, und prompt habe ich heute Morgen auf dem Satellitenscanner diese kongolesischen Kerle entdeckt. Einige Clipper-Transportmaschinen, die von ein paar US-Hubschraubern eskortiert wurden. Alle waren in dieses Gebiet unterwegs. Da habe ich mir gedacht, sie haben euch gefunden, und habe mich in einiger Entfernung an sie drangehängt. Und als ich euch dann in die entgegengesetzte Richtung wegfliegen sah, dachte ich mir, dass da nur Zoe am Steuerknüppel sein konnte.«

»Haha, sehr witzig!«, maulte Zoe.

»He, wo ist eigentlich Solomon?«, wollte Sky Monster wissen. »Ich muss mich bei ihm noch für das Kerosin bedanken.«

Zoe schüttelte den Kopf.

»Er wurde getötet, als er für mich gekämpft hat«, erklärte Lily mit gesenktem Kopf.

»Oh«, sagte Sky Monster leise. »Und Alby?«

»Frag lieber nicht«, gab Zoe zurück und rieb sich die Schläfen. Sie hatte die Sache noch nicht verdaut. »Hoffen wir nur, dass er nicht auch tot ist.«

Bei diesen Worten warf sie Lily einen Seitenblick zu. Ihre Blicke trafen sich. Lily schwieg.

Währenddessen tippte Wizard auf seinem Computer herum und schickte eine verschlüsselte Botschaft an das *Herr-der-Ringe*-Messageboard, auf dem er und Lily und Jack Informationen austauschten. Wenn Jack doch noch am Leben sein sollte, würde er dort früher oder später nachsehen.

»Glaubst du, dass Daddy noch lebt?«, fragte Lily und schob sich hinter den schreibenden Wizard. »Obwohl dieser Mann uns seinen Helm gezeigt hat?«

Wizard drehte sich um und sah sie an.

»Dein Vater ist ein sehr zäher Bursche, Lily. Ich kenne keinen, der so zäh, dickköpfig, großartig, loyal, teilnahmsvoll und so schwer zu töten ist wie er. Für mich ist Jack West erst tot, wenn ich seine Leiche mit eigenen Augen sehe.«

Das schien Lily nicht viel Mut zu machen.

Wizard lächelte. »Wir dürfen nie die Hoffnung aufgeben, meine Kleine. Die Hoffnung, dass die, die wir lieben, am Leben sind. Dass in diesem großen Kampf am Ende das Gute über das Böse siegt. Unsere Gegenspieler sind so mächtig und unsere Chancen so gering, da bleibt uns doch nur die Hoffnung. Gib nie die Hoffnung auf, Lily. Schlechte Menschen wie Wolf haben tief in ihrem Herzen keine Hoffnung, und deshalb ersetzen sie sie durch Gier. Die Gier nach Herrschaft, nach Macht. Und wenn sie diese Macht je erringen, freuen sie sich eigentlich nur, dass es jetzt allen anderen so schlecht geht wie ihnen. Bewahr dir immer die Hoffnung, Lily, denn die Hoffnung macht uns zu guten Menschen.«

Lily sah ihn an. »Dieser Wolf hat am Telefon gesagt, dass er mein Großvater ist, Daddys Vater. Wie kann denn Daddy so gut und Wolf so schlecht sein?«

Wizard schüttelte den Kopf. »Das kann ich dir auch nicht erklären. Der Weg, den jemand in seinem Leben wählt, hängt oft von den seltsamsten, scheinbar nebensächlichsten Dingen ab. In vielerlei Hinsicht ähneln sich Jack und sein Vater. Beide haben große Entschlusskraft und sind unglaublich intelligent. Aber Jack handelt im Interesse anderer, während sein Vater nur im eigenen Interesse handelt. An irgendeinem Punkt in ihrem Leben haben sie gelernt, sich so zu verhalten.«

»Und wie werde ich dann sein?«, fragte Lily nervös. »Ich will sein wie Daddy, aber darauf kann man sich offensichtlich nicht verlassen. Ich will mich nicht für das Falsche entscheiden, wenn es drauf ankommt.«

Wizard lächelte und zerzauste ihr Haar. »Lily, ich kann mir nicht vorstellen, dass du dich jemals für das Falsche entscheiden wirst.«

»Und jetzt hat dieser Wolf Alby«, fuhr Lily fort.

»Ja«, nickte Wizard. »ja ...«

In diesem Moment ertönte im Cockpit ein Ping, und Sky Monster ging nachsehen. Zwei Sekunden später rief er: »Was in drei Teufels Namen ...?«

Zoe und die anderen stürzten ins Cockpit, um zu sehen, was ihn so aufgebracht hatte.

Sky Monster deutete auf eine Satellitenkarte des südlichen Afrikas.

Der Luftraum über der nördlichen Grenze von Südafrika war übersät mit Dutzenden kleiner roter Punkte. Und die Westküste vor Kapstadt wurde von lauter blauen Punkten gesäumt.

»Was ist das?«, fragte Zoe.

»Seht ihr die ganzen Punkte da?«, fragte Sky Monster. »Die roten sind Militärflugzeuge, die blauen Kriegsschiffe. Und ständig wird auf allen Frequenzen dieselbe Nachricht wiederholt: Die südafrikanische Luftwaffe hat den Luftraum über Südafrika für sämtlichen ausländischen Flugverkehr gesperrt, militärischen genauso wie zivilen. Gleichzeitig hat ihre Flotte um Kapstadt, den Tafelberg und das halbe Kap der Guten Hoffnung einen Ring gezogen.«

Er zeigte auf ein paar weiße Punkte, die südlich vom Kap im Meer lagen. »Diese weißen Punke sind die letzten zivilen Schiffe, die man vor etwa einer Stunde noch hereingelassen hat. Nach ihren Transpondern zu urteilen, sind es in Südafrika registrierte Fischtrawler, die aus dem Indischen Ozean heimkehren. Das sind die Letzten, die noch hineindurften. Jetzt sind alle Seewege blockiert.«

»Aber wir müssen bis morgen Abend in Kapstadt sein«, protestierte Zoe.

Sky Monster drehte sich in seinem Sitz um. »Tut mir leid, Zoe, aber wenn wir das machen, schießen sie uns ab. Unsere Feinde haben uns komplett ausgesperrt. Die müssen die südafrikanische Regierung mit einer ganzen Schiffsladung Geld bestochen haben. Tut mir leid, es sagen zu müssen, aber nach Kapstadt kommen wir nicht hinein.«

SIEBTE PRÜFUNG

DER ZWEITE ECKPUNKT

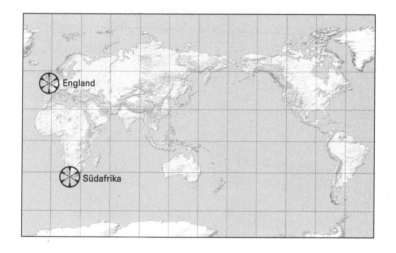

ENGLAND – SÜDAFRIKA

11. DEZEMBER 2007
6 TAGE BIS ZUM ZWEITEN STICHTAG
(4 TAGE ZUVOR)

# ENMORE MANOR
LAND'S END, ENGLAND
11. DEZEMBER 2007

Lachlan und Julius Adamson saßen trübselig in der Bibliothek von Enmore Manor, einem abgeschiedenen Anwesen in der Nähe von Land's End, im äußersten Südwesten von England.

Das blinkende Rotlicht eines hochsensiblen Bewegungsmelders war auf sie gerichtet und verfolgte jede ihrer Bewegungen. So wussten ihre japanischen Geiselnehmer, dass sie immer noch waren, wo sie hingehörten.

Das Einzige, was sie noch hatten, war Lilys Rucksack, und in dem lag nur noch ihr Spielzeug. Alles, das irgendeinen Wert besaß, hatten die Japaner ihnen weggenommen.

Gelegentlich kamen ihre Geiselnehmer herein und ließen sich irgendein Diagramm auf ihrem Computer oder eine E-Mail erklären, die Wizard über die Maschine geschrieben hatte.

Tank Tanaka war immer höflich, aber kurz angebunden. Seine Augen blickten hart und kalt, so als seien sie auf ein einziges Ziel fixiert, das die Zwillinge partout nicht begreifen konnten.

Nur einmal gelang es Lachlan, ihn aus seiner Trance zu holen. »He, Tank! Warum machst du das, Mann? Was ist denn mit deinen Freunden, Leuten wie Wizard und Lily?«

Tank umkreiste ihn, und seine Augen funkelten. »Freunde? Pah, Freunde! Die Idee der Freundschaft ist nichts, verglichen mit der vollkommenen Erniedrigung einer Nation. Mein Land wurde 1945 entehrt! Nicht nur in der Schlacht vernichtet, sondern unter den Augen der ganzen Welt geschlagen wie ein Hund. Unser Kaiser, der von Gott selbst geschickt war, der letzte in der längsten kaiserlichen Erbfolge auf diesem Planeten, wurde vor aller Welt erniedrigt. Es war eine Beleidigung, die kein Japaner je vergessen hat.«

Julius wandte ein: »Aber Japan ist doch wieder stark. Eines der reichsten und industrialisiertesten Länder der Welt.«

»Roboter und Elektronik stellen die Ehre nicht wieder her, Julius. Nur Vergeltung kann das. Seit zwanzig Jahren forsche ich über die Maschine, und immer hatte ich nur die Vergeltung im Kopf. Im Herzen stimmen alle Japaner mit mir überein und werden frohlocken, wenn unsere Vergeltung offenkundig wird.«

»Aber dann sind sie *tot*!«, rief Julius aus. »Wenn du damit durchkommst, wird alles Leben auf diesem Planeten ausgelöscht.«

Tank zuckte die Achseln. »Der Tod ist kein Tod, wenn man seinen Feind mitnimmt.«

Manchmal, wenn Tank nicht dabei war, unterhielten sich ihre japanischen Wachen in Gegenwart der Zwillinge, weil sie annahmen, dass die *Gaijin* kein Japanisch verstanden.

Bei einer solchen Gelegenheit, als Lachlan gerade etwas für sie auf dem Computer schrieb, lauschte er und fuhr plötzlich hoch.

»Was ist los?«, fragte Julius flüsternd.

»Sie sagen, dass sie gerade eine Nachricht von ›ihrem Mann in Jack Wolfs Einheit‹ bekommen haben, einem Mann namens Akira Isaki.«

»Isaki?«

»Wer auch immer er sein mag, jedenfalls ist er Wolf gegenüber nicht loyal. Er hat sich gerade gemeldet und ihnen gesagt, dass ... ach du Scheiße ... dass Jack West tot ist. Wolf ist unterwegs in den Kongo, um sich die zweite Säule zu holen. Dieser Isaki wird sich wieder melden, wenn das erledigt ist, und unseren Kerlen hier sagen, ob sie eingreifen müssen oder nicht.«

»Huntsman ist tot?«, fragte Julius. »Glaubst du, das stimmt?«

»Ich weiß nicht, was ich davon halten soll. Aber eines weiß

ich genau. Unsere Zeit hier ist bald abgelaufen. Wir sollten uns demnächst aus dem Staub machen.«

Zwölf Stunden später kam mitten in der Nacht einer der japanischen Wächter, um nach ihnen zu sehen.

Ein Sensor hatte gemeldet, dass eines der Fenster in der Bibliothek aufgebrochen worden war. Aber der Bewegungsmelder zeigte die Zwillinge immer noch in der Bibliothek. Sie bewegten sich kaum, vermutlich schliefen sie.

Der japanische Wächter öffnete die Tür zur Bibliothek und blieb wie angewurzelt stehen.

Die Bibliothek war leer.

Die Zwillinge waren weg.

Das Einzige, was sich hier bewegte, war Sir Barksalot, Lilys kleiner Roboterhund, der auf seinen Metallfüßchen hin und her stapfte und den verdutzten Wächter lautlos anbellte.

Es wurde Alarm gegeben und das Gelände mit Flutlicht ausgeleuchtet, aber bis Tank und seine Männer das gesamte Areal nach den Zwillingen abgesucht hatten, hockten diese bereits auf der Ladefläche eines Transporters und rasten nach Osten, weit weg von Land's End.

»Und wohin jetzt?«, fragte Julius, dem der Fahrtwind die Haare zerzauste.

Bei dem Gedanken verzog Lachlan das Gesicht. »Mir fällt nur ein einziger Ort ein.«

MINENANLAGE
IRGENDWO IN ÄTHIOPIEN
11. DEZEMBER 2007

Zur selben Zeit, als Zoe ihre Gruppe durch die kongolesische Wildnis führte und die Zwillinge sich erfolgreich von Tanks japanischer Bruderschaft des Blutes absetzten, schmachtete Pooh Bear in der geheimnisvollen äthiopischen Mine. Immer noch hing er in seinem mittelalterlichen Käfig über dem Arsenteich.

Sechs Stunden nach Jack Wests schockierendem Tod und seit sein eigener Bruder Scimitar auch Pooh Bear dem Tod ausgeliefert hatte, ging hier der Arbeitstag zu Ende. Die christlich-äthiopischen Wächter trieben die jüdisch-äthiopischen Bergleute in ihre unterirdischen Quartiere – Erdhöhlen mit Holzbohlen als Betten und Lumpen als Decken. Ihr Essen bestand aus verschimmeltem Brot und dünnem Haferschleim.

Nachdem die Minensklaven sicher weggesperrt waren, versammelten sich die etwa dreißig christlichen Wärter um den Arsenteich und starrten zu dem gefangenen Pooh Bear hoch.

Fackeln wurden entzündet.

Gesänge wurden intoniert.

Eine große Trommel wurde geschlagen.

Ein christliches Kreuz in Originalgröße wurde aufgerichtet und entzündet.

Dann begann der Stammestanz.

Sobald das Kreuz brannte, wurden alle anderen Fackeln gelöscht, sodass es nun die einzige Lichtquelle in der riesigen Kaverne war und den weiten unterirdischen Raum mit einem gespenstischen orangeroten Schein ausleuchtete, der von den halb in den hohen Erdwänden der Mine vergrabenen Steintürmen zurückflackerte.

Entsetzt stierte Pooh Bear aus seinem Käfig. Jetzt hatte offenbar seine letzte Stunde geschlagen. Er warf einen traurigen Blick auf die von dem Arsenteich etwa dreißig Meter entfernt liegende Grube. Dort hatte Jack sein Ende gefunden.

Klonk! Mit einem Ruck bewegte sich sein an der Kette hängender Käfig plötzlich auf den dampfenden Teich zu. Am Rand drehten zwei äthiopische Wachen langsam die Winde und ließen ihn herab.

Die anderen Wachen begannen frenetisch zu singen. Es hörte sich an wie ein in atemlosem Delirium vorgetragenes Vaterunser auf Latein: »*Pater Noster, qui es in caelis, sanctificetur nomen tuum ...*«

Der Käfig sank hinab.

Pooh Bear rüttelte an den Stäben.

»*Pater Noster, qui es in caelis, sanctificetur nomen tuum ...*«

Poohs Käfig war nur noch etwas mehr als drei Meter über der schwarzen Brühe.

»*Pater Noster, qui es in caelis, sanctificetur nomen tuum ...*«

Drei Meter ... zweieinhalb ...

Die Hitze des Teichs schlug zu Pooh Bear hinauf, der heiße Dampf umhüllte ihn.

»*Pater Noster, qui es in caelis, sanctificetur nomen tuum ...*«

Der Gesang ging weiter.

Das Tanzen ging weiter.

Die Trommel wummerte.

Und Pooh Bears Käfig senkte sich immer weiter.

Während der Käfig hinabfuhr, sprangen Poohs Augen hektisch von dem kochenden Teich unter ihm zu der Woge singender und tanzender Wachen und schließlich hinüber zu dem lodernden Kreuz, das alles überragte. Und irgendwo inmitten dieser Höllenszenerie meinte er, über das Dröhnen der Trommel hinweg noch ein anderes Geräusch zu hören. Aber er wusste nicht, wo es herkam, und schenkte ihm keine weitere Beachtung.

»*Pater Noster, qui es in caelis, sanctificetur nomen tuum ...*«
Der Teich war jetzt nur noch einen Meter entfernt, seine dampfenden Gase umwaberten ihn. Heftig schwitzend, den Tod vor Augen und ohne eine Möglichkeit zu fliehen, fing Pooh Bear an zu beten.

Der muskelbepackte äthiopische Wächter, der Jack West an sein waagerechtes Kreuz geschlagen hatte, führte mittlerweile die Opferzeremonie an. Inbrünstig schlug er die große Trommel.

Seine Augen weiteten sich vor Entzücken, als er sah, wie Pooh Bears Käfig sich immer und immer mehr dem tödlichen Teich näherte.

Jetzt schlug er die Trommel fester und stachelte die Raserei der Menge noch weiter an – da kam plötzlich aus dem Nichts ein dicker Mauernagel durch die Luft geflogen und traf ihn mitten ins rechte Auge. Volle fünfzehn Zentimeter grub er sich in sein Gehirn und tötete ihn auf der Stelle. Der Mann ging zu Boden, und das Trommeln hörte abrupt auf.

Alles hörte auf.

Das Tanzen, das Singen, jede Bewegung. Selbst die Männer, die Pooh Bears Käfig hinabließen, drehten nicht weiter an der Winde.

Stille.

Die Menge der Wächter wandte sich um.

Hinter ihnen stand neben dem lodernden Kreuz ein Mann, dem das Feuer einen gespenstischen Schein verlieh. Es war eine furchterregende Gestalt, die vor ihrem eigenen Blut förmlich troff. Es war auf dem Gesicht, auf den Kleidern und am erkennbarsten auf dem Lappen, der um seine verletzte rechte Hand gewickelt war.

Wiederauferstanden von den Toten, hervorgekrochen unter einer riesigen Steinplatte am Grund einer tiefen Felsgrube stand da Jack West jr. Und er war stinksauer.

Schon Jack Wests Tod durch die Hand seines eigenen Vaters hatte die fundamentalistischen äthiopischen Christen an Jesus Christus erinnert – doch seine jetzige Auferstehung erschütterte sie bis ins Mark.

Dass er während ihres wilden Tanzes bereits klammheimlich vier von ihnen entwaffnet hatte und jetzt in seiner gesunden Hand eine Waffe hielt, ließ sie nur umso mehr glauben, dass dieser Mann gottähnliche Fähigkeiten besaß.

Bis auf eines.

Jack West jr. war kein gnädiger Gott.

Jack hatte volle sechs Stunden gebraucht, um sich durch vorsichtige Gewichtsverlagerungen und entsetzlich schmerzhafte Bewegungen zu befreien.

Schon allein die herabfallende Steinplatte zu blockieren war beängstigend genug gewesen.

Während die große Platte über Jacks Grube geschoben worden war, hatte er blitzschnell nachgedacht. Das Einzige, das er bei sich hatte und das dem Gewicht einer solchen Steinplatte standhalten konnte, war sein Unterarm aus Titan.

Also hatte Jack in dem Moment, als sich die Platte oben über seine Grube schob, die Zähne zusammengebissen und mit aller Kraft an seiner festgenagelten künstlichen linken Hand gezerrt.

Obwohl der Nagel sich beim ersten Mal ein wenig bewegte, schaffte Jack es nicht, ihn herauszuziehen.

Die Platte fiel in die Grube ...

... und Jack riss ein letztes Mal an dem Nagel. Diesmal löste er sich und sein Metallarm war frei. Genau in dem Moment, als die riesige Steinplatte in die Grube fiel, stellte Jack seinen künstlichen Arm senkrecht neben seinem Körper auf, machte eine

Faust und zog die Beine an. *Rumms!* Im nächsten Moment schlug das volle Gewicht der Platte auf seine Metallfaust und zerquetschte zwei ihrer Finger, aber der Arm hielt und die Platte traf mit unaufhaltsamer Wucht auf das unnachgiebige Hindernis von Jacks senkrecht stehendem Titan-Unterarm.

Urplötzlich wurde die untere Kante der Platte einen Zentimeter vor Jacks Nase gestoppt. Jedem allerdings, der hintergeschaut hätte, wäre es so erschienen, als sei er von der großen Steinplatte vollkommen zerquetscht worden.

Doch Jack hatte seine Beine links vor seinem Körper angewinkelt und den Kopf nach rechts gelegt. Seine rechte Hand war immer noch am Boden festgenagelt, nur Zentimeter unter der darüber festgekeilten Steinplatte.

Jetzt brauchte er nur noch Mut, Kraft und Zeit. Den Mut, mit der Rechten den immer noch drinsteckenden Nagel zu umklammern. Die Kraft, um den Kopf des Nagels eine Faust zu ballen und ihn aus dem Holzblock zu stemmen. Und die Zeit, all dies zu tun, ohne sich die eigene Hand zu zerreißen oder an einem Schock zu sterben.

Dreimal war er durch die Anstrengung ohnmächtig geworden, er wusste nicht, für wie lange.

Aber nach zwei Stunden immer neuen Stemmens und Zerrens hatte er den Mauernagel schließlich gelöst und seine rechte Hand war frei.

Mit hektisch hyperventilierenden Atemstößen zog er den Nagel mit den Zähnen aus seiner blutigen rechten Handfläche.

Eingeklemmt zwischen seinen Zähnen, kam der Nagel hervor. Blut spritzte aus dem Loch in seiner Hand. Schnell zerrte sich Jack den Gürtel aus seiner Hose und bastelte mit den Zähnen eine Schlinge.

Und prompt wurde er wieder ohnmächtig, diesmal für eine volle Stunde.

Als er wieder aufwachte, hörte er Geräusche von Gesängen, Tänzen und Trommeln.

»*Pater Noster, qui es in caelis, sanctificetur nomen tuum* ...«

Nun musste er noch zusehen, wie er mit der Platte über sich fertig wurde. Eigentlich brauchte er nur einen Spalt zu finden, und er entdeckte ihn dort, wo seine rechte Hand festgenagelt gewesen war.

In diesen Spalt drückte er ein kaugummigroßes Stück C-2-Plastiksprengstoff, der auf kleiner Fläche große Wirkung entfaltete. Er hatte immer etwas davon in einem Fach seines künstlichen Arms versteckt, um im Falle einer Gefangennahme feindliche Türschlösser aufsprengen zu können.

Das C-2 explodierte. Das war der dumpfe Knall, den Pooh Bear hörte. Ein langer, verhängnisvoller Riss schlängelte sich über die gesamte Fläche der Platte, und sie zerbrach in zwei Teile. Der Teil rechts von Jack fiel platt auf den Boden und gab eine schmale Öffnung frei, durch die er sich zwängen konnte.

Nachdem er sich einige Minuten vorsichtig gewunden hatte, war er schließlich draußen. Allerdings ohne seinen künstlichen Arm, der immer noch den anderen Teil der Platte abstützte.

Eine missliche Lage, denn es war schlichtweg unmöglich, die halbe Platte von seinem Arm zu heben. Also tat Jack das Einzige, was ihm übrig blieb.

Er schnallte den künstlichen Unterarm von seinem Bizeps ab und rollte sich hinaus.

Jetzt befand sich Jack also immer noch auf dem Grund der Grube, mit einem vollständigen und einem halben Arm, und hörte das Singen und Trommelschlagen. Aber er war jetzt immerhin frei.

Eine zweite Ladung C-2 zersplitterte die Platte über seinem künstlichen Unterarm und befreite ihn. Schnell legte Jack ihn wieder an und wickelte sich einen Lappen fest um seine verwundete Rechte.

Dann kletterte er die Trittleiter an der Grubenwand hoch und begann seinen Ein-Mann-Krieg gegen die Wächter der Mine seines Vaters.

Jack stand vor den versammelten Wächtern und sah aus wie der leibhaftige Tod.

Seine Augen waren blutunterlaufen und sein Mund rundherum von seinem eigenen Blut verschmiert, weil er sich den Nagel mit den Zähnen aus der Hand gezogen hatte.

Trotzdem war er nur einer gegen dreißig.

Doch dann brachte Jack seine zweite Hand zum Vorschein. Darin befand sich ein Feuerlöscher, den er sich aus dem Transportaufzug geschnappt hatte.

Mit einer plötzlichen Explosion weißen Kohlendioxids schleuderte er den Feuerlöscher auf das brennende Kreuz. Die Flammen erstickten und die Mine war in Finsternis getaucht.

Völlige Dunkelheit.

Die Wächter wurden von Panik ergriffen und fingen an zu schreien. Dann hörte man Füße rascheln und trippeln und …

Bamm!

Die Notbeleuchtung der Mine ging an. Jack stand immer noch am selben Platz wie zuvor, neben dem Kreuz …

… allerdings befand sich hinter ihm jetzt eine Armee.

Ein Heer von mehreren hundert Minensklaven, die Jack aus ihren unterirdischen Verliesen befreit hatte, bevor er die Wächter angegriffen hatte.

Ein Blick auf ihre Gesichter sprach Bände: Hass, Wut und Rache. Es würde ein erbarmungsloses Schlachten geben, um das Entsetzliche zu rächen, was ihnen widerfahren war: die Monate und Jahre der Sklaverei.

Mit einem schrillen Geheul rannte die Menge der Minensklaven los und griff die Wächter an.

Es war ein einziges Gemetzel.

Einige der Wächter versuchten, von einem nahe stehenden Gestell ihre Gewehre zu holen, wurden aber unterwegs abgefangen, zu Boden gerissen und zu Tode getrampelt. Andere wurden von einer Vielzahl von Händen ergriffen und in den Arsenteich geworfen.

Einige wenige versuchten durch den Lastenaufzug zu fliehen, den einzigen Ausgang der Mine. Doch dort warteten bereits mehrere Dutzend Minensklaven mit nagelgespickten Brettern. Die Männer wurden totgeschlagen.

Innerhalb weniger Minuten waren alle Wächter tot, und die Mine lag gespenstisch still im Dämmerschein der Notbeleuchtung.

Rasch machte Jack sich daran, Pooh Bear aus seinem Käfig zu befreien. Als er frei war und wieder auf festem Boden stand, starrte Pooh Bear Jack entsetzt an.

»Bei Allah, Jack, du siehst wirklich beschissen aus.«

Blutig, verdreckt und so erschöpft, wie ein Mensch nur sein konnte, verzog Jack den Mund zu einem schiefen Grinsen. »Ja ...«

Dann fiel er Pooh Bear bewusstlos in die Arme.

Das wunderbare Gefühl warmer Sonnenstrahlen auf seinem Gesicht weckte Jack.

Er öffnete die Augen und stellte fest, dass er auf einer Koje in einem Wachhaus direkt im oberirdischen Eingangsbereich der Mine lag. Durch das Fenster fiel die Sonne herein.

Seine rechte Hand war frisch bandagiert und sein Gesicht gewaschen. Außerdem trug er saubere neue Kleider, traditionelle äthiopische Gewänder.

Er stand blinzelnd auf und trat steif aus dem Wachhaus.

Im Eingang begegnete ihm Pooh Bear.

»Aha, der Krieger ist erwacht!«, rief Pooh Bear. »Es wird dich freuen zu hören, dass diese Mine jetzt uns gehört. Die Wachen hier oben haben wir mit Hilfe der Bergleute erledigt, und man muss schon sagen, sie haben sich ihre Bewacher mit größter Hingabe vorgeknöpft.«

»Das wette ich«, sagte Jack. »Also, wo in Äthiopien sind wir hier?«

»Du wirst es nicht glauben.«

Sie traten aus dem Büro in den gleißenden Sonnenschein. Jack warf einen Blick auf die sie umgebende Landschaft.

Trockener, karger Busch mit rostfarbenen Böden und baumlosen Hügeln.

In den Tälern zwischen einigen dieser Hügel standen eigentümliche Bauwerke, kunstvoll errichtete Steingebäude, jedes mindestens fünf Stockwerke hoch. Sie verbargen sich in riesigen, in den Fels gehöhlten Gruben und sahen aus, als hätte man sie aus dem schieren Fels geschlagen.

Jack sah, dass eines der Bauwerke die Form eines gleichschenkligen Kreuzes hatte: eines Tempelritterkreuzes.

»Weißt du, wo wir sind?«, fragte Pooh Bear.

»Ja«, antwortete Jack. »Wir sind in Lalibela. Das da sind die berühmten Kirchen von Lalibela.«

»Unsere Mission ist kläglich gescheitert, Huntsman«, meinte Pooh Bear traurig.
Es war kurze Zeit später und die beiden saßen in der Sonne. Jack strich sich über seine verwundete rechte Hand. Die befreiten Minensklaven um sie herum waren entweder im Aufbruch oder plünderten gerade die oberirdischen Büros nach Kleidern und Beute.
»Wir sind in alle Winde verstreut«, fuhr Pooh Bear fort. »Dein Vater hat Stretch in die Hände des Mossad zurückgegeben, weil er das Kopfgeld haben wollte, das auf ihn ausgesetzt war.«
»Ach, was für ein Mist«, fluchte Jack. »Und ist Astro mit Wolf gegangen?«
»Ja.«
»*Timeo Americanos et donae ferentes*«, murmelte Jack.
»Ich weiß nicht, Jack«, wandte Pooh ein. »Soweit ich das beurteilen konnte, wirkte Astro – wie soll ich sagen? – gar nicht bei sich selbst. Und auf unserer Mission ist er mir nicht vorgekommen wie ein Schwein. Ich würde kein vorschnelles Urteil über ihn fällen.«
»Deine Meinung war mir immer wichtig, Zahir. Betrachte das Urteil also vorerst als aufgehoben. Was ist mit Wolf?«
»Er hat sich auf die Fährte von Wizard, Zoe, Lily und Alby geheftet, auf der Suche nach einem uralten Stamm und der zweiten Säule.«
»Den Neetha«, murmelte Jack in Gedanken.
Einen Augenblick lang starrte er in die Ferne.
Dann sagte er: »Wir müssen Verbindung mit Lily und den anderen aufnehmen. Zusehen, dass sie die Säule bekommen und sie rechtzeitig zum nächsten Eckpunkt bringen.«
»Du brauchst Ruhe«, bremste Pooh Bear. »Und einen Arzt.«
»Und einen Schlosser«, ergänzte Jack und berührte die beiden zertrümmerten Metallfinger seiner mechanischen Linken.

Pooh Bear sagte: »Ich schlage vor, dass wir uns zu unserer alten Basisstation in Kenia aufmachen. Da kannst du dich anständig behandeln lassen und dir einen neuen Arm besorgen. Und danach kannst du von dort nach Zentralafrika weiterfahren.«

»*Ich*?«, fragte West. »Wieso sagst du nicht *wir*?«

Pooh Bear sah ihm in die Augen. Dann wandte er seinen Blick ab. »Wenn wir auf der Farm in Kenia sind, werde ich dich verlassen, Huntsman.«

Jack schwieg.

»Ich kann meinen Freund nicht in den Zellen des Mossad leiden lassen«, fuhr Pooh Bear fort. »Der Mossad vergisst keine Schmach. Und er kennt auch kein Pardon mit Agenten, die Befehle verweigern. Selbst wenn unsere Welt zugrunde geht, werde ich nicht zulassen, dass Stretch in irgendeinem Verließ eines grausamen Todes stirbt. Er würde es im umgekehrten Fall auch nicht zulassen.«

Jack erwiderte Pooh Bears Blick: »Das verstehe ich.«

»Danke, Jack. Ich schaffe dich nach Kenia, und dort trennen sich dann unsere Wege.«

Jack nickte noch einmal. »Hört sich an wie ein guter Plan.«

Doch in diesem Moment trat eine etwa dutzendköpfige Delegation äthiopischer Juden vor sie hin. Ihr Anführer, ein Mann von würdevoller Erscheinung, hielt ein Bündel in den Händen, das in Sackleinen gewickelt war.

»Entschuldigen Sie, Mister Jack«, sprach er ihn unterwürfig an. »Als Geste ihres Dankes möchten die Männer Ihnen dies hier überreichen.«

»Was ist das?«, Jack lehnte sich vor.

»Oh, das sind die Steine, nach denen Ihr Vater uns hat graben lassen«, erwiderte der Mann leichthin. »Wir haben sie vor drei Wochen gefunden, allerdings haben wir weder ihm noch seinen heimtückischen Wächtern etwas davon verraten. Wir haben sie versteckt und weitergebuddelt, als hätten wir sie nie gefunden. Wir haben auf unsere Erlösung gewartet. Auf Sie.«

Unwillkürlich schüttelte Jack den Kopf und grinste. Das war doch nicht zu glauben.

»Und da Sie uns befreit haben«, fuhr der Anführer fort, »möchten wir diese heiligen Steine nun Ihnen schenken, als Zeichen unseres Dankes. Wir glauben, dass Sie ein guter Mensch sind, Mr. Jack.«

Der Anführer der jüdischen Minensklaven hielt Jack das Sackleinenbündel hin.

Jack nahm es, schaute aber weiter den Anführer an. »Ich danke euch aus tiefstem Herzen. Und ich entschuldige mich bei Ihren Leuten für die Grausamkeit meines Vaters.«

»Seine Taten sind nicht die Ihren. Möge es Ihnen wohlergehen, Mr. Jack. Und sollten Sie jemals in Afrika Hilfe benötigen, schicken Sie nach uns. Wir werden da sein.«

Mit diesen Worten zog sich die Delegation zurück.

»Da kannst du mal sehen«, sagte Pooh Bear. »Jede gute Tat wird irgendwann belohnt.«

Neben ihm wickelte Jack vorsichtig das Sackleinen auseinander, und zum Vorschein kamen zwei Steintafeln, jede so groß wie ein DIN-A-4-Umschlag und offensichtlich antik. Beide waren mit einem halben Dutzend Textzeilen beschrieben, und zwar im Wort von Thoth.

»Die Zwillingstafeln des Thutmosis«, keuchte Jack. »Wahnsinn!«

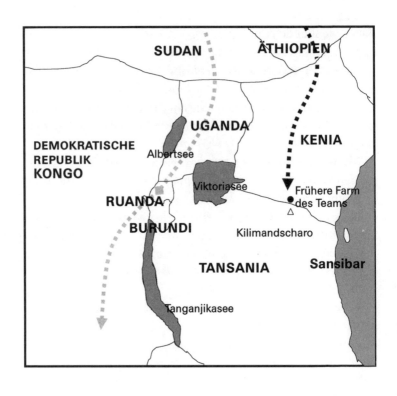

KENIANISCHE SAVANNE
12. DEZEMBER 2007
5 TAGE VOR DEM ZWEITEN STICHTAG

In einem alten Lastwagen, den sie aus der Mine in Lalibela hatten mitgehen lassen, rasten Jack und Pooh Bear über die weite Savanne Kenias.

Während Pooh Bear fuhr, saß Jack auf dem Beifahrersitz und musterte die beiden antiken Tafeln.

»Huntsman, was sind das für Dinger?«

Ohne den Blick von den Tafeln zu nehmen, antwortete Jack: »Du würdest es mir nicht glauben, wenn ich es dir erzähle.«

Pooh Bear warf ihm einen Seitenblick zu. »Versuch's doch mal.«

»Na schön. Die Zwillingstafeln des Thutmosis sind zwei zusammengehörende Tafeln, die einst, um das Jahr 1250 vor Christus, Ramses dem Großen gehörten. Sie standen auf einem heiligen Altar in seinem Lieblingstempel in Theben und waren der wertvollste Schatz seiner Herrschaft. Aber kurz vor Ramses' Tod stahl ein abtrünniger Priester sie aus dem Tempel.«

»Ich gebe zu, dass ich noch nie von diesen Tafeln gehört habe«, sagte Pooh Bear hinter dem Steuer. »Sollte ich?«

»Oh, du hast ganz bestimmt schon von ihnen gehört. Nur hatten sie da einen anderen Namen. Die Zwillingstafeln des Thutmosis sind nämlich besser bekannt als die Zehn Gebote.«

»Die Zehn Gebote!«, rief Pooh Bear aus. »Das ist doch wohl nicht dein Ernst. Das da sind die beiden Steintafeln mit Gottes Geboten, die Moses auf dem Berg Sinai bekommen hat?«

Jack gab zurück: »Vielleicht sollte man besser sagen: die beiden Steintafeln, auf denen bedeutendes uraltes Wissen stand und die ein ägyptischer Priester namens Moses aus dem Ramesseum in Theben gestohlen und nach seiner Flucht aus Ägypten auf dem Berg Sinai wieder hervorgezaubert hat.«

Jack fuhr fort: »Und wenn wir schon so genau sind: Ägyptische Quellen besagen, dass auf den beiden Tafeln nur fünf Gebote stehen, nicht zehn. Die Tafeln sind identisch und enthalten denselben Text. Ob wirklich Gott sie auf dem Berg Sinai Moses übergeben oder Moses sie nur am Berg Sinai zum ersten Mal seinen Anhängern offenbart hat, steht zur Debatte.«

»Tatsächlich?«

»Na, dann sag mir doch mal: Wer war Moses?«

Pooh Bear zuckte die Achseln: »Ein hebräischer Bauer, der von seiner Mutter in einem Binsenkörbchen ausgesetzt und von der Königin gefunden wurde, die ihn als Bruder von ...«

»Ramses II. aufzog«, beendete Jack den Satz. »Diese Geschichte kennen wir alle. Dass Moses zu Zeiten von Ramses dem Großen lebte, ist wahrscheinlich. Dass er ein Hebräer war, ist dagegen unwahrscheinlich, denn ›Moses‹ ist ein ägyptischer Name.«

»Der Name ›Moses‹ ist ägyptisch?«

»Ja. Streng genommen ist es sogar nur ein halber Name. ›Moses‹ heißt ›geboren dem‹ oder ›Sohn von‹. Normalerweise wird er mit einem Präfix kombiniert, das zu einem Gott gehört. ›Ramses‹ – oder anders geschrieben ›Ra-moses‹ – bedeutet deshalb auch ›Sohn des Ra‹.

Deshalb ist es auch sehr unwahrscheinlich, dass ›Moses‹ wirklich der Name des Mannes war, den wir Moses nennen. Das wäre so, als würden wir einen Schotten *Mc* oder einen Iren *O'* nennen, ohne auch ihre Familiennamen McPherson oder O'Reilly dazuzunennen.«

»Und wie hieß er dann wirklich?«

»Heutzutage glauben die meisten Gelehrten, dass Moses' voller Name Thutmoses war. Der Sohn des Thoth.«

»So wie im Wort von Thoth?«

»Genau so. Und wie du und ich genau wissen, war Thoth der ägyptische Gott des Wissens. Des Heiligen Wissens. Das hat viele Gelehrte zu der Theorie geführt, dass der Mann, den wir Moses nennen, in Wirklichkeit ein Mitglied der ägyptischen Priesterschaft war. Mehr noch, dass er sogar ein sehr einflussreicher Priester war. Ein begnadeter Redner, ein charismatischer Menschenführer. Allerdings war da ein großes Problem: Er predigte eine ketzerische Religion.«

»Nämlich?«

»Den Monotheismus«, erklärte Jack. »Die Vorstellung, dass es nur einen Gott gibt. Ein Jahrhundert, bevor Ramses den Thron des alten Ägypten bestieg, war das Land von einem eigentümlichen Pharao namens Akenaten regiert worden. Akenaten ist in die Geschichte eingegangen als der einzige ägyptische Pharao, der dem Monotheismus anhing. Natürlich hat er sich nicht lange halten können. Er wurde von einer Gruppe frommer Männer umgebracht, gekränkten Priestern, die den Ägyptern schon seit Jahrhunderten predigten, dass man viele Götter anbeten konnte.

Wenn wir uns nun allerdings den biblischen Moses ansehen, erkennen wir, dass er eine sehr ähnliche Idee vertrat, nämlich die eines allmächtigen Gottes. Es ist wahrscheinlich, dass Moses ein Priester von Akenatens neuer Religion war. Jetzt stell dir einmal vor, dieser Priester hat irgendwie zwei Steintafeln an sich gebracht, auf denen sich Schriften einer uralten, vorzeitlichen Zivilisation fanden. Glaubst du nicht, er würde sie dazu benutzen, seine Botschaft zu untermauern und seinen Anhängern zu sagen: ›Seht, was Gott in seiner Weisheit euch gesandt hat! Seine unumstößlichen Gesetze!‹«

»Dir ist ja wohl klar, dass, falls du damit recht hast, die Sonntagsschule der Christen nie mehr dieselbe sein wird«, warf Pooh Bear ein. »Und was hat das alles nun mit ein paar entlegenen Felsenkirchen in Äthiopien zu tun?«

»Gute Frage. Die biblische Geschichte lehrt uns, dass die Zehn Gebote in der Bundeslade aufbewahrt wurden, der *arca foederis*, und zwar in einem speziellen Gewölbe im Tempel Salomons. Indiana Jones hat im Film die Bundeslade in der antiken ägyptischen Stadt Tanis gefunden, aber in Äthiopien sagen sie, dass Indy sich da geirrt hat.

Seit über 700 Jahren behaupten die Äthiopier, dass die *arca foederis* sich in ihrem Land befindet, wohin sie A. D. 1280 europäische Ritter aus dem Tempel Salomons gebracht haben. Eben jene europäischen Ritter, die die Kirchen von Lalibela erbaut haben. Und ganz offensichtlich hatten die Äthiopier recht.«

»Wenn nun auf den Tafeln *nicht* die zehn endgültigen Gebote Gottes stehen – was dann?«, fragte Pooh Bear.

Jack musterte die eingemeißelten Schriftzeichen auf den Tafeln in seinem Schoß. »Was auf diesen Tafeln wirklich steht, ist nicht minder bedeutsam. Es sind die Worte eines Rituals, das am sechsten und siebten Eckpunkt der Maschine zelebriert werden muss, wenn der Dunkle Stern die Erde schon fast erreicht hat. Die Zwillingstafeln des Thutmosis tragen einen heiligen Text, der uns alle retten wird.«

Sie fuhren durch den Süden Kenias und rasten über die Highways. Schließlich erklommen sie einen letzten Berg, und dahinter kam ihr ehemaliges Basisquartier ins Blickfeld, ein altes Farmgebäude nicht weit von der Grenze zu Tansania. Weit entfernt ragte am südlichen Horizont majestätisch der Gipfel des Kilimandscharo in den Himmel.

Auf der Veranda vor dem Farmhaus erwarteten sie zwei Weiße.

Einer trug ein schwarzes T-Shirt, der andere ein weißes.

Auf den T-Shirts stand: I HAVE SEEN THE COW LEVEL! UND THERE IS NO COW LEVEL!

Die Zwillinge.

Auf Lachlans Unterarm saß Horus. Er stieß ein freudiges Krächzen aus, als er Jack erblickte, und flog ihm sofort auf die Schulter.

»Als wir heute Morgen hier ankamen, wartete dein kleiner Freund schon«, sagte Julius.

»An dem hast du wirklich einen treuen Vogel«, meinte Lachlan.

»Den besten Vogel auf der Welt«, antwortete Jack und grinste den Falken an. »Den besten Vogel auf der Welt.«

Sie betraten das Farmgebäude.

»Wir müssen dir eine Menge erzählen«, begann Lachlan schon im Gehen, aber Jack unterbrach ihn mit einem erhobenen Finger und ging in sein altes Büro.

Dort stemmte er eine Bodendiele auf und holte darunter einen Schuhkarton mit bündelweise US-Dollarnoten und einem Erste-Hilfe-Päckchen der australischen SAS hervor.

Jack holte eine Spritze aus dem Päckchen und zog darauf ein Medikament namens Andarin auf – oder »Superjuice«, wie die SAS-Männer es gerne nannten. Andarin war eine starke Mixtur aus Adrenalin und hochwirksamem Hydrocortisol. Eine Kampfdroge, die Schmerz unterdrückte und einem einen Adrenalinstoß gab. Ein schwerverwundeter Soldat – so wie Jack jetzt einer war – konnte damit ein Gefecht überstehen.

Jack injizierte das Medikament in seinen Unterarm, und sofort fingen seine Augenlider an zu flattern. »Oh, das haut rein.« Er entschuldigte sich bei den Zwillingen: »Tut mir leid, Gentlemen. Ich brauchte nur schnell was, was mich auf den Beinen hält, bis das hier vorbei ist. Also, jetzt erzählt mir mal alles.«

Sie setzten sich ins Wohnzimmer des leeren Farmhauses, und schon sprudelte alles aus den Zwillingen heraus, was sie im Verlauf der letzten Woche erfahren hatten.

Sie informierten Jack über die Lage des zweiten Eckpunkts: südlich vom Tafelberg im afrikanischen Kapstadt.

Sie erzählten ihm von Tank Tanaka, seiner eingeschworenen japanischen Bruderschaft und deren Mission, die nationale Schande im Zweiten Weltkrieg zu rächen – und zwar durch einen globalen Massenselbstmord. Dabei erwähnten sie auch den entscheidenden Punkt ihrer Informationen: dass diese japanische Bruderschaft Wolfs CIEF-Truppe mit einem der ihren infiltriert hatte, einem Mann namens Akira Isaki.

Während sie im Farmhaus darauf gewartet hatten, dass irgendjemand ankam, hatten die Zwillinge sich in eine amerikanische Militär-Datenbank gehackt und festgestellt, dass es in der Tat einen US-Soldaten mit dem Namen A. J. Isaki gab. Akira Juniro Isaki, einen Marineinfanteristen, den man zur CIEF abgestellt hatte.

Lachlan erklärte: »Isaki wurde 1979 als Sohn japanischstämmiger Amerikaner geboren, die ...«

»... nach allem, was wir wissen, reizende Leute waren«, beendete Julius den Satz.

»Seine Großeltern allerdings«, übernahm Lachlan wieder, »genauer gesagt die Eltern seines Vaters, waren geborene Japaner und während des Zweiten Weltkriegs in einem kalifornischen Internierungslager eingesperrt ...«

»Ziemlich übel, diese Lager. Ein schwarzer Fleck in der amerikanischen Geschichte ...«

»Aber als Klein-Akiras Eltern 1980 bei einem Autounfall umkamen, wurde A. J. Isaki zu seinen Großeltern gebracht.

Großeltern, die reinrassige Japaner, mittlerweile ziemlich nachtragend und Mitglieder der Bruderschaft des Bluts waren. A. J. trat in die Marineinfanterie ein, wurde in der *US Marine Corps Force Reconnaissance* immer weiter befördert und schließlich 2003 auf seine eigene Bewerbung hin in die CIEF versetzt.«

»Sein Codename«, erklärte Lachlan, »ist Switchblade.«

»Switchblade«, wiederholte Jack. Er erinnerte sich noch dunkel an einen asiatisch-amerikanischen Marineinfanteristen, den Wolf ihm in der äthiopischen Mine vorgestellt hatte, als er selbst an den Boden der Grube genagelt gewesen war. Er wandte sich zu den beiden um: »Seid ihr noch online?«

Julius legte den Kopf schief. »Genauso gut könntest du fragen, ob Raumschiff Enterprise von Dilithium-Kristallen angetrieben wird. Natürlich sind wir online!«

Er reichte Jack seinen Laptop.

Jack tippte auf einige Tasten. »Wir müssen herausfinden, ob Wizard und Zoe die zweite Säule von den Neetha haben. Hoffentlich haben sie uns im Netz eine Nachricht hinterlassen.«

Er öffnete die Seite des *Herr-der-Ringe*-Chatrooms und gab seinen Benutzernamen – STRIDER101 – sowie sein Passwort ein.

Eine neue Seite erschien und Jack scrollte. »Nichts.«

Keine Nachricht wartete auf ihn.

Wizards Nachricht sollte erst drei Tage später auf dem Messageboard erscheinen.

Lachlan sagte: »Jack, da ist noch was.«

»Was?«

»Seit wir hier angekommen sind, haben wir auf der Suche nach euch und den anderen die Militärfrequenzen abgehört. Im Verlauf der letzten vierundzwanzig Stunden haben eine ganze Reihe afrikanischer Staaten Truppen verlegt. Außerdem haben nacheinander mehrere Staaten im Süden des Kontinents ihre Lufträume gesperrt. Zuerst Simbabwe, dann Mosambik, dann Angola, Namibia und Botswana. Keine zivilen Flüge sind mehr erlaubt. Irgendjemand blockiert sämtliche Luftkorridore nach Südafrika.«

Jack dachte darüber nach. »Und ihr sagt, der nächste Eckpunkt liegt unter dem Tafelberg in Kapstadt?«

»Ja, etwas südlich davon«, antwortete Lachlan.

Plötzlich stand Jack auf. »Wir müssen da irgendwie hinkommen. Wir müssen da sein, bevor die Frist abläuft.«

»Was soll das heißen?«, fragte Julius.

»So wie ich die Sache sehe, gibt es zwei Möglichkeiten, wie es laufen wird. Die erste ist, dass Wizard, Lily und Zoe die Säule haben und es bis nach Kapstadt schaffen. Dann sind ihnen, wenn sie Kapstadt erreichen, ihre Feinde schon auf den Fersen. Sie werden uns da unten brauchen.«

»Und die zweite?«

Jack biss sich auf die Lippe.

»Die zweite Möglichkeit ist noch schlimmer. Wolf hat die Säule und ist damit nach Kapstadt unterwegs. Wenn er sie einsetzt, soll mir das recht sein, das rettet die Welt ein Weilchen länger. Aber wie ihr sagt, ist Wolfs Team von der japanischen Bruderschaft des Bluts unterwandert worden. Mindestens einer, dieser Switchblade, ist ein Verräter. Und der will ganz und gar nicht, dass die Säule eingesetzt wird. Er will die Welt zerstören, um damit die Schande Japans auszulöschen. Und wenn Switchblade zu Wolfs Team in Kapstadt gehört, dann wird er dafür sorgen, dass sie die Säule *nicht* erfolgreich einsetzen.«

»Und das wäre ziemlich übel«, kommentierte Lachlan.

»Praktisch das Ende der Welt«, ergänzte Julius.

»Genau«, sagte Jack. »Also, egal wie die Sache steht, wir müssen nach Kapstadt. Entweder helfen wir Wizard oder – ich kann es selbst nicht fassen, dass ich das sage – wir helfen Wolf.«

Julius fragte: »Aber wie sollen wir in vier Tagen nach Südafrika kommen, ohne zu fliegen?«

Jack starrte aus dem Fenster.

»Es gibt einen Mann, der uns vielleicht helfen könnte, aber dann dürfen wir keine Sekunde verlieren.« Er stand auf. »Auf geht's, Gentlemen, wir fahren nach Sansibar.«

NAIROBI INTERNATIONAL AIRPORT
13. DEZEMBER 2007, 18:00 UHR
4 TAGE VOR DEM ZWEITEN STICHTAG

Am selben Abend stand Jack auf der Landebahn des Internationalen Flughafens von Nairobi. Er wollte eine private Chartermaschine besteigen, eine kleine Cessna, für die er in bar bezahlt und noch einen Tausender draufgelegt hatte, um sicherzustellen, dass keine Fragen gestellt wurden.

Der kenianische Pilot nahm das Geld, ohne mit der Wimper zu zucken. Solche Zahlungen waren nichts Ungewöhnliches, wenn jemand nach Sansibar wollte.

Während die Zwillinge schon an Bord gingen, blieb Jack noch mit Pooh Bear auf der Rollbahn zurück.

»Das war's dann wohl«, sagte er.

»Es war mir eine Ehre und ein Privileg, in deinem Team zu sein, Jack West jr.«, sagte Pooh Bear.

»Die Ehre war ganz auf meiner Seite, mein Freund.«

»Wenn du Lily wiedersiehst, musst du sie von mir umarmen.«

»Mache ich.«

»Tut mir leid, dass ich dich von hier an nicht mehr begleiten kann. Aber ich kann Stretch einfach nicht ...«

»Das verstehe ich schon«, unterbrach Jack. »Wenn ich könnte, würde ich mit dir kommen.«

Für einen langen Moment blickten sie einander an. Dann, als sei ihm plötzlich etwas eingefallen, griff Jack an sein Handgelenk und nahm seine klotzige Armbanduhr ab. Er reichte sie Pooh.

»Hier, nimm die. Sie hat ein SOS-Notsignal, einen GPS-Positionsanzeiger. Wenn du in Schwierigkeiten kommst, drück auf den Knopf, dann weiß ich, wo du steckst.«

Pooh Bear nahm die Uhr und streifte sie über. »Danke.«
Jack sah Pooh noch einen Moment lang an, dann trat er einen Schritt vor und umarmte den Araber fest.
»Viel Glück, Zahir.«
»Dir auch viel Glück, Huntsman.«
Dann trennten sie sich. Jack sah zu, wie Pooh Bear zielbewusst über die Rollbahn ging. Er stand dort neben der Gangway seines Flugzeugs und fragte sich, ob er seinen Freund jemals wiedersehen würde.

**SANSIBAR
VOR DER KÜSTE TANSANIAS
13. DEZEMBER 2007, 23:45 UHR
4 TAGE VOR DEM ZWEITEN STICHTAG**

Es war schon fast Mitternacht, als Jack und die Zwillinge mit der Cessna in Sansibar ankamen.

Die kleine Insel vor der Ostküste Afrikas war im 19. Jahrhundert ein Nest von Piraten, Sklavenhändlern und Schmugglern gewesen, ein dekadentes und gesetzloses Schlupfloch für all jene, die vor dem Gesetz wenig Achtung hatten.

Daran hatte sich jetzt, im 21. Jahrhundert, wenig geändert.

Abgesehen von den glamourösen Hotels an der Küste, in denen Touristen auf dem Heimweg vom Kilimandscharo haltmachten, hatte sich Sansibar viel von seiner jahrhundertealten Verrufenheit bewahrt. In Hinterhof-Kaschemmen lungerten moderne Piraten herum, und die vielen Spielhöllen und Bordelle wurden von südafrikanischen Fischern bevölkert, die sich zwischen zwei Blackjack-Partien zum Schleuderpreis die Dienste eingeborener afrikanischer Mädchen gefallen ließen. Die alten Piratenhöhlen an der wilden Ostküste der Insel wurden immer noch genutzt.

Zu ebendieser wilden Ostküste waren Jack und die Zwillinge in einem alten, rappeligen Peugeot-Mietwagen unterwegs. Ihr Ziel war ein seit langem verlassener Leuchtturm auf einer entlegenen Landzunge.

Sie passierten ein Stacheldraht-Gatter und fuhren eine lange, überwucherte Einfahrt hinauf bis vor den Eingang des Leuchtturms.

Weit und breit war keine Menschenseele zu sehen.

»Bist du dir deiner Sache auch sicher?«, fragte Lachlan nervös und fingerte an einer Glock-Pistole herum, die Jack ihm gegeben hatte.

»Ich bin mir sicher«, sagte Jack.

Er hielt den Wagen an, stieg aus und ging zum Eingang des Leuchtturms. Die Zwillinge folgten und beäugten dabei den Ring hüfthohen Grases, der den ganzen Sockel des Turms umgab.

Jack schlug dreimal gegen die Tür.

Keine Antwort.

Die Tür blieb zu.

Kein Geräusch war zu hören außer dem Rauschen der Brandung.

»Wer sind Sie?«, herrschte sie plötzlich von hinten eine Stimme mit afrikanischem Akzent an.

Die Zwillinge wirbelten herum. Lachlan riss seine Waffe hoch.

»Nein, Lachlan!« Jack sprang vor und drückte die Waffe nach unten.

Es rettete Lachlan das Leben.

Sie waren umzingelt.

Während sie am Eingang des Leuchtturms standen, hatten sich nicht weniger als zehn Tansanier an sie herangeschlichen. Ohne einen Laut. Alle hatten pechschwarze Haut, trugen marineblaue Tarnanzüge und waren mit brandneuen M-16-Sturmgewehren bewaffnet.

Jack erkannte den Anführer der Gruppe.

»Inigo, bist du das? Ich bin's, Jack. Jack West. Das sind meine Freunde, Lachlan und Julius Adamson, ein paar Hacker aus Schottland.«

Der Tansanier reagierte nicht im Mindesten auf Jacks Begrüßung.

Er starrte nur die Zwillinge an.

»Hacker?«, fragte er und zog die Stirn in düstere Falten. »Computerfreaks?«

»J... ja«, antwortete Lachlan und schluckte.

Der Tansanier rollte immer noch bedrohlich die Augen.

Auf seiner Stirn prangte eine Reihe traditioneller Tätowierungen.

»Spielt ihr *Witchcraft* im Internet?«, fragte er.

»Ähm ... ja«, räumte Julius ein.

Der Afrikaner deutete auf die COW-LEVEL-T-Shirts. »Das Kuhlevel. Ihr spielt das Computerspiel *Diablo 2*?«

»Na ja ... schon ...«

Wie aufs Stichwort verwandelte sich der finstere Blick in ein breites Grinsen, und eine Reihe riesiger weißer Zähne kam zum Vorschein. Der Mann wirbelte zu Jack herum.

»Huntsman, ich habe schon von diesem Kuhlevel gehört, aber ich komme ums Verrecken nicht rein!« Er wandte sich wieder an die Zwillinge. »Ihr zwei werdet mir zeigen, wie ich es schaffe, ihr ... *Cow*boys!«

Jack lächelte.

»Freut mich ebenfalls, dich wiederzusehen, Inigo. Aber ich fürchte, wir sind ein bisschen in Eile. Wir müssen sofort mit dem Sea Ranger sprechen.«

Man brachte sie in den Leuchtturm, wo es aber statt nach oben nach unten ging. Zunächst durch einen staubigen alten Keller, dann durch einen Lagerraum. Dort verbarg sich eine Treppe, die noch weiter nach unten führte und sich tief in die Landzunge grub, bevor sie schließlich in eine riesige Höhle auf Höhe des Meeresspiegels mündete.

Irgendwann in grauer Vorzeit war diese Höhle – vermutlich von Piraten im 19. Jahrhundert – mit zwei hölzernen Docks und ein paar Hütten ausgestattet worden. In jüngerer Zeit hatte der Sea Ranger Generatoren sowie elektrisches Licht installiert und die Docks mit Beton vergrößert.

Inmitten all dessen lag, vertäut an einem der Docks und mit hoch aufragendem Kommandoturm, ein U-Boot der Kilo-Klasse. Jack war früher schon einmal hier gewesen und deshalb von dem beeindruckenden Anblick nicht so überrascht.

Die Zwillinge hingegen rissen Mund und Augen auf.

»Das ist ja wie die Höhle von Batman«, staunte Lachlan.

»Nein, besser«, sagte Julius.

Eine sich windende, flussartige Passage führte hinaus ins Meer, und auf halbem Weg schützte ein beweglicher Wellenbrecher vor der rauen See. Ausfahren konnte man aus der Höhle nur bei Flut. Bei Ebbe ragten scharfkantige Felsen aus dem sich dahinwindenden Wasser der Passage heraus.

J. J. Wickham stand wartend am Fuß der Treppe auf dem Dock: der ehemalige Erste Offizier der US Navy und Schwager von Jack West – der Sea Ranger.

Die beiden umarmten sich. Seit der Neujahrsparty in Dubai hatten sie sich nicht mehr gesehen.

»Jack«, fragte Wickham, »was zum Teufel ist denn los? In den letzten paar Tagen ist halb Afrika vollkommen verrückt geworden. Die Saudis haben jedem Land eine halbe Milliarde Dollar geboten, das zwei Leute findet, die mir meine Nichte und dein Mentor zu sein schienen.«

»Die Saudis ...?«, fragte Jack laut.

Bisher war er davon ausgegangen, dass die Saudis auf *seiner* Seite waren. Immerhin hatten sie Vulture in sein Team entsandt. Vulture, dachte er. Du hinterlistiger kleiner ...

Jetzt war auch klar, warum die Luftkorridore im gesamten Süden des Kontinents blockiert waren. Nur die Saudis konnten es sich leisten, ganze afrikanische Länder zu kaufen.

»Die Saudis sind Bundesgenossen meines Vaters ...«, sagte er.

Das ergab Sinn. Die Caldwell-Gruppe und die Saudis hatten lange Beziehungen, die auf Öl gründeten. Und wenn sich hinter der zweiten Belohnung – »Hitze« – das verbarg, was Wizard dahinter vermutete, nämlich eine nicht versiegende Energiequelle und möglicherweise sogar so etwas wie ein *Perpetuum mobile*, dann hatten die Saudis natürlich ein immenses Interesse daran, sie sich zu sichern. Die ganze Zeit über hatte er nicht nur gegen seinen Vater gekämpft, sondern gegen eine *dreifache* Bedrohung: die Caldwell-Gruppe, Saudi-Arabien und China, die eine Allianz bildeten.

Er wandte sich Wickham zu. »Es ist eine verzwickte Situation, die immer verzwickter wird. Im Moment muss ich innerhalb von vier Tagen in Kapstadt sein, und zwar unbemerkt. Fliegen geht nicht. Unterwegs kann ich dir mehr erzählen.«

»Hängt dein Vater da mit drin?«

»Ja.«

»Erspar dir die Worte«, sagte Wickham und ging zu seinem U-Boot. »Schwiegerväter können generell unangenehm sein, aber dieser Mann war das größte *Arschloch* von einem Schwiegervater, das je ein Mensch hatte.«

Jack trat zu Wickham. »Unsere Feinde werden nach U-Booten Ausschau halten. Hast du irgendwelche Tarnvorrichtungen?«

Wickham ging weiter. »Zufälligerweise habe ich welche.«

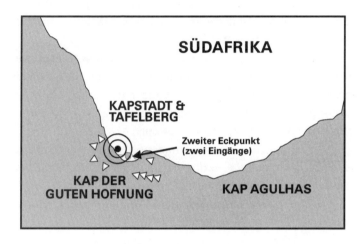

VOR DEM KAP DER GUTEN HOFFNUNG
16. DEZEMBER 2007, 17:55 UHR
NACHMITTAG VOR DEM ZWEITEN STICHTAG

Drei Tage später fuhren Jack und die Zwillinge um das Kap Agulhas herum und näherten sich dem Punkt, wo der Indische auf den Atlantischen Ozean traf.

Kapstadt lag in nordwestlicher Richtung auf einer bergigen Halbinsel, die in den Atlantischen Ozean ragte.

In Wickhams dieselelektrischem Kilo-Klasse-Boot, das er in *Indian Raider* umgetauft hatte, waren sie über Wasser in einer ausgezeichneten Zeit die Ostküste hinuntergefahren.

Der Grund, warum sie sich so offen bewegen konnten, war eine Art Haube, die Wickham vor kurzem konstruiert hatte, um sein 74 Meter langes russisches U-Boot zu tarnen.

Aus der oberen Hälfte eines altersschwachen südafrikanischen Fischtrawlers hatten sie den Motorblock und alle schweren Maschinenteile entfernt und den Rest auf das U-Boot montiert. Nachdem es mittlerweile Satelliten gab, die Kielwasser aufspüren konnten, war Wickham zu dem Schluss gekommen, dass er ein höheres Maß an visueller Tarnung benötigte, und auf die Idee mit der »Verschalung« seines Boots verfallen.

Als dann vor ein paar Monaten ein besoffener Trupp südafrikanischer Fischer, die nach sechs Wochen auf See Landgang hatten, eine der netteren Prostituierten in der Stadt zusammengeschlagen hatten, hatten der Sea Ranger und seine Männer beschlossen, ihnen eine Lektion zu erteilen.

Sie hatten sich die Männer vorgeknöpft, und während diese bewusstlos in einem Hinterhof lagen, hatte Wickham ihr Boot gestohlen und in seine Höhle gebracht.

Dort hatten sie es ausgeschlachtet und an Ketten gehängt, stets bereit für eine Mission wie diese.

Während das U-Boot sich Kapstadt näherte, erzählte Jack Wickham von den bisherigen Erlebnissen seiner großen Suche. Wie er eine mit Fallen gespickte Höhle in China überwunden, Stonehenge entschlüsselt, den unvorstellbaren ersten Eckpunkt bei Abu Simbel gefunden und sich anschließend in der Wüste eine Verfolgungsjagd Bus kontra 747 geliefert hatte.

Ebenso erzählte er ihm von den sechs Ramsessteinen, den sechs Säulen und den sechs Eckpunkten der Maschine und dass alle sechs Säulen vor dem Eintreffen des Dunklen Sterns eingesetzt werden müssen.

Die Zwillinge verstanden sich derweil prächtig mit Wickhams Crew tansanischer Seeleute und zeigten ihnen ein paar Computertricks, unter anderen, wie man bei *Diablo 2* das Kuhlevel knackte, was die Seemänner in basses Erstaunen versetzte und den Zwillingen endlich ihren Spitznamen einbrachte: *Die Cowboys*.

Dabei wurde aus Lachlan *Quickdraw,* während Julius fortan *Gunslinger* hieß. Sie waren begeistert von ihren Codenamen.

In regelmäßigen Abständen sah Jack unterwegs auf dem *Herr-der-Ringe*-Messageboard nach, ob dort Nachrichten von Wizard, Zoe oder Lily eingegangen waren.

Drei Tage lang gab es keinerlei Nachrichten.

Aber dann, am Beginn des vierten und letzten Tages, als Jack sich ohne große Erwartungen einloggte, erwartete ihn eine einzelne Nachricht. Die Benutzer-ID des Absenders war GANDALF101.

Jack wäre beinahe aus seinem Stuhl gesprungen.

Die Nachricht war erst eine Stunde zuvor abgeschickt worden. Es war eine Kaskade von Ziffern, eine codierte Botschaft, die nur von Wizard, Zoe oder Lily stammen konnte.

Sie lebten also!

Jack drehte sich in seinem Stuhl um und griff rasch nach dem Stapel Bücher, die er sich am Flughafen von Nairobi gekauft hatte, sechs Taschenbücher und ein Hardcover.

Der gesamte *Harry-Potter*-Zyklus.

Jack und die anderen benutzten einen Büchercode.

Die meisten Büchercodes verwendeten drei Ziffern, um Wörter in einem bestimmten Buch zu finden. So bedeutete zum Beispiel der Code »1/23/3« Seite 1, Zeile 23, Wort 3.

Jack jedoch war das noch nicht sicher genug. Er hatte am Anfang eine weitere Ziffer eingefügt, die besagte, aus welchem *Harry-Potter*-Band die Nachricht stammte.

»2/1/23/3« bedeutete demnach: »Buch 2 *(Harry Potter und die Kammer des Schreckens)*, Seite 1, Zeile 23, Wort 3«.

Jack machte sich daran, die Nachricht auf der Chatroom-Seite zu decodieren.

Als er eine ganze Weile in den Romanen hin- und hergeblättert hatte, ergab sich schließlich:

MISSION IN DSCHUNGEL EINE KATASTROPHE.

WOLF HAT UNS EINGEHOLT UND JETZT BEIDE SÄULEN,

STEIN DES PHILOSOPHEN UND FEUERSTEIN.
RON GEFANGEN GENOMMEN.
KINGSLEY SHACKLEBOLT TOT.

REST JETZT SICHER AUF DER HIPPOGRIFF, ABER SÜDAFRIKA FÜR FLUGVERKEHR GESCHLOSSEN.

KÖNNEN NICHTS MEHR TUN UND HOFFEN NUR DU LEBST.

BITTE ANTWORTE.

Die Nachricht haute Jack um.
Seine schlimmsten Befürchtungen waren eingetroffen.
Wolf hatte die zweite Säule. Dass Wolf möglicherweise die Säule im Eckpunkt einsetzen würde, war zwar ärgerlich, aber keine Katastrophe. Jack wollte die Welt vor der Zerstörung bewahren, und wenn nur *irgendwer* heute die zweite Säule einsetzte, war die Erde erst einmal für weitere drei Monate gerettet. Danach musste man sich um die restlichen vier Eckpunkte kümmern.
Mittlerweile aber wusste Jack, dass Wolf den selbstmörderischen Switchblade in seinem Team hatte.
»So ein Mist«, rief er aus. »So ein verdammter Mist.«
Er starrte auf die Zeile KINGSLEY SHACKLEBOLT TOT und seufzte. Kingsley Shacklebolt war ein groß gewachsener schwarzer Zauberer aus dem fünften Harry-Potter-Band und damit der Codename für Solomon Kol.
Solomon Kol war also getötet worden. *Verdammt!*
Noch schlimmer aber war die Zeile davor: RON GEFANGEN GENOMMEN. Ron war natürlich der Codename für Alby, denn so wie Ron Harry Potters bester Freund war, war Alby der von Lily.
Wolf hatte Alby.
Jack fluchte nur selten aus vollem Herzen, aber jetzt tat er es: »Verdammte Scheiße!«
Unter Zuhilfenahme seiner Harry-Potter-Bücher tippte er rasch eine Antwort und drückte auf SENDEN.

Seine Nachricht war:

BIN NOCH IM SPIEL.

MIT FRED UND GEORGE UND SIRIUS BLACK AUF DEM WEG NACH KAPSTADT.

KANN NOCH NICHT RISKIEREN EUCH ANZURUFEN.

FROH DASS ES EUCH GUT GEHT. HOLE RON AUF GEDEIH UND VERDERB ZURÜCK.

Unter ihrer falschen Schale verborgen, fuhr die *Indian Raider* mit voller Kraft in Richtung Kapstadt.

Dem Zufall war es zu verdanken, dass sie an diesem Nachmittag hinter einer Reihe von etwa einem Dutzend südafrikanischer Fischtrawler als letztes Schiff zurück in südafrikanische Gewässer gelassen wurde.

Danach wurden die Seeverbindungen blockiert.

Als die Sonne unterging, war Kapstadt vom Rest der Welt abgeschottet, und die Nacht vor dem zweiten Stichtag begann.

Schließlich erreichte die *Indian Raider* die Ostküste des Kaps der Guten Hoffnung, eine zerklüftete Halbinsel dicht bewaldeter Berge und Täler.

Es war eine unwirtliche und selbst jetzt noch unbewohnte Gegend, über die das ganze Jahr über die schneidenden Winde der Antarktis fegten.

Auf der anderen Seite lag, an den gewaltigen Klotz des Tafelberges geschmiegt, das moderne Kapstadt. Im Augenblick bildete ein halbes Dutzend südafrikanischer Kriegsschiffe einen Halbkreis um die Stadt und blockierte jede Annäherung von See her.

Nahe der Felsküste, etwa anderthalb Kilometer südlich der letzten Strandferiensiedlung, lagen einige zivile amerikanische Schiffe und eine private Yacht unter saudi-arabischer Flagge vor Anker, die einige Tage zuvor angekommen waren.

In einer Tauchglocke unter diesen Schiffen war ein CIEF-Trupp in Tauchanzügen dabei, einen antiken steinernen Zugang, der in die Felsküste gehauen war, von dichtem Seegras zu befreien.

Es war der Haupteingang zum zweiten Eckpunkt.

Jack wusste jedoch, dass der zweite Eckpunkt der antiken Stadt Ur nachgebildet war. Oder richtiger, Ur war nach dem Vorbild des eigentlich viel älteren Eckpunkts angelegt worden. Es musste also von Osten her einen *zweiten* Zugang geben, der irgendwann abbog und den Eckpunkt schließlich aus nördlicher Richtung erreichte.

»Hier muss es irgendwo sein«, erklärte Lachlan und studierte weiter die GPS-Anzeige.

»Ich suche die Küste mit dem Echolot nach Hohlräumen und Nischen ab«, sagte der Sea Ranger. »Aber wir müssen mit dem

Sonar behutsam zu Werke gehen. Wenn jemand es hört, weiß er, dass wir hier sind.«

Er sandte unter Wasser Ultraschallsignale in Richtung Küste, die von dort wieder zur *Indian Raider* zurückkamen … oder aber in einem Felsloch verschwanden.

»Sir!«, rief ein Mann am Echolot. »Sonare Unregelmäßigkeiten in der Küstenlinie, auf 351 Grad, 52 Meter Tiefe.«

Der Sea Ranger trat heran, ebenso Jack und die Zwillinge.

»Klingt plausibel«, sagte Julius. »Der Meeresspiegel ist heute viel höher, als er damals gewesen ist. Ein Zugang aus der Antike läge heute unter Wasser.«

»Sehen wir uns die Sache mal an«, sagte der Sea Ranger. »Vordere Außenkamera einschalten.«

Ein Monitor erwachte zum Leben und zeigte im geisterhaften Grün eines Nachtsichtgeräts die Außenwelt, die von einer Kamera am Bug des U-Boots eingefangen wurde.

Fische glitten auf dem Monitor vorbei, sogar ein oder zwei Haie. Seegras wogte träge in der Strömung, und dahinter glitt die Felsklippe der Küste vorbei …

»Da!«, rief der Sea Ranger plötzlich und deutete auf einen verschwommenen dunklen Fleck auf dem Monitor.

Jack beugte sich näher heran und riss die Augen auf.

»Brennweite korrigieren«, befahl der Sea Ranger.

Das Bild wurde schärfer gestellt.

In diesem Moment wusste Jack, dass sie den Zugang gefunden hatten.

Auf dem Bildschirm vor ihm sah er, halb verdeckt von hin- und herwogendem Seegras, einen ausgeschmückten antiken Torbogen. Er war sehr groß und in einem perfekten Quadrat kunstvoll in den Fels gehauen.

»Unglaublich … wir haben ihn gefunden.«

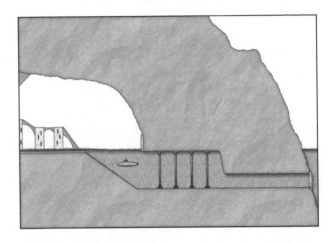

Östlicher Eingang zum zweiten Eckpunkt

Die *Indian Raider* warf ihre Tarnkappe ab und tauchte.

In langsamer Fahrt schob sich das U-Boot durch den Vorhang schaukelnden Seegrases, der über dem uralten Eingang hing, und in die dahinterliegende Dunkelheit hinein.

Von zwei Scheinwerfern am Bug drangen parallele Lichtsäulen in die Schleierwelt.

Auf dem Monitor im Kommandoturm machte Jack einen viereckigen Tunnel aus, der sich in die Dunkelheit erstreckte, mitten in den Sockel des Kaps.

Der Sea Ranger hielt seine Männer in Alarmbereitschaft. Langsam und vorsichtig steuerten sie das U-Boot weiter. Das Echolot nutzten sie mittlerweile ohne Bedenken.

Nach etwa fünfzig Minuten langsamer Fahrt sah Jack auf dem Monitor etwas, das ihm bekannt vorkam: Säulen.

Mächtige, hohe Steinsäulen, die eine horizontal in den Fels geschnittene Decke stützten. Trotzdem war genügend Platz zwischen ihnen für das siebzig Meter lange U-Boot.

»Das ist ja riesig hier ...«, flüsterte der Sea Ranger.

»Da hättest du mal den letzten sehen sollen«, gab Jack zurück.

Vor ihnen tauchte eine hohe Treppe auf. Wie schon im ersten Eckpunkt in Abu Simbel war es ein regelrechter Berg aus Stufen. Es waren Hunderte, jede so breit wie die Säulenhalle, durch die sie fuhren. Doch in diesem Eckpunkt fuhren sie nicht nach unten, sondern nach oben, bis sie aus dem Wasser ragten.

»Sir, kann die Wasseroberfläche erkennen«, meldete der Mann am Echolot. »Da oben ist es offen, am Ende der Treppe.«

»Dann lassen Sie uns mal nachsehen, was da oben ist«, antwortete der Sea Ranger und tauschte mit Jack einen Blick.

Anmutig stieg die *Indian Raider* in der eindrucksvollen Unterwasserhalle auf und glitt geräuschlos an der riesigen, unter Wasser liegenden Treppe entlang zwischen den mächtigen Säulen hindurch.

Schließlich verließ sie die Halle und durchbrach die Wasseroberfläche.

Leise hob sich der Kommandoturm der *Indian Raider* aus dem Wasser, das an seinen Seiten herabrauschte.

Sie trieb in einem von Felswänden umgebenen Bassin, das gut und gerne hundert Meter breit war. Es sah aus wie ein rechteckiger Miniaturhafen. Links und rechts waren Felswände, und vorn erhob sich die unvorstellbar breite Treppe aus dem Wasser. Auf der vierten Seite standen halb im Wasser einige Steingebäude.

Der kleine Hafen war fast in völlige Dunkelheit getaucht. Lediglich über der Kante am Ende der Treppe glomm ein schwaches gelbes Licht und erleuchtete den Ort.

Es war eine gigantische Höhle mit einer Decke, die mindestens dreihundert Meter hoch war.

Die Luke des Kommandoturms ging auf, und der Sea Ranger

und Jack kletterten hinaus. Ehrfürchtig bestaunten sie den riesigen dunklen Raum, der ihr U-Boot umgab.

Wickham zog eine Leuchtpistole, aber Jack hielt ihn zurück.

»Nein! Wolf ist schon da.«

Er deutete mit dem Kinn in Richtung des schwachen gelblichen Lichts über ihnen – dem Widerschein von Leuchtpatronen, die bereits irgendwo in der riesigen Kaverne abgefeuert wurden.

Nach wenigen Minuten waren sie an Land gerudert. In Begleitung des Sea Rangers und der Zwillinge und mit Horus auf seiner Schulter erklomm Jack den breiten Stufenberg.

Als er oben angekommen war und sah, welcher Anblick sich ihnen dort bot, schnappte er entgeistert nach Luft.

»Gott steh uns bei«, flüsterte er.

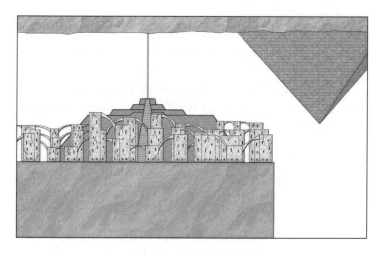

DER ZWEITE ECKPUNKT

Vor ihm lag eine unterirdische Stadt.
Eine komplette Stadt!
Mindestens fünfhundert Meter weit erstreckte sich vor ihm eine Ansammlung steinerner Gebäude, alle hoch und schmal wie Türme. Alle waren untereinander mit Brücken verbunden, manche schwindelerregend hoch, andere flach, wieder andere als steil ansteigende Treppen gebaut.

Die »Straßen« zwischen diesen Gebäuden hatten sich mittlerweile in Kanäle aus Meerwasser verwandelt, das im Laufe der Jahrtausende durch die beiden Eingänge eingesickert war und den Grund der Stadt überflutet hatte.

Dominiert wurde dieser Wald aus Türmen von einer mächtigen Zikkurat, einem pyramidenförmigen Stufentempel, der sich inmitten der Geisterstadt erhob.

Genau wie im antiken Ur, dachte Jack.

Am Gipfel dieser Zikkurat befand sich ein seltsames Bauelement: eine Art sehr schmaler Leiter, die senkrecht aus der Spitze der Zikkurat bis nach oben aufragte, hin zur etwa sechzig Meter hohen Felsendecke der Höhle.

Von dort, wo die Leiter auf die Höhlendecke traf, führte eine Reihe sprossenartiger Griffe zum spektakulären Herzstück der Höhle, das Jack schlichtweg den Atem verschlug.

Oberhalb der Geisterstadt befand sich eine auf dem Kopf stehende Pyramide. Genau wie diejenige, die Jack in Abu Simbel gesehen hatte, war sie aus Bronze und riesengroß.

Wie ein Raumschiff hing sie lauernd von der Höhlendecke über der Stadt und war etwa doppelt so groß wie die Zikkurat unter ihr.

Von seiner Position aus konnte Jack direkt unterhalb der Pyramide keine Gebäude entdecken. Er vermutete, dass sie wie schon die in Abu Simbel über einem unergründlich tiefen Abgrund hing.

Im Unterschied zu der Pyramide in Abu Simbel war diese hier jedoch von der sie verehrenden Stadt umgeben, einer getreuen Nachbildung der antiken mesopotamischen Stadt Ur.

Jack fragte sich, ob wohl alle sechs Eckpunkte sich in solcher Weise unterschieden, jeweils für sich einzigartige Schreine waren, die man um eine auf dem Kopf stehende Pyramide herumgebaut hatte. In Abu Simbel hatte es die riesige Halle gegeben, die der Pyramide gegenüberlag. Hier kniete eine Stadt mit spektakulären Brücken vor ihr.

Plötzliche Rufe und mechanische Geräusche ließen Jack aufblicken. Sie kamen von der anderen Seite der Höhle.

Neben dem nächststehenden Turm erhob sich eine steile Steintreppe. Jack erklomm sie. Auf der Spitze des Turmes angekommen, wurde er mit einem Panoramablick über die riesige Höhle belohnt. Und mit einem ersten Eindruck davon, wie es in diesem Wettlauf auf Leben und Tod um ihn stand.

Es sah nicht gut aus.

Da drüben, auf einem Dach etwa in der Mitte der Höhle, stand Wolf. Er war umringt von den Männern seiner Privatarmee, offenbar waren sie schon vor geraumer Zeit angekommen.

Jack fluchte.

Seine Feinde waren auf dem Weg durch dieses Labyrinth schon viel weiter vorgedrungen als er selbst. Schon wieder musste er von hinten aufholen.

Dann erkannte er inmitten der Soldaten und direkt hinter Wolf eine zierliche Gestalt und verzweifelte schier.

Er hatte sie nur für eine Sekunde gesehen, doch sofort hatte sein Gehirn das Bild zugeordnet: Mit gesenktem Kopf, den linken Arm in einer Schlinge, während die Rechte Jacks Feuerwehrhelm umklammert hielt, vollkommen verängstigt und allein stand da ein kleiner schwarzer Junge mit einer Brille.

Es war Alby.

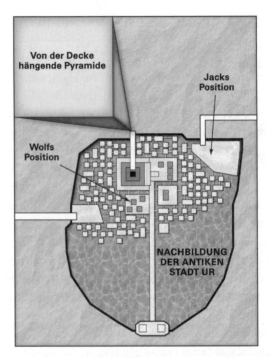

DIE POSITIONEN VON JACK SOWIE WOLFS TEAM

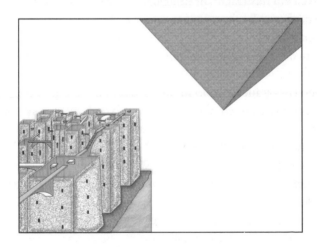

DIE STADT UND DIE PYRAMIDE

DER ZWEITE ECKPUNKT
UNTER DEM KAP DER
GUTEN HOFFNUNG, SÜDAFRIKA
17. DEZEMBER 2007, 02:55 UHR

Jack überdachte die monumentale Aufgabe, die vor ihm lag.

Zunächst schätzte er Wolfs Position auf der anderen Seite der Höhle ein.

Sie mussten vor einiger Zeit durch den westlichen »Haupthafen« eingedrungen sein, denn jetzt standen sie auf einem Turm, der in etwa auf der Hälfte zwischen ihrem Hafen und der Zikkurat lag.

Ein großer Vorsprung.

Aber als Jack sie jetzt etwas genauer in Augenschein nahm, runzelte er die Stirn. Wolf und seine Leute schienen lange Holzplanken auf das Dach vor ihnen zu legen und dann darüber bis zum nächsten Turm zu laufen.

Dann schätzte Jack seine eigene Situation ein und sah sofort, warum die anderen sich auf so ungewöhnliche Weise vorwärtsbewegten.

Der Turm, auf dem sie standen, hatte kein Dach. Streng genommen hatten sogar alle Türme, die er von hier oben sah, kein Dach.

Sie waren alle vollkommen hohl, wie Schornsteine.

Dennoch war seltsamerweise jeder Turm mit zwei oder drei anderen durch das verwirrende Netz von Brücken verbunden.

»Oh Mann!«, murmelte Jack, dem plötzlich alles klar wurde. »Das ist ein riesiges Fallensystem.«

Jedes Dach, das Jack von hier oben sehen konnte, sah gleich aus.

Auf jedem befand sich eine zungenförmige Plattform, die sich von der Außenkante nach innen erstreckte, über den hohlen Kern des Turms hinweg.

Umgeben waren diese zungenförmigen Plattformen von drei kleineren Trittsteinen, die alle genau zwischen ihr und den drei anderen Seiten des Turms lagen. Und auf jeden dieser Steine kam man nur mit einem gewagten Sprung von knapp zwei Metern.

Jack untersuchte das Dach, auf dem er sich selbst befand.

Auf der Steinzunge, auf der er stand, war ein Text eingemeißelt, geschrieben im Wort des Thoth. Auf jedem Trittstein sah er eine ähnliche Inschrift.

»Wie funktioniert das?«, fragte der Sea Ranger.

»Ein Frage- und Antwortspiel«, antwortete Jack. »Diese Inschrift hier auf der Plattform ist die Frage. Man springt auf den Trittstein, auf dem die richtige Antwort steht. Wenn es stimmt, trägt der Trittstein einen.«

»Und wenn es falsch ist?«

»Ich nehme mal an, wenn es falsch ist, trägt er einen nicht und man fällt in den hohlen Turm.«

Der Sea Ranger blickte hinab in die schwarze Leere des Turmes vor ihnen. Die Wände waren dick und glatt. Selbst wenn man nicht ohnehin schon in eine tödliche Falle gestürzt war, kam man dort nie wieder heraus.

Jack sagte: »Ich nehme an, dass die Streben, die die falschen Trittsteine halten, aus irgendeinem brüchigen Material bestehen. Sie sehen zwar haltbar aus, sind es aber nicht.«

»Aber du musst über den ganzen Parcours hinweg jedes einzelne Rätsel lösen«, gab Julius zu bedenken. »Würdest du dein Leben darauf setzen, dass du jedes Rätsel korrekt beantworten kannst?«

Aber Jack hörte schon nicht mehr zu.

Er starrte ins Unendliche.

»Rätsel«, sagte er schließlich laut. »Die Rätsel des Aristoteles.«

Abrupt wandte er sich zum Sea Ranger um. »Hast du auf der *Indian Raider* Satellitentelefone? Welche, mit denen man auch Videos verschicken kann? Wir müssen uns die Hilfe eines Experten holen.«

Natürlich hatte der Sea Ranger mehrere Satellitentelefone an Bord der *Raider*. Er hatte sogar ein paar kleine Helmkameras, die man daran anschließen konnte. Er ließ sie hochbringen.

Eine reichte er West, mahnte aber: »Jack, wenn du mit diesem Ding jemanden anrufst, weiß jeder, dass wir hier sind, selbst wenn er nur ein einfaches Funkgerät hat.«

»Glaub mir, dass wir da sind, erfahren die sowieso gleich. Und wenn wir das hier überleben wollen, brauchen wir Hilfe.«

Mit diesen Worten rief Jack über das Videotelefon die *Halicarnassus* an.

Als in der *Halicarnassus* plötzlich das Satellitentelefon zu klingeln begann, wechselten alle an Bord nervöse Blicke.

Zoe nahm ab und sagte zögernd: »Hallo?«

»*Zoe! Ich bin's!*«

»Jack!«

Es folgte eine rasche Begrüßung, und die überglückliche Lily berichtete in kurzen Worten über ihre Abenteuer in Afrika, die in der Schilderung von Wolfs gewalttätigem Auftritt im Königreich der Neetha und dem Verlust von Alby und der Säule gipfelte.

Wizard beugte sich zum Mikrofon hin. »Jack, es war toll, deine Nachricht zu kriegen. Wir wussten nicht, ob du noch am Leben warst. Aber jetzt sitzen wir in der Klemme. Wir kommen nicht nach Südafrika rein. Wir hängen auf einer Landebahn in der Kalahari in Botswana fest, nördlich von Südafrika. Wolf ist unterwegs zum zweiten Eckpunkt. Wo bist du?«

»*Ich bin am zweiten Eckpunkt!*«

Wizard fiel die Kinnlade herunter.

»*Und ich brauche eure volle Unterstützung!*«

Nur Augenblicke später hatten sich Wizard, Zoe und Lily vor dem Bildschirm des Videotelefons zusammengedrängt und starrten auf das, was Jacks Helmkamera ihnen zusandte.

Wizard sah die unterirdische Stadt und flüsterte erregt: »Die Stadt der Brücken ...«, aber schon lenkte Jack ihre Aufmerksamkeit auf die Thoth-Inschrift auf der Plattform des ersten Daches:

»*Lily?*«, fragte Jack.

Schnell las Lily den Text durch.

»Da steht: ›Welche ist die beste Anzahl von Lügen?‹«

Wizard, der links von Lily stand, runzelte die Stirn. »Die beste Anzahl von ... Moment.«

Da meldete sich auf der rechten Seite Zoe: »He! Die Inschrift habe ich schon mal gesehen!«

»Wo?« fragte Wizard.

Es war Jack, der über Funk die Antwort gab: »*Irgendwo im Reich der Neetha, vermute ich. Zusammen mit einer Reihe anderer Inschriften, die vielleicht aussahen wie Ziffern.*«

»Genau«, bestätigte Zoe. »Ganz genau. Sie waren in der Mitte des Irrgartens. Dort waren sie in ein wunderbares weißes Marmorpodest eingemeißelt. Aber wie hast du das gewusst, Jack?«

»*Weil es eins von den Rätseln des Aristoteles ist*«, antwortete der.

»Aber natürlich«, rief Wizard. »Aber natürlich!«

»Ich kapiere gar nichts«, sagte Zoe.

Jack erklärte: »*In der griechischen Akademie war Aristoteles der Lieblingsschüler des Hieronymus. Ebenjenes Hieronymus, der die Neetha gefunden hat. Es leuchtet ein, dass Hieronymus seinem Lieblingsschüler von den Neetha und seinen Entdeckungen dort erzählt hat. Die Rätsel des Aristoteles sind gar nicht von Aristoteles. Sie stammen von Hieronymus. Es sind Rätsel, die Hieronymus während seines Aufenthalts bei den Neetha kennenlernte. Vermutlich hat einer der Neetha sie für ihn übersetzt.*«

»Und welche ist nun die beste Anzahl von Lügen?«, fragte Lily.

»Eine«, antwortete Wizard. »Ihr kennt doch das alte Sprichwort: Wenn man erst einmal gelogen hat, dann lügt man bald noch einmal und noch einmal, um die erste Lüge zu verschleiern. Aber wenn man nur einmal lügt, ist es perfekt.«

In der riesigen Höhle des zweiten Eckpunkts starrte Jack auf die Inschriften der drei Trittsteine vor ihm.

»Bis du dir sicher, Wizard?«
»*Ja.*«
»Würdest du dein Leben darauf setzen?«
»*Ja.*«
»Meins auch?«
»*Ähm ... na ja ... also, ich meine, ich glaube ...*«
»Schon in Ordnung, Max«, sagte Jack. »Ich bin ja nicht verrückt. Ich binde mir ein Seil um die Hüften, bevor ich springe.«

Jack musterte den Stein zu seiner Rechten: Er trug einen einzelnen senkrechten Balken. Eins.

Der Trittstein schien über der schwarzen Leere zu schweben. Jack hatte immer noch Astros Maghook dabei, dessen Kabel er sich jetzt um die Hüfte legte. Den Werfer reichte er Wickham.

»Dann mal los«, sagte er.

Ohne weiter darüber nachzudenken, sprang er über den Abgrund auf den rechten Trittstein zu ...

Mit den Stiefeln voraus landete Jack auf dem Trittstein. Er hielt.

Jetzt stand Jack auf der flachen Steinplatte, hoch über dem dunklen Loch des hohlen Turms unter ihm.

Nach einem weiteren Satz stand er am Fuß einer langen Treppenbrücke, die sich zum Dach des nächsten Turms hochwand.

»He, Cowboys«, rief er den Zwillingen zu. »Besorgt aus der *Raider* ein bisschen Sprühfarbe und folgt uns dann. Markiert unterwegs die richtigen Steine. Ach ja, und wenn uns irgendetwas passiert, müsst ihr unseren Platz einnehmen und über die Steine springen.«

Lachlan und Julius schluckten. Dann rannten sie zurück zum U-Boot, um Farbe zu suchen.

Auf diese Weise arbeitete sich Jack durch das Labyrinth der hohen Brücken vor. Geführt von den Anweisungen in seinem Ohrhörer, löste er die Rätsel und bewältigte einen Stein nach dem anderen.

»Welches ist die beste Anzahl an Augen?«

»*Eins*«, antwortete Wizard. »*Das Allsehende Auge, das auf den Schlusssteinen vorkommt.*«

»Welches ist das beste Leben?«

»*Das zweite Leben, das Leben nach dem Tode*«, sagte Wizard. »*Spring auf den Stein mit der Zwei.*«

Jack kam gut voran. Der Sea Ranger und die Zwillinge folgten ihm über die Brücken und die hohlen Türme.

Als sie weiter in die verwirrende Brückenstadt vorgedrungen waren, schaute Jack hinüber auf die andere Seite der Höhle und versuchte abzuschätzen, wie schnell Wolf vorankam. Zu seiner Bestürzung stellte er fest, dass Wolf fast so schnell war wie er, wenn nicht sogar schneller.

Und plötzlich prallten über seinem Kopf Kugeln von den Wänden.

Sein Funkverkehr hatte Wolfs Männer alarmiert, und nun feuerten sie auf ihn, sobald sie in dem Dickicht der Türme und Brücken freie Schusslinie hatten.

Jetzt erreichten Jack und der Sea Ranger einen Sims, der im Innern eines der hohlen Türme lag. Wieder waren sie vor die dreifache Wahl gestellt, allerdings gab es diesmal auf den drei verfügbaren Trittsteinen keinerlei Inschrift.

Schnell übersetzte Lily die Inschrift auf dem Sims. »*Wohin geht der Tod?*«

»*Nach Westen*«, rief Wizard, »*in die Richtung der untergehenden Sonne. Die alten Ägypter glaubten, dass die Sonne jeden Morgen im Osten geboren wurde und jeden Abend im Westen starb. Deshalb haben sie ihre Toten auch alle am Westufer des Nils begraben. Die Antwort ist Westen.*«

Jack sprang auf den Trittstein, der von ihm aus gesehen im Westen lag.

Der Stein hielt, und Jack rannte die Treppenbrücke zum nächsten Turm hinauf. Der Sea Ranger folgte ihm.

Sie hatten gerade den halben Weg zur Zikkurat im Zentrum der Miniaturstadt zurückgelegt, als sie plötzlich Rufe hörten. Dann schrie Wolf: »Okay, Switchblade und Broadsword, da habt ihr sie! Los, los!«

Jack spähte um die Ecke eines Gebäudes und sah, wie Wolfs CIEF-Team die Treppe zur Hauptfassade der Zikkurat hinaufhetzten. Vor dem Hintergrund des riesigen Bauwerks wirkten sie wie Ameisen.

Verdammt, bitte nicht!, dachte Jack.

Die anderen hatten die Zikkurat als Erste erreicht und eilten jetzt auf die Leiter zu, die an der Decke entlang bis zur großen, umgedrehten Pyramide führte.

Jack sah Wolf mit seinem Sohn Rapier und Alby sowie dem Rest der CIEF-Truppe auf den Treppen der Zikkurat stehen. Dann sah er, wie zwei Männer vor den anderen die Zikkurat er-

klommen. Einer hatte westliche Züge und trug die Uniform eines Delta-Soldaten. Der andere sah asiatisch aus und trug den charakteristischen Kampfdress eines Elitesoldaten der Marineinfanterie.
Switchblade.
Der Verräter.
Jack lag in diesem Wettlauf erheblich im Hintertreffen, doch kämpfte er sich, so gut es ging, weiter vor.
Nie aufhören, dachte er. Man darf nie aufgeben.

Jack flog förmlich über die Brücken.
Broadsword und Switchblade stiegen bereits die Leiter hinauf.
Jack bewältigte springend weitere Rätsel, aus der Ferne unterstützt von Wizard und Lily. Ständig nahmen ihn Wolfs Männer, die die Zikkurat bewachten, unter Feuer.
Broadsword und Switchblade erreichten das obere Ende der Leiter und begannen, sich an der Decke der Riesenhöhle entlangzuhangeln. Hoch über der unterirdischen Stadt hingen sie von den Sprossen herab.
Jacks Route vom westlichen Hafen aus führte ihn in einem weiten nördlichen Bogen nahe an der herabhängenden Pyramide vorbei. Jetzt entdeckte er, dass sich unterhalb der riesigen Bronzepyramide tatsächlich ein weiterer, tiefer Abgrund auftat.
Er erreichte einen Turm ganz am Ende der Stadt. Er stand so nah am Rand des Abgrunds, dass seine Außenwand mit diesem eine senkrechte Flucht bildete. Von hier aus hatte Jack einen klaren Blick auf die Pyramide.
Er sah, wie die beiden CIEF-Männer, immer eine Hand vor die andere, die Sprossen entlangkletterten, die in der Längswand der Pyramide eingelassen waren. Hoch über dem bodenlos scheinenden Schlund hängend, hangelten sie sich nach unten und kamen der Spitze der Pyramide immer näher.
Und Jack wurde erschreckend klar:

Er war zu weit weg.
Er war zu spät dran.
Er konnte unmöglich noch rechtzeitig ankommen. Es gab keine Chance, dass er es bis zur Zikkurat schaffte, dort irgendwie an Wolfs Männern vorbeikam und dann die Leiter und die Pyramidenwand entlangkletterte, um Switchblade von dem abzuhalten, was auch immer er vorhatte.

Die zwei CIEF-Männer erreichten die nach unten hängende Spitze der Pyramide. Jack konnte nur ehrfürchtig zuschauen, wie der Delta-Mann namens Broadsword einen Klettergurt um die letzte Sprosse legte, sich daran festgurtete und mit seinen nun freien Händen aus einer Tasche vor seiner Brust ...

... die zweite Säule holte.

Die gereinigte Säule, die nur darauf wartete, dass man sie einsetzte.

Auch Wolf auf der Zikkurat beobachtete gespannt das Geschehen, seine Augen funkelten vor Entzücken. Neben ihm standen Rapier und Alby sowie der Zauberer der Neetha, die von zwei Wachen flankiert waren.

Wolf malte sich schon die neuen Möglichkeiten aus.

Die Belohnung gehörte ihm: *Hitze.* Seinem wissenschaftlichen Berater zufolge, Professor Felix Bonaventura vom MIT, wurde diese Hitze durch ein Perpetuum mobile erzeugt. Energie ohne Treibstoff. Nie versiegende Energie, die Elektrizitätsnetze, Flugzeuge und Autos speisen konnte, ohne dass man Kohle, Öl oder Erdgas brauchte. Amerika würde nicht länger im Würgegriff der Saudis sein und der gesamte Mittlere Osten bedeutungslos werden.

Und genau in dem Moment, als Wolfs Entzücken seinen Höhepunkt erreicht hatte, passierte etwas vollkommen Unerwartetes.

Entsetzt musste Wolf mit ansehen, dass just in dem Moment, als Broadsword an der Spitze der umgekehrten Pyramide die Säule einsetzen wollte, Switchblade ein Kampfmesser zückte und ihm die Kehle durchschnitt. Gleichzeitig nahm er ihm die Säule ab. Sofort erschlaffte Broadsword. Blut spritzte aus dem klaffenden Loch in seinem Hals und tropfte wie ein makaberer Wasserfall in den Abgrund.

Kaltschnäuzig schnitt Switchblade Broadswords Gurt durch, und der sterbende Delta-Soldat fiel von der Spitze der Pyramide in das unergründliche Nichts, sein lebloser Körper verschwand in der Dunkelheit.

»Was zum Teufel …?«, stieß Wolf hervor. »Switchblade?!«

Von seinem Posten auf dem nächsten Turm beobachtete auch Jack, wie Switchblade Broadsword umbrachte.

»O Gott!«, keuchte er, als er Broadsword fallen sah.

Draußen an der Pyramide hing Switchblade an seinem eigenen Gurt und hielt die Säule in der Hand. Er reckte sie hoch, sodass Wolf sie sehen konnte, und rief: »Ich begrüße Sie zum Ende der Welt, Wolf! Einer Welt, die sich an der Erniedrigung meines Volkes ergötzte. Diese Welt wird nun aufhören zu existieren. Nippon wurde niemals besiegt!«

»Switchblade! Nein!«, schrie Wolf.

Switchblade fauchte: »Sie gieriger Mensch! Sie streben nach weltlicher Macht. Dabei gibt es keine größere Macht auf diesem Planeten als die Macht, ihn zu zerstören. Sie sollen jetzt Zeuge dieser Macht werden und wissen, dass wir den Krieg am Ende doch noch gewonnen haben!«

Dann hielt er die Säule mit ausgestrecktem Arm von seinem Körper weg, bereit, sie in den Abgrund zu werfen.

»Wir sehen uns in der Hölle!«

Mit diesen letzten, hasserfüllten Worten warf Switchblade die gereinigte Säule in den Abgrund.

Switchblade ließ die Säule genau in dem Moment los, als etwas gegen ihn prallte, das an einer Art Seil schwang.

Es war Jack, der am Ende von Astros Maghook hing. Er hatte sich von dem über sechzig Meter entfernten Turm hinübergeschwungen.

Da er sonst nichts unternehmen konnte, hatte er den Magnetkopf des Maghook an die Seitenwand der Pyramide abgefeuert und zum Herrgott gefleht, dass das Bauwerk magnetisch war.

So war es. Der birnenförmige Magnetkopf haftete fest an der Pyramide. Jack schwang sich in einem langen Bogen über den bodenlosen Abgrund, unfassbare achtzig Meter weit. Er erreichte die Spitze der Pyramide genau in dem Augenblick, als Switchblade Wolf seine letzte Beleidigung zubrüllte und die Säule fallen ließ ...

... die Jack auffing ...

... bevor er eine Nanosekunde später selbst hart gegen Switchblade prallte. Sofort verwickelte er sich im Gurt des verrückten Marineinfanteristen und suchte verzweifelt nach irgendeinem Halt. Er war gezwungen, den Maghook loszulassen, der zur Stadt zurückschwang, während Jack nun an Switchblade geklammert an der Spitze der Pyramide baumelte.

Switchblade raste. Seine Augen funkelten zornig, weil jemand seinen Triumph zunichte machen wollte.

Hart schlug er Jack ins Gesicht, ein kräftiger Schwinger, der Jack heftig zurückprallen ließ. Seine Helmkamera fiel ihm vom Kopf und stürzte wild taumelnd in den Abgrund. Als der Schlag ihn zurückwarf, konnte er gerade noch so die Säule mit der Rechten festhalten, während der sich mit der Linken an Switchblades Brustgurt klammerte.

Verzweifelt blickte er hoch in Switchblades Augen ...

... und sah, dass der verrückte Japaner noch lange nicht erledigt war.

Switchblade funkelte Jack an und machte sich daran, die mittlere Schnalle seines Brustgurts zu lösen.

»Das machst du nicht«, stieß Jack hervor.

Doch er machte es.

Er würde sie beide in den Abgrund stürzen!

»Wir sterben sowieso beide!«, schrie Switchblade. »Warum dann nicht gleich jetzt?«

Während er noch brüllte, gelang es ihm, die Schnalle zu öffnen. In diesem Moment bäumte sich Jack ein letztes Mal auf, zog sich an Switchblades Körper hoch und streckte den Arm nach der Pyramidenspitze aus. Genau in dem Augenblick, als die Schnalle aufging und sie beide gemeinsam fielen, drückte er die Säule in ihren Schlitz an der Spitze der Pyramide. Dann fielen sie, Switchblade und er, aber Jack hatte die Säule losgelassen. Während er von der Pyramidenspitze wegstürzte, sah er sie kleiner und kleiner werden, bis ihn schließlich die nackten Wände des Abgrunds umschlossen.

So also fielen Jack West jr. und der fanatische Switchblade unter der umgekehrten Pyramide am zweiten Eckpunkt der Maschine in den Abgrund. Einen Abgrund, der, wie es aussah, bis hinunter zum Mittelpunkt der Erde reichte.

Während die zwei winzigen Gestalten in dem dunklen Schlund unterhalb der Pyramide verschwanden, erwachte mit Getöse der geheimnisvolle Mechanismus spektakulär zum Leben.

Zunächst hörte man ein ominöses Brummen, danach einen ohrenbetäubenden Donnerschlag, der die gesamte Riesenhöhle erschütterte. Ein blendender, laserartiger Lichtstrahl schoss aus der Kegelspitze der Pyramide hervor und in den Abgrund hinab, Einen Augenblick später fuhr er wieder in die Spitze der Pyramide zurück.

Stille.

Die diversen Zuschauer reagierten unterschiedlich auf das uralte Schauspiel in Verbindung mit Switchblades und Jacks Sturz.

Wolf.

Zunächst hatte Jacks Wiederauftauchen ihn geschockt, doch er hatte sich schnell wieder besonnen. Nach dem Lichtspektakel schickte er Rapier los, die nunmehr aufgeladene Säule von der Pyramide zu holen und damit die Belohnung einzustreichen, das Geheimnis des Perpetuum mobile.

Sobald die Säule zurückgeholt und in seinen Händen war, rauschte Wolf aus der unterirdischen Stadt hinaus.

Als jemand ihn fragte, was sie mit diesem Jungen Alby anstellen sollten, macht er eine wegwerfende Handbewegung.

»Lasst ihn hier«, befahl er und marschierte mit seinen Männern hinaus. Alby blieb allein auf der Zikkurat mitten in der Stadt zurück.

Der Sea Ranger und die Zwillinge.

Sie standen einfach wie angewurzelt auf dem Dach des Turms, von dem aus Jack sich erst vor wenigen Augenblicken hinübergeschwungen hatte.

Der Sea Ranger starrte auf die Szenerie und versuchte zu verarbeiten, was gerade passiert war.

Die Zwillinge standen mit offenem Mund da. Horus, der auf Lachlans Schulter gesessen hatte, flog in Richtung Abgrund davon.

»Er hat es geschafft ...«, keuchte Lachlan. »Er hat es tatsächlich geschafft. Er hat die Säule eingesetzt.«

Julius schüttelte den Kopf. »Der Kerl ist einfach ein verdammter Super-Jack!«

»Das könnt ihr laut sagen«, bemerkte der Sea Ranger und schaute vom einen zum anderen.

Niemand von ihnen hatte in dem Labyrinth der Gebäude Alby gesehen.

»Auf geht's, Gentlemen«, sagte Wickham. »Hier können wir nicht bleiben. Wir müssen durch den Eingangstunnel zurück sein, bevor Wolfs Kumpels einen Zerstörer schicken und ihn dichtmachen. Los jetzt!«

Sie hetzten zurück zur *Indian Raider*.

»Was ist mit Horus?«, fragte Lachlan unterwegs.

»Das Schicksal dieses Vogels ist mit dem von Jack verknüpft«, antwortete Wickham grimmig. »Das war schon immer so.«

Alby.

Er stand allein auf der Spitze der Zikkurat mitten in der unterirdischen Höhle. Seine Geiselnehmer hatten ihn zurückgelassen, und jetzt, wo die Leuchtkugeln schwächer wurden, senkte sich um ihn herum die Dunkelheit. Er fühlte sich mutterseelenallein.

Der Anblick von Jack Wests Absturz hatte ihn in den Grundfesten erschüttert. Bis dahin war ihm Jack unzerstörbar und unsterblich vorgekommen. Aber jetzt war er weg, von dem riesigen Abgrund verschluckt. Tot.

Bei diesem Gedanken durchfuhr Alby die nackte Angst, denn nun wurde ihm klar, dass er hier sterben würde, in dieser riesigen dunklen Höhle. Allein.

Er stand auf der uralten Zikkurat in der um sich greifenden

Dunkelheit und hielt Jacks Helm umklammert. Leise begann er zu weinen.

Wizard, Zoe, Sky Monster und Lily.
Auf dem Bildschirm des Videotelefons sahen sie, wie es geschah.

Erst beobachteten sie alles durch Jacks Helmkamera und dann durch die, die Lachlan getragen hatte. Entsetzt mussten sie mit ansehen, wie die winzigen Gestalten von Jack und Switchblade von der Spitze der auf dem Kopf stehenden Pyramide stürzten und in den Schlund fielen. Dann waren beide nicht mehr zu sehen.

»*Daddy* ...!«, schrie Lily und sprang auf den Bildschirm zu. »Nein! Nein, nein, nein!«

»Jack ...« Zoes Augen füllten sich mit Tränen.

»Huntsman ...«, flüsterte Wizard.

Sky Monster deutete auf den Bildschirm. »Seht, er hat noch die Säule eingesetzt, bevor er abgestürzt ist. Er hat es geschafft! Dieser verrückte Kerl hat es echt geschafft ...!«

Aber dann dröhnte die Alarmsirene im Cockpit los. Sky Monster sah nach und rief: »Zoe, Wizard! Es nähern sich südafrikanische Flugzeuge. F-15-Jäger. Wir müssen hier weg!«

Ungeachtet ihrer Tränen rannten Zoe und Wizard zu den Tragflächengeschützen. Lily blieb allein zurück und starrte stocksteif auf den Monitor. Tiefe Schluchzer entfuhren ihr, während sie nach einem Zeichen suchte, irgendeinem Hinweis, dass ihr Vater noch am Leben war. Aber tief in ihrem Herzen wusste sie, dass es nicht sein konnte.

»O Daddy ...«, rief sie wieder. »Daddy ...«

Dann beschleunigte die *Halicarnassus* und schoss davon. Diesmal flogen sie nach Norden, weg von Südafrika, schon wieder auf der Flucht, unsicher und mit blank liegenden Nerven. Ohne den geringsten Zweifel war ihnen klar, dass sie die restlichen Herausforderungen ihrer Mission, das Einsetzen der letzten vier Säulen im Mai 2008, allein würden bewältigen müssen. Ohne Jack West jr.

DANKSAGUNG

Einen Roman zu schreiben kann eine ziemlich einsiedlerische Angelegenheit sein. Man verbringt Monate allein vor seiner Tastatur und verliert sich in der Welt, die man selbst erschaffen hat. Mir selbst macht das allerdings große Freude, weshalb das Schreiben von Romanen für mich der beste Job der Welt ist.

Aber wenn man beschließt, ein Buch zu schreiben, in dem unter anderem alte chinesische Schriftzeichen und japanischer Militärjargon vorkommen, muss man sich Hilfe suchen. Und an dieser Stelle kann ich nun den vielen Menschen danken, die mir beim Schreiben geholfen haben.

Wie immer war meine Frau Natalie die Erste, die meinen Text gelesen hat, und wie immer waren ihre Kommentare von schonungsvoller Einsicht. Nachdem sie alle meine Bücher von Anfang an gelesen hat, ist sie mittlerweile eine ziemlich erfahrene Lektorin!

Danken möchte ich auch meinem guten Freund John Schrooten, der (wieder einmal) dieses Buch las, während er im SCG auf der M. A.-Ehrentribüne saß und darauf wartete, dass das Kricketspiel losging. Das Kricket fing an, und er las einfach weiter: Das war schon mal ein gutes Zeichen! Ein toller Freund und ein toller Bursche.

Für technische Hilfe schulde ich Patrick Pow Dank, der in China die alten chinesischen Schriften besorgte. Und Irene Kay dafür, dass sie mich mit Patrick in Kontakt brachte.

Für Hinweise zur chinesischen Sprache danke ich Stephanie Pow. Und da ich Japanisch ebenso wenig beherrsche, muss ich mich auch bei Troy McMullen (sowie seiner Frau und seiner Schwägerin) für ihre Hilfe bedanken.

Für die Recherche zu *Die Macht der sechs Steine* habe ich viele Bücher gelesen, von Arbeiten über den Weltraum und Nullpunkt-

Felder bis hin zu eher esoterischen Werken über Stonehenge und andere prähistorische Stätten. Als Erstes möchte ich auf die Arbeiten von Graham Hancock verweisen, die ich einfach toll finde und jedem wärmstens empfehlen kann, der die Weltgeschichte aus einem ungewöhnlichen Blickwinkel sehen möchte. Zweitens auf ein kleines literarisches Juwel, *Stonehenge* von Robin Heath (Wooden Books, Glastonbury, 2002). In diesem Buch bin ich zum ersten Mal der Theorie begegnet, die Stonehenge durch eine Reihe von rechtwinkligen Dreiecken mit der Großen Pyramide von Giseh verbindet.

Mein tief empfundener Dank geht weiterhin an Peter und Lorna Grzonkowski für ihre großzügigen Spenden an den Bullant Charity Challenge. Die Zwillinge im Roman, Lachlan und Julius Adamson, sind nach ihren Neffen benannt.

Das Ehepaar Paul und Lenore Robertson unterstützt meine Arbeit schon seit langem und engagiert sich ebenfalls ungemein für wohltätige Zwecke. Den beiden danke ich für ihre Spenden bei nicht nur einem, sondern gleich zwei ASX-Reuters-Wohltätigkeitsdinnern. Paul, ich hoffe, Du hast nichts dagegen, dass ich aus Dir einen doppelzüngigen, hinterhältigen, üblen CIA-Agenten gemacht habe.

Nicht zuletzt danke ich den WAGS, einer tollen Gruppe von Leuten, mit denen ich jeden Mittwochnachmittag Golf spiele, für ihre Spende im Namen von Steve Oakes, dem Anführer dieser kunterbunten Truppe. Als Dank für ihre freundliche wohltätige Spende habe ich eine Figur am Anfang dieses Buches nach Oaksey benannt – und sofort mit Kugeln durchsiebt. Die Jungs sagen, das sei zwar betrüblich, aber nun mal das Risiko, wenn man der Namensgeber einer Figur in einem Buch von Matthew Reilly ist.

Allen anderen, meiner Familie und meinen Freunden, danke ich wie immer für ihre fortdauernde Unterstützung.

Matthew Reilly
Sydney, Australien
September 2007

BIBLIOGRAPHIE

Bisher habe ich noch nie an eines meiner Bücher eine Bibliographie angehängt, aber diesmal fand ich es keine schlechte Idee. Denn der Roman berührt sehr viele verschiedene Forschungsgebiete (vom alten Ägypten und China über den afrikanischen Sklavenhandel, den Weltraum und Nullpunkt-Felder bis hin zu den Besonderheiten und der Geschichte von Diamanten). Als Romanautor muss ich der sprichwörtliche Tausendsassa sein, ohne mich in irgendeinem Gebiet wirklich gut auszukennen. Ich gebe gerne zu, kein Experte in Astronomie oder Astrophysik zu sein, aber ich tue mein Bestes, mich so breit wie möglich zu informieren, damit meine Figuren zum Leben erwachen.

Ich habe diese Bibliographie nicht nach Haupt- und Nebenquellen unterschieden. In einigen habe ich möglicherweise nur Informationen zu einem ganz bestimmten Punkt in meinem Roman gefunden, aber deshalb halte ich sie nicht für weniger wichtig, denn möglicherweise war es ja ein zentraler Punkt. Auch sind die Titel nicht nach ihrer Wichtigkeit geordnet. Die Liste ist einfach nur dafür da, dass Leser, die an einem bestimmten Aspekt dieses Buches besonderes Interesse gefunden haben, darüber weiter nachlesen können.

QUELLEN

Deirdre Chetham, *Before the Deluge: The Vanishing World of the Yangtze's Three Gorges* (Palgrave Macmillan, New York, 2002)
Pete Hessler, *River Town: Two Years on the Yangtze* (Harper Collins, New York, 2001)
Duncan Steel, *Zielscheibe Erde* (Franckh-Kosmos, 2001)
Dava Sobel, *Die Planeten* (Berlin Verlag, 2005)
Stephen W. Hawking, *Eine kurze Geschichte der Zeit* (Rowohlt Verlag, Reinbek, 1998)
Gordon Thomas, *Die Mossad-Akte* (Droemer Knaur, München, 2001)
Bill Bryson, *Eine kurze Geschichte von fast allem* (Goldmann, München 2005)
Robin Heath, *Stonehenge* (Wooden Books, Glastonbury, 2000)
John North, *Stonehenge: A New Interpretation of Prehistory Man and the Cosmos* (The Free Press, New York, 1996)
Robert Guest, *The Shackled Continent* (Macmillan, London, 2004)
Adam Hochschild, *Schatten über dem Kongo* (Klett-Cotta, Stuttgart, 2000)
Hugh Thomas, *The Slave Trade: The History of the Atlantic Slave Trade 1440–1870* (Simon & Schuster, New York, 1997)
Giles Milton, *White Gold* (Hodder & Stoughton, London, 2004)
Peter Watson, *Das Lächeln der Medusa* (Goldmann, München, 2003)
The Seventy Wonders of the Ancient World, Hrsg. Chris Scarre (Thames & Hudson, London, 1999)
The World's Last Mysteries, Reader's Digest (Sydney 1978)
Ian Balfour, *Famous Diamonds* (William Collins & Sons, London, 1987)
Robert Bauval, *Der Ägypten-Code* (Kopp Verlag, Rottenburg, 2007)
Graham Hancock, *Der Schlüssel zur Sphinx* (Kopp Verlag, Rottenburg, 2007)

Graham Hancock, *Spur der Götter* (Lübbe, Bergisch-Gladbach, 2003)

Michael Baigent, Richard Leigh, Henry Lincoln, *Der Heilige Gral und seine Erben* (Lübbe, Bergisch-Gladbach, 1987; 2004)

Michael Baigent, Richard Leigh, *Verschlusssache Magie* (Droemer Knaur, München, 2000)

Peter Marshall, *The Philosopher's Stone* (Macmillan, London, 2001)

Christopher Knight, Robert Lomas, *Uriels Auftrag. Das Buch Enoch, die Freimaurer und das Geheimnis der Sintflut* (Scherz Verlag, München, 2002)

Lynn Picknett, Clive Prince, *The Stargate Conspiracy* (Little, Brown & Co., London, 1999)

Manly P. Hall, *The Secret Teachings of the Ages* (Jeremy P. Tarcher/Penguin, New York, 2003)

Craig Unger, *Die Bushs und die Sauds. Öl, Macht und Terror* (Piper Verlag, München, 2004)

John Connolly
Der brennende Engel

Roman.
Aus dem Englischen von Georg Schmidt.
512 Seiten. Gebunden mit Schutzumschlag.
ISBN: 978-3-471-30006-0

Eine junge Frau verschwindet spurlos in den Straßen von New York. Charlie Parker, Privatdetektiv aus Maine, wird beauftragt, sie zu finden. Er stößt auf die makabren Reliquien eines uralten Totenkultes. Dessen Anhänger, die sich selbst die »Gläubigen« nennen, wollen einem gefallenen Engel aus vorbiblischer Zeit wieder zur Herrschaft verhelfen. *Der brennende Engel* öffnet mit seiner unheimlichen, fantastischen Spannung die Tür in ein Reich des Schreckens.

»Connolly gelingt etwas sehr Seltenes: literarisch und stilistisch beeindruckende Page-turner.«
Daily Mail

»Seit Thomas Harris hat es das nicht gegeben.«
Independent

»Connolly ist der Meister des Gänsehaut-Moments.«   *Mirror*

List